btb

Aus Freude am Lesen

Johann Wolfgang Goethe

Sämtliche Werke
nach Epochen seines Schaffens
Münchner Ausgabe

Herausgegeben von Karl Richter
in Zusammenarbeit mit Herbert G. Göpfert,
Norbert Miller, Gerhard Sauder und Edith Zehm

Band 11.1.1

Johann Wolfgang Goethe

Divan-Jahre
1814-1819

I

Herausgegeben von Karl Richter
und Christoph Michel

btb

Textredaktion:
Christoph Michel und Sabine Müller

1. Auflage
Genehmigte Taschenbuchausgabe November 2006,
btb Verlag in der Verlagsgruppe Random House GmbH, München

Umschlaggestaltung: Design Team München
Druck und Einband: Clausen & Bosse, Leck
Gedruckt auf Dünndruckpapier Primapage elfenbein, von Bolloré
Printed in Germany
ISBN-10: 3-442-72944-0
ISBN-13: 978-3-442-72944-9

www.btb-verlag.de

Inhaltsübersicht

GEDICHTE
UND
STAMMBUCHEINTRAGUNGEN

Voll Locken kraus ein Haupt so rund! –
Und darf ich dann in solchen reichen Haaren,
Mit vollen Händen, hin und wieder fahren
Da fühl ich mich von Herzensgrund gesund.
Und küß ich Stirne, Bogen, Auge, Mund,
Dann bin ich frisch und immer wieder wund.
Der fünfgezackte Kamm wo sollt er stocken?
Er kehrt schon wieder zu den Locken.
Das Ohr versagt sich nicht dem Spiel
Hier ist nicht Fleisch, hier ist nicht Haut,
So zart zum Scherz so liebeviel!
Doch wie man auf dem Köpfchen kraut,
Man wird in solchen reichen Haaren
Für ewig auf und nieder fahren.
So hast du Hafis auch gethan,
Wir fangen es von vornen an.

Buchstabe Dal
18te Gasele

Hans Adam war ein Erdenklos
Den Gott zum Menschen machte,
Doch bracht er aus der Mutter Schoos
Noch vieles Ungeschlachte.

Die Elohim zur Nas' hinein
Den besten Geist ihm bliesen,
Nun schien er schon was mehr zu seyn,
Denn er fing an zu niesen.

Doch mit Gebein und Glied und Kopf
Blieb er ein halber Klumpen,
Bis endlich Noah für den Tropf
Das Wahre fand, den Humpen.

Der Klumpe fühlt sogleich den Schwung,
Sobald er sich benetzet,

So wie der Teig durch Säuerung
Sich in Bewegung setzet.

So, Hafis, mag dein holder Sang,
Dein heiliges Exempel
Uns führen, bey der Gläser Klang,
Zu unsres Schöpfers Tempel.

Berka an der Ilm d. 21. Juni 1814.

Fetwa

Hafis Dichterzüge sie bezeichnen
Ausgemachte Wahrheit unauslöschlich;
Aber hie und da auch Kleinigkeiten
Auserhalb der Gränze des Gesetzes.
Willst du sicher gehn, so mußt du wissen
Schlangengift und Theriak zu sondern;
Doch der reinen Wollust edler Handlung
Sich mit frohem Muth zu überlassen
Und vor solcher, der nur ewge Pein folgt,
Mit besonnenem Sinn sich zu verwahren,
Ist gewiß das beste um nicht zu fehlen.
Dieses schrieb der arme Ebusund euch,
Gott verzeih ihm seine Sünden alle.

*

Der Deutsche dankt

Heiliger Ebusund, du hasts getroffen!
Solche Heilige wünschet sich der Dichter:
Denn gerade jene Kleinigkeiten
Auserhalb der Gränze des Gesetzes,
Sind das Erbtheil wo er, übermüthig,
Selbst im Kummer lustig, sich beweget.
Schlangengift und Theriac muß
Ihm das eine wie das andre scheinen,
Tödten wird nicht jenes, dies nicht heilen:

Denn das wahre Leben ist des Handelns
Ewge Unschuld, die sich so erweiset
Daß sie niemand schadet als sich selber.
Und so kann der alte Dichter hoffen
Daß die Houris ihn im Paradiese,
Als verklärten Jüngling wohl empfangen.
Heiliger Ebusund, du hasts getroffen.

Berka Juli. Jena Dec. 1814

Beynahme

Dichter
Mohamed Schemseddin sage
Warum hat dein Volk, das hehre,
Hafis dich genannt?

Hafis
Ich ehre,
Ich erwiedre deine Frage.
Weil, in glücklichem Gedächtniß,
Des Corans geweiht Vermächtniß
Unverändert ich verwahre,
Und damit so fromm gebahre
Daß gemeinen Tages Schlechtniß
Weder mich noch die berühret
Die Prophetenwort und Saamen
Schätzen wie es sich gebüret,
Darum gab man mir den Namen.

Dichter
Hafis drum, so will mir scheinen,
Möcht ich dir nicht gerne weichen:
Denn wenn wir wie andre meynen,
Werden wir den andern gleichen.
Und so gleich ich dir vollkommen
Der ich unsrer heilgen Bücher
Herrlich Bild an mich gesogen,
Wie auf ienes Tuch der Tücher

Sich des Herren Bildniß drückte,
Mich in stiller Brust erquickte,
Troz Verneinung, Hindrung, Raubens,
Mit dem heitren Bild des Glaubens.

26 Jun. 1814

Buchstabe Sin
Gasele XIII

Aus wievielen Elementen
Soll ein ächtes Lied sich nähren?
Daß es Layen gern empfinden,
Meister es mit Freuden hören.

Liebe sey, vor allen Dingen,
Unser Thema wenn wir singen,
Kann sie gar das Lied durchdringen,
Wirds um desto besser klingen.

Dann muß Klang der Gläser tönen,
Und Rubin des Weins erglänzen:
Denn für Liebende, für Trinker
Winckt man mit den schönsten Kränzen.

Waffenklang wird auch gefodert,
Daß auch die Trommete schmettre,
Daß, wenn Glück zu Flammen lodert,
Sich im Sieg der Held vergöttere.

Dann zuletzt ist unerläßlich
Daß der Dichter manches hasse;
Was unleidlich ist und häßlich
Nicht wie Schönes leben lasse.

Weiß der Sänger dieser Viere
Urgewaltgen Stoff zu mischen,
Wird er wie Hafis die Völker
Ewig freuen und erfrischen.

W d. 22 Jul 1814.

Art'ges Häuschen hab ich klein
Und, darin verstecket,
Bin ich vor der Sonne Schein,
Gar bequem, bedecket:
Denn da giebt es Schalterlein,
Federchen und Lädchen;
Finde mich so wohl allein,
Als mit hübschen Mädchen.

Denn, o Wunder! mir zur Lust
Regen sich die Wälder,
Drückte gern an meine Brust
Die beblümten Felder.
Und so tanzen auch vorbey
Die vollkommnen Berge,
Fehlt nur noch das Lustgeschrey
Der vertracten Zwerge.

Doch so gänzlich still und stumm
Rennt es mir vorüber,
Meistens grad und oft auch krumm
Und so ist mirs lieber.
Wenn ichs recht betrachten will
Und es ernst gewahre,
Steht vielleicht das alles still
Und ich selber fahre.

Eisenach. d. 25. Jul. 1814 G
Abends 6 Uhr.

Phaenomen

Wenn zu der Regenwand
Phoebus sich gattet,
Gleich steht ein Bogenrand
Farbig beschattet.

Im Nebel gleichen Kreis
Seh ich gezogen,

Zwar ist der Bogen weiß;
Doch Himmelsbogen.

So sollst du, muntrer Greis,
Dich nicht betrüben,
Sind gleich die Haare weiß
Doch wirst du lieben.

d. 25. Jul 1814.

WAS DOCH BUNTES dort verbindet
Mir den Himmel mit der Höhe?
Morgennebelung verblindet
Mir des Blikes scharfe Sehe.

Sind es Zelten des Vessires?
Die er lieben Frauen baute
Sind es Teppiche des Festes?
Weil er sich der Liebsten traute.

Roth und weiß, gemischt, gesprenkelt
Wüßt ich schönres nicht zu schauen;
Doch wie Hafis kommt dein Schiras
Auf des Nordens trübe Gauen?

Ja es sind die bunten Mohne,
Die sich nachbarlich erstrecken,
Und, dem Kriegesgott zum Hohne,
Felder streifweis freundlich decken

Möge stets so der Gescheute
Nuzzend Blumenzierde pflegen,
Und ein Sonnenschein wie heute
Klären sie auf meinen Wegen!

d. 25 Jul 1814

SOLLT EINMAL durch Erfurt fahren,
Das ich sonst so oft durchschritten,
Und ich schien, nach vielen Jahren,
Wohlempfangen, wohlgelitten.

Wenn, mich Alten, alte Frauen,
Aus der Bude froh gegrüset,
Glaubt' ich Jugendzeit zu schauen,
Die einander wir versüßet.

Das war eine Beckerstochter,
Eine Schusterinn daneben,
Eule keinesweges jene
Diese wußte wohl zu leben.

Und so wollen wir beständig,
Wettzueifern mit Hafisen,
Uns der Gegenwart erfreuen,
Das Vergangne mitgenießen.

25 Jul 1814.

IM GEGENWÄRTIGEN VERGANGNES

Ros' und Lilie morgenthaulich
Blüht im Garten meiner Nähe,
Hinten an bebuscht und traulich
Steigt der Felsen in die Höhe.
Und mit hohem Wald umzogen,
Und mit Ritterschloß gekrönet,
Lenkt sich hin des Gipfels Bogen,
Bis er sich dem Thal versöhnet.

Und da duftets wie vor Alters,
Da wir noch von Liebe litten,
Und die Saiten meines Psalters
Mit dem Morgenstrahl sich stritten.

Wo das Jagdlied aus den Büschen,
Fülle runden Tons enthauchte,
Anzufeuern, zu erfrischen
Wie's der Busen wollt' und brauchte.

Nun die Wälder ewig sprossen
So ermuthigt euch mit diesen,
Was ihr sonst für euch genossen
Läßt in Andern sich genießen.
Niemand wird uns dann beschreien
Daß wirs uns alleine gönnen,
Nun in allen Lebensreihen
Müsset ihr genießen können.

Und mit diesem Lied und Wendung
Sind wir wieder bey Hafisen
Denn es ziemt des Tags Vollendung
Mit Genießern zu genießen.

Wenn links an Baches Rand
Cupido flötet,
Im Felde rechter Hand
Mavors drommetet,
Da wird dorthin das Ohr
Lieblich gezogen,
Doch um des Liedes Flor
Durch Lärm betrogen.
Nun flötets immer voll
Im Kriegesthunder,
Ich werde rasend toll
Ist das ein Wunder.

Fort wächst der Flötenton
Schall der Posaunen,
Ich irre, rase schon.
Ist das zu staunen.

d. 26 Jul. 1814

26 Jul. 1814.

Lieblich ist des Mädchens Blick der winket,
Trinkers Blick ist lieblich eh er trincket,
Grus des Herren der befehlen konnte,
Sonnenschein im Herbst der dich besonnte.
Lieblicher als alles dieses habe
Stets vor Augen, wie sich kleiner Gabe
Dürft'ge Hand so hübsch entgegen dränget,
Zierlich danckbar was du reichst empfänget.
Welch ein Blick! ein Grus! ein sprechend Streben!
Schau es recht und du wirst immer geben.

Jahrmarkt zu Hünfeld, den 26 Juli 1814

Ich ging, mit stolzem Geists-Vertrauen,
Auf dem Jahrmarkt mich umzuschauen,
Die Käufer zu sehn an der Händler Gerüste,
Zu prüfen ob ich noch etwas wüßte,
Wie mirs Lavater, vor alter Zeit,
Traulich überliefert, das ging sehr weit!
Da sah ich denn zuerst Soldaten,
Denen wär's eben zum Besten gerathen:
Die That und Qual sie war geschehn,
Wollten sich nicht gleich einer neuen versehn;
Der Rock war schon der Dirne genug,
Daß sie ihm derb in die Hände schlug.
Bauer und Bürger die schienen stumm,
Die guten Knaben beynahe dumm.
Beutel und Scheune war gefegt,
Und hatten keine Ehre eingelegt.
Erwartend alle, was da käme,
Wahrscheinlich auch nicht sehr bequeme.
Frauen und Mägdlein, in guter Ruh,
Probirten an die hölzernen Schuh;
Man sah an Mienen und Gebärden:
Sie ist guter Hoffnung, oder will es werden.

AUCH IN LOCKEN hab ich mich
Garzugern verfangen,
Und so Hafis! wärs wie dir
Deinem Freund ergangen.

Aber Zöpfe flechten sie
Nun aus langen Haaren,
Unterm Helme fechten sie
Wie wir wohl erfahren.

Wer sich aber wohl besann
Läßt sich so nicht zwingen,
Schwere Ketten fürchtet man
Rennt in leichte Schlingen.

HÖRE DEN RATH den die Leyer tönt;
Doch er nutzet nur wenn du fähig bist;
Das glücklichste Wort es wird verhöhnt
Wenn der Hörer ein Schiefohr ist.
»Was tönt denn die Leyer?« Sie tönet laut:
Die Schönste das ist nicht die beste Braut,
Doch wenn wir dich unter uns zählen sollen,
So mußt du das Schönste das Beste wollen.

Jul. 1814

26 Jul. 1814.

WENN DU auf dem Guten ruhst
Nimmer werd ichs tadeln,
Wenn du gar das Gute thust
Sieh das soll dich adeln;
Hast du aber deinen Zaun
Um dein Gut gezogen,
Leb ich frey und lebe traun
Keineswegs betrogen.

Denn die Menschen sie sind gut,
Würden besser bleiben,
Sollte nicht wie's einer thut
Auch der Andre treiben.
Auf dem Weg da ists ein Wort,
Niemand wirds verdammen:
Wollen wir an Einen Ort
Nun! wir gehn zusammen.

Vieles wird sich da und hie
Uns entgegen stellen.
In der Liebe mag man nie
Helfer und Gesellen,
Geld und Ehre hätte man
Gern allein zur Spende
Und der Wein, der treue Mann,
Der entzweyt am Ende.

Hat doch über solches Zeug
Hafis auch gesprochen,
Über manchen dummen Streich
Sich den Kopf zerbrochen,
Und ich seh nicht was es frommt
Aus der Welt zu laufen,
Magst du, wenn das Schlimmste kommt,
Auch einmal dich raufen.

Fulda. 8 Uhr

D. 26. Jul. 1814.

Übermacht, Ihr könnt es spüren,
Ist nicht aus der Welt zu bannen
Mir gefällt zu conversiren
Mit gescheiten, mit Tyrannen.

Da die dummen Eingeengten
Immerfort am stärksten pochten,

Und die Halben, die Beschränkten
Gar zu gern uns unterjochten;

Hab ich mich für frey erkläret,
Von den Narren von den Weisen,
Diese bleiben ungestöret,
Jene möchten sich zerreißen.

Dencken in Gewalt und Liebe
Müßten wir zuletzt uns gatten,
Machen mir die Sonne trübe
Und erhitzen mir den Schatten.

Hafis auch und Ulrich Hutten
Mußten ganz bestimmt sich rüsten
Gegen braun- und blaue Kutten;
Meine gehn wie andre Christen.

»Aber nenn uns doch die Feinde!«
Niemand soll sie unterscheiden:
Denn ich hab in der Gemeinde
Schon genug daran zu leiden.

Fulda 8 Uhr.

Buchstabe Nun
XXV Gasele

So lang man nüchtern ist
Gefällt das Schlechte,
Wie man getrunken hat
Weis man das Rechte,
Nur ist das Übermaas
Auch gleich zuhanden
Hafis o lehre mich
Wie du's verstanden.

Denn meine Meinung ist
Nicht übertrieben:

Wenn man nicht trinken kann
Soll man nicht lieben;
Doch sollt ihr Trinker euch
Nicht besser dünken,
Wenn man nicht lieben kann
Soll man nicht trinken.

26 Jul 1814.

DICHTEN ist ein Übermuth
Niemand schelte mich!
Habt getrost ein warmes Blut
Froh und frey wie ich.

Sollte ieder Stunde Pein
Bitter schmecken mir;
Würd ich auch bescheiden seyn
Und noch mehr als ihr.

Denn Bescheidenheit ist fein
Wenn das Mädchen blüht,
Sie will zart geworben seyn
Die den Rohen flieht.

Auch ist gut Bescheidenheit
Spricht ein weiser Mann,
Der von Zeit und Ewigkeit
Mich belehren kann.

Dichten ist ein Übermuth,
Treib es gern allein,
Freund und Frauen, frisch von Blut,
Kommt nur auch herein.

Mönchlein ohne Kapp und Kutt
Schwazz' nicht auf mich ein,
Zwar du machest mich caput,
Nicht bescheiden! Nein.

Deiner Phrasen leeres Was
Treibet mich davon,
Abgeschliffen hab ich das
An den Solen schon.

Wenn des Dichters Mühle geht
Halte sie nicht ein:
Denn wer einmal uns versteht
Wird uns auch verzeihn.

26 Jul 1814.

Keinen Reimer wird man finden
Der sich nicht den besten hielte,
Keinen Fiedler der nicht lieber
Eigne Melodieen spielte.

Und ich konnte sie nicht tadeln;
Wenn wir andern Ehre geben
Müssen wir uns selbst entadeln.
Lebt man denn wenn andre leben?

Und so fand ich es auch juste
In gewissen Antichambern,
Wo man nicht zu sondern wußte
Mäusedreck von Koriandern

Das Gewesne wollte hassen
Solche rüstige neue Besen,
Diese dann nicht gelten lassen
Was sonst Besen war gewesen.

Und wo sich die Völker trennen,
Gegenseitig im Verachten,
Keins von beyden wird bekennen
Daß sie nach demselben trachten.

Und das grobe Selbstempfinden
Haben Leute hart gescholten,
Die am wenigsten verwinden
Wenn die andern was gegolten.

26 Jul. 23 Dec 1814

⟨Lücke von ca. 8 Zeilen⟩

JESUS AUCH er darf da lehren
Paradisischen Gemeinen;
Wer will seinen Jüngern wehren
Daß sie sagen wie sie's meynen.

Himmlisch weibliche Naturen
Wandeln da im luftgen Hayne,
Abends immer sind sie Huren,
Jungfraun mit des Morgensscheine

Auch zugleich die Mutter Gottes
Die gar einen Sohn gebohren,
Und, zum Truz Satanschen Spottes,
Nicht am x + y verlohren.

Auch die Königinn des Himmel⟨s⟩
⟨Lücke von einem Vers⟩
Weil sie einen Sohn gebohren
Ist als Jungfrau benedeyet

ALS WENN DAS auf Nahmen ruhte!
Was sich schweigend nur entfaltet.
Lieb ich doch das schöne Gute
Wie es sich aus Gott gestaltet.

Jemand lieb ich, das ist nöthig,
Niemand haß ich; soll ich hassen

Auch dazu bin ich erbötig,
Hasse gleich in ganzen Massen

Willst sie aber näher kennen,
Sieh aufs Rechte, sieh aufs Schlechte,
Was sie ganz fürtrefflich nennen
Ist wahrscheinlich nicht das Rechte.

Denn das Rechte zu ergreifen
Muß man aus dem Grunde leben,
Und saalbadrisch auszuschweifen
Düncket mich ein seicht Bestreben.

Wohl! Herr Knitterer er kann sich
Mit Zersplitterer vereinen,
Und Verwitterer alsdann sich
Allenfalls der beste scheinen.

Daß nur immer in Erneuung
Jeder täglich neues höre,
Und zugleich auch die Zerstreuung
Jeden in sich selbst zerstöre.

Dies der Landsmann wünscht und liebet,
Mag er Deutsch mag Teutsch sich schreiben
Und das Lied nur heimlich piepet:
Also war es und wird bleiben.

d 27 Jul d. 22 Dec. 1814.

Ein Liebchen ist der Zeitvertreib,
auf den ich jetzt mich spitze,
Sie hat einen gar so schlanken Leib
und trägt eine Stachelmütze.

Dass des Hauses Glanz sich mehre
Als ein ewig Eigenthum
Und der Sohn so halt auf Ehre
Wie der Vater hielt auf Ruhm

*

Hör ich doch in deinen Liedern
O Hafis die Dichter loben
Sieh ich will es dir erwiedern
Herrlich den der Dank erhoben!

*

Seh ich zum Wagen heraus
Mich nach jemand um,
So macht er gleich was draus
Er denkt ich grüs ihn stumm
Und er hat recht.

Allleben

Staub ist eins der Elemente
Das du gar geschickt bezwingest
Hafis wenn, zu Liebchens Ehren,
Du ein zierlich Liedchen singest.

Denn der Staub auf ihrer Schwelle
Ist dem Teppich vorzuziehen,
Dessen goldgewirkte Blumen
Mahmuds Günstlinge beknieen.

Treibt der Wind von ihrer Pforte
Wolken Staubs behend vorüber,
Mehr als Moschus sind die Düfte
Sind als Rosenöl dir lieber.

Staub den hab ich längst entbehret
In dem stets umhüllten Norden,
Aber in dem heißen Süden
Ist er mir genugsam worden.

Doch schon längst daß liebe Pforten
Mir auf ihren Angeln schwiegen!
Heile mich Gewitterregen
Laß mich daß es grunelt riechen.

Wenn jetzt alle Donner rollen
Und der ganze Himmel leuchtet,
Wird der wilde Staub des Windes
Nach dem Boden hingefeuchtet.

Und sogleich entspringt ein Leben,
Schwillt ein heilig, heimlich wirken,
Und es grunelt und es grünet
In den irdischen Bezircken.

d. 29 Jul 1814
Unterwegs in der Nacht.

Buch Sad
Gasele I

Sagt es niemand, nur den Weisen,
Weil die Menge gleich verhöhnet,
Das Lebendge will ich preisen
Das nach Flammenschein sich sehnet.

In der Liebesnächte Kühlung,
Die dich zeugte wo du zeugtest,
Überfällt dich fremde Fühlung
Wenn die stille Kerze leuchtet.

Nicht mehr bleibest du umfangen,
In der Finsterniß Beschattung
Und dich reißet neu Verlangen
Auf zu höherer Begattung.

Keine Ferne macht dich schwierig
Kommst geflogen und gebannt,

Und zulezt des Lichts begierig
Bist du Schmetterling verbrannt.

Und so lang' du das nicht hast,
Dieses: Stirb und werde!
Bist du nur ein trüber Gast
Auf der duncklen Erde.

W.B. d. 31. Jul. 1814

»Du bist so stolz
Was heißt denn das!«
So nimm doch Holz
Und mach auch was.

*

»Was soll der Stolz
Das Gerede der Spott«
So nimm doch Holz
Und schniz auch einen Gott.

*

Flink soll sich der Mensch beweisen
Im Essen und Scheisen.

d. 25st⟨en⟩ Aug. 1814

Buchstabe Sa
Gasele XXII

Wer kann gebieten den Vögeln
Still zu seyn auf der Flur?
Und wer verbieten zu zappeln
Den Schafen unter der Schur?

Stell ich wohl mich ungebärdig
Wenn mir die Wolle kraust?
Nein! Die Ungebärden entzwingt mir
Der Scherer der mich zerzaust.

Wer will mir wehren zu singen
Nach Lust zum Himmel hinan?
Den Wolken zu vertrauen
Wie lieb sie mirs angethan.

Wiesb. d. 31 Aug 1814.

Über meines Liebchens Äugeln
Stehn verwundert alle Leute,
Ich, der Wissende, dagegen
Weiß allein was das bedeute

Denn es heißt: Ich liebe diesen,
Und nicht etwa den und jenen,
Lasset nur ihr guten Leute
Euer Wundern, euer Sehnen.

Ja, mit ungeheuren Mächten
Blicket Sie wohl in die Runde;
Doch sie sucht nur zu verkünden
Ihm die nächste süße Stunde.

Wiesb. d. 31 Aug 1814

Was der August nicht thut
Macht der September gut.

Wiesbaden d. 1. Sept. 1814 Goethe

Herrenrecht
und
Dienstpflicht

Wer befehlen kann wird loben
Und er wird auch wieder schelten,
Und das muß dir, treuer Diener,
Eines wie das andre gelten.

Denn er lobt wohl das Geringe,
Schilt auch, wo er sollte loben,
Aber bleibst du guter Dinge
Wird er dich zulezt erproben.

Und so haltets auch ihr Hohen
Gegen Gott, wie der Geringe,
Thut und leidet, wie sichs findet,
Bleibt nur immer guter Dinge.

Schenke
spricht

Du, mit deinen braunen Locken
Geh mir weg verschmitzte Dirne!
Schenck' ich meinem Herrn zu Dancke
Nun so küßt er mir die Stirne.

Aber du, ich wollte wetten,
Bist mir nicht damit zufrieden,
Deine Wangen, deine Brüste
Werden meinen Freund ermüden.

Glaubst du wohl mich zu betrügen
Daß du jetzt verschämt entweichest?
Auf der Schwelle will ich liegen
Und erwachen wenn du schleichest.

Octbr 1814

Schencke

Welch ein Zustand! Herr, so späte
Schleichst du heut aus deiner Kammer,
Perser nennen's Bidamag buden,
Deutsche sagen Katzenjammer.

Dichter

Laß mich jetzt geliebter Knabe
Mir will nicht die Welt gefallen,
Nicht der Schein, der Duft der Rose
Nicht der Sang der Nachtigallen.

Schenke

Eben das will ich behandlen
Und ich denck es soll mir klecken,
Hier genieß die frischen Mandeln
Und der Wein wird wieder schmecken.

Dann will ich auf der Terrasse
Dich mit frischen Lüften tränken,
Wie ich dich in's Auge fasse
Giebst du einen Kuß dem Schencken.

Schau! die Welt ist keine Höhle,
Immer reich an Brut und Nestern,
Rosenduft und Rosenöle!
Bulbul auch sie singt wie gestern.

Octbr 1814

Schenke

Nennen dich den großen Dichter
Wenn dich auf dem Marckte zeigest;
Gerne hör ich wenn du singest,
Und ich horche wenn du schweigest.

Doch ich liebe dich noch lieber
Wenn du küssest zum erinnern,

Denn die Worte gehn vorüber
Und der Kuß der bleibt im Innern.

Reim auf Reim will was bedeuten,
Besser ist es viel zu dencken.
Singe du den andern Leuten
Und verstumme mit dem Schencken.

Octbr 1814

Schencke

HEUTE HAST DU gut gegessen
Doch du hast noch mehr getruncken,
Was du bey den Mahl vergessen
Ist in diesen Napf gesuncken.

Sieh, das nennen wir ein Schwänchen
Wie's dem satten Gast gelüstet,
Dieses bring ich meinem Schwane
Der sich auf den Wellen brüstet.

Doch vom Singschwan will man wissen
Daß er sich zu Grabe läutet;
Laß mich jedes Lied vermissen,
Wenn es auf dein Ende deutet.

Octbr 1814

WER WIRD von der Welt verlangen?
Was sie selbst vermißt und träumet,
Rückwärts oder seitwärts blickend
Stets den Tag des Tags versäumet.
Ihr Bemühn, ihr guter Wille
Hinckt nur nach dem raschen Leben
Und was du vor Jahren brauchtest
Möchte sie dir heute geben.

Wandrers Gemüthsruhe

Über's Niederträchtige
Niemand sich beklage;
Denn es ist das Mächtige,
Was man dir auch sage.

In dem Schlechten waltet es
Sich zu Hochgewinne,
Und mit Rechtem schaltet es
Ganz nach seinem Sinne.

Wandrer! – Gegen solche Noth
Wolltest du dich sträuben?
Wirbelwind und trocknen Koth
Laß sie drehn und stäuben.

W. d. 19 Nov. 1814.

Wo ist einer der sich quälet
Mit der Last die wir getragen?
Wenn es an Gestalten fehlet,
Ist ein Kreuz geschwind geschlagen.

Pfaffenhelden singen sie,
Frauen wohl empfohlen,
Oberleder bringen sie,
Aber keine Solen.

Jung und Alte, groß und klein,
Gräßliches Gelichter!
Niemand will ein Schuster seyn,
Jedermann ein Dichter.

Alle kommen sie gerennt
Möchten's gerne treiben;
Doch wer keinen Leisten kennt
Wird ein Pfuscher bleiben.

Willst du das verfluchte Zeug
Auf dem Markte kaufen,
Wirst du, eh es möglich deucht,
Wirst du barfuß laufen.

Die Menge
spricht

Strenge Fräulein zu begrüßen
Muß ich mich bequemen;
Mit den lüderlichen Süßen
Werd' ich's leichter nehmen.

Auf der Bühne lieb' ich droben
Keine Redumschweife,
Soll ich denn am Ende loben
Was ich nicht begreife?

Lose faßliche Gebärden
Können mich verführen;
Lieber will ich schlechter werden
Als mich ennuyiren.

Sey das Wort die Braut genannt
Bräutigam der Geist!
Diese Hochzeit hat gekannt
Wer Hafisen preist.

Dass du nicht enden kannst das macht dich gros,
Und daß du nie beginnst das ist dein Loos.
Dein Lied ist drehend wie das Sterngewölbe,
Anfang und Ende immer ist's dasselbe,
Und was die Mitte bringt ist offenbar
Das was zu Ende bleibt und Anfangs war.

Du bist der Freuden ächte Dichterquelle,
Und ungezählt entfliest dir Well auf Welle.
Zum Küssen stets bereiter Mund,
Ein Brustgesang der lieblich fließet,
Zum Trinken stets gereizter Schlund
Ein gutes Herz das sich ergießet.

Und mag die ganze Welt versincken,
Hafis mit dir, mit dir allein
Will ich wetteifern! Lust und Pein
Sey uns den Zwillingen gemein!
Wie du zu lieben und zu trincken
Das soll mein Stolz, mein Leben seyn.

Nun töne Lied mit eignem Feuer;
Denn du bist älter, du bist neuer.

In deine Reimart hoff ich mich zu finden,
Das Wiederholen soll mir auch gefallen,
Erst werd ich Sinn, sodann auch Worte finden;
Zum zweytenmal soll mir kein Klang erschallen,
Er müßte denn besondern Sinn begründen,
Wie du's vermagst begünstigter vor allen.

Denn, wie ein Funcke, fähig zu entzünden
Die Kayserstadt, wenn Flammen grimmig wallen,
Sich, winderzeugend, glühn von eignen Winden,
Er, schon erloschen, schwand zu Sternenhallen;
So schlang's von dir sich fort, mit ewgen Gluten
Ein deutsches Herz von frischem zu ermuthen.

—

Zugemeßne Rhytmen reizen freylich,
Das Talent erfreut sich wohl darin;
Doch wie schnelle widern sie abscheulich,
Hole Masken, ohne Blut und Sinn.
Selbst der Geist erscheint sich nicht erfreulich,
Wenn er nicht, auf neue Form bedacht,
Jener todten Form ein Ende macht.

Sie haben dich heiliger Hafis
Die mystische Zunge genannt,
Und haben, die Wortgelehrten,
Den Werth des Worts nicht erkannt.

Mystisch heißest du ihnen,
Weil sie närrisches bey dir dencken,
und ihren unlautern Wein
In deinem Nahmen verschencken.

Du aber bist mystisch rein
Weil sie dich nicht verstehn,
Der, ohne fromm zu seyn, selig bist!
Das wollen sie nicht zugestehn.

Jena 10 Dec. 1814.

Und doch haben die Recht die ich schelte:
Denn daß ein Wort nicht einfach gelte
Das müßte sich wohl von selbst verstehn.
Das Wort ist ein Fächer! Zwischen den Stäben
Blicken ein paar schöne Augen hervor.
Der Fächer ist nur ein lieblicher Flor,
Er verdekt mir zwar das Gesicht;
Aber das Mädchen verbirgt er nicht,
Weil das Schönste was sie besitzt
Das Auge, mir in's Auge blitzt.

Der Winter und Timur

So umgab sie nun der Winter
Mit gewaltgem Grimme. Streuend
Seinen Eishauch zwischen alle
Hetzt er die verschiednen Winde
Widerwärtig auf sie ein.
Über sie gab er Gewaltkraft
Seinen frostgespitzten Stürmen

Stieg in Timurs Rath hernieder
Schrie ihn drohend an und sprach so:
Leise, langsam, Unglückselger!
Wandle du Tyrann des Unrechts;
Sollen länger noch die Herzen
Sengen, brennen deinen Flammen.
Bist du der verdammten Geister
Einer, wohl! ich bin der andre.
Du bist Greis, ich auch, erstarren
Machen wir so Land als Menschen
Mars! Du bists! ich bin Saturnus,
Übelthätige Gestirne
Im Verein die Schreklichsten.
Tödest du die Seele, kältest
Du den Luftkreis; meine Lüfte
Sind noch kälter als du seyn kannst.
Quälen deine wilden Heere
Gläubige mit tausend Martern;
Wohl, in meinen Tagen soll sich,
Geb es Gott! was schlimmres finden
Und bey Gott! Dir schenck ich nichts
Ja, ⟨nimm⟩ hin was ich dir biete!
Ja bey Gott! von Todeskälte
Nicht, o Greis, vertheidgen soll dich
Breite Kohlenglut vom Heerde
Keine Flamme des Decembers.

Jena d. 11 Dec. 1814.

Und was im *Pend-Nameh*[a)] steht
Ist dir aus der Brust geschrieben:
Jeden dem du selber giebst
Wirst du wie dich selber lieben.
Reiche froh den Pfennig hin,
Häufe nicht ein Gold-Vermächtniß,
Eile freudig vorzuziehn
Gegenwart vor dem Gedächtniß.

a) Cap. 69.

Mag der Grieche seinen Thon
Zu Gestalten drücken,
An der eignen Hände Sohn
Steigern sein Entzücken;

Aber uns ist wonnereich
In den Euphrat greifen,
Und im flüßgen Element
Hin und wieder schweifen.

Löscht ich so der Seele Brand
Lied es wird erschallen;
Schöpft des Dichters reine Hand
Wasser wird sich ballen.

Fünf Dinge
Pend-nâmeh. Cap. 46.

Fünf Dinge bringen fünfe nicht hervor,
Du! dieser Lehre öffne du dein Ohr:
In Königsherzen mag nicht Freundschaft sprossen;
Unhöflich sind der Niedrigkeit Genossen;
Ein Bösewicht gelangt zu keiner Größe;
Der Neidische erbarmt sich nicht der Blöße;
Der Lügner hofft vergeblich Treu und Glauben;
Das halte fest und laß dirs niemals rauben.

Fünf andre

Was verkürzt mir die Zeit?
  Thätigkeit!
Was macht sie unerträglich lang?
  Müßiggang!
Was bringt in Schulden?
  Harren und Dulden!
Was macht Gewinnen?
  Nicht lange besinnen!
Was bringt zu Ehren?
  Sich wehren!

Jena d. 15 Dec. 1814
Jena d. 16 Dec 1814

DAS LEBEN ist ein Gänsespiel:
Je mehr man vorwärts gehet,
Je früher kommt man an das Ziel,
Wo niemand gerne stehet.

Man sagt die Gänse wären dumm,
O! glaubt mir nicht den Leuten:
Denn eine sieht einmal sich rum
Mich rückwärts zu bedeuten.

Ganz anders ist's in dieser Welt
Wo alles Vorwärts drücket,
Wenn einer stolpert oder fällt
Keine Seele rükwärts bliket.

Jena d 15 Dec. 1814

SOMMERNACHT

Dichter

Niedergangen ist die Sonne
Doch in Westen glänzt es immer,
Wissen möcht ich wohl, wie lange
Dauert noch der goldne Schimmer?

Schenke

Willst du Herr so will ich bleiben,
Warten, außer diesen Zelten,
Ist die Nacht des Schimmers Herrin,
Komm ich gleich es dir zu melden.

Denn ich weiß du liebst das Droben,
Das Unendliche zu schauen,
Wenn sie sich einander loben
Jene Feuer in dem Blauen.

Und das hellste will nur sagen
Jetzo glänz ich meiner Stelle,
Wollte Gott euch mehr betagen
Glänztet ihr wie ich so helle.

Denn vor Gott ist alles herrlich,
Eben weil er ist der beste,
Und so schläft nun aller Vogel
In dem gros und kleinen Neste.

Einer sitzt auch wohl gestängelt
Auf den Ästen der Cypresse,
Wo der laue Wind ihn gängelt
Bis zu Thaues luftger Nässe.

Solches hast du mich gelehret
Oder etwas auch dergleichen,
Was ich je dir abgehöret
Wird dem Herzen nicht entweichen.

Eule will ich, deinetwegen,
Kauzen hier auf der Terasse,
Bis ich erst des Nordgestirnes
Zwillings-Wendung wohl erpasse.

Und da wird es Mitternacht seyn,
Wo du oft zu früh ermunterst,
Und dann wird es eine Pracht seyn,
Wenn das All mit mir bewunderst.

Dichter

Zwar in diesem Duft und Garten
Tönet Bulbul ganze Nächte,
Doch du könntest lange warten
Bis die Nacht so viel vermöchte.

Denn in dieser Zeit der Flora,
Wie das Griechen-Volk sie nennet,
Die Strohwittwe, die Aurora
Ist in Hesperus entbrennet.

Sieh dich um! sie kommt! wie schnelle!
Über Blumenfelds Gelänge! –
Hüben hell und drüben helle,
Ja die Nacht kommt ins Gedränge.

Und auf rothen leichten Solen
Ihn, der mit der Sonn entlaufen,
Eilt sie irrig einzuhohlen
Fühlst du nicht ein Liebe-Schnaufen?

Geh nur, lieblichster der Söhne,
Tief in's Innre schlies die Thüren
Denn sie möchte deine Schöne
Als den Hesperus entführen.

Jena d. 16 Dec 1814.

EVA VERZIEHEN sei dir! es haben ja Söhne der Weisheit
Rein geplündert den Baum, welchen der Vater gepflanzt.

WORAUF KOMMT es überall an,
Daß der Mensch gesundet?
Jeder höret gern den Schall an
Der zum Ton sich rundet.

Alles weg! was deinen Lauf stört!
Nur kein düster Streben!
Eh er singt und eh er aufhört
Muß der Dichter leben.

Und so muß des Lebens Erzklang
Durch die Seele dröhnen
Fühlt der Dichter sich das Herz bang
Wird sich selbst versöhnen.

W. d. 23 Dec 1814

Hegire

Nord und West und Süd zersplittern,
Throne bersten, Reiche zittern,
Flüchte du, im reinen Osten,
Patriarchenluft zu kosten,
Unter Lieben, Trinken, Singen
Soll dich Chisers Quell verjüngen.

Dort, im Reinen und im Rechten,
Will ich menschlichen Geschlechten
In des Ursprungs Tiefe dringen,
Wo sie noch von Gott empfingen
Himmelslehr' in Erdesprachen,
Und sich nicht den Kopf zerbrachen.

Wo sie Väter hoch verehrten,
Jeden fremden Dienst verwehrten,
Will mich freun der Jugendschranke,
Glaube weit, eng der Gedanke
Wie das Wort so wichtig dort war,
Weil es ein gesprochen Wort war.

Will mich unter Hirten mischen,
An Oasen mich erfrischen,
Wenn mit Caravanen wandle,
Schawl, Caffee und Moschus handle
Jeden Pfad will ich betreten
Von der Wüste zu den Städten.

Bösen Felsweg auf und nieder
Trösten Hafis deine Lieder,
Wenn der Führer mit Entzücken,
Von des Maulthiers hohem Rücken,
Singt, die Sterne zu erwecken,
Und die Räuber zu erschrecken.

Will in Bädern und in Schencken
Heilger Hafis dein gedencken,
Wenn den Schleyer Liebchen lüftet,

Schüttlend Ambralocken düftet.
Ja des Dichters Liebeflüstern
Mache selbst die Houris lüstern.

Wolltet ihr ihm dies beneiden,
Oder etwa gar verleiden;
Wisset nur daß Dichterworte
Um des Paradieses Pforte,
Immer leise klopfend schweben,
Sich erbittend ewges Leben.

W. d. 24 Dec. 1814

Den Drillings-Freunden von Coelln gegenwärtig in Heidelberg

Mit einem Bildniß.

Der Abgebildete
Vergleicht sich billig
Heilgem Dreykönige,
Dieweil er, willig,
Dem Stern der Osten her
Wahrhaft erschienen
Auf allen Wegen war
Bereit zu dienen.

Der Bildner gleichenfalls
Vergleicht sich eben
Dem Reiter der den Hals
Daran gegeben,
Wie Hemmlinck auch gethan,
Ein Held geworden,
Durch edle Manneskraft
Ritter vom Orden.

Darum zusammen sie
EUCH nun verehren,
Die zum Vergangenen
Muthig sich kehren;

Karl Joseph Raabe
Goethe
Ölgemälde
1814

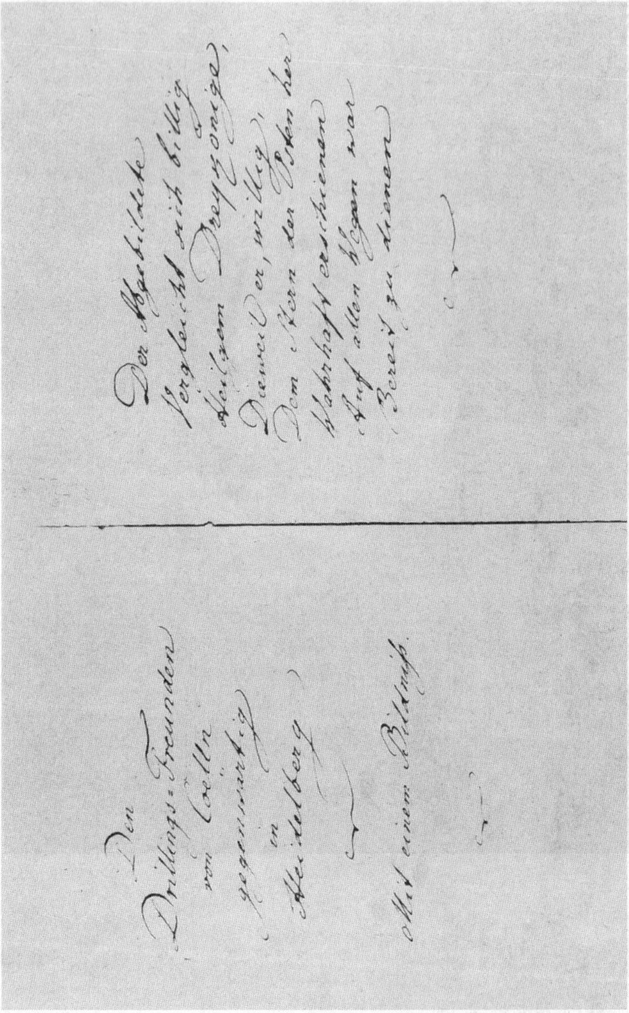

Den
Drillings=Freunden
von Coelln
gegenwärtig
in
Heidelberg

Mit einem Bildniß.

Der Abgebildete
Vergleicht sich billig
Heiligem Dreykönige,
Dieweil er, willig,
Dem Stern von Osten her
Wahrhaft erschienen
Auf allen Wegen war
Bereit zu dienen

DEN DRILLINGS-FREUNDEN VON COELLN
Widmung und 1. Strophe des Gedichts

Stein, Heilige, Sammt und Gold –
Männiglich strebend
Und altem Tage hold –
Fröhlich belebend.

Goethe Raabe
Weimar
am Christfeste 1814

Gegen soviel schöne Dinge
Weis ich nicht was ich Dir bringe.
Späne, die sich leicht entzünden,
Licht, in dunckler Nacht zu finden;
Becher, die den Wein verbessern,
Feinde von gefüllten Fässern;
Süßigkeit auf Süßigkeiten!
Alles kann nur Glück bedeuten,
Welches all, im nächsten Jahre,
Holde Geberinn, erfahre.

Weimar d. 26. Dez. 1814. J W. Goethe

Sieben Schläfer

Sechs begünstigte des Hofes
Fliehen vor des Kaisers Grimme,
Der als Gott sich läßt verehren
Doch als Gott sich nicht bewähret:
Denn ihn hindert eine Fliege
Guter Bissen sich zu freuen.
Seine Diener scheuchen, wedlend,
Nicht verjagen sie die Fliege.
Sie umschwärmt ihn, sticht und irret,
Und verwirrt die ganze Tafel,
Kehret wieder wie des hämischen
Fliegengottes Abgesandter.

Nun! so sagen sich die Knaben,
Sollt ein Flieglein Gott verhindern?
Sollt ein Gott auch trinken, speisen,
Wie wir andern. Nein! der Eine
Der die Sonn' erschuf, den Mond auch,
Und der Sterne Glut uns wölbte,
Dieser ist's, wir fliehn! – Die zarten
Leicht beschuht, beputzte Knaben
Nimmt ein Schäfer auf, verbirgt sie,
Und sich selbst, in Felsenhöle.
Schäfershund er will nicht weichen,
Weggescheucht, den Fuß zerschmettert,
Drängt er sich an seinen Herren,
Und gesellt sich zum Verborgnen
Zu den Lieblingen des Schlafes.

Und der Fürst, dem sie entflohen,
Liebentrüstet, sinnt auf Strafen,
Weiset ab so Schwerdt als Feuer,
In die Höle sie mit Ziegeln
Und mit Kalk sie läßt vermauern.

Aber jene schlafen immer,
Und der Engel, ihr Beschützer,
Sagt, vor Gottes Thron, berichtend:
So zur Rechten, so zur Lincken
Hab ich immer sie gewendet,
Daß die Schönen, jungen Glieder
Nicht des Moders Qualm verletze.
Spalten riß ich in die Felsen
Daß die Sonne, steigend, sinkend,
Junge Wangen frisch erneute.
Und so liegen sie beseligt. –
Auch, auf heilen Vorderpfoten,
Schläft das Hündlein süßen Schlummers.

Jahre fliehen, Jahre kommen
Wachen endlich auf die Knaben,
Und die Mauer, die vermorschte
Altershalben ist gefallen.

Und Jamblika sagt, der Schöne,
Ausgebildete vor allen,
Als der Schäfer fürchtend zaudert:
Lauf ich hin! und hol euch Speise,
Leben wag ich und das Goldstück.

Ephesus, gar manches Jahr schon,
Ehrt die Lehre des Propheten
Jesus. (Friede sey dem Guten)

Und er lief, da war der Thore
Wart und Thurn und alles anders.
Doch zum nächsten Beckerladen
Wandt er sich nach Brot in Eile. –
Schelm! So rief der Becker, hast du
Jüngling, einen Schatz gefunden!
Gieb mir, dich verräth das Goldstück,
Mir die Hälfte zum Versöhnen!

Und sie hadern – Vor den König
Kommt der Handel; auch der König
Will nur theilen wie der Becker.

Nun bethätigt sich das Wunder,
Nach und nach, aus hundert Zeichen.
An dem selbsterbauten Pallast
Weiß er sich sein Recht zu sichern.
Denn ein Pfeiler durchgegraben
Führt zu scharfbenamsten Schätzen.
Gleich versammlen sich Geschlechter
Ihre Sippschaft zu beweisen.
Und als UrUrvater prangend
Steht Jamlikas Jugendfülle.
Wie von Ahnherrn hört er sprechen
Hier von seinem Sohn und Enckeln.
Der Urenckel Schaar umgiebt ihn,
Als ein Volck von tapfern Männern,
Ihn den jüngsten zu verehren.
Und ein Merkmal übers andre
Dringt sich auf, Beweiß vollendend;

Sich und den Gefärten hat er
Die Persönlichkeit bestätigt.

Nun, zur Höle kehrt er wieder,
Volck und König ihn geleiten. –
Nicht zum König nicht zum Volcke
Kehrt der Auserwählte wieder:
Denn die Sieben, die von lang' her,
Achte waren's mit dem Hunde,
Sich von aller Welt gesondert,
Gabriels geheim Vermögen
Hat, gemäs dem Willen Gottes,
Sie dem Paradies geeignet,
Und die Höle schien vermauert.

Jena
Ende Dec. 1814
— May. 1815.
Wiesb.

Einladung

Mußt nicht vor dem Tage fliehen:
Denn der Tag den du ereilest
Ist nicht besser als der heutge;
Aber wenn du froh verweilest
Wo ich mir die Welt beseit'ge,
Um die Welt an mich zu ziehen;
Bist du gleich mit mir geborgen
Heut ist heute, morgen morgen,
Und was folgt und was vergangen
Reißt nicht hin und bleibt nicht hangen.
Bleibe du, mein Allerliebstes,
Denn du bringst es und du giebst es.

Sylvester Abend 1814

Gute Nacht!

Nun so legt euch liebe Lieder
An den Busen meinem Volcke
Und in einer Moschus Wolcke
Hüte Gabriel die Glieder
Des Ermüdeten gefällig,
Daß er frisch und wohlerhalten,
Froh wie immer, gern gesellig,
Möge Felsenklüffte spalten,
Um des Paradieses Weiten,
Mit Heroen aller Zeiten,
Im Genusse zu durchschreiten;
Wo das Schöne, stets das Neue,
Immer wächst nach allen Seiten,
Daß die Unzahl sich erfreue.
Ja, das Hündlein gar, das treue,
Darf die Herren hinbegleiten.

NICHT NÄHER DATIERBARES AUS BAND 2 DER GESAMTAUSGABE VON 1815

Räthsel

Viel Männer sind hoch zu verehren,
Wohlthätige durch Werk und Lehren;
Doch wer uns zu erstatten wagt,
Was die Natur uns ganz versagt,
Den darf ich wohl den größten nennen:
Ich denke doch, ihr müßt ihn kennen?

Erklärung einer antiken Gemme

Es steht ein junger Feigenstock
In einem schönen Garten;
Daneben sitzt ein Ziegenbock,
Als wollt' er seiner warten.

Allein, Quiriten, wie man irrt!
Der Baum ist schlecht gehütet;
Und ihm zur andern Seite schwirrt
Ein Käfer ausgebrütet.

Es fliegt der Held mit Panzerbrust
Und naschet in den Zweigen,
Und auch der Bock hat große Lust,
Gemächlich aufzusteigen.

Drum seht ihr Freunde schon beynah
Das Bäumchen nackt von Blättern;
Es stehet ganz erbärmlich da
Und flehet zu den Göttern.

Drum hört die guten Lehren an,
Ihr Kinder zart von Jahren:
Vor Ziegenbock und Käferzahn
Soll man ein Bäumchen wahren!

Neologen

Ich begegnet' einem jungen Mann,
Ich fragt' ihn um sein Gewerbe;
Er sagt': ich sorge, wie ich kann,
Daß ich mir, eh ich sterbe,
Ein Bauergütchen erwerbe.
Ich sagte: das ist sehr wohl gedacht;
Und wünschte, er hätt' es so weit gebracht.
Da hört' ich: er habe vom lieben Papa
Und eben so von der Frau Mama
Die allerschönsten Rittergüter.

—

Das nenn' ich doch originale Gemüther.

Kläffer

Wir reiten in die Kreuz' und Quer'
Nach Freuden und Geschäften;
Doch immer kläfft es hinterher
Und billt aus allen Kräften.
So will der Spitz aus unserm Stall
Uns immerfort begleiten,
Und seines Bellens lauter Schall
Beweis't nur, daß wir reiten.

Vertrauen

A. Was krähst du mir und thust so groß:
»Hab' ich doch ein köstlich Liebchen!« –
So weis' mir sie doch! Wer ist sie denn?
Die kennt wohl manches Bübchen!

B. »Kennst du sie denn, du Lumpenhund?« –
A. Das will ich g'rad' nicht sagen;
Doch hat sie wohl auch zu guter Stund
Dem und Jenem nichts abgeschlagen.

B. »Wer ist denn der *Der* und der *Jener* denn?
Das sollst du mir bekennen!
Ich schlage dir gleich den Schädel ein,
Wenn du sie mir nicht kannst nennen!«

A. Und schlügst du mir auch den Schädel ein,
Da könnt' ich ja nimmer reden;
Und wenn du denkst: »mein Schätzel ist gut!«
Ist weiter ja nichts vonnöthen.

Totalität

Ein Cavalier von Kopf und Herz
Ist überall willkommen;
Er hat mit feinem Witz und Scherz
Manch Weibchen eingenommen:
Doch wenn's ihm fehlt an Faust und Kraft,
Wer mag ihn dann beschützen?
Und wenn er keinen Hintern hat,
Wie mag der Edle sitzen?

Gesellschaft

Aus einer großen Gesellschaft heraus
Ging einst ein stiller Gelehrter zu Haus.
Man fragte: Wie seyd ihr zufrieden gewesen?
»Wärens Bücher, sagt er, ich würd' sie nicht lesen.«

Probatum est

A.
Man sagt: Sie sind ein Misanthrop!

B.
Die Menschen hass' ich nicht, Gott Lob!
Doch Menschenhaß er blies mich an,
Da hab' ich gleich dazu gethan.

A.
Wie hat sich's denn so bald gegeben?

B.
Als Einsiedler beschloß ich zu leben.

Ursprüngliches

A.
Was widert dir der Trank so schal?

B.
Ich trinke gern aus dem frischen Quall.

A.
Daraus kam aber das Bächlein her!

B.
Der Unterschied ist bedeutend sehr:
's wird immer mehr fremden Schmack gewinnen;
Es mag nur immer weiter rinnen.

Den Guten

Laßt euch einen Gott begeisten,
Euch beschränket nur mein Sagen.
Was ihr könnt, ihr werdets leisten;
Aber müßt mich nur nicht fragen.

Den Besten

Die Abgeschiednen betracht' ich gern,
Stünd' ihr Verdienst auch noch so fern;
Doch mit den Edlen lebendigen Neuen
Mag ich, wetteifernd, mich lieber freuen.

Spruch, Widerspruch

Ihr müßt mich nicht durch Widerspruch verwirren!
Sobald man spricht, beginnt man schon zu irren.

Keins von allen

Wenn du dich selber machst zum Knecht,
Bedauert dich Niemand, geht's dir schlecht;
Machst du dich aber selbst zum Herrn,
Die Leute sehn es auch nicht gern;
Und bleibst du redlich wie du bist,
So sagen sie, daß nichts an dir ist.

Lebensart

Über Wetter- und Herren-Launen
Runzle niemals die Augenbraunen;
Und bey den Grillen der hübschen Frauen
Mußt du immer vergnüglich schauen.

Bedingung

Ihr laßt nicht nach, ihr bleibt dabey,
Begehret Rath, ich kann ihn geben;
Allein, damit ich ruhig sey,
Versprecht mir, ihm nicht nachzuleben.

Das Beste

Wenn dir's in Kopf und Herzen schwirrt,
Was willst du Beßres haben!
Wer nicht mehr liebt und nicht mehr irrt,
Der lasse sich begraben.

Breit wie lang

Wer bescheiden ist, muß dulden,
Und wer frech ist, der muß leiden;
Also wirst du gleich verschulden,
Ob du frech seyst, ob bescheiden.

Lebensregel

Willst du dir ein hübsch Leben zimmern,
Mußt dich ums Vergangne nicht bekümmern;
Das Wenigste muß dich verdrießen;
Mußt stets die Gegenwart genießen,
Besonders keinen Menschen hassen
Und die Zukunft Gott überlassen.

Frisches Ey, gutes Ey

Enthusiasmus vergleich' ich gern
Der Auster, meine lieben Herrn,
Die, wenn ihr sie nicht frisch genoßt,
Wahrhaftig ist eine schlechte Kost.
Begeistrung ist keine Heringswaare,
Die man einpökelt auf einige Jahre.

Selbstgefühl

Jeder ist doch auch ein Mensch!! –
Wenn er sich gewahret;
Sieht er, daß Natur an ihm
Wahrlich nicht gesparet.
Daß er manche Lust und Pein
Trägt als Er und eigen.
Sollt er nicht auch hinterdrein
Wohlgemuth sich zeigen.

Beyspiel

Wenn ich 'mal ungedultig werde,
Denk' ich an die Gedult der Erde,
Die, wie man sagt, sich täglich dreht
Und jährlich so wie jährlich geht.
Bin ich denn für was andres da? –
Ich folge der lieben Frau Mama.

Umgekehrt

Sind die im Unglück die wir lieben,
Das wird uns wahrlich baß betrüben;
Sind aber glücklich, die wir hassen,
Das will sich gar nicht begreifen lassen;
Umgekehrt ist's ein Jubilo,
Da sind wir Lieb- und Schadenfroh.

Fürstenregel

Sollen die Menschen nicht denken und dichten,
Müßt ihr ihnen ein lustig Leben errichten;
Wollt ihr ihnen aber wahrhaft nützen;
So müßt ihr sie scheeren und sie beschützen.

Lug oder Trug?

Darf man das Volk betrügen?
Ich sage nein!
Doch willst du sie belügen,
So mach' es nur nicht fein.

Wie du mir, so ich dir

Mann mit zugeknöpften Taschen,
Dir thut Niemand was zu lieb':
Hand wird nur von Hand gewaschen;
Wenn du nehmen willst, so gieb!

Zeit und Zeitung

A.
Sag' mir, warum dich keine Zeitung freut?

B.
Ich liebe sie nicht, sie dienen der Zeit.

Zeichen der Zeit

Hör' auf die Worte *harum horum*:
Ex tenui Spes Seculorum.
Willst du die *harum horum* kennen,
Jetzt werden sie dir sich selber nennen.

GEDICHTFRAGMENTE UND -ENTWÜRFE DEZEMBER 1814 BIS MAI 1815

WENN ALLE sprechen
Ganz gewiß da hört man keinen.

SOLCHER BANDE darf sich niemand rühmen
Als wer selbst von Banden frey sich fühlt
Und wer heiter im Absurden spielt
Den wird auch wohl das Absurde ziemen.

UND SO ISTS auch Hafisen ergangen
Der doch der bestbegabte war.

UND IN Alammannen Mundart
Auch den Perser überbieten.

SOLLT ICH NICHT ein Gleichniß brauche⟨n⟩
Wie es mir beliebt
Da uns Gott des Lebens Gleichnis
In der Mucke giebt.

*

SOLLT ICH NICHT ein Gleichniß brauchen
Wie es mir beliebt
Da mir Gott in Liebchens Au⟨ge⟩n
Sich im Gleichniß giebt.

Wisst ihr denn was Liebchen heiße
Wißt ihr welchen Wein ich preise

Traue nicht dem Truncken Weisen
Denn er stielt dir dein Geheimniß.

Wenn du dieses hörst, so achte sie alt die Welt
Viele Jahre sind seitdem über Berge und Thäler
Verflossen, und so werden noch viele verfliesen.

Untergang der Zund-Dynastie

Uli Khan auf der Terasse
Sas er und empfing Berichte
Daß aus Mazenderan nähere
Kriegesvolk
Nachricht folgt auf Nachricht

Uli Khan den Krieg zu enden
Eilt nach Kerman. Habt ihr alle
Hast du Ibrahim vergessen
Daß ich einst dich Vater nannt
Nachricht folgt auf Nachricht

Uli Khan der hoch verehrte
Muß sein Weib und sein⟨e⟩ K⟨ind⟩er
Sind nach Tubus hingebrach⟨t⟩

DIESER KLUGE RATH den Weltbeherrscher
Brachte wieder zu Sinnen;
Ihn zu befolgen eilt er.
Befahl daß man sogleich die Schlanken
Die schnellfüßigen Rosse sattlen solle.
Eilig macht er sich mit den mächtigen Reiterscharen auf,
Mit allen mannhaften Dienern und Kriegern
Ras't durch's Land, das er sich angeeignet.
Mögen seinem Wege Hütten und Paläste
Rauchen, fallen, rächend eilt er weiter.

Und Feridun's Krieger hören seinen Anmarsch
Rücken ihm ergrimmt auf allen Wegen zu,
Treffen den Feind, greifen ihn an
Werfen die muthigen Reiter in Staub.
Feld und Ortschaft, Gärten und Flecken
Alles ist aufgeregt, gegen ihn kämpfend.
Fenster mit Hausbesitzern,
Allen, kampftheilnehmenden, besetzt,
Alle Feridun ergeben.

Niedrig lehmene Dächer, hohe Erker steinern
Regnen Schwerdter, Pappel-pfeile, hagelartig
In die Straße, wie aus finstern Wolken.
Keine Zuflucht blieb ihm so auf Erden
In der Hauptstadt selbst alle die Jünglinge
So wie die kriegserfahrenen Greise
Stießen zu den Scharen Feridun's
Entwunden Sohak's trügerischer Fessel.

Aus den Tempeln der Magier erschallt die Stimme:
Wenn sich der neue König auf den Thron hebt,
Werden wir, Junge und Alte, ihm huldigen,
Jeder von uns seinen Gesetzen gehorchen;
Nicht wollen wir die Herrschaft Sohak's,
Des drachengebrandmarkten gottlosen nicht. –
Bürger und Krieger, gleich Hügeln erhabene Männer,
Zogen nun überall vereint zum Kampfe.
Staubwolken aus der hellen schönen Stadt
Erhoben sich, die strahlende Sonne verdunkelnd.

Und so war er entsetzt, vertrieben aus seiner Stadt
Ausgestoßen aus der Burg
Kaum hielten seine Krieger noch das Feld.
Mit Triumph nun den Burgraum
Feridun in Besitz nimmt,
In Besitz alle Schätze zusammen,
Und die Schätze der Schätze
Die schönen Frauen sämmtlich.

Alles wagt nun Sohak verzweiflend,
Sein Heer verlassend,
In schwarze Rüstung gehüllt,
Schleicht der kühn zur bekannten Burg,
Nicht unbewußt, der Tyrann,
Vielfacher Wege des Kommens und Gehens
Des Unternehmens und Fliehens.
Die höchste Zinne schleichend erreicht er.
Von dort sieht er seine Höfe erfüllet
Von fremdem Kriegsvolk, seine Gäng' und Lauben
Von fremder Dienerschaft durchkreuzt
Und o! in seinem Innersten der Gärten
Die Liebste, die Schwarzäugige Schehernas
Mit Zauberkränzen scherzend um Feridun.
Lebhafte Wangen, rabenschwarze Locken,
Rubinen Lippen, Spott und Hohn auf Sohak.
Sie war so ruhig so daß Gott sie schützte.
Ihm schien Errettung aus dem Bande des Unglücks
Auf ewig versagt.

Nun ergreift er des lange bereiteten
Sechzig Ellen langen Seiles furchtbare Schlinge
Schlingt sie um der Zinne stärkstes Gemauer
Vergißt des Thrones, achtet das Leben nicht,
Fährt so aus der Luft schnellzischend herunter
In der Hand das schimmernde Schwerdt
Dürstend nach dem Blute der Perser-Schönheit
Auch der scharfe Dolch war gezuckt.
Sein Fuß von der Höhe erreicht den Boden
Er spricht kein Wort, nennt seinen Namen nicht.
Feridun fliegt wie der Blitz herbey

Ergreift den starrköpfigen Kolben
Giebt ihm einen Schlag aufs Haupt
Und zerschmettert ihm den Helm.

Und unsrer Zelten Pfäle
Verdrängen die Gazele

Wer Perlen will
Der muß ins Meer sich stürzen

Wo kämen denn die Perlen her
Wenn der Himmel nicht weinte

Dou-rouy

Und wie die Hortensien seyd ihr
Bald grün bald roth bald blau
Am Ende gar misfärbig
ich kenn euch genau.

Khalkhal
(Knöchel Schellen Ring)

Der Schellenring um eure Knöchel
Ihr Liederlichen das verführt mich nicht.

Die Beding⟨ung⟩ doch ist eng'
Das sie niemals überschritten
Sie verschweig⟨en⟩ auf das Strenge
Daß ihr Herr so viel gelitten

Daß auch sie gepufft geword⟨en⟩
Oft des schlech⟨ten⟩ Henkers Beut⟨e⟩
Sage⟨n⟩ das sei nichts gewes⟨en⟩
Und da sind sie liebe Leute

*

Kommen wir in die Revi⟨ere⟩
Zu dem lustg⟨en⟩ Himm⟨e⟩l Sch⟨mause⟩
Lagernd, streken wir die Vier⟨e⟩
Ey dahier sind wir zu Hause!

Wunder kann ich nicht thun sagt der Prophete,
Das gröste Wunder ist daß ich bin

Dem den tausend Menschen lieben
Gieb dein Herz nicht hin
⟨Lücke von einem Vers⟩
Schon den Scheidebrief gesch⟨rieben⟩

Steckt doch Mark in jedem Knoch⟨en⟩
Und in jedem Hemde steckt ein Mann

Wein er kann dir nicht beha⟨gen⟩
Dir hat ihn kein Arzt erlaubt
Wenig nur verdirbt den Mag⟨en⟩
Und zu viel erhitzt das Haupt

Gros ist Europens Staatskalender
Jedoch der Gönner Zahl ist klein

Zu geniessen weiss im Prachern
Abrahams geweihtes Blut
Seh ich sie im Bazar schacher⟨n⟩
Kaufen wohlfeil kaufen gut.

Und nun erhebt sich das größ⟨t⟩e Gelächt⟨er⟩
Alle der Ster⟨n⟩kunst Veräch⟨ter⟩
Wie sie am Hofe die häufigst⟨en⟩ sind
Spotten u
Dem herrlichen Günstling erzürnt sich der Fürst
Wohin er sich richtet wohin er sich wend⟨et⟩
Er sieht sich verspott⟨et⟩ geschmäh⟨t⟩ u⟨nd⟩ geschändet
Mit Steinen verfolgt ihn Wut
Ein ein⟨z⟩ger ein Edler erkennt die Talente
Und nun in dem schwer⟨en⟩ dem seltn⟨en⟩ Moment⟨e⟩.
Verbirgt er umgiebt ihn der sichersten Hut
Doch ⟨B⟩oten auf Boten von Ost⟨en?⟩ herüb⟨er⟩
Vermelden

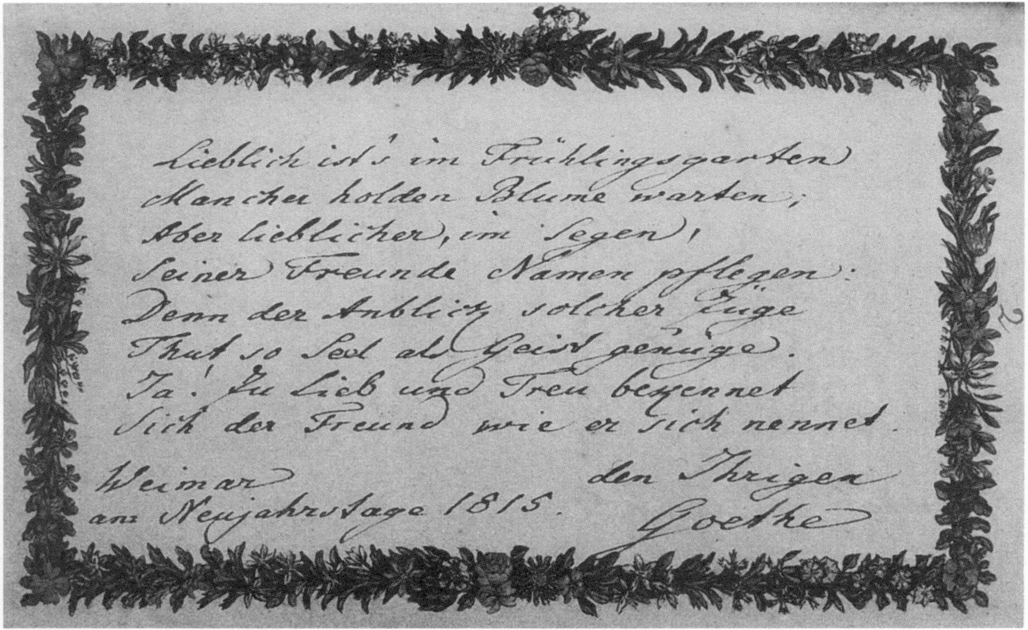
Lieblich ist's im Frühlingsgarten
Mancher holden Blume warten;
Aber lieblicher, im Segen,
Seiner Freunde Namen pflegen:
Denn der Anblick solcher Züge
Thut so Seel als Geist genüge.
Ja! Zu Lieb und Treu bekennet
Sich der Freund wie er sich nennet.

Weimar
am Neujahrstage 1815.

den Ihrigen
Goethe

»Lieblich ist's im Frühlingsgarten ⟨. . .⟩«
Handschrift Goethes auf umrändertem Blatt
für das Stammbuch von Antonie Brentano

Lieblich ist's im Frühlingsgarten
Mancher holden Blume warten;
Aber lieblicher, im Segen,
Seiner Freunde Namen pflegen:
Denn der Anblick solcher Züge
Thut so Seel als Geist genüge.
Ja! Zu Lieb und Treu bekennet
Sich der Freund wie er sich nennet.

Weimar am Neujahrstage 1815. den Ihrigen Goethe

Dem Zweyten Januar 1815
Von einem herkömmlichen, treuen Verehrer

Hat der Tag sich kaum erneuet,
Wo uns Winterfreude blühet,
Jederman sich wünschend freuet,
Wenn er Freund und Gönner siehet.

Sagt, wie, schon am zweyten Tage,
Sich ein zweytes Fest entzündet?
Hat, vielleicht, willkommne Sage
Vaterland und Reich gegründet?

Haben sich die Allgewalten
Endlich, schöpferisch, entschieden
Aufzuzeichnen, zu entfalten
Allgemeinen, ewgen Frieden.

Nein! – Dem Würdigen, dem Biedern
Winden wir vollkommne Kränze,
Und zu aller Art von Liedern
Schlingen sich des Festes Tänze.

Selbst das Erz erweicht sich gerne
Wundersam Ihn zu verehren;
Aber ihr, auch aus der Ferne,
Laßt zu Seinem Preise hören!

Er, nach langer Jahre Sorgen,
Wo der Boden oft gebidmet,
Sieht nun Fürst und Volck geborgen
Dem Er Seinen Geist gewidmet.

Die Gemahlinn, längst verbunden
Ihm, als treulichstes Geleite,
Sieht Er auch, der tausend Stunden
Froh gedenck, an Seiner Seite.

Leb' Er so, mit Jünglings Kräfften,
Immer herrlich und vermögsam,
In den wichtigsten Geschäfften,
Heiter klug und weise regsam.

Und in Seiner Trauten Kreise,
Sorgenfrey und unterhaltend,
Eine Welt, nach Seiner Weise,
Nah und fern umhergestaltend.

Weimar d. 1. Januar 1815. Goethe

Die Engel stritten für uns Gerechte,
Zogen den kürzern in jedem Gefechte,
Da stürzte denn alles drüber und drunter
Dem Teufel gehörte der ganze Plunder.
Nun ging es an ein Beten und Flehen!
Gott ward bewegt herein zu sehen.
Spricht Logos, dem die Sache klar
Von Ewigkeit her gewesen war:
Sie sollten sich keineswegs geniren
Sich auch einmal als Teufel geriren
Auf jede Weise den Sieg erringen
Und hierauf das *Tedeum* singen.
Das ließen sie sich nicht zweimal sagen,
Und siehe die Teufel waren geschlagen.
Natürlich fanden sie hinterdrein
Es sey recht hübsch ein Teufel zu seyn.

Wäre doch das Blättchen größer!
Sagt ich mehr und sagt es besser;
Da es aber gar zu klein,
Sag ich nur: Gedenke mein!

W. Apr. 1815. G

Supplement zu Schillers Glocke

Aus dem Stegreife
Zu Gunsten einer Schauspielerin die in der Austheilung übergangen war

Reißt der schöne Wahn entzwey

Ach! Auf wiesenreichen Auen
Wünschen wir die Pracht zu schauen,
Die von Gestern! – Sie ist hin!
Vor der Sense fliehn die Träume,
Abgemäht sind Blumenräume,
Dürr und braun das holde Grün.

Und ruhet nimmer

Und nimmer zu ruhn
Gewöhnt sie die Tochter.
Ein wirthliches Thun
Es kleidet wie Seide
Dem Jüngling gefällt sie
Im häuslichen Kleide.
Er verbirgt seinen Willen,
Er wählt sie im Stillen.

Die sie blühend ihm gebahr.

Die sie an der treuen Brust
Hielt und hegt mit Mutter Lust
Wenn die andern stufenweise

Durch des Hofes weite Kreise
Haschten, trieben, stritten, herzten
Und das Wachsthum sich erscherzten.

Denn das Auge des Gesetzes wacht.

Ja, so wenig als im Freyen,
Bergen, Thälern, Wüsteneyen,
Ist im Hause Ruh bescheert
Wo Gesetz nicht herrscht und wehrt.

Auf diesen Trümmern hab ich auch gesessen,
Vergnügt getruncken und gegessen
Und in die Welt hinausgeschaut
War aber wenig nur davon erbaut.
Kein liebes Kind gedachte meiner
Und ich fürwahr gehörte Keiner,
So war die ganze Welt umgraut.
Ihr wißt ja selbst was sie erheitert
Die Horizonte stufenklar erweitert.

Weimar 17 May. 1815. G

Frage nicht durch welche Pforte
Du in Gottes Stadt gekommen,
Sondern bleib' am stillen Orte,
Wo du einmal Platz genommen.

Schaue dann umher nach Weisen,
Und nach Mächtigen, die befehlen,
Jene werden unterweisen,
Diese That und Kräfte stählen.

Wenn du, nützlich und gelassen,
So dem Staate treu geblieben,

»Auf diesen Trümmern...«
Stammbuch-Verse Goethes auf einem Bild
der Ruine Hanstein

»Auf diesen Trümmern ⟨. . .⟩«
Stammbuch-Verse Goethes auf einem Bild
der Ruine Hanstein

Wisse! Niemand wird dich hassen,
Und dich werden viele lieben.

Und der Fürst erkennt die Treue,
Sie erhält die That lebendig,
Dann bewährt sich auch das Neue,
Nächst dem Alten, erst beständig.

Und vollbringst du, kräftig milde,
Deiner Laufbahn reine Kreise,
Wirst du auch zum Musterbilde
Jüngeren, nach deiner Weise.

Siehst du andre schon vollendet,
Werde dieses Lied erneuert,
Das, aus fernem Land gesendet,
EUER Fest mit Liebe feyert.

zum 30 März ⟨*richtig:* Mai⟩ 1815.

Wo kluge Leute zusammen kommen
Da wird erst Weisheit wahrgenommen.
So gab einst Sabas Königinn
Gelegenheit zum höchsten Sinn;

Vor Salomo, unter andern Schätzen,
Läßt sie eine goldene Vase setzen
Groß, reicher, unerhörter Zier,
Fischen und Vögeln und Waldgethier,
Worum sich krause Schnörkel häufen,
Als Jakin und Boas an beyden Knäufen!

Sollt ein Knecht allzutäppisch seyn
Stöst eine wüste Beule hinein;
Wird augenblicks zwar reparirt,
Doch feines Auge den Makel spürt,
Genuß und Freude sind nun genirt.

Der König spricht: Ich dacht es eben!
Trifft doch das Höchste das uns gegeben,
Ein allzugarstiger Schmitz darneben.
Es können die Eblis die uns hassen
Vollkommnes nicht vollkommen lassen.

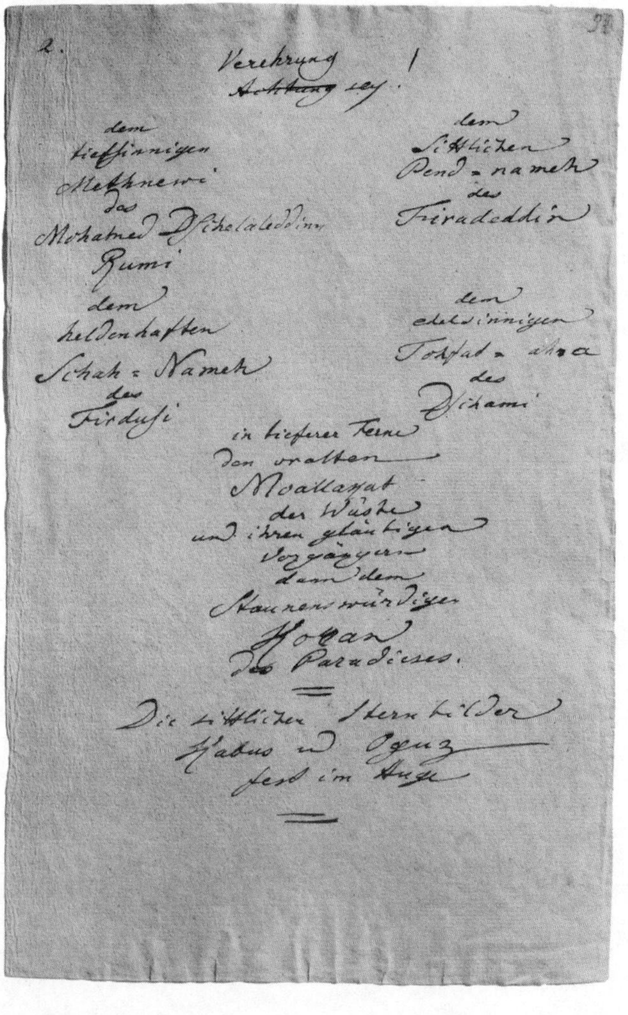
2.

Verehrung
~~Achtung~~ sey!

dem
tiefsinnigen
Methnewi
des
Mohamed Dschelaleddin
Rumi

dem
heldenhaften
Schah = Nameh
des
Firdusi

dem
sittlichen
Pend = nameh
des
Firadeddin

dem
edelsinnigen
Tohfat = ahra
des
Dschami

in tieferer Ferne
den uralten
Moallakat
der Wüste
und ihren glänzenden
Vorgängern
dem dem
staunenswürdigen
Koran
des Paradieses.

=

Die sittlichen Sternbilder
Kabus und Oguz
fest im Auge

=

Eigenhändiges Widmungsblatt Goethes
zum Wiesbadener ›Divan‹

Segenspfänder

Talisman in Carneol
Gläubigen bringt er Glück und Wohl,
Steht er gar auf Onyx Grunde
Küß ihn mit geweihtem Munde!
Alles Übel treibt er fort,
Schützet dich und schützt den Ort,
Wenn das eingegrabne Wort
Allahs Nahmen rein verkündet,
Dich zu Lieb und That entzündet.
Und besonders werden Frauen
Sich am Talisman erbauen.

Amulete sind dergleichen
Auf Papier geschriebne Zeichen
Doch man ist nicht im Gedränge
Wie auf edlen Steines Enge
Und vergönnt ist frommen Seelen
Längre Verse hier zu wählen.
Männer hängen die Papiere
Gläubig um, als Scapulire

Die *Inschrift* aber hat nichts hinter sich,
Sie ist sie selbst, und muß dir alles sagen
Was hinterdrein, mit redlichem Behagen
Du gerne sagst: Ich sag es! Ich!

Doch *Abraxas* bring ich selten!
Hier soll meist das Frazzenhafte,
Das ein düstrer Wahnsinn schaffte,
Für das allerhöchste gelten.
Sag ich euch absurde Dinge
Denckt daß ich Abraxas bringe.

Ein *Siegelring* ist schwer zu zeichnen,
Den höchsten Sinn, im engsten Raum;
Doch weißt du dir ein Ächtes anzueignen
Gegraben steht das Wort, du denckst es kaum.

Talismane, Amulete, Abraxas Inschriften und Siegel

Gottes ist der Orient,
Gottes ist der Occident;
Nord- und südliches Gelände
Ruht im Frieden seiner Hände.

Er, der einzige Gerechte,
Will für jedermann das Rechte.
Sey, von seinen hundert Namen,
Dieser hochgelobet! Amen.

Mich verwirren will das Irren;
Doch du weißt mich zu entwirren.
Wenn ich handle, wenn ich dichte
Gieb du meinem Weg die Richte.

Ob ich Irdsches denck und sinne
Das gereicht zu höherem Gewinne.
Mit dem Staube nicht der Geist zerstoben
Dringet, in sich selbst gedrängt, nach oben.

Im Athemholen sind zweyerley Gnaden:
Die Luft einziehn, sich ihrer entladen.
Jenes bedrängt, dieses erfrischt;
So wunderbar ist das Leben gemischt.
Du dancke Gott wenn er dich preßt,
Und danck ihm wenn er dich wieder entläßt.

Lasst mich nur auf meinem Sattel gelten,
Bleibt in euren Hütten, euren Zelten!
Und ich reite froh in alle Ferne,
Über meiner Mütze nur die Sterne.

ER HAT EUCH die Gestirne gesetzt
Als Leiter zu Land und See;
Damit ihr euch daran ergötzt,
Stets blickend in die Höh.

VIER GNADEN

Daß Araber an ihrem Theil
Die Weite froh durchziehen,
Hat Allah zu gemeinem Heil
Der Gnaden vier verliehen.

Den Turban erst, der besser schmückt
Als alle Kaiserkronen,
Ein Zelt, das man vom Orte rückt
Um überall zu wohnen.

Ein Schwerdt, das tüchtiger beschützt
Als Fels und hohe Mauern,
Ein Liedchen, das gefällt und nützt,
Worauf die Mädchen lauern.

Und Blumen sing ich ungestört
Von Ihrem Schawl herunter,
Sie weiß recht wohl was Ihr gehört
Und bleibt mir hold und munter.

Und Blum' und Früchte weiß ich euch
Gar zierlich aufzutischen,
Wollt ihr Moralien zu gleich
So geb ich von den frischen.

d. 6 Febr. 1814 ⟨*richtig:* 1815⟩

TALISMANE WERD' ICH in dem Buch zerstreuen,
Das bewirkt ein Gleichgewicht.
Wer mit gläubiger Nadel sticht
Überall soll gutes Wort ihn freuen.

VOM HEUTGEN TAG, von heutger Nacht
Verlange nichts,
Als was die gestrigen gebracht.

WER GEBOREN in bösten Tagen
Dem werden selbst die bösen behagen.

WIE ETWAS sey leicht,
Weis der es erfunden und erreicht.

DAS MEER fluthet immer
Das Land behält es nimmer

WAS KLAGST DU über Feinde?
Sollten solche je werden Freunde,
Denen das Wesen wie du bist
Im stillen ein ewiger Vorwurf ist.

DÜMMER ist nichts zu ertragen,
Als wenn Dumme sagen den Weisen,
Daß sie sich in großen Tagen
Sollten bescheidentlich erweisen.

WENN GOTT so schlechter Nachbar wäre
Als ich bin und als du bist;
Wir hätten beyde wenig Ehre;
Der läßt einen jeden wie er ist.

GESTEHTS! Die Dichter des Orients
Sind größer als wir des Occidents:
Worinn wir sie aber völlig erreichen,
Das ist im Hasse auf unsres Gleichen.

ÜBERALL WILL JEDER obenauf seyn,
Wie's eben in der Welt so geht.
Jeder sollte freylich grob seyn,
Aber nur in dem was er versteht.

—

VERSCHON UNS Gott mit deinem Grimme!
Zaunkönige gewinnen Stimme.

—

WILL DER NEID sich doch zerreißen,
Laß ihn seinen Hunger speißen.

—

SICH IM RESPECT zu erhalten
Muß man recht borstig seyn.
Alles jagt man mit Falken,
Nur nicht das wilde Schwein.

WAS WILLST DU untersuchen
Wohin die Milde fließt.
Ins Wasser wirf deine Kuchen
Wer weiß wer sie genießt.

—

ICH GEDACHTE in der Nacht
Daß ich den Mond sähe im Schlaf
Da ich aber erwachte
Ging unvermuthet die Sonne auf.

—

ALS ICH EINMAL eine Spinne erschlagen
Dacht ich, ob ich das wohl gesollt?
Hat Gott ihr doch wie mir gewollt
Einen Antheil an diesen Tagen!

—

»DUNCKEL IST die Nacht, bey Gott ist Licht.
Warum hat er uns ⟨nicht⟩ auch so zugericht?«

WELCH EINE bunte Gemeinde!
An Gottes Tisch sitzen Freund und Feinde.

—

IHR NENNT mich einen kargen Mann
Gebt mir was ich verprassen kann.

—

SOLL ICH dir die Gegend zeigen
Mußt du erst das Dach besteigen.

—

WER SCHWEIGT hat wenig zu sorgen,
Der Mensch bleibt unter der Zunge verborgen.

EIN HERRE mit zwey Gesind
Er wird nicht wohl gepflegt.
Ein Haus worin zwey Weiber sind
Es wird nicht rein gefegt.

—

IHR LIEBEN LEUTE bleibt dabey
Und sagt nur: Autos epha!
Was sagt ihr lange Mann und Weib,
Adam, so heißts und Eva.

—

Was ich Allah höchlich dancke?
Daß er Leiden und Wissen getrennt.
Verzweifeln müßte jeder Kranke
Das Übel kennend wie der Arzt es kennt.

—

Närrisch, daß jeder in seinem Falle
Seine besondere Meynung preißt!
Wenn *Islam* Gott ergeben heißt
Im Islam leben und sterben wir alle.

Wer auf die Welt kommt baut ein neues Haus
Er geht und läßt es einem zweyten,
Der wird sich's anders zubereiten
Und niemand baut es aus.

—

Herr! laß dir gefallen
Dieses kleine Haus,
Größre kann man bauen
Mehr kommt nicht heraus.

Du bist auf immer geborgen
Das nimmt dir niemand wieder:
Zwey Freunde ohne Sorgen
Weinbecher, Büchlein Lieder.

—

Thut ein Schilf sich doch hervor
Welten zu versüßen.
Möge meinem Schreiberohr
Liebliches entfließen.

—

»WAS BRACHTE Lockmann nicht hervor,
Den man den garstgen hies!«
Die Süßigkeit liegt nicht im Rohr,
Der Zucker der ist süß.

»WAS SCHMÜCKST DU die eine Hand denn nun
Weit mehr als ihr gebührte.«
Was sollte denn die linke thun,
Wenn sie die rechte nicht zierte?

—

SO TRAURIG daß in Kriegestagen
Zu Tode sich die Männer schlagen
Im Frieden ist's dieselbe Noth
Die Weiber schlagen mit Zungen todt.

—

WENN MAN AUCH nach Mecca triebe
Christus Esel, würd er nicht
Dadurch besser abgericht,
Sondern stets ein Esel bliebe.

—

GETRETNER Quarck
Wird breit nicht starck.

—

SCHLÄGST du ihn aber mit Gewalt
In feste Form, er nimmt Gestalt.
Dergleichen Steine wirst du kennen
Europäer Pisé sie nennen.

BETRÜBT EUCH NICHT, ihr guten Seelen!
Denn wer nicht fehlt, weiß wohl wenn Andre fehlen;
Allein wer fehlt, der ist erst recht daran,
Er weiß nun deutlich wie sie wohl gethan.

—

DU HAST GAR VIELEN nicht gedankt,
Die dir so manches Gute gegeben!
Darüber bin ich nicht erkrankt;
Ihre Gaben mir im Herzen leben.

—

GUTEN RUF mußt du dir machen,
Unterscheiden wohl die Sachen;
Wer was weiter will, verdirbt.

—

DIE FLUT der Leidenschaft, sie stürmt vergebens
Ans unbezwungne feste Land. –
Sie wirft poetische Perlen an den Strand,
Und das ist schon Gewinn des Lebens.

DER LIEBENDE wird nicht irre gehn
Wärs um ihn her auch noch so trübe.
Sollten Leila und Medschnun auferstehn,
Von mir erführen sie den Weg der Liebe.

—

IST'S MÖGLICH daß ich Liebchen dich kose!
Vernehme der göttlichen Stimme Schall!
Unmöglich scheint immer die Rose,
Unbegreiflich ist die Nachtigall.

Anklage

Wißt ihr denn auf wen die Teufel lauern,
In der Wüste, zwischen Fels und Mauern?
Und, wie sie den Augenblick erpassen,
Nach der Hölle sie entführend fassen?
Lügner sind es und der Bösewicht.

Der Poete warum scheut er nicht
Sich mit solchen Leuten einzulassen!

Weis denn der mit wem er geht und wandelt?
Er, der immer nur im Wahnsinn handelt.
Gränzenlos, von eigensinngem Lieben,
Wird er in die Öde fortgetrieben,
Seiner Klagen Reim, in Sand geschrieben,
Sind vom Winde gleich verjagt,
Er versteht nicht was er sagt,
Was er sagt wird er nicht halten.

Doch sein Lied man läßt es immer walten,
Da es doch dem Coran widerspricht.
Lehret nun, ihr des Gesetzes Kenner,
Weisheit fromme, hochgelahrte Männer,
Treuer Mosleminen feste Pflicht.

Hafis, in's besondre, schaffet Ärgernisse,
Mirza sprengt den Geist ins Ungewisse,
Saget, was man thun und lassen müsse?

d. 10 März 1815.

Fetwa

Der Mufti las des *Misri* Gedichte,
Eins nach dem andern, alle zusammen
Und wohlbedächtig warf sie in die Flammen
Das schöngeschriebne Buch es ging zu nichte.

Verbrannt sey jeder, sprach der hohe Richter,
Wer spricht und glaubt wie *Misri*! er allein
Sey ausgenommen von des Feuers Pein:
Denn Allah gab die Gabe jedem Dichter.
Misbraucht er sie, im Wandel seiner Sünden,
So seh er zu mit Gott sich abzufinden.

Wie man mit Vorsicht auf der Erde wandelt,
Es sey bergauf, es sey hinab vom Thron,
Und wie man Menschen wie man Pferde handelt
Das alles lehrt der König seinen Sohn.
Wir wissen's nun, durch *Dich* der uns beschenckte,
Jetzt fügest Du der Tulpe Flor daran,
Und wenn mich nicht der golde Rand beschränkte,
Wo endete was Du für uns gethan.

W. d. 21 Apr. 1815.

Ja, in der Schenke hab' ich auch gesessen,
Mir ward wie andern zugemessen,
Sie schwatzten, schrieen, händelten von heut,
So froh und traurig wie's der Tag gebeut;
Ich aber saß, im Innersten erfreut,
An meine Liebste dacht' ich – wie sie liebt?
Das weiß ich nicht; was aber mich bedrängt!
Ich liebe sie wie es ein Busen giebt
Der treu sich Einer gab und knechtisch hängt.
Wo war das Pergament, der Griffel wo?
Die alles faßten! – doch so wars! ja so!

Die Wächter sind gebändiget
Durch süße Liebesthaten;
Doch wie wir uns verständiget
Das wollen wir verrathen;
Denn, Liebchen, was uns Glück gebracht
Das muß auch andren nutzen,

So wollen wir der Liebesnacht
Die düstern Lampen putzen.
Und wer sodann mit uns erreicht
Das Ohr recht abzufeimen,
Und liebt wie wir, dem wird es leicht
Den rechten Sinn zu reimen.
Ich schickte dir, du schicktest mir,
Es war sogleich verstanden.

Amarante	Ich sah und brannte.
Raute	Wer schaute?
Haar vom Tiger	Ein kühner Krieger.
Haar der Gazelle	An welcher Stelle?
Büschel von Haaren	Du sollst's erfahren.
Kreide	Meide.
Stroh	Ich brenne lichterloh.
Trauben	Will's erlauben.
Corallen	Kannst mir gefallen.
Mandelkern	Sehr gern.
Rüben	Willst mich betrüben.
Carotten	Willst meiner spotten.
Zwiebeln	Was willst du grübeln.
Trauben, die weißen	Was soll das heißen?
Trauben, die blauen	Soll ich vertrauen?
Quecken	Du willst mich necken.
Nelken	Soll ich verwelken!
Narzissen	Du mußt es wissen.
Veilchen	Wart' ein Weilchen.
Kirschen	Willst mich zerknirschen.
Feder vom Raben	Ich muß dich haben.
Vom Papageyen	Mußt mich befreyen.
Marronen	Wo wollen wir wohnen?
Bley	Ich bin dabey.
Rosenfarb	Die Freude starb.
Seide	Ich leide.
Bohnen	Will dich schonen.
Majoran	Geht mich nichts an.
Blau	Nimm's nicht genau.
Traube	Ich glaube.
Behren	Will's verwehren.

Feigen	Kannst du schweigen?
Gold	Ich bin dir hold.
Leder	Gebrauch die Feder.
Papier	So bin ich dir.
Maslieben	Schreib nach Belieben.
Nacht-Violen	Ich laß es holen.
Ein Faden	Bist eingeladen.
Ein Zweig	Mach keinen Streich.
Straus	Ich bin zu Haus.
Winden	Wirst mich finden.
Myrthen	Will dich bewirthen.
Jasmin	Nimm mich hin.
Melissen	*** auf einem Kissen.
Cypressen	Will's vergessen.
Bohnenblüthe	Du falsch Gemüthe.
Kalk	Bist ein Schalk.
Kohlen	Mag der *** dich holen.

Und hätte mit Boteinah so
Nicht Dschemil sich verstanden,
Wie wäre denn so frisch und froh
Ihr Name noch vorhanden?

Hör und bewahre
  Sechs Liebespaare.
Wortbild entzündet, Liebe schürt zu:
  Rustan und Rodawu.
Unbekannte sind sich nah:
  Jussuph und Zuleikhah.
Liebe nicht Liebesgewinn:
  Khosru und Schirin.
Nur für einander da:
  Medschnoun und Leilah.
Liebend im Alter sah
  Gemil auf Schanbah.
Süße Liebeslaune,
  Salomo und die Braune!
Hast du sie wohl vermerckt
  Bist im Lieben gestärkt.

»Wo hast du das genommen?
Wie konnt es zu dir kommen?
Wie? aus dem Lebensplunder
Erwarbst du diesen Zunder?
Der Funcken letzte Gluthen
Von frischem zu ermuthen.«

Euch mög' es nicht bedünckeln
Es sey gemeines Fünckeln;
Auf ungemeßner Ferne,
Im Ocean der Sterne,
Mich hatt ich nicht verlohren,
Ich war wie neu gebohren.

Von weißer Schaafe Wogen
Die Hügel überzogen,
Umsorgt von ernsten Hirten,
Die gern und schmal bewirthen.
So ruhig, liebe Leute
Daß jeder mich erfreute.

In schauerlichen Nächten,
Bedrohet von Gefechten,
Das Stöhnen der Cameele
Durchdrang das Ohr, die Seele,
Und derer die sie führen
Einbildung und Stolziren.

Und immer ging es weiter
Und immer ward es breiter
Und unser ganzes Ziehen
Es schien ein ewig fliehen
Blau, hinter Wüst und Heere,
Der Streif erlogner Meere.

Behandelt die Frauen mit Nachsicht!
Aus krummer Rippe ward sie erschaffen,
Gott konnte sie nicht ganz grade machen.

Willst du sie biegen, sie bricht.
Läßt du sie ruhig, sie wird noch krümmer,
Du guter Adam, was ist denn schlimmer?
Behandelt die Frauen mit Nachsicht:
Es ist nicht gut daß euch eine Rippe bricht.

KOMM LIEBCHEN, komm! umwinde mir die Mütze
Aus deiner Hand nur ist der Tulbend schön.
Hat Abbas doch, auf Irans höchstem Sitze,
Sein Haupt nicht zierlicher umwinden sehn.

Ein Tulbend war das Band, das Alexandern
In Schleifen schön vom Haupte fiel
Und allen Folgeherrschern, jenen Andern,
Als Königszierde wohlgefiel.

Ein Tulbend ist's der unsern Kaiser schmücket,
Sie nennens Krone. Nahme geht wohl hin!
Juweel und Perle! Sey das Aug entzücket!
Der schönste Schmuck ist stets der Musselin.

Und diesen hier, ganz rein und silberstreifig,
Umwinde Liebchen um die Stirn umher.
Was ist denn Hoheit? Mir ist sie geläufig!
Du schaust mich an, ich bin so gros als Er.

17 Febr. 1815.

VOM HIMMEL SANK, in wilder Meere Schauer,
Ein Tropfe bangend, gräslich schlug die Flut;
Doch lohnte Gott bescheidnen Glaubensmuth
Und gab dem Tropfen Kraft und Dauer.
Ihn schloß die stille Muschel ein
Und nun, zu ew'gem Ruhm und Lohne,
Die Perle glänzt an unsers Kaysers Krone,
Mit holdem Blick und mildem Schein.

Die Perle die der Muschel entrann
Die schönste, hochgebohren,
Zum Juwelier dem guten Mann,
Sprach sie: ich bin verlohren!
Durchbohrst du mich; mein schönes All
Es ist sogleich zerrüttet,
Mit Schwestern muß ich, Fall für Fall,
Zu Schlechten seyn geküttet.

»Ich dencke jetzt nur an Gewinn,
Du mußt es mir verzeihen:
Denn wenn ich hier nicht grausam bin,
Wie soll die Schnur sich reihen?«

Ob der Koran von Ewigkeit sey?
Darnach frag ich nicht!
Ob der Koran geschaffen sey?
Das weiß ich nicht!
Daß er das Buch der Bücher sey
Glaub ich aus Mosleminen Pflicht.
Daß aber der Wein von Ewigkeit sey
Daran zweifl' ich nicht.
Oder daß er vor den Engeln geschaffen sey
Ist vielleicht auch kein Gedicht.
Der Trinckende, wie es auch immer sey,
Blickt Gott frischer ins Angesicht.

20. May 1815.

Ich sah, mit Staunen und Vergnügen,
Eine Pfauenfeder im Coran liegen,
Willkommen an dem heilgen Platz!
Der Erdgebilde höchster Schatz.
An dir wie an des Himmels Sternen
Ist Gottes Größe im kleinen zu lernen.
Daß er, der Welten überblickt
Sein Auge hier hat aufgedrückt.

Und so den leichten Flaum geschmückt
Daß Könige kaum unternahmen
Die Pracht des Vogels nachzuahmen
Bescheiden freue dich des Ruhms,
So bist du werth des Heiligthums.

d 17 März 1815.

Reitest du bey e'nem Schmied vorbey
Weißt nicht wann er dein Pferd beschlägt,
Siehst du eine Hütte im Felde frey,
Weißt nicht ob sie dir ein Liebchen hegt
Einem Jüngling begegnest du schön und kühn;
Er überwindet dich künftig oder du ihn.
Am sichersten kannst du vom Rebstock sagen
Er werde für dich was Gutes tragen.
So bist du denn der Welt empfohlen,
Das Übrige will ich nicht wiederhohlen.

Frfurt d. 27. May 1815.

Was ist schwer zu verbergen? Das Feuer!
Denn bey Tage verräths der Rauch,
Bey Nacht die Flamme, das Ungeheuer.
Ferner ist schwer zu verbergen auch
Die Liebe, noch so stille gehegt
Sie doch gar leicht aus den Augen schlägt.
Am schwersten zu bergen ist ein Gedicht,
Man stellt es untern Scheffel nicht.
Hat es der Dichter frisch gesungen;
So ist er ganz davon durchdrungen,
Hat er es zierlich nett geschrieben;
Will er die ganze Welt solls lieben.
Er liest es jedem froh und laut,
Ob es uns quält, ob es erbaut.

Frfurt d. 27 May 1815.

Ein Kayser hatte zwey Cassire,
Einen zum Nehmen, einen zum Spenden,
Diesem fiel's nur so aus den Händen,
Jener wußte nicht woher zu nehmen.
Der Spendende starb, der Herrscher wußte nicht gleich
Wem das Geber Amt sey anzuvertrauen,
Und wie man kaum thät um sich schauen,
So war der Nehmer unendlich reich,
Man wußte kaum vor Gold zu leben,
Weil man Einen Tag nichts ausgegeben.
Da ward nun erst dem Kayser klar
Was Schuld an allem Unheil war,
Den Zufall hat er wohl geschätzt
Die Stelle niemals wieder besetzt.

25 Febr 1815.

Alle Menschen gros und klein
Spinnen sich ein Gewebe fein,
Wo sie mit ihrer Scheeren Spitzen
Gar zierlich in der Mitte sitzen.
Wenn nun darein ein Besen fährt,
Sagen sie es sey unerhört,
Man habe den grösten Pallast zerstört.

17. März 1815.

Trunken müssen wir alle seyn!
Jugend ist Trunkenheit ohne Wein;
Trinkt sich das Alter wieder zu Jugend;
So ist es wundervolle Tugend.
Für Sorgen sorgt das liebe Leben,
Und Sorgenbrecher sind die Reben.

—

Da wird nicht mehr nachgefragt!
Wein ist ernstlich untersagt.
Soll denn doch getrunken seyn,
Trinke nur vom besten Wein:
Doppelt wärest du ein Ketzer
In Verdammniß um den Krätzer.

Sitz ich allein
Wo kann ich besser seyn?
Meinen Wein
Trinck ich allein,
Niemand setzt mir Schrancken,
Ich hab so meine eigne Gedancken.

—

Soweit bracht es Muley der Dieb,
Daß er truncken schöne Lettern schrieb.

Dschelaleddin Rumi
spricht

Verweilst du in der Welt sie flieht als Traum,
Du reisest, ein Geschick bestimmt den Raum,
Nicht Hitze, Kälte nicht vermagst du fest zu halten.
Und was dir blüht, sogleich wird es veralten.

Ferdusi
spricht

O Welt! wie schamlos und boshaft du bist!
Du nährst und erziehest und tödtest zugleich.

—

Nur wer von Allah begünstiget ist,
Der nährt sich, erzieht sich, lebendig und reich.

—

Was heißt denn Reichthum? – Eine wärmende Sonne,
Geniest sie der Bettler, wie wir sie genießen,
Es möge doch keinen der Reichen verdrießen
Des Bettlers, im Eigensinn, selige Wonne.

1.7.15.

Medschnun heisst – ich will nicht sagen
Daß es grad ein Toller heiße;
Doch ihr müßt mich nicht verklagen
Daß ich mich als Medschnun preise.

Wenn die Brust, die redlich volle
Sich entladet euch zu retten,
Ruft ihr nicht: das ist der Tolle!
Holet Stricke, schaffet Ketten.

Und wenn ihr zulezt in Fesseln
Seht die Klügeren verschmachten,
Sengt es euch wie Feuernesseln
Das vergebens zu betrachten.

Hab ich euch denn je gerathen
Wie ihr Kriege führen solltet?
Schalt ich euch nach euren Thaten
Wenn ihr Friede schließen wolltet?

Und so hab ich auch den Fischer
Ruhig sehen Netze werfen,
Brauchte dem gewandten Tischer
Winckelmaas nicht einzuschärfen.

Aber ihr wollt besser wissen
Was ich weiß, der ich bedachte
Was Natur, für mich beflissen,
Schon zu meinem Eigen machte.

Fühlt ihr euch dergleichen Stärke
Nun, so fördert eure Sachen;
Seht ihr aber meine Werke
Lernet erst: So wollt ers machen.

Dass Suleika in Jussuf vernarrt war
Ist keine Kunst,
Er war jung, Jugend hat Gunst
Er war schön, sie sagen zum Entzücken,
Schön war sie, konnten einander beglücken.
Aber daß du, die so lange mir erharrt war,
Feurige Jugendblicke mir schickst,
Jetzt mich liebst, mich später beglückst,
Das sollen meine Lieder preisen
Sollst mir ewig Suleika heißen.

Eisenach. d. 24 May 1815.

Da du nun Suleika heißest
Sollt ich auch benams⟨e⟩t seyn
Wenn du deinen Geliebten preisest
Hatem! das soll der Nahme seyn.
Nur daß man mich daran erkennet,
Keine Anmaßung soll es seyn.
Wer sich St Georgenritter nennet
Denkt nicht gleich Sanct Georg zu seyn.
Nicht Hatem Thai, nicht der Alles Gebende
Kann ich in meiner Armuth seyn,
Hatem Zograi nicht, der reichlichst Lebende
Von allen Dichtern, möcht ich seyn.
Aber beyde doch im Auge zu haben
Es wird nicht ganz verwerflich seyn:
Zu nehmen, zu geben des Glückes Gaben,
Wird immer ein gros Vergnügen seyn.
Sich liebend an einander zu laben
Wird Paradieses Wonne seyn.

Eisenach. 24 May. 1815.

O WIE SELIG ward mir!
Im Lande wandl' ich
Wo Hudhud über den Weg läuft.
Des alten Meeres Muscheln
Im Stein sucht ich die versteinten,
Hudhud lief einher
Die Krone entfaltend.
Stolzirte, neckischer Art,
Über das Todte scherzend
Der Lebendge.
Hudhud, sagt ich, fürwahr!
Ein schöner Vogel bist du.
Eile doch, Wiedehopf!
Eile der Geliebten
Zu verkünden daß ich ihr
Ewig angehöre.
Hast du doch auch
Zwischen Salomo
Und Saba's Königinn
Ehmals den Kuppler gemacht!

Frf. d. 27 May 1815.

NUR WENIG IST'S was ich verlange,
Weil eben alles mir gefällt,
Und dieses Wenige, wie lange,
Giebt mir gefällig schon die Welt!

Oft sitz ich heiter in der Schencke
Und heiter im beschränckten Haus;
Allein sobald ich dein gedencke
Dehnt sich mein Geist erobernd aus.

Dir sollten Timurs Reiche dienen,
Gehorchen sein gebietend Heer,
Badaschan zollte dir Rubinen,
Türkisse das Hyrkanische Meer.

Getrocknet honigsüße Früchte
Von Bochara dem Sonnenland,
Und tausend liebliche Gedichte
Auf Seidenblatt von Samarkand.

Da solltest du mit Freude lesen,
Was ich von Ormus dir verschrieb,
Und wie das ganze Handelswesen
Sich nur bewegte dir zu lieb.

Wie in dem Lande der Bramanen
Viel tausend Finger sich bemüht
Daß alle Pracht der Indostanen
Für dich auf Woll und Seide blüht.

Ja, zu Verherrlichung der Lieben
Giesbäche Soumelpours durchwühlt,
Aus Erde, Grus, Gerill, Geschieben
Dir Diamanten ausgespült.

Wie Taucherschaar verwegner Männer
Der Perle Schatz dem Golf entriß,
Darauf ein Divan scharfer Kenner
Sie dir zu reihen sich befliß.

Wenn nun Bassora noch das Letzte
Das Fehlende hinzugethan
Bringt alles was die Welt ergötzte
Die Caravane dir heran.

Doch alle diese Kaysergüter
Verwirrten doch zuletzt den Blick
Und wahrhaft liebende Gemüther
Eins nur im andern fühlt sein Glück.

17 März 17 May
1815.

Hätt ich irgend wohl Bedencken
Bochara und Samarcand,
Süßes Liebchen dir zu schencken?
Dieser Städte Rausch und Tand.

Aber frag einmal den Kayser
Ob er dir die Städte giebt?
Er ist herrlicher und weiser;
Doch er weiß nicht wie man liebt.

Herrscher zu dergleichen Gaben
Nimmermehr bestimmst du dich!
Solch ein Mädchen muß man haben
Und ein Bettler seyn wie ich.

17. Febr. 1815.

Dir mit Wohlgeruch zu kosen,
Deine Freuden zu erhöhn,
Knospend müssen tausend Rosen
Erst in Gluten untergehn.

Um ein Fläschchen zu besitzen
Das den Ruch auf ewig hält,
Schlanck, wie deine Fingerspitzen,
Da bedarf es einer Welt.

Einer Welt von Lebenstrieben,
Die, in ihrer Fülle Drang,
Ahndeten schon Bulbuls Lieben,
Seeleregenden Gesang.

Sollte jene Quaal uns quälen?
Da sie unsre Lust vermehrt.
Hat nicht Myriaden Seelen
Timurs Herrschaft aufgezehrt!

Wiesbaden. d. 27 May 1815

VOM HIMMEL steigend Jesus brachte
Des Evangeliums ewige Schrift,
Den Jüngern las er sie Tag und Nacht,
Ein göttlich Wort es wirkt und trifft.
Er stieg zurück, nahm's wieder mit:
Sie aber hatten's gut gefühlt
Und jeder schrieb, so Schritt vor Schritt,
Wie er's in seinem Sinn behielt
Verschieden. Es hat nichts zu bedeuten:
Sie hatten nicht gleiche Fähigkeiten.
Doch damit können sich die Christen
Bis zu dem jüngsten Tage fristen.

BEY MONDENSCHEIN im Paradeis
Fand Jehovah im Schlafe tief
Adam versuncken, legte leis
Zur Seit' ein Evgen, das auch entschlief.
Da lagen nun, in Erdeschrancken,
Gottes zwey lieblichste Gedancken. –
Gut!!! Rief er sich zum Meisterlohn,
Er ging sogar nicht gern davon.
Kein Wunder daß es uns berückt
Wenn Auge frisch in Auge blickt,
Als hätten wir's so weit gebracht
Bey dem zu seyn der uns gedacht.
Und ruft er uns, wohlan! es sey!
Nur, das beding ich, alle zwey.
Dich halten dieser Arme Schrancken,
Liebster von allen Gottes Gedancken.

Eisenach. d. 24 May 1815

MITTERNACHTS WEINT' und schluchtzt ich,
Weil ich dein entbehrte.
Da kamen Nachtgespenster
Und ich schämte mich.

Nachtgespenster, sagt ich,
Schluchzend und weinend
Findet ihr mich, dem ihr sonst
Schlafendem vorüberzogt.
Große Güter vermiß ich.
Denckt nicht schlimmer von mir
Den ihr sonst weise nanntet,
Großes Übel betrifft ihn! –
Und die Nachtgespenster
Mit langen Gesichtern
Zogen vorbey,
Ob ich weise oder thörig
Völlig Unbekümmert.

d. 24 May 1815.

Wie irrig wähnest du
Aus Liebe gehöre das Mädchen dir zu.
Das könnte mich nun gar nicht freuen,
Sie versteht sich auf Schmeicheleyen.

Ich bin zufrieden daß ichs habe!
Mir diene zur Entschuldigung:
Liebe ist freywillige Gabe
Schmeicheley Huldigung.

Süsses Kind, die Perlenreihen,
Wie ich irgend nur vermochte,
Wollte traulich dir verleihen,
Als der Liebe Lampendochte.

Und nun kommst du, hast ein Zeichen
Drangehängt, das, unter allen
Den Abraxas seines gleichen,
Mir am schlechtsten will gefallen.

Diese ganz moderne Narrheit
Magst du mir nach Schiras bringen!
Soll ich wohl, in seiner Starrheit,
Hölzchen queer auf Hölzchen singen?

Abraham, den Herrn der Sterne
Hat er sich zum Ahn erlesen;
Moses ist, in wüster Ferne,
Durch den Einen gros gewesen.

David, auch durch viel Gebrechen,
Ja, Verbrechen durchgewandelt,
Wußte doch sich los zu sprechen:
Einem hab ich recht gehandelt.

Jesus fühlte rein und dachte
Nur den Einen Gott im Stillen;
Wer ihn selbst zum Gotte machte
Kränckte seinen heilgen Willen.

Und so muß das Rechte scheinen
Was auch Mahomet gelungen;
Nur durch den Begriff des Einen
Hat er alle Welt bezwungen.

Wenn du aber dennoch Huldgung
Diesem leidgen Ding verlangest;
Diene mir es zur Entschuldgung
Daß du nicht alleine prangest. –

Doch allein! – Da viele Frauen
Salomonis ihn verkehrten,
Götter betend anzuschauen
Wie die Närrinnen verehrten.

Isis Horn, Anubis Rachen
Boten sie dem Judenstolze,
Mir willst du zum Gotte machen
Solch ein Jammerbild am Holze!

Und ich will nicht besser scheinen
Als es sich mit mir eräugnet,
Salomo verschwur den Seinen,
Meinen Gott hab ich verläugnet.

Laß die Renegatenbürde
Mich in diesem Kuß verschmerzen:
Denn ein Vitzliputzli würde
Talisman an Deinem Herzen.

Redigirt.
Wiesbaden. am längsten Tage
1818. ⟨*richtig: 1815*⟩

Suleika

Warum du nur oft so unhold bist?

Hatem

Du weißt daß der Leib ein Kerker ist,
Die Seele hat man hinein betrogen
Da hat sie nicht freye Ellebogen.
Will sie sich da und dorthin retten;
Schnürt man den Kerker selbst in Ketten,
Da ist das Liebchen doppelt gefährdet,
Deshalb sie sich oft so seltsam gebärdet.

Eisenach d. 24 May 1815.

Bulbuls Nachtlied, durch die Schauer,
Drang zu Allahs lichtem Throne,
Und dem Wohlgesang zu Lohne
Sperrt er sie in goldnen Bauer.
Dieser sind des Menschen Glieder.
Zwar sie fühlet sich beschränket;
Doch wenn sie es recht bedenket,
Singt das Seelchen immer wieder.

WENN DER KÖRPER ein Kercker ist,
Warum nur der Kercker so durstig ist?
Seele befindet sich wohl darinnen
Und bliebe gern vergnügt bey Sinnen.
Nun aber soll eine Flasche Wein
Frisch eine nach der andern herein.
Seele will's nicht länger tragen
Sie an der Thüre in Stücke schlagen.

Ff. 27. May 1815.

VERMÄCHTNISS ALT PERSISCHEN GLAUBENS

Welch Vermächtniß Brüder sollt euch kommen
Von dem Scheidenden, dem armen Frommen?
Den ihr Jüngeren gedultig nährtet
Seine letzten Tage pflegend ehrtet.

Wenn wir oft gesehn den König reiten
Gold an ihm und Gold an allen Seiten
Edelstein auf ihn und seine Großen
Ausgesät wie dichte Hagelschloßen.

Habt ihr jemals ihn darum beneidet?
Und nicht herrlicher den Blick geweidet
Wenn die Sonne sich, auf Morgenflügeln
Darnawends unzähligen Gipfelhügeln

Bogenhaft hervorhob. Wer enthielte
Sich des Blicks dahin? Ich fühlte, fühlte
Tausendmal in soviel Lebenstagen
Mich mit ihr der kommenden getragen.

Gott auf seinem Throne zu erkennen,
Ihn den Herrn des Lebensquells zu nennen,
Jenes hohen Anblicks werth zu handeln
Und in seinem Lichte fort zu wandeln.

Aber stieg der Feuerkreis vollendet,
Stand ich als in Finsterniß geblendet.
Schlug den Busen, die erfrischten Glieder
Warf ich, Stirn voran, zur Erde nieder.

Und nun sey ein heiliges Vermächtniß
Brüderlichem Wollen und Gedächtniß:
Schwerer Dienste tägliche Bewahrung,
Sonst bedarf es keiner Offenbahrung.

Regt ein Neugebohrner fromme Hände,
Daß man ihn sogleich zur Sonne wende!
Tauche Leib und Geist im Feuerbade,
Fühlen wird er jeden Morgens Gnade.

Nicht zu spät begrabet eure Todten
Selbst die Thiere deckt mit Schutt und Boden
Und so weit sich eure Kraft erstrecket
Was euch unrein dünckt es sey bedecket.

Grabet euer Feld in's zierlich Reine,
Daß die Sonne gern den Fleiß bescheine,
Wenn ihr Bäume pflanzt, so sey's in Reihen,
Denn sie läßt geordnetes gedeihen.

Auch dem Wasser darf es in Kanälen
Nie am Laufe, nie an Reine fehlen,
Wie euch Synderuth, aus Bergrevieren,
Rein entspringt, soll er sich rein verliehren.

Sanften Fall des Wassers nicht zu schwächen
Sorgt die Gräben fleißig auszustechen,
Rohr und Binse, Molch und Salamander,
Ungeschöpfe! tilgt sie mit einander.

Habt ihr Erd und Wasser so im Reinen
Wird die Sonne gern durch Lüfte scheinen,
Wo sie, Ihrer würdig aufgenommen,
Leben wirkt, dem Leben Heil und Frommen.

Ihr, von Müh zu Mühe so gepeinigt,
Seyd getrost, nun ist das All gereinigt
Und nun darf der Mensch, als Priester, wagen
Gottes Gleichniß aus dem Stein zu schlagen.

Wo die Flamme brennt erkennet freudig,
Hell ist Nacht und Glieder sind geschmeidig,
An des Heerdes raschen Feuerkräften
Reift das Rohe Thier- und Pflanzensäften.

Schleppt ihr Holz herbey, so thuts mit Wonne,
Denn ihr tragt den Samen irdscher Sonne,
Pflückt ihr Bambeh, möcht ihr traulich sagen:
Diese wird als Docht das Heilge tragen.

Werdet ihr in jeder Lampe Brennen
Fromm, den Abglanz höhern Lichts erkennen;
Soll euch nie ein Misgeschick verwehren
Gottes Thron am Morgen zu verehren.

Da ist unsers Daseyns Kaisersiegel,
Uns und Englen reiner Gottesspiegel,
Und was nur am Lob des höchsten stammelt
Ist in Kreis um Kreise dort versammelt.

Will dem Ufer Senderuths entsagen,
Auf zum Darnavend die Flügel schlagen,
Wie sie tagt ihr freudig zu begegnen
Und von dorther ewig euch zu segnen.

WENN DER MENSCH die Erde schätzet
Weil die Sonne sie bescheinet,
An der Rebe sich ergötzet
Die dem scharfen Messer weinet,
Da sie fühlt daß ihre Säfte
Wohlgekocht, die Welt erquickend,
Werden regsam vielen Kräften,
Aber mehreren erstickend;

Weis er das der Glut zu dancken
Die das alles läßt gedeihen;
Wird Betrunckner stammlend wancken,
Mäßiger wird sich singend freuen.

Eisenach d 24. May 1815.

DU VERGEHST und bist so freundlich,
Verzehrst dich und singst so schön.

Dichter

Die Liebe behandelt mich feindlich!
Da will ich gern gestehn
Ich singe mit schweerem Herzen.
Sieh doch einmal die Kerzen,
Sie leuchten indem sie vergehn.

Ff. d. 27 May. 1815.

»WIR SIND EMSIG nachzuspüren,
Wir, die Anecdotenjäger,
Wer dein Liebchen sey und ob du
Nicht auch habest viele Schwäger.

Denn daß du verliebt bist sehn wir,
Mögen dir es gerne gönnen;
Doch daß Liebchen so dich liebe
Werden wir nicht glauben können.«

Ungehindert, liebe Herren,
Sucht sie auf, nur hört das Eine:
Ihr erschrecket wenn sie dasteht,
Ist sie fort, ihr koost dem Scheine.

Wüßtet ihr wie *Schehab-eddin*
Sich auf Arafat entmantelt
Hieltet niemand ihr für thörig
Der in seinem Sinne handelt.

Wenn vor deines Kaysers Throne,
Oder vor der vielgeliebten
Je dein Name wird gesprochen,
Sey es dir zu höchstem Lohne.

Darum war's der höchste Jammer
Als einst *Medschnun* sterbend wollte
Daß vor *Leila* seinen Nahmen
Man forthin nicht nennen sollte.

Glaubst du denn von Mund zu Ohr
Sey ein redlicher Gewinnst!
Überliefrung, o! du Thor!
Ist auch wohl ein Hirngespinst.
Nun geht erst das Urtheil an.
Dich vermag aus Glaubensketten
Der Verstand allein zu retten,
Dem du schon Verzicht gethan.

Ärgerts jemand daß es Gott gefallen
Mahomed zu gönnen Schutz und Glück.
Um den stärksten Balcken seiner Hallen
Da befestig' er den derben Strick.
Knüpfe sich daran! das hält und trägt,
Er wird fühlen daß sein Zorn sich legt.

Sur. 22.

W 23 Febr 1815.

Ungezähmt so wie ich war
Hab ich einen Herrn gefunden,
Und gezähmt nach manchem Jahr
Eine Herrin auch gefunden.

Da sie Prüfung nicht gespart
Haben sie mich treu gefunden
Und mit Sorgfalt mich bewahrt
Als den Schatz den sie gefunden.
Niemand diente zweyen Herrn
Der dabey sein Glück gefunden;
Herr und Herrin sehn es gern
Daß sie beyde mich gefunden,
Und mir leuchtet Glück und Stern
Da ich beyde sie gefunden.

An Schach Sedschan und seines Gleichen

Durch allen Schall und Klang
Der Transoxanen
Erkühnt sich unser Sang
Auf deine Bahnen!
Uns ist für gar nichts bang,
In dir lebendig,
Dein Leben daure lang
Dein Reich beständig.

Frage nicht durch welche Pforte
Du in Gottes Stadt gekommen,
Sondern bleib' am stillen Orte,
Wo du einmal Platz genommen.

Schaue dann umher nach Weisen,
Und nach Mächtigen, die befehlen,
Jene werden unterweisen,
Diese That und Kräfte stählen.

Wenn du, nützlich und gelassen,
So dem Staate treu geblieben,
Wisse! Niemand wird dich hassen,
Und dich werden viele lieben.

Und der Fürst erkennt die Treue,
Sie erhält die That lebendig,
Dann bewährt sich auch das Neue,
Nächst dem Alten, erst beständig.

Und vollbringst du, kräftig milde,
Deiner Laufbahn reine Kreise,
Wirst du auch zum Musterbilde
Jüngeren, nach deiner Weise.

—

So Ihr Beyden heut gefeyert,
Vor viel tausenden erlesen,
Fühlet jene Pflicht erneuert
Die Euch heilig stets gewesen.

Sey dem fröhlichen Vereine
Dieses späte Lied entschuldigt,
Das, vom alten teutschen Rheine,
Eurem schönen Tage huldigt.

dem 30 May
Wiesb. 10 Juni 1815.

Dem Kellner

Setze mir nicht, du Grobian,
Mir den Krug so derb vor die Nase!
Wer mir Wein bringt sehe mich freundlich an,
Sonst trübt sich der Eilfer im Glase.

Dem Schenken

Du zierlicher Knabe, du komm herein,
Was stehst du denn du auf der Schwelle?
Du sollst mir künftig der Schenke seyn,
Jeder Wein ist schmackhaft und helle.

1. 7. 15.

Dichter
SCHENCKE KOMM! Noch einen Becher!

Schencke
Herr, du hast genug getruncken,
Nennen dich den wilden Zecher!

Dichter
Sahst du je daß ich gesuncken?

Schencke
Mohamed verbietets.

Dichter
Liebchen!
Hört es niemand, will dir's sagen.

Schencke
Wenn du einmal gerne redest
Brauch ich gar nicht viel zu fragen.

Dichter
Horch! wir andre Musulmannen
Nüchtern sollen wir gebückt seyn,
Er in seinem heilgen Eifer
Möchte gern allein verrückt seyn.

W 23 Febr. 1815.

BEFINDET SICH EINER HEITER und gut,
Gleich will ihn der Nachbar pein'gen,
So lang der Tüchtige lebt und thut
Möchten sie ihn gerne stein'gen.
Ist er hinterher aber tod
Gleich sammeln sie große Spenden
Zu Ehren seiner Lebensnoth
Ein Denckmal zu vollenden.

Doch ihren Vortheil sollte dann
Die Menge wohl ermessen,
Gescheiter wärs den guten Mann
Auf immerdar vergessen.

W. d. 7. Febr. 1815.

Die Welt durchaus ist lieblich anzuschauen
Vorzüglich aber schön die Welt der Dichter
Auf bunten, hellen, oder silbergrauen
Gefilden, Tag und Nacht erglänzen Lichter.
Heut ist mir alles herrlich, wenns nur bliebe,
Ich sehe heut durchs Augenglas der Liebe.

W. d. 7. Febr. 1815.

In tausend Formen magst du dich verstecken,
Doch, Allerliebste, gleich erkenn' ich dich,
Du magst mit Zauberschleyern dich bedecken,
Allgegenwärtige, gleich erkenn' ich dich.

An der Cypresse reinstem, jungen Streben,
Allschöngewachsne, gleich erkenn' ich dich,
In des Canales reinem Wellenleben,
Allschmeichelhafte, wohl erkenn' ich dich.

Wenn steigend sich der Wasserstrahl entfaltet,
Allspielende, wie froh erkenn' ich dich.
Wenn Wolke sich gestaltend umgestaltet,
Allmannigfaltige, dort erkenn' ich dich.

An des geblümten Schleyers Wiesenteppich,
Allbuntbesternte, schön erkenn' ich dich.
Und greift umher ein tausendarmger Eppich,
O! Allumklammernde, da kenn' ich dich.

Wenn am Gebirg der Morgen sich entzündet,
Gleich, Allerheiternde, begrüß' ich dich,
Dann über mir der Himmel rein sich ründet,
Allherzerweiternde, dann athm' ich dich.

Was ich mit äußerm Sinn, mit innerm kenne,
Du Allbelehrende, kenn' ich durch dich.
Und wenn ich Allahs Namenhundert nenne,
Mit jedem klingt ein Name nach für dich.

REICHER BLUMEN goldne Rancken
Sind des Liedes würdge Schrancken,
Goldneres hab ich genossen
Als ich Euch in's Herz geschlossen.

Goldner glänzten stille Fluthen
Von der Abendsonne Gluthen,
Goldner blinckte Wein, zum Schalle
Glockenähnlicher Crystalle.

Weisen Freundes goldne Worte
Lispelten am Schatten Orte,
Edler Kinder treu Bekänntniß,
Elterliches Einverständniß.

Goldnes Netz das euch umwunden!
Wer will dessen Werth erkunden?
Wie dem heilgen Stein der Alten
Muß sich Golde Gold entfalten.

Und so bringt vom fernen Orte
Dieses Blat euch goldne Worte,
Wenn die Lettern schwarz gebildet
Liebevoll der Blick vergüldet.

d 12. Febr. 1815.

FERNER SIND ALHIER zu finden
Vier, die allerschönsten Frauen,
Daß, gereizt sie anzuschauen,
Houris fürchten zu erblinden.

Die zur Freude gläubiger Söhne
In dem Jugendquell sich laben,
Und an ihrer eignen Schöne
Selbst ein ewig Muster haben.

Ahïa Herrin von Mizraim,
Ihr muß Gabriel sich neigen,
Rahel gäbe die Dudaim
Ihr von Ferne nur zu gleichen.

Jussuf wäre mit Zuleicka
Nicht in Ewigkeit verbunden,
Immer wachte noch Jamleika
Wenn sie dies Gebild gefunden.

Miriam dann der Jungfraun Krone
Die den Logos ausgebohren,
Und zu reinen Glaubens Lohne
Nichts an ihrem Werth verlohren.

Dann *Aischa* des Propheten
Liebstes ehlicher Gespiele.
Treu und kühn in Schmerz und Nöthen,
Freylich auch ein Schalck wie viele.

Und *Fatima* dann die holde
Gattin Alis sonder Fehle
Wie ein Leib aus Honigsgolde
Um des reinsten Engels Seele

Diese werden nur bewundert
In dem höchsten Himmelskreise;
Doch sind ähnliche zu Hundert
Freundlich dir im Paradeise.

d. 10 März 1815.

VIER THIEREN auch verheisen war
In's Paradies zu kommen,
Dort leben sie das ewge Jahr
Mit Heiligen und Frommen.

Den Vortritt hier ein Esel hat
Er kommt mit muntern Schritten:
Denn Jesus zur Propheten Stadt
Auf ihm ist eingeritten.

Halb schüchtern kommt ein Wolf sodann
Dem Mahomet befohlen:
Laß dieses Schaf dem armen Mann,
Dem Reichen magst du's holen.

Nun immer wedelnd, munter, brav,
Mit seinen Herrn den braven,
Das Hündlein das den Siebenschlaf
So treulich mitgeschlafen.

Abuherrire's Katze hier
Knurrt um den Herrn und schmeichelt:
Denn immer ist's ein heilig Thier
Das der Prophet gestreichelt.

D. 22. Febr. 1815.

Freygebiger wird betrogen,
Geizhafter ausgesogen,
Verständiger irrgeleitet,
Vernünftiger leer geweitet,
Der Harte wird umgangen,
Der Gimpel wird gefangen.
Beherrsche diese Lüge,
Betrogener betrüge!

Suleika
spricht

Der Spiegel sagt mir ich bin schön!
Ihr sagt: zu altern sey auch mein Geschick.
Vor Gott muß alles ewig stehn,
In mir liebt Ihn, für diesen Augenblick.

Wenn Ihrs habt und wenn Ihrs wißt
Wißt Ihr denn wer es vermißt?
Bleibet Eurem Sinne treu!
Neu ist alt und alt ist neu.

August 1815 Goethe.

Siehst du dies wie ich es sah,
Wohnst du so wie ich gewohnt;
Lieb und Freundschaft sind dir nah
Und ein jeder Tag betont.

Zum Andenken! 28 August 1815. Goethe

An die Stelle des Genusses
Trete Bildchen milden Scheins
Zu Erinnerung des Flusses,
Der Terasse, dieses Hayns.

Zum Andencken 28 August 1815. Goethe

Erst Empfindung, dann Gedancken,
Erst ins Weite, dann zu Schrancken,
Aus dem Wilden, hold und mild
Zeigt sich dir das wahre Bild.

Hatem

Nicht Gelegenheit macht Diebe
Sie ist selbst der größte Dieb,
Denn sie stahl den Rest der Liebe
Die mir noch im Herzen blieb.

Dir hat sie ihn übergeben
Meines Lebens Vollgewinn,
Daß ich nun, verarmt, mein Leben
Nur von dir gewärtig bin.

Doch ich fühle schon Erbarmen
Im Carfunckel deines Blicks
Und erfreu' in deinen Armen
Mich erneuerten Geschiks.

d. 15. S. 1815.

Ginkgo biloba

Dieses Baums Blatt, der von Osten
Meinem Garten anvertraut,
Giebt geheimen Sinn zu kosten
Wie's den Wissenden erbaut.

Ist es Ein lebendig Wesen,
Das sich in sich selbst getrennt,
Sind es zwey die sich erlesen,
Daß man sie als Eines kennt.

Solche Frage zu erwiedern
Fand ich wohl den rechten Sinn,
Fühlst du nicht an meinen Liedern
Daß ich Eins und doppelt bin.

d. 15. S. 1815

Suleika

HOCHBEGLÜCKT IN deiner Liebe
Schelt ich nicht Gelegenheit,
Ward sie auch an dir zum Diebe
Wie mich solch ein Raub erfreut!

Und wozu denn auch Berauben?
Gieb dich mir aus freyer Wahl,
Gar zu gerne möcht' ich glauben –
Ja! ich bin's die dich bestahl.

Was so willig du gegeben
Bringt dir herrlichen Gewinn,
Meine Ruh, mein reiches Leben
Geb ich freudig, nimm es hin.

Scherze nicht! Nichts von Verarmen!
Macht uns nicht die Liebe reich?
Halt ich dich in meinen Armen
Jedem Glück ist meines gleich.

d. 16. S. 1815.

Suleika

Als ich auf dem Euphrat schiffte
Streifte sich der goldne Ring
Fingerab, in Wasserklüfte,
Den ich jüngst von dir empfing.

Also träumt ich, Morgenröthe
Blitzt in's Auge durch den Baum,
Sag Poete sag Prophete!
Was bedeutet dieser Traum?

d. 17. S. 1815.

Hatem

Dies zu deuten bin erbötig!
Hab ich dir nicht oft erzählt
Wie der Doge von Venedig
Mit dem Meere sich vermählt.

So von deinen Fingergliedern,
Fiel der Ring dem Euphrat zu.
Ach zu tausend Himmelsliedern
Süßer Traum begeisterst du.

Mich, der von den Indostanen
Streifte bis Damascus hin,
Um mit neuen Caravanen
Bis an's rothe Meer zu ziehn

Mich vermählst du deinem Flusse,
Der Terasse, diesem Hayn,
Hier soll bis zum letzten Kusse,
Dir mein Geist gewiedmet seyn.

17. Sept. 1815.

Die schön geschriebenen,
Herrlich umgüldeten,
Belächeltest du
Die anmaslichen Blätter,
Verziehst mein Prahlen
Von deiner Liebe und meinem
Durch dich glücklichen Gelingen,
Verziehst anmutigem Selbstlob.

Selbstlob! Nur dem Neide stinckts,
Wohlgeruch Freunden
Und eignem Schmack!

Freude des Daseyns ist gros,
Größer die Freud am Daseyn.
Wenn du Suleika
Mich überschwänglich beglückst,
Deine Leidenschaft mir zuwirfst
Als wärs ein Ball,
Daß ich ihn fange,
Dir zurükwerfe
Mein gewiedmetes Ich;
Das ist Ein Augenblick!
Und dann reist mich von dir
Bald der Francke, bald der Armenier.

Aber Tage währts,
Jahre dauerts, daß ich neu erschaffe
Tausendfältig deiner Verschwendungen Fülle,
Auftrösle die bunte Schnur meines Glücks
Geklöpplet tausendfadig
Von dir o Suleika.

Hier nun dagegen
Dichtrische Perlen
Die mir deiner Leidenschaft
Gewaltige Brandung
Warf an des Lebens
Verödeten Strand aus.
Mit spitzen Fingern

Zierlich gelesen,
Durchreiht mit iuwelenem
Goldschmuck.
Nimm sie an deinen Hals
An deinen Busen!
Die Regentropfen Allahs
Gereift in bescheid⟨en⟩er Muschel.

H. d. 21 S. 1815.

LASST EUCH, o Diplomaten!
Recht angelegen seyn,
Und eure Potentaten
Berathet rein und fein.
Geheimer Chiffern Sendung
Beschäftige die Welt,
Bis endlich jede Wendung
Sich selbst in's Gleiche stellt.

Mir von der Herrinn süße
Die Chiffer ist zur Hand,
Woran ich schon genieße,
Weil sie die Kunst erfand.
Es ist die Liebesfülle,
Im lieblichsten Revier,
Der holde, treue Wille,
Wie zwischen mir und ihr.

Von abertausend Blüten
Ist es ein bunter Straus,
Von englischen Gemüthern
Ein vollbewohntes Haus;
Von buntesten Gefiedern
Der Himmel übersät
Ein klingend Meer von Liedern
Geruchvoll überweht.

Ist unbedingten Strebens
Geheime Doppelschrift,
Die in das Mark des Lebens
Wie Pfeil um Pfeile trifft.
Was ich euch offenbaret
War längst ein frommer Brauch,
Und wenn ihr es gewahret,
So schweigt und nutzt es auch.

H. d. 21. S. 1815.

Suleika

SAG DU HAST WOHL viel gedichtet?
Hin und her dein Lied gerichtet? –
Schöngeschrieben, deine Hand,
Prachtgebunden, goldgerändet,
Bis auf Punct und Strich vollendet,
Zierlichlockend manchen Band.
Stets wo du sie hingewendet
War's gewiß ein Liebespfand!

Hatem

Ja! Von mächtig holden Blicken,
Wie von lächlendem Entzücken,
Und von Zähnen blendend klar.
Moschusduftend Lockenschlangen,
Augenwimpern reizumhangen,
Tausendfältige Gefahr!
Dencke nun wie, von so langem
Prophezeyt Suleika war.

22. S. 15.

Suleika

Die Sonne kommt! Ein Prachterscheinen!
Der Sichelmond umklammert sie.
Wer konnte solch ein Paar vereinen?
Dies Räthsel wie erklärt sichs? Wie?

Hatem

Der Sultan konnt es, er vermählte
Das allerhöchste Weltenpaar,
Um zu bezeichnen Auserwählte,
Die tapfersten der treuen Schaar.

Auch sey's ein Bild von unsrer Wonne!
Schon seh ich wieder mich und dich,
Du nennst mich, Liebchen, deine Sonne,
Komm, Süßer Mond umklammre mich!

d. 22. S. 1815.

Suleika

An des lustgen Brunnens Rand
Der in Wasserfäden spielt
Wußt ich nicht was fest mich hielt;
Doch da war von deiner Hand
Meine Chiffer leis' gezogen,
Nieder blickt ich dir gewogen.

Hier, am Ende des Canals,
Der gereihten Hauptallee
Blick ich wieder in die Höh',
Und da seh ich abermals
Meine Lettern fein gezogen.
Bleibe! bleibe mir gewogen!

Hatem

Möge Wasser springend, wallend,
Die Cypressen dir gestehn:

Von Suleika zu Suleika
Ist mein Kommen und mein Gehn.

22. S. 1815.

Suleika

WAS BEDEUTET die Bewegung?
Bringt der Ost mir frohe Kunde?
Seiner Schwingen frische Regung
Kühlt des Herzens tiefe Wunde

Kosend spielt er mit dem Staube
Jagt ihn auf in leichten Wölckchen,
Treibt zur sichern Rebenlaube
Der Insecten frohes Völkchen.

Lindert sanft der Sonne Glühen,
Kühlt auch mir die heißen Wangen,
Küßt die Reben noch im Fliehen,
Die auf Feld und Hügel prangen.

Und mir bringt sein leises Flüstern
Von dem Freunde tausend Grüße
Eh noch diese Hügel düstern
Grüßen mich wohl tausend Küsse.

Und so kannst du weiter ziehen!
Diene Freunden und Betrübten
Dort wo hohe Mauern glühen
Find ich bald den Vielgeliebten

Ach! die wahre Herzenskunde,
Liebeshauch, erfrischtes Leben
Wird mir nur aus seinem Munde,
Kann mir nur sein Athem geben.

23. S. 1815.

AN VOLLEN Büschelzweigen,
Geliebte sieh' nur hin!
Laß dir die Früchte zeigen
Umschalet stachligtgrün.

Sie hängen längst geballet,
Still unbekannt mit sich,
Ein Ast der schaukelnd wallet
Wiegt sie gedultiglich.

Doch immer reift von Innen,
Und schwillt der braune Kern,
Er möchte Luft gewinnen
Und säh die Sonne gern.

Die Schale platzt und nieder
Macht er sich freudig los;
So fallen meine Lieder
Gehäuft in deinen Schoos.

24. S. 1815.

IST ES MÖGLICH Stern der Sterne,
Drück ich wieder dich ans Herz!
Ach! was ist die Nacht der Ferne
Für ein Abgrund für ein Schmerz.
Ja du bist es, meiner Freuden
Süßer, lieber Widerpart,
Eingedenck vergangner Leiden
Schaudr' ich vor der Gegenwart.

Als die Welt im tiefsten Grunde
Lag an Gottes ewger Brust,
Ordnet er die erste Stunde
Mit erhabner Schöpfungslust,
Und er sprach das Wort: Es werde!
Da erklang ein schmerzlich Ach!

Als das All, mit Machtgebärde,
In die Wirklichkeiten brach.

Aufthat sich das Licht! Sich trennte
Scheu, die Finsterniß von ihm,
Und sogleich die Elemente
Scheidend auseinander fliehn
Rasch in wilden wüsten Träumen
Jedes nach der Weite rang,
Starr, in ungemeßnen Räumen,
Ohne Sehnsucht, ohne Klang.

Stumm war alles still und öde,
Einsam Gott zum erstenmal
Da erschuf er Morgenröthe
Die erbarmte sich der Quaal;
Sie entwickelte dem Trüben
Ein erklingend Farbenspiel
Und nun konnte wieder lieben,
Was erst auseinander fiel

Und mit eiligem Bestreben
Sucht sich, was sich angehört,
Und zu ungemeßnem Leben
Ist Gefühl und Blick gekehrt.
Seys Ergreifen, sey es Raffen
Wenn es nur sich faßt und hält!
Allah braucht nicht mehr zu schaffen,
Wir erschaffen seine Welt.

So, mit Morgenrothen Flügeln
Riß es mich an deinen Mund
Und die Nacht mit tausend Siegeln
Kräftigt sternenhell den Bund.
Beyde sind wir auf der Erde
Musterhaft in Freud und Quaal
Und ein zweytes Wort: Es werde!
Trennt uns nicht zum zweytenmal.

24. S. 15.

Jedes Wort ist ein Versprechen
Jeder Blick ist ein Genuß.

Lieb' um Liebe, Stund' um Stunde,
Wort um Wort und Blick um Blick;
Kuß um Kuß, vom treusten Munde
Hauch um Hauch und Glück um Glück.
So am Abend, so am Morgen!
Doch du fühlst an meinen Liedern
Immer noch geheime Sorgen;
Jussufs Reitze möcht ich borgen
Deine Schönheit zu erwiedern.

25. S. 1815.

Suleika

Volck und Knecht und Überwinder
Sie gestehn, zu jeder Zeit,
Höchstes Glück der Erdenkinder
Sey nur die Persönlichkeit.

Jedes Leben sey zu führen
Wenn man sich nicht selbst vermißt,
Alles könne man verlieren
Wenn man bliebe was man ist.

Hatem

Kann wohl seyn! So wird gemeynet;
Doch ich bin auf andrer Spur,
Alles Erdenglück vereinet
Find ich in Suleika nur.

Wie sie sich an mich verschwendet,
Bin ich mir ein werthes Ich;
Hätte sie sich weggewendet
Augenblicks verlöhr ich mich.

Nun, mit Hatem wärs zu Ende;
Doch schon hab' ich umgelost,
Ich verkörpre mich behende
In den Holden den sie kost.

Wollte, wo nicht gar ein Rabbi,
Das will mir so recht nicht ein;
Doch Ferdusi, Motanabbi,
Allenfalls der Kayser seyn.

26. S. 15.

Suleika

ACH! UM DEINE feuchten Schwingen
West, wie sehr ich dich beneide:
Denn du kannst ihm Kunde bringen
Was ich in der Trennung leide.

Die Bewegung deiner Flügel
Weckt im Busen stilles Sehnen,
Blumen, Augen, Wald und Hügel
Stehn bey deinem Hauch in Thränen.

Doch dein mildes sanftes Wehen
Kühlt die wunden Augenlieder;
Ach für Leid müßt ich vergehen
Hofft ich nicht zu sehn ihn wieder.

Eile denn zu meinem Lieben,
Spreche sanft zu seinem Herzen;
Doch vermeid ihn zu betrüben,
Und verbirg ihm meine Schmerzen.

Sag ihm aber, sag's bescheiden:
Seine Liebe sey mein Leben
Freudiges Gefühl von beyden
Wird mir seine Nähe geben.

26. S. 1815.

Sie haben wegen der Trunckenheit
Vielfältig uns verklagt,
Und haben von der Trunckenheit
Lange nicht genug gesagt.
Gewöhnlich die Betrunckenheit
Verschwindet so wie es tagt;
Doch hat mich meine Betrunckenheit
In der Nacht umher gejagt.
Es ist die Liebestrunckenheit
Die mich erbärmlich plagt,
Von Tag zu Nacht von Nacht zu Tag
In meinem Herzen zagt.
Dem Herzen das in Trunckenheit
Der Lieder schwillt und ragt
Daß keine nüchterne Trunckenheit
Sich gleichzuheben wagt.
Es ist Lieb' und Weines Trunckenheit,
Obs nachtet oder tagt,
Die göttlichste Betrunckenheit,
Die mich entzückt und plagt.

Mich. 1815.

Soll ich von Smaragden reden,
Die dein Finger niedlich zeigt?
Manchmal ist ein Wort vonnöthen,
Oft ist's besser daß man schweigt.

Also sag' ich: daß die Farbe
Grün und augerquicklich sey!
Sage nicht daß Schmerz und Narbe
Zu befürchten nah dabey.

Immerhin! du magst es lesen!
Warum übst du solche Macht!
»So gefährlich ist dein Wesen
Als erquicklich der Smaragd.«

LOCKEN! haltet mich gefangen!
In dem Kreise des Gesichts.
Euch geliebten braunen Schlangen
Zu erwiedern hab ich nichts.

Nur dies Herz es ist von Dauer,
Schwillt in jugendlichstem Flor;
Unter Schnee und Nebelschauer
Rast ein Aetna dir hervor.

Du beschämst, wie Morgenröthe
Jener Gipfel ernste Wand
Und noch einmal fühlet Hatem
Frühlingshauch und Sommerbrand.

Schencke her! Noch eine Flasche
Diesen Becher bring ich Ihr!
Findet sie ein Häufchen Asche,
Sagt sie: der verbrannte mir.

Suleika

Nimmer will ich dich verlieren!
Liebe giebt der Liebe Kraft.
Magst du meine Jugend zieren,
Mit gewaltger Leidenschaft.
Ach! wie schmeichelts meinem Triebe
Wenn man meinen Dichter preist:
Denn das Leben ist die Liebe,
Und des Lebens Leben Geist.

30. S. 1815.

IMMER NIEDLICH, immer heiter,
Immer lieblich! Und so weiter
Stets natürlich, aber klug.
Nun, das, dächt ich wär genug.

Wie sollt ich heiter bleiben?
Entfernt von Tag und Licht;
Nun aber will ich schreiben,
Und trincken mag ich nicht.

Wenn sie mich an sich lockte
War Rede nicht im Brauch,
Und wie die Zunge stockte,
So stockt die Feder auch.

Nur zu! geliebter Schencke,
Den Becher fülle still:
Ich sage nur: Gedencke!
Schon weis man was ich will.

1. O. 1815.

Deinem Blick mich zu bequemen,
Deinem Munde, deiner Brust,
Deine Stimme zu vernehmen
War die letzt' und erste Lust.

Gestern, Ach! war sie die letzte,
Dann verlosch mir Leucht' und Feuer,
Jeder Scherz der mich ergetzte
Wird nun schuldenschwer und theuer.

Eh es Allah nicht gefällt
Uns aufs neue zu vereinen,
Giebt mir Sonne, Mond und Welt
Nur Gelegenheit zum Weinen.

Wenn ich dein gedencke
Fragt mich gleich der Schencke:
Herr! Warum so still?
Da von deinen Lehren

Immer weiter hören
Saki gerne will

Wenn ich mich vergesse
Unter der Cypresse
Hält er nichts davon,
Und im stillen Kreise
Bin ich doch so weise
Klug wie Salomon.

ZWANZIG JAHRE lies ich gehn
Und genoß was mir beschieden;
Eine Reihe völlig schön
Wie die Zeit der Barmeciden.

Suleika

KAUM DASS ICH DICH wieder habe,
Dich mit Kuß und Liedern labe,
Bist du still in dich gekehret;
Was beengt? und druckt, und störet?

Hatem

Ach Suleika soll ich sagen?
Statt zu loben möcht ich klagen!
Sangest sonst nur meine Lieder,
Immer neu und immer wieder.

Sollte wohl auch diese loben:
Doch sie sind nur eingeschoben;
Nicht von Hafis, nicht Nizami,
Nicht Saadi, nicht von Dschami.

Kenn' ich doch der Väter Menge
Sylb um Sylbe, Klang um Klänge,
Im Gedächtniß unverloren;
Diese da sind neu geboren.

Gestern wurden sie gedichtet;
Sag hast du dich neu verpflichtet?
Hauchest du so froh-verwegen
Fremden Athem mir entgegen!

Der dich eben so belebet,
Eben so in Liebe schwebet,
Lokend, ladend zum Vereine
So harmonisch als der meine.

Suleika

War Hatem lange doch entfernt,
Das Mädchen hatte was gelernt,
Von ihm war sie so schön gelobt,
Da hat die Trennung sich erprobt.
Wohl daß sie dir nicht fremde scheinen;
Sie sind Suleikas, sind die deinen.

H. 7. Octb. 1815.

Ein Spiegel er ist mir geworden,
Ich sehe so gerne hinein,
Als hinge des Kaysers Orden
An mir mit Doppelschein;
Nicht etwa selbstgefällig
Such ich mich überall;
Ich bin so gerne gesellig
Und das ist hier der Fall.

Wenn ich nun vorm Spiegel stehe,
Im stillen Wittwerhaus,
Gleich guckt, eh ich mich versehe,
Das Liebchen mit heraus.
Schnell kehr ich mich um, und wieder
Verschwand sie die ich sah,
Dann blick' ich in meine Lieder
Gleich ist sie wieder da.

Die schreib' ich immer schöner
Und mehr nach meinem Sinn
Troz Krittler und Verhöhner
Zu täglichem Gewinn,
Ihr Bild in reichen Schranken
Verherrlichet sich nur,
In goldnen Rosenrancken
Und Rähmchen von Lasur.

Hatem

Wie des Goldschmieds Bazarlädchen
Vielgefärbt, geschliffne Lichter,
So umgeben hübsche Mädchen
Den beynah ergrauten Dichter

Mädchen

Singst du schon Suleika wieder!
Diese können wir nicht leiden,
Nicht um dich – um deine Lieder
Wollen, müssen wir sie neiden.

Denn, wenn sie auch garstig wäre
Machst du sie zum schönsten Wesen,
Und so haben wir von Gemil
Und von Shanba viel gelesen.

Aber eben weil wir hübsch sind
Möchten wir auch gern gemahlt seyn,
Und wenn du es billig machest;
Sollst du auch recht hübsch bezahlt seyn.

Hatem

Bräunchen komm! Es wird schon gehen.
Zöpfe, Kämme gros und kleine,
Zieren Köpfchens nette Reine
Wie die Kuppel ziert Moscheen.

Du Blondinchen bist so zierlich,
Aller Weis' und Weg so nette,

Man gedenckt nicht ungebürlich
Alsogleich der Minarette.

Du dahinten hast der Augen
Zweyerley, du kannst die beyden,
Einzeln, nach Belieben brauchen.
Doch ich sollte dich vermeiden

Leichtgedrückt die Augenlieder
Eines, die den Stern bewhelmen
Deutet auf den Schelm der Schelmen
Doch das andre schaut so bieder.

Dies, wenn jen's verwundend angelt,
Heilend, nährend wird sich's weisen,
Niemand kann ich glücklich preisen
Dem der Doppelblick ermangelt

Und so könnt ich alle loben
Und so könnt ich alle lieben
Denn so wie ich euch erhoben
War die Herrin mit beschrieben.

Mädchen

Dichter will so gerne Knecht seyn,
Weil die Herrschaft draus entspringet;
Doch vor allem sollt ihm recht seyn
Wenn das Liebchen selber singet.

Ist sie denn des Liedes mächtig?
Wie's auf unsern Lippen waltet:
Denn es macht sie gar verdächtig
Daß sie im Verborgnen schaltet

Hatem

Nun wer weis was sie erfüllet.
Kennt ihr solcher Tiefe Grund?
Selbstgefühltes Lied entquillet,
Selbstgedichtetes dem Mund.

Von euch Dichterinnen allen
Ist ihr eben keine gleich,
Denn sie singt mir zu gefallen
Und ihr singt und liebt nur euch

Mädchen

Merken wohl, du hast uns eine
Jener Houris vorgeheuchelt,
Mag schon seyn wenn es nur keine
Sich auf dieser Erde schmeichelt.

10. O. 1815.

Wo man mir Guts erzeigt überall
'S ist eine Flasche Eilfer,
Am Rhein, am Mayn und Necker
Man bringt lächlend Eilfer
Hört man doch auch wohlthätige Nahmen
Wiederholt wie: Eilfer
Friedrich den zweyten zum Beyspiel
Als beherrschenden Eilfer
Kannt wird noch immer genannt
Als anregender Eilfer
Mehrere Nahmen in der Stille
Nenn ich beym Eilfer
Von meinen Liedern sprechen sie auc⟨h⟩
Rühmlich froh wie vom Eilfer.
Trincken auf mein Wohl klingend mit mir
Alles im reinsten Eilfer.
Dies würde mich mehr freuen
Mehr als der Eilfer
Tränke nur Hafis auch der Würdig⟨e⟩
Trinck den Eilfer
Eilig steig ich zum Hades hinab
Wo vom Eilfer
Nüchterne Seelen nicht trincken
Sage den Eilfer
Eilig Hafis geh da droben stehet

Ein vollkommenes Glas Eilfer.
Das der Freund mir einschenkte
Der würdigste, der den Eilfer
Sich abspart damit ich reichlich geniße
Den vollkomenen Eilfer
Hafis jedoch eile denn zum Pfande
Bleib ich bis du geschlurft den Eilfer
An der Tagseite des Rheingaus
Wo verherrlicht der Eilfer
Ich an der Nach⟨t⟩seite hier schaudert
den der gewohnt an Eilfer
Komme zurück Besonnener
Unbesonnen durch Eilfer
Daß ich Ahnherr dich grüße
Athmend noch Eilfer
Kehr ich zurück so Eifert die Freund⟨i⟩n
Hat doch der Eilfer
Abermals dich niedergeworfe⟨n⟩
Truncken vom Eilfer
Lagst unempfindlich meinem Kose⟨n⟩
Als wäre der Eilfer
Meinen Küssen vergleichbar
Meide den Eilfer
Und sie weis nicht daß du Hafis
An meiner Statt den Eilfer
Ausgeschlurft ich aus Liebe zu d⟨i⟩r
Seelenlos dalag das soll nur der Eilfer
Alles haben gethan und verbro⟨chen⟩
der unschuldige Eilfer
Liebchen aber sagt diesen Rival
den Schencken den Eilfer
Neid ich wie des schwar⟨z⟩augigen Schenck⟨en⟩
Stets bereiten Eilfer
Hatem sieh mir ins Auge
den Schencken den Eilfer
Laß sie fahren diese Küsse sie sind von heute
Was will der Eilfer.
⟨Lücke von 2 Zeilen⟩
Denn ich mochte gar zu gern
Trincken den Eilfer

Wenn er alt ist denn gegenwärtig
    Ist er allzu rasch und jung der Eilfer
Niemals mocht ich entbehren
    Im Leben den Eilfer
Der soviel wuchs und gut
    Anno eilf drum heist er eilfer

⟨Lücke von ca. 24 Zeilen⟩

Sing es mir ein andrer nach
Dieses Lied vom Eilfer
Den⟨n⟩ ich sangs im Liebesrausch
Und berauscht vom Eilfer.

Wo man mir guts erzeigt überall
    'S ist eine Flasche Eilfer
Am Rhein und Mein, im Neckerthal,
    Man bringt mir lächlend Eilfer.
Und nennt gar manchen braven Mann
    Viel seltner als den Eilfer
Hat er der Menschheit wohlgethan
    Ist immer noch kein Eilfer.
Die guten Fürsten nennt man so,
    beynahe wie den Eilfer
Uns machen ihre Thaten froh
    Sie leben hoch im Eilfer
Und manchen Nahmen nenn ich leis
    Still schöppelnd meinen Eilfer
Sie weiß es wenn es niemand weis
    Da schmeckt mir erst der Eilfer
Von meinen Liedern sprechen sie
    Fast rühmlich wie vom Eilfer
Und Blum und Zweige brechen sie
    Mich kränzend und den Eilfer
Das alles wär ein größres Heil
    Ich theilte gern den Eilfer
Nähm Hafis auch nur seinen Theil
    Und schlurfte mit den Eilfer

Drum eil ich in das Paradies
  Wo leider nie vom Eilfer
Die Gläubgen trinken. Sey er süs
  Der Himmelswein! Kein Eilfer
Geschwinde Hafis eile hin
  Da steht im Römer Eilfer

Dir zu eröffnen
Mein Herz verlangt mich
Hört ich von deinem!
Darnach verlangt mich
Wie blickt so traurig
Die Welt mich an.

In meinem Sinne
Wohnet mein Freund nur
Und sonsten keiner,
Und keine Feind Spur.
Wie Morgenkerzen
Ward mir ein Vorsaz:

Mein Leben will ich
Nur zum Geschäfte
Von seiner Liebe
Von heut' an machen
Ich dencke seiner
Mir blutet's Herz.

Kraft hab ich keine
Als ihn zu lieben
So recht im Stillen.
Was will das werden
Will ihn umarmen,
Und kann es nicht.

Herrn Obrist v. Geismar

Dem wir unsre Rettung dancken
Aus den Händen wilder Francken
Nimm zur Jahresfeyerstunde
Heißen Wunsch vom treusten Munde

W. am 21 Octbr Nachmittag 3 Uhr 1815.

Herrinn! sag was heißt das Flüstern?
Was bewegt dir leis' die Lippen?
Lispelst immer vor dich hin.
Lieblicher als Weines Nippen
Denckst du deinen Mundgeschwistern
Noch ein Pärchen herzuziehn?

Ich will küssen! Küssen! sagt ich.

Schau! Im zweifelhaften Dunckel
Glühen blühend alle Zweige,
Niederspielet Stern auf Stern,
Und, smaragden, durchs Gesträuche
Tausendfältiger Karfunkel;
Doch dein Geist ist allem fern.

Ich will küssen! Küssen! sagt ich.

Dein Geliebter fern, erprobet
Gleicherweis im Sauersüßen,
Fühlt ein unglückselges Glück.
Euch im Vollmond zu begrüßen
Habt ihr heilig angelobet,
Dieses ist der Augenblick.

Ich will küssen! Küssen! sag ich.

d. 24. Octbr 1815.

Jene garstige Vettel,
Die buhlerische,
Welt heißt man sie,
Mich hat sie betrogen
Wie die übrigen alle.
Glaube nahm sie mir weg,
Dann die Hoffnung,
Nun wollte sie
An die Liebe,
Da riß ich aus.
Den geretteten Schatz
Für ewig zu sichern
Theilt ich ihn weislich
Zwischen Suleika und Saki.
Jedes der beyden
Beeifert sich um die Wette
Höhere Zinsen zu entrichten.
Und ich bin reicher als je.
Den Glauben hab ich wieder!
An ihre Liebe den Glauben.
Er im Becher gewährt mir
Herrliches Gefühl der Gegenwart;
Was will da die Hoffnung!
25. O. 15.

Nicht mehr auf Seidenblat
Schreib' ich symmetrische Reime;
Nicht mehr faß ich sie
In goldne Rancken;
Dem Staub, dem beweglichen, eingezeichnet
Überweht sie der Wind,
Aber die Kraft besteht,
Bis zum Mittelpunct der Erde
Dem Boden angebannt.
Und der Wandrer wird kommen
Der Liebende. Betritt er
Diese Stelle, ihm zuckts
Durch alle Glieder.

»Hier! Vor mir liebte der Liebende!
War es Medschnun der zarte?
Ferhad der kräftige? Gemil der daurende?
Oder von jenen tausend
Glücklich-Unglücklichen Einer?
Er liebte! Ich liebe wie er,
Ich ahnd' ihn!«

Suleika du aber ruhst
Auf dem zarten Polster
Das ich dir bereitet und geschmückt.
Auch dir zuckts aufweckend durch die Glieder.
»Er ist der mich ruft Hatem.
Auch ich rufe dir, o! Hatem! Hatem.«

LASST MICH WEINEN! umschränkt von Nacht,
In unendlicher Wüste.
Camele ruhn, die Treiber desgleichen,
Rechnend still wacht der Armenier;
Ich aber, neben ihm, berechne die Meilen
Die mich von Suleika trennen, wiederhole
Die wegeverlängernden
Ärgerlichen Krümmungen.
Laßt mich weinen! das ist keine Schande.
Weinende Männer sind gut.
Weinte doch Achill um seine Briseïs!
Xerxes beweinte das unerschlagene Heer,
Über den selbstgemordeten Liebling
Alexander weinte.
Laßt mich weinen, Thränen beleben den Staub.
Schon grunelts.

DIE SONNE, Helios der Griechen,
Fährt prächtig auf der Himmelsbahn,
Gewiß das Weltall zu besiegen
Blickt er umher, hinab, hinan.

Er sieht die schönste Göttinn weinen,
Die Wolckentochter, Himmelskind.
Ihr scheint er nur allein zu scheinen.
Für alle heitre Räume blind

Versenckt er sich in Schmerz und Schauer
Und häuf'ger quillt ihr Trähnenguß.
Er sendet Lust in ihre Trauer
Und jeder Perle Kuß auf Kuß.

Nun fühlt sie tief des Blicks Gewalten,
Und unverwandt schaut sie hinauf,
Die Perlen wollen sich gestalten:
Denn jede nahm sein Bildniß auf.

Und so umkränzt von Farb' und Bogen,
Erheitert leuchtet ihr Gesicht,
Entgegen kommt er ihr gezogen,
Doch er! Doch ach! Erreicht sie nicht.

So, nach des Schiksals hartem Loose
Weichst du mir Lieblichste davon,
Und wär ich Helios der große
Was nützte mir der Wagenthron?

W. d. 7 Nov. 1815.

Es klingt so prächtig wenn der Dichter
Der Sonne bald, dem Kayser sich vergleicht;
Doch er verbirgt die traurigen Gesichter
Wenn er in düstren Nächten schleicht.

Von Wolcken streifenhaft befangen
Versanck zu Nacht des Himmels reinstes Blau,
Vermagert bleich sind meine Wangen
Und meine Herzensträhnen grau.

Laß mich nicht so der Nacht dem Schmerze,
Du allerliebstes, du mein Mondgesicht!
O du mein Phosphor, meine Kerze,
Du meine Sonne, du mein Licht.

W. d. 7. Nov. 1815.

Valet

Blumenkelche, Blumenglocken
Folgen deinem Reiselauf;
Unter Schneegestöbers Flocken
Suche mir ein Liebes auf.

An Demoiselle Fanny Caspers

In einer Stadt einmal,
Auf dem Stadthaus,
Ein großer Saal,
Darin ein lustig Mahl.
Unter den Gästen
Eine artige Maus.
Wie's bey solchen Festen
Geht, im Champagner Saus,
Sie hatte nicht so viel getruncken
Als Schiller ich und alle;
War mir aber um den Hals gesunken.
In keiner Falle
Fing man so lieblich Mäuschen.
Niedlich war sie, niedlicher im Räuschen.
Ich hielt sie feste, feste,
Wir küßten, und auf's Beste;
Doch wickelt sie sich heraus,
Fort war die Maus!
Die treibt sich in Osten und Süden
Gott schenck ihr Lieb u. Frieden.

Da liegt ein Ey es ist kein Ey nein
Das Oben Unten es ist so buckli⟨ck⟩
Ist ohne Regel es ist ein Bündel
Den Bündel Knabe schlage! du schlag ihn Knabe
Der Knabe schlägt das Bündel bläht sich
Es schlägt ein andrer und blähend weiter
Erschriegt das Bündel die Herrn und Held⟨en⟩
Schach Dudan spri⟨n⟩gt v⟨om⟩
Er ungedul⟨d⟩ig vom Pferd und stöst
Den Sporn ins Weise
Da platzt der Kuchen ein mächti⟨g⟩ Kindlein
Entwickelt derb und allzuderbe Glieder

Des Maurers Handeln
Es gleicht dem Leben,
Und sein Bestreben
Es gleicht dem Wandeln
Der Menschen auf Erden.

Die Zukunft decket
Schmerzen und Glücke,
Schrittweis, dem Blicke;
Doch ungeschrecket
Dringen wir vorwärts.

Und schwer und ferne
Hängt eine Hülle,
Mit Ehrfurcht, stille
Ruh'n oben die Sterne
Und unten die Gräber.

Betracht' sie genauer!
Und siehe so melden,
Im Busen der Helden,
Sich wandelnde Schauer
Und ernste Gefühle.

Doch rufen von drüben
Die Stimmen der Geister,

Die Stimmen der Meister:
Versäumt nicht zu üben
Die Kräfte des Guten!

Hier flechten sich Kronen
In ewiger Stille,
Die sollen mit Fülle
Den Thätigen lohnen.
Wir heißen euch hoffen!

HAFIS DIR SICH GLEICH zu stellen,
Welch ein Wahn!
Rauscht doch wohl auf Meeres Wellen
Rasch ein Schiff hinan,
Fühlet seine Seegel schwellen
Wandelt kühn und stolz
Wills der Ocean zerschellen,
Schwimmt's, ein morsches Holz.
Dir in Liedern, leichten, schnellen,
Wallet kühle Flut,
Siedet auf zu Feuerwellen;
Mich verschlingt die Glut.
Doch mir will ein Dünckel schwellen,
Der mir Kühnheit giebt.
Hab doch auch im sonnenhellen
Land gelebt, geliebt.

d. 22 Dez 1815.

WIE! MIT INNIGSTEM Behagen,
Lied, empfind ich deinen Sinn!
Liebevoll, du scheinst zu sagen:
Daß ich Ihm zur Seite bin.

Daß Er ewig mein gedencket.
Seiner Liebe Seligkeit

Immerdar der Fernen schenket,
Die ein Leben Ihm geweiht.

Ja! mein Herz, es ist der Spiegel,
Freund! worinn du dich erblickt,
Diese Brust, wo deine Siegel
Kuß auf Kuß hereingedrückt.

Süßes Dichten, lautre Wahrheit
Fesselt mich in Sympathie!
Rein verkörpert Liebesklarheit,
Im Gewand der Poesie.

d. 23. Dec. 1815.

Lust und Qual

Knabe saß ich, Fischerknabe,
Auf dem schwarzen Fels im Meer,
Und, bereitend falsche Gabe,
Sang ich lauschend rings umher.
Angel schwebte lockend nieder;
Gleich ein Fischlein streift und schnappt,
Schadenfrohe Schelmenlieder
Und das Fischlein war ertappt.

Ach! am Ufer, durch die Fluren,
Ins Geklüfte tief zum Hayn,
Folgt' ich einer Sohle Spuren,
Und die Hirtinn war allein.
Blicke sinken, Worte stocken! –
Wie ein Taschenmesser schnappt
Faßte sie mich in die Locken
Und das Bübchen war ertappt.

Weiß doch Gott mit welchem Hirten
Sie auf's neue sich ergeht!
Muß ich in das Meer mich gürten,
Wie es sauset, wie es weht.

Wenn mich oft im Netze jammert
Das Gewimmel groß und klein;
Immer möcht' ich noch umklammert
Noch von ihren Armen seyn!

Juni

Hinter jenem Berge wohnt
Sie, die meine Liebe lohnt.
Sage Berg was ist denn das?
Ist mir doch als wärst du Glas.

Und ich wär' nicht weit davon.
Denn sie kommt, ich seh' es schon,
Traurig, denn ich bin nicht da,
Lächelnd, ja, sie weiß es ja!

Nun stellt sich dazwischen
Ein kühles Thal, mit leichten Büschen,
Bächen, Wiesen und dergleichen,
Mühlen und Rändern, den schönsten Zeichen
Daß da gleich wird eine Fläche kommen,
Weite Felder unbeklommen.
Und so immer, immer heraus,
Bis mir an Garten und Haus!

Aber wie geschicht's?
Freut mich das alles nicht –
Freute mich des Gesichts
Und der zwey Äuglein Glanz,
Freute mich des leichten Gangs,
Und wie ich sie seh'
Vom Zopf zur Zeh!

Sie ist fort, ich bin hier,
Ich bin weg, bin bey Ihr.

Wandelt sie auf schroffen Hügeln,
Eilet sie das Thal entlang,

Da erklingt es wie mit Flügeln,
Da bewegt sich's wie Gesang.
Und auf diese Jugendfülle,
Dieser Glieder frohe Pracht
Harret einer in der Stille,
Den sie einzig glücklich macht.

Liebe steht ihr gar zu schön,
Schönres hab' ich nie gesehn.
Bricht ihr doch ein Blumenflor
Aus dem Herzen leicht hervor.

Denk' ich: soll es doch so seyn!
Das erquickt mir Mark und Bein;
Wähn' ich wohl, wenn sie mich liebt,
Daß es noch was beßres giebt?

Und noch schöner ist die Braut,
Wenn sie sich mir ganz vertraut,
Wenn sie spricht und mir erzählt
Was sie freut und was sie quält.

Wie's ihr ist und wie's ihr war;
Kenn' ich sie doch ganz und gar.
Wer gewänn' an Seel' und Leib
Solch ein Kind und solch ein Weib.

DASS DU ZUGLEICH mit dem heilgen Christ
An diesem Tage geboren bist,
Und August auch der werthe Schlancke,
Dafür ich Gott im Herzen dancke,
Dies giebt in tiefer Winterszeit
Erwünschteste Gelegenheit
Mit einigem Zucker Dich zu grüßen
Abwesenheit mir zu versüßen,
Der ich, wie sonst, in Sonnenferne
Im Stillen liebe, leide, lerne.

am 25 Dec. 1815. Goethe

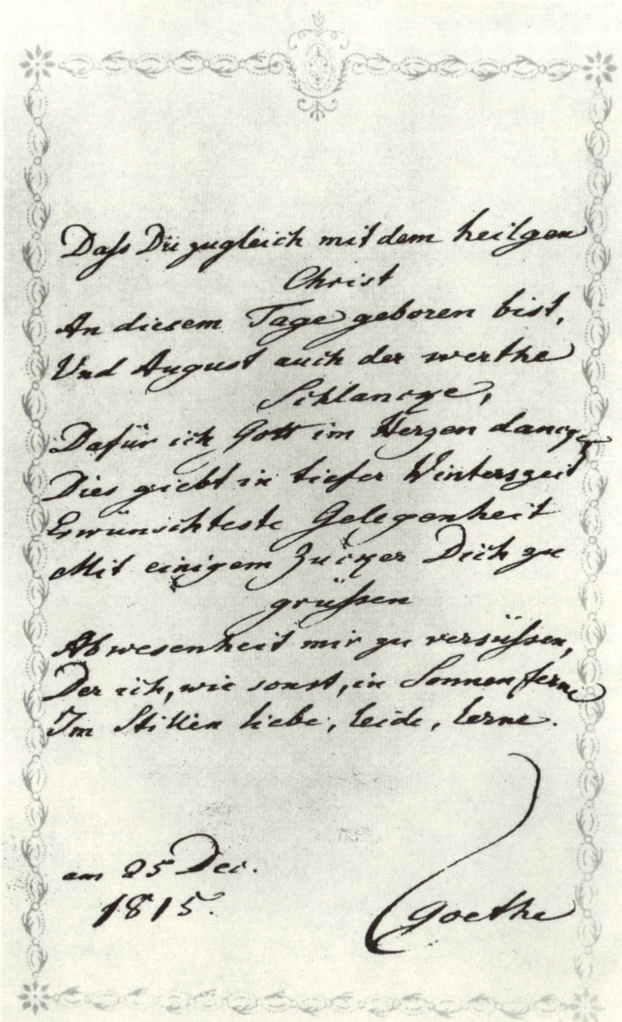

Daß Du zugleich mit dem heilgen
Christ
An diesem Tage geboren bist,
Und August auch der werthe
Schlancke,
Dafür ich Gott im Herzen dancke
Dies giebt in tiefer Winterszeit
Erwünschteste Gelegenheit
Mit einigem Zucker Dich zu
grüßen
Abwesenheit mir zu versüßen,
Der ich, wie sonst, in Sonnenferne
Im Stillen liebe, leide, lerne.

am 25 Dec.
1815.

Goethe

»Daß Du zugleich mit dem heilgen Christ ⟨...⟩«
Handschrift auf umrändertem Blatt für Frau von Stein

Dank des Sängers

Von Sängern hat man viel erzählt
Die in ein Schloß gekommen,
Wo nichts ermangelt, nichts gefehlt,
Sie haben Platz genommen.
Doch war wo, irgendwo ein Platz,
Vergleichbar diesem Brüder-Schatz,
Wo auch ich Platz genommen?

Ihr fraget nicht woher ich sey,
Wir alle sind von oben;
Doch singend wird der Freie frei
Und darf die Brüder loben.
Die Brust entlöse der Gesang!
Was außen eng, was außen bang
Uns macht es nicht beklommen.

So hab ich euch denn schon den Dank,
Den ich gedacht, erwiesen,
Und euch mit Tönen rein und schlank
Als Würdige gepriesen.
Was bleibet übrig als der Schall
Den wir so gerne hören,
Wenn überall, all überall
Im Stillen wir uns vermehren.

Schwarzer Schatten ist über den Staub der Geliebten Gefährte
Ich machte mich zum Staube; aber der Schatten ging über mich hin.

May

Leichte Silberwolken schweben
Durch die erst erwärmten Lüfte,
Mild, von Schimmer sanft umgeben,
Blickt die Sonne durch die Düfte.
Leise wallt und drängt die Welle
Sich am reichen Ufer hin,
Und wie reingewaschen helle,
Schwankend hin und her und hin,
Spiegelt sich das junge Grün.

Still ist Luft und Lüftchen stille;
Was bewegt mir das Gezweige?
Schwüle Liebe dieser Fülle,
Von den Bäumen durch's Gesträuche.
Nun der Blick auf einmal helle,
Sieh! der Bübchen Flatterschaar,
Das bewegt und regt so schnelle,
Wie der Morgen sie gebahr,
Flügelhaft sich Paar und Paar.

Fangen an das Dach zu flechten; –
Wer bedürfte dieser Hütte?
Und, wie Zimmrer, die gerechten,
Bank und Tisch⟨ch⟩en in der Mitte!
Und so bin ich noch verwundert,
Sonne sinkt, ich fühl' es kaum;
Und nun führen aber hundert
Mir das Liebchen in den Raum,
Tag und Abend, welch ein Traum!

Und wer sich selbst erkennt
Erkennet seinen Gott.

So sag mir doch wie soll ich ihn denn winden
Ein jeder Stand trägt ihn nach seiner Art.

Ich fühle gern am Kopfe deine Hand
Und sieht man dann daß ich dir angehöre
Das Liebchen ist mein Stand

Sich selbst zu loben ist ein Fehler,
Doch jeder thuts der etwas Gutes thut;
Und ist er dann in Worten kein Verhehler,
Das Gute bleibt doch immer gut.

Laßt doch, ihr Narren, doch die Freude
Dem Weisen, der sich weise hält,
Daß er, ein Narr wie ihr, vergeude
Den abgeschmackten Danck der Welt.

An S. B.

Hast den Ancker fest im Rheine liegend
Für das wohl beladne Schiff,
Bleibe doch in Neckarbuchten schmiegend
Hier ist kein Korallenriff.
Aber da wo jeder Tag erzeuget
Hinderniß auf Hindernisse thürmend auf,
Oder schlimmer noch sie wiegend beuget,
Richtetest du wohl dahin den Lauf?

Epiph. 1816 G

Sprich! Unter welchem Himmelszeichen
  Der Tag liegt,
Wo mein Herz, das doch mein eigen,
  Nicht mehr wegfliegt?

Und wenn es flöge, zum Erreichen
  Mir ganz nah liegt?
Auf dem Polster, dem süßen, dem weichen
  Wo mein Herz an ihrem liegt. 8

8. J. 16.

Lesebuch

Wunderlichstes Buch der Bücher
Ist das Buch der Liebe;
Aufmercksam hab ichs gelesen:
Wenig Blätter Freuden,
Ganze Hefte Leiden,
Macht die Trennung einen Abschnitt.
Wiedersehn Ein klein Kapitel
Fragmentarisch. Bände Kummers
Mit Erklärungen verlängert,
Endlos ohne Maas.
O! Nischami! – Doch am Ende
Hast den rechten Weg gefunden;
Unauflösliches wer löst es? –
Liebende sich wieder findend.

d. 12. Jan. 1816

Vertrauter

Du hast so manche Bitte gewährt
Und wenn sie dir auch schädlich war
Der gute Mann da hat wenig begehrt
Dabey hat es doch keine Gefahr. 4

Vezir

Der gute Mann hat wenig begehrt,
Und hätt ichs ihm sogleich gewährt
Er auf der Stelle verlohren war.

d. 12. Jan. 1816.

Wenn die Liebste zum Erwiedern
Blick auf Liebesblicke beut;
Singt ein Dichter gern in Liedern
Wie ein solches Glück erfreut!
Aber Schweigen bringet Fülle
Reicheren Vertrauns zurück:
Leise, leise! Stille, stille!
Das ist erst das wahre Glück.

Wenn den Krieger wild Getöse,
Tromml' und Paucken, aufgeregt,
Er den Feind, in aller Blöße,
Schmetternd, über Länder schlägt.
Nimmt er, wegen Siegsverheerung,
Gern den Ruhm, den lauten, an,
Wenn verheimlichte Verehrung
Seiner Wohlthat wohlgethan.

Heil uns! Wir verbundne Brüder
Wissen doch was keiner weis;
Ja, sogar bekannte Lieder
Hüllen sich in unserm Kreis.
Niemand soll und wird es schauen
Was einander wir vertraut:
Denn auf Schweigen und Vertrauen
Ist der Tempel aufgebaut.

20 Jan 1816

An dem öden Strand des Lebens
Wo sich Dün' auf Düne häuft,
Wo der Sturm im Finstern träuft
Setze dir ein Ziel des Strebens.
Unter schon verloschnen Siegeln
Tausend Väter hingestreckt,
Ach! von neuen frischen Hügeln
Freund an Freunden überdeckt.

Hast du so dich abgefunden,
Werde Nacht und Aether klar,
Und der ewgen Sterne Schaar
Deute dir belebte Stunden
Wo du hier mit Ungetrübten
Treulich wirckend gern verweilst
Und auch treulich den Geliebten
Ewigen entgegen eilst.

W. d. 24 Jan. 1816 G

Wenn das Trockne brennt
Verbrennt auch das Nasse

Das Herz legt die Gewohnheit nicht ab
Es begehrt lieber des Paradieses nicht.

Wer sich vorm Tode fürchtet
Geht nicht auf Reisen.

Und warum sendet
Der Reuterhauptmann
Nicht seine Boten
Von Tag zu Tage?
Hat er doch Pferde
Versteht die Schrift!

Er schreibt ja Talik
Auch Neßky weiß er
Zierlich zu schreiben
Auf Seidenblätter.
An Seiner Stelle
Sey mir die Schrift.

Die Kranke will nicht
Will nicht genesen

Vom süßen Leiden
Sie, an der Kunde
Von ihrem Liebsten
18 Gesundend, krankt.

Schreibt er in Neßky
So sagt er's treulich,
Schreibt er in Talik
'S ist gar erfreulich,
Eins wie das andre,
Genug er liebt.

Sey du von deiner Geliebten getrennt,
Wie Orient vom Occident;
Das Herz durch Wüsteneyen rennt.
Es giebt überall sich selbst das Geleit:
Für Liebende ist Bagdad nicht weit.

W. 31 Jan. 1816

Lass deinen süßen Rubinenmund
Zudringlichkeiten nicht verfluchen,
Was hat Liebesschmerz andern Grund
Als seine Heilung zu suchen.

Wie kommts daß man an jedem Orte
Soviel Gutes, soviel dummes hört.
Die Jüngsten wiederholen der Ältesten Worte,
Und glauben daß es ihnen angehört.

Lass dich nur in keiner Zeit
Zum Widerspruch verleiten,
Weise fallen in Unwissenheit
Wenn sie mit Unwissenden streiten.

Was hilft's dem Pfaffen-Orden
Der mir den Weg verrannt?
Was nicht gerade erfaßt worden
Wird auch schief nicht erkannt.

Einen Helden mit Lust preisen und nennen
Wird jeder der selbst als kühner stritt.
Des Menschen Werth kann niemand erkennen
Der nicht selbst Hitze und Kälte litt.

Gutes thu' rein aus des Guten Liebe,
Was du thust verbleibt dir nicht;
Und wenn es auch dir verbliebe,
Bleibt es deinen Kindern nicht.

Soll man dich nicht auf's schmälichste berauben,
Verbirg dein Gold, dein Weggehn, deinen Glauben.

Kotzebue

Natur gab dir so schöne Gaben
Als tausend andre Menschen nicht haben.
Sie versagte dir aber den schönsten Gewinnst
Zu schätzen mit Freude fremdes Verdienst

Könntest du dich deiner Nachbarn freuen
Du stelltest dich ehrenvoll mit in den Reihen;
Nun aber hat dich das Rechte verdrossen
Und hast dich selber ausgeschlossen.

Und wenn nach hundert Jahren ein Meyner
Deiner Wercke gedenckt und deiner;
So darf er es nicht anders sagen
Du kannst ihn beym jüngsten Gericht verklagen.

Febr. 1816

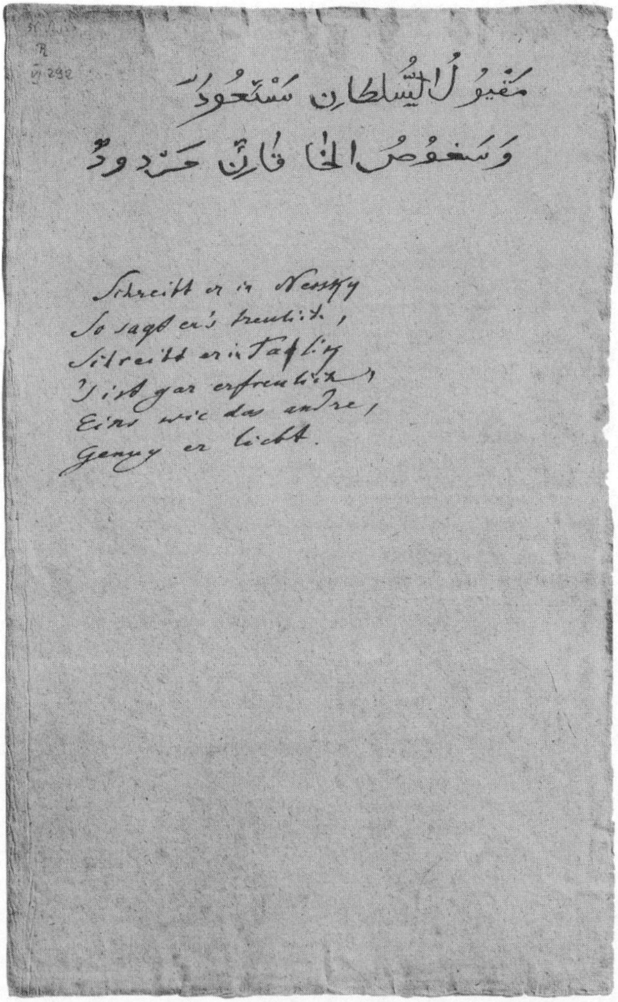

»Schreibt er in Neßky ⟨...⟩«
Reinschrift Goethes

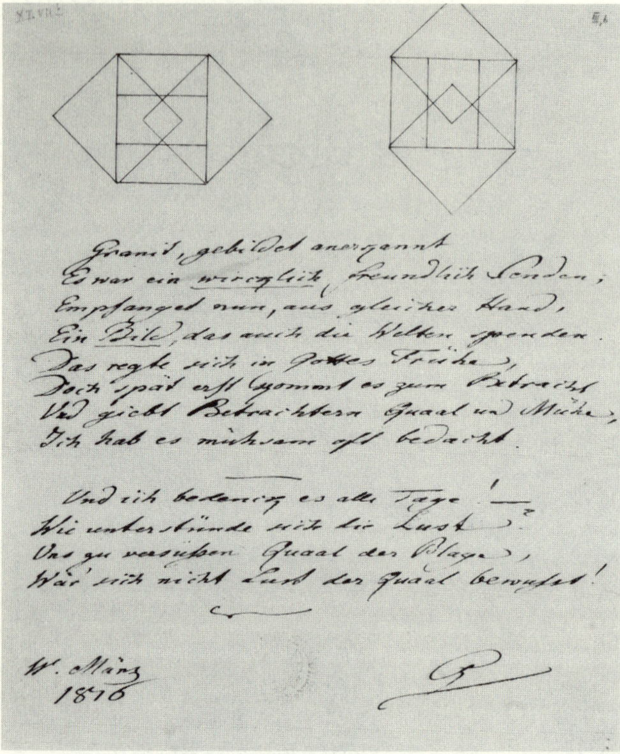

Granit, gebildet anerkannt
Es war ein winziglich, freundlich Senden;
Empfanget nun, aus gleicher Hand,
Ein Bild, das auch die Welten spenden.
Das regte sich in Gottes Frühe,
Doch spät erst kommt es zum Betracht
Und giebt Betrachtern Qual und Mühe,
Ich hab es mühsam oft bedacht.

Und ich bedenck es alle Tage! —
Wie unterstünde sich die Lust?
Uns zu versüßen Qual der Plage,
Wär sich nicht Lust der Qual bewußt!

W. März
1816

G

»Granit, gebildet anerkannt ⟨...⟩«
Handschrift Goethes mit kristallographischer
Zeichnung des Granits

Hier sah ich hin, hier sah ich zu
Nach liebevoller Weise
Die fernen lieben, Du auch Du,
Sie lebten froh im Kreise.

Granit, gebildet anerkannt
Es war ein *wircklich* freundlich Senden;
Empfanget nun, aus gleicher Hand,
Ein *Bild*, das auch die Welten spenden.
Das regte sich in Gottes Frühe,
Doch spät erst kommt es zum Betracht
Und giebt Betrachtern Quaal und Mühe,
Ich hab es mühsam oft bedacht.

—

Und ich bedenck es alle Tage! –
Wie unterstünde sich die Lust?
Uns zu versüßen Quaal der Plage,
Wär' sich nicht Lust der Quaal bewußt!

W. März 1816 G

Bilder-Scenen

Ihr kommt Gebildetes alhier zu schauen,
Gebildet scheinbar, doch ein lebend Bild;
So weis die Kunst vielfältig anzubauen
Der Fabel, der Geschichte reich Gefild.
Ihr sehet tüchtge Männer, wackre Frauen,
Zu Thaten mächtig, wie zu helfen mild,
Und so entgegnen wir Euch, starr erscheinend,
Lebendig, uns zu Eurer Lust vereinend.

zum 15. März 1816.

Frühling übers Jahr

Das Beet schon lockert
Sich's in die Höh,
Da wancken Glöckchen
So weiß wie Schnee.
Saffran entfaltet
Gewalt'ge Glut.
Smaragden keimt es
Und keimt wie Blut.
Primeln stolziren
So naseweis,
Schalckhafte Veilchen
Versteckt mit Fleis.
Was auch noch alles
Da regt und webt
Genug der Frühling
Er wirckt und lebt.

Doch was im Garten
Am reichsten blüht
Das ist des Liebchens
Lieblich Gemüth.
Da glühen Blicke
Mir immerfort,
Erregend Liedchen,
Erheiternd Wort
Ein immer offen
Ein Blütenherz,
Im Ernste freundlich
Und rein im Scherz.
Wenn Ros und Lilie
Der Sommer bringt
Er doch vergebens
Mit Liebchen ringt.

d. 15. März 1816.

Im Nahmen dessen der sich selbst erschuf
Von Ewigkeit in schaffendem Beruf
In seinem Nahmen der den Glauben schafft,
Vertrauen, Liebe, Thätigkeit und Kraft,
In Jenes Nahmen, der, so oft genannt,
Dem Wesen nach blieb immer unbekannt.

Soweit das Ohr, soweit das Auge reicht
Du findest nur Bekanntes das ihm gleicht
Und deines Geistes höchster Feuerflug
Hat schon am Gleichniß hat am Bild genug;
Es zieht dich an, es reißt dich heiter fort,
Und wo du wandelst schmückt sich Weg und Ort
Du zälst nicht mehr, berechnest keine Zeit
Und jeder Schritt ist Unermeßlichkeit.

März 1816

Das Publicum

Wir haben dir Klatsch auf Geklatsche gemacht,
Wie schief!
Und haben dich schnell in die Patsche gebracht
Wie tief!
Wir lachen dich aus,
Nun hilf dir heraus!
Adé.

Herr Ego

Und red ich dagegen, so wird nur der Klatsch
Verschlimmert.
Mein liebliches Leben, im nichtigen Patsch,
Verkümmert.
Schon bin ich heraus;
Ich mach mir nichts draus.
Adé.

Museen

An Bildern schleppt ihr hin und her
Verlohrnes und Erworbnes;
Und bey dem Senden kreuz und queer
Was bleibt uns denn? – Verdorbnes!

Was, mit mir, die Freunde wollen
Will mir noch nicht glücken;
Was ich hätte bringen sollen
Muß ich leider schicken.

W. d. 5 May 1816 G

Wasserfülle, Landesgröße,
Heitren Himmel, frohe Bahn!
Diese Wellen, diese Flöße
Landen auch in Winkel an.

Fluss und Ufer, Land und Höhen
Rühmen seit geraumer Zeit
So dein Kommen, so dein Gehen
Zeugen deiner Thätigkeit.

Weimar d. 5 May 1816 Goethe

⟨Purismus⟩

Gott Danck! daß uns so wohl geschah
Der Tyrann sitzt auf Helena;
Doch ließ sich nur der eine bannen,
Wir haben jetzo hundert Tyrannen,

Die schmieden, uns gar unbequem,
Ein neues Continental System.
Teutschland soll rein sich isoliren,
Einen Pest-Cordon um die Gränze führen,
Daß nicht einschleiche fort und fort
Kopf, Körper und Schwanz von fremdem Wort.

HERRLICH IST der Orient
Über's Mittelmeer gedrungen,
Nur wer Hafis liebt und kennt
Weiß was Calderon gesungen.

d. 6. Juny 1816.

DU VERSUCHST, o Sonne, vergebens
Durch die düstren Wolken zu scheinen!
Der ganze Gewinn meines Lebens
Ist ihren Verlust zu beweinen.

AN ALEXANDER V. HUMBOLDT

An Trauertagen
Gelangte mir Dein herrlich Heft! (*)
Es schien zu sagen:
Ermanne dich zu fröhlichem Geschäft!
Die Welt, in allen Zonen grünt und blüht,
Nach ewigen, beweglichen Gesetzen;
Das wußtest du ja sonst zu schätzen,
Erheitre so, durch mich, dein schwer bedrängt Gemüth!

W. d. 12 Jun. 1816.
(*) Sur les Loix

30 Jun. 1816.

Gott sandte seinen rohen Kindern
Gesetz und Ordnung Wissenschaft u. Kunst,
Begabte die mit aller Himmelsgunst
Der Erde grasses Loos zu mindern.
Sie kamen nackt vom Himmel an
Und wußten sich nicht zu benehmen;
Die Poesie zog ihnen Kleider an
Und keine hatte sich zu schämen.

An Fräulein Mathilde von Lyncker

Bist am Rhein und Mayn gewesen
Auch am Hof zu Bieberich;
Mögest Du im Bilde lesen
Wie es heiter war um Dich.

Zum Andencken
des 20 Juli 1815
den 20 Juli 1816 Goethe

Also lustig sah es aus
Wo der Mayn vorüber floß,
Als im schmucken Hayn u. Haus
Festlich Eilfer überfloß.

Ferner Freunde ward gedacht:
Denn das heißt genießen
Wenn zu Fest- und Flusses Pracht
Tausend Quellen fließen.

28 Aug. 1816 Goethe

Anton Radl
Frankfurt am Main, von der Gerbermühle aus
zu den Versen »Bist am Rhein ⟨. . .⟩«
und »Also lustig sah es aus ⟨. . .⟩«

Zur Feyer des sieben und zwanzigsten Septembers 1816

Von Berges Luft, dem Äther gleich zu achten,
Umweht, auf Gipfelfels hochwald'ger Schlünde,
Im engsten Stollen, wie in tiefsten Schachten
Ein Licht zu suchen, das den Geist entzünde,
War ein gemeinsam köstliches Betrachten,
Ob nicht Natur zuletzt sich doch ergründe?
Und manches Jahr des stillsten Erdelebens
Ward so zum Zeugen edelsten Bestrebens.

Im Garten auch, wo Dichterblumen sprossen,
Den äußern Sinn, den innern Sinn erquicken,
Gefahrlos nicht vor luftigen Geschossen
Wie sie Eroten hin und wieder schicken,
Da haben wir der Stunden viel genossen
An frisch belebter Vorwelt heitern Blicken,
Gesellend uns den ewig theuern Geistern,
Den stets beredten, unerreichten Meistern.

Dahin bewegten wir, von dorn'gen Pfaden
Verworrnen Lebens, gern die müden Schritte,
Dort fanden sich, zu gleicher Lust geladen,
Der Männer Tiefsinn, Frauengeist und Sitte,
Und Wissenschaft und Kunst und alle Gnaden:
Des Musengottes, reich, in unsrer Mitte,
Bis endlich, längst umwölkt, der Himmel wettert,
Das Paradies und seinen Hain zerschmettert.

Nun aber Friede tröstend wiederkehret,
Kehrt unser Sinn sich treulich nach dem Alten,
Zu bauen auf, was Kampf und Zug zerstöret,
Zu sichern, wie's ein guter Geist erhalten –
Verwirrend ist's, wenn man die Menge höret:
Denn Jeder will nach eignem Willen schalten;
Beharren wir zusammt in gleichem Sinne,
Das rechn' ich Uns zum köstlichsten Gewinne.

Weimar. Goethe.

Als der Knabe nach der Schule
Das Pennal in Händen ging,
Und mit stumpfer Federspule
Lettern an zu kritzlen fing,
Hofft' er endlich schön zu schreiben,
Als den herrlichsten Gewinn;
Doch daß das Geschriebne bleiben,
Sollte sich durch Länder treiben,
Und ein Werth der Federspule
Kam ihm, in der engen Schule,
Auf dem niedern Schemmel-Stule,
Warlich niemals in den Sinn.

Weimar. d. 9. Octbr 1816 Goethe

Die abgestutzten, angeschmauchten,
Die ungeschickten, vielgebrauchten
Hast du, die Freundliche, gewollt,
Nun aber nimm ein frisch Gefieder
Das, aufzuzeichnen süße Lieder
Allschönster Tage dir gesollt.

Nicht nur als Kabus hast du mich belehrt
Als Oguz auch mir Weisheit zugekeh⟨rt⟩
Als Chadsche nur giebst du mir zu bedeuten
Wie Chadsch⟨e⟩ darf des Timurs Mach⟨t⟩ begleiten

Gar viele Länder hab ich bereist
Gesehen Menge von Menschen allermeist
Ein Winkel sogar hab ich wohl bedacht
Ein jeder Halm hat mir Körner gebracht.
Gesegnete Stadt nie solche geschaut.
Houris auf Houris, Braut auf Braut!

Wie sitzt mir das Liebchen?
Was freut sie so gros?
Den Fernen sie wiegt ihn
Sie hat ihn im Schoos.

Im zierlichen Käfig
Ein Vöglein sie hält
Sie läßt es herauser
So wie's ihr gefällt.

Hats Picken dem Finger
Den Lippen gethan,
Es flieget und flattert
Und wieder heran.

So eile zur Heimath
Das ist nun der Brauch
Und hast du das Mädchen;
So hat sie dich auch.

Dein Ost-Geschenck weis ich zu schätzen,
Von Westen sey dir dies gebracht.
An Danck hab ich schon viel gedacht;
Doch will sichs nicht ins Gleiche setzen.

W. d. 6. D. 1816 Goethe

Zu des Rheins gestreckten Hügeln,
Hochgesegneten Gebreiten,
Auen die den Fluß bespiegeln,
Weingeschmückten Landesweiten,
Möget, mit Gedanckenflügeln,
Ihr den treuen Freund begleiten.

Frau Oberkammerherrinn Caroline von Egloffstein

Vielgedultetes, genoßnes,
Halbverschwiegnes, lautergoßnes,
Ward in ferner Welt verthan;
Aber jene guten Zeiten,
Tiefurts Thal, aetherische Weiten,
Gehen dich besonders an.

freundlichem Andencken
Weimar 25 Dec. 1816 Goethe

Dem edlen Künstler-Verein zu Berlin

Von Göthe
(Epiphanias 1817)

Zu erfinden, zu beschließen
Bleibe Künstler oft allein,
Deines Wirkens zu genießen
Eile freudig zum Verein!
Hier, im Ganzen, schau, erfahre
Deinen eignen Lebenslauf,
Und die Thaten mancher Jahre
Gehn dir in dem Nachbar auf.

Der Gedanke, das Entwerfen,
Die Gestalten, ihr Bezug,
Eines wird das andre schärfen
Und am Ende sey's genug!
Wohl erfunden, klug ersonnen,
Schön gebildet, zart vollbracht,
So von jeher hat gewonnen
Künstler kunstreich seine Macht.

Wie Natur im Vielgebilde
Einen Gott nur offenbart,
So im weiten Kunstgefilde
Webt Ein Sinn der ew'gen Art:
Dieses ist der Sinn der Wahrheit,

Der sich nur mit Schönem schmückt
Und getrost der höchsten Klarheit
Hellsten Tags entgegen blickt.

Wie beherzt in Reim und Prose
Redner, Dichter sich ergehn,
Soll des Lebens heitre Rose
Frisch auf Malertafel stehn,
Mit Geschwistern reich umgeben,
Mit des Herbstes Frucht umlegt,
Daß sie vom geheimen Leben
Offenbaren Sinn erregt.

Tausendfach und schön entfließe
Form aus Formen deiner Hand,
Und im Menschenbild genieße:
Daß ein Gott sich hergewandt.
Welch ein Werkzeug ihr gebrauchet,
Stellet euch als Brüder dar;
Und gesangweis' flammt und rauchet
Opfersäule vom Altar.

Ballade

Herein, o du Guter! Du Alter herein!
Hier unten im Saale da sind wir allein,
Wir wollen die Pforte verschließen.
Die Mutter sie betet, der Vater im Hayn
Ist gangen die Wölfe zu schießen.
O! sing uns ein Mährchen, o! sing es uns oft,
Daß ich und der Bruder es lerne,
Wir haben schon längst einen Sänger gehofft,
Die Kinder sie hören es gerne.

Im nächtlichen Schrecken, im feindlichen Graus
Verläßt er das hohe, das herrliche Haus,
Die Schätze die hat er vergraben.
Der Graf nun so eilig zum Pförtchen hinaus,
Was mag er im Arme denn haben?

Was birget er unter dem Mantel geschwind?
Was trägt er so rasch in die Ferne?
Ein Töchterlein ist es, da schläft nun das Kind. –
Die Kinder sie hören es gerne.

Nun hellt sich der Morgen, die Welt ist so weit,
In Thälern und Wäldern die Wohnung bereit,
In Dörfern erquickt man den Sänger,
So schreitet und heischt er undenkliche Zeit,
Der Bart wächst ihm länger und länger;
Doch wächst in dem Arme das liebliche Kind,
Wie unter dem glücklichsten Sterne,
Geschützt in dem Mantel vor Regen und Wind –
Die Kinder sie hören es gerne.

Und immer sind weiter die Jahre gerückt,
Der Mantel entfärbt sich, der Mantel zerstückt,
Er könnte sie länger nicht fassen.
Der Vater er schaut sie, wie ist er beglückt!
Er kann sich für Freude nicht lassen,
So schön und so edel erscheint sie zugleich,
Entsprossen aus tüchtigem Kerne,
Wie macht sie den Vater, den theuren, so reich! –
Die Kinder sie hören es gerne.

Da reitet ein fürstlicher Ritter heran,
Sie recket die Hand aus, der Gabe zu nahn,
Almosen will er nicht geben.
Er fasset das Händchen so kräftiglich an:
Die will ich! so ruft er, aufs Leben.
Erkennst du, erwiedert der Alte, den Schatz,
Erhebst du zur Fürstin sie gerne;
Sie sey dir verlobet auf grünendem Platz –
Die Kinder die hören es gerne.

Sie segnet der Priester am heiligen Ort,
Mit Lust und mit Unlust nun ziehet sie fort,
Sie möchte vom Vater nicht scheiden.
Der Alte der wandelt nun hier und bald dort,
Er träget in Freuden sein Leiden.

So hab' ich mir Jahre die Tochter gedacht,
Die Enkelein wohl in der Ferne,
Sie segn' ich bei Tage, sie segn' ich bey Nacht –
Die Kinder sie hören es gerne.

Er segnet die Kinder; da poltert's am Thor,
Der Vater da ist er! Sie springen hervor,
Sie können den Alten nicht bergen –
Was lockst du die Kinder! du Bettler! du Thor!
Ergreift ihn, ihr eisernen Schergen!
Zum tiefsten Verlies den Verwegenen fort!
Die Mutter vernimmt's in der Ferne,
Sie eilet, sie bittet mit schmeichelndem Wort –
Die Kinder sie hören es gerne.

Die Schergen sie lassen den Würdigen stehn,
Und Mutter und Kinder sie bitten so schön,
Der fürstliche Stolze verbeißet
Die grimmige Wuth, ihn entrüstet das Flehn,
Bis endlich sein Schweigen zerreißet.
Du niedrige Brut! du vom Bettlergeschlecht!
Verfinsterung fürstlicher Sterne!
Ihr bringt mir Verderben! Geschieht mir doch Recht –
Die Kinder sie hörens nicht gerne.

Noch stehet der Alte mit herrlichem Blick,
Die eisernen Schergen sie treten zurück,
Es wächst nur das Toben und Wüten.
Schon lange verflucht' ich mein ehliches Glück,
Das sind nun die Früchte der Blüthen!
Man leugnete stets, und man leugnet mit Recht,
Daß je sich der Adel erlerne,
Die Bettlerinn zeugte mir Bettlergeschlecht –
Die Kinder sie hörens nicht gerne.

Und wenn euch der Gatte, der Vater verstößt,
Die heiligsten Bande verwegentlich löst;
So kommt zu dem Vater, dem Ahnen!
Der Bettler vermag, so ergraut und entblößt,
Euch herrliche Wege zu bahnen.

Die Burg die ist meine! Du hast sie geraubt,
Mich trieb dein Geschlecht in die Ferne.
Wohl bin ich mit köstlichen Siegeln beglaubt! –
Die Kinder sie hören es gerne.

Rechtmäßiger König er kehret zurück,
Den Treuen verleiht er entwendetes Glück,
Ich löse die Siegel der Schätze.
So rufet der Alte mit freundlichem Blick:
Euch künd' ich die milden Gesetze.
Erhole dich, Sohn! Es entwickelt sich gut,
Heut einen sich selige Sterne,
Die Fürstinn sie zeugte dir fürstliches Blut –
Die Kinder sie hören es gerne.

»Zur Erinnerung trüber Tage 〈...〉«
Zeichnung Goethes mit Widmungsversen

»Zum Erinnern schöner Stunden ⟨. . .⟩«
Zeichnung Goethes mit Widmungsversen

Zur Erinnerung trüber Tage
Voll Bemühen voller Plage
Zum Erinnern schöner Stunden
Wo das Rechte war gefunden.

Bilder-Scenen

Aufgeführt zur Feyer des 2n Februars 1817

Mit Säulen schmückt ein Architect aufs beste
Mit Statuen, Gemälden seine Hallen,
Dann finden sich am frohen Tag die Gäste,
Von Melodie bewegt einher zu wallen.
Nun wirket umgekehrt, am schönsten Feste
Durch Widerspruch die Kunst *Ihm* zu gefallen.
Statt laute Freude frisch bewegt zu schildern,
Erstarrt das Lebende zu holden Bildern.

Toast zum Landtage

Das Wohl des Einzelnen bedenken,
Im Ganzen auch das Wohl zu lenken,
Welch wünschenswerthester Verein!
Den guten Wirth beruft man zum Berather,
Ein jeder sey zu Hause Vater,
So wird der Fürst auch Landesvater seyn.

März

Es ist ein Schnee gefallen,
Denn es ist noch nicht Zeit
Daß von den Blümlein allen,
Daß von den Blümlein allen
Wir werden hoch erfreut.

Der Sonnenblick betrüget
Mit mildem falschem Schein,

Die Schwalbe selber lüget,
Die Schwalbe selber lüget;
Warum? Sie kommt allein!

Sollt' ich mich einzeln freuen,
Wenn auch der Frühling nah?
Doch kommen wir zu zweyen,
Doch kommen wir zu zweyen,
Gleich ist der Sommer da.

(Hegels n. Sohn)

Als kleinen Knaben hab ich dich gesehn,
Mit höchstem Selbstvertraun der Welt entgegen gehn.
Und wie sie dir im Künftigen begegnet,
So sey getrost, von Freundes Blick gesegnet.

Jena d. 29 März 1817.

Nicht am Morgen allein, noch am Mittag einzig beglückt sie,
Untergehend sogar ist's immer dieselbige Sonne.

Was dem Auge dar sich stellet
Sicher glauben wir's zu schaun;
Was dem Ohr sich zugesellet
Giebt uns nicht ein gleich Vertraun
Darum deine lieben Worte
Haben oft mir wohlgethan,
Doch ein Blick am rechten Orte
Übrig läßt er keinen Wahn.

Jena d 17 May 1817 Goethe

Entoptische Farben
An Julien

Laß dir von den Spiegeleyen
Unsrer Physiker erzählen,
Die am Phaenomen sich freuen,
Mehr sich mit Gedancken quälen.

Spiegel hüben Spiegel drüben
Doppelstellung, auserlesen;
Und dazwischen ruht im Trüben
Als Crystall das Erdewesen.

Dieses zeigt wenn jene blicken
Allerschönste Farbenspiele,
Dämmerlicht das beyde schicken
Offenbart sich dem Gefühle.

Schwarz wie Kreuze wirst du sehen,
Pfauenaugen kann man finden;
Tag und Abendlicht vergehen
Bis zusammen beyde schwinden.

Und der Name wird ein Zeichen
Tief ist der Crystall durchdrungen
Aug' in Auge sieht dergleichen
Wundersame Spiegelungen.

Laß den Macrocosmus gelten,
Seine spenstischen Gestalten!
Da die lieben kleinen Welten
Wirklich herrlichstes enthalten.

Jena d. 17 May 1817 G

St Paulus war ein Medicus
Er schrieb an den Thimotheus
Trinck du ein wenig Wein
Um deines Magens willen.

Herr Löbel ist ein Medicus;
Dem Apotheker zum Verdruß.
Dem Ärzte sonst sogern die Casse füllen,
Soll Cajus und Sempronius,
Um ein und andrer Kranckheit willen,
Sein Becherchen mit Weine füllen
Nun will er selbst, die Curart einzuführen,
Strohwein administriren

———

Es lebe! Solch ein Medicus!

Jena d. 17 May. 1817. Goethe

An Fräulein Wilhelmine Herzlieb

Wenn Kranz auf Kranz den Tag umwindet,
Sey dieser auch Ihr zugewandt;
Und wenn Sie hier Bekannte findet,
So hat Sie Sich vielleicht erkannt.

Jena am 22 May 1817 Goethe

Weite Welt und breites Leben,
Langer Jahre redlich Streben,
Stets geforscht und stets gegründet,
Nie geschlossen, oft geründet,
Ältestes bewahrt mit Treue,
Freundlich aufgefaßtes Neue,
Heitern Sinn und reine Zwecke:
Nun! man kommt wohl eine Strecke.

Pfingsten Jena May 1817.

Jena d. 17 May. 1817.
Stammbuchblatt Goethes für Ed. Leop. Löbel

»Herr Löbel ist ein Medicus 〈...〉«
auf einer Ansicht von Schloß Habsburg
Stammbuchblatt Goethes für Eduard Leopold
Loebenstein-Loebel

Bringst du die Natur heran
Daß sie jeder nutzen kann;
Falsches hast du nicht ersonnen,
Hast der Menschen Gunst gewonnen.

Jena Pfingsten 1817

Möget ihr das Licht zerstückeln,
Farb' um Farbe draus entwickeln,
Oder andre Schwäncke führen,
Kügelchen polarisiren,
Daß der Hörer ganz erschrocken
Fühlet Sinn und Sinne stocken.
Nein! Es soll euch nicht gelingen,
Sollt uns nicht beyseite bringen,
Kräftig wie wir's angefangen,
Wollen wir zum Ziel gelangen.

Was ich dort gelebt, genossen,
Was mir all dorther entsprossen,
Welche Freude, welche Kenntniß
Wär' ein allzulang Geständniß!
Mög es jeden so erfreuen,
Die Erfahrenen, die Neuen!

Bekenntniss heist nach altem Brauch
Geständniß wie man's meynt.
Man rede frey und wenn man auch
Nur zwey und drey vereint.

Jena d. 15 Jul 1817.

Unmöglich ist's den Tag dem Tag zu zeigen,
Der nur Verworrnes im Verworrnen spiegelt,
Und jeder selbst sich fühlt als recht u. eigen,
Statt sich zu zügeln nur am andern zügelt;
Da ist's den Lippen besser daß sie schweigen,
Indeß der Geist sich fort und fort beflügelt.
Aus Gestern wird nicht Heute; doch Aeonen
Sie werden wechselnd sincken werden thronen.

J. d. 19 Jul. 1817.

Priester werde⟨n⟩ Messen singen
Und die Pfarrer werden predgen
Jeder wird vor allen Dingen
Seiner Meynung sich entledgen
Und sich der Gemeine freuen
Die sich um ihn her versammelt
So im Alten wie im Neuen
Ohngefähre Worte stammelt.
Und so lasset auch die Farben
Mich nach meiner Art verkünden
Ohne Wunden ohne Narben
Mit den läslichsten der Sünden.

Urworte, orphisch

Δαίμων

Wie an dem Tag der Dich der Welt verliehen
Die Sonne stand zum Gruße der Planeten,
Bist alsobald und fort und fort gediehen
Nach dem Gesetz wonach Du angetreten.
So mußt Du seyn, Dir kannst Du nicht entfliehen,
Das ändern nicht Sibÿllen, nicht Propheten;
Und keine Zeit und keine Macht zerstückelt
Geprägte Form die lebend sich entwickelt.

Τύχη

Die strenge Grenze doch umgeht gefällig
Ein Wandelndes, das mit und um uns wandelt;
Nicht einsam bleibst Du, bildest Dich gesellig,
Und handelst wohl so wie ein andrer handelt.
Im Leben ist's bald hin- bald wiederfällig,
Es ist ein Tand und wird so durchgetandelt.
Schon hat sich still der Jahre Kreis geründet,
Die Lampe harrt der Flamme die entzündet.

Ἔρως

Die bleibt nicht aus! – Er stürzt vom Himmel nieder
Wohin er sich aus alter Öde schwang,
Er schwebt heran auf luftigem Gefieder
Um Stirn und Brust den Frühlingstag entlang,
Scheint jetzt zu fliehn, vom Fliehen kehrt er wieder,
Da wird ein Wohl im Weh, so süß und bang.
Gar manches Herz verschwebt im Allgemeinen,
Doch widmet sich das Edelste dem Einen.

Ἀνάγκη

Da ist's denn wieder wie die Sterne wollten:
Bedingung und Gesetz und aller Wille
Ist nur ein Wollen weil wir eben sollten
Und vor dem Willen schweigt die Willkühr stille;
Das Liebste wird vom Herzen weggescholten
Dem harten Muß bequemt sich Will und Grille.
So sind wir scheinfrei denn, nach manchen Jahren,
Nur enger dran als wir am Anfang waren.

Ἐλπίς

Doch solcher Grenze, solcher ehrnen Mauer
Höchst widerwärtige Pforte wird entriegelt,
Sie stehe nur mit alter Felsendauer!
Ein Wesen regt sich leicht und ungezügelt.
Aus Wolkendecke, Nebel, Regenschauer

Erhebt sie uns, mit ihr durch sie beflügelt,
Ihr kennt sie wohl, sie schwärmt nach allen Zonen;
Ein Flügelschlag! und hinter uns Aeonen.

Müsset im Naturbetrachten
Immer eins wie alles achten
Nichts ist drinne, nichts ist drausen
Denn was innen das ist außen
So ergreifet, ohne Säumniß,
Heilig öffentlich Geheimniß.

Freuet euch des wahren Scheins,
Euch des ernsten Spieles.
Kein Lebendges ist ein Eins,
Immer ist's ein Vieles.

So schauet mit bescheidnem Blick
Der ewigen Weberin Meisterstück,
Wie ein Tritt tausend Fäden regt,
Die Schifflein hinüber herüber schießen,
Die Fäden sich begegnend fließen,
Ein Schlag tausend Verbindungen schlägt.
Das hat sie nicht zusammen gebettelt,
Sie hats von Ewigkeit angezettelt;
Damit der ewige Meistermann
Getrost den Einschlag werfen kann.

Freudig war, vor vielen Jahren,
Eifrig so der Geist bestrebt,
Zu erforschen zu erfahren,
Wie Natur im Schaffen lebt. 4
Und es ist das ewig Eine,

Das sich vielfach offenbart;
Klein das Große, groß das Kleine,
Alles nach der eignen Art.
Immer wechslend, fest sich haltend,
Nah und fern und fern und nah;
So gestaltend, umgestaltend. –
Zum Erstaunen bin ich da.

Du hast es lange genug getrieben,
Niederträchtig vom Hohen geschrieben,
Hättst gern die tiefste Niedertracht
Dem Allerhöchsten gleich gebracht.
Das hat denn deine Zeitgenossen,
Die tüchtigen meyn ich, baß verdrossen;
Hast immer doch Ehr und Glück genossen.

St. Peter hat es dir aber gedacht
Daß du ihn hättest gern klein gemacht
Hat dir einen bösen Geist geschickt
Der dir den heimischen Sinn verrückt,
Daß du dein eignes Volck gescholten.
Die Jugend hat es dir vergolten:
Aller End her kamen sie zusammen
Dich haufenweise zu verdammen;
St Peter freut sich dieser Flammen.

Eisenach 18 Octbr. 1817.

Klaggesang
Irisch

So singet laut den Pillalu
Zu mancher Thräne Sorg' und Noth:
Och orro orro ollalu,
O weh des Herren Kind ist todt!

Zu Morgen als es tagen wollt',
Die Eule kam vorbey geschwingt,

Rohrdommel Abends tönt im Rohr.
Ihr nun die Todtensänge singt,
Och orro orro ollalu.

Und sterben du? warum, warum,
Verlassen deiner Eltern Lieb'?
Verwandten Stammes weiten Kreis?
Den Schrey des Volkes hörst du nicht:
Och orro orro ollalu.

Und scheiden soll die Mutter, wie,
Von ihrem Liebchen schön und süß?
Warst du nicht ihres Herzens Herz,
Der Puls der ihm das Leben gab?
Och orro orro ollalu.

Den Knaben läßt sie weg von sich,
Der bleibt und wes't für sich allein,
Das Frohgesicht, sie sieht's nicht mehr;
Sie saugt nicht mehr den Jugendhauch.
Och orro orro ollalu.

Da sehet hin an Berg und Steg,
Den Uferkreis am reinen See,
Von Waldesecke, Saatenland,
Bis nah heran zu Schloß und Wall
Och orro orro ollalu.

Die Jammer-Nachbarn dringen her,
Mit hohlem Blick und Athem schwer;
Sie halten an und schlängeln fort
Und singen Tod im Todtenwort
Och orro orro ollalu.

So singet laut den Pillalu
Und weinet was ihr weinen wollt!
Och orro orro ollalu
Des Herren einziger Sohn ist fort.

Dem 31. October 1817

Dreyhundert Jahre hat sich schon
Der Protestant erwiesen,
Daß ihn von Pabst- und Türkenthron
Befehle baß verdrießen.

Was auch der Pfaffe sinnt und schleicht
Der Prediger steht zur Wache,
Und daß der Erbfeind nichts erreicht
Ist aller Teutschen Sache.

Auch ich soll gottgegebne Kraft
Nicht ungenützt verlieren
Und will in Kunst und Wissenschaft
Wie immer protestiren.

Lustrum ist ein fremdes Wort;
Aber wenn wir sagen:
Lustra haben wir am Ort
Acht bis neun ertragen,
Und genossen und gelebt
Und geliebt bisweilen,
Wird, wer nach dem Gleichen strebt,
Heute mit uns theilen,
Wenn wir sagen: Das ist viel!
Denn das Leben streuet
Blum und Dorne bis an's Ziel
Das uns heute freuet.

Dem 30. Novembr. Jena 1817. Goethe

Kenne wohl der Männer Blicke,
Einer sagt: ich liebe, leide!
Ich begehre, ja verzweifle!
Und was sonst ist kennt ein Mädchen.
Alles das kann mir nicht helfen,

Alles das kann mich nicht rühren;
Aber Hatem! deine Blicke
Geben erst dem Tage Glanz.
Denn sie sagen: *Die* gefällt mir,
Wie mir sonst nichts mag gefallen.
Seh ich Rosen, seh ich Lilien,
Aller Gärten Zier und Ehre
So Cypressen, Myrten, Veilchen,
Aufgeregt zum Schmuck der Erde.
Und geschmückt ist sie ein Wunder,
Mit Erstaunen uns umfangend,
Uns erquickend, heilend, segnend,
Daß wir uns gesundet fühlen,
Wieder gern erkrancken möchten.
Da erblicktest du Suleika
Und gesundetest erkranckend,
Und erkrancketest gesundend,
Lächeltest und sahst herüber
Wie du nie der Welt gelächlet.
Und Suleika fühlt des Blickes
Ewge Rede: *Die* gefällt mir
Wie mir sonst nichts mag gefallen.

12. Dec. 1817.

Wenn wir Dich o Vater sehen
In der Werkstatt der Natur
Stoffe sammeln, lösen, binden,
Als seist Du der Schöpfer nur, 4

Denken wir: der solche Sachen
Hat so weislich ausgedacht
Sollte der nicht Mittel finden
Und die Kunst die fröhlich macht? 8

Und drum schauend auf nach Oben
Wünschen bester Vater wir,
Was die Menschen alle loben,
Glück und Lebensfreuden Dir. 12

Hätte Oken gewußt wer er sey
Und wär sich nicht selber überley
So ständ er recht gut im Orden
So weis gar niemand was er geworden.

Isis

Sie fährt in alles rasch hinein,
Mit Ungestüm und Besen,
Und will doch auch Papistisch seyn
Das ist ein seltsam Wesen.

»Warum bekämpfst du nicht den Kotzebue,
Der scharfe Pfeile dir zu schaden richtet?« –
Ich sehe schadenfroh im Stillen zu
Wie dieser Feind sich selbst vernichtet.

Worte sind der Seele Bild –
Nicht ein Bild! sie sind ein Schatten!
Sagen herbe, deuten mild
Was wir haben, was wir hatten –
Was wir hatten wo ist's hin?
Und was ist denn was wir haben? –
Nun! wir sprechen! Rasch im Fliehn
Haschen wir des Lebens Gaben.

am 10. Jan. 1818. G

Sängers Ermuthigung

Sänge sind des Lebens Bild –
Bilder nicht, sie sind nur Schatten
Tönen herbe, deuten mild
Was wir haben, was wir hatten –
Was wir hatten, wo ists hin?
Und was ist denn was wir haben?
Tönt Gesänge, rasch im Fliehn
Haschen wir des Lebens Gaben.

Um Mitternacht

Um Mitternacht ging ich, nicht eben gerne,
Klein, kleiner Knabe, jenen Kirchhof hin
Zu Vaters Haus, des Pfarrers, Stern am Sterne
Sie leuchteten doch alle gar zu schön;
Um Mitternacht.

Wenn ich dann ferner in des Lebens Weite
Zur Liebsten mußte, mußte weil sie zog,
Gestirn und Nordschein über mir im Streite,
Ich gehend, kommend Seeligkeiten sog;
Um Mitternacht.

Bis dann zuletzt des vollen Mondes Helle
So klar und deutlich mir ins Finstere drang,
Auch der Gedanke willig, sinnig, schnelle
Sich um's Vergangne wie um's Künftige schlang;
Um Mitternacht.

So wandelt hin, lebendige Gestalten,
Bewegten Lebens reichliche Gebilde,
Dem schönsten Tage lasset Liebe walten,
Im Reihen schmückt elisische Gefilde.
Ergötzen sollt ihr, geistreich unterhalten,
Belehren auch und warnen, freundlich milde.
Der Dichter Alle segnet Euch zum Frieden,
Abwesend sey es, oder abgeschieden!

»Die Jahre nahmen dir, du sagst, so vieles:
Die eigentliche Lust des Sinnenspieles,
Erinnerung des allerliebsten Tandes
Von gestern, weit und breiten Landes
Durchschweifen frommt nicht mehr; selbst nicht von Oben
Der Ehren anerkannte Zier, das Loben
Erfreulich sonst. Aus eignem Thun Behagen
Quillt nicht mehr auf, dir fehlt ein dreistes Wagen!
Nun wüßt ich nicht was dir Besondres bliebe?«

Mir bleibt genug! Es bleibt Idee und Liebe!

Zinne 19 Febr. 1818.
erneuert Carlsbad d 28 Aug. 1823. Goethe

Der einmal ein Zaubrer hieß
Eben weil er bezaubert war,
Sich von Seelchen beseelen lies
Weil ihm dies behagte gar.
Jetzt mit Wörtlein eingeschlungen

Steigert er des Liedes Drang
Zeugniß wie er selbst durchdrungen
Fühlet was man fühlend sang.

W. 1 März 1818.

Aus einem Stammbuch von 1604

Hoffnung beschwingt Gedancken, Liebe Hoffnung;
In klarster Nacht hinauf zu Cynthien Liebe!
Und sprich: wie sie sich oben umgestaltet,
So auf der Erde schwindet, wächst mein Glück.
Und wispere sanft-bescheiden ihr an's Ohr,
Wie Zweifel oft das Haupt hing, Treue thränte.
Und ihr Gedancken, miszutraun geneigt,
Beschilt euch die Geliebte dessenthalb,
So sagt: ihr wechselt zwar, doch ändert nicht,
Wie sie dieselbe bleibt und immer wechselt.
Untrauen tritt in's Herz vergiftets nicht,
Denn Lieb ist süßer von Verdacht gewürzt.
Wenn sie verdrieslich dann das Aug umwölkt,
Des Himmels Kläre widerwärtig schwärzt,
Dann Seufzer-Winde scheucht die Wolken weg,
Thränt nieder sie in Regen aufzulösen.
Gedancke, Hoffnung, Liebe bleibt nur dort,
Bis Cynthia scheint wie sie mir sonst gethan.

Shakespeare

Mit der Teutschen Freundschaft
Hat's keine Noth
Ärgerlichster Feindschaft
Steht Höflichkeit zu Gebot
Je sanfter sie sich erwiesen
Hab ich immer frisch gedroht.
Lies mich nicht verdriesen
Trübes Morgen- und Abendroth,

Lies die Wasser fließen
Fließen zu Freud und Noth.
Aber mit allen diesen
Blieb ich mir selbst zu gebot;
Sie alle wollten genießen
Was ihnen die Stunde bot
Ihnen hab ichs nicht verwiesen
Jeder hat seine Noth,
Sie lassen mich alle grüßen
Und hassen mich bis in Tod.

Zinne 19 März 1818

Austausch
Drey heilige Könige
gegen
Ein schlafend Nymphgen

Alte, bärtige, sogar schwarze Gesichter
Hast du mir überliefert; aber mit solchem Gelichter
Kann ich nicht wieder dienen, jedoch, in lieblicher Breite,
Ein hübsches Kind von der andern Seite.
Sollte der Anblick dich erschreken
Du kannst sie leicht mit 'nem Schleyer decken.

März 1818.

Frühling 1818

Das ist einmal ein Philister-Jahr!
Sie sind zufrieden ganz und gar,
Und preisen Gott mit großem Geschrey
Daß er wieder einmal vernünftig sey.
Es ging ihnen aber oft so schlecht,
Sie trauen ihm dießmal auch nicht recht.

JUNGE HUREN alte Nonnen
Hatten sonst schon viel gewonnen
Wenn, von Pfaffen wohlberathen,
Sie im Kloster Wunder thaten. 4
Jetzt gehts über Land und Leute
Durch Europens edle Weite!
Hofgemäse Löwen schranzen
Affen, Hund und Bären tanzen 8
Neue leidge Zauberflöten:
Hurenpack zulezt Propheten!

Jena 4 Apr 1818.

SCHLIMM IST ES, wie doch wohl geschieht,
Wenn Wahrheit sich nach dem Irrthum zieht;
Das ist auch manchmal ihr Behagen,
Wer wird so schöne Frau befragen?
Herr Irrthum wollt er an Wahrheit sich schließen
Das sollte Frau Wahrheit baß verdrießen.

Tanne d. 6 Apr 1818. G

DER DEUTSCHE ist gelehrt
Wenn er sein Deutsch versteht
Doch bleib' ihm unverwehrt
Wenn er nach außen geht. 4
Er komme dann zurück
Gewiß um viel gelehrter
Doch ist's ein großes Glück
Wenn nicht um viel verkehrter. 8

J. 11 Apr. 1818.

Chronika

1818. Apr. 16.

Auch endlich ward ich Grospapa!
Als ich den lieben Enkel sah
War Fried im Frauenzimmer.
Doch alsobald der kleine Wicht
Verziehet klächlich sein Gesicht:
Die Kinder schreien immer.

eod.

Drauf academisch ward mir gleich
Ein herrlich Welt- und Geisterreich,
Bey stiller Kerze Schimmer.
Ich hört ein Jodeln: Jo! da! ho! –
Potz Leipzig! und Potz Waterloo
Studenten brüllen immer.

Singen sie Blumen der kindlichen Ruh,
Käfer und Vögel und Thierchen dazu;
Aber du wachest, wir treten herein,
Bringen was ruhiges, bringen den Stein.

Steinchen, die bunten, ein lustiges Spiel!
Was man auch würfe und wie es auch fiel.
Kindischen Händchen entschnickt sich so fein,
Knöchlein und Bohnen und Edelgestein.

Knabe du siehest nun Steine behaun,
Ordnend sich fügen, zu Häusern sich baun,
Wohl! du verwunderst dich, stimmest mit ein:
Das ist wahrhaftig ein nützlicher Stein!

Spielst du mit Schussern, das Kügelchen rollt,
Dreht sich zur Grube so wie du gewollt,
Läufest begierig auch hinter ihm drein,
Das ist fürwahr wohl ein lustiger Stein!

Steinchen um Steinchen verzettelt die Welt,
Wissende haben s' zusammen gestellt;
Trittst du begierig zu Sälen herein,
Siehst du zuerst nicht den Stein vor dem Stein.

Doch unterscheidest und merkest genau
Dieser ist roth und ein andrer ist blau,
Einer, der klärste, von Farben so rein,
Farbig erblitzet der edelste Stein.

Aber die Säulchen wer schliff sie so glatt?
Spitzte sie, schärfte sie glänzend und matt.
Schau in die Klüfte des Berges hinein,
Ruhig entwickelt sich Stein aus Gestein.

Ewig natürlich bewegende Kraft
Göttlich gesetzlich entbindet und schafft;
Trennendes Leben, im Leben Verein,
Oben die Geister und unten der Stein.

Nun! wie es Vater und Ahn dir erprobt,
Gott und Natur und das All ist gelobt!
Komme! Der Stiftende führet dich ein
Unserem Ringe willkommener Stein!

Zarte, schattende Gebilde
Fliegt zu eurer Künstlerinn!
Daß Sie, freundlich, froh und milde,
Immer Sich nach Ihrem Sinn
Eine Welt von Schatten bilde:
Denn das irdische Gefilde
Schattet oft nach eignem Sinn.

Weimar am 21 Apr. 1818 Goethe

»Warum ist Wahrheit fern und weit?
Birgt sich hinab in tiefste Gründe?«
Niemand versteht zur rechten Zeit! –
Wenn man zu rechter Zeit verstünde:
So wäre Wahrheit nah und breit,
Und wäre lieblich und gelinde.

Behramgur, sagt man, hat den Reim erfunden,
Er sprach entzückt aus reiner Seele Drang;
Dilaram schnell, die Freundinn seiner Stunden,
Erwiederte mit gleichem Wort und Klang.

Und so, Geliebte! warst du mir beschieden
Des Reims zu finden holden Lustgebrauch,
Daß auch Behramgur ich, den Sassaniden,
Nicht mehr beneiden darf: mir ward es auch.

Hast mir dieß Buch geweckt, du hast's gegeben:
Denn was ich froh, aus vollem Herzen, sprach,
Das klang zurück aus deinem holden Leben,
Wie Blick dem Blick, so Reim dem Reime nach.

Nun tön' es fort zu dir, auch aus der Ferne
Das Wort erreicht, und schwände Ton und Schall.
Ist's nicht der Mantel noch gesäter Sterne?
Ist's nicht der Liebe hochverklärtes All?

Und wer franzet, oder brittet,
Italiänert, oder teutschet,
Einer will nur wie der andre
Was die Eigenliebe heischet.

Denn es ist kein Anerkennen.
Weder vieler, noch des einen,
Wenn es nicht am Tage fördert
Wo man selbst was möchte scheinen.

Morgen habe denn das Rechte
Seine Freunde wohlgesinnet,
Wenn nur heute noch das Schlechte
Vollen Platz und Gunst gewinnet.

Wer nicht von dreytausend Jahren
Sich weiß Rechenschaft zu geben,
Bleib im Dunckeln unerfahren,
Mag von Tag zu Tage leben.

WER IN MEIN HAUS tritt der kann schelten
Was ich ließ viele Jahre gelten;
Vor der Thür aber müßt' er passen
Wenn ich ihn nicht wollte gelten lassen.

O! DASS DER SINNEN doch so viele sind!
Verwirrung bringen sie ins Glück herein.
Wenn ich dich sehe wünsch ich taub zu seyn,
Wenn ich dich höre blind.

—

AUCH IN DER FERNE dir so nah!
Und unerwartet kommt die Quaal.
Da hör ich wieder dich einmal,
Auf einmal bist du wieder da!

WAS MACHST DU an der Welt sie ist schon gemacht,
Der Herr der Schöpfung hat alles bedacht.
Dein Loos ist gefallen, verfolge die Weise.
Der Weg ist begonnen vollende die Reise
Denn Sorgen und Kummer verändern es nicht
Sie schleudern dich ewig aus gleichem Gewicht.

Ja! Lieben ist ein groß Verdienst!
Wer findet schöneren Gewinnst? –
Du wirst nicht mächtig, wirst nicht reich;
Jedoch den größten Helden gleich.
Man wird, so gut wie vom Propheten,
Von Wamik und von Asra reden. –
Nicht reden wird man, wird sie nennen:
Die Namen müssen alle kennen.
Was sie gethan, was sie geübt
Das weiß kein Mensch! Daß sie geliebt
Das wissen wir. Genug gesagt!
Wenn man nach Wamik und Asra fragt.

Wen ein guter Geist besessen
Hält sich das Gedächtniß rein;
Alles übel sey vergessen
Eingedenck der Lust zu seyn!
Bleib' ein fröhliches Vermächtniß
Jed' Ergötzen, jede Ruh;
So belebe Dein Gedächtniß
Und dann dencke mich dazu!

Weimar d. 9. Juli 1818 Goethe

Und so Ade,
Dem Miselé,
Dem schweigsamen Mann
Der Frau die reden kann

Herrlich bist du wie Moschus
Wo du warst gewahrt man dich noch.

So hab ich das endlich von dir erharrt
In allen Elementen Gottes Gegenwart.
Wie du mir das so lieblich giebst!
Am lieblichsten aber – daß du liebst.

Ja! die Augen warens, ja! der Mund
Die mir blickten, die mich küßten.
Hüfte schmal, der Leib so rund
Wie von Paradieses Lüsten!
War sie da? Wo ist sie hin?
Ja, sie war's, sie hat's gegeben.
Hat gegeben sich im Fliehn
Und gefesselt all mein Leben.

21 Jul.

Wenn der schweer gedruckte klagt:
Hülfe, Hoffnung sey versagt,
Bleibet heilsam fort und fort
Immer noch ein freundlich Wort.

22 Jul

Was wird mir jede Stunde so bang? –
Das Leben ist kurz der Tag ist lang.
Und immer sehnt sich fort das Herz,
Ich weiß nicht recht ob himmelwärts;
Fort aber will es hin und hin,
Und möchte vor sich selber fliehn.
Und fliegt es an der Liebsten Brust
Da ruhts im Himmel unbewußt;
Der Lebestrudel reißt es fort
Und immer hängts an Einem Ort;
Was es gewollt was es verlor
Es bleibt zuletzt sein eigner Thor.

22 Jul. 1818

Ich dachte Dein, und Farben bunt erschienen
Im Sonnenglanz mir vor'm Gesicht;
Von Blättern sah ich mancherley ergrünen,
Da waren Rosen, auch Vergiß-mein-nicht!
Pfeile dazwischen, golden anzuschauen,
Durchscheinend alles, rings ein goldner Kranz,
Und angestimmt das hohe Lob der Frauen –
Nun Becher zu der Freundinn! bleibe klar und ganz.

Carlsbad. d. 8 Aug 1818. G

Herrn Grafen Bouqoy

Enweri sagt's, ein herrlicher der Männer,
Des tiefsten Herzens, höchsten Hauptes Kenner:
Dir frommt, an jedem Ort, zu jeder Zeit,
Geradheit, Urtheil und Verträglichkeit.

Carlsbad am 12 Aug. 1818 Goethe

Im Zimmer, wie im hohen Saal
Hört man sich nimmer satt:
Denn man begreift zum erstenmal
Warum man Ohren hat.

An Grafen Paar

Carlsbad am 16n August 1818. Nachts.

Dem Scheidenden ist jede Gabe werth,
Ein dürres Blatt, ein Moos, ein Steinchen aus der Quelle,
Daß er des Freunds gedenke, jener Stelle,
Wohin er ewig hin und hin begehrt:
Ein Zeuge bleibts wie sinnig sie gewandelt.
So wird ein Nichts zum höchsten Schatz verwandelt.

Wenn aber solche Gabe tiefen Werth,
Gestaltet, mit sich führt, für sich allein
Dem Sinn des Künstlers wünschenswerth begegnete;
Wie muß das nun ein Schatz der Schätze seyn,
Wenn ihn der Freund im Scheiden treulich segnete!

Herren Obristen Grafen Paar

Carlsb. 18 Aug 1818. Goethe

Der Berge dencke gern, auch des Gesteins
Sie waren Zeugen freundlichsten Vereins.
Zutrauen schnell gegeben schnell gefunden
Beschleunigte das Glük gemeßner Stunden.
Behagen schaut nicht vorwärts nicht zurück,
Und so verewigt sich der Augenblick.

Herrn Grafen Löben
Carlsbad d. 18. Aug. 1818

Da Du gewiß, wie Du mir zugesagt,
Nach meinem Scheiden feiern willst mein Leben;
So laß mich Dir, da es noch beiden tagt,
Ein freundlich Wort zu Deinem Tage geben.

An Gräfinn Jaraczewska

Da sieht man wie die Menschen sind:
Nur Leidenschaft und kein Gewissen!
Wie haben sie dem schönen Kind
Das Röckchen halb vom Leib gerissen!
Doch mir begegnete das Glück in später Zeit,
Ein frommer Jüngling wird mich neiden:
Dir, Freundinn, danck ich die Gelegenheit
Den holden Schatz von Kopf bis Fus zu kleiden.

C. B. d. 5 Sept. 1818

PETR·VISH·FACIEB·I
IVSTICIA
FIDES
SPES
CHARIT
CHRISTVS
LVTHERVS
CONSCIENCIA
·M·D·XXIIII·

Peter Vischer d. J.
Allegorie zu Ehren Luthers
Federzeichnung

Zum Kessel sprach der neue Topf:
Was hast du einen schwartzen Bauch! –
Das ist bey uns nun Küchgebrauch.
Herbey, herbey du glatter Tropf,
Bald wird dein Stolz sich mindern.
Behält der Henkel ein klar Gesicht,
Darob erhebe du dich nicht
Besieh nur deinen Hintern.

O Freyheit süß der Presse!
Nun sind wir endlich froh;
Sie pocht von Messe zu Messe
In dulci jubilo.
Kommt laßt uns alles drucken,
Und walten für und für;
Nur sollte keiner mucken
Der nicht so denkt wie wir.

Was euch die heilige Preßfreyheit
Für Frommen, Vortheil und Früchte beut?
Davon habt ihr gewisse Erscheinung:
Tiefe Verachtung öffentlicher Meynung.

d. 6 S. 1818

An Fürst Biron von Curland

Carlsbad d. 8n Septbr. 1818.

Als Luthers Fest, mit gläubiger Schaar,
Im vorigen Herbst gefeyert war,
Dacht' ich es brauche Hundert Jahr
Um es mit Würde zu erneuen;
Doch beim verliehnen Ehrenbild,
Wie ernst es ist und kräftig mild,
Beim Herkules und seinem Schild
Kann ich der Feyer mich an jedem Tage freuen.

Was, in der Schencke, waren heute
Am frühsten Morgen für Tumulte?
Der Wirth und Mädchen, Fackeln, Leute!
Was gab's für Händel für Insulte?
Die Flöte klang, die Trommel scholl!
Es war ein wüstes Wesen.
Doch bin ich, Lust und Liebe voll
Auch selbst dabey gewesen.

Daß ich von Sitte nichts gelernt
Darüber tadelt mich ein jeder;
Doch bleib ich weislich weit entfernt
Vom Streit der Schulen und Catheder.

8 S. 1818

An Hafis

Was alle wollen weist du schon
Und hast es wohl verstanden:
Denn Sehnsucht hält, von Staub zu Thron,
Uns all in strengen Banden.

Es thut so weh, so wohl hernach
Wer sträubte sich dagegen?
Und wenn den Hals der eine brach
Der andre bleibt verwegen.

Verzeihe Meister, wie du weist
Daß ich mich oft vermesse
Wenn sie das Auge nach sich reißt
Die wandelnde Cypresse.

Wie Wurzelfasern schleicht ihr Fuß
Und buhlet mit dem Boden.
Wie leicht Gewölk verschmilzt ihr Gruß
Wie Ost-Gekos ihr Oden.

Das alles drängt uns ahndevoll
Wo Lock' an Locke, kräuselnd,

In brauner Fülle ringelnd schwoll,
So dann im Winde säuselnd.

Nun öffnet sich die Stirne klar
Dein Herz damit zu glätten,
Vernimmst ein Lied so froh und wahr
Den Geist darin zu betten.

Und wenn die Lippen sich dabey
Aufs niedlichste bewegen;
Sie machen dich auf einmal frey
In Fesseln dich zu legen.

Doch wenn es allgewaltig brennt
Dann greiffst du nach der Schaale:
Der Schencke läuft der Schencke kömmt
Zum erst- und zweyten male

Sein Auge blitzt, sein Herz erbebt
Er hofft auf deine Lehren.
Dich, wenn der Wein den Geist erhebt,
Im höchsten Sinn zu hören.

Ihm öffnet sich der Welten Raum
Im Innern Heil und Orden,
Es schwillt die Brust, es bräunt der Flaum,
Er ist ein Jüngling worden.

Auch daß vom Throne Fürstenhort
Sich nicht für uns verliere
Giebst du dem Schach ein gutes Wort
Und giebst es dem Veziere.

Das alles kennst und singst du heut
Und singst es morgen eben.
So trägt uns freundlich dein Geleit
Durchs rauhe milde Leben.

C.B. 11 Sep. 1818 G

Berechtigte Männer

Nach der Schlacht von Bedr,
Unterm Sternhimmel,
Mahomet spricht

Seine Todten mag der Feind betrauren:
Denn sie liegen ohne Wiederkehren;
Unsre Brüder sollt ihr nicht bedauern:
Denn sie wandeln über jenen Sphaeren.

Die Planeten haben alle sieben
Die metallnen Thore weit gethan,
Und schon klopfen die verklärten Lieben
Paradieses Pforten kühnlich an.

Finden, ungehofft und überglücklich,
Herrlichkeiten, die mein Flug berührt,
Als das Wunderpferd mich augenblicklich
Durch die Himmel alle durchgeführt.

Weisheitsbaum an Baum cypresseragend
Heben Äpfel goldner Zierd empor,
Lebensbäume breite Schatten schlagend
Decken Blumensitz und Kräuter Flor.

Und nun bringt ein süßer Wind von Osten
Hergeführt die Himmels Mädchen Schaar;
Mit den Augen fängst du an zu kosten,
Schon der Anblick sättigt ganz und gar.

Forschend stehn sie was du unternahmest?
Große Plane? fährlich blutigen Straus?
Daß du Held seyst sehn sie weil du kamest,
Welch ein Held du seyst? sie forschen's aus.

Und sie sehn es bald an deinen Wunden,
Die sich selbst ein Ehrendenkmal schreibt.
Glück und Hoheit alles ist verschwunden
Nur die Wunde für den Glauben bleibt.

Führen zu Chiosken dich und Lauben,
Säulenreich von buntem Lichtgestein,
Und zum edlen Saft verklärter Trauben
Laden sie mit Nippen freundlich ein.

Jüngling! mehr als Jüngling bist willkommen!
Alle sind wie alle licht und klar;
Hast du Eine dir ans Herz genommen;
Herrin, Freundinn ist sie deiner Schaar.

Doch die allertrefflichste gefällt sich
Keineswegs in solchen Herrlichkeiten,
Heiter, neidlos, redlich unterhält dich
Von den manigfaltgen andrer Trefflichkeiten.

Eine führt dich zu der andern Schmause,
Den sich jede äußerst ausersinnt.
Viele Frauen hast' und Ruh im Hause,
Werth daß man darob das Paradies gewinnt.

Und so schicke dich in diesen Frieden:
Denn du kannst ihn weiter nicht vertauschen;
Solche Mädchen werden nicht ermüden,
Solche Weine werden nicht berauschen.

—

Und so war das wenige zu melden
Wie der selge Musulman sich brüstet.
Paradies der Männer Glaubenshelden
Ist hiemit vollkommen ausgerüstet.

C.B. 11 S. 1818.

Woher ich kam? Es ist noch eine Frage,
Mein Weg hierher, der ist mir kaum bewußt,
Heut nun, und hier, am himmel-frohen Tage,
Begegnen sich, wie Freunde, Schmerz und Lust.
O! süßes Glück! Wenn beyde sich vereinen!
Einsam, wer möchte lachen? möchte weinen?

Auserwählte Frauen

Frauen sollen nichts verlieren,
Reiner Treue ziemt zu hoffen;
Doch wir wissen nur von vieren
Die aldort schon eingetroffen.

Erst Suleika, Erdensonne,
Gegen Jussuf ganz Begierde,
Nun, des Paradieses Wonne,
Glänzt sie der Entsagung Zierde.

Dann die Allgebenedeyte,
Die den Heiden Heil gebohren,
Und, getäuscht, in bitterm Leide,
Sah den Sohn am Kreuz verlohren.

Mahom's Gattin auch! Sie baute
Wohlfahrt ihm und Herrlichkeiten,
Und empfahl bey Lebenszeiten
Einen Gott und Eine Traute.

Kommt Fatima dann die Holde
Tochter, Gattin sonder Fehle,
Englisch allerreinste Seele
In dem Leib von Honiggolde.

Diese finden wir alldorten;
Und wer Frauen Lob gepriesen
Der verdient an ewigen Orten
Lustzuwandeln wohl mit diesen.

Höheres und Höchstes

Daß wir solche Dinge lehren
Möge man uns nicht bestrafen.
Wie das alles zu erklären
Dürft ihr euer Tiefstes fragen.

Und so werdet ihr vernehmen
Daß der Mensch mit sich zufrieden
Gern sein Ich gerettet sähe
So da droben wie hienieden.

Und mein liebes Ich bedürfte
Mancherley Bequemlichkeiten
Freuden wie ich hier sie schlürfte
Wünscht ich auch für ewge Zeiten.

So gefallen schönste Gärten
Blum und Frucht und hübsche Kinder
Die uns allen hier gefielen
Auch verjüngtem Geist nicht minder.

Und so möcht ich alle Freunde
Jung und alt in Eins versammlen,
Gar zu gern in deutscher Sprache
Paradieses-Worte stammlen.

Doch man horcht nun Dialekten
Wie sich Mensch und Engel kosen
Der Grammatik der versteckten,
Declinirend Mohn und Rosen.

Mag man ferner auch in Blicken
Sich rhetorisch gern ergeh⟨e⟩n
Und zu himmlischem Entzücken
Ohne Klang und Ton erhöhen.

Ton und Klang jedoch entwindet
Sich dem Worte selbstverständlich
Und entschiedener empfindet
Der Verklärte sich unendlich.

Ist somit dem Fünf der Sinne
Vorgesehn im Paradiese
Sicher ist es ich gewinne
Einen Sinn für alle diese.

Und nun dring ich aller Orten
Leichter durch ⟨die⟩ ewigen Kreise
Die durchdrungen sind vom Worte
Gottes rein-lebendiger weise.

Ungehemmt mit heisem Triebe
Läßt sich da kein Ende finden
Bis im Anschaun ewiger Liebe
Wir verschweben, wir verschwinden.

Morgenblat. 240. 1818.

Ein strenger Mann, von Stirne kraus,
Herr Doctor Müllner heist er
Wirft alles gleich zum Fenster hinaus,
Sogar den Wilhelm Meister.
Er ganz allein versteht es recht
Daran ist gar kein Zweifel:
Denn geht es seinen Helden schlecht
Ergiebt er sie dem Teufel.

Wir litten schon durch *Kotzebue*
Gemeines Raisonniren,
Nun kommt Herr *Müllner* auch dazu
Das Ober-Wort zu führen;
Im Dichten rasch, im Lobe faul,
Ist er mit nichts zufrieden:
Der Edle mault nur, um das Maul
Den Andern zu verbieten.

Befrey uns Gott von *s* und *ung*
Wir können sie entbehren;
Doch wollen wir durch Musterung
Nicht uns noch andre scheeren.

Es schreibt mir einer: den *Vergleich*
Von Teutschen und Franzosen,
Und jeder Patriot sogleich
Wird heftig sich erbosen.

Kein Kristenmensche hört ihm zu
Ist denn der Kerl bey Sinnen!
Vergleichung aber läßt man zu
Da müssen wir gewinnen.

W. 18. Octbr. 1818

Julien

Freundlich werden neue Stunden
Zu vergangnen sich gesellen.
Blüten, Blumen wohl empfunden
Bleiben ewig ⟨*darüber:* lauter⟩ Immortellen.

D. 4. Jan. 1819.

In welchem Weine
Hat sich Alexander betrunken?
Ich wette den letzten Lebensfunken:
Er war nicht so gut als der meine.

Jenas Philister und Professoren
Sagen es habe keine Noth
Kotzebue sey zwar mausetod,
Doch niemand habe sich verschworen.

Sie hoffen an den schönen Pfründen
Doch vor wie nach den Herd zu zünden
Dieweil der Sodoms-Apfel-brey
Gesunde Jugend-Speise sey.

Von Jenischen behaarten Molchen
Steht Sturza sich bedrohten Dolchen
Er steht! Ein Mann! Dann schreit er laut
Er flieht, es kommt ein Dolch, die Braut.

Eine Schachtel Mirabellen
Kam von Süden zog nach Norden,
Als die Frucht gespeist geworden
Eilt sich wieder einzustellen

IOHANN WOLFGANG DE GOTHE AETATIS SUAE LXVI ANNO

Johann Gottfried Schadow
Goethe
Medaillonbildnis
1816

Das Gehäuß woher es kommen.
Bringet keine süßen Früchte
Bringt vielmehr ein ernst Gesichte
Das im Weiten und im Fernen
Nimmer will Entbehrung lernen.

April 1819.

Reise-Seegen

Sey die Zierde des Geschlechts! –
Blicke weder lincks noch rechts;
Schaue von den Gegenständen
In Dein Innerstes zurück;
Sicher traue deinen Händen,
Eignes fördre, Freundes Glück.

W. d 4 Jun 1819 G

Des Herren Generals Grafen von Gneisenau Excel.

Den Gruß des Unbekannten ehre ja!
Er sey dir werth als alten Freundes Gruß.
Nach wenig Worten sagt ihr Lebewohl!
Zum Osten du, er westwärts Pfad an Pfad –
Kreuzt euer Weg nach vielen Jahren drauf
Sich unerwartet, ruft ihr freudig aus:
Er ist es! ja! da wars! als hätte nicht
So manche Tagefahrt zu Land und See,
So manche Sonnenkehr sich dreingelegt.
Nun tauschet Waar um Waare, theilt Gewinn!
Ein alt Vertrauen wircke neuen Bund –
Der erste Gruß ist viele tausend werth,
Drum grüße freundlich jeden der begrüßt.

Jena am 12. Juli 1819 Goethe

Von deinem Liebesmahl
Will man nichts wissen,
Für einen Christen ist's
Ein böser Bissen.

Denn kaum verläßt der Herr
Die Grabes-Tücher,
Gleich schreibt ein Schelmenvolk
Absurde Bücher.

Gewinnen gegen dich
Die Philologen;
Das hilft uns alles nichts,
Wir sind betrogen.

Sonst wenn man den heiligen Coran citirte
Nannte man die Sure den Vers dazu
Und jeder Moslim, wie sichs gebürte,
Fühlte sein Gewissen in Respect und Ruh.
Die neuen Derwische wissens nicht besser
Sie schwatzen das Alte, das Neue dazu
Die Verwirrung wird täglich größer,
O! Heiliger Coran! O! ewige Ruh!

Buch Suleika

Ich möchte dieses Buch wohl gern zusammen schürzen,
Daß es den andern wäre gleich geschnürt.
Allein wie willst du Wort und Blat verkürzen
Wenn Liebeswahnsinn dich in's Weite führt.

Sage mir
Was mein Herz begehrt?

Mein Herz ist bey dir
Halt es werth.

An Fräulein von Schiller

Weil soviel zu sagen war
Wußt ich nichts zu sagen,
Ob die Blätter gleich ein Jahr
Mir vorm Auge lagen.

Jetzo da du sie entführt
Mag die Feder walten:
Denn es bleibt, wie sichs gebührt,
Immerfort beym Alten.

Milde zum Verständlichen
Wird die Mutter mahnen,
Deutend zum Unendlichen
Auf des Vaters Bahnen.

10 Aug 1819

Liebchen ach! im starren Bande
Zwängen sich die freyen Lieder,
Die im reinen Himmels-Lande
Munter flogen hin und wieder.
Allem ist die Zeit verderblich,
Sie erhalten sich allein.
Jede Zeile soll unsterblich,
Ewig, wie die Liebe seyn.

1815. 1819.

Mich nach- und umzubilden miszubild⟨en⟩
Versuchen sie seit vollen funfzig Jahren
Ich dächte doch da konnte⟨s⟩t du erfah⟨ren⟩
Was an dir sei in Vaterlands Gefilden
Du hast getobt zu deine⟨r⟩ Zeit mit wilden
Daemonisch genialen Jungen Schaare⟨n⟩,
Dann sachte schlossest du von Jahr zu Jahr⟨en⟩
Dich näher an die Weisen göttlich milden.

Haben sie von deinen Fehlen
Immer viel erzählt,
Und fürwahr sie zu erzählen
Vielfach sich gequält.
Hätten sie von deinem Guten
Freundlich dir erzählt,
Mit verständig treuen Wincken
Wie man beßres wählt;
O! gewiß! das Allerbeste
Blieb ihm nicht verheelt,
Das fürwahr nur wenig Gäste
In der Clause zält,
Nun als Schüler mich, zu kommen,
Endlich auserwählt,
Und mich lehrt der Buse Frommen,
Wenn der Mensch gefehlt.

Der schläft recht gut und hat ein Recht zu schlafen!
Du guter Knabe hast mir eingeschenckt,
Vom Freund und Lehrer, ohne Zwang und Strafen
So jung vernommen wie der Alte denckt.
Nun aber kommt Gesundheit holder Fülle
Dir in die Glieder daß du dich erneust.
Ich trincke noch, bin aber stille, stille,
Damit du mich erwachend nicht erfreust.

Hatem und Suleika

Hudhud sprach: mit Einem Blicke
Hat sie alles mir vertraut
Und ich bin von Eurem Glücke
Immer wie ichs war erbaut.
Liebt ihr doch! – In Trennungs-Nächten
Wird an jedem Sterne klar
Wie gesellt zu ewigen Mächten
Glanzreich eure Liebe war.

Die Feyer des achtundzwanzigsten Augusts danckbar zu erwiedern

Sah gemahlt, in Gold und Rahmen,
Grauen Barts, den Ritter reiten,
Und zu Pferd an seinen Seiten
An die vierundzwanzig kamen;
Sie zum Thron des Kaysers ritten,
Wohlempfangen, wohlgelitten;
Derb und kräftig, hold und schicklich.
Und man pries den Vater glücklich.

Sieht der Dichter, nah und ferne
Söhn und Töchter, lichte Sterne,
Sieht sie alle wohlgerathen,
Tüchtig, von geprüften Thaten;
Freygesinnt, sich selbst beschränckend,
Immerfort das Nächste denckend;
Thätig treu in jedem Kreise,
Still beharrlich jeder Weise;
Nicht vom Weg dem graden weichend,
Und zulezt das Ziel erreichend.

Bring' er Töchter nun und Söhne,
Sittenreich, in holder Schöne,
Vor den Vater alles Guten,
In die reinen Himmelsgluten,
Mitgenossen ewger Freuden! –
Das erwarten wir bescheiden.

Das Wissen bläset auf:
Aber die Lieb erbaut.
So sich jemand bedunken läßt
Daß er etwas wisse
Der erkennet noch nicht
Wie es ihm gebühre zu wissen.
So aber jemand Gott liebet,
Derselbig wird von ihm erkannt.

I. Cor. VIII. 1-3.
(Vom 10. Cap. an unerfreulich das 13te fürtrefflich)

Lehret euch nicht die Natur selbst
Daß es einem Mann eine Schand ist
Wenn er lange Haar zeugt.

XI. 14

Ist aber jemand unwissend
Von dem wird man auch nicht wissen.

IC. XIV. 38.

Märkte reizen dich zum Kauf;
Doch das Wissen blähet auf.
Wer im Stillen um sich schaut
Lernet wie die Lieb erbaut.
Bist du Tag und Nacht beflissen
Viel zu hören, viel zu wissen;
Horch an einer andern Thüre
Wie zu wissen sich gebühre,
Soll das Rechte zu dir ein
Fühl' in Gott was Rechts zu seyn.
Wer von reiner Lieb entbrannt
Wird vom Lieben Gott erkannt.

Herren Grafen Carl Harrach

Die sich herzlich oft begrüßten,
Die das Leben sich versüßten,
Führt ein guter Geist zur Stelle
Wieder an dieselbe Quelle!
Treues Wircken, reines Lieben
Ist das Beste steets geblieben.

Carlsbad d. 25 Sept. 1819 Goethe

Ein abgestumpft Gesicht
Zeig doch den Blosen.
Wer ohne Nase spricht
Hat die Franzosen.

Nachruf

Reichen Beyfall hattest du erworben,
Allgemeine Neigung rein erzielt;
Viel Personen sind in dir gestorben
Und du hast sie alle gut gespielt.

Jena den 15^{n} October 1819. Goethe

Zwey Personen ganz verschieden
Luden sich bey mir zu Tafel,
Diesmal lebten sie in Frieden
Fuchs und Kranich, sagt die Fabel.

Beyden macht ich was zurechte,
Rupfte gleich die jüngsten Tauben;
Weil er von Schakals Geschlechte
Legt ich bey geschwollne Trauben.

Lang-gehälstes Glas-Gefäße
Setzt ich ungesäumt dagegen,
Wo sich klar im Elemente
Gold- und Silberfischlein regen.

Hättet ihr den Fuchs gesehen
Auf der flachen Schüssel hausen,
Neidisch müßtet ihr gestehen:
Welch ein Appetit zum Schmaußen!

Wenn der Vogel, ganz bedächtig,
Sich auf Einem Fuße wiegte,
Hals und Schnabel zart und schmächtig
Zierlich nach den Fischlein schmiegte.

Danckend freuten sie beym Wandern
Sich der Tauben, sich der Fischchen;
Jeder spottete des andern
Als genährt am Katzentischchen.

Willst nicht Salz und Schmalz verlieren;
Mußt, gemäß den Urgeschichten,
Wenn die Leute willst gastiren,
Dich nach Schnauz und Schnabel richten.

J. 16. Octbr 1819

Das Leben ist ein schlechter Spas,
Dem fehlts an Dies, dem fehlts am Das,
Der will nicht wenig, der zuviel
Und Kann und Glück kommt auch in's Spiel
Und hat sich's Unglück drein gelegt
Jeder wie er nicht wollte trägt.
Bis endlich Erben mit Behagen
Herrn Kannnicht-Willnicht weiter tragen.

Timur
spricht

Was? Ihr misbilliget den kräftgen Sturm
Des Übermuths, Verlogne Pfaffen!
Hätt Allah mich bestimmt zum Wurm;
So hätt' er mich als Wurm geschaffen.

Prüft das Geschick dich weis es wohl warum,
Es wünschte dich enthaltsam! Folge stumm.

Noch ist es Tag, da rühre sich der Mann
Die Nacht tritt ein, wo niemand wirken kann.

»Wie ungeschickt habt ihr euch benommen,
Da euch das Glück ins Haus gekommen«
Das Mädchen hat's nicht übel genommen,
Und ist noch ein paarmal wieder gekommen.

Mein Erbtheil wie herrlich, weit und breit
Die Zeit ist mein Besitz, mein Acker ist die Zeit.

Gutes thu rein aus des Guten Liebe!
Das überliefre deinem Blut;
Und wenns den Kindern nicht verbliebe
Den Enkeln kommt es doch zu gut.

Mag sie sich immer ergänzen
Eure brüchige Welt in sich!
Diese klaren Augen sie glänzen,
Dieses Herz es schlägt für mich!

Lass den Weltenspiegel Alexandern:
Denn was zeigt er? – Da und dort
Stille Völker, die er, mit den andern,
Zwingend rütteln möchte fort und fort.

Du! nicht weiter, nicht zu Fremdem strebe!
Singe mir, die du dir eigen sangst.
Dencke daß ich liebe daß ich lebe
Dencke daß du mich bezwangst.

Du kleiner Schelm du
Daß ich mir bewußt sey
Darauf kommt es überall an.
Und so erfreu ich mich
Auch deiner Gegenwart
Du allerliebster
Obgleich betruncken.

Saki

Denck, o Herr! wenn du getruncken
Sprüht um dich des Feuers Glast!
Prasselnd blitzen tausend Funcken
Und du weist nicht wo es faßt.

Mönche seh ich in den Ecken
Wenn du auf die Tafel schlägst
Die sich gleisnerisch verstecken
Wenn dein Herz du offen trägst.

Sag mir nur warum die Jugend
Noch von keinem Fehler frey,
So ermanglend jeder Tugend
Klüger als das Alter sey.

Alles weist du was der Himmel
Alles was die Erde trägt
Und verbirgst nicht das Gewimmel
Wie sich's dir im Busen regt.

Hatem

Eben drum, geliebter Knabe
Bleibe jung und bleibe klug
Dichten zwar ist Himmelsgabe
Doch im Erdeleben Trug.

Erst sich im Geheimniß wiegen
Dann verplaudern früh und spat!
Dichter ist umsonst verschwiegen,
Dichten selbst ist schon Verrath.

Jedem redlichen Bemühn
Sey Beharrlichkeit verliehn.

Jeder Weg zum rechten Zwecke
Ist auch recht in jeder Strecke.

Lass nach vielgeprüftem Leben
Hier den edlen Pilgrim ruhn!
Ehrt sein Wollen und sein Streben,
Wie sein Dichten und sein Thun.

Vor den Wissenden sich stellen
Sicher ist's in allen Fällen!
Wenn du lange dich gequälet
Weiß er gleich wo dir es fehlet;
Auch auf Beyfall darfst du hoffen
Denn er weiß wo du's getroffen.

Weimar d. 16. Nov. 1819 Goethe

An Gräfinn Maria v. Einsiedel,
geb. Jena d. 18 Octbr 1819

Töchterchen! nach trüben Stunden
Zu der Eltern Trost erschienen,
Hast so jung das Glück gefunden
Den Geliebtesten zu dienen.
Mögest Du den frohsten Stunden
Ihres Lebens blühend grünen.

Zum Tauftage d. 30 Octbr
Treuliches Eingebinde. Goethe

Hudhud auf dem Palmensteckchen,
Hier im Eckchen,
Nistet, äugelnd, wie charmant!
Und ist immer vigilant.

—

Hudhud erklärt eine räthselhafte Stelle

Der Mahler wagts mit Götterbildern,
Sein höchstes hat er aufgestellt
Doch was er für unmöglich hält:
Dem Liebenden die Liebste schildern,
Er wag es auch! Ein Traum wird frommen,
Ein Schattenbild es ist willkommen.

—

Hudhud, als einladender Bote

Dich beglückte ja mein Gesang
Nun dräng er gern zu dir in's Ferne.
Ich singe Morgen und Abend entlang,
Sie sagen: Besser! Das hör ich gerne
Kommt auch ein Blat von Zeit zu Zeit,
Bringt einen Gruß, laß dich nicht stören!
Aber ist denn Bagdad so weit?
Willst du mich gar nicht wieder hören?

—

Hudhud erbittet ein Neujahrsgeschenck, räthselweise

Ein Werckzeug ist es alle Tage nöthig,
Den Männern weniger, den Frauen viel,
Zum treusten Dienste gar gelind erbötig,
Im Einen vielfach, spitz und scharf, sein Spiel
Gern wiederholt; wobey wir uns bescheiden:
Von außen glatt, wenn wir von innen leiden.
Doch Spiel und Schmuck erquickt uns nur aufs neue,
Erhielt das Werkzeug erst gerechte Weihe.

Dec. 1819.

»Hirsch auf dem Blumenstecken (...)«
Gottfried Kellers Spazierstock aus Stechpalmenholz
mit einem Wiedehopf

»Hudhud auf dem Palmensteckchen 〈. . .〉«
Griff von Goethes Spazierstock aus Stechpalmenholz
mit einem Wiedehopf

Und was bleibt denn an dem Leben
Wenn es alles ging zu Funken
Wenn die Ehre mit dem Streben
Alles ist im Quark versunken

Und doch kann dich nichts vernichten
Wenn Vergänglichem zum Trotze
Willst dein Sehnen ewig richten,
Erst zur Flasche dann zur …

Schön und köstlich ist die Gabe
Wohlenträthselt das Verlangen;
Daß die Weihe sie empfangen
Bleibet aber ungewiß.

Wäre das nicht nachzubringen?
Was er sittsam nicht entraubte
Wenn Sie Sich's nun selbst erlaubte!
Hudhud, geh und melde dies.

Oculi. 1820.

Vorschmack

Der ächte Moslem spricht vom Paradiese
Als wenn er selbst alda gewesen wäre,
Er glaubt dem Koran wie es der verhieße
Hierauf begründet sich die reine Lehre.

Doch der Prophet, Verfasser jenes Buches,
Weis unsre Mängel droben auszuwittern,
Und sieht daß, troz dem Donner seines Fluches,
Die Zweifel oft den Glauben uns verbittern.

Deshalb entsendet er den ewigen Räumen
Ein Jugend-Muster, alles zu verjüngen;
Sie schwebt heran und fesselt, ohne Säumen,
Um meinen Hals die allerliebsten Schlingen.

Auf meinem Schoos, an meinem Herzen halt ich
Das Himmels-Wesen, mag nichts weiter wissen;
Und glaube nun ans Paradies gewaltig
Denn ewig möcht ich sie so treulich küssen.

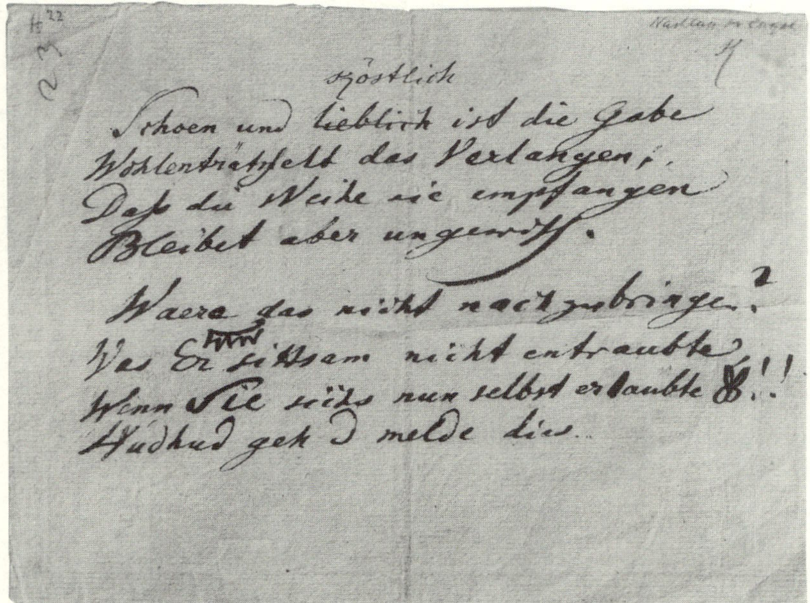

köstlich

Schoen und lieblich ist die Gabe
Wohlentzückt fehlt das Verlangen;
Daß die Weite sie empfangen
Bleibet aber ungewiß.

Waere das nicht nachzubringen?
Was Er sittsam nicht entraubte
Wenn Sie ihrs nun selbst erlaubte!!
Hudhud geht, ich melde dir...

»Schön und köstlich ist die Gabe ⟨...⟩«
Gedichtentwurf Goethes mit Zeichnung eines Kamms
und einer Schere

Einlass

Houri

Heute steh ich meine Wache
Vor des Paradieses Thor,
Weis nicht grade wie ichs mache,
Kommst mir so verdächtig vor!

Ob du unsern Mosleminen
Auch recht eigentlich verwandt?
Ob dein Kämpfen, dein Verdienen
Dich an's Paradies gesandt?

Zählst du dich zu jenen Helden?
Zeige deine Wunden an!
Die mir rühmliches vermelden
Und ich führe dich heran.

Dichter

Nicht so vieles Federlesen!
Laß mich immer nur herein:
Denn ich bin ein Mensch gewesen
Und das heißt ein Kämpfer seyn.

Schärfe deine kräftgen Blicke!
Hier! – durchschaue diese Brust,
Sieh der Lebens-Wunden Tücke,
Sieh der Liebes-Wunden Lust.

Und doch sang ich gläubigerweise:
Daß mir ⟨die⟩ Geliebte treu,
Daß die Welt, wie sie auch kreise,
Liebevoll und danckbar sey.

Mit den Trefflichsten zusammen
Wirkt ich, bis ich mir erlangt
Daß mein Nahm' in Liebesflammen
Von den schönsten Herzen prangt.

Nein! du wählst nicht den Geringern;
Gieb die Hand! Daß, Tag für Tag,
Ich an deinen zarten Fingern
Ewigkeiten zählen mag. 32

Hof. 24 Ap. 1820.

Anklang

Houri

Draußen am Orte,
Wo ich dich zuerst sprach,
Wacht ich oft an der Pforte
Dem Gebote nach.
Da hört ich ein wunderlich Gesäusel,
Ein Ton- und Sylbengekräusel,
Das wollte herein;
Niemand aber lies sich sehen,
Da verklang es, klein zu klein;
Es klang aber fast wie deine Lieder,
Das erinnr' ich mich wieder.

Dichter

Ewig Geliebte! wie zart
Erinnerst du dich deines Trauten!
Was auch in irdischer Luft und Art
Für Töne lauten
Die wollen alle herauf.
Viele verklingen daunten zu Hauf;
Andre, mit Geistes Flug und Lauf,
Wie das Flügel-Pferd des Propheten,
Steigen empor und flöten
Draußen an dem Thor.

Kommt deinen Gespielen so etwas vor
So sollen sie's freundlich vermerken,
Das Echo lieblich verstärken,
Daß es wieder hinunter halle.

Und sollen acht haben
Daß in jedem Falle
Wenn Er kommt seine Gaben
Jedem zu Gute kommen;
Das wird beyden Welten frommen.

Sie mögens ihm freundlich lohnen
Auf liebliche Weise fügsam;
Sie lassen ihn mit sich wohnen:
Alle Guten sind genügsam.

Du aber bist mir beschieden,
Dich laß ich nicht aus dem ewigen Frieden.
Auf die Wache sollst du nicht ziehn,
Schick eine ledige Schwester dahin.

Houri

WIEDER EINEN FINGER schlägst du mir ein!
Weißt du denn wieviel Aeonen
Wir vertraut schon zusammen wohnen?

Dichter

Nein! – Wills auch nicht wissen. Nein!
Mannigfaltiger frischer Genuß,
Ewig bräutlich keuscher Kuß!
Wenn jeder Augenblick mich durchschauert,
Was soll ich fragen wie lang es gedauert!

Houri

Abwesend bist denn doch auch einmal,
Ich merck es wohl, ohne Maas und Zahl.
Hast in dem Weltall nicht verzagt,
An Gottes Tiefen dich gewagt;
Nun sey der Liebsten auch gewärtig!
Hast du nicht schon das Liedchen fertig?
Wie klang es draußen an dem Thor?
Wie klingts? – Ich will nicht stärker in dich dringen,
Sing mir die Lieder an Suleika vor:
Denn weiter wirst du's doch im Paradies nicht bringen.

Dichter

Deine Liebe, dein Kuß mich entzückt!
Geheimnisse mag ich nicht erfragen;
Doch sag mir ob du an irdischen Tagen
Jemals Theil genommen?
Mir ist es oft so vorgekommen,
Ich wollt es beschwören, ich wollt es beweisen,
Du hast einmal Suleika geheisen.

Houri

Wir sind aus den Elementen geschaffen,
Aus Wasser, Feuer, Erd und Luft
Unmittelbar; und irdscher Duft
Ist unserm Wesen ganz zuwieder.
Wir steigen nie zu euch hernieder;
Doch wenn ihr kommt bey uns zu ruhn
Da haben wir genug zu thun.

Denn, siehst du, wie die Gläubigen kamen,
Von dem Propheten so wohl empfohlen,
Besiz vom Paradiese nahmen,
Da waren wir, wie er befohlen,
So liebenswürdig, so charmant,
Wie uns die Engel selbst nicht gekannt.

Allein der erste, zweyte, dritte
Die hatten vorher eine Favorite,
Gegen uns waren's garstige Dinger,
Sie aber hielten uns doch geringer,
Wir waren reizend, geistig, munter;
Die Moslems wollten wieder hinunter.

Nun war uns himmlisch Hochgebohrnen
Ein solch Betragen ganz zuwider,
Wir aufgewiegelten Verschwornen
Besannen uns schon hin und wieder;
Als der Prophet durch alle Himmel fuhr
Da paßten wir auf seine Spur;
Rückkehrend hatt' er sich's nicht versehn,
Das Flügelpferd es mußte stehn.

Da hatten wir ihn in der Mitte!
Freundlich ernst, nach Propheten Sitte,
Wurden wir kürzlich von ihm beschieden;
Wir aber waren sehr unzufrieden.
Denn seine Zwecke zu erreichen
Sollten wir eben alles lencken,
So wie ihr dächtet sollten wir dencken,
Wir sollten euren Liebchen gleichen.

Unsere Eigenliebe ging verlohren,
Die Mädchen krauten hinter den Ohren,
Doch, dachten wir, im ewigen Leben
Muß man sich eben in alles ergeben.

Nun sieht ein jeder was er sah,
Und ihm geschieht was ihm geschah.
Wir sind die Blonden, wir sind die Braunen,
Wir haben Grillen und haben Launen,
Ja, wohl auch manchmal eine Flause;
Ein jeder denckt er sey zu Hause,
Und wir darüber sind frisch und froh
Daß sie meynen es wäre so.

Du aber bist von freyem Humor
Ich komme dir paradiesisch vor,
Du giebst dem Blick, dem Kuß die Ehre
Und wenn ich auch nicht Suleika wäre.
Doch da sie gar zu lieblich war,
So glich sie mir wohl auf ein Haar.

Dichter

Du blendest mich mit Himmels Klarheit,
Es sey nun Täuschung oder Wahrheit,
Gnug ich bewundre dich vor allen.
Um ihre Pflicht nicht zu versäumen,
Um einem Deutschen zu gefallen,
Spricht eine Houri in Knittelreimen.

Houri

Ja, reim' auch du nur unverdrossen,
Wie es dir aus der Seele steigt!

Wir paradiesische Genossen
Sind Wort und Thaten reinen Sinns geneigt.
Die Thiere weißt du sind nicht ausgeschlossen,
Die sich gehorsam, die sich treu erzeigt.
Ein derbes Wort kann Houri nicht verdrießen,
Wir fühlen was vom Herzen spricht,
Und was aus frischer Quelle bricht,
Das darf im Paradiese fließen.

C.B. 10. May. 1820.

Ach ich kann sie nicht erwiedern
Wie ich auch daran mich freue
Gnüg es dir an mein⟨en⟩ Liede⟨rn⟩
Meinem Herzen, meiner Treue.

Nenne niemand nur verschone
Mir nicht Herrn Mone
Zu Alliirten deinem Grimm
Rufe herzhaft Gebrüder Grimm

Eh man Theriac von Bagdad holt
Ist der Kranke längst verschieden.

Nach unfruchtbarem Baume
Werfen Kinder keinen Stein

Es geht eins nach dem andern hin,
Und auch wohl vor dem andern,
Drum laßt uns rasch und brav und kühn

Die Lebenswege wandern.
Es hält dich auf, mit Seitenblick,
Der Blumen viel zu lesen;
Doch hält nichts grimmiger zurück
Als wenn du falsch gewesen.

WER SICH SELBST und andre kennt
Wird auch hier erkennen:
Orient und Occident
Sind nicht mehr zu trennen.

SINNIG ZWISCHEN BEYDEN Welten
Sich zu wiegen laß ich gelten,
Also zwischen Ost und westen
Sich bewegen sey zum besten!

SO DER WESTE⟨N⟩ wie der Osten
Gebe⟨n⟩ reines dir zu kosten
Laß die Grillen laß die Schaalen
Setze Dich zum großen Mahle
Mögst auch im Vorübergehn
Diese Schüssel nicht verschm⟨ähn⟩

IMMERFORT! zunächst in Osten
Alt und neuen Sang zu kosten!

6 July

NICHT NÄHER DATIERBARES

Beruf des Storchs

Der Storch der sich von Frosch und Wurm
An unserm Teiche nähret,
Was nistet er auf dem Kirchenthurm?
Wo er nicht hingehöret.

Dort klappt und klappert er genung,
Verdrießlich anzuhören;
Doch wagt es weder Alt noch Jung
Ihm in das Nest zu stören.

Wodurch – gesagt mit Reverenz –
Kann er sein Recht beweisen?
Als durch die löbliche Tendenz
Auf's Kirchendach zu scheißen.

Willst du noch die Teufel bannen
Mit dem Fluch aus deutschem Herzen
Da Tyrannen nach Tyrannen
Mark erdrüken und verscherzen

Ihr Bestien ihr woltet glauben
Ich sollte höflich seyn
Der Hund der seine Steine kennt
Er scheißt auch auf den Stein

Nicht alles ist Gold was gleist,
Glück nicht alles was so heißt
Nicht alles Freude was so scheint.
Damit hab ich gar manches gemeynt.

Bey Saadi gedenk ich mich
Ist hundert sechzehn Jahr alt worden.
Er hat mehr ausgestanden als ich
Und ich bin doch von seinem Orden.

Hab ich tausendmal geschworen
Dieser Flasche nicht zu trauen,
Bin ich doch wie neu gebohren
Läßt mein Schencke fern sie schauen.
Alles ist an ihr zu loben,
Glaskrystall und Purpurwein.
Wird der Pfropf heraus gehoben,
Sie ist leer und ich nicht mein.

Hab ich tausendmal geschworen
Dieser Falschen nicht zu trauen,
Und doch bin ich neu gebohren
Läßt sie sich ins Auge schauen.
Mag sie doch mit mir verfahren
Wie's dem stärksten Mann geschah.
Deine Scheer in meinen Haaren
Aller liebste Dalila!

Pfeifen hör' ich dort im Busche
Das ist wohl ein Vogelsteller?
Neben mir es pfeift noch heller!
Schelmen sind's, es sind Cartouche,
Diese geben sich ein Zeichen! –
Keineswegs! ein vielgewandter
Und uns allen wohlbekannter;
Kommt zum Lustmahl ohne gleichen.

Blick um Blick

Wenn du dich im Spiegel besiehst
Denke daß ich diese Augen küßte,
Und mich mit mir selbst entzweyen müßte
Sobalde du mich fliehst:
Denn da ich nur in diesen Augen lebe,
Du mir giebst was ich gebe,
So wär' ich ganz verloren;
Jetzt bin ich immer wie neu geboren.

Ob Mutter? Tochter? Schwester? Enkelinn?
Von Helios gezeugt? Von Wer gebohren?
Wohin gewandert? Wo versteckt? Verlohren?
Gefunden? – Räthsel ist's dem Künstler-Sinn.
Und ruhte sie verhüllt in düstre Schleyer,
Vom Rauch umwirbelt Acherontischer Feuer,
Die Gott-Natur enthüllt sich zum Gewinn.
Nach höchster Schönheit muß die Jungfrau streben;
Sicilien verleiht ihr Götterleben.

Wunderglaube

Zerbrach einmal eine schöne Schaal'
Und wollte schier verzweifeln,
Unart und Übereil zumal
Wünscht' ich zu allen Teufeln.
Erst rast' ich aus, dann weint' ich weich
Beym traurigen Scherbelesen,
Das jammerte Gott, er schuf es gleich
So ganz als wie es gewesen.

Wie ich so ehrlich war
Hab ich gefehlt,
Und habe Jahre lang
Mich durch gequält;

Ich galt und galt auch nicht,
Was sollt es heißen?
Nun wollt ich Schelm seyn
Thät mich befleißen;
Das wollt mir gar nicht ein
Mußt mich zerreißen.
Da dacht ich ehrlich seyn
Ist doch das beste,
War es nur kümmerlich
So steht es feste.

WISSE DASS MIR sehr misfällt
Wenn so viele singen und reden!
Wer treibt die Dichtkunst aus der Welt?
– Die Poeten! –

EINE STELLE SUCHTE der Liebe Schmerz,
Wo es recht wüst und einsam wäre;
Da fand er denn mein ödes Herz
Und nistete sich in das leere.

DRAMA UND THEATER

DER LÖWENSTUHL

⟨I Drama⟩

⟨*Entwürfe, von Goethe schematisiert*⟩

⟨I/1⟩
⟨*dem Konvolut I/2 vorgehefteter Versentwurf*⟩

⟨Gesandter⟩
Der großen Riegelschlösser mächtige Bändiger,
Die ehrnen Schlüssel, händiget sogleich mir ein;
Nachdem ihr dieser Pforten krachendes Gewicht,
Auf seinen rostenden Angeln, kräftig umgewandt.
Laßt mich, den lange verschlossnen Heldenraum, zuerst,
Ernsthaft, begrüßen, dessen Glanz ich nie gesehn.
Siegprangend sendet königliche Macht mich her
Besitz zu nehmen dieser, seit geraumer Zeit,
Verlassnen Burg und wieder *alsbald* den Besitz
Zu verleihn dem würdigen Führer seiner Heereskraft;
Der seines Dieners graugelocktes Haupt gesandt
Die königliche Gnade dankbar zu empfahn.

Burgv.
Vom edlen Grafen meinem Herrn hierhergesandt
Verehr ich dich des Königs abgeordneten.

⟨I/2⟩

Burgvoigt. *allein.*
Nicht lange wirst du altes unbewohntes Schloß
Entbehren deines jahrelang vermißten Schmucks
Denn neuer Herrschaft bist du durch des Königs Gunst
Nun untergeben, die dich köstlich schmücken wird
Maulthier und Saumroß treten schon mit schwerem Tritt

Den Berg heran und viel Gepäcke bringen sie

Nicht lange wirst du ferner unbewohntes Schloß
Entbehren deines jahrelang vermißten Schmucks
Denn durch des jungen Königes – – –
Ist meinem Herrn dem edlen Grafen

BURGVOIGT HAUSGESINDE.

BURGVOIGT. RITTER.
Wenn bestehender säumend weil soll
Hat es Wortschall wohl gethan.
Bleibet fliehenden täglich Hausgut
Sendet seligen köstlich Vorwort
Heilig Wachstag hoher Nachtsturm
Blüte bringt uns alle dahin.

Hebe ruhender dich vom Stuhl auf
Deines Herrn Wort bring ich schnell
Auf und säume nicht allen Hausrath
Aufzustellen nach Gebühr
Denn der Herr kommt und die Frau auch

– ◡ –|◡ ◡|– ◡ –|–

RITTER GEFOLGE

GRAF. GRÄFINN. *Nachher* BURGVOIGT.

BURGVOIGT.

Schon ist dein Wille mein Gebieter ausgeführt
Im weiten Schloßhof deiner Schätze Herrlichkeit
Besizergreifend ausgebreitet aufgestellt
Der bunte Teppich kündet von den Wänden schon
Der Väter Thaten, alter Fürsten Gnaden blick
Und von dem Schencktisch blinket goldener Pockal
Vergangner Lust Erinnerung Erneuerung

Für's andre sorgen gleichen Fleißes andre schon
Was mir zu leisten oblag Herr es ist gethan.

GRAF.

Gebührend Lob entgehe nicht dem Thätigen
Besonders wenn das Alter ihn zur Ruhe schon
Und stiller Feyer später Zeit berechtigte.
Doch unerträglich bleibt es dem Gebietenden
Wenn kühn sich stüzend auf ein früheres Verdienst
Ein alter Diener Widersetzlichkeiten wagt
In seines Herren Burgbezirk den Herren spielt.
Und wiederhohlt verbotenes ungebührlich treibt.
Dies nicht zu dulden ist des Herren Recht und Pflicht
Der ganz allein gebieten und verbieten soll.

BVOIGT.

GRÄFINN, BURGVOIGT.

BURGVOIGT.

So geht er hin und läßt mich hier beschämt zurück,
Gleich einem Knaben, überrascht verlohren stehn.
Hier an den Boden angefesselt. Jene ziehn
Die Jagdgenossen schadenfroh an mir vorbey
So wenig Schonung kann der alte Diener sich
Getrösten, der sein Leben seinem Herrn geweiht.
Der Obre klagt daß er sich keinen Dank erwirbt

Für manche Wohlthat eben dieses klag ich auch
Der Untern einer. Wüßte der Befehlende
Wie manchen Schritt, wie manigfachen Händegriff
Ein einzig Wort das seinen Lippen leicht entfliegt
Den Diener kostet der den Willen leisten soll,
Und leistend jeglichen Genuß des Tags entbehrt.
Fürwahr ein so durchbrachtes Leben machte doch
Des Danks der Schonung werth ein graues Haupt.

GRÄFINN.

Dergleichen Rede wage nicht vor meinem Ohr
Sie ziemt der Diener keinen dich am wenigsten,
Dich alt und grau gewordnen unterm Schuz des Herrn
Der heute dich gescholten im Vorübergehn.
Wer bist du denn? daß du mit ihm zu rechten wagst
Ihm der euch alle nähret, aufrecht hält und schüzt!
Und wenn ihr in den Burgen den bequemen Tag
Aus wohldurchruhter Nächte Hand empfangt
Im Felde sich Gefahren kühnlich blosgestellt,
Und so im Rathe sorgenvolle Zeit vollbracht.
Was ihr verzehrtet erst erwarb und immer mehr
Damit ihr immer zehren könnt erworben hat.
Bedencke dieß und in bescheidner Niedrigkeit
Laß diese Zornfluth brausend über dich ergehn.
Sie ebbet wieder und befruchtet nach und nach
Des stillen erst mit Macht bespülten Landes Grund.
Drum geh und sende jenes Mannes greises Haupt
Das den Gemahl zum Zorn gereizt nicht leer doch bald
Aus dem Bezirck wo nun der Graf allein befiehlt
Seit ihm der König diesen Burgpallast verliehn
Und leiste weiter was wir sonst von dir gewohnt

GRÄFINN *allein.*

Der Schönheit wie der Neigung Werth verliert sich bald
  Allein der Werth des Goldes bleibt
Die Neigung treibt den jungen Mann zur Schönheit hin.
  Doch Habe freut den älteren.

GRÄFINN, SOHN.

S

Liebe Mutter deinen Kindern
O gewähr ein frohes Fest.

Schaffet Kinder euch die Feste
Nach Bequemlichkeit und Willkühr
In des Schlosses Weiten Sälen
Spielt und freuet euch des Raums.

Schon versorget ihn der Burgvoigt
Läßt es nicht an Spende fehlen
Und der Alte zieht getröstet

GRÄFINN, SOHN.

Sohn.

Mutter! Hör uns doch im neuen erst
betretenen Pallaste

Liebe Mutter! In dem neuen,
Erst betretenen Pallaste,
Deinen vielgeliebten Kindern,
O! gewähr ein großes Fest.

GRÄFINN.

Schaffet euch die Feste, Kinder!
Selbst nach Herzenslust und Willkühr
In des Schlosses weiten Hallen
Spielt und freuet euch des Raums.

SOHN.

Solcher Freuden, die vergönnt sind
Ohne Fragen, ohne Bitten,
Wissen wir wohl zu genießen;
Doch ein andres wünschen wir.

GRÄFINN.

Sage Kleiner was verlangst du?
Aber schnell! Denn viel zu schaffen

Giebt mir unsres Königs Ankunft,
Seiner Gnaden Ungeduld.

SOHN.

Draußen harret auf dem Schloßplatz
Eines hochbetagten Mannes
Hülfsbedürftge, Kummergraue,
Schlechtbekleidete Gestalt.

GRÄFINN.

Schon bedacht ist sein Bedürfniß
Schon versorget ihn der Burgvoigt.
Speis und Trank und milde Gaben
Trägt er gleich mit sich davon.

SOHN.

Andre Wünsche noch im Herzen
Leichtbefriedigte bewegt er
Schöne Mährchen erst erzählt er
Brachte dann die Bitten an.

GRÄFINN.

Rede denn; doch rede schleunig!

SOHN.

Eh ich – so begann der Alte –
Berg hinab durch Wald und Felsen
Und der Thäler Grausen wandle.
O verschafft mir des Pallastes
Innern Anblick daß ich Bilder
Edlen Menschenwercks, im Geiste
Still erbaut von hinnen trage.
Also sprach er wie ich spreche
Und so bat er, wie ich bitte.
Mutter! gönn ihm diese Gabe,
Diesen Trost des einzgen Blicks.

GREIS KINDER.

K.

Einführung.

G.

Anrede ans Haus. Preis dem Bauenden Glücks Gefühl. Daurender Zustand pp. (Monostrophisch)

K.

Ob er schon hier gewesen. Den alten Besitzer gekannt.

G.

Bejaht es.

K.

Soll ihnen erzählen! Sich sezen auf den Löwenstuhl.

G.

Beugt die Knie davor.

K.

Bringen einen Feldstuhl.

G

Setzt sich und erzählt die Geschichte des Löwenstuhls. (Eddas Rhythmen.)

K.

Freuen sich der Gerechtigkeit. Wo er hingekommen.

G.

Vorige Zeit. Wichtige eh ihr gebohren wart. Tiefe des Zustandes *vorher* Entstehung des Kriegs. Usurpator Verjagung der treuen. Widerstand Flucht. mit einer Tochter. (

K.

Mehr zu hören!

G

Abschied.

⟨*auf beigelegtem Blattabschnitt*⟩

Sey mir gesegnet mild gebohrnes kleines Paar.
Daß du die edle Wohnung zu begrüßen mir
Vergönnen magst. Welch ruhiges Gefühl ergreift

Dich mildgebohrnes junges Paar
Segn' ich seg n ich, lege die Hände euch auf.
Daß ihr solch edlen Wohnung festlich⟨en⟩ Anbl⟨ick⟩
Gönnen möget dem trüberen Blick
Welch Gefühl ergreift den lange schweife⟨nden⟩
Diesen Ort erblickend⟨en⟩

VORIGE BURGVOIGT.

Eilig eilig weg von hinnen
Nur kein Zaudern kein Besin⟨nen⟩
Ja er hat es uns geschworen
Alle sind wir nun verlohren

Nein ich will mich nicht verbergen
Laßt sie kommen seine Scherg⟨en⟩
Laßt ihn toben laßt ihn wüthen

VORIGE GRAF. GEFOLGE.

Tretet her folget all dem Gebote des Herrn
Ergreift mir des Manns unfestliches Bild
Fasset an hier walte Befehl und Gewalt
Kein Schwächlicher soll sich dem Dienst entziehn.

⟨I/3⟩
⟨Z. 34–S. 263,16: Vorfassung zu I/2, S. 257,6–26⟩

Schon ist dein Wille, mein Gebieter, ausgeführt;
Im weiten Schloß Raum deiner Schätze Herrlichkeit
Besitzergreifend, ausgebreitet aufgestellt.
Der bunte Teppich kündet von den Wänden schon
Der Väter Thaten allgewaltige⟨s?⟩
Bestanden oft und manigfach vom Glück gekrönt
Auch von dem Schenktisch blinket goldener Pocal

Vergangner Lust Erinnerer, Erneuerer.
S

Für's andre sorgen, gleichen Fleißes, andre schon
Was mir zu leisten oblag Herr! Es ist gethan.
G.
Gebührend Lob entgehe nicht dem Thätigen.
Besonders wenn das Alter ihn zur Ruh
Und stiller Feyer später Zeit berechtigte
Doch unerträglich bleibt es dem Gebietenden
Wenn sich, vertrauend auf ein früheres Verdienst
Ein alter Diener Widersetzlichkeit erlaubt,
In seines Herren Burgbezirk den Herren spielt,
Und wiederholt verbotnes lässig dulten mag
Dieß nicht zu dulden ist des Herren Recht und Pflicht
Der ganz allein verbieten und gebieten soll
Als wär' der Mönche Bettler nährende Küche hier

Gebührend Lob entgehe nicht dem Thätigen
besonders

⟨Gräfin⟩
Er geht gebeugt von seines Herren Zorn hinweg,
Und fremde Schuld belastet ihn.
Auf mich gerichtet stürmte jenes Wort einher

– ∪ ∪ –| ∪ |– ∪ ∪ –| ∪ |
Jeder Genosse jeglicher Fremde
∪ ∪ ∪ –| – ∪| –∪∪ –
Flüchtet sich her vor dem Zorne des Herrn
– ∪ ∪ – – ∪ ∪ ∪ –
Mitten im Haus mitten in der Burg
– ∪ – – ∪ –
Wo er herrsch't, unumschränkt,
– ∪ ∪ – ∪ – –
Setzte den Stuhl, den Freystuhl,
– ∪ ∪ –
Hier der Gerechte.
– ∪ ∪ – ∪ ∪ –
Hier der besonnene Fürst

Wie der Fels vom Gebirgshaupt
Ab sich löst unversehns
Herab stürzt, schmettert
Wälder durch Wohnungen durch
Reißt rafft fallend schweren Schạdẹn
So vom Herzen reißt sich die Wuth los
Gäh hinab stürzt sie
Über

⟨*Abschrift von S. 263, Z. 28–40*⟩

Jeder Genosse, jeglicher Fremde
Flüchtet sich her, vor dem Zorne des Herrn. –
Mitten im Hause, mitten in der Burg,
Wo er herrscht, unumschränkt,
Setzte den Stuhl, den Freystuhl,
Hier, der gerechte,
Hier, der besonnene Fürst!

⟨I/4⟩
⟨*Sammelblatt; vgl. S. 263, 23–25 und 259,39f.*⟩

Du gehst, verdienter, heute hart gebeugter Greis
Unwissend trägst du fremde Schuld

Das rauhe Wort des edelsten ⟨der?⟩ Männer galt

Du gewährst wohl deinen Bittenden

3 4 1 2
Mutter bleib nur einen Augenblick
3 4 1 2
Was verlangt ihr Eilich sagt an

Wandr ich abwärts
Mit dem Waldstrom
durch die Felskluft

Greis wie finden wir dich in Ruh
Sitzend
Alle Pflichten erfüllt hier

Einen Augenblick
Mutter bleib nur
Eilig sagt an
Was verlangt ihr

⟨I/5⟩

Der Alte der glaubt daß
er zu Gericht geführt
werde ⟨wird?⟩.

⟨I/6⟩

⟨a⟩
Trimeter. Rein jambisch. (rasche Jamben, citi Jambi)
zu Lyrischem Gebrauch.
Da wo der Dialog lebhaft und schnell geht.
Trim. mit Spondeen. Kraftvoller Gang
An ernsten bedeutenden Stellen.
Trimeter. abwechselnd und Dimeter.

⟨b⟩
– ◡ | – – | – ◡ ◡ | – ◡ | – –
Denn so früh mein Leben den Mangel ausstand
Und ich mir nicht freudiges mehr gehofft war
Ach betagt wehvoll und des Lauts beständig

Tage bekennen

Wenn der Dienstmann grimmigen Zorn des Herrn fühlt
Steht betrübt unglücklich beschämt er stumm da

⟨c⟩

1 Trimeter

– – ⏑ – | – , – ⏑ – , | – – ⏑ –
– – ⏑ – , | – – ⏑ – | – , – ⏑ –

2 Trochäen. Aristoph.

– ⏑ – – | – ⏑ – – || – ⏑ – – | – ⏑ – ∨
  – ⏑ ⏑ | || – ⏑ ⏑ |

3 Anapäste

⏑ ⏑ – ⏑ ⏑ – | ⏑ | ⏑ – ⏑ ⏑ –
 –   –   –   –

4 Choriamben

– ⏓ | – ⏑ ⏑ – | ⏑ –
– ⏓ | – ⏑ ⏑ – | –

1

Komm her getreu Volck sammle dich um mich herum
Dir seys gesagt troz aller Schwermuth hebe dich

2.

Ist's ein ErnstKampf dieses Handvolls ||
Soll's ein Spiel seyn? Wunder ists

3.

Ist die Noth | noch so groß | fahret hin. | hebet auf.
Ist Schlachtengesang, von dem Tödlichen Wort
Vom erreichenden Schritt

4.

Wortschall herrscht in des Tags Gewalt
Liebe wäget so fröhlichen Sinn
Daß ein glücklicher ausruft.

⟨d⟩

– ⏑ – ⏓, – ⏑ – – ||– ⏑ – ⏓, – ⏑ –

♩ ♪♩ ♪|
– ⏑ – ⏑
♩. ♪♩ ♩|
– ⏑ – –

– ⏓ – ⏑ ⏑ – ⏑ –
– – – ⏑ ⏑ – – ⏑ ⏑ – ⏑ – } bis.

– ⏓ – ⏑ ⏑ – – ⏑ ⏑ – ⏑ –
– ⏓ – ⏑ ⏑ – – ⏑ ⏑ – ⏑ –
– ⏓ – ⏑ ⏑ – ⏓
– ⏓ – ⏑ ⏑ – ⏑ –

⟨e⟩

– – | – ⏑ ⏑ – | ⏑ –
Neigung schwärmet behend umher
Liebe drängt sich gewaltig auf
Freundschaft harret, bescheiden sehnt
Sich nach Stunden
– – | – ⏑ ⏑ – | – ⏑ –
Glücklich du den die Neigung umschwärmt
Der mit der Liebe Gewalt ringt
Im Genusse vergisst du der Welt
Nicht langmüthiger Freundschaft.

⟨f⟩

Choriamb

Neigung schwärmet behend umher
Liebe drängt sich gewaltig auf
Freundschafft harret bescheiden sehnt.

⟨I/7⟩

Und wenn er euch verstößt so kommt den⟨n⟩ her
Kommt her an dieses Herz komm meine Tochter

Ihr Götter welch Sxxx

Ja ich bins

Ich bin dein Vater

⟨I/8⟩

⟨*Riemers Abschrift von I/2*⟩

Burgvoigt.

– – – – – Wüßte der Befehlende
Wie manchen Schritt, wie manigfachen Händegriff
Ein einzig Wort, das seinen Lippen leicht entfliegt,
Den Diener kostet, der den Willen leisten soll,
Und leistend jeglichen Genuß des Tags entbehrt,
Fürwahr ein so durchbrachtes Leben machte doch
Des Danks der Schonung werth ein graues Haupt.«

Gräfin.

Dergleichen Rede wage nicht vor meinem Ohr.
Sie ziemt der Diener keinen, dich am wenigsten,
Dich altersgrau gewordenen unterm Schutz des Herrn,
Der heute dich gescholten im Vorübergehn.
Wer bist du denn? daß du mit ihm zu rechten wagst,
Ihm, der euch alle nähret, aufrecht hält und schützt!
Und wenn ihr in den Burgen den bequemen Tag
Aus wohldurchruhter Nächte Hand empfangt,
Im Felde sich Gefahren kühnlich blosgestellt
Und so im Rathe sorgenvolle Zeit vollbracht,
Was ihr verzehrtet erst erwarb und immer mehr,
Damit ihr immer zehren könnt, erworben hat.
Bedenke dieß und in bescheidner Niedrigkeit
Laß diese Zornfluth brausend über dich ergehn.
Sie ebbet wieder und befruchtet nach und nach
Des stillen erst mit Macht bespülten Landes Grund.
Drum geh' und sende jenes Mannes greises Haupt,
Das den Gemahl zum Zorn gereizt, nicht leer doch bald
Aus dem Bezirk wo nur der Graf allein befielt,
Seit ihm der König diesen Burgpallast verliehn,
Und leiste weiter was wir sonst von dir gewohnt.

⟨II Ballade⟩

⟨*Erste, unvollendete Fassung; Riemers Handschrift*⟩

Die Kinder sie hören es gerne.

Herein o du Guter du Alter herein
Hierunten im Saale da sind wir allein
Wir wollen die Pforte verschließen
Die Mutter, sie betet, der Vater im Hain
Ist gangen die Wölfe zu schießen.
O sing uns ein Mährchen o sing es uns oft
Daß ich und der Bruder es lerne
Wir haben schon längst einen Sänger gehofft
Die Kinder sie hören es gerne.

Im nächtlichen Schrecken, im feindlichen Graus
Verläßt er das hohe, das herrliche Haus
Die Schätze die hat er vergraben.
Der Graf nun so heimlich zum Pförtchen hinaus
Was mag er im Arme denn haben?
Was birget er unter dem Mantel geschwind?
Was trägt er so rasch in die Ferne?
Ein Töchterlein ist es da schläft nun das Kind. –
Die Kinder sie hören es gerne.

Nun hellt sich der Morgen die Welt ist so weit
In Thälern und Wäldern die Wohnung bereit
In Dörfern erquickt man den Sänger
So schreitet und heischt er undenkliche Zeit
Der Bart wächst ihm länger und länger
Doch wächst in die Höhe das liebliche Kind
Wie unter dem glücklichsten Sterne
Geschützt in dem Mantel vor Regen und Wind. –
Die Kinder sie hören es gerne.

Und immer sind weiter die Jahre gerückt
Der Mantel entfärbt sich, der Mantel zerstückt
Er könnte sie länger nicht fassen.

Der Vater er schaut sie, wie ist er beglückt!
Er kann sich für Freude nicht lassen
So schön und so edel erscheint sie zugleich
Entsprossen aus tüchtigem Kerne
Wie macht sie den Vater den theuren so reich!
Die Kinder sie hören es gerne.

Da reitet ein fürstlicher Ritter heran
Sie recket die Hand aus der Gabe zu nahn
Almosen will er nicht geben
Er fasset das Händchen so kräftiglich an:
»Die will ich so ruft er auf's Leben!«
Erkennst du, erwiedert der Alte, den Schatz
Erhebst du zur Fürstinn sie gerne;
Sie sey dir verlobt auf grünendem Platz –
Die Kinder sie hören es gerne.

Sie segnet der Priester am heiligen Ort.
Mit Lust und mit Unlust nun ziehet sie fort
Sie möchte vom Vater nicht scheiden.
Der Alte der wandelt nun hier und bald dort
Er träget in Freuden sein Leiden.
So hab' ich mir Jahre die Tochter gedacht
Die Enkelein wohl in der Ferne
Sie segn' ich am Tage, sie segn' ich bey Nacht –
Die Kinder sie hören es gerne.

Er segnet die Kinder da poltert's am Thor
Der Vater da ist er! Sie springen hervor
Sie können den Alten nicht bergen. –
»Was lockst du die Kinder du Bettler du Thor.
Ergreift ihn, ihr eisernen Schergen!
Zum tiefsten Verließ den Verwegenen fort!« –
Die Mutter vernimmt's in der Ferne
Sie eilet, sie bittet mit schmeichlendem Wort. –
Die Kinder sie hören es gerne.

Die Schergen sie lassen den Würdigen stehn
Und Mutter und Kinder sie bitten so schön
Der fürstliche Stolze verbeißet

Die grimmige Wuth, ihn entrüstet das Flehn,
Bis endlich sein Schweigen zerreißet:
»Du niedrige Brut! du vom Bettlergeschlecht!
Verfinsterung fürstlicher Sterne!
Ihr bringt mir Verderben. Geschieht mir doch recht.«
Die Kinder sie hören's nicht gerne.

Noch stehet der Alte mit herrlichem Blick
Die eisernen Schergen sie treten zurück
Es wächst nur das fürstliche Wüthen:
»Schon lange verflucht ich mein ehliches Glück
Das sind nun die Früchte der Blüthen!
Man läugnete stets und man läugnet mit Recht,
Daß je sich der Adel erlerne
Die Bettlerinn zeugte mir Bettlergeschlecht« –
Die Kinder sie hören's nicht gerne.

⟨III Oper⟩

⟨III/1⟩
⟨*Schema mit Entwürfen*⟩

Prolog
Daemonen
Erdsaal

Der Löwenstuhl

I Act.
Eröffnung des Schlosses
Übergabe Schaffner
exponirt sich.
Verzierung
Schaffner fernere Exp
Löwenstuhl.
die Herzogin
Herzoginn Kinder
Herzoginn Tochter
Herzog
König Chöre alle.

II Act

Burgplatz und Garten letzteres mehr als ersteres.

Tochter allein
Dazu König
Dazu Herzog
Dazu alle
Jagd Chöre
König ab
Herzog nach
Entrüstet zurück
Herzog Herzoginn
Schaffner
Chor.

III

Löwensaal

Chor der Frauen Schaffner
Herzoginn
Herzoginn Tochter
Herzoginn Kinder
Kinder der Alte
Dazu der Herzog
Hauptscene
Der König |: die übrigen ab:|
König Alter
Alter Schaffner

Schatz u. Rüstkammer

Chor der Männer
die Waffen bewundernd
Chor der Frauen
die Schätze bewundernd
Der König, Herzog
Herzogin Tochter
Kinder
Schaffner übergiebts
dem König
Bewunderung der Rüstung
Schenkt dem Herzog alles
Die Rüstung redet ein
Tritt herunter
Entdeckung u. Entwicklung.

Die Rüstungen werden lebendig
Schluß.

⟨1⟩

Massives weitläufiges
Erdgeschoß
eines großen Pallastes

Prolog
Tanz der Daemonen
leise Fledermausartig
Paucken und Trompeten
Schall außen

DAEMON erwacht
tritt hervor und prologisirt.

ABGEORDNETER SCHAFFNER
CHOR.

Eintritt mit Chor.
Erstaunen über die Leere
Übergabe der Schlüssel. Exposition
Neues Chor beym Einbringen der Meubles Teppiche pp
Exposition des Löwenstuhls.

Denn die Treue
Legt der Ehre
Noch der Güter
Fülle zu

SCHAFFNER
Exposition der Grosheit doch Gewaltsamkeit
des Herren.

SCHAFFNER *dazu*
HERZOGIN TOCHTER *nachher* SÖHNE

Weitere Exposition.
Herzoginn empfielt dem Schaffner Mildthätigkeit gegen die Armen

Arie
|:übergehend ins Duett mit der Tochter
ins Terzett mit dem Schaffner:|

Die zwey Söhne treten ein Neugierd⟨e⟩
nach dem Löwensaal. ab mit dem Schaffner

HERZOGINN TOCHTER

Exposition der Abneigung gegen
den Ehstand. Project zur Heyrath
mit dem König.

DIE VORIGEN DER HERZOG.

DIE VORIGEN DER KÖNIG
ALLE CHÖRE.

2

Burgplatz und Garten.
das letztere mehr als
das erstere.

TOCHTER *allein.*
Allgemeiner Ausdruck eines geheimen
schmerzlichen Verhältnisses.

Sollt nach Tagen und nach Jahren
Das Geheimniß zu erfahren
Ach der König! Unter Großen
Er der Größte wird verstosen
Seine Gattin seinen Sohn

TOCHTER. KÖNIG
Sie entdeckt die Abkunft der Mutter.

Ja du sollst die Meine werden
Ja die Meine bist du schon
Theile den Genuß der Erden
Meine Länder, meinen Thron.

Ja es wird entschieden werden
Die Entdeckung naht sich schon

Deine Wälder deine Heerden
Deine Güter deinen Thron

Und man erzählt sich
Sie sey die Tochter
des grösten Fürsten
Des Überwundnen
In wildem Kriege

Geraubt erbeutet
Zu neuem Kriege
Zu wildem Siege
Anlaß bereitet
Es ist ein Mährchen
Sie war des Armen
Des Bettlers Kind

KÖNIG

Es ist nicht möglich –
Gestalten
Von hoher Würde
Ja sie entfalten
Erhabner Ahnen
Erneutes Bild.

T.

Nur allzu wahr ists
Am Scheidewège
Fand er den Alten
Der ihm die Tochter
Bedenklich traute

K.

Nur ein verstellter

DIE VORIGEN, HERZOG

ALLE

JAGDCHÖRE

Der Herzog entrüstet zurück
HERZOG HERZOGINN TOCHTER
KINDER SCHAFFNER JAGD CHÖRE.

Mit dem Alten kann der Alte
Ganz allein barmherzig seyn.

Und wir werden immer lachen
Wenn du uns befehlen willst
Sieh nur sieh an diesen Sachen
Was du bist und was du giltst

3

Löwensaal
CHOR DER FRAUEN. SCHAFFNER.

Bewunderung, fernere Exposition des Löwen stuhls.

HERZOGINN TOCHTER.

Ermuthigung

HERZOGINN KINDER

KINDER ALTE

DIE VORIGEN SCHAFFNER

Der Alte soll sich verstecken
Widersetzt sich.

Die vorigen der Herzog

Die Vorigen Herzogin. Tochter.

Die vorigen der König.

Die vorigen ausser dem Herzog.

Schatz und Rüstkammer

Chor der Männer die Waffen bewundern⟨d⟩
Chor der Frauen die Schäze bewund⟨ernd⟩
Der Schaffner.

Die Vorige
König, Herzog Herzoginn
Tochter Kinder

Schaffner übergiebt dem Könige.
König schenkts dem Herzog
Eine Rüstung steigt empor und redet ein
Tritt herunter
Entdeckung und Entwicklung
Die Rüstungen werden lebendig
Chöre
Königlicher Bed.⟨ienten⟩
Herzogl. Bed.⟨ienten⟩
Gerüstete
Frauen.

Und er baute den Pallast
Ach ein Gott so schien er fast

Rede weiter

Und die Schaale war zerbrochen
Und da lag der Knabe todt

O des jammervollen Zornes

Und zwey goldne Löwen wach⟨en⟩
Zeichen der Gerechtigkeit

⟨III/2⟩
⟨*Versentwürfe auf Notizblättern*⟩

⟨a⟩
Mit dem Alten kann der Alte
Ganz allein Barmherzig seyn

⟨b⟩
Deine Wälder Deine Heerden
Deine Güter deinen Trohn

Und du bleibst dafür der Ganze

⟨c⟩
O die Weisheit des Beherrschers
Der sich selber und den seinen
Solche Warnung einst ersann

⟨IV Ballade⟩

⟨*Zweite Fassung; vollendet 1816; siehe S. 175–178*⟩

REQUIEM
dem
frohsten Manne
des Jahrhunderts

CHOR

Alle ruhen die gelitten
Alle ruhen die gestritten
Aber auch die sich ergötzten
Heiterkeit am Leben schätzten
Ruhn in Frieden.
So bist du von uns geschieden.

GENIUS *Tenor.*

Wem hoher Ahnen Geist, im alten Sange
Das Kinderhaupt umschwebt,
Wem früh vom Waffenklange
Die Erde bebt,
Er wird sich nie Gefahren beugen,
Und Heiterkeit sie bleibt sein eigen.
  Holder Knabe, froh gesinnet
  Alles sey dein Eigenthum!
  Zwar die brave Faust gewinnet
  Doch der Geist bewährt den Ruhm.

ERDGEIST *Baß.*

So soll dem Jüngling denn, vor allen,
Der Schlachten Rat,
Der Prüfung Ruf erschallen!

Wenn die alten wie die neuen
Erdenbürger sich entzweyen
Nur voran mit Glücksgewalt
Hinterdrein! es wird nicht alt.

Das Entsetzen, wie das Grauen
Das Zerstören, als ein Bauen
Nur voran! mit Geists Gewalt!
Wirblet Paucke, Drommete schallt.

⟨GENIUS?⟩
Verklinge wilder unwillkommner Ton
GENIUS ⟨GENIEN?⟩
Und sollten wir ihn nicht umgarnen?
Er läßt sich vor Gefahr nicht warnen.
GENIEN
Doch sind wir liebenswürdig baar
So liebenswürdig – als Gefahr.

SYLPHE DES H⟨OFS⟩
Loke du!
SYLPHE DER GESELLSCHAFT
Locke du!
⟨SYLPHE DES HOFS⟩
Zu nur zu!
⟨SYLPHE DER GESELLSCHAFT⟩
Zu nur zu!
⟨BEIDE?⟩
Sieh da horcht der Kriegsgenosse
Auf das Schmeichlen auf die Posse
⟨SYLPHE DES HOFS⟩
Loke du!
⟨SYLPHE DER GESELLSCHAFT⟩
Zu nur zu!
GEN⟨IUS⟩
Nein! Nicht! Zu! Nur zu!
In seinem Wesen ist ein andres Wesen,
Ihn hab ich mir zum Beyspiel auserlesen. –
Unglück das sinket, Glück es steigt
In beyden sey er froh und leicht.

Und was wollt ihr
Frohe Seelen
GENIEN
Für die Freude
Nur den Raum.

⟨GENIUS?⟩
Kann euch das?
Es kann nicht fehlen
⟨GENIEN?⟩
Lustges Leben
Lustger Traum!

GENIUS
Der Sonne herrlich Licht
Des Aethers freyer Raum
Dort wohnt das ewige das wahre
Wie ernst das Leben auch gebahre
Des Menschen Glück es ist ein Traum

Rasch knatternd
schlägt ein Wetter auf dich ein
Was hilft euch eurer Thaten Lohn
Ein Ohngefähr es schmettert herein
Beraubt / Verwaist der Vater Tod der Sohn.
VATER BASS
Nein es ist kein Trost dem Tage
Der dem Vater nahm den Sohn!
MUTTER ALT
Hemme, stille deine Klage
Er ist auch der Mutter Sohn.
SCHWESTER SOPRAN
Den Geschwistern ist verlohren
Der mit ihnen war gebohren
GESCHWISTER UND VERWANDTE
Und doch sind wir neu gebohren
Sind dem Vater wir der Sohn.
VATER
Nein es bleibt kein Trost dem Tage
Der dem Vater nahm den Sohn
Einet meiner bittern Klage
Liebevollen Trauerton.
CHOR
Ja wir einen Jammerklage
Mit dem Vater für den Sohn.

CHORFÜHRER

So ward es Nacht ein unermeßlich Trauern
Umgiebt uns mit der Gräber Schauern
Der Morgen kommt von jenen Höhn
Wer kann dem Trost, der Freude widerstehn.

FREMDE LÄNDER

Sollten wir dich nicht umgauckeln
Denen du gehuldigt hast.
Laß dich holde Bilder schaukeln
Von der Hütte zum Pallast.

ITALIEN SOPR⟨AN⟩

Auch mich hast du besucht
Du mußts bedenken
Was ich vergeude
Niemand kann es schencken.

Das Wehn der Himmelslüfte
Dem Paradiese gleich
Des Blumenfelds Gedüfte
Das ist mein weites Reich

Das Leben aus dem Grabe
Jahrhunderte beschließt
Das ist der Schatz die Habe
Die man mit mir geniest

CHOR

Sollten wir dich nicht umgaucklen

Laß dich holde Bilder schau⟨klen⟩
Blumen Wälder und Pallast

NACHSPIEL ZU DEN HAGESTOLZEN

Erste Gruppe.
Margarethe, der Hofrath, Therese,
die beyden Kinder

MARGARETHE.

Aus werther Hand hab' ich den Strauß empfangen,
Und festlich prangt er mir im schlichten Haar:
Als hohe Braut komm' ich einher gegangen,
Die gestern noch ein armes Mädchen war;
Bald schmückt mich reicher Stoff und goldne Spangen,
Ein Diener reicht mir das Befohlne dar,
Die niedre Kammer tausch' ich um mit Zimmern,
Wo Decken stralen, wo Tapeten schimmern.

Und werd' ich dann mich selber noch erkennen?
Bin ich dann auch so froh, so brav, so gut?
(zu Theresen)
Wirst du mich dann auch noch Margrethe nennen?
(zu den Kindern)
Und Bärbchen, Paul, – seid ihr mir dann noch gut?
Soll ich es je, jemals vergessen können,
Daß ich aufs Feld ging mit dem Schnitterhuth? –
(zum Hofrath)
Dann hast du dir die Rechte nicht erlesen,
Dann bin ich – nein! – Margrethe nie gewesen!
(Sie verbirgt sich in die Arme des Hofraths.)

HOFRATH

So recht. In des Mannes Arme
Flüchte sich das bange Weib,
Daß ihr sanft geschmiegter Leib
An der starken Brust erwarme.

MARGRETHE
(zum Hofrath)

Und werd' ich deiner Hoffnung auch entsprechen?
Sieh mich noch einmal an. Gefall ich dir,
Mit diesem Wasserkrug, mit diesem Rechen,

Mit diesem Mieder ohne Putz und Zier?
Und wirst du dann auch freundlich zu mir sprechen,
Wenn es nun fest ist zwischen dir und mir?
Bedenke dich! für *mich* sey ohne Sorgen,
Denn wie ich heute bin, so bin ich morgen.

Wir kennen nicht der Städter leichte Sitte,
Wir halten Wort auf unsrer stillen Flur;
Die treue Liebe wohnt in uns'rer Mitte,
Sie weilet gern in ländlicher Natur,
(zu Theresen)
Nicht wahr? – O! Schwester, auch in deiner Hütte
Blüht ihrer Nähe segensvolle Spur?
Das wunderseltne Bild beglückter Ehen,
Bei euch hier hab' ich's, oder nie, gesehen.

O daß es mich – auch dorthin mich begleite,
Wo sich das Leben wilder nun bewegt,
Wo Häuser streben in die Höh' und Weite,
Wo sich der Lärm auf lauten Märkten regt; –
(zum Hofrath)
Dann, Lieber, rette dich an meine Seite,
Zu ihr, die dich im treuen Herzen trägt,
Die sich dir ganz und ewig hingegeben, –
So gehn wir, festumschlungen, durch das Leben.

THERESE.

Ich weiß nicht, was mit dem Mädchen ist!
So auf einmal anders! Margrethe, du bist –

HOFRATH.

Gute Frau, laß sie gewähren.
Was sie spricht, ist Silberhall
Aus der Harmonie der Sphären,
Die im unermeßnen All
Ihren hohen Meister loben.
Ja auch mich, den ernsten Mann,
Drängt, was ich nicht nennen kann,
Mächtig, wunderbar, nach oben:
Und wie man von Berges Höhen
Pflegt in's niedre Thal zu sehen, –
Hier das Dörfchen, dort die Au,

Weiterhin die grünen Streifen,
Die in braune Felder schweifen,
Fern der Berge Nebelgrau, –
Also trägt uns oft das Leben
Über Menschen-Thun und Weben
Wie auf unsichtbaren Thron,
Und wir schaun, (uns hebt der Glaube!)
Haupt in Wolken, Fuß am Staube,
In die tiefe Region.
Vor mir ausgebreitet blühet
Reiche herrliche Natur;
Das Unendliche durchglühet
All' und jede Creatur,
Segen denen, die gefunden
Früher Liebe Rosenstunden!
Früher Ehe Vaterglück
Schaut ins Leben gern zurück.
Aber auch in späten Tagen,
Wie wir selbst es heute wagen
Wenn sich's gattet, wenn's geräth
Immer ist es nicht zu spät.
Aber, die, gebeugt durch Schmerzen,
Abgesagt dem holden Bund,
Und von Schicksalsschlägen wund
Ausgelöscht der Hoheit Kerzen, ––
Diesen armen Pilgern Friede!
Bis sie einst, der Wallfahrt müde,
Eilen der geselligen Ruh
In verklärten Höhen zu.

MARGRETHE.

Nicht doch, wer wird so traurig reden!
Schon fühl' ich mir's naß in die Augen treten.

HOFRATH.

Wenn Thränen in den Augen stehn,
Scheint Erd und Himmel doppelt schön.

(Er geht langsam mit Margrethen nach dem Hintergrund.)

PAUL.

Mutter, was mag dem Fremden fehlen?

THERESE

Es macht, er ist Margrethen so gut.

PAUL.

Das wundert mich, daß ihm das wehe thut.

THERESE.

Ich will's euch ein andermal erzählen.
Wenn ihr groß seyd, wird es euch auch so gehn.

BÄRBCHEN.

Komm, Paul wir wollen Stutzböckchen sehn.

(sie springen fort.)

Zweyte Gruppe.
Therese und Linde

LINDE.

Heysa! wie das hüpft und springt!

THERESE

(wie in Gedanken)

Gott gebe nur, daß es gut gelingt!

LINDE

Was denn?

THERESE

Die Heyrath mit Margrethen.

LINDE

O ja: – warum nicht?

THERESE

Soll ich reden?

LINDE

Ey freylich, Therese, ich höre dich gern

THERESE

Siehst du, ich habe nichts wider den Herrn.
Er ist so artig, so mild und gut,
Vor jedem Bauer zieht er den Huth;
Man kann mit ihm sprechen, man kann ihn fragen,
Bald bringt er den Paul, bald Bärbchen getragen,
Selbst der in der Wiege, der kleine Dieb,
Lacht, wenn er ihn sieht und hat ihn lieb.
Aber das lass' ich mir nun einmal nicht nehmen,
Das Dorf paßt nimmer zu der Stadt,
Und wo Reich und Arm sich gesellet hat,
Da will sich's nicht schicken und bequemen.

Linde
(ihr die Hand reichend)
Nun nach Reichthum haben wir nicht gefreyt.
Therese
(einschlagend)
Der größte Schatz ist Genügsamkeit;
Dann Gesundheit dazu und tüchtiges Streben,
So hat man immer genug zu leben.
Und kurz und gut, Vornehm und Gering
Hat es von Anbegin gegeben;
Das ist ein uralt weislich Ding:
Wer in die Sonne blickt, wird erblinden,
Und wer ein niedres Loos empfing,
Der soll sich nicht Hohes unterwinden.
Wie manchmal hast du mir Geschichten
In Winterabenden erzählt,
Wie Leute, die der Hochmuth quält,
Nach fernen Inseln die Anker lichten,
Um nicht zu Hause den Acker zu baun,
Wie sie all' ihre Hoffnung und sich dazu
Den wilden Meeren anvertraun,
Statt daheim zu bleiben in sichrer Ruh; –
Sie sind reich geworden, und sind – verdorben,
Und sind zuletzt noch in Armuth gestorben.
Linde
Und das alles fällt dir ein,
Weil Margrethe nach der Stadt will freyn?
Therese
Unsre Hütte sey *unser* Hochzeitsaal.
Wir, Fritz, wir bleiben in Fallendal;
Statt Prunkgemächer, statt Sammt und Seide,
Sind unsre Kinder unsre Freude.
Linde.
Wir stärken uns immer an unsern Lieben!
Ach ja, das Leben ist doch schön!
Ich wollte du wärst nicht heim geblieben,
Du hättest sollen mit mir gehn.
Siehst du, es ist dir draußen ein Seegen,
Wahrhaftig es sieht's ein Auge gern,
Getreide, mannshoch, allerwegen –

Heuer, Therese, blinkt unser Stern:
Die Ähren so dicht, so reich und schwer,
Es wallt und wogt, wie ein Halmenmeer.
Die Sicheln sind doch sämmtlich in Stand?

THERESE

Schon vorige Woche.

LINDE

Willkommne Zeit!
Und fröhliche Menschen zum Wirken bereit.

(als sie den Geheimerath und Hofrath kommen sehen, gehen sie in's Haus.)

Dritte Gruppe.

Der Geheimerath STERNBERG, *und der* HOFRATH.

STERNBERG.

Nein, theurer Freund! es ist wohl bedacht,
Ich bleibe bey euch nicht über Nacht.
Beruhigung, mit heitern Minen,
Ist mir in freyer Luft erschienen.
Auch mich lehrt dieser schöne Tag,
Was ich zu meinem Glück vermag.

HOFRATH

Wo soll's denn hin?

STERNBERG

An meine Geschäfte.

HOFRATH

Immer nur wieder geschriebenes Wort!

STERNBERG

Fleiß im Beruf giebt neue Kräfte.

HOFRATH.

Du liesest –?

STERNBERG

Akten.

HOFRATH

Von Raub und Mord.

STERNBERG.

Nicht immer.

HOFRATH
Von gebrochner Pflicht.
STERNBERG.
Wir stellen sie her.
HOFRATH.
Wie lange?
STERNBERG
Bis sie wieder bricht.
HOFRATH
Ihr betrügt euch um's Leben.
STERNBERG
Gemach, wir sind
Für Thränen –
HOFRATH
Hart.
STERNBERG
Für Bitten –
HOFRATH
Taub.
STERNBERG
Für der Unschuld flehende Blicke –
HOFRATH
Blind!
Und was habt ihr von euern Akten?
STERNBERG
Staub.
Doch wie aus Gartenstaub hervor,
Blüht uns auch hier ein schöner Flor.
Mein Freund! ein ganzes langes Leben
Hab' ich in Arbeit hingegeben,
Für Fürst und Staat, für Recht und Pflicht,
Und heute noch gereut mich's nicht.
Nein laß mir das Geschäft in Ehren;
Es ist ein Balsam für das Herz:
Nicht tödten will es und zerstören,
Es glänzt nicht, fliegt nicht sonnenwärts,
Doch liegt, ich darf es wohl berühren,
In Staub von Akten und Papieren
Gar wunderbare Zauberkraft,
Zu sänftigen die Leidenschaft,

Und was das blanke Schwerdt entrafft,
Man muß den Aktenstaub citiren,
Der es still wirkend wiederschafft.

HOFRATH
(der ihm mit steigendem Vergnügen zuhört.)

Ey, sieh doch! Schön! für deine Wunden
Ist die Arzney mit einmal gefunden.
Wem Freundeshand, wem Dienerpflicht
Mit Blumen den irdischen Pfad umflicht,
Um den ist's so traurig nicht bestellt.
Wir theiln uns also in die Welt
Auf dem Lande wie in der Stadt,
Jeder zu thun, und Freude hat.

Vierte Gruppe
GEHEIMERATH, HOFRATH *und* MARGRETHE

HOFRATH

Du bist nicht heiter, wie es scheint,
Ich glaube gar du hast geweint?
Wie ist das möglich, liebes Kind,
O sag, erkläre dich geschwind.

MARGRETHE

Ich möchte gern noch immer weinen.
Gutherzig, wie ich arme bin,
Mir kommts auf einmal in den Sinn,
O, dacht ich, könnt ich sie vereinen,
Das wäre herrlicher Gewinn.
Dass die Geschwister sich versöhnten,
Und so das Fest mit Liebe krönten.
Ich lief und sah, der schwere Wagen,
Er war im Hohlweg umgeschlagen.
Schon dacht ich Arm und Bein zerbrochen,
Daß mir's durch alle Glieder lief.
Das Gleis, ich kenn es, schief wie tief!
Nun kommt Mamsell herausgekrochen.
Das war gewiß recht lächerlich.
Nun Muth gefaßt, nun eilst du dich,
Und mir gelangs sie zu erreichen.

Das möglichste sie zu erweichen,
That ich gewiß. Zurückzukehren
Lud ich sie ein, ich sprach im Drang,
Zu deinem Lob und ihr zu Ehren,
Wovon mir alles nichts gelang.
Der Wagen war empor gehoben,
Der Kutscher, Valentin dabey,
Sie hatten ihn hinausgeschoben,
Und Rad und Achse war nun frey.
Da brach es los ihr heftig Schelten,
Ich sollte nun für gar nichts gelten;
Man sah, sie hatte nie geliebt.
Mit harter Stimme, herber Mine
Hieß sie zuletzt mich eine Drine.
Das hat mich gar zu sehr betrübt.

HOFRATH

Es scheint des Himmels eignes Wollen,
Daß sich nicht alle lieben sollen.
Deshalb denn immer Zank und Zwist
Unter Großen und Kleinen ist.
Wenn zwischen leiblichen Geschwistern
Gar oft die schlimmsten Geister flüstern.
Wenn Väter, Mütter, Männer, Frauen,
Sich oft mit schelem Aug' beschauen.
Wenn zwischen Eltern gar und Kindern
Unmöglich ist Verdruß zu lindern,
So können wir uns nur betrüben,
Und uns einander herzlich lieben.

GEHEIMERATH.

Dann suchen wir in manchen Fällen,
Ein gut Vernehmen herzustellen,
Und fühl ich diesen reinen Trieb,
Dann sind mir erst die Akten lieb.
Wenn, statt zu schelten, ich belehre,
Wenn, statt zu strafen, ich bekehre,
Wenn, statt zu scheiden, ich versöhnt,
Hab ich den Himmel mir erfröhnt.

MARGRETHE

Da es in der Welt nicht anders ist,
So muß ichs auch wohl leiden;

Wenn du nur immer liebend bist,
Und wir uns nimmer scheiden.

Fünfte Gruppe.
Die Vorigen, Bärbchen und Paul
sodann Wachtel, Therese und Linde

PAUL.

Schwester! hast du so was gesehn?
Der Herr da drinn der weiß zu kochen!

BÄRBCHEN.

Ich denke mir, es schmeckt recht schön,
Wie schön hat es nicht schon gerochen!

WACHTEL
(unter der Thür)

Ihr Kinderchen, heran, heran!
In Ordnung schnell, das Fest geht an.

(Die Kinder in's Haus. Margrethe, Hofrath und Sternberg, treten an die Seite, ländliche Musik hinter der Scene. – PAUL *mit einem Braten,* BÄRBCHEN *mit Salat,* THERESE *trägt die Pastete, alsdann folgt* WACHTEL *mit der Casserolle.* LINDE *schließt mit einem übermäßig großem Brod. Nach einem Umzug stehen sie folgendermaßen:*
WACHTEL –.BÄRBCHEN.STERNBERG.MARGRETHE,HOFRATH,
PAUL, THERESE *und* LINDE
Die Musik schweigt.)

WACHTEL.

Hier war ein ländlich Mahl zu bereiten.

PAUL.

Ich trage Braten.

BÄRBCHEN

ich Grünigkeiten.

THERESE

Es wird noch immer städtisch enden,
Pastete trag ich auf den Händen.

LINDE

Sey's wie ihm wolle, keine Noth
Hausbacken, tüchtig ist mein Brod.

WACHTEL.

Doch wie zuletzt aus der Casserolle
Ein Söschen sich entwicklen solle,
Das ist mir nur allein bewußt;
Das Kochen gibt mir Essenslust.

(auf die Casserolle deutend.)

Und hier verkältet sich's bereits;
Geschwind empfehlt euch allerseits.

(Sie verneigen sich. Musik, sie ziehn in voriger Ordnung ab, Margrethe zuletzt zwischen Hofrath und Sternberg. Nahe an der Coulisse begrüßt sie diese, läßt sie abgehn, sie tritt hervor, die Musik schweigt.)

MARGRETHE.

(ohne aus ihrem Charakter zu treten, mit schicklicher Fassung, gegen das Publikum gewendet.)

Wohl jeder Kunst, auch uns'rer bleibt es eigen,
Sich öffentlich mit Heiterkeit zu zeigen,
Indessen sie ein Ernsteres versteckt,
Das Herz bewegt und die Betrachtung weckt.
Wenn selbst aus leicht geschlungenen Tänzen,
Aus bunten frohgeschwungenen Kränzen
Die ernstere Bedeutung spricht:
Verehrte! So entging euch nicht
Die Dämmerung in unsrem Licht,
Ja, durch das ganze heitre Spiel
Hat sich ein schmerzliches Gefühl,
Wie Nebelflor hindurchgeschlungen.

Noch sind die Töne nicht verklungen,
Die oftmals eure Huldigungen
Zu lautem Beyfall aufgeregt,
Wenn unser unerreichter Meister,
Von seinem Genius bewegt,
Vor euch und uns das Reich der Geister
In seltner Kunst zur Schau gelegt.

Auch diese Bretter haben ihn getragen,
Auch diese Wände haben ihn gesehn.
Hier schien, wie einst in fabelhaften Tagen,
Selbst Erz und Marmor lebend zu erstehn,

Der Eichenwald, aufhorchend, mitzugehn,
Wenn der bekränzte Liebling der Kamöne
Der innern Welt geweihte Glut ergoß
Und jeder Zauber leichtberührter Töne
Melodisch ihm von Lipp' und Saiten floß.

Denn mächtig ist des Mimen heitre Kunst,
Nicht blos dem eitlen Sonnenblick der Gunst
Will sie die Blüthen holder Schöpfung bringen,
Zur höchsten Sphäre wagt sie's aufzudringen!
Der gotterfüllten Pythia Entzücken
Umweht auch sie in schönern Augenblicken,
Sie höret rauschen in Dodona's Hayn,
Weis Priesterinn, weis Muse selbst zu seyn,
Sie küßt den Genius mit heißer Lippe,
Und ihren Durst erquicket Aganippe.

Auf stummer Leinwand athmet, zart und mild,
In buntem Farbenglanz ein leblos Bild;
Man sieht gebundnen Geist und scheinbar Leben,
Des rohen Steines edle Form umgeben;
Der Dichtung, ja des Tonreichs schöne Träume
Entzücken uns in körperlose Räume.
Doch soll des Menschen innres Thun und Walten,
Sich frisch, und ganz lebendig sich entfalten,
Zum Worte sich, zur kühnen That gestalten;
Solch regsam Bild, solch täuschungsvolles Seyn
Lebt in des Mimen ernstem Spiel allein,
Die ganze Welt liegt seinem Thun zum Grunde
Die Künste sämmtlich fordert er zum Bunde.

Ihr saht ein reizendes Idyllenleben
Vor eurer Phantasie vorüberschweben;
So träumt man von arcadischen Gefilden,
So pflegt man sich ein Tempe auszubilden,
Wo, von des Abends Düften lind umweht,
Die Unschuld sich in heiterm Licht ergeht,
Als nachbarlich den heilgen Regionen
Wo fromme Seelen miteinander wohnen.

Und in der That, des abgeschiednen Geist
Hat sich in dem, was heut, nur abgebrochen
Hervortrat, rein und herrlich ausgesprochen;
Es ist ein zierlich Mahlerstück, das dreist
Zur niederländ'schen Schule sich gesellt,
Wo Einfalt ländlicher Natur gefällt,
Wo kleiner Züge lebenvolle Klarheit
Die höchste Kunst verbirgt in milder Wahrheit.

Und doch war keins von uns dem Andern gleich.
Das Leben ist so mannigfach, so reich,
Der Mensch nimmt so verschiedenartige Richtung,
Daß auch im heitern Abendspiel der Dichtung
Sich der Gemüther Wettkampf wird entspinnen.
Wie aber alle Bäche, groß und klein,
Doch in den Ocean am Ende rinnen,
So faßt mit Glück der dicht'rische Verein
So Freund als Feind in seinen Plan hinein.
Den Wiesenblumen sind sie zu vergleichen
Die sich, zerstreut, mit hundert Farben schmücken,
Zum Straus gebunden aber euern Blicken
Sich erst empfehlen und behaglich zeigen.

So hielt er uns, so hält er uns zusammen!
So werd' er lange noch von Euch verehrt.
Er steigt, ein edler Phönix, aus den Flammen,
Und seine Farben glänzen unversehrt:
O! wie er hoch in reinem Äther schwebet,
Und seine Schwingen regt und mächtig kreist! –
Er ist entschwunden. – Huldigt seinem Geist,
Der bey uns bleibt und kräftig wirkt und lebet!

Weimar
den 1ⁿ May
1815.

EPILOG ZU SCHILLERS GLOCKE

Wiederholt und erneut bey der Vorstellung am 10. May 1815.

Freude dieser Stadt bedeute,
Friede sey ihr erst Geläute!

Und so geschah's! Dem friedenreichen Klange
Bewegte sich das Land und segenbar
Ein frisches Glück erschien; im Hochgesange
Begrüßten wir das junge Fürstenpaar;
Im Vollgewühl, in lebensregem Drange
Vermischte sich die thät'ge Völkerschaar,
Und festlich ward an die geschmückten Stufen
Die *Huldigung der Künste* vorgerufen.

Da hör' ich schreckhaft mitternächt'ges Läuten,
Das dumpf und schwer die Trauertöne schwellt.
Ist's möglich? soll es unsern Freund bedeuten,
An den sich jeder Wunsch geklammert hält?
Den Lebenswürd'gen soll der Tod erbeuten?
Ach! wie verwirrt solch ein Verlust die Welt!
Ach! was zerstört ein solcher Riß den Seinen!
Nun weint die Welt und sollten wir nicht weinen?

Denn er war unser! Wie bequem gesellig
Den hohen Mann der gute Tag gezeigt,
Wie bald sein Ernst, anschließend, wohlgefällig,
Zur Wechselrede heiter sich geneigt,
Bald raschgewandt, geistreich und sicherstellig
Der Lebensplane tiefen Sinn erzeugt,
Und fruchtbar sich in Rath und That ergossen;
Das haben wir erfahren und genossen.

Denn er war unser! Mag das stolze Wort
Den lauten Schmerz gewaltig übertönen!
Er mochte sich bey uns, im sichern Port,
Nach wildem Sturm zum Dauernden gewöhnen.

Indessen schritt sein Geist gewaltig fort
Ins Ewige des Wahren, Guten, Schönen,
Und hinter ihm, im wesenlosen Scheine,
Lag, was uns Alle bändigt, das Gemeine.

Nun schmückt er sich die schöne Gartenzinne,
Von wannen er der Sterne Wort vernahm,
Das dem gleich ew'gen, gleich lebend'gen Sinne
Geheimnißvoll und klar entgegen kam.
Dort, sich und uns zu köstlichem Gewinne,
Verwechselt er die Zeiten wundersam,
Begegnet so, im Würdigsten beschäftigt,
Der Dämmerung, der Nacht, die uns entkräftigt.

Ihm schwollen der Geschichte Flut auf Fluten,
Verspülend, was getadelt, was gelobt,
Der Erdbeherrscher wilde Heeresgluthen,
Die in der Welt sich grimmig ausgetobt,
Im niedrig Schrecklichsten, im höchsten Guten
Nach ihrem Wesen deutlich durchgeprobt. –
Nun sank der Mond und zu erneuter Wonne,
Vom klaren Berg herüber stieg die Sonne.

Nun glühte seine Wange roth und röther
Von jener Jugend, die uns nie entfliegt,
Von jenem Muth, der, früher oder später,
Den Widerstand der stumpfen Welt besiegt,
Von jenem Glauben, der sich stets, erhöhter,
Bald kühn hervordrängt, bald geduldig schmiegt,
Damit das Gute wirke, wachse, fromme,
Damit der Tag dem Edlen endlich komme.

Doch hat er, so geübt, so vollgehaltig
Dies breterne Gerüste nicht verschmäht;
Hier schildert er das Schicksal, das gewaltig
Von Tag zu Nacht die Erdenachse dreht,
Und manches tiefe Werk hat, reichgestaltig,
Den Werth der Kunst, des Künstlers Werth erhöht.
Er wendete die Blüthe höchsten Strebens,
Das Leben selbst, an dieses Bild des Lebens.

Ihr kanntet ihn, wie er mit Riesenschritte
Den Kreis des Wollens, des Vollbringens maß,
Durch Zeit und Land, der Völker Sinn und Sitte,
Das dunkle Buch mit heiterm Blicke las;
Doch wie er athemlos in uns'rer Mitte,
In Leiden bangte, kümmerlich genas,
Das haben wir in traurig schönen Jahren,
Denn er war unser, leidend miterfahren.

Ihn, wenn er vom zerrüttenden Gewühle
Des bittern Schmerzes wieder aufgeblickt,
Ihn haben wir dem lästigen Gefühle,
Der Gegenwart, der stockenden, entrückt,
Mit guter Kunst und ausgesuchtem Spiele
Den neubelebten edlen Sinn erquickt,
Und noch am Abend vor den letzten Sonnen
Ein holdes Lächeln glücklich abgewonnen.

Er hatte früh das strenge Wort gelesen,
Dem Leiden war er, war dem Tod vertraut.
So schied er nun, wie er so oft genesen;
Nun schreckt uns das, wofür uns längst gegraut.
Doch schon erblicket sein verklärtes Wesen
Sich hier verklärt, wenn es hernieder schaut.
Was Mitwelt sonst an ihm beklagt, getadelt,
Es hat's der Tod, es hat's die Zeit geadelt.

Auch manche Geister, die mit ihm gerungen,
Sein groß Verdienst unwillig anerkannt,
Sie fühlen sich von seiner Kraft durchdrungen,
In seinem Kreise willig festgebannt:
Zum Höchsten hat er sich emporgeschwungen,
Mit allem was wir schätzen, eng verwandt.
So feyert Ihn! Denn was dem Mann das Leben
Nur halb ertheilt, soll ganz die Nachwelt geben.

So bleibt er uns, der vor so manchen Jahren –
Schon zehne sind's! – von uns sich weggekehrt!
Wir haben alle segenreich erfahren,
Die Welt verdank ihm, was er sie gelehrt;

Schon längst verbreitet sich's in ganze Scharen,
Das Eigenste, was ihm allein gehört.
Er glänzt uns vor, wie ein Komet entschwindend,
Unendlich Licht mit seinem Licht verbindend. 104

FERADEDDIN UND KOLAILA

⟨*Schema*⟩

Feradeddin und Kolaila

	Behram	Kayser
	Abdalla	Mahler
	Kolaila	Pflegetochter
	Feradeddin	Handelsm.⟨ann⟩
	Envari	Soldat
	Demna	Geliebte
	Wächter	
Mobeds	Scene in Ispahan	
Volk.		
Erdgeister	Zeit der Götzendiener.	
Feuergeister		
Luftgeister		
Wassergeister.		

I

1.
Atelier
Erdgeister aufräumen
Abdalla Scene
Einleitung
Zu ihm Feradeddin.

2.
Säle
Kolaila Sclavinnen
Expos. Arie Chor.

Kolaila Mobede
Glanzreich nahet und erfreut
Die ersehnte Tagesfeyer

Denn gestickt ist nun der Schleyer
Und der Schleyer ist geweyht
Kolaila u. Behram
Mobede. Chor.

3.
Strase.
Envari und Feuergeister
zu ihm Abdallah
Feradeddin
Exposition Theilnahme
Autodafé Zug
Demna verurtheilt
Großes Quartett und Chor.

4.
Vorhalle des Brunn⟨ens⟩
Wächter
Zu ihm Envari Abdalla
Feradeddin.
Quartett.
Und wenn du weich und menschlich bist
Die Geister werden freundlich seyn.

F
Soll ich wagen?
Unden
Wage! Wage!
F
Selbst der Kühnste
Unden
Wage! Wage.
Kühnes bleibt des Wagens werth.

II

1.

Schlafzimmer
Nacht
Sylphiden
Kolaila träumend
Feradeddin
Zu zwey.

2

Säle
Feradeddin Wache
Zu ihm Mobede
Zu ihnen Sultan
Zu ihnen Kolaila
Verdammung

3.

Synderuths Grüfte
Demna Wassergeist
Zu ihr Envari
Zu Ihr Kolaila
Zu ihnen die drey
Der Wächter
Kahn Abfahrt

⟨*Entwürfe*⟩

Da draußen ich darf nicht
Die Straasen verheeren
Nicht soll mir im Busen
Der Jammer sich mehren
Mag immer Unordnung
Die alberne seyn!
Was rechtlich und ordentlich
Ist mir verhaßt
Ja so alles will ich zerschlagen
Nur im Wüten es ist zu ertragen
Dieses Leidens unendliche Last.

Was findest du?
So reinlich
Du hast das alles
Selbst geordnet
Nach alter glücklicher Weise
Da sas

Da drausen ich darf nicht
Die Stadt zu verheeren
Nicht soll mir das Schmerzliche
Der Jammer sich mehren

Ja so alles will ich erschlagen
Hier soll nicht Ordnung
die alberne seyn
Nur im Wüten es ist zu ertragen
Dieses Leidens unendliche Last.

Er sieht alles geordn⟨et⟩
Wird wehmütig

Du hasts geordnet
Nach alter Weise
Da sas die Gute
Vom höchsten Preise
Da! da! da!

Daß ich es geordnet
Das hab ich vergessen
O armer vermessen
Du bist es im Schmerze
Du warst es im Glück

Ist sie schuldig ist sies Nicht

Armenier
Nein das Mädchen ist nicht schuldig
Schuldig ist der Aberglaube
Aber Liebe rein. wie Taube
Sieht dem Richter ins Gesicht.
Wächter
Und ich will das Mädchen retten
Soldat
Rette sie wir selbst wir retten
Sie sofern du grausam bist
Arm.
Und die Gaben die Gefäse
Die Juwelen!

Weg ihr Verruchten
Schätze! Verfluchten!
Höret die Töne
Geistiger Schöne
Lieblichen Hauch
Retten Undenen so rett ich sie auch
Sagen die reinlichen soll ich

Bringet ins Feuchte,
Bringet die Leuchte
Reiner Gedancken! –
Fürchtende Schwange⟨n⟩,
Selige Lieben,
Kommet getrieben
Von irdischer Quaal,
In den erwasserten
Herrlichen Saal!

Rettet und haltet
Bringt die Geliebte

⟨auf einzelnem Blatt, wohl der ersten Szene des ersten Akts zuzuordnen:⟩

Sie haben sie geraubt
Den Trost meiner Tage
Doch ihm ists erlaubt
Wo wend ich hin die Klage
Ein Schatten der Gestalt
An der ich mich ergötzte
Der bleibt mir als d⟨as⟩ letzte
Entreißt Sultanen Gewalt.

Sie haben geraubt mir
Den Trost meiner Tage
Ich irre wie thörig
Da wein ich und klage
Wem klag ichs der
  Herrscher er hat es
  gethan.
Sie raubten

FINALE ZU JOHANN VON PARIS

Bey Rückkehr
Ihro Königl: Hoheit des Grossherzogs
von Wien.

Finale zu
Johann von Paris.

Isabelle.
Warum vor mir die Knie beugen.
Und wenn ich selbst Navarras Fürstin wäre,
Nur Ihm, nur Ihm gebühret Preis und Ehre.
Erhebt euch sie Ihm zu bezeugen.
Johann. *aufstehend.*
Wie gern entäußr' ich mich des Fürstenstandes
Worin ich mir zum Scherze wohlgefiel.
Die ernste Rührung folgt dem Spiel
Begrüßt den Vater dieses Landes.

Isabella und Johann.
Isab.
Ja, wir flehten, wenn Gefahren
Du dich kräftig ausgesetzt,
Wirk er unter seinen Schaaren
Hochverehrt und unverletzt.
Johann.
Wenn das Meer dich trug und trennte,
Dringend auch die Andacht war
Denn der Kampf der Elemente
Bringt dem edelsten Gefahr.
Isabella und Johann.
Mitten in dem Weltgewirre
Blieben wir in deinem Rath
Klugheit selbst wird schwankend irre
Zeigt die Liebe nicht den Pfad.

Wirst Du uns den Wahn erlauben.
Wenn die Menge dich umsteht.
Laß uns, Vater, diesen Glauben
Ja, wir haben das erfleht.

CHOR.

Und so mögen Millionen
Uns beneiden:
Wir umwohnen
Den Gelobten,
Den Erprobten!
Theil' er fröhlich diese Feste
Seiner Kinder, seiner Gäste.

SENESCHALL.

Zum Gastmahl des Herrn Johann da
Wir ungern uns geschickt.
Nun aber ist der rechte Mann da,
Der schützet und nährt und beglückt.
Der Seneschall vor allen
Stellt sich dem Fürsten dar;
Und hinter den Masken allen
Verehrung treuer Schaar.

CHOR.

Und aus den Herzen allen
Verehrung treuer Schaar.

PEDRIGO.

Und da wo die Herzen weit sind
Da ist das Haus nicht zu eng.

LOREZZA.

Und da wo die Wege breit sind
Geht jeder die Queer und die Läng.

BEYDE.

Und so nach diesem Feste
Der Weg der ist munter und weit,
Und wir, für alle Gäste,
Sind thätig und bereit.

CHOR.

Frey kommen alle Gäste,
Wir thätig und bereit.

OLIVIER.

Ihm zu Ehren, Ihm zu dienen

Laßt den Pagen auch herein.

LOREZZA UND PEDRIGO.

Seht mir nur den tollen, kühnen.
Er will wieder der erste seyn.

OLIVIER.

Laßt mich nur, den muntern, kühnen,
Sollt' ich auch der letzte seyn.

Als ich mich im Singen übte,
Fand ich hier und fand ich dort
Gott und König und Geliebte
Überall das Losungswort.

CHOR.

Gott und König und Geliebte
Sey auch unser Loosungswort.

PRINZESSINN.

Doch wer hat für Gott gestritten?
Für der Seele höchstes Heil?
Als mit allen die gelitten
Unser Herr an seinem Theil.

CHOR.

Herrlich kommt er angeschritten
Unsrer Seele selig Heil.

JOHANN.

Und wo ward denn je den Thronen
Solch ein großer Kampf geweiht,
Wo die Schaar der Millionen
Kaisern förderte den Streit.

CHOR.

Nah und ferne wie sie wohnen
Alle stürzten zu dem Streit.

SENESCHALL.

Nun bemerk ich unterthänig,
Denn zu sehr betrifft es mich:
Ehmals stritt man für den König
Nun sie stritten selbst für sich.

CHOR.

Streite jeder für den König
Und so streitet er für sich.

OLIVIER.

Und vergebt mir, liebe Frauen
Gerne steht ihr nicht zurück
Sie die herrlichste zu schauen
Freyheit! – Sie macht unser Glück.

CHOR.

Sie die Göttlichste zu schauen
Freyheit! – Sie macht unser Glück.

PEDRIGO UND LOREZZA.

Und so ist denn unserm Leben
Und dem Untersten im Land
Gott und König wiedergeben
Als der Freyheit schönstes Pfand.

CHOR.

Gotte! Der uns gnädig erhört
Preis in Ewigkeit
Dem Fürsten der Sich und uns erhöht
Heil zur längsten Lebenszeit.
Beyde verehrt in allen Landen!
Freyheit ist auf ewig erstanden.

KANTATE ZUM REFORMATIONS-JUBILÄUM UND DENKMAL FÜR LUTHER 1817

⟨I⟩
Schema zu einem großen Oratorium vielleicht zu benennen: „Die Sendung des Messias."

⟨I/1⟩
⟨*Erstes Schema; Beilage zu Goethes Brief an Carl Friedrich Zelter vom 14. November 1816; Konzept*⟩

Um die freundliche und aufregende Unterhaltung nicht stocken zu lassen, sag ich ein Wort zu jenem Vorsatz dem Reformations Jubiläum eine Cantate zu wiedmen, im Sinne des Händelischen Messias, in welchen Du sowohl eingedrungen bist, würde sich es wohl am besten schicken.

Da der Hauptbegriff des Lutherthums, sehr würdig begründet ist, so giebt er schönen Anlaß, sowohl zu dichterischer als musikalischer Behandlung. Dieser Grund nun beruht auf dem entschiedenen Gegensatz, von *Gesetz* und *Evangelium*, sodann der Vermittlung solcher Extreme. Setzt man nun um auf einen höheren Standpunct zu gelangen, anstatt jener zwey Worte *Nothwendigkeit* und *Freyheit* mit ihren Synonimen, mit ihrer Entfernung und Annäherung, so siehst du deutlich daß in diesem Kreise alles enthalten ist, was den Menschen interessiren kann.

Und so erblickt denn Luther, in dem alten und neuen Testament das Symbol des großen sich immer wiederholenden Weltwesens. Dort das Gesetz, das nach Liebe strebt, hier die Liebe die gegen das Gesetz zurückstrebt, und es erfüllt, nicht aber aus eigener Macht und Gewalt, sondern durch den Glauben; und nun hier durch den ausschließlichen Glauben an den allverkündigten und alles bewirkenden Messias.

Aus diesen wenigen überzeugt man sich, wie das Lutherthum mit dem Papstthum nie vereinigt werden kann, der reinen Vernunft aber nicht widerstrebt, sobald sie sich entschließt die Bibel als Weltspiegel zu betrachten, welches ihr eigentlich nicht schwer fallen sollte.

Diese Conceptionen in einem singbaren Gedichte auszusprechen, würde ich mit dem Donner auf Sinai mit dem: *Du sollst!* beginnen; mit Christi Auferstehung aber, und dem: *Du wirst!* schließen.

Zu mehrerer Erläuterung meines Plans setze die Folgereihe des Ganzen hieher.

Erster Theil

1.) Die Gesetzgebung auf Sinai
2.) Das kriegerische Hirtenleben, wie uns das Buch der Richter, Ruth, u.s.w. darstellt
3.) Die Einweihung des Tempel Salomonis.
4.) Das Zersplittern des Gottesdienstes, der sich auf Berge und Höhen wirft.
5.) Die Zerstörung Jerusalem und im Gefolg derselben die Gefangenschaft zu Babel.
6.) Propheten und Sybillen den Messias ankündigend.

Zweyter Theil.

1.) Johannes in der Wüsten, die Verkündigung aufnehmend.
2) Die Anerkennung durch die drey Könige.
3.) Christus erscheint als Lehrer und zieht die Menge an sich. Einzug in Jerusalem.
4.) Bei drohender Gefahr verliert sich die Menge; die Freunde schlafen ein; Leiden am Ölberg.
5.) Auferstehung.

Hält man die beyden Theile gegen einander, so erscheint der erste absichtlich länger, und hat eine entschiedene Mitte, woran es jedoch dem zweyten auch nicht fehlt.

Im ersten Theile parallelisiren sich Sinai und die Zerstörung, die Zeit der Richter und der Baalsdienst; No 2. idyllisch kriegerisch, No 4 idyllisch enthusiastisch; die Einweihung des Tempels als höchster Gipfel u.s.w.

Im zweyten Theile würde sich das morgendliche, der Sonnenaufgang in No 1. und 5. steigernd ausdrücken. No. 2 und 4. sind ein Gegensatz No: 3 Einzug in Jerusalem. Möchte die freye, fromme Volksfreude, wie die Einweihung des Tempels die fürstlich priesterliche Begrenzung des Gottesdienstes ausdrücken.

Tausend andere Verhältnisse werden Dir beym ersten Anblicke einfallen. Diese Dinge dürfen nicht historisch sondern lyrisch verknüpft werden; jedermann kennt das Ganze, und wird sich auf Flügeln der Dichtkunst gern aus einer Region in die andere versetzen lassen.

Der Text bestünde aus biblischen Sprüchen, bekannten evangelischen Liedern dazwischen Neugedichtetes, und was sich sonst noch finden würde. Eigene Worte Luthers möchten kaum anzuwenden seyn, da der treffliche Mann durchaus dogmatisch praktisch ist; so auch sein Enthusiasmus. Doch ist es Deine Sache, Dich in den Schriften selbst umzusehen. Vor allen Dingen ließ die ganz unschätzbare Vorrede zu dem Psalter. Ferner die Vorreden und Einleitungen in die übrigen biblischen Bücher. Wahrscheinlich triffst Du hier auf anwendbare Stellen, zugleich durchdringst Du Dich vom Sinn der ganzen Lehre, deren Geschenk wir feyern wollen.

Vielleicht ists hier am Platze zu dem Obgesagten den Catholicismus betreffend ein Wort anzufügen. Bald nach ihrer Entstehung und Verbreitung litt die christliche Religion, durch sinnige und unsinnige Ketzereyen, sie verlohr ihr ursprüngliches Reine. Als sie aber gar rohe Völker und verderbte Gesittete bändigen und beherrschen sollte, waren derbe Mittel nöthig; nicht Lehre sondern Dienst bedurfte man. Der einzige Mittler zwischen dem höchsten Gott des Himmels war nicht genug u.s.w. was wir alle wissen; und so entstand, eine Art von heydnischem Judenthum, das noch bis auf den heutigen Tag lebt und webt. Das mußte alles in den Gemüthern umgeworfen werden, deshalb bezieht sich das Lutherthum einzig auf die Bibel; Luthers Verfahren, ist kein Geheimniß, und jetzt da wir ihn feyern sollen, thun wir es nur alsdann im rechten Sinne, wenn wir sein Verdienst anerkennen, darstellen was er seiner Zeit und den Nachkommen geleistet hat. Dieses Fest wäre so zu begehen, daß es jeder wohldenkende Catholik mitfeyerte. Doch davon ein andermal.

Baue Dir, wenn mein Plan gefällt, selbst etwas auf, theil es mit, und ich will eingreifen. Soviel, wo nicht zuviel für diesmal.

In eben dem Sinne, ist auch das Monument schon erfunden, die Weimarschen Kunstfreunde arbeiten vor. Wir machen kein Geheimniß draus, und wollen wenigstens einen Stein ins Bret setzen.

⟨I/2⟩

⟨*Erweitertes Schema vom 10. Dezember 1816*⟩

⟨a⟩

⟨*Konzept*⟩

Erster Theil.

Symphonie
Donner auf Sinai
Zudringendes Halbchor (Volk)
Abhaltendes Halbchor (Leviten)

Das Volk wird von Sinai zurückgedrängt, betet an.
Sprecher (Aaron), erwähnt des Abfalls zum goldnen Kalbe.
Das Volk demüthigt sich und empfängt das Gesetz.

Sprecher (Josua)
Zug durch die Wüste.
Eroberung des Landes.
Kriegerische Hirtenchöre im Sinn derer meiner Pandora.

Sprecher. (Samuel)
Den schwankenden Zustand zwischen Priesterthum und Königthum aussprechend.
Beharren des Königs und des Volckes bey dem Begriff des einzigen National Gottes.

Salomons Regierungs Antritt
(Frauenchöre)
Einweihung des Tempels
Chöre aller Art.

Sprecher.
Die Abweichung gegen Baal vorbereitend.
Dienst auf Höhen und im Freyen.
Chöre des Volks.
Heitere Festlichkeit
Minder religios
Chöre der Priester Baals
mit Härte und Roheit imponirend.

Sprecher.
Störungen durch die herandringende Feindesmasse weissagend
Herandringen, Beängstigung.
Untergang des Reichs gewaltsam.
Die Gefangenschaft. Lieblich lamentabel.

Sprecher.
Rettung und Aussicht versprechend.
Chöre es dankbar aufnehmend im irrdischen Sinne.
Propheten und Sybillen Chöre auf das Geistliche und Ewige hindeutend.
Glorios schließend.

Zweyter Theil.

Symphonie. Sonnenaufgang.
Das lieblichste der Morgenluft. Ländlich nicht hirtlich.
Weite Einsamkeit.

Sprecher. (Johannes) die Verheißung aufnehmend.
Den Geburtsstern erblickend als Morgenstern.
Die Annäherung der Könige vorbereitend.
Zug der drey Könige.
Es ist kein Widerspruch wenn hier Janitschaar Musik gebraucht wird.
Diese Scene müßte der Abwechselung wegen entschieden

dramatisch seyn.
Abzug der Könige in die Ferne.

Sprecher. (Christus) tritt auf, lehrend. Chor.
Aufmerksam, aber schwankend

Gesteigerte Lehre. Andrang und Beyfall des Volks
immer im irrdischen Sinn.
Jemehr Christus seine Lehre ins geistige versteigert,
desto mehr mißverstehen sie ihn.

Sprecher, die drey Apostel.
Unterredung. Furcht vor der Gefahr.
Zu ihnen Christus, tröstend, stärkend, ermahnend.
Einsames Seelen=Leiden. Höchste Qual.

Sprecher. Evangelist.
Kurze erwähnung des physischen
Leidens, Tod, Auferstehung.

Chor der Engel.
Chor der erschreckten Wächter.
Chor der Frauen, der Jünger.
Das Irrdische fällt alles ab,
das Geistige steigert sich bis zur Himmelfahrt
und zu dem Glauben an Unsterblichkeit.

Der Componist wird die Beziehungen aller Theile unter einander, aufs genauste erwägen, und sich von dem Donner auf Sinai immer Steigerungen vorbehalten, welche durch Abwechselung zu erreichen sind.

Ich habe nach Anleitung des Händelischen Alexander Festes statt des dortigen einen Timotheus mehrere Sprecher aufgeführt, welche theils blos recitirend, theils in Gesang übergehend, theils mit dem Chor wetteifernd gedacht werden können, wie man sichs im Gange der Beschäftigung überlegen wird.

Die Sprechenden sind meist Männer; es lassen sich aber auch, wenn es nöthig wäre Frauen substituiren. Vor allen Dingen wünscht' ich zu erfahren, wie etwa die Hauptstimmen zu vertheilen sind und an welchen Stellen man eigentliche Arien einschaltete; zu welchen man biblische und andere fromme Sprüche alsdann umbildete, damit sie noch kenntlich wären und zugleich rhytmisch bequemer.

⟨b⟩

⟨*Verbesserte und nochmals erweiterte Fassung*⟩

Erster Theil.

Symphonie.
Zum Schluß Donner auf Sinai.
Zudringendes Halbchor. (Volk.)
Es will in der Nähe sehen was da vorgeht.
Abhaltendes Halbchor. (Leviten.)
Das Volk wird von Sinai zurückgedrängt und betet an
Sprecher (Aaron.)
Leitet das Ereigniß ein, erwähnt des Abfalls
zum goldnen Kalbe.
Das Volk demüthigt sich und empfängt das Gesetz.
Sprecher (Josua.)
Zug durch die Wüste.
Eroberung des Landes.
Kriegerische Hirtenchöre, im Sinne derer meiner Pandora.
Sprecher (Samuel.)
Den schwankenden Zustand zwischen Priesterthum und Königthum aussprechend.
Beharren des Königs und des Volkes bey dem Begriff des einzigen Nationalgottes.
Salomons Regierungsantritt.
Frauenchöre.
Sulamith die Geliebteste in der Ferne.
Priesterchöre.
Einweihung des Tempels,
Chöre aller Art.
Sprecher: (Elias.)
Die Abweichung gegen Baal vorbereitend.
Dienst auf Höhen und in Freyem.
Chöre des Volks, das zur Heiterkeit früheren freyern Himmelslebens zurückkehrt.

Muntere Festlichkeit minder religiös.
Chöre der Priester Baals, pfaffenartig mit Härte und Rohheit imponirend.
Sprecher: (Jonas.)
Drohungen.
Große Feindesmassen in der Ferne weissagend.
Herandringen des Feindes.
Beängstigung.
Untergang des Reichs, gewaltsam.
Gefangenschaft. Lieblich lamentabel.
Sprecher (Jesaias.)
Rettung und künftiges Glück verkündend.
Chöre es dankbar aufnehmend, aber im irdischen Sinne.
Propheten und Sybillenchöre, auf das Geistige und Ewige hindeutend.
Schließt glorios.

Zweyter Theil.

Symphonie.
Sonnen Aufgang.
Das Lieblichste der Morgenluft.
Ländlich nicht hirtlich.
Weite Einsamkeit.
Sprecher: (Johannes.)
Die Verheißung aufnehmend.
Den Geburtsstern erblickend.
Als Morgenstern.
Die Annäherung der Könige vorbereitend.
Zug der drey Könige.
Es ist kein Widerspruch wenn hier Janitscharen Musik gebraucht wird; denn diese ist uns ja über den Oxus hergekommen. Besonders würde sie erfreulich seyn bey Ankunft des dritten Königs, der immer als etwas wild vorgestellt wird. (Diese Scene müßte der Abwechslung wegen entschieden dramatisch seyn.)
Abzug der Könige in die Ferne
Sprecher (Christus.)
Tritt auf lehrend

Chor aufmerksam aber schwankelt.
Gesteigerte Lehre.
Andrang und Beyfall des Volks immer im irdischen Sinne.
Christus steigert seine Lehre ins Geistige.
Das Volk mißversteht ihn immer mehr.
Einzug in Jerusalem.
Sprecher: (drey Apostel.)
  Furcht vor Gefahr
Christus: tröstend, stärkend, ermahnend.
  Einsames Seelenleiden.
  Höchste Qual.
Sprecher: (Evangelist.)
  Kurze Erwähnung des physischen Leidens.
  Tod. Auferstehung.
Chor der Engel.
Chor der erschreckten Wächter.
Chor der Frauen.
Chor der Jünger.

Das Irdische fällt alles ab, das geistige steigert sich bis zur Himmelfahrt und zur Unsterblichkeit.

⟨II⟩

⟨*Ansätze zur Kantate*⟩

⟨II/1⟩

⟨*zu S. 315,7 und 317,38*⟩

Was soll all der Prunck bedeuten?
Regt er nicht der Seele Spott
Wenn wir in das Freye Schreiten
Auf den Höhen da ist der Gott

Auf den Höhen rein umsäuselt
Wie es auch sich fügen mag.
Wenn das Locken Haar sich kräuselt
Knaben Mädchen hier ist Tag!

⟨II/2⟩
⟨*zu S. 317,32*⟩

⟨Sulamith⟩
Wenn mich auch die Wächter schlügen
Da dem Liebsten forsche nach
Einzig ist mir das Vergnügen
Seiner Liebe Nacht und Tag
Chor
Salomo in Königsherrlichkeit
Dem Einzigen dem
Sonne Sterne Sterne
Alles glänzt was ihn umgiebt
Sulamith.
Und ich stehe stehe ferne
Und ich weiß es daß er Liebt

⟨II/3⟩
⟨*zu S. 315,11 und 317,35*⟩

Baal der im Grimme
Euch zu vernichten
Weiß der Geschichten
Ende zu deuten.

MASKENZUG
1818

BEY
ALLERHÖCHSTER ANWESENHEIT
IHRO
MAJESTÄT DER KAISERIN MUTTER
MARIA FEODOROWNA
IN
WEIMAR
MASKENZUG.

Als Ihro Kaiserliche Hoheit die Frau Erbgroßherzogin von Sachsen-Weimar-Eisenach hiernächst beschriebenen Festzug gnädigst anordneten, befahlen Höchst Dieselben: daß dabey *einheimische Erzeugnisse* der Einbildungskraft und des Nachdenkens vorgeführt und auf die vieljährig und mannigfaltig gelungenen Arbeiten beyspielweise hingedeutet werden solle. Hiernach wäre denn der Inhalt des nunmehr summarisch verzeichneten Charakter-Zuges aufzunehmen und zu beurtheilen.

Prolog.

Genius, in Pilgertracht, eröffnet den Zug, Weg und Stege zu segnen. *Zwey Knaben* mit Reisetafeln (Itinerarien), die bisher vollbrachte Reise symbolisch anzudeuten, und sich derselben zu freuen. Drey Monate treten auf. *October,* des allerhöchsten Geburtsfestes sich rühmend, in Gestalt eines wein- und fruchtbekränzten Genius. *November* in Jäger-Gestalt; fröhlicher Geleitsmann des bisherigen Zuges durch so manche Länder, Zeuge erfreulichster Namensfeier. *December,* hausmütterlich herantretend, mit *Kindern,* die an den Weihnachts-Geschenken, noch mehr aber an Allerhöchster Gegenwart und Gunst sich ergötzen, und ein herannahendes der Welt segenreiches Geburtsfest anzukündigen.

Die *Nacht,* ihrer Herrschaft über die ganze gegenwärtige Jahreszeit, so wie über die Fest-Stunden sich anmaßend, führt den *Schlaf* herein, von *Träumen* umgeben, deren Auslegung sie versucht. Alle deuten auf die höchsten Glückseligkeiten der Erde, welche den meisten Menschen nur als Wunsch und Traum erscheinen, Begünstigten aber als Wirklichkeit verliehen sind.

Drey verschwisterte treten auf. *Epos* die Heldendichtung, sonst nur Unheil unter den Großen besingend, erfreut sich glückbringender Einigkeit der höchsten Herrscher.

Tragödie, gleichsam wie aus einem Traume erwacht, wird gewahr, daß das Ungeheure auch einmal heilbringend sey.

Comödie, fühlt sich heiter in den Übrigen, geht, sich mit der Menge zu verbinden und des Tages zu genießen. Jene beyden andern aber, ohne ihren Charakter abzulegen, erbieten sich, dem heutigen Feste zu dienen und was allenfalls einer Aufklärung bedürfte, nachzuweisen.

Fest-Zug.

Die *Ilme* tritt auf, in der Überzeugung, daß sie das Räthselhafte dieser Gestalten-Reihe am besten zu deuten wisse. *Wielands* Charakter, dessen Denk- und Dichtweise wird von ihr umrissen, das glückliche Verhältnis zu seiner Fürstin berührt, des Tieffurter Aufenthaltes mit Anmuth gedacht.

Musarion tritt auf, begleitet von *Phanias* und zwey *philosophischen Gegnern.* Die Lehre von Mäßigung, Genügsamkeit, heiterm Genuß und stiller Duldung wird, nach des Dichters eigenster Weise, kürzlich ausgelegt.

Oberon und *Titania,* mit *Feen* und *Elfen* erscheinend, gestehen, wie sie ihre Wiedervereinigung diesem schönen Tage verdanken, und bekennen sich als Lehnsleute der Allerhöchsten Gäste.

Hüon und *Amanda,* durch der kleinen Geister Versöhnung auch mit ihrem Schicksal ausgesöhnt, bezeigen sich dankbar für die segenreiche Wirksamkeit. *Scherasmin* und *Fatime* stimmen ein.

Der Übergang zu *Herders* Leistungen führt uns auf dessen schöne Eigenschaft: die Stimmen aller Völker zu vernehmen und aus ihren heimischen Tönen auf die Eigenheiten ihrer Neigungen, Tugenden und Fehler zu schließen. Deßhalb sind *Legende* und *Barde* vorgeführt.

Terpsichore, noch gewöhnt an patriotische Klagen, aber begleitet, ermuntert, im höheren Sinne hergestellt durch *Adrastea,* die Allrichtende und Ausgleichende.

Nun aber treten auf *Aeon* und *Aeonis.* Er, als alter Griesgram, keineswegs erbaut von so viel Neuerungen des Tages; sie aber, lebendig heiter, jung, der jungen Gegenwart gemäß, versteht ihn zu beschwichtigen, wozu das herzerhebende Fest ihr die besten Beweggründe darreicht.

Erinnernd an die herrlichste Epoche Spanischer Rittertage, zeugend vom Übergewicht christlicher Heldenkraft über Mahometanischen Hochsinn, erscheinen *Cid, Ximene, Uraka.* Was sie andeuten, bringt jene, den Deutschen so tüchtig als erfreulich überlieferte, Romanzenreihe wieder zur Gegenwart.

Zu den Bemühungen eines *lebenden* Dichters folgt hierauf der Übergang. Die *Ilme* tritt abermals hervor, und indem sie ihm die Beständigkeit seiner Neigung zu ihr zum Verdienst macht, rechtfertigt sie die ihrige. Ein Überblick theatralischer Behandlung wichtiger Weltbegebenheiten wird gefordert, da alle folgende Glieder des Zuges dramatische Werke sind.

Mahomet erscheint mit *Palmyren* und *Seïden.* Als Musterbild dramatischer Beschränkung in Ansehung der Handlung, der Zeit und des Ortes, wie solche früher die Alten, späterhin besonders die Franzosen beliebt, kann diese Darstellung wohl gelten.

Die Aussicht auf eine freyere Dichtart wird gegeben. *Götz von Berlichingen* tritt auf, von den Seinigen begleitet, mit Gegnern ausgesöhnt. Wir sehen *Gattin, Sohn* und *Schwester,* voran den treuen *Georg. Weislingen, Adelheid* und *Franz* dürfen nicht fehlen. *Landvolk* zeigt sich, den einfachen Lebensgenuß zur verworrensten Zeit, *Zigeuner* dagegen, den gesetzlichen Zustand aufgelöst anzudeuten. Doch wagt eine jüngere, durch sinnvolle Sprüche, die harten Vorwürfe von sich und den Ihrigen abzulehnen und auch sich und ihre Sippschaft höchster Gunst würdig darzustellen.

Das Personal von *Faust* giebt Anlaß zu einem umgekehrten Menechmenspiel. Hier sind nicht Zwey, die man für Einen halten muß, sondern Ein Mann, der im Zweyten nicht wieder zu erkennen ist. *Faust als Doctor,* begleitet von *Wagner; Faust als Ritter, Gretchen* geleitend. *Die Zauberin,* die das Wunder geleistet, mit glühendem Becher, tritt zwischen beyden Paaren auf. *Mephistopheles* verläßt *Marthen,* um seine Gesellschaft selbst zu exponiren. Er deutet auf eine zweyte Erscheinung. Zum Zeugniß, daß dies alles in heiterer gewohnter Welt vorgehe, ist noch frische *Jugend* damaliger Zeiten vorgeführt.

Die Tragödie meldet sich nun, als an ihrer eigensten Stelle, da sie Musterbilder von *Schillers* Werken vorzuführen hat.

Braut von Messina tritt auf. *Mutter* und *Tochter.* Das verwaiste Paar von *Aurora* eingeführt. Der Charakter dieser Schicksals-Tragödie wird vorgetragen, derselben Werth und Würde hervorgehoben. Indem aber das Bild einer solchen, mit furchtbarer Consequenz und doch zwecklos handelnden Macht, von entschiedener Meisterhand, sich uns grauenvoll entgegen stellt, sind wir zum düstersten Punkt des Ganzen gelangt, nur aus höheren Regionen zu erhellen.

Wilhelm Tell, begleitet von allen Gestalten, die ihm durch Legende und Dichtung vorlängst zugegeben worden. Uns freut vor allem sein glücklich erworbenes *Kind. Walther Fürst, Werner Staufacher, Arnold Melchthal,* ewig bund- und eidgenossene Namen! Auch die tüchtigen und gut gesinnten *Hausfrauen* zieren die Gesellschaft; so wie die bisher abgesonderten Geschlechter, *Rudenz* und *Bruneck,* sich gerne fügen. Mehrere *Landsleute* werden willkommen geheißen. Ja sogar die Gestalt *Geßlers* wagt es, versöhnt, unter seinen Widersachern aufzutreten.

Aber indem der Zug ernst und muthig herantritt, findet er sich fast überrascht, einen freyeren Boden zu betreten, als den, woher sie gekommen. Sie preisen die Gegend glücklich, wo der Fürst sich mit den Seinigen verbündet, damit das anerkannte Gesetz auch sogleich zur entschiedenen Ausführung gelange, und Recht gegen Recht sich nicht bloß durch Hinderungen darthue.

Von dieser sich unter einander bestärkenden Gesellschaft werden wir zur Betrachtung eines einzelnen Mannes geführt, der die Kräfte vieler Tausende in sich vereinigt fühlte. *Wallenstein* tritt auf in seiner Kraft, die zarte nachgiebige *Gattin* an seiner Seite. Dämonisch begleitet ihn *Gräfin Terzky* an der andern. *Max, Thekla* und ihre vertraute *Neubrunn* ahnen die bevorstehenden Schicksale nicht. Höchste Selbstständigkeit, gewaltige Einwirkung auf Andere, ruhig durchgeführte Plane bezeichnen den außerordentlichen Mann. Aber ach! zu große Selbstsucht, wankende Treue, vergiften sein hohes Gemüth. Zweifel am Gegenwärtigen, Furcht vor dem Zukünftigen beunruhigen, verwirren ihn sogar. Der *Sterndeuter* will belehren, will thöricht auf die Richtung hinweisen, die der Mann seinem eignen Charakter verdanken sollte.

Wallensteins Lager verleiht uns eine Musterkarte des seltsamen Heeres, welches der anziehende Name des weit berühmten Helden zusammen gerufen. Eingeführt werden sie auf ihre eigene Weise, und wir treffen hier auf den heitersten Punkt unserer Darstellungen.

Tieferes Nachdenken erregt die folgende Abtheilung, wo, nach einem vielversprechenden Fragmente Schillers, der Wendepunkt Russischer Geschichte angedeutet werden sollte. Wir sehen dieses hohe würdige Reich in beklagenswerther Verwirrung unter einem tüchtigen und untüchtigen Usurpator: *Boris* und *Demetrius.* Schwer ist solch' ein Zustand zu schildern, der den Geist des Beobachters niederdrückt; herzerhebend hingegen die Aussicht auf das Glück, das nachher aus einer reinen ununterbrochenen Erbfolge entspringt. *Marina, Axinia, Odowalsky* zieren die Gruppe.

Möge, nach so viel Ernst, ein leichtsinniges Mährchen zum Schlusse gefallen. *Altoum,* fabelhafter Kaiser von China; *Turandot,* seine räthselliebende Tochter, stellen sich vor. *Kalaf,* ein kühner Bewerber, *Adelma,* eine leidenschaftliche Nebenbuhlerin, *Zelima* und ein wunderliches *Maskengefolge* erbitten sich, wie dem Ganzen, Geneigtheit und Nachsicht.

Epilog.

Die *Ilme* kann sich nicht versagen noch einmal zu erscheinen und ihren höchsten Stolz auf den heutigen Tag zu bekennen. Auf ihrer Spur tritt festlich froh, jedoch über das lange Verweilen der Nacht, über zudringliche Darstellung allzuvieler poetischer Erzeugnisse gleichsam ungeduldig, herein der *Tag*, begleitet von *Pallas Athene*, welche den Bund mit ihrer so lange begünstigten getreuen Stadt feyerlichst erneuert, und von *Clio*, die sich verpflichtet deren Ruhm auf's neue, gegenwärtiges Fest verkündend, in aller Welt auszubreiten. Vorgeführt werden sodann: *Künste* und *Wissenschaften*. Alle, bisher von dem höchsten Hause für mannigfaltige Dienste gepflegt und gewartet, widmen und empfehlen sich einer frohen glücklichen Nachkommenschaft.

Festzug
dichterische
Landes-Erzeugnisse,
darauf aber
Künste und Wissenschaften
vorführend.
Weimar 18ter December 1818.

Genius, *als Pilgrim.*
Zwey Knaben *mit Reisetafeln.*

Eure Pfade zu bereiten
Schreit' ich allen andern vor,
Treuer Genius der Zeiten
Leicht gehüllt in Pilgerflor.
Auf den Zwillings-Tafel-Flächen
Seht ihr manchen heitern Raum,
Grünend, blühend wie von Bächen,
Aufgeregten Frühlingstraum.
Flüsse blinken, Städte prunken,
Wie das Licht den Äther schwellt,
Kreis' auf Kreise, Funk' aus Funken,
Und die Welt ist erst die Welt.

Sehen wir am Himmelsbogen
Bilder glänzend ausgesät,
Räume hast *Du* nun durchzogen
Wo *Du* Tochterglück erhöht.
Sehn wir Enkel *Dich* umschweben,
Reichlich wie Granate glüht,
Segnen wir das Blüthenleben:
Denn *Du* bist es die erblüht.

Nacht *allein tritt auf.*

So tret' ich vor mit nie gefühlter Wonne,
Mein düstrer Schleier hebt sich vom Gesicht.
Die Majestät ist milder als die Sonne,
Denn ihre Gegenwart vertreibt mich nicht.

Doch wenn ich denke: daß ich alles fülle,
Daß nur in mir die hellste Sonne strahlt,
Auf dunklem Grunde blinkend, lieblich, stille,
Sich Stern an Stern in ew'gen Bildern malt;
Dann möcht' ich viel verkünden, viel erzählen,
Jedoch mein Mund, der unberedte, schweigt.
Wo ist ein Gold zu Fassung der Juwelen?
Wo ist ein Schmuck der diesem sich vergleicht?

DREY MONATE *treten auf.*
NACHT *fährt fort.*

Drey Monden sind es die mir Gunst erweisen,
Stets länger, breiter dehnt mein Reich sich aus;
Ich kann sie diesmal hoch und herrlich preisen:
Denn sie verherrlichen das höchste Haus.

OCTOBER *als Weingott.*

Wenn dieser sich mit Kranz auf Kranz bekränzt,
So wird man ihm den Stolz vergeben;
Wenn Übermuth von Stirn und Auge glänzt,
Er deutet hin auf's reichbegabte Leben.
Wie er sich auch mit Ranken freudig ziert,
Wie honigsüß die Kelter fließen mag,
Das ist es nicht: denn ihm allein gebührt
Des Festes Fest, ein auserwählter Tag;
Ein Tag so hehr, im Zeitenkreis gestellet,
Der fünf und zwanzigste bleibt seine Zahl,
Der *Sie* dem Licht, ein neues Licht, gesellet,
Sich wiederhohl' er überzähligmal.

NOVEMBER *als Schütze.*

Dieser, der nach Jägerweise,
Wälder, Berg und Thal durchstreift,
Tritt herbey zu *Deinem* Preise,
Da er nicht im Weiten schweift;
Nein! das schöne Glück ergreift
Zu begleiten *Deine* Reise.

Hinter Ceres Flügelwagen
Wie sich still die Furche schließt,
Und nach mildvergangnen Tagen
Sich das Erndtefest ergießt;
Wird er so auf grünen Höhen,
Auf der goldnen Saaten Flur
Immerfort gesegnet sehen
Deines Zuges reiche Spur.

DECEMBER *als Mutter, mit zwey* KINDERN.

Der Weihnachtsbaum war mütterlich geschmückt,
Die Kinder harrten mit Verlangen,
Und das Ersehnte wird herangerückt,
Das holde Fest wird glanzvoll früh begangen.
Was Kinder fühlen wissen wir nicht leicht! –
(*zum* KINDE)
Magst du, mein Schatz! dich unterwinden
Und wie es dir im stillen Herzen däucht,
Mit lauter Stimme selbst verkünden?

WEIHNACHTS-KINDER.

Der Winter ist den Kindern hold,
Die jüngsten sind's gewohnt.
Ein Engel kommt, die Flüglein Gold,
Der guten Kindern lohnt.
Sie sind geschickt, sie sind bereit
Zu mancher Jahre Lauf;
Nun sind wir fromm auf Lebenszeit;
Der Himmel that sich auf.
Sie kommen, bringen, groß wie mild,
Ein einzig Weihnachtsfest!
Auf Erden bleibet Ihr sein Bild,
Auch uns im Herzen fest.

Ich weiß, wir dürfen *Dir* uns nah'n,
Uns gönnst *Du* jede Zeit,
Wie selig ist es zu empfahn,
Und Dank ist Seligkeit.

Bedürfniß macht die Kinder gleich,
Sie blickt und hilft geschwind.
Denn hoch und niedrig, arm und reich
Das alles ist Ihr Kind.

SCHLAF *und* NACHT. *Letzte spricht.*

Er schwankt heran, er kann mich nicht entbehren,
Der holde Knabe! Sanft auf mich gelehnt
Steht er geblendet! –
(zum Schlafe) Kann dir nicht gewähren
Wonach du dich schon Stundenlang gesehnt,
Hier ist nicht Ruh; hier sind nicht weiche Pfüle;
Jedoch, wie sonst, vertraue mir.
Ich schirme dich im glänzenden Gewühle,
Was and're sehn, im Traume zeig' ich's dir.
(Sie fährt fort die TRÄUME *auszulegen.)*

VIER TRÄUME.
Menschliche Wünsche und Glückseligkeiten vorstellend.

Erhaben stehn auf höchster Stelle,
Die Welt regieren, ihr zum Heil,
Am Steuer herrschend über Sturm und Welle
Sey *wenigen*, den würdigsten zu Theil.

Doch pflichtgemäß, befehlgemäß zu handeln,
Befördern das gemeine Glück,
Im lichten Abglanz ehrenvoll zu handeln,
Sey *mehrerer*, sey des Verdienst's Geschick.

Wem der Besitz von Geld und Gut gelungen,
Erhalte was ihm angehört.
Das haben *viele* sich errungen,
Genießen sie es ungestöhrt.

Doch wieder jung in seinen Kindern werden,
Auf ewige Tage sich zu freun,
Das ist das höchste Glück auf Erden
Und ist *der ganzen Welt* gemein.

Mich zieht es weg, ich darf nicht länger säumen,
Und sage mit Besonnenheit:
Das alles kann ein jeder träumen;
Euch ganz allein ist's Wirklichkeit.

Er träume fort und schaue geist'gen Blicks
Was Euch die Götter Günst'ges zubereiten.
Wir, wachend glücklich, Zeugen Eures Glücks
Und hochgetrost für ewige Zeiten.

Drey Dichtarten.
Epos, Tragödie, Comödie.

Epos.

Mit Zuversicht darf ich mich hier erheben,
Dem Allergrößten war ich stets vertraut.
Wenn andre staunen, wenn verwirrt sie beben,
Da fühl' ich mich von Grund aus auferbaut.
Achillen hegt' ich, hegt' Ulyssen kräftig,
Im Tiefsten froh, an heitrer Lebensbrust
Und alles Andre was umher geschäftig
Im Heldenleben rang zu Schmerz und Lust;
So zuversichtlich trat ich hier herein,
Nun schein ich mir nur mein Gespenst zu seyn.

Sonst wiederhohlt' ich: wie die Herrn der Schaaren,
Achill und Agamemnon, sich entzweit,
Den Jammer um Patroklos, Hektors Bahren
Erhielt ich laut durch alle Folgezeit;
Mittheilt' ich tausend aber tausend Jahren
Der Griechen, der Trojaner Herzeleid.
Das will nun alles abgethan erscheinen,
Die Großen sehn sich, einen sich, vereinen.

Tragödie.

Das Ungeheure war mir anempfohlen,
Und ich behandelt' es im höchsten Sinn,
Wohin ich trat, erglühten mir die Sohlen

Von Leidenschaften, gräßlicher Gewinn!
Heut aber muß ich eigens mich erholen,
Indem ich Zeit und Ort entfremdet bin.
Das Ungeheure ward nun! – Doch zum Besten
Verklärte sich's, verklärte sich's zu Festen.

COMÖDIE.

Ich aber, Schwestern, kann mich nicht verleugnen,
Mit frohem Sinne blick' ich alles an.
Hier kann sich nichts als Freudiges ereignen,
Ich brauche nichts zu thun, es ist gethan.
So will ich mich in dieses Band verweben,
Und was mir ähnelt führ' ich froh heran.
Hier seh' und fühl' ich ein erregtes Leben,
Ich theile was ich sonst gegeben. *(entfernt sich)*

EPOS.

Die Wirkung dieses Festes fühl' ich gleich;
Ein neuer Sinn muß uns vereinen.
Den Rücken kehr' ich meinem Schlachtenreich,
Und du, enthalte dich von Klag' und Weinen.
Wir sind verändert! – Stolzes Thatgepränge
Zu keinem Ziel und Zweck ist uns ein Schaum;
Verwirrtes Wogen unverständ'ger Menge,
Von allen Träumen ist's der schwerste Traum.
Nothwendigkeit und Schicksal! herbe Strenge! –
Hervor, o Schwester, frei im freisten Raum!
Nicht störrisch darf sich Leidenschaft erkühnen;
Die schönste Leidenschaft ist, hier zu dienen.

TRAGÖDIE.

Den preise selig der erfährt,
Was Millionen sich erflehen!
Was jedes Kind, was jeder Greis begehrt:
Von Eurem Blick ermuntert hier zu stehen;
Dies hohe Glück ist uns gewährt. –
Wie Geist und Liebe diesen Saal durchwehen,
Dem Fühlenden Gefühl begegnet,
Wie jeder sich im Ganzen segnet,

Gelinge lieblich zu enthüllen
Uns, Eurem Dienst entzündeten Sibyllen!

EPOS.

Den Jubel hör' ich schon des muntern Zuges,
Wie froh beschleunigt jeder seinen Gang:
Denn was ihm heut gewährt ist, raschen Fluges,
Bleibt würdiger Schatz das ganze Leben lang.
Nur Augenblicks an dieser Stelle halten,
Von Euch bemerkt Euch nah zu stehn
Ist höchste Gunst, die sämmtliche Gestalten
Durch meinen Mund vorläufig anerflehn.
Damit jedoch in solchem Lustgetümmel,
Der Sinn erscheine der verschleiert liegt,
Gestaltenreich, ein überdrängt Gewimmel,
Dem innern Sinn so wie dem äußern gnügt;
So melden wir: daß alles was vorhanden,
Durch Musengunst den Unsrigen entstanden.

TRAGÖDIE.

„Man hält mit jedem Stoffe sich geschmückt,
Wenn er ein Landerzeugniß! – Mag der beste
Dem Ausland bleiben! – Eigner Fleiß beglückt,
Und eignet sich dem Anschaun höchster Gäste."
So sagte Jene die uns angeregt,
Selbstthätig weiß uns alle zu beseelen;
Geschieht nunmehr was sie uns auferlegt;
So können wir in keinem Sinne fehlen.

Was von Erzeugnissen dem Dichtergeist
Im stillen Thal der Ilme längst gelungen,
Ist mehrentheils was dieser Zug beweist.
Er kommt! Gestalt Gestalten aufgedrungen.

Und wenn die Guten – sag' ich's nur gerührt –
Die uns der Welt Bedeutnisse gegeben,
Vorüber sind, so sey zu Lust und Leben
Was sie vermocht vor diesen Tag geführt.

FESTZUG.

„Wenn vor deines Kaisers Throne
Oder vor der Vielgeliebten,
Je dein Name wird gesprochen;
Sey es dir zu höchstem Lohne.

Solchen Augenblick verehre;
Wenn das Glück dir solchen gönnte!“
Also klingt vom Oriente
Her des Dichters weise Lehre.

Glücklich preisen wir die Guten
Die wir jetzt zu nennen wagen,
Die, in kurzvergangnen Tagen,
Weggeführt des Lebens Fluten.

DIE ILME *tritt auf.*

Wenn die Ilme, still im Thale,
Manchen goldnen Traum gegängelt;
So erlaubt, daß hoch im Saale
Sie den Feyerzug durchschlängelt.

Denn ich muß am besten wissen
Wie das Räthsel sich entsiegelt;
Die sich solcher Kunst beflissen
Haben sich in mir bespiegelt.

Droben hoch an meiner Quelle
Ist so manches Lied enstanden,
Das ich mit bedächt'ger Schnelle
Hingeflöst nach allen Landen.

Lebensweisheit, in den Schranken
Der uns angewiesenen Sphäre,
War des Mannes heitre Lehre
Dem wir manches Bild verdanken.

Wieland hieß er! Selbst durchdrungen
Von dem Wort das er gegeben,
War sein wohlgeführtes Leben
Still, ein Kreis von Mäßigungen.

Geistreich schaut er und beweglich
Immerfort auf's reine Ziel,
Und bey ihm vernahm man täglich:
Nicht zu wenig, nicht zu viel.

Stets erwägend, gern entschuld'gend,
Oft getadelt, nie gehaßt;
Ihr mit Lieb' und Treue huld'gend
Seiner Fürstin werther Gast.

MUSARION.
(spricht Phanias)

Ein junger Mann von schönen Gaben,
Von edlem Sinn und rascher Lebenslust,
Um Antheil an der Welt zu haben
Eröffnet ihr die hoffnungsvolle Brust.
Gesellen, Freunde, weibliche Gestalten
Von großer Schönheit, kreisen um den Tag.
Bei Fest und Sang, wo Freud' und Liebe walten,
Gewährt das Glück was es im Glanz vermag.
Doch solch ein Rausch reich überdrängter Stunden,
Er dauert nicht. – Und alles ist verschwunden.

Er steht allein! Jetzt soll Philosophie
Bald ernst, bald schwärmerisch, ihn heilen,
Die eine fordert streng, die andre würdigt nie
Am Boden thätig zu verweilen
Den Sie bebauen sollte. Zweifelhaft
Wird nun der Sinn, gelähmt ist jede Kraft;
Verdüstert Haupt, erfrostet alle Glieder,
So wirft er sich am Scheidewege nieder.

Ein Mädchen kömmt, die er geliebt,
Aus falschem Argwohn sie verlassen.
Sie ist's die mir die besten Lehren giebt:
„Warum das Leben, das Lebend'ge hassen?
Beschaue nur in mildem Licht
Das Menschenwesen, wiege zwischen Kälte
Und Überspannung dich im Gleichgewicht;
Und wo der Dünkel hart ein Urtheil fällte,
So laß ihn fühlen, was ihm selbst gebricht;
Du, selbst kein Engel, wohnst nicht unter Engeln,
Nachsicht erwirbt sich Nachsicht, liebt geliebt.
Die Menschen sind, trotz allen ihren Mängeln,
Das Liebenswürdigste was es giebt.
Fürwahr, es wechselt Pein und Lust.
Genieße wenn du kannst, und leide wenn du mußt,
Vergiß den Schmerz, erfrische das Vergnügen.
Zu einer Freundin, einem Freund gelenkt,
Mittheilend lerne wie der andre denkt.
Gelingt es dir den Starrsinn zu besiegen,
Das Gute wird im Ganzen überwiegen."

Wer von dem höchsten Fest nach Hause kehrt,
Und findet was Musarion gelehrt:
Genügsamkeit und tägliches Behagen
Und guten Muth das Übel zu verjagen,
Mit einem Freund, an einer Liebsten froh!
Der Größt' und Kleinste wünscht es immer so.
Gesteht, es war kein eitles Prangen,
Mit diesem Bild den Schauzug anzufangen.

Oberon.

Das kleine Volk das hier vereint
In luftigem Gewand erscheint,
Sind Geister voller Sinn und Kraft;
Doch wie der Mensch, voll Leidenschaft.

Der König und die Königin,
Titania, Oberon genannt,

Entzweiten sich aus Eigensinn
Und wirkten, schadenfroh entbrannt.
Anheut jedoch im höchsten Flor
Und Glanze treten sie hervor.
Längst an Verdruß und Zorn gewöhnt,
Sie haben heute sich versöhnt,
Wohl wissend wie vor Eurem Blick
Mißwollen bebt und Haß zurück.

Denn daß die Wesen sich entzwei'n,
Das mögte ganz natürlich seyn;
Jedoch Natur, beherrscht von Euch,
Gern unterwirft sich Eurem Reich,
Und jedes Gute das ihr thut,
Kommt vielen andern auch zu gut.

So ist es! Dieser junge Held
Gar wohl gepaart vor Euch gestellt,
Der Hüon heißt, Amanda sie,
Litt große Noth und herbe Müh,
Weil Zwist in dieser Geister Schaar
Auch Zwist in seinem Schicksal war.

Das alles habt Ihr abgestellt,
Den Himmel diesem Kreis erhellt.
Und Hüon hat's verdient! Die schwerste That
Ward ihm geboten; diese schafften Rath.
Mehr darf ich mich zu sagen nicht erkühnen.
Doch es beweist sich daß es Wahrheit sey:
Gott, seinem Kaiser, Einem Liebchen treu,
Dem müssen alle Geister dienen.

Die Ilme.

Ein edler Mann, begierig zu ergründen
Wie überall des Menschen Sinn ersprießt,
Horcht in die Welt, so Ton als Wort zu finden
Das tausendquellig durch die Länder fließt.
Die ältesten, die neusten Regionen
Durchwandelt er und lauscht in allen Zonen.

Und so von Volk zu Volke hört er singen
Was jeden in der Mutterluft gerührt,
Er hört erzählen was von guten Dingen
Urvaters Wort dem Vater zugeführt.
Das alles war Ergötzlichkeit und Lehre,
Gefühl und That, als wenn es eines wäre.

Was Leiden bringen mag und was Genüge,
Behend verwirrt und ungehofft vereint,
Das haben tausend Sprach- und Redezüge,
Vom Paradies bis heute, gleich gemeint.
So singt der Barde, spricht Legend' und Sage,
Wir fühlen mit, als wären's unsre Tage.

Wenn schwarz der Fels, umhangen Atmosphäre
Zu Traumgebilden düstrer Klage zwingt,
Dort heiterm Sonnenglanz im offnen Meere
Das hohe Lied entzückter Seele klingt;
Sie meinens gut und fromm im Grund, sie wollten
Nur Menschliches was alle wollen sollten.

Wo sich's versteckte wußt er's aufzufinden,
Ernsthaft verhüllt, verkleidet leicht als Spiel;
Im höchsten Sinn der Zukunft zu begründen
Humanität sey unser ewig Ziel.
O! warum schaut er nicht, in diesen Tagen,
Durch Menschlichkeit geheilt die schwersten Plagen.

Terpsichore. Adrastea.

Denn ach! bisher! das goldne Saitenspiel
Terpsichores ertönte nur zu Klagen,
Ein Lied erklang aus schmerzlich tiefer Brust:
Die Welt umher sie lag zerrissen,
Entfloh'n die allgemeine Lust!
Das Leben selbst, man konnt' es missen.
Doch Adrastea zeigte sich,
Des Glückes Aera war gegeben,
Vergangenheit und Zukunft freuten sich,
Das Gegenwärt'ge ward zum Leben.

AEON *und* AEONIS. *Letzte spricht.*

Das Gegenwärt'ge kommt in doppelter Gestalt,
Ihr seht es jung, ihr seht es alt;
Zusammen gehen sie noch eine kleine Strecke,
Ungleicher Schritt befördert nie,
Die Zeit verschiebt nicht nur die Zwecke,
Auch andre Mittel fordert sie.
So weise, klug er auch gehandelt,
Ein halb Jahrhundert aufgeklärt,
Auf einmal anders wird gewandelt
Und andre Weisheit wird gelehrt.
Was galt, es soll nicht weiter gelten,
Nichts mehr von allem ist erprobt,
Das was er schalt, darf er nicht schelten,
Nicht loben was er sonst gelobt;
Sogar in seinen eignen Hallen
Verkündet man ihm fremde Pflicht,
Man sucht nicht mehr ihm zu gefallen,
Wo er befiehlt gehorcht man nicht.

Er würde sich das Leben selbst verkürzen,
Verzweifelnd sich zum Orkus stürzen;
Doch seine Tochter hält ihn fest,
Versteht ihn lieblich zu erfreuen,
Beweist, mit tausend Schmeich⟨e⟩leien,
Daß er sich selbst weit hübscher hinterläßt.
Was ihm entging, sie hat's gewonnen,
Und ihr Gefolg' ist ohne Zahl;
Was ihn verließ, es kam ihr nachgeronnen,
Was ihm nicht mehr gelingt, gelingt ihr tausendmal.
Zum Glücke laßt Ihr uns herein:
Denn solch' ein Fest konnt' er sich nicht erwarten;
Er sieht es blüht ein neuer Garten,
Der blüht für mich; was mein ist, bleibt auch sein.
Er fühlt sich besser, als in besten Zeiten,
Ist neu belebt und wird mich froh begleiten.

Cid.

Wer ist hier so jung an Jahren,
Weltgeschicht' und Dichtung fremde?
Der verehrend nicht erkennte
Solcher Namen Hochgewicht.

Hier ist Cid und hier Ximene,
Muster jedes Heldenpaares,
Donna Uraka, die Infantin,
Zarter Liebe Musterbild.

Wie der Jüngling, fast ein Knabe,
Ehre seines Hauses rettet;
Aber Sie den Vatermörder
Auf den Tod verfolgend liebt.

Wie er Könige der Heiden
Überwindet zu Vasallen;
Seinem Könige getreuster,
Bald erhoben bald verbannt.

Und Ximene Hausesmutter,
Rein beschränkt auf ihre Töchter,
Wenn Uraka still im Herzen
Hegt ein frühgeliebtes Bild.

Wer ist hier so jung an Jahren,
Weltgeschicht' und Dichtung fremde?
Der verehrend nicht gedächte
Solcher Namen Hochgewicht.

Aber ach! die Jahre weichen,
Und es weicht auch das Gedächtniß.
Kaum von allerhöchsten Thaten
Schwebt ein Schattenbild uns vor.

Und so eile nun ein jeder,
Wie ihm freie Zeit geworden,
Frisch das Heldenlied zu hören
Wie es unser *Herder* gab.

Den wir nur mit Eile nennen,
Den Verleiher vieles Guten,
Daß nicht tiefgefühlte Trauer
Diesen Tag verdüstere.

DIE ILME.

Da bin ich wieder, lasse mir nicht nehmen
Den anzukünd'gen der nun folgen soll.
Er muß sich jetzt zur Einsamkeit bequemen;
Doch ist sein Herz Euch treu und liebevoll.
Er dankt mir viel, ich weiß daß er nicht wanket,
Ich will ihm wohl, weil er mir's treu verdanket.

Die Bäume sämmtlich, die mich hoch umschatten,
Die Felsen rauh und seltsam angegraut,
Der Hügel Grün, das Grünere der Matten,
Sie haben ihm ein Paradies gebaut;
Doch heute ließ er gern den Kreis der Erden,
Nur um das Glück vor Euch genannt zu werden.

Doch seyd ihm gnädig! wohlgestimmt erduldet,
Wenn Seltsames vielleicht vor Euch erscheint.
Als Dichter hat er manches zwar verschuldet,
Im höhern Sinne war es gut gemeint.
Ich sehe mich allein, die andern fehlen,
Da nehm' ich mir ein Herz, und will's erzählen.

Weltverwirrung zu betrachten,
Herzensirrung zu beachten,
Dazu war der Freund berufen,
Schaute von den vielen Stufen
Unsres Pyramidenlebens
Viel umher und nicht vergebens:
Denn von außen und von innen
Ist gar manches zu gewinnen.

Daß nun dies auch Deutsche Leute
Bei Gelegenheit erfreute,
Ließ er auf der Bühne schauen

Heldenmänner, Heldenfrauen.
Wenige zuerst, dann viele
Kamen zum belebten Spiele,
Immer nach verschiednen Formen,
Strengen und befreiten Normen.
Da denn unter diesem Haufen
Allerlei mag unterlaufen,
Womit ich mich nicht befasse,
Sondern bittend Euch verlasse:
Daß Ihr's freundlich mögt beschauen,
Hohe Herrn und hohe Frauen.

Mahomet.

Der Weltgeschichte wichtiges Ereigniß:
Erst Nationen angeregt,
Dann unterjocht und mit Propheten-Zeugniß
Ein Neu Gesetz den Völkern auferlegt.
Die größten Thaten die geschehen,
Wo Leidenschaft und Klugheit streitend wirkt,
Im kleinsten Raume dargestellt zu sehen
In diesem Sinn ist solch' ein Bild bezirkt. –

Das einzig macht die Kunst unsterblich,
Und bleibt der Bühne Glanz und Ruhm,
Daß sie was groß und würdig, was verderblich
Von je betrachtet als ihr Eigenthum.
Doch mußte sie bei Füll' und Reichthum denken
Sich Zeit und Ort und Handlung zu beschränken.

Der Gallier that es wie's der Grieche that;
Der Britte doch, mit wenigem Bemühen
Gewohnt die Segel aufzuziehen,
Erfand sich einen andern Rath:
Einbildungskraft verlangt er, die so gerne
Geschäftig schwärmt, den Tag im Tag vergißt,
Von nächster Nähe bis zur weitsten Ferne
Die schnellsten Wege hin und wieder mißt,
Der es beliebt, zu immer regem Leben,
Mit Handlungen die Handlung zu durchweben.

Dort wird Verstand gefordert um zu richten
Ob alles wohl und weislich sey gestellt,
Hier fordert man Euch auf zu eignem Dichten
Von Euch verlangt man eine Welt zur Welt,
Wo Dichter, Spieler, Schauer sich verbinden,
Sich wechselseits erwärmen und entzünden.

Götz von Berlichingen.

So auch der Deutsche gern. Auf diesem Pfade
Naht frei entwickelt sich ein reich Gebild.
Auch dieses bittet: Schenkt ihm Gunst und Gnade!
Die bunten Züge mustert freundlich mild,
Alsdann vernehmt, ganz zur gerechten Stunde,
Was es verbirgt im tiefsten Hintergrunde.

Die Schreckenstage die ein Reich erfährt,
Wo jeglicher befiehlt und keiner hört,
Wo das Gesetz verstummt, der Fürst entflieht,
Und niemand Rath und niemand Rettung sieht,
Die schildr' ich nicht: denn ewig ungepaart
Bleibt solchem Fest Erinnrung solcher Art.

Doch dieses Bild führt uns heran die Zeit
Wo Deutschland, in und mit sich selbst entzweit,
Verworren wogte, Zepter, Krummstab, Schwerdt,
Feindselig eins dem andern zugekehrt;
Der Bürger still sich hinter Mauern hielt,
Des Landmanns Kräfte kriegerisch aufgewühlt;
Wo auf der schönen Erde nur Gewalt,
Verschmitzte Habsucht, kühne Wagniß galt.

Ein Deutsches Ritterherz empfand mit Pein
In diesem Wust den Trieb gerecht zu seyn.
Bei manchen Zügen die er unternahm,
Er half und schadete, so wie es kam,
Bald gab er selbst, bald brach er das Geleit,
That Recht und Unrecht in Verworrenheit,

So daß zuletzt die Woge die ihn trug
Auf seinem Haupt verschlingend überschlug;
Er, würdig-kräft'ger Mann, als Macht gering,
Im Zeitensturm unwillig unterging.

Ihm steht entgegen, selbst gewiß, in Pracht,
Des Pfaffenhofes listgesinnte Macht,
Gewandter Männer weltlicher Gewinn
Und leidenschaftlich wirkend Frauensinn,
Das wankt und wogt, ein streitend Gleichgewicht,
Die Ränke siegen, die Gewalt zerbricht.
Zur Seite steht des Landmanns Heiterkeit,
Der jeden Tags des Leidlichen sich freut.
Und fernerhin Zigeuner zeigen an
Es sey um Ordnung in dem Reich gethan.
Denn wie die Schwalbe Sommer deutend schwebt,
So melden sie daß man im Düstern lebt,
Sind räuberisch, entführen oft zum Scherz,
Wahrsagerinnen, Menschen Geist und Herz.

ZIGEUNER-TOCHTER *tritt vor.*

Schwestern, wir wollen es nicht ertragen,
Wir wollen auch ein Wörtchen sagen.
(zur Gesellschaft.)
Eure Gnade sey zu uns gekehrt!
Ihr verdammt uns nicht ungehört.
Werde wahrzusagen wissen,
Nicht weil wir die Zukunft kennen;
Aber unsre Augen brennen
Lichterloh in Finsternissen
Und erhellen uns die Nächte.

So kann unserem Geschlechte
Nur das Höchste heilig däuchten,
Gold und Perlen und Juwelen
Können solcher edlen Seelen
Himmelsglanz nicht überleuchten.
Der allein ist's der uns blendet.

Aber wenn wir abgewendet
Stehn betroffen, lockt uns wieder
Mutterlieb', so süß vom Throne,
Zu der Tochter, zu dem Sohne;
Doch sie steigt vom Throne nieder
Und beseligt niedere Hütte.

Kennet Wunsch, Bedürfniß, Bitte
Längst bevor sie ausgesprochen,
Allem, allem thut sie Gnüge.
Dafür leuchtet aus der Wiege
Ihr ein Knösplein aufgebrochen,
Eine Gegengabe Gottes!

FAUST.

MEPHISTOPHELES *tritt vor.*

Wie wag' ich's nur bei solcher Fackeln Schimmer!
Man sagt mir nach ich sey ein böser Geist,
Doch glaubt es nicht! Fürwahr ich bin nicht schlimmer
Als mancher der sich hoch fürtrefflich preist.
Verstellung sagt man sey ein großes Laster,
Doch von Verstellung leben wir;
Drum bin ich hier, ich hoffe nicht verhaßter
Als andre jene, vor und hinter mir.

Der kommt mit langem, der mit kurzem Barte
Und drunter liegt ein glattes Kinn,
Ein Sultan und ein Bauer gleich von Arte
Verstellen sich zu herrlichstem Gewinn
Euch zu gefallen. So, den Kreis zu füllen,
Komm' ich als böser Geist mit bestem Willen.
Denn böser Wille, Widerspenstigkeit, Verwirrung
Der besten Sache fährdet nicht die Welt,
Wenn scharfes Aug' des Herrschers die Verirrung
Stets unter sich, in kräft'ger Leitung hält;
Und wir besonders können sicher hausen,
Wir spüren nichts: denn alles ist dadraußen.

Nun hab' ich mancherlei zu sagen,
Es klingt beinah wie ein Gedicht;

Betheur' ich's auch, am Ende glaubt ihr's nicht,
So muß ich's denn wie vieles andere wagen.

Hier steht ein Mann, ihr seht's ihm an,
In Wissenschaften hat er g'nug gethan,
Wie dieses Vieleck das er trägt
Beweist, er habe sich auf vielerlei gelegt.
Doch da er Kenntniß g'nug erworben,
Ist er der Welt fast abgestorben.
Auch ist, um resolut zu handeln,
Mit heiterm Angesicht zu wandeln,
Sein Äußeres nicht von rechter Art,
Zu lang der Rock, zu kraus der Bart;
Und sein Geselle wohlbedächtig,
Steckt in den Büchern übernächtig.
Das hat der gute Mann gefühlt
Und sich in die Magie gewühlt.
Mit Zirkeln und Fünfwinkelzeichen
Wollt' er Unendliches erreichen,
Er quälte sich in Kreis und Ring,
Da fühlt' er daß es auch nicht ging.

Gequält wär' er sein Lebelang;
Da fand er mich auf seinem Gang.
Ich macht' ihm deutlich daß das Leben
Zum Leben eigentlich gegeben,
Nicht sollt' in Grillen, Phantasien
Und Spintisirerei entfliehen.
So lang man lebt, sey man lebendig!
Das fand mein Doctor ganz verständig,
Ließ alsobald sich wohlgefallen
Mit mir den neuen Weg zu wallen.
Der führt uns nun zu andern Künsten.
Die gute Dame war zu Diensten.
An einem Becher Feuerglut
That er sich eilig was zu gut.
In einem Wink, eh man's versah
Stand er nun freilich anders da;
Vom alten Herrn ist keine Spur,
Das ist derselbe, glaubt es nur.

Und wenn euch dies ein Wunder däucht,
Das Übrige ward alles leicht.
Ihr seht den Ritter, den Baron
Mit einem schönen Kinde schon.
Und so gefällt es meinem Sinn,
Der Zauberin und der Nachbarin.
Ich hoffe selbst auf eure Gunst!
Im Alter Jugendkraft entzünden,
Das schönste Kind dem treusten Freund verbinden,
Das ist gewiß nicht schwarze Kunst.

Braut von Messina.

Aurora *spricht.*

Bedrängtes Herz! umstürmt von Hindernissen,
Wo käme Rath und Hülfe mir heran!
Gedankenlos, im Innersten zerrissen,
Von allen Seiten greift die Welt mich an.
Nur Augenblicks möcht' ich den Jammer dämpfen
Der stechend schwer mir auf dem Busen liegt.
Ich soll mit mir, ich soll mit andern kämpfen;
Besieg' ich diesen Feind, der andre siegt.

So aus der Tiefe dieser Schlucht der Peinen
Blick' ich hinauf zum schmalen Himmelsklar!
Schon wird es besser! ach! ich durfte weinen!
Ein Sonnenabglanz heilt und hebt mich gar.
Und schon begegn' ich reiner Friedenstaube,
Die holde Zweige der Entsühnung bringt.
Ich irre noch, allein der Flug gelingt,
Ich sehe nicht wohin, ich hoff' und glaube.

Doch wenn von dort, woher wir Heil erflehen,
Ein Blitz, ein Donnerschlag erschreckt,
Sich Fels und Wald und Umblick von den Höhen
Mit schwer gesenkter Nebel-Schichte deckt,
Uns Nacht am Tag umgiebt, der Himmel flammet,
Seltsam geregelt, Strahl am Strahle strahlt,
In Schreckenszügen Feuerworte mahlt:
Das Schicksal sey's das ohne Schuld verdammet.

So sprech' ich's aus im Namen dieser beiden;
Sie schauen starr, sie finden sich verwaist;
Von unverhofften unverdienten Leiden,
Wie scheues Wild vom Jägergarn umkreist.
Vergebens willst du dir's vernünftig deuten;
Was soll man sagen wo es bitter heißt:
Ganz gleich ergeht's dem Guten wie dem Bösen!
Ein schwierig Räthsel, räthselhaft zu lösen.

Uns zum Erstaunen wollte *Schiller* drängen,
Der Sinnende der alles durchgeprobt.
Gleich unsern Geist gebietet's anzustrengen
Das Werk, das herrlich seinen Meister lobt. –
Wenn Felsenriffe Bahn und Fahrt verengen,
Um den Geängsteten die Welle tobt,
Alsdann vernimmt ein so bedrängtes Flehen
Religion allein von ewigen Höhen.

TELL.

Wie herrlich rasch tritt dieser Zug hervor!
Sie bringen von Elisiums Gestaden
Das Nachgefühl erhabner Thaten,
Es lebt in ewigem Jugend-Flor.
Doch immer ernst! – Was sie gewonnen,
Im Dunkeln war es ausgesonnen,
Mit Grausamkeit ward es gethan.
Verwirrung folgt! An innern Kämpfen
Hat stille Weisheit Jahre lang zu dämpfen,
Stets mühevoll ist ihre Bahn.

Nun kommen sie zu heitern Stunden:
Am Schluß der Zeiten wird gefunden
Der Freiheit aufgeklärter Blick.
Was sie entrissen wird gegeben
Und jeder wirkt im freien Leben
Zu seinem und der andern Glück.

Die mit dem Fürsten sich berathen,
Sie fühlen sich zu großen Thaten,

Zu jedem Opfer sich bereit.
Je einiger sie sich verbündet,
Je sichrer ist das Glück gegründet
Für jetzt und alle Folgezeit.

Wallenstein.

Ein Mann tritt vor, im Glanz der höchsten Thaten,
Auf ihn gerichtet jeder Blick,
Dem Schwieriges, Unmögliches gerathen,
Er dankt sich selbst das eigene Geschick.
Gewaltge Kraft die Menschen aufzurufen,
Sie zu befeuern kühnster That,
Im Plane sicher, mit sich selbst zu Rath,
Des Kaisers Günstling, nächst an Thron und Stufen.
Die zarte Gattin gern an seiner Seite,
Der Terzky Hochsinn, Theclas Jugendlicht,
Max treugesinnt, so wie er thut und spricht;
Welch ehrenvoll, welch liebevoll Geleite!
Doch wir empfinden heimlich Angst und Grauen
Solch äußres Glück im hellsten Licht zu schauen.

Woher denn aber dieses innre Zagen
Das ahndungsvoll in enger Brust erbebt?
Wir wittern Wankelmuth und Mißbehagen
Des Manns der hoch und immer höher strebt.
Und was kann gräßlicher dem Edlen heißen
Als ein Entschluß der Pflicht sich zu entreißen.

Da soll nun Stern zum Sterne deutend winken,
Ob dieses oder jenes wohlgethan?
Dem Irrthum leuchten, zur verworrnen Bahn,
Gestirne falsch die noch so herrlich blinken.
Der Zug bewegt sich, schwebt vorbei.
Es war ein Bild. Das Herz ist wieder frei.

Wallensteins Lager.

Mephistopheles *spricht.*

Gefährlich ist's mit Geistern sich gesellen!
Und wenn man sie nicht stracks vertreibt,
Sie ziehen fort, ein und der andre bleibt
In irgend einem Winkel hängen,
Und hat er noch so still gethan,
Er kommt hervor in wunderlichen Fällen –
Mich zieht die Kameradschaft an
In Reih und Glied mit ihnen mich zu stellen.

Ich kenn' euch wohl, ihr seyd die Wallensteiner,
Ein löblich Volk, so brav wie unser einer,
Ihr kennt auch mich, wir sprechen frei:
Mit einem Wort, daß ich das Lob vollende:
Da wo nichts ist da habt ihr reine Hände.
Doch das war damals und ich war dabey.
Seyd ihr beysammen? Ja! Wachtmeister?
Hier!
Die Cürassire?
Hier!
Die holkschen Jäger?
Hier!
Croaten?
Hier!
Ulanen?
Hier!
Die Marketenderinnen? –
Ich sehe sie und spare meine Frage,
Die fehlen nicht am Sonn- und Werkeltage.
Wo viel verloren wird ist manches zu gewinnen.

Ein Kind *springt hervor.*

Ich bin ein Marketender-Kind
Und zwar von guten Sitten,
Darum wo hübsche Leute sind
Beständig wohlgelitten.

Soldaten lieb' ich, das ist wahr!
Wer sollte sie nicht lieben?
Da sie in jeglicher Gefahr
Sich immer treu geblieben.

Ich ziehe wieder mit ins Feld:
Kein Weg im Feld ist bitter.
Es lebe St. Georg der Held,
Die Helden, seine Ritter!

MEPHISTOPHELES *zu den Soldaten.*

Und ihr verlauft euch nur nicht weit,
Und merkt es wohl, es ist nun andre Zeit.
Die Herrscher wissen was sie wollen,
Und ist ein großer Zweck erreicht,
So sollt ihr nicht von Land zu Lande tollen.
Parole bleibt: *Subordination*!
Und Feldgeschrey ist: *Mannszucht*! Nun davon!

DEMETRIUS.

TRAGÖDIE *spricht.*

Verstummst du, Schwester, trittst zurück verlegen?
Als wärst du hier ein fremder Neulings-Gast.

EPOS.

Gar vieles hat mir heut schon obgelegen,
Dem mannigfalt'gen Wort erlieg' ich fast.
Nun kommt mir noch ein Schwierigstes entgegen.
Wie faß' ich an, wie heb' ich diese Last?
Wer gäbe mir in dieser Zeiten Meere
Zu schwimmen Kraft! O! wenns der Anfang wäre.

Ich seh' ein Reich vor meinem Blick gebreitet,
An Flüssen rasch, an grünen Ebnen klar,
Das immerfort sich vor den Augen weitet,
Zum gränzenlosen Raum verliert sich's gar.
In Städten, auf dem Lande wie bereitet
Ihr eigen Glück die wohlgenährte Schaar!

Das Feld ergrünt, der Handel wogt lebendig,
Sobald ein Herrscher mächtig und verständig.

Doch ach! das Reich bis zu dem Fuß der Thronen
Von eignem, bald von fremdem Blute roth,
Denn wilde Horden, kluge Nationen,
Heran sich drängend führen Qual und Noth.
Tartaren, Türken, Pohlen ohne Schonen,
Auch Dänen, Schweden bringen, suchen Tod.
So macht der Herrschaft, so des Raubs Gelüste
Den Mittelpunct des Reichs zu Graus und Wüste.

Da greift denn jeder, der sich tüchtig nähme,
Nach Schwerdt und Scepter, wer den Feind vertreibt,
Wer gräßlich straft, daß Unwill sich bequeme,
Und dann zuletzt von allen übrig bleibt!
Der Leichtsinn auch erringt sich Diademe,
Bis aufgebracht ein Gegner ihn entleibt.
So *Boris,* so *Demetrius, Marina,*
In wildem Wust bald Rex und bald Regina.

So weder Liebe, Zutraun noch Gewissen
Einheimischen und Fremden in der Brust,
Bis nun erscheint was alle längst vermissen,
Ein Heldensproß, dem Land zu Glück und Lust.
Er wird sich in's Geschick zu fügen wissen,
Es fügt sich ihm daß alle, sich bewußt
Des eignen Heils, dem Herrscherwort sich fügen,
Sich bildend adeln, zu der Welt Vergnügen.

Nun klärt sich's auf, er kehrt in seine Schranken
Der Völker Schwall im ungemeßnen Land,
Nun wirken große, größere Gedanken,
Erweitert Gränze, thätig innrer Stand.
Für Wissenschaft und Kunst und Handwerk danken
Die Völker, sonst von allem abgewandt,
Wetteifernd überträgt Bezirk Bezirken
Kraft, Stärke, Reichthum, Schönheit, edles Wirken.

TURANDOT.

ALTOUM *spricht.*

Vom fernen Osten, ja vom fernsten her
Zeigt sich Altoum, ein Monarch der Bühne,
Die Fabel hat ihn auf den Thron gesetzt,
Mit manchem Prunk und Herrlichkeit begabt;
Doch herrlicher als Kron und Scepter glänzt
An seiner Seite Tochter *Turandot.*
Zwar sagt man von der Jungfraun schönem Chor
Die Herzen sämmtlich seyen räthselhaft;
Doch dieser hat ein höchst subtiler Geist
So viele Räthsel in den Kopf gesetzt
Daß mancher Freier scheiternd unterging.

Auch hat sie mich, das will ich gern gestehen,
Zur langen Reise eigentlich genöthigt;
Und weil ich ihr doch nichts versagen kann,
So führt' ich sie in ihrem Stolz herein.
Manch Räthsel hatte sie sich ausgedacht,
Den Geist zu prüfen dieses großen Hofs;
Doch sie verstummt und raunt mir nur ins Ohr:
Am Ende sey sie ihrer ganzen Kunst.
Denn wie ihr schon die Träume wahrgemacht,
So löstet ihr auch jedes Räthsel auf.
Und welches Wort sie immer sucht und wählt
In Redeknoten listig zu verstricken:
Zum Beispiel *Majestät*, und *Häußlich Wohl*,
Thron und *Verdienst* und *rein verbreitet Glück*,
Das alles findet sie vor Augen klar.
Sie giebt sich überwunden. Freundlich reicht
Sie dem Bewerber *Kalaf* Herz und Hand,
Befreundet mit *Adelma*, mir gehorsam.
Und so ist auch mein letzter Wunsch erfüllt,
Wie tausend Wünsche heut befriedigt wogen,
Wir ziehen gern, wenn auch besiegt, hinweg.

Da ich denn aber, wie ich eben sehe,
Der letzte bin, laßt für die Vorderleute
Ein freundlich Wort mich sprechen! Wenn ich nämlich
Dies kleine Volk als Masken präsentire,

So spricht sich's aus, das war ein Maskenzug.
Doch wie den Kleinen unter Larven-Mummung
Ein kindlich Herz der lieben Mutter schlägt;
So danken alle wir dem Tag des Glücks,
Der uns vergönnte dies Gefühl zu theilen.

Die Tochter mahnt mich nicht zu viel zu reden
Und sie hat recht! Das Alter hört sich gern
Und wenn es auch nicht viel zu sagen hast.
Wie soll ich hier, als nur gezwungen schweigen,
Wo gränzenloser Stoff die Rede nährt!
Wo – Nun ich gehe ja! – Sie mag es büßen,
Wenn ich weit eher, als ich wollte, schwieg.

Epilog.

Die Ilme.

Wenn der Ilme Bach bescheiden
Schlängelnd still im Thale fließt,
Überdeckt von Zweig und Weiden
Halbversteckt sich weiter gießt,
Hört er öftermal die Flöte,
Seiner Dichter treu und gut,
Wenn der Glanz der Morgenröthe
Auf der sanften Woge ruht.

Vieles ist an mir entsprungen,
Manches ward euch dargebracht,
Und so ist es mir gelungen
Daß man mich zum Flusse macht.
Will ein Reisender mich sehen,
Wie die Donau, wie den Rhein,
Ich verstecke mich, laß ihn gehen:
Denn ich bin doch gar zu klein.

Heute doch von tausend Flammen
Glänzt die Fläche bis zum Grund,

Heute nehm' ich mich zusammen,
Öffne den verschämten Mund.
Sönne mich im Jubel-Saale,
Spiegle Bilder Blick für Blick,
Und als Fluß, zum erstenmale,
Geb' ich mich dem Thal zurück.

DER TAG *in Begleitung von* PALLAS *und* CLIO
führt WISSENSCHAFTEN *und* KÜNSTE *vor.*
AURORA, EPOS *und* TRAGÖDIE *empfangen sie.*

TAG.

Heil, o Schwestern! dem Bemühen
Wie ihr eure Pflicht gethan.
Was die Dichtkunst euch verliehen
Führtet ihr mit Lust heran.

Nun mag sich Kunst und Wissenschaft erholen,
Darstellen wie sie sich zum Bild entwarf.
Die Dichtkunst habt ihr wohl empfohlen,
Die es doch weniger bedarf.
Denn sie bricht, gleich einer Quelle,
Felsen durch wo's ihr gefällt,
Und versendet ihre Welle
Berghinab in alle Welt.

Doch diese hier, kein wandelbar Ereigniß,
Der Pflege wollen sie empfohlen seyn,
Drum führ' ich sie, ein gültig Zeugniß
Daß es vorlängst geschehn, mit mir herein.

So sprech' ich nun den hochverklärten Namen
Amalia mit Ehrfurcht aus.
Du winktest uns. Geräuschlos kamen
Wir eine nach der andern, das zerstörte Haus,
Den Flammenraub erbauten wir im Stillen,
Mit neuer Landschaft rings umzirkt.
So ward es denn nach unsers Fürsten Willen,
Des hohen Sohn's, der unabläßig wirkt.

Hier thronet *Er*, der uns erheitert,
Daß jede schnell das Beste schafft;
Der unsern Wirkungskreis erweitert
Zu Thätigkeiten jeder Kraft.

Hier thronet *Sie*, die uns verbunden
In stillen Tugenden erbaut,
Sie die in schreckensvollen Stunden
Auf uns als Retterin geschaut.

Nun aber feyern *Sie* im Glanze,
Wo lebensfroh das Fest ergrünt. –
Ihr tretet vor aus Eurem Kranze,
Ich rühm' euch wie ihr es verdient.

Kommt her geschäft'ge Dienerinnen,
Unsterblich, unermüdet, reich,
Was schön und nützlich auszusinnen
Den Göttern des Olympus gleich.
(Sie deutet auf eine nach der andern.)

HIMMELSKUNDE.
Die zeichnet rein den Gang der Sphäre,
Ihr Griffel regelt Nacht und Tag;
Der launenhaften Atmosphäre,
Dem Grillenwechsel forscht sie nach.

ERDKUNDE.
Und diese hier vom Erdenrunde
Erweitert wandernd Übersicht;
Ertheilt von rasch erfahrner Kunde
Dem Fürstenpaare treu Bericht,

BOTANIK.
Und Fürst und Fürstin schmücken diese
Daß sie sich selber wohlgefällt;
Die Gegend wird zum Paradiese,
Hier blüht die ganze weite Welt.

Feldbau.

Auch jene die in ihrem Kreise
Sich immer kräftig still bewegt,
Nach alter, nach erneuter Weise
Der Erde Fruchtbarkeit erregt;
Den Menschen lehrt sich selbst genügen,
Gefesselt gern am Boden bleibt,
Indem sie, mit gewissen Zügen,
Die lange reine Furche schreibt;
Dagegen schaut sie mit Entzücken
Wie grün der neue Halm sich bläht
Und auf der Berge festem Rücken
Ein Stufenwuchs den Wald erhöht.
Sie ist's, an der wir uns erbauen,
Die uns im Lebenskreis belehrt,
Auf die wir alle kindlich schauen;
Gefördert sey sie, wie verehrt.

Die Künste.

Was die Künste sich erkühnen,
Baukunst, Bildkunst, Malerei,
Steht an Säulen, Mauern, Bühnen
Einem günst'gen Blicke frei.
Doch, erregt durch *Euer* Kommen,
Haben sie es unternommen,
Manchen Abend, manche Nacht,
Musterbilder dargebracht,
Die *Ihr* günstig aufgenommen.

Tonkunst.

Und diese, die sich gern in Töne sonst verbreitet,
Sie zog mit uns im stillen fort;
Im Tacte hat sie uns geleitet,
Und gab uns manch melodisch Wort.

So steh'n wir zuversichtlich alle
Und schämen uns des Eigenlobes nicht;

Ruhmredigkeit wär' es im andern Falle,
Jedoch in diesem ist es Pflicht.
Noch manche Tugend schmückt sich ungeduldig
Und rüstet sich zur That geschwind:
Denn Rechenschaft, wem wären wir sie schuldig,
Wenn wir es nicht der Allerhöchsten sind.
Die Tochter hat *Sie* uns gesendet,
Der dienen wir und dem Gemahl,
Wohin sich Blick und Finger wendet
Dahin bewegt sich unsre Zahl.
Und schon den lieben Enkeln darf's nicht fehlen;
Was gut und schön, im frohen Chor
Begegnet es den jungen Seelen
Und freudig blühen sie empor. –

Nun aber an die Wiege! Diesen Sprößling
Verehrend, der sich schnell entwickelnd zeigt,
Und bald herauf, als wohlgewachsener Schößling,
Der Welt zur Freude hoch und höher steigt.
Sein erster Blick begegnet unserm Kreise,
Er merkt sich einer wie der andern Blick,
Gewöhnet sich an einer jeden Weise,
Gewöhnt sich an sein eigen Glück.

Er sey ein Harfner, dem die Musen
Den Psalter wohlgestimmt gereicht,
Und so gelingt's dem freien Busen:
Denn alle Saiten schweben leicht,
Bereit zur Hand, bereit zum Klange,
Ein Lied erfolgt man weiß nicht wie. –
Sein Leben sey im Lustgesange
Sich und den andern Melodie.

DER PILGERNDE GENIUS.
KINDER *mit leeren aber geschmückten Reisetafeln.*

TAG.
Ach warum schon unterbrochen!
Warum trübst du unsern Blick?

Schauen wir auf wenig Wochen
Wie auf jahrelanges Glück.
Wagen wir nicht auszusprechen
Wie uns diese Zeit ergötzt,
Wo der Geist ohn' Unterbrechen
Jegliche Secunde schätzt.
Soll uns das vorüber schwinden,
Als wenn alles eitel sey?
Klagend wir uns wieder finden:
Alles, alles ist vorbei!

Genius.

Nicht vorbei! Es muß erst frommen.
Großes in dem Lebensring
Wird nur zur Entwicklung kommen,
Wenn es uns vorüber ging.
Mögen frische Tafelpaare
Glücklich zeichnen *Ihre* Bahn!
Wandle *Sie*, zum neuen Jahre,
Neu den *Ihrigen* heran.
Wir, mit heitern Augenbraunen,
Segnen *Sie* von Ort zu Ort;
Das Verstummen, das Erstaunen
Bildet sich als Liebe fort.

Personal.

Prolog.

Genius	Frl. v. Grün.
Knaben	Rehbein, Ludecus.
October	v. Poseck.
November	v. Fritsch.
December	Frl. v. Hagke.
Weihnachts-Kinder . . .	v. Münchhausen. Huschke. Güldemeister.
Nacht	Grfn. Jul. v. Egloffstein.
Schlaf	Frl. v. Schiller.
Träume	v. Stromberg. v. Heimrodt. Stichling. Vulpius.
Tragödie	Frl. Schopenhauer.
Comödie	Frl. v. Baumbach.
Epos	Frl. v. Werther.

Festzug.

Ilme	Frl. v. Staff.
Musarion	Fr. Zwierlein.
Phanias	Pinther.
Oberon	C. v. Spiegel.
Titania	P. v. Spiegel
Elfen	v. Fritsch. v. Fritsch. Dufour.
Feen	M. v. Spiegel. Gayl. Stichling d. ä.
Hüon	v. Schenk.
Amanda	Frl. v. Milkau.
Fatime	Frl. v. Germar.
Barde	v. Könnritz.
Aeon	v. Seebach.
Aeonis	Frl. v. Seebach.
Terpsichore	Frl. v. Herder.
Adrastea	v. Tompson.

Cid	Fr. v. Werther.
Ximene	Frl. Rühlmann.
Uraka	Frl. v. Froriep.
Mahomet	v. Stromberg.
Palmira	Frl. v. Niebecker.
Seïde	v. Werther.
Georg	v. Hagke.
Götz v. Berlichingen	v. Schiller.
Götzens Kind	v. Egloffstein.
Götzens Frau	Fr. v. Heimrodt.
Franz	Brunquell.
Maria	Frl. v. Hufeland.
Weisling	v. Gerstenberg.
Adelheid	Fr. Gille.
Brautführer	Vulpius.
Brautführerinnen	Frl. v. Herder. Müller. Hirt. Asverus.
Bräutigam	Skell.
Braut	Frl. v. Hering.
Zigeuner-Hauptmann . .	Müller.
Hauptmännin	Grfn. Beust.
Zigeunerinnen	Frl. Vulpius. Melos.
Zigeuner-Mädchen . .	Frl. v. Stockhausen. v. Schiller. v. Witzleben. L. Müller, Th. Kirsten. v. Stein.
Faust, als Doctor	v. Buchwald.
Faust, als Ritter	v. Comnenos.
Wagner	v. Mandelsloh.
Mephistopheles	v. Goethe.
Zauberin	Fr. v. Germar.
Gretchen	Grfn. v. Beust.
Marthe	Fr. Schopenhauer.
Student	Schumann.
Bürgermädchen	Fr. Schütz. Frl. Kirsten.
Fürstin Mutter	Fr. v. Münchhausen.
Beatrice	Frl. Ackermann.
Aurora	Grfn. Jul. v. Egloffstein.

Geßler	v. Bülow.
U. v. Rudenz	Zwierlein.
B. v. Brunek	Frl. v. Sinclair.
Tell	v. Froriep.
Walther Fürst	v. Struve.
Werner Staufacher . . .	Riemer.
Melchthal	v. Wegner.
Tells Frau	Fr. v. Seebach.
Tells Kind	Prinz Mertschersky.
Staufachers Frau	Fr. Coudray.
Schweitzerinnen	Frl. Czeitsch. Seidel. Kämpfer.
Wallenstein	v. Lynker.
Herzogin	Fr. v. Stein-Kochberg.
Thekla	Grfn. Carol. v. Egloffstein.
Gräfin Terzky	Fr. Wenig.
Max	Nikolovius.
Graf Terzky	v. Seebach.
Wachtmeister	v. Wangenheim.
Trompeter	Grf. v. Keller.
Holkische Jäger	v. Häßler. v. Bibra.
Curassier	Grf. v. Westerhold.
Croaten	v. Groß. v. Struve.
Marketenderinnen	Frl. v. Münchhausen. v. Pogwisch.
Marketender-Kind . . .	Frl. v. Münchhausen.
Recrut	Leporides.
Uhlanen	v. Waldungen. Coudray.
Dragoner	Sieber.
Czaar Boris	v. Helldorf.
Axinia	Fr. Riemer.
Demetrius	v. Gagern.
Romanow	Prinz Paul von Mecklenburg.
Marina	Frl. v. Lincker.
Odowalsky	Hagenbruch.
Turandot	Fr. v. Spiegel.
Kaiser Altoum	v. Arnim.
Adelma	Fr. v. Goethe.
Calaf	v. Baumbach.

Zelima	Fr. Lungershausen.
Pantalon	v. Helldorf.
Brighella	v. Fritsch.
Trufaldin	v. Helldorf.

Epilog.

Der Tag	Fr. v. Fritsch.
Pallas	Frl. v. Brawe.
Knaben	v. Heimrodt. v. Buchwald.
Clio	Fr. v. Lyncker.
Himmelskunde	Grfn. v. Fritsch.
Erdkunde	Frl. v. Harstall.
Ackerbau	Frl. v. Buttlar.
Botanik	Frl. Weyland.
Plastik	Frl. Kämpfer.
Baukunst	Frl. Salomon.
Malerey	Fr. v. Olechkaditsch.

VERMUTLICH GOETHE ZUZUSCHREIBEN

Lass mich hören, laß mich fühlen,
Was der Klang zum Herzen spricht;
In des Lebens nun so kühlen
Tagen spende Wärme, Licht.

Immer ist der Sinn empfänglich,
Wenn sich Neues, Großes beut,
Das ureigen, unvergänglich,
Keines Krittlers Tadel scheut,

Das aus Tiefen sich lebendig
Zu dem Geisterchor gesellt,
Und uns zwanglos und selbständig
Auferbauet eine Welt.

Tritt der Jünger vor den Meister,
Sei's zu löblichem Gewinn,
Denn die Nähe reiner Geister
Geistigt aufgeschlossenen Sinn.

Weimar, Weinachten 1818 Goethe

ANHANG

EINFÜHRUNG

In der europäischen Geschichte bilden die Jahre 1814/1815 eine tiefgreifende Zäsur. Die Herrschaft Napoleons war zu Ende; auch sein Ausbruch von Elba, der mit der Schlacht von Waterloo endete, konnte das Rad der Geschichte nicht zurückdrehen. Vom Herbst 1814 bis in den Sommer 1815 tagte der Wiener Kongreß und betrieb die Neuordnung Europas aus einem konservativen Geist. Aber mit der Unterdrückung der nationalen wie der demokratischen Bestrebungen, auch den sich abzeichnenden sozialen Spannungen, waren vielfältige Konflikte vorprogrammiert.

Die tiefe geschichtliche Zäsur hat ihre Parallele im Leben und Schaffen Goethes. Er reagierte auf das Ende des Krieges mit großer Erleichterung. Das Gefühl der Entlastung und Befreiung begleitete ihn, als er am 25. Juli 1814 zur Reise in die alte Heimat an Rhein und Main aufbrach. Dem Aufbruch des Reisens korrespondierte dabei, nach Jahren der Stagnation, zugleich ein geistiger Aufbruch, beflügelt durch die Lyrik des persischen Dichters Hafis (um 1326–1390). Goethe antwortete ihm mit eigenen Gedichten. Zuerst ist denn auch von »Gedichten an Hafis« die Rede (z. B. Tagebuch, 30. Juli 1814); am 14. Dezember 1814 spricht das Tagebuch erstmals vom »Deutschen Divan«. Bis zum Ende des Jahres war dieser auf 53 Gedichte angewachsen. Aber wie die Begegnung mit Hafis nur der Anfang einer viel breiteren Erschließung orientalischer Literatur und Kultur war, so war der »Deutsche Divan« von Ende 1814 nur der Anfang des *West-östlichen Divans*, des umfangreichsten lyrischen Werks, das Goethe je geschrieben hat.

Werden die Anfänge der *Divan*-Lyrik im Juni/Juli 1814 (nur das Gedicht »Voll Locken kraus 〈...〉« ist wahrscheinlich schon im Mai entstanden) als Beginn einer neuen Schaffensperiode Goethes gewertet, so liegt es nahe, deren Dauer bis 1819 anzunehmen, als die Erstausgabe des *West-östlichen Divans* erschien. Die Redeweise von ›Divan-Jahren‹ hat ihre eigene Berechtigung. Auf kein anderes Werk dieser Jahre hat Goethe eine vergleichbare Energie verwandt. Keines nimmt so vielfältige lebensgeschichtliche Impulse in sich auf, ob wir an die Rhein-Main-Neckar-Reisen von 1814 und 1815, die Begegnung mit dem Werk von Hafis oder die mit Marianne von Willemer denken. Keines ist so sehr Ausdruck einer Verjüngung und Erneuerung, wie sie in zahlreichen Gedichten, im »Buch des Sängers« zumal, zum Thema wird. Und nirgends kommt die Entfernung von der Poetik der Klassik eindrucksvoller zum Ausdruck. (Vgl., ergänzend zu dieser Einführung, die Einführung zum *West-östlichen Divan*, Bd. 11.1.2, S. 313–343.)

Doch wie bedeutsam der *Divan* für den Zeitraum von Mitte 1814 bis 1819 auch ist: schon im Vergleich der Jahre zeigen sich deutliche Unterschiede der darauf gerichteten Arbeitsintensität, auch entsprechend abgestufte Anteile an der literarischen Produktion. Von Mitte 1814 bis Ende 1815 war der *Divan* zweifellos das ›Hauptgeschäft‹. Doch dann sah es zunächst nach einem gewissen Abschluß aus, wohl auch entscheidend mitbedingt durch den Abschied von Marianne von Willemer. Während Goethe die Öffentlichkeit mit der Ankündigung des *Divans* in Cottas ›Morgenblatt für gebildete Stände‹ (s. Bd. 11.2, S. 208–210) und ersten Vorabdrucken auf den Druck des Werks vorbereitete, schien sich dessen produktive Weiterentwicklung erschöpft zu haben. Doch 1818 belebte sich die Arbeit daran überraschend noch einmal. Der im März des Jahres begonnene Druck wurde durch die Entstehung des Prosateils unterbrochen. Noch einmal trat der *Divan* ganz in den Vordergrund des Interesses. Und noch einmal kam auch die Entstehung von *Divan*-Gedichten in Gang: 1818, 1819, und noch in das Jahr 1820 hinein, ja in wenigen Fällen noch darüber hinaus. Was nicht mehr in die Erstausgabe aufgenommen werden konnte, wurde für einen schon bald in Aussicht genommenen ›Neuen Divan‹ zurückgelegt. Insgesamt sind 43 Gedichte erst in der *Ausgabe letzter Hand* erschienen.

Zwischen den beiden Hauptphasen der *Divan*-Entstehung, 1814/1815 und ab 1818, klafft also eine auffällige Lücke. Vom Januar 1816 abgesehen, in den vor allem Gedichte der Trennung und des Schmerzes noch hineinreichen, sind die Jahre 1816 und 1817 im wesentlichen Jahre einer auffälligen *Divan*-Ferne. Doch um Jahre geht es, die abermals tiefgreifende Einschnitte und Neueinsätze brachten, im Privaten, im Politischen, in der literarischen Produktion. Am 6. Juni 1816 starb, nach schwerer Krankheit, Goethes Gattin Christiane. Der schmerzliche Verlust trug zu einer Vereinsamung bei, über die auch die Vielfalt der gesellschaftlichen Kontakte nicht hinwegtäuschen darf. Verändert aber hatte sich auch die Situation im Herzogtum. Am 5. Mai 1816 war die ›Landständische Verfassung des Großherzogtums Sachsen-Weimar-Eisenach‹ in Kraft getreten. Damit war Sachsen-Weimar das erste Land, das einlöste, was die Bundesakte des Deutschen Bundes versprochen hatte. Ein Landtag, dem außer den Vertretern der Ritterschaft auch Bürger und Bauern angehörten, befand fortan mit über Steuern und Gesetze. Der Zeit voraus war die Gewährung der Pressefreiheit, die freilich 1819 wieder aufgehoben wurde. Die neue Verfassung zog auch eine Änderung der Staatsverwaltung nach sich. An die Stelle des ›Geheimen Conseils‹ trat das Großherzogliche Staatsministerium, dem ein Präsident und drei Ressortminister angehörten. Goethe war darin nicht vertreten, behielt aber den Titel eines Staatsministers und übernahm die ›Oberaufsicht über die unmittelbaren Anstalten für Wissenschaft und Kunst‹ in Jena und Weimar (vgl. Bd. 11.2, S. 575–643).

Über achtzig Gedichte sind 1816 und 1817 entstanden. Mitunter beziehen sie sich auf Ereignisse dieser Jahre: so die bewegenden Verse »Du versuchst, o Sonne, vergebens 〈...〉« (S. 167) zum Tod der Gattin, oder das Gedicht *Toast zum Landtage* (S. 181), das sich wohl auf die konstituierende Sitzung des neuen Weimarischen Landtages bezieht. Auffällig sind auch Gedichte auf politisch so umstrittene Gestalten wie Kotzebue (S. 160, 191, 195, 220) und Oken (S. 195). Andere Gedichte haben keinen ähnlich konkreten geschichtlichen Anknüpfungspunkt. Aber einige sind darunter, die zu den bedeutendsten gehören, die Goethe geschrieben hat. *Entoptische Farben* (S. 183) z. B. begründet das anthropologische wie ästhetische Interesse am Phänomen der entoptischen Farben. Und *Urworte, orphisch* (S. 188) bietet auf engstem Raum geradezu eine Zusammenfassung goethescher Natur- und Lebensschau. Doch allein von den Gedichten aus ist die Weite der Interessen und des Arbeitsbereichs nicht angemessen zu beurteilen. Auf die autobiographischen Arbeiten dieser Jahre ist im folgenden hinzuweisen. Und zu sehen ist weiter das Neue, das im Bereich der literatur- und kunsttheoretischen Arbeiten 1816 mit *Über Kunst und Alterthum*, 1817 im naturwissenschaftlichen Bereich mit den Heften *Zur Morphologie* und *Zur Naturwissenschaft überhaupt* beginnt.

Überschaut man die Zeit von Mitte 1814 bis Ende 1819 als Ganzes, so ergibt sich folgendes Bild literarischen Schaffens. Auf dem Gebiet der Lyrik stellen die Jahre eine der produktivsten Perioden Goethes dar. Fast 500 Gedichte sind in dieser Zeit entstanden. Die eine Hälfte entfällt auf den *West-östlichen Divan*; die andere besteht zum geringeren Teil aus Nachlaßgedichten, die im Umkreis des *Divans* entstanden, aber nicht in das Werk aufgenommen wurden, zum größeren Teil aus Gedichten, die nicht mit dem *Divan*-Komplex zusammenhängen. Nicht ähnlich ergiebig war die Epoche auf dramatischem Gebiet. Rechnet man *Des Epimenides Erwachen* (Bd. 9, S. 195–232) noch der zurückliegenden Schaffensepoche zu, so konfrontiert die neue vor allem mit Fragmenten, darunter das der Oper *Der Löwenstuhl* (S. 255–279) und die Bruchstücke der orientalisierenden Oper *Feradeddin und Kolaila* (S. 301–306). Aufmerksamkeit verdient aber auch der *Maskenzug 1818* (S. 321–359) aus Anlaß des Besuchs der Zarin-Mutter Maria Feodorowna bei ihrer Tochter, der Erbgroßherzogin Maria Pawlowna, in Weimar – der letzte Maskenzug, den Goethe gestaltete. Auf dem Gebiet der Erzählprosa ist in diesen Jahren nichts erschienen. Zwar wurden die Novellen »Das nußbraune Mädchen«, »Die neue Melusine« und »Der Mann von funfzig Jahren« geschrieben (vgl. Bd. 17, S. 970), aber erst 1821 im Zusammenhang der ersten Fassung von *Wilhelm Meisters Wanderjahre* gedruckt. Mit einem außerordentlich reichen Jahrfünft der Prosa hat man es freilich zu tun, wenn man den Begriff entsprechend weit faßt und nicht auf Erzählprosa einengt. In seiner Kombination von literatur-, kultur- und wissenschaftsgeschichtlichen Elementen ist der Prosateil des *West-östlichen Divans* (Bd. 11.1.2, S. 129–281) ein eigenwilliges Werk höchsten Ranges. Den ganzen Zeitraum durchzieht aber auch die Arbeit an autobiographischen Schriften. 1816 wurde der erste Teil der *Italienischen Reise* abgeschlossen, 1817 der zweite, auch wenn das Werk dann erst 1829 vollendet wurde. Doch im Zusammenhang der Reisen an Rhein, Main und Neckar wurde auch die Gegenwart Anlaß und Gegenstand autobiographischer Schriften, die 1814 geplant und begonnen, aber erst 1816 abgeschlossen wurden: so der sinnenfrohe Bericht *Sanct Rochus-Fest zu Bingen* (Bd. 11.2, S. 89–116), *Im Rheingau Herbsttage* (Bd. 11.2, S. 116–129) und *Kunst und Altertum am Rhein und Mayn* (Bd. 11.2, S. 9–89). Letztere, die umfangreichste dieser Schriften, war ein Reisebericht, dessen begrenzteres Ziel es zunächst gewesen war, die Heidelberger Gemäldesammlung altdeutscher Meister der Brüder Boisserée der Öffentlichkeit vorzustellen. Doch das Werk weitete sich zu einer Denkschrift aus, deren Anliegen die öffentlichen wie privaten Kunstbestände der ganzen Rhein-Main-Neckar-Region waren, mit dem Ziel, die Öffentlichkeit darüber zu unterrichten, aber auch die politisch Verantwortlichen für den Erhalt zu interessieren. Autobiographie, Kunstgeschichte und Kunstpolitik traten in der Schrift auf eigene Weise zusammen. Ein bedeutsames Novum war aber auch, daß Goethe die Abhandlung 1816 als erstes Heft eines Journals publizierte, das in lockerer Folge fortgesetzt wurde, vom vierten, 1818 erschienenen Heft an unter dem gekürzten Titel *Über Kunst und Alterthum*. Die Zeitschrift, die es bis 1828 auf sechs Bände zu je drei Heften brachte, wurde Goethes Hausorgan für die Belange von Literatur und Kunst: vorwiegend mit eigenen Beiträgen, aber auch solchen von Mitstreitern und Gesinnungsgenossen. Sie war durchzogen auch von aktuellen Kontroversen wie der Auseinandersetzung mit der Romantik. Ein paralleles Unternehmen auf naturwissenschaftlichem Gebiet waren seit 1817 die Hefte *Zur Morphologie* und *Zur Naturwissenschaft überhaupt*, von denen zwischen 1817 und 1824 je sechs, paarweise einander zugeordnet, erschienen. Mit beiden Unternehmungen, *Über Kunst und Alterthum* und diesen naturwissenschaftlichen Heften, schuf sich Goethe für den reichen Ertrag an historischer und theoretischer Prosa eigene Publikationsforen. Neu im Zusammenhang des Alterswerks war daran das serielle Moment, neu aber auch die mit der Einbeziehung von Beiträgen anderer auch publizistisch zum Ausdruck gebrachte wissenschaftliche Gemeinschaft. – Nicht alles, was dieser Überblick nennt, wurde *einem* Band zugeordnet. Die Hefte *Zur Morphologie* und *Zur Naturwissenschaft überhaupt* werden zusammenhängend im benachbarten Band 12 geboten, die *Italienische Reise*, wie es dem späteren Abschluß entspricht, in Band 15, beide Fassungen der *Wanderjahre* in Band 17 der Ausgabe. Alles andere aber wurde in Band 11 – mit den Teilbänden 11.1.1, 11.1.2 und 11.2 – vereint.

Die neue Ausgabe seiner Werke, die 1815 bei Cotta zu erscheinen begann, kündigte Goethe im ›Morgenblatt für gebildete Stände‹ (Nr. 101, 26. April 1816; Bd. 11.2, S. 210–213) mit Hinweisen an, die vor allem das Problem der Anordnung betreffen. Mancher Leser erwarte von ihm nicht nur die Darlegung der »stufenweisen Entwicklung seiner geistigen Bildung«, sondern auch eine chronologisch geordnete Ausgabe seiner Werke, wie sie Christian Gottfried Körner mit der Ausgabe der Werke Schillers geboten hatte. Doch was bei Schiller angesichts des geringeren Werkumfangs wie der »entschieden und deutlich« ausgeprägten »Epochen seiner Bildung« möglich und sinnvoll gewesen war, sei in seinem Fall »keineswegs zu leisten«. Eine ähnlich klare stufenweise Entwicklung liege nicht vor; die z. T. beträchtlichen Entfernungen zwischen »Entwurf, Beginnen und Vollendung« erschwerten die chronologische Ordnung; und die Vielgestaltigkeit des Talents ergebe von Band zu Band »das wunderlichste Gemisch«. Auch solle die frühere Ausgabe nicht durch eine ganz anders geordnete neue entwertet werden. Immerhin billigt Goethe dem Anliegen chronologischer Ordnung so viel an Berechtigung zu, daß er dem 20. Band der Ausgabe 1819 eine *Summarische Jahresfolge Goethescher Schriften* anfügt (Bd. 11.2, S. 249–255).

Was Goethe indessen nicht machbar schien: in der hier vorgelegten modernen Ausgabe wird es unternommen. Geschichtliche Distanz und der gewonnene Überblick über das Ganze des abgeschlossen vorliegenden Werks bieten dafür neue und andere Voraussetzungen. Und die stufenweise Darlegung der schriftstellerischen Tätigkeit, die Profilierung je anderer Schaffensepochen, liegt nirgends näher als im Fall Goethes, in dem sich eine lange Schaffenszeit mit einem ausgeprägten Stilwandel verbindet. Die Bände 11.1.1, 11.1.2 und 11.2 dokumentieren die Periode von Mitte 1814 bis Ende 1819 in der ganzen Vielfalt literarischer Facetten. Sie tun es im Bewußtsein der geschichtlichen Zusammengehörigkeit des Gattungsverschiedenen, im Bewußtsein von nachbarschaftlichen Verhältnissen, Verweisungs- und Bedingungszusammenhängen, deren Wahrnehmung durch die übliche gattungssystematische Versprengung behindert wird. Sie laden zu einer Betrachtungsweise ein, der sich gerade in der polyperspektivischen Wahrnehmung Konturen epochaler Einheit erschließen, was an Beispielen angedeutet sei.

Das Studium des Orients, die Aufgeschlossenheit für seine Kultur, die vielfältigen Anregungen, die davon ausgingen, sind ein Charakteristikum dieser literarischen Epoche. Schon im *Divan* selbst äußert sich der Orient-Impuls in unterschiedlichen Erscheinungsformen: der Lyrik des Zyklus und den historischen Erläuterungen des Prosateils (Bd. 11.1.2). Aber die Darstellung dieser Periode bezieht auch die Nachlaßstücke ein, die in mehr oder minder deutlichem Zusammenhang mit dem *Divan* entstanden. Dabei werden die Gedichte einer chronologischen Darbietung der gesamten Lyrik eingeordnet (Bd. 11.1.1), Entwürfe zum Prosateil in einem eigenen Kapitel des Kommentars dokumentiert, die Exzerpte und Notizen – in Auswahl – im Kommentar zum jeweiligen Gedicht oder zum entsprechenden Kapitel der »Noten und Abhandlungen« (Bd. 11.1.2). Einen anderen Ausdruck findet das Orientinteresse im Opernfragment *Feradeddin und Kolaila* (S. 301–306). Und wieder anders äußert es sich in Goethes Werben um das Verständnis des Publikums, wie es sich, vor dem Prosateil zum *Divan*, schon 1816 in Goethes Ankündigung des *Divans* im ›Morgenblatt für gebildete Stände‹ (Nr. 48, 24. Februar 1816; Bd. 11.2, S. 208–210) ausspricht.

Der *West-östliche Divan* ist in mehrfacher Hinsicht Ergebnis und Ausdruck von Reisen. Als Orientreisender will der Dichter darin gesehen werden (s. Bd. 11.1.2, S. 130 f.). Doch die literarische Reise in den Osten verdankt sich auf eigene Weise Reisen in den Westen, in die alte Heimat. An das bloße Faktum der beiden Rhein-Main-Neckar-Reisen

Goethes denkt man bei solchen Feststellungen zuerst. Aber sie haben in den genannten autobiographischen Schriften auch ihren eigenen literarischen Niederschlag gefunden. Um unterschiedliche Facetten des Reisethemas und der damit verbundenen literarischen Formen also geht es. Auf den ersten Blick haben sie wenig miteinander zu tun. Aber im Zeichen der West-Ost-Relationen, die der *Divan* zum Programm erhebt, hängen sie doch zusammen. Die autobiographischen Schriften im Anschluß an die Rhein-Main-Neckar-Reisen sind ein gewisses Pendant der geistigen Orientreise. Und seine eigene Logik hat es auch, daß sich der Dichter, der sich auf der einen Seite in die orientalische Kultur vertieft, es auf der anderen mit Bereichen der heimischen Kultur, vor allem der altdeutschen Malerei, tut. Die polaren Akzentuierungen des Westlichen und des Östlichen, des Eigenen und des Fremden, sind ein Signum dieser literarischen Epoche wie des Bandes, der sie dokumentiert.

Eine Welt für sich, vom poetischen Werk abgerückt, scheinen die theoretischen Schriften. Doch gerade der *Divan* macht mit den Orientstudien Goethes und ihrem Niederschlag in den »Noten und Abhandlungen« bewußt, wie weit auch die Gedichte auf theoretischer Beschäftigung basieren. Es ist auch kein Zufall, daß sich der Kommentar zu den Gedichten immer wieder auf zeitlich parallele Schriften zu Literatur und Kunst verwiesen sieht. Besonders eng indessen sind die Kontakte, wo man sie vielleicht am wenigsten erwartet: zwischen der Lyrik und den naturwissenschaftlichen Arbeiten Goethes. Gedichte wie *Entoptische Farben* (S. 183) oder »Granit, gebildet anerkannt 〈...〉« (S. 163) verraten schon mit ihrem Titel die naturwissenschaftliche Thematik. Nicht wenige Verse übernehmen die Funktion von Mottogedichten in den frühen Heften *Zur Morphologie* und *Zur Naturwissenschaft überhaupt*. Vor allem am *West-östlichen Divan* läßt sich aber auch zeigen, wie vielgestaltig die Beziehungen gerade dort sind, wo es nicht auf den ersten Blick ersichtlich ist: was die Gedichte besonders der Morphologie, der Farbenlehre, auch deren Sondergebiet der Entoptik verdanken, die in diesen Jahren Goethes besonderes Interesse beansprucht (vgl. eingehender zu diesen Zusammenhängen Bd. 11.1.2, S. 326–332). Nun haben gerade so wichtige naturwissenschaftlich fundierte Auffassungs- und Denkformen wie die Lebensrhythmen von Gestaltung und Umgestaltung oder von Polarität und Steigerung eine Stabilität, die sich nicht auf vereinzelte literarische Perioden begrenzen läßt. Und einschränkend ist auch zu sagen, daß so wesentliche Teile der naturwissenschaftlichen Arbeiten wie die Dokumentation der morphologischen Forschungen oder der entoptischen Studien im Zusammenhang der Hefte *Zur Morphologie* und *Zur Naturwissenschaft überhaupt* an den benachbarten Band 12 abgegeben wurden. Dennoch ist es sinnvoll, wenn auch die Band 11 verbleibenden naturwissenschaftlichen Arbeiten nicht gegenüber dem poetischen Werk ausgegrenzt werden und so zum Ausdruck gebracht wird, daß zwischen beiden Verbindungen bestehen.

Zum Alterswerk Goethes gehört das Um-sich-Greifen der geschichtlichen Reflexion. Ihre Erscheinungsformen im Zeitraum 1814 bis 1819 sind vielfältig. Der Prosateil zum *West-östlichen Divan* stellt das Orient-Interesse auf eine geschichtliche Grundlage. Die autobiographischen Schriften dieser Jahre überführen mit der Arbeit an der *Italienischen Reise* zeitlich weiter entlegene, mit dem autobiographischen Niederschlag der Rhein-Main-Neckar-Reisen gegenwartsnähere Etappen des Lebens in Zeugnisse der Lebensgeschichte. In den Schriften zur Literatur breitet sich geschichtliche Betrachtung aus, nicht zuletzt auch in Kommentaren zu zurückliegenden eigenen Werken. *Kunst und Altertum am Rhein und Mayn*, auch manche Schriften zur Kunst, verstehen sich in hohem Maße als Beiträge zur Kunstgeschichte. Naturwissenschaftliche Forschung wird eingebettet in Wissenschaftsgeschichte, wenn Goethe z. B. im ersten Heft *Zur Morphologie* den Wiederabdruck seiner Schrift über die Metamorphose der Pflanzen mit autobiographischen und wissenschaftsgeschichtlichen Beiträgen umgibt. In alledem äußert sich nicht nur das bekannte Sich-geschichtlich-Werden Goethes im Alter, sondern auch sein wachsendes Bedürfnis, das Verständnis der Gegenwart in der Erschließung der Vergangenheit zu verankern. Geschichtliches Bewußtsein erscheint als zentrale Voraussetzung für die Standortbestimmung im zeitgeschichtlichen

Kontext, wie es die letzte Strophe des *Divan*-Gedichts »Und wer franzet, oder brittet 〈...〉« formuliert:

Wer nicht von dreytausend Jahren
Sich weiß Rechenschaft zu geben,
Bleib im Dunckeln unerfahren,
Mag von Tag zu Tage leben. (S. 204)

Es gehört zu den Schwierigkeiten des Goethe-Verständnisses, daß sein literarisches Werk auf politische Konstellationen der Gegenwart vorwiegend indirekt antwortet. Aber das ändert nichts daran, daß dieses Werk von Epoche zu Epoche in hochbewußter Weise solche Standortbestimmungen vornimmt. Man kann sie in gattungsgeschichtlichen Längsschnitten verfolgen. Aber es bietet sich auch an, sie für die jeweilige Schaffensperiode in der Zusammenschau unterschiedlicher Werkschichten zu differenzieren.

Seit dem Ausbruch der Französischen Revolution läßt sich immer wieder ein charakteristisches Verhaltensmuster Goethes beobachten. Es zeigt sich anläßlich einer Mission im Zusammenhang preußisch-österreichischer Auseinandersetzungen 1790 in Schlesien: Während »Regimenter ununterbrochen marschieren«, widmet sich Goethe dem Studium der »vergleichenden Anatomie« (Bd. 14, S. 16 f.). Ähnlich wiederholt es sich 1792 während der Teilnahme am Frankreichfeldzug: Während das Bombardement von Verdun vorbereitet wird, überläßt sich Goethe dem Studium von Farberscheinungen (Bd. 14, S. 352 f.). In den *Tag- und Jahres-Heften* zu 1813 erläutert Goethe in ganz allgemeiner Form seine Reaktionsweise: »Hier muß ich noch einer Eigentümlichkeit meiner Handlungsweise gedenken. Wie sich in der politischen Welt irgend ein ungeheures Bedrohliches hervortat, so warf ich mich eigensinnig auf das Entfernteste« (Bd. 14, S. 235). Er verweist auf seine China-Studien dieser Zeit. Aber wenig später erscheinen die geistigen Ausflüge in den Nahen Osten als noch wichtigerer Weg in die Ferne. Als Flucht hat man sie immer wieder interpretiert, und die Selbstdeutung des *Divans* scheint dem recht zu geben. Von ›Flucht‹ aus einer Sphäre des politischen Chaos ist gleich im ersten Gedicht, *Hegire* (S. 41; Bd. 11.1.2, S. 9), die Rede, in bewußter Parallele zu Mohammeds ›Hidschra‹ von Mekka nach Medina. Und von einer ›Weltbeseitigung‹ sprechen später die Liebenden (*Einladung*, S. 48; Bd. 11.1.2, S. 67). Aber solche Weltbeseitigung erfolgt, um die Welt nur anders an sich zu ziehen, wie es gleich im nächsten Vers heißt. Als Gegenwelt ist der *Divan* von Anfang an konzipiert. Gegen das Zerstörerische der Kriege stellt er die sanften Gesetze der Natur und der Liebe. Und in geradezu programmatischer Weise bezieht er sich auf epochale Spannungsfelder. Seine Anfänge fallen zusammen mit dem Sturz Napoleons und der beginnenden konservativen Neuordnung Europas. Das Mißverhältnis zwischen den Weltherrschaftsplänen Napoleons und dem wachsenden Selbstbewußtsein der Völker, das sich u. a. in den Befreiungskriegen von 1813/14 geäußert hatte, setzte sich im gespannten Verhältnis der Politik Metternichs zum nationalen Gedanken nur anders fort. Die Antithese von Revolution und Restauration, ebenso der Gegensatz von Fremdbestimmung und nationaler Selbstbestimmung: das waren geschichtlich vorgegegebene Spannungsfelder. In einer mittelbaren, aber doch versteckt politischen Weise bezieht sich der *West-östliche Divan* darauf. Am Modell der kulturellen Beziehungen relativiert und vermittelt er, was sich in der politischen Welt absolut setzte und unversöhnlich gegenüberstand. Er macht die Aneignung des Fremden zum Gesetz geistigen Weltergreifens und fordert in diesem Sinne die Überschreitung nationaler Enge. Aber in der programmatischen Verschränkung des ›Westlichen‹ und des ›Östlichen‹, des Eigenen und des Fremden, rechtfertigt er das nationale Element zugleich als Voraussetzung des produktiven kulturellen Dialogs. Und wo sich revolutionäres Erbe und Restauration unversöhnlich gegenüberstanden, bekennt er sich – letztlich gegen beides – zum Altes und Neues vermittelnden evolutionären Rhythmus von Gestaltung und Umgestaltung als Gesetz jeder Erneuerung.

In den autobiographischen Schriften wie den Schriften zu Literatur und Kunst scheint Goethe nationalen Interessen weiter entgegenzukommen. Schon ihrem Titel nach sind nicht wenige Aufsätze ausdrücklich auf Aspekte der ›deutschen‹ Kultur gerichtet: *Über das deutsche Theater* (Bd. 11.2, S. 161–173), *Deutsche Sprache* (ebd., S. 221–226), *Nachricht von altdeutschen in Leipzig entdeckten Kunst-*

schätzen (ebd., S. 299–302), *Alt-Deutsche Baukunst* (ebd., S. 359–365). Ganz unbefangen ist immer wieder von ›patriotischen‹ Bestrebungen die Rede, kennen die Schriften einen legitimen ›Patriotismus‹, wenn Goethe z. B. versichert: »Und so wünsch' ich den Patriotismus zu finden, zu dem jedes Reich, Land, Provinz, ja Stadt berechtigt ist« (Bd. 11.2, S. 82). Auffällig ist freilich an einer solchen Äußerung bereits die Inkongruenz des Patriotischen mit dem Nationalen, auffällig auch die Bindung des Patriotischen an das Feld der Kultur. Und gegen jede Art von Deutschtümelei setzt sich Goethe zu gleicher Zeit mit allem Nachdruck ab, so z. B. in dem Gedicht »Gott Danck! daß uns so wohl geschah 〈...〉« (S. 166), das jeden zeitgenössischen Sprachpurismus verspottet. Der Aufsatz *Deutsche Sprache* macht denn auch geltend, wieviel Fremdes deutsche Sprache und Kultur in sich aufgenommen haben. Der Deutsche könne deshalb »nichts wunderlicheres tun 〈...〉, als sich in seinen mittelländischen Kreis zu beschränken, eingebildet daß er von eignem Vermögen zehre uneingedenk alles dessen was er seit einem halben Jahrhundert fremden Völkern schuldig geworden und ihnen noch täglich verdankt« (Bd. 11.2, S. 225). Von einem anderen Ausgangspunkt aus gelangt Goethe also zu verwandten Konsequenzen, wie sie der *West-östliche Divan* vertritt. Auch hier erscheint Kultur als Paradigma einer produktiven Vermittlung von Eigenem und Fremdem, erhellt das Politische solcher Aussagen vor dem geschichtlichen Hintergrund.

Wir sprechen für die Zeit ab 1815 von der Ära der Restauration und verstehen darunter die weitreichende Wiederherstellung vorrevolutionärer Zustände. Wenn kunstgeschichtliche Arbeiten Goethes den Begriff ›Restauration‹ gebrauchen (z. B. Bd. 11.2, S. 10, 14, 316–318), so meinen sie damit, in einem ganz anderen Sinne, die Leistungen des ›Restaurators‹, der Werke der Kunst ›restauriert‹. Mit dem politischen Begriff Restauration hat ein solcher Terminus technicus zunächst also nichts zu tun. Wenn im Zusammenhang damit freilich von der Aufgabe die Rede ist, das Erbe der Vergangenheit für Gegenwart und Zukunft zu ›bewahren‹ (z. B. Bd. 11.2, S. 12, 61, 299), so ergeben sich doch nachbarschaftliche Verhältnisse. Der kulturkonservative

Zug, der zu Goethes Alterswerk hinzugehört, erscheint als Analogon der neuen politischen Ära. Eben deshalb ist es so wichtig zu sehen, was im Vergleich der Zeugnisse eindeutigen Positionsbestimmungen widerspricht. Der Aufsatz *Antik und Modern* (Bd. 11.2, S. 496–507; S. 496 f.) z. B. verwahrt sich ausdrücklich gegen eindeutige Zuordnungen. Und der *West-östliche Divan* liest sich gegenüber kulturkonservativen Tendenzen geradezu als Postulat und Theorie kultureller Erneuerung (vgl. dazu Bd. 11.1.2, S. 336 f.). Sicherung der Überlieferung und geforderte Erneuerung verstehen sich letztlich nur als komplementäre Aspekte der Orientierung Goethes im kulturgeschichtlichen Prozeß. Der politischen Implikationen dieser Standortbestimmung war sich Goethe bewußt; und sie geben ihm recht, wenn er Jahre später im Gespräch mit Eckermann versichert, er sei kein »Freund der französischen Revolution« gewesen, verbitte sich aber auch den zweideutigen Titel, ein *»Freund des Bestehenden«* genannt zu werden (4. Januar 1824; Bd. 19, S. 494).

*

Der Teilband 11.1.1 bietet die Lyrik dieser Jahre und die dramatischen Arbeiten, beides jeweils in chronologischer Folge.

Die *Divan*-Lyrik wird im Nebeneinander der Teilbände 11.1.1 und 11.1.2 zweimal präsentiert: das eine Mal aufgelöst in die chronologische Folge der Gedichte und mit der anderweitigen Lyrik vereint (Bd. 11.1.1), das andere Mal in ihrer zyklischen Anordnung (Bd. 11.1.2). Der zweimalige Druck bietet in der Mehrzahl der Fälle die Möglichkeit, die Gedichte in unterschiedlichen Fassungen zu bringen. So wird im chronologischen Teil vor allem den Reinschriftfassungen der Vorzug gegeben, im Parallelband den Fassungen des Erstdrucks von 1819.

In Bd. 11.2 folgen die autobiographischen Schriften des Zeitraums, die Schriften zu Literatur und Kunst, die naturwissenschaftlichen Schriften und eine Auswahl von amtlichen Schriften.

ZUR TEXTGESTALT

Für die im vorliegenden Teilband versammelten Gedichte und dramatischen Schriften der Schaffensepoche 1814 bis 1819 wurde die Textgrundlage je einzeln im Hinblick auf den höchsten Grad der Autorisation bestimmt. Die Nachweise zu den zugrundegelegten Textzeugen finden sich vor den Einzelkommentaren. Einige allgemeinere Hinweise, insbesondere zur Lyrik, seien hier vorausgeschickt.

Eine große Anzahl der Gedichte konnte auf der Grundlage von Goethes eigenhändigen Handschriften ediert werden. Dies gilt vor allem für die als Reinschriften vorliegenden *Divan*-Gedichte. Aber auch für den größten Teil der im Nachlaß verbliebenen Gedichte und der Vorarbeiten zum *Divan* sowie für eine Vielzahl von Personengedichten und Stammbucheintragungen hat sich eine eigenhändige Überlieferung in Form von Reinschriften, Widmungsblättern, Briefbeilagen, Sammelhandschriften und Exzerptblättern erhalten. In diesen Fällen wird der Text entsprechend der letzten eigenhändigen Entwicklungsstufe (innerhalb der zugrundegelegten Handschrift) geboten. – Für einen Teil der Gedichte, die erst nach 1819 zum *Divan* hinzugekommen sind, bildet e (GSA 25/XI, XX, 1 u. 2) die Textgrundlage. Die Bleistiftkorrekturen von Eckermann und Göttling blieben generell unberücksichtigt. Gibt der Einzelkommentar keine Auskunft über den Schreiber des Blattes von e, liegt der Text in Johns Handschrift vor. (Zur Überlieferung und textkritischen Beurteilung von e vgl. Bd. 11.1.2, S. 403–408.) Soweit die *Divan*-Gedichte nach dem Erstdruck von 1819 (E) gedruckt werden, weil sich keine frühere hs. Überlieferung erhalten hat, gelten bezüglich der Textkonstitution die im anderen Teilband aufgeführten Einzelnachweise (Bd. 11.1.2, S. 409–415).

Eine ganze Gruppe von nicht näher datierbaren Texten, die außerhalb der *Divan*-Lyrik entstanden sind, ist dem zweiten Band der Gesamtausgabe von 1815 (B) entnommen, dessen Drucklegung Goethe sorgfältig vorbereitet hat. Bezüglich der Druckmanuskripte für die Bände 3, 4 und 47 der *Ausgabe letzter Hand* (GSA 25/VII,1: H^{148}; GSA 25/VII,2: H^{271}; GSA 25/VII,3: H^{271a}) sowie für die Materialien zur *Quartausgabe* (GSA 25/VII,4) gilt das in Bd. 13.1 (S. 612 f.) Gesagte.

Die Textredaktion in den Teilbänden 11.1.1 und 11.1.2 unterscheidet sich von den allgemeinen Richtlinien der Münchner Ausgabe (Bd. 1.1, S. 753) insofern, als die originale Orthographie beibehalten ist. Nicht abgebildet werden Unregelmäßigkeiten der Schreibung im Bereich der Umlaute und der S-Doppelung.

ABKÜRZUNGEN

Nur in wenigen, besonders begründeten Fällen berücksichtigt das Verzeichnis der Abkürzungen auch Quellenwerke zum *Divan* und Titel der wissenschaftlichen Literatur. Ergänzend sei auf das ausgedehntere Verzeichnis »Von Goethe benutzte orientalische und orientalistische Literatur« (S. 702–712) und das »Verzeichnis wissenschaftlicher Literatur« (Bd. 11.1.2, S. 859–876) verwiesen.

AA Divan	Werke Goethes, herausgegeben von der Deutschen Akademie der Wissenschaften zu Berlin unter Leitung von Ernst Grumach. Berlin 1952–1966 (›Akademie-Ausgabe‹); hier: West-östlicher Divan, bearb. von Ernst Grumach. 3 Bde. Berlin 1952
AA SL	Goethe. Schriften zur Literatur. Historisch-kritische Ausgabe. Hg. von der Deutschen Akademie der Wissenschaften zu Berlin. Bearb. von Edith Nahler u. a. Bd. 1–7. Berlin 1970–1982 (›Akademie-Ausgabe‹)
Adelung	Johann Christoph Adelung: Grammatisch-kritisches Wörterbuch der Hochdeutschen Mundart ⟨…⟩. 2. Aufl. in 4 Bdn. Leipzig 1793–1801 (Nachdruck Hildesheim/New York 1970)
Agricola: Sprichwörter	Johann Agricola: Fünfhundert Gemainer Newer Teütscher Sprüchwörter. Augsburg 1548
AlH	Ausgabe letzter Hand (s. C^1 und C^3)
AT	Altes Testament
B	Goethe's Werke. Erster–Zwanzigster Band. Stuttgart und Tübingen 1815–1819
BA	Goethe. Berliner Ausgabe. 22 Bde. Hg. von Siegfried Seidel ⟨u. a.⟩. Berlin und Weimar 1960–1978 (Bd. 3: West-östlicher Divan)
beh. Ausf.	behändigte Ausfertigung
Beutler	Goethe: West-östlicher Divan. Unter Mitwirkung von Hans Heinrich Schaeder hg. u. erläutert von Ernst Beutler. Leipzig 1943 (Sammlung Dieterich 125; Neuausgabe Bremen 1956)
Birus, Bd. 1 u. 2	Johann Wolfgang Goethe: West-östlicher Divan. Hg. von Hendrik Birus. Bde. 3/1 u. 3/2

	der 1. Abt. der ›Frankfurter Goethe-Ausgabe‹. Frankfurt a. M. 1994
Bode	Goethe in vertraulichen Briefen seiner Zeitgenossen. Zusammengestellt von Wilhelm Bode. 3 Bde. Berlin 1918–1923. Zit. nach Neudruck Bern 1969. (Neu hg. von Regine Otto und Paul-Gerhard Wenzlaff. Berlin und Weimar 1979. München 1982)
Bosse: Drei verschollene Reinschriften	Anke Bosse: Drei verschollene Reinschriften zum ›Wiesbadener Register‹. Exemplarische Einblicke in Goethes Arbeit am »West-östlichen Divan«. In: JbFDH 1994, S. 44–81
Bosse: Nachlaßstücke	Anke Bosse: Die Nachlaßstücke zu Johann Wolfgang von Goethes »West-östlichem Divan«. Dokumentation mit umfassender Kommentierung und Entstehungsgeschichte des »Divans«. 3 Bde. Genf 1996 (Phil. Diss., noch ungedruckt)
Buch des Kabus	Diez, Heinrich Friedrich von: Buch des Kabus oder Lehren des persischen Königs Kjekjawus für seinen Sohn Ghilan Schach. 〈…〉 aus dem Türkisch-Persisch-Arabischen übersetzt 〈…〉. Berlin 1811
Buch des Oghuz	In: Heinrich Friedrich von Diez: Denkwürdigkeiten von Asien 〈…〉. T. 1. Berlin 1811, S. 157–205
Büchmann: Geflügelte Worte	Georg Büchmann: Geflügelte Worte. 31. Aufl. Berlin 1964
Bulling	Karl Bulling: Goethe als Erneuerer und Benutzer der jenaischen Bibliotheken. Jena 1932 (Neudruck Leipzig 1982; s. auch Keudell)
Burdach	Goethe: West-östlicher Divan. Herausgegeben von Konrad Burdach. Stuttgart und Berlin 1905 (›Bd. 5 der ›Jubiläumsausgabe‹; s. unter JA)
Burdach: Divan 1937	Goethe: West-östlicher Divan. Hg. von Konrad Burdach. Mainz und Weimar 1937 (Bd. 5 der ›Welt-Goethe-Ausgabe‹; s. unter Welt-Goethe-Ausgabe)
BW Carl August–Goethe	Briefwechsel des Herzogs-Großherzogs Carl August mit Goethe. Hg. von Hans Wahl. 3 Bde. Berlin 1915–1918
BW Goethe–Cotta	Goethe und Cotta: Briefwechsel 1797–1832. 3 Bde. (in 4). Hg. von Dorothea Kuhn. Stuttgart 1979–1983

BW Goethe–Reinhard	Goethe und Reinhard. Briefwechsel in den Jahren 1807–1832. Mit einer Vorrede des Kanzlers Friedrich von Müller. Hg. von Otto Heuschele. Wiesbaden 1957
BW Goethe–Voigt	Goethes Briefwechsel mit Christian Gottlob Voigt. 4 Bde. Bearbeitet und hg. von Hans Tümmler (Bde. 3 u. 4 unter Mitwirkung von Wolfgang Huschke). Weimar 1949–1962 (SchrGG Bd. 53–56)
C^1	Goethes Werke. Vollständige Ausgabe letzter Hand. 40 Bde. Stuttgart, Tübingen 1827–1830. – Ergänzend: Goethes nachgelassene Werke. Hg. von Johann Peter Eckermann und Friedrich Wilhelm Riemer. 20 Bde. 1832–1842 (Ausgabe letzter Hand, ›Taschenausgabe‹)
C^3	desgl. (Ausgabe letzter Hand, ›Oktavausgabe‹)
CGZ	Corpus der Goethezeichnungen. Hg. von Gerhard Femmel u. a. 7 Bde. (in 10). Leipzig 1958–1973
ChrWGV	Chronik des Wiener Goethe-Vereins
Creizenach	Briefwechsel zwischen Goethe und Marianne von Willemer (Suleika). Hg. mit Lebensnachrichten und Erläuterungen von Th⟨eodor⟩ Creizenach. (1877). 2., erw. Aufl. Stuttgart 1878
DD	›Deutscher Divan‹ (1814)
Diez: Denkwürdigkeiten von Asien	Denkwürdigkeiten von Asien in Künsten und Wissenschaften, Sitten, Gebräuchen und Alterthümern, Religion und Regierungsverfassung, aus Handschriften und eigenen Erfahrungen gesammelt von Heinrich Friedrich von Diez ⟨...⟩. Teil 1: Berlin 1811; Teil 2: Berlin und Halle 1815
Dill	Christa Dill: Wörterbuch zu Goethes West-östlichem Divan. Tübingen 1987
DLL	Deutsches Literatur-Lexikon. Biogr.-bibliogr. Handbuch. Begründet von Wilhelm Kosch. 3., völlig neu bearb. Auflage. Bern und München 1968 ff.
Dobel	Lexikon der Goethe-Zitate. Hg. von Richard Dobel. Zürich und Stuttgart 1968 (Reprint München 1995)
DrV	Druckvorlage

Düntzer	Goethe: West-östlicher Divan. Herausgegeben von Heinrich Düntzer. Berlin und Stuttgart 1886 (in: Werke. 36 Teile in 41 Bdn. 1882–1897, Bd. 4; = Deutsche National-Litteratur, Bd. 85)
DuW	Dichtung und Wahrheit
DVjs	Deutsche Vierteljahrsschrift für Literatur und Geistesgeschichte
DWb	Jacob und Wilhelm Grimm: Deutsches Wörterbuch. 16 Bde. und Quellenverzeichnis. Leipzig, Berlin 1854–1971 (Reprint: München 1984; 33 Bde.)
E	West-oestlicher Divan. von Goethe. Stuttgard 1819 (Erstausgabe)
e	›Neuer Divan‹ (1819/20 geschrieben, ab 1823 revidiert; Druckmanuskript für die *AlH*); GSA 25/XI, XX, 1 u. 2
egh.	eigenhändig
FA	Goethes Werke. Festausgabe zum hundertjährigen Bestehen des bibliographischen Instituts. 18 Bde. Hg. von Robert Petsch. Leipzig 1926/27
Fambach	Oscar Fambach: Goethe und seine Kritiker. Die wesentlichen Rezensionen aus der periodischen Literatur seiner Zeit 〈…〉. Düsseldorf 1953
FDH	Freies Deutsches Hochstift, Frankfurt a. M.
FrA	Johann Wolfgang Goethe. Sämtliche Werke. Briefe, Tagebücher und Gespräche. 40 Bde. Hg. von Friedmar Apel u. a. Frankfurt a. M. 1985 ff. (›Frankfurter Ausgabe‹)
Fundgruben des Orients	Fundgruben des Orients. Bearbeitet durch eine Gesellschaft von Liebhabern. Wien 1809
GHb (Zastrau)	Goethe-Handbuch. 2. Aufl. Hg. von Alfred Zastrau. Bd. 1. Stuttgart 1961
GHb, Bd. 1 und 2 (1996)	Goethe-Handbuch. Bd. 1. Gedichte. Hg. von Regine Otto und Bernd Witte. – Bd. 2: Dramen. Hg. von Theo Buck. Stuttgart, Weimar 1996
GJb	Goethe-Jahrbuch. Weimar 1880 ff. (auch die im Titel abweichenden Bände werden unter diesem Gesamttitel zitiert, ggf. ohne Jahrgangsbezeichnung)
GMD	Goethe-Museum Düsseldorf
GNM	Goethe-Nationalmuseum Weimar

Goethe-Gedichte	Gerhard Sauder (Hg.): Goethe-Gedichte. Zweiunddreißig Interpretationen. München 1996
Goethe und Österreich	Goethe und Österreich. Briefe mit Erläuterungen. 2 Bde. Hg. von August Sauer. Weimar 1902–1904 (= SchrGG 17/18)
Gräf	Hans Gerhard Gräf: Goethe über seine Dichtungen. Versuch einer Sammlung aller Äußerungen des Dichters über seine poetischen Werke. 3 Teile in 9 Bdn. Frankfurt a. M. 1901–1914 (Reprint Darmstadt 1967/68); hier: 3. Teil: Die lyrischen Dichtungen. 3 Bde. 1912–1914
GSA	Goethe- und Schiller-Archiv Weimar
GWb	Goethe-Wörterbuch. Hg. von der deutschen Akademie der Wissenschaften zu Berlin, der Akademie der Wissenschaften zu Göttingen und der Heidelberger Akademie der Wissenschaften. Stuttgart, Berlin, Köln, Mainz 1966 ff. (Bd. 1: 1978; Bd. 2: 1989)
HA	Goethes Werke. Hamburger Ausgabe in 14 Bdn. Hg. von Erich Trunz. Hamburg 1948–1964
HA, Briefe an G.	Briefe an Goethe. Hamburger Ausgabe in 2 Bänden. Hg. von Karl Robert Mandelkow. 2. Aufl. München 1982
Hafis	Der Diwan des Mohammed Schemsed-din Hafis. Aus dem Persischen zum erstenmal ganz übersetzt von Josef v. Hammer. 2 Bde. Stuttgart und Tübingen 1812/13 (Reprint Hildesheim u. New York 1973)
Hagen	Die Drucke von Goethes Werken. Bearb. von Waltraud Hagen. Berlin 1971
Hammer: Redekünste Persiens	Joseph von Hammer: Geschichte der schönen Redekünste Persiens, mit einer Blüthenlese aus 200 persischen Dichtern. Wien 1818
Hartmann, A. Th.: Die hellstrahlenden Plejaden ⟨...⟩	Die hellstrahlenden Plejaden am arabischen poetischen Himmel, oder die sieben am Tempel zu Mekka aufgehangenen arabischen Gedichte. Übersetzt, erläutert und mit einer Einleitung versehen von Anton Theodor Hartmann ⟨...⟩. Münster 1802
Hederich	Benjamin Hederichs ⟨...⟩ gründliches mythologisches Lexicon ⟨...⟩. 2. Aufl. Leipzig 1770 (Reprint Darmstadt 1967)
Hempel	Goethe's Werke. Nach den vorzüglichsten

	Quellen revidierte Ausgabe. Teil 1–36 (in 23 Bdn.). Berlin: Gustav Hempel 1868–1879
Herder: Sämtliche Werke	Johann Gottfried Herder: Sämtliche Werke. 33 Bde. Hg. von Bernhard Suphan und Carl Redlich. Berlin 1877–1913
Herwig	Goethes Gespräche. Eine Sammlung zeitgenössischer Berichte aus seinem Umgang. Aufgrund der Ausgabe und des Nachlasses von Flodoard Freiherrn von Biedermann ergänzt und hg. von Wolfgang Herwig. 5 Bde. (in 6). Zürich, Stuttgart, ab Bd. IV München 1965 bis 1987
Houben: Soret	Frédéric Soret. Zehn Jahre bei Goethe. Erinnerungen an Weimars klassische Zeit. 1822–1832. Hg. von Heinrich Hubert Houben. Leipzig 1929
Hs. / Hss. /hs.	Handschrift(en), handschriftlich
JA	Goethes Sämtliche Werke. Jubiläumsausgabe in 40 Bdn. und Registerbd. Hg. von Eduard von der Hellen u. a. Stuttgart und Berlin 1902–1912 (s. unter Burdach)
JALZ	Jenaische Allgemeine Literatur-Zeitung
JbFDH	Jahrbuch des Freien Deutschen Hochstifts
JbdDSchG	Jahrbuch der Deutschen Schillergesellschaft. Hg. von W. Barner, W. Müller-Seidel, U. Ott. Stuttgart 1956 ff.
JbIG	Jahrbuch für Internationale Germanistik
JbSK	Jahrbuch der Sammlung Kippenberg
JbWGV	Jahrbuch des Wiener Goethe-Vereins
Keudell	Elise von Keudell: Goethe als Benutzer der Weimarer Bibliothek. Weimar 1931 (Reprint Leipzig 1982; angebunden: Bulling; s. dort)
Kön.	(1. u. 2.) Buch der Könige (AT)
KuA	Über Kunst und Alterthum. Von Goethe. Erster Band. Erstes Heft – Sechsten Bandes drittes Heft. Stuttgart 1816–1832 (Reprint Bern 1970)
Loeper	Goethe: West-östlicher Divan. Hg. und erläutert von Gustav von Loeper. Berlin 1872 (= Bd. 4 der ›Hempelschen Ausgabe‹; s. unter Hempel)
Lohner (Hg.): Interpretationen	Edgar Lohner (Hg.): Interpretationen zum West-östlichen Divan Goethes. Darmstadt 1973 (= Wege der Forschung 288)

Lohner (Hg.): Studien	Edgar Lohner (Hg.): Studien zum West-östlichen Divan Goethes. Darmstadt 1971 (= Wege der Forschung 287)
Maier	Goethe: West-östlicher Divan. Kritische Ausgabe der Gedichte mit textgeschichtlichem Kommentar von Hans Albert Maier. 2 Bde. Tübingen 1965
Mandelkow	Goethe im Urteil seiner Kritiker. Dokumente zur Wirkungsgeschichte Goethes in Deutschland ⟨1773–1982⟩. Teil 1–4. Hg. von Karl Robert Mandelkow. München 1975–1984
Mark.	Evangelium nach Markus
Matth.	Evangelium nach Matthäus
Mey	Im Namen Goethes. Der Briefwechsel Marianne von Willemer und Herman Grimm. Hg. und eingel. von Hans Joachim Mey. Frankfurt a. M. 1988
Mick	Ernst Wolfgang Mick: Goethes umränderte Blättchen. 2. Aufl. Dortmund 1983
MLN	Modern Language Notes
MLR	Modern Language Review
Mommsen, K.: Moallakat	Katharina Mommsen: Goethe und die Moallakat. Berlin 1960
Mommsen, K.: 1001 Nacht	Katharina Mommsen: Goethe und 1001 Nacht. Berlin 1960. (2. Aufl. Frankfurt a. M. 1981)
Mommsen, K.: Diez	Katharina Mommsen: Goethe und Diez (1961). Berlin, Frankfurt a. M. 1995
Mommsen, K.: Goethe und die arabische Welt	Katharina Mommsen: Goethe und die arabische Welt. (Frankfurt a. M. 1988). 2. Aufl. 1989
Mommsen, K.	Johann Wolfgang Goethe: West-östlicher Divan. Hg. von Katharina Mommsen. 2 Bde. (Bd. I: Faksimile der Handschriften; Bd. II: Kommentar). Frankfurt a. M. 1996
Mommsen, M.: Studien	Momme Mommsen: Studien zum West-östlichen Divan. Berlin 1962
Morgenblatt	Morgenblatt für gebildete Stände
Mos.	(1.–5.) Buch Mose (AT)
Neuer Divan	Siehe zu »e«
N. F.	Neue Folge

ÖNB	Österreichische Nationalbibliothek
Par.	Paralipomenon
PEGS	Publications of the English Goethe Society
Q	Goethes poetische und prosaische Werke in zwei Bdn. ⟨zu je zwei Abteilungen⟩. Hg. von Johann Peter Eckermann und Friedrich Wilhelm Riemer. Stuttgart und Tübingen 1836/37 (›Quartausgabe‹)
QuZ	Quellen und Zeugnisse zur Druckgeschichte von Goethes Werken. 4 Teile. Berlin 1966–1984 (Teile 1, 2 u. 4). Tl. 2: Die Ausgabe letzter Hand. Bearb. von Waltraud Hagen. 1982; Tl. 4: Die Einzeldrucke. Bearb. von Inge Jensen. 1984
R 1, R 2, …	Im Nachlaß verbliebene *Divan*-Reinschriften, Zählung nach Solms: Vorarbeiten
r	Druckvorlage für die Erstausgabe (E); nur 4 Blätter erhalten
Richter, R.:	Goethe: West-östlicher Divan. Bearbeitet von Rudolf Richter. Leipzig 1926 (Bd. 3 der ›Festausgabe‹; s. unter FA)
Rumi: Spiegel der Länder	Kātib Rūmī: Spiegel der Länder. In: Heinrich Friedrich von Diez: Denkwürdigkeiten von Asien, T. 2, S. 133–267 (s. unter Diez: Denkwürdigkeiten)
Ruppert	Goethes Bibliothek. Katalog. Bearbeitet von Hans Ruppert. Weimar 1958 (Reprint Leipzig 1978)
Rychner	Johann Wolfgang Goethe: West-östlicher Divan. Vorwort u. Erl. von Max Rychner. Zürich 1963
Rypka: Iranische Literaturgeschichte	Jan Rypka: Iranische Literaturgeschichte. Hg. von Heinrich F. J. Junker. Leipzig 1959 (Originalausgabe Prag 1956)
Saadi: Persianischer Baum-Garten	Scheich Saadi: Persianischer Baum-Garten. In: Adam Olearius: Des Welt-berühmten Adam Olearii colligirte und viel vermehrte Reise-Beschreibungen ⟨…⟩. Hamburg 1696
Saadi: Persianischer Rosenthal	Persianischer Rosenthal. ⟨…⟩ Vor 400. Jahren von einem Sinnreichen Poeten Scheich Saadi in Persischer Sprache beschrieben. Jetzo aber von Adamo Oleario ⟨…⟩ übersetzt. Hamburg 1654
Sam.	(1. und 2.) Buch Samuel (AT)

Schiller NA	Schillers Werke und Briefe. Nationalausgabe. Im Auftrag des GSA und des Schiller-Nationalmuseums hg. von Julius Petersen u. a. Weimar 1943 ff.
Schmidt: Goethes Farbensymbolik	Peter Schmidt: Goethes Farbensymbolik. Untersuchungen zur Verwendung und Bedeutung der Farben in den Dichtungen und Schriften Goethes. Berlin 1965
Schöne: Goethes Farbentheologie	Albrecht Schöne: Goethes Farbentheologie. München 1987
SchrGG	Schriften der Goethe-Gesellschaft
Schuchardt: Goethes Kunstsammlungen	Christian Schuchardt: Goethe's Kunstsammlungen 2 Teile. Jena 1848 (Reprint Hildesheim, New York 1976)
Solms: Deutscher Divan	Wilhelm Solms: Goethes »Deutscher Divan« von 1814. In: Literturwiss. Jb. N.F. 15 (1974), S. 39–80
Solms: Vorarbeiten	Wilhelm Solms: Goethes Vorarbeiten zum Divan. München 1977
Soret: Erinnerungen	Siehe Houben: Soret
SWK	Stiftung Weimarer Klassik
Tgb.	Goethes Tagebuch (WA, Abt. III)
Trunz	Goethe: West-östlicher Divan. Hg. und erläutert von Erich Trunz. (Hamburg 1949; = Bd. 2 der ›Hamburger Goethe-Ausgabe‹; s. unter HA). Zit. nach der neubearb. 14. Aufl. München 1989
Tümmler: Goethes Gedichte an und über Persönlichkeiten	Hans Tümmler: »Und der Gelegenheit schaff' ein Gedicht!« Goethes Gedichte an und über Persönlichkeiten seiner Zeit und seines politischen Lebenskreises. Bad Neustadt a. d. Saale 1984
UB	Universitätsbibliothek
Unterhaltungen. Hg. von Renate Grumach	Kanzler Friedrich von Müller: Unterhaltungen mit Goethe. Hg. von Renate Grumach. München 1982
WA	Goethes Werke. Hg. im Auftrage der Großherzogin Sophie von Sachsen. 133 in 143 Bdn. (Abt. I–IV). Weimar 1887–1919 (›Weimarer Ausgabe‹)
Wagner: Grundzüge	Ewald Wagner: Grundzüge der klassischen arabischen Dichtung. 2 Bde. Darmstadt 1987/1988

Wander	Karl Friedrich Wilhelm Wander (Hg.): Deutsches Sprichwörter-Lexikon. 5 Bde. Leipzig 1867–1880
Weitz: Divan 1953	Goethe: West-östlicher Divan. Gesamtausgabe. Hg. von Hans-J. Weitz. Leipzig 1953
Weitz: Willemer	Marianne und Johann Jakob Willemer: Briefwechsel mit Goethe. Dokumente. Lebens-Chronik. Erläuterungen. Hg. von Hans-J. Weitz. Frankfurt a. M. 1965
Weitz	Johann Wolfgang Goethe: West-östlicher Divan. Hg. und erläutert von Hans-J. Weitz. Frankfurt a. M. 1974 (insel taschenbuch 75)
Weitz: Boisserée	Sulpiz Boisserée: Tagebücher 1808–1854. Im Auftrag der Stadt Köln hg. von Hans-J. Weitz. 4 Bde. und Registerbd. Darmstadt 1978–1996
Welt-Goethe-Ausgabe	J. W. Goethe: Werke. Welt-Goethe-Ausgabe der Gutenbergstadt Mainz und des Goethe- und Schiller-Archivs zu Weimar 1936–1940 (Bde. 1, 5–7, 12, 13, 16, 22; mehr nicht erschienen)
WR	›Wiesbadener Register‹ (1815); vgl. S. 435–440
Wurm	Christian Wurm: Commentar zu Göthe's west-östlichem Divan bestehend in Materialien und Originalien zum Verständnisse desselben. Nürnberg 1834 (Reprint Hildesheim 1983)
Zelter: Liedertafel	Die Liedertafel. 1. Ausgabe. Berlin 1818. 2. Ausgabe (bis S. 350 Wiederabdruck der 1. Ausgabe, Berlin 1818, ohne das dortige Register, S. 351–360; S. 361–491 neu), vermutlich nach 1820 erschienen
ZfdPh	Zeitschrift für deutsche Philologie
ZfdU	Zeitschrift für deutschen Unterricht

ZUR UMSCHRIFT ORIENTALISCHER NAMEN

Die von Goethe verwendete Umschrift orientalischer Namen und Begriffe hat sich in einigen Fällen eingebürgert und bis heute als Norm gehalten, z. B. *Derwisch*, *Pehlewi*, *Saadi.* In anderen Fällen hat sich das Bedürfnis nach einer enger an die wissenschaftliche Transliteration angelehnten Schreibweise gezeigt, z. B. bei *Buthaina* statt *Boteinah*, *Firdausī* statt *Ferdusi*, *Ghasnawiden* statt *Gasnewiden*, *Hudhail* statt *Hudseil.* Gelegentlich war zu berücksichtigen, daß sich in der Wissenschaft mittlerweile andere Namenskonventionen durchgesetzt haben, z. B. *Unsurī* statt *Ansari*, *Buhlūl* statt *Behlul*, *Anwarī* statt *Enweri*, *Kaikā'ūs* statt *Kjekjawus*, *Mohammed* statt *Mahomet.* Einige Bezeichnungen und Namen haben auch verbindlichen Eingang in die Duden-Rechtschreibung gefunden, wie z. B. *Schah* für persisch *König*, *Aleppo*, *Bagdad*, *Isfahan* usw.

Zwei unterschiedliche Schreibweisen kommen vor im Fall *Schah/Schāh.* Als Bezeichnung des im Deutschen geläufigen Herrschertitels vor dem Namen *(Schah Abbās)* wird auf das Längenzeichen verzichtet. Als Teil des Namens oder Begriffes *(Fath-Alī Schāh, Schāh-Nāmeh)* kommt die orientalistische Schreibung mit Längenzeichen zur Anwendung.

Eine wissenschaftlich-orientalistische Transliteration müßte sich oft sehr weit von der Umschrift entfernen, die Goethe gebraucht; da dies eher zur Verwirrung als zur Klärung beitragen würde, sollte sich die behutsam aktualisierte Umschrift in noch erkennbarer Nähe zur Goetheschen Version bewegen, darüber hinaus jedoch Hilfen zur korrekteren Aussprache und Betonung geben.

Die Schreibweise wurde in den Originaltexten natürlich nicht angetastet. Auch der Kommentar bleibt zunächst bei der Umschrift Goethes, stellt dann aber, wenn nötig, die aktualisierten Formen daneben. Damit sind Versionen gemeint, die mit Strichen über den Vokalen die Länge und damit fast stets die Betonung markieren (z. B. *Ukās*, *Lailā*, *Dschamschīd*, *Gīlān-Schāh*) und die durch die Verwendung von Buchstabenkombinationen den aktuellen Lesegewohnheiten entgegenkommt: *th* wie in *thing*, *dh* wie in *this*, *gh* als geriebenes ›Zäpfchen‹-R, *kh* wie in *Dach*, *dsch* wie englisch *j* in *James*, *sch* wie in *Schuh.* Ein Stimmabsatz, der im Arabischen zwei verschiedene Phoneme vertritt, ist mit Apostroph (') angedeutet (z. B. *Kaikā'ūs*, *Mu'allakāt*); nach dem geläufigen Muster in *Kaaba* ist der Stimmabsatz zwischen zwei gleichen Vokalen bzw. zwischen einem Vokal und einem Konsonant allerdings mit der Doppelsetzung (*-aa-*) statt *-a'-* angegeben, weil sowohl die getrennte Artikulierung der Vokale als auch ihre Längung der authentischen Aussprache nahekommen (z. B. *Kaaba*, *Faal* statt *Ka'ba*, *Fa'l*). Beim vokalischen Anfang bzw. Ende eines Namens ist der Apostroph ebenfalls nicht gesetzt (*Abbās*, *Amr*, *Schudschā* statt *'Abbās*, *'Amr*, *Schudschā'*). – Ein *k* steht sowohl für den *k*-Laut wie in *König* als auch für den uvularen Plosivlaut *qaf*. Ein *s* steht für mehrere Frikative des Arabischen/Persischen, die dem deutschen *s*-Laut nahekommen; dabei wird nicht zwischen stimmhafter oder stimmloser Aussprache unterschieden. Die Velarisierung verschiedener Laute im Arabischen, die in der wissenschaftlichen Transliteration durch einen daruntergesetzten Punkt angegeben wird, bleibt in unserer Umschrift unbezeichnet.

Eigennamen sind, bis auf die für die alphabetische Einordnung unberücksichtigten Namensteile *al-* und *ibn*, stets groß geschrieben, während sonstige Sachbegriffe, soweit sie nicht als Fachtermini mit einem deutschen Artikel versehen sind (z. B. *die Kasside*, *die Mu'allakāt*), klein geschrieben werden (z. B. *dschinn*). Der arabische Artikel *al-* wird in seinen nicht assimilierten Formen verwendet und überhaupt nur gesetzt, wenn es unbedingt nötig erscheint (*Mantik al-Tair*, dagegen *Hudaibīja*).

KOMMENTAR

GEDICHTE UND STAMMBUCHEINTRAGUNGEN

In der vielgestaltigen Produktion der Jahre 1814 bis 1819 stellen die Gedichte nur ein Schaffenssegment Goethes unter anderen dar. Aber mit rund 500 Texten sind sie eindrucksvoll vertreten, und schon der *Divan*-Anteil gibt ihnen besonderes Gewicht.

Dieser Band führt in seinem ersten Teil (Bd. 11.1.1) drei Bereiche von Gedichten zusammen. Den einen stellen die *Divan*-Gedichte; einen zweiten die Nachlaßgedichte, die im Umkreis des *Divans* entstanden, aber nicht in den lyrischen Zyklus aufgenommen wurden; den dritten all jene Gedichte, die in keinem Zusammenhang mit dem *Divan*-Komplex stehen. Der Anteil dieser Gedichtgruppen an der gesamten lyrischen Produktion dieser Jahre unterliegt einem auffälligen Wandel. 1814 und 1815 dominieren ganz eindeutig *Divan*-Lyrik und Nachlaßgedichte. 1816 und 1817 folgen nur noch ganz wenige Gedichte, die in diesem Zusammenhang stehen, während die Lyrik sonst anderen Motivationen folgt. Doch 1818 und 1819, im Zusammenhang der Entstehung des Prosateils zum *Divan* und der Drucklegung des ganzen Werkes, kommt es noch einmal zu einem deutlichen Wiederaufleben der *Divan*-Lyrik (einschließlich einiger mittelbar damit zusammenhängender nachgelassener Gedichte). Sie erlangt noch einmal einen wichtigen Anteil am lyrischen Schaffen, ohne es freilich so weit zu beherrschen wie in den früheren Jahren.

Die Vereinigung dieser drei Gedichtbereiche, die ansonsten in der Regel voneinander getrennt dargeboten werden, in einer chronologisch geordneten Reihe von Gedichten macht immer wieder ganz neue Leseerfahrungen möglich. Da fügen sich beispielsweise (ab »Art'ges Häuschen hab ich klein 〈...〉«, S. 13) *Divan*-Gedichte und andere, die Goethe nicht dem *Divan* eingegliedert hat, geradezu zu einem lyrischen Reisetagebuch zusammen, das die ersten Tage der Reise an Rhein, Main und Neckar begleitet. Der Trennungsschmerz, den der Abschied nach dem zweiten Rhein-Main-Aufenthalt hinterläßt, zeigt sich noch abgründiger, wenn man zu einer Reihe von *Divan*-Gedichten nicht aufgenommene Gedichte wie »Laßt mich weinen! 〈...〉« (S. 143) und »Nicht mehr auf Seidenblat 〈...〉« (S. 142) hinzusieht. Während der Reise nach Karlsbad vom 23. Juli bis 17. September 1818 entsteht eine ganze Reihe neuer *Divan*-Gedichte; aber sie sind – ergänzend und verfremdend zugleich – umgeben von zahlreichen Gedichten an Personen, die mehr über augenblickliche gesellschaftliche Beziehungen aussagen; und wieder anders signalisieren zwei skeptische Gedichte auf die neue Errungenschaft der Pressefreiheit (S. 211) das wache politische Interesse. Thematische oder formale Konstanten und situative Gemeinsamkeiten verbinden Gedichte zu deutlich umrissenen Gruppen und Reihen. Aber auch das scheinbar zusammenhanglose Nebeneinander des Verschiedenen ist aufschlußreich, dokumentiert es doch die Spannweite der lyrischen Möglichkeiten, die Goethe zu Gebote stehen. Liebesgedichte, Gedichte einer weinfrohen Geselligkeit, Spruchgedichte, Unmutsverse (bald verhaltener in der Kritik, bald unverhohlen satirisch), versteckt oder auch offen politische Gedichte, sog. ›weltanschauliche‹ Gedichte, Motto-Gedichte zu naturwissenschaftlichen oder ästhetischen Schriften, Stammbucheintragungen, Gedichte an Personen, auf private oder öffentliche Ereignisse im Ablauf des Jahres u. a. m.: gerade das oft so bunt anmutende Nebeneinander vermittelt eine Vorstellung vom Reichtum der Produktivität und der poetischen Interessen.

Nun unterscheidet man Gedichte auf Personen oder zu bestimmten Anlässen gern als ›Gelegenheitsgedichte‹ von den Gedichten anderer Art. Goethe selbst macht diesen Unterschied nicht. Vielmehr erweitert er gerade in den späteren Lebensjahren den Begriff der ›Gelegenheit‹ so, daß er das ganze lyrische Schaffen charakterisiert. »Was von meinen Arbeiten durchaus, und so auch von den kleineren Gedichten gilt, ist, daß sie alle, durch mehr oder minder bedeutende Gelegenheit aufgeregt, im unmittelbaren Anschauen irgend eines Gegenstandes verfaßt worden, deshalb sie sich nicht gleichen, darin jedoch übereinkommen, daß bei besondern äußeren, oft gewöhnlichen Umständen, ein Allgemeines, Inneres, Höheres dem Dichter vorschwebte«, schreibt er im März 1821 (Bd. 13.1, S. 509). Und am 18. September 1823 äußert er gegenüber Eckermann: »Alle meine Gedichte sind Gelegenheitsgedichte, sie sind durch die Wirklichkeit angeregt und haben darin Grund und Boden. Von Gedichten, aus der Luft gegriffen, halte ich nichts« (Bd. 19, S. 44). Die Selbstdeutung betont die Bindung aller Gedichte an geschichtliche und lebensgeschichtliche Anlässe. Gerade Goethes Lyrik erscheint im Licht solcher Äußerungen als besonders sensibles und bewegliches Medium einer literarischen Reaktion auf Situationen der biographischen wie der allgemeineren geschichtlichen Wirklichkeit.

Die Durchführung der chronologischen Ordnung warf manche Probleme auf. Auf weiten Strecken haben wir tagesgenaue Datierungen Goethes, und sie bringen auch so zum Ausdruck, wie wichtig ihm die Bindung der Gedichte an geschichtliche Situationen war, damit zugleich die Reihe, die sich in der Folge der Datierungen ergibt. Doch auch die Zahl der undatierten Gedichte ist groß, und die wissenschaftlich erschlossenen Datierungen können die Entstehung eines Gedichts oft genug nur annäherungsweise lokalisieren. Die Einordnung solcher Gedichte in eine Reihe präzise datierter würde eine Genauigkeit suggerieren, die so nicht gegeben ist. Deshalb schien es sinnvoller, die Reihen genau datierbarer Gedichte möglichst wenig aufzubrechen. Unsicher datierte Gedichte wurden deshalb mehrfach ihrerseits zu Gruppen vereint und an chronologisch sinnvoller Stelle den genau datierten an die Seite gestellt.

Über Gruppen, die sich in dem chronologischen Kontinuum der Gedichte beobachten lassen, unterrichten gedichtübergreifende Kommentarabschnitte.

Die Gedichte wurden auch dann unter dem Zeitpunkt der Entstehung eingeordnet, wenn die textliche Überlieferung erst später einsetzt.

Zweites Halbjahr 1814

Mitte Mai 1814 hatte Goethe von Cotta Hammers Hafis-Übersetzung erhalten. Vor allem die Arbeit an *Des Epimenides Erwachen* drängte die Beschäftigung damit zunächst etwas in den Hintergrund. Doch der Funke sprang über. Goethe antwortete der »mächtigen Erscheinung« des östlichen Dichters auf seine Weise: er verhielt sich »dagegen produktiv« (*Tag- und Jahres-Hefte* zu 1815; Bd. 14, S. 239).

Schon in den Wochen, die der ersten großen Reise an Rhein, Main und Neckar (25. Juli bis 27. Oktober 1814) vorangingen, entstand eine erste Gruppe auf Hafis bezogener Gedichte. Die Reisetage, geistigen Aufbruch und äußere Eindrücke verschränkend, entbanden dann eine aufs äußerste gesteigerte Produktivität. Eine Fülle von Gedichte entstand – nicht wenige an einem einzigen Tag –, die sich in ihrer Folge wie ein lyrisches Reisetagebuch lesen. Die Produktion setzte sich in die Wochen in Wiesbaden, Frankfurt und Heidelberg hinein fort, wenn auch nicht in gleicher Dichte.

Fast alle Gedichte dieses zweiten Halbjahrs 1814 entfallen auf den späteren *West-östlichen Divan*, und auch fast alle nicht in ihn aufgenommenen nachgelassenen Gedichte gehören thematisch in seinen Umkreis. Die chronologische Dokumentation gibt Einblick in die frühen Phasen der *Divan*-Entstehung. Unmittelbar nach der Ankunft in Wiesbaden (29. Juli) ordnete Goethe die bis dahin entstandenen Gedichte. »Gedichte an Hafis abgeschrieben«, notierte er am 30. Juli im Tagebuch; »Divan. geordnet« am 31. Am 29. August 1814 konnte er Riemer berichten: »Die Gedichte *an Hafis* sind auf 30 angewachsen und machen ein kleines Ganze, das sich wohl ausdehnen kann, wenn der Humor wieder rege wird.«

Und es dehnte sich aus: während des Aufenthalts an Rhein, Main und Neckar, doch auch die Rückkehr nach Weimar führte zu keinem Stillstand. Der November brachte wichtige Erweiterungen, der Dezember belebte die Produktion abermals. Neben die Anregung durch Hafis trat nun auch die Inspiration durch weitere orientalische und orientalistische Literatur (vgl. S. 423). Am 14. Dezember gebraucht Goethes Tagebuch statt der bisherigen Bezeichnung »Gedichte an Hafis« erstmals den allgemeineren Terminus »Deutscher Divan«. Mit den Gedichten *Hegire* und *Gute Nacht* gab Goethe diesem in den letzten Dezembertagen einen programmatischen Anfang und einen einprägsamen Schluß. Das Ensemble umfaßte nun 53 Nummern (vgl. Solms: Deutscher Divan).

Die ersten 32 Gedichte hatte Goethe bereits im Sommer numeriert (schwarze Tinte), Nr. 34 bis zur ursprünglichen, später ersetzten Nr. 44 Mitte Dezember (Bleistift), Nr. 45 bis Nr. 53 (wieder Tinte) am 31. Dezember (s. Solms, ebd., S. 44). An mehreren Stellen ist die Numerierung heute freilich nicht mehr rekonstruierbar, weil Goethe die frühen Reinschriftblätter später ersetzte. Auch manche Umnumerierung nahm er vor. Doch soweit die Numerierung überliefert ist, zeigt sie eine klare Tendenz, der Chronologie der Entstehung zu folgen (was sich die hier vorgenommene Anordnung bei unsicherer Datierung mitunter zunutze macht). Die chronologische Folge war Goethe also wichtig. Wenn er gleichzeitig die Konturen eines thematischen »Ganzen« betont, so legt das den Schluß nahe, daß bereits im Produzieren ein Trieb zu Anschließung und sinnvoller Ergänzung, ein Zug zum größeren Ganzen lebendig und wirksam gewesen sein muß.

9 *Voll Locken kraus ein Haupt so rund!* ⟨...⟩
Textgrundlage: Reinschrift GSA 25/X,III,5 (Mommsen Nr. 43).
Entstehung: wahrscheinlich 19. Mai 1814. – DD: 18a. WR: 27.
S. *Divan*-Kommentar, Bd. 11.1.2, zu S. 32 (*Versunken*).

9 *Buchstabe Dal / 18te Gasele*
Textgrundlage: Reinschrift Bibliotheca Bodmeriana, Cologny (Mommsen Nr. 17).
Entstehung: 21. Juni 1814. – WR: 17.
S. *Divan*-Kommentar, Bd. 11.1.2, zu S. 14 (*Erschaffen und Beleben*).

10 *Fetwa* und *Der Deutsche dankt*
Textgrundlage: Reinschrift GSA 25/X,II,5 (Mommsen Nr. 29 u. 30).
Entstehung: In erster Fassung wohl zwischen 21. und 26. Juni 1814 entstanden; im Dezember 1814 überarbeitet und auf das überlieferte Reinschriftblatt übertragen. – DD: 2. WR: 9 u. 10.
S. *Divan*-Kommentar, Bd. 11.1.2, zu S. 24.

11 *Beynahme*
Textgrundlage: Reinschrift GSA 25/X,II,3 (Mommsen Nr. 27).
Entstehung: 26. Juni 1814. – DD: 5 (zuerst 3, dann 4). WR: 14.
S. *Divan*-Kommentar, Bd. 11.1.2, zu S. 22.

12 *Buchstabe Sin / Gasele XIII*
Textgrundlage: ursprüngliche Reinschrift (egh.) GSA 25/X,I,7 (Mommsen Nr. 16). In G.s Sammlung von *Divan*-Reinschriften wurde dieses Blatt durch eine Abschrift Zelters ersetzt (vgl. Maier, Bd. 2, S. 94).
Entstehung: 22. Juli 1814. – DD: 7 (zuerst: 6). WR: 16.
S. *Divan*-Kommentar, Bd. 11.1.2, zu S. 14 (*Elemente*).

13 *Art'ges Häuschen hab ich klein* 〈...〉
Textgrundlage: Briefbeilage zu GSA 37/IX,6,3. In G.s *Divan*-Reinschriften steht die überarbeitete sechsstrophige Fassung (Mommsen Nr. 25; vgl. Bosse: Nachlaßstücke, zu R 1) auf der Rückseite eines am nächsten Tag entstandenen Gedichts (s. zu »Wenn links an Baches Rand 〈...〉«, S. 16).
Entstehung: 25. Juli 1814. In der *Divan*-Reinschrift »Vision« überschrieben und datiert: »d. 26. Jul. 1814«. – DD: 9. Im Wiesbadener Register (vgl. Übersicht S. 436) zu Nr. 18 kein Titel bzw. Stichwort verzeichnet; das überlieferte Reinschriftblatt mit der Nr. 18 ohne Text.
Erstdruck: C[1] 3 (1827), S. 61 f., unter dem Titel »Der neue Copernicus«.
Der – ursprünglich dem »Deutschen Divan« zugeordnete – Text hat die Struktur eines Rätselgedichts. Das »Häuschen« (V. 1) gibt sich allmählich als der Innenraum eines Reisewagens zu erkennen (vgl. auch »Seh ich zum Wagen heraus 〈...〉«, S. 25); die Strophen handeln von den Wahrnehmungen und Reflexionen während einer Fahrt. Diese werden durchlässig für das Bewußtsein einer lebensgeschichtlichen Wende, was der spätere Gedichttitel »Der neue Copernicus« verdeutlicht, indem er eine Analogie zur kopernikanischen Wende herstellt. Kopernikus hatte den Augenschein widerlegt, demzufolge die Erde ruhe, die Sonne sich bewege. Entsprechend die Umkehr in dem Gedicht: Wo der Reisende zunächst zu ruhen schien, dem »zur Lust« (V. 9) die Landschaft sich bewegt, nun das humoristisch getönte Eingeständnis: »Steht vielleicht das

alles still / Und ich selber fahre« (V. 23 f.). Die Verse sind ein hintergründiges Bekenntnis zur Bewegung, zum Aufbruch, der die *Divan*-Periode einleitet. – *5 f. Schalterlein, / Federchen und Lädchen:* die Türen, Verschlüsse und Fensterläden im Reisewagen, den G. im Brief vom 29. Juli 1814 an Christiane auch als »Fahrhäuschen« anspricht (vgl. V. 1). Die Miniaturisierung (wie auch die Beschreibung der ›Mechanik‹ des Wagens in Str. 1), die sich bis zu den ›Zwergen‹ in Str. 2 fortsetzt, erinnert an das Märchen »Die neue Melusine« (bereits 1797 von G. erwähnt) in den *Wanderjahren* (1821/1829); vgl. dort u. a. die Beschreibung der »Federn und Ressorts« am Röntgen-Schreibtisch (Bd. 17, S. 178).

13 *Phaenomen*
Textgrundlage: Reinschrift GSA 25/X,I,9 (Mommsen Nr. 18).
Entstehung: 25. Juli 1814. – DD: 11. WR: 20.
S. *Divan*-Kommentar, Bd. 11.1.2, zu S. 15.

14 *Was doch buntes dort verbindet* 〈...〉
Textgrundlage: Reinschrift GSA 25/X,I,10 (Mommsen Nr. 19). – In der Hs. die letzten beiden Ziffern der Jahreszahl verschmolzen.
Entstehung: 25. Juli 1814. – DD: 12. WR: 21.
S. *Divan*-Kommentar, Bd. 11.1.2, zu S. 16 (*Liebliches*).

15 *Sollt einmal durch Erfurt fahren* 〈...〉
Textgrundlage: Reinschrift GSA 25/XI,XIII,1 (Mommsen Nr. 77); vgl. WA I 6, S. 451 f.: R; Solms: R 3.
Entstehung: 25. Juli 1814, auf der Reise zwischen Erfurt und Eisenach geschrieben (vgl. Bosse: Nachlaßstücke, zu R 3). – DD: 13.
Erstdruck: Q I 1 (1836), S. 348; dem »Buch der Betrachtungen« eingeordnet.
Beim Anblick der Erfurter Marktbuden erinnert sich der Dichter der »Jugendzeit« (V. 7). In der »Beckerstochter« (V. 9) und der »Schusterinn« (V. 10) mögen biographische Erinnerungen anklingen; aber sie stehen zugleich allgemeiner für das Bild einer lebensvollen Vergangenheit, welcher der ›Alte‹ (V. 5) wiederbegegnet. Mit dem *Divan* ist das Gedicht in mehrfacher Hinsicht verbunden: im Anlaß wie in der Thematik der Reise; im Thema eines Gegenwart und Vergangenheit überschauenden Alters (vgl. ähnlich vor allem *Im Gegenwärtigen Vergangnes*, S. 15); in der Beziehung auf Hafis in der letzten Strophe. Ursprünglich war das Gedicht denn auch als Nr. 13 des »Deutschen Divans« gekennzeichnet, aber bereits im Wiesbadener Register wird es nicht mehr aufgeführt. – *1 Sollt einmal:* ›Es ergab sich, daß ich einmal 〈...〉 fuhr‹. – *2 sonst:* einst. – *oft durchschritten:* Seit seiner Übersiedlung nach Weimar war G. durch vielfältige administrative und freundschaftliche Beziehungen mit Erfurt verbunden. Zu den lebhaften Eindrücken einer heiter-unbeschwerten Jugendzeit zählte er später u. a. die unkonventio-

nellen Dichter-Gesellschaften im Hause des Kurmainzischen Statthalters und Koadjutors Carl Theodor von Dalberg (1744–1817) in den 80er Jahren. – *9–11 eine Beckerstochter ⟨...⟩ Eule keinesweges:* Ansehnlichkeit wird hier ausgesagt in der Verneinung eines literarischen Häßlichkeitstopos: scherzhaft angelehnt an eine Replik der wahnsinnigen Ophelia auf die Frage des Königs, wie es ihr gehe, in ›Hamlet‹ IV 5: »They say the owl was a baker's daughter. Lord, we know what we are, but know not what we may be« (›Sie sagen, die Eule war eines Bäckers Tochter. Herr, wir wissen, was wir sind, aber wissen nicht, was aus uns werden kann‹). – *10 Schusterinn:* Anspielung auf die für ihre Schönheit bekannte Erfurter Schuhmachersfrau Vogel. – *14 Wettzueifern mit Hafisen:* Die abschließende Nennung von Hafis – hier noch mit der Betonung des Namens auf der zweiten Silbe – ist eine Anlehnung an die Gepflogenheit persischer Ghaselen-Dichter, sich zum Schluß selbst zu nennen; freilich variiert, indem G. sich nicht selbst, sondern den als verwandt empfundenen orientalischen Dichter nennt. – Zum Motiv des produktiven Wetteifers des westlichen mit dem östlichen Dichter vgl. vor allem das Gedicht *Unbegrenzt* (»Daß du nicht enden kannst ⟨...⟩«, S. 33; Bd. 11.1.2, S. 25) und Kommentar dazu.

15 *Im Gegenwärtigen Vergangnes*
Textgrundlage und Erstdruck: E, S. 22 f.
Entstehung: 26. Juli 1814. – DD: 14? – WR: vermutlich 22.
S. *Divan*-Kommentar, Bd. 11.1.2, zu S. 17.

16 *Wenn links an Baches Rand ⟨...⟩*
Textgrundlage: Reinschrift GSA 25/X,I,11 (Mommsen Nr. 20). – Zwischen V. 12 und 13 gestrichen: »v.⟨aria⟩ l.⟨ectio⟩«.
Entstehung: 26. Juli 1814. – DD: 10. WR: 19. Numerierung gegen die Entstehungsfolge, vermutlich weil auf der Rückseite dieser Reinschrift die überarbeitete Fassung des tags zuvor entstandenen ersten Reisegedichts (s. zu »Art'ges Häuschen ⟨...⟩«, S. 13) steht.
S. *Divan*-Kommentar, Bd. 11.1.2, zu S. 16 (*Zwiespalt*).

17 *Lieblich ist des Mädchens Blick ⟨...⟩*
Textgrundlage: Reinschrift FDH II-9721 (Mommsen Nr. 57). – WR: vermutlich 24 (»Schön Bittende«).
Entstehung: 26. Juli 1814.
S. *Divan*-Kommentar, Bd. 11.1.2, zu S. 39.

17 *Jahrmarkt zu Hünfeld, / den 26 Juli 1814*
Textgrundlage und Erstdruck: B 2 (1815), S. 266. – Eingriff: 17 *Erwartend* (Erwarten B; entsprechend der eigenhändigen Bleistiftkorrektur in G.s Handexemplar, vgl. WA I 53, S. 540).
Entstehung: am 26. Juli 1814 auf der Fahrt von Eisenach nach Fulda; angeregt durch einen Besuch G.s in dem Städtchen Hünfeld nahe Fulda. Vgl. das Tagebuch zu diesem Tage: »Hünfeld Jahr-

markt«; am 28. Juli in einem Brief an Christiane: »In Hünfeld fand ich Jahrmarkt und bemerkte einige Späße.«
Das bunte Treiben der Märkte wird mehrfach in diesen Jahren zum Thema von Gedichten: vgl. auch »Sollt einmal durch Erfurt fahren 〈...〉« (S. 15) und »Märkte reizen dich zum Kauf 〈...〉« (S. 228; Bd. 11.1.2, S. 40). In *Jahrmarkt zu Hünfeld* teilt schon die scherzhaft-ironische Berufung auf Lavaters Menschenkunde der aufgerufenen Reihe von Eindrücken eine Richtung zum Typischen mit. Sie begünstigt eine Tendenz, das Bild des Jahrmarkts in Andeutungen zum Bild einer Gesellschaft zu formen, hier geschichtlich lokalisiert zwischen den Befreiungskriegen und der Neuordnung Europas durch den Wiener Kongreß. Die »Soldaten« blicken auf »That und Qual« des erfolgreichen Krieges zurück (V. 7–9); doch die Liebe steht ihnen nun näher als der Krieg. »Bauer und Bürger« sehen »Beutel und Scheune« (V. 13–15) leer. Und wenn »Frauen und Mägdlein« ›hölzerne Schuh'‹ probieren (V. 19 f.), so spiegelt auch das den Zwang zu ökonomischer Bescheidenheit. Vgl. dagegen im ›hohen‹ Genre den Empfang der heimgekehrten Soldaten durch die Frauen in *Des Epimenides Erwachen* (1814), V. 946–960; Bd. 9, S. 230 f. Überhaupt ist *Jahrmarkt zu Hünfeld* ein burlesk-realistisches Gegenstück zum *Epimenides*-Festspiel. Dennoch steht auch hier alles im Zeichen gespannter, wenn auch skeptischer Erwartung (V. 17 f.). Entsprechend doppelsinnig ist das »guter Hoffnung« in der letzten Zeile: im Sinne von Schwangerschaft, aber auch als Frage an die Zukunft. Deutete sich in »Art'ges Häuschen 〈...〉« (S. 13) das Bewußtsein einer lebensgeschichtlichen Wende an, so hier der zeitgeschichtliche Umbruch. Der *Divan*, wie er seit 1814 entsteht, setzt beides voraus. Freilich nahm G. das Gedicht nicht in den Zyklus auf: auch hier wohl wegen der lokalen Konkretheit, aber ebenso wegen des Fehlens der *Divan*-typischen Verschränkung westlicher und östlicher Elemente. – *5 Lavater:* Anspielung auf Johann Caspar Lavaters (1741–1801) ›Physiognomische Fragmente zur Beförderung der Menschenkenntnis und Menschenliebe‹ (1775–1778), an denen G. selbst mitgearbeitet hatte (Bd. 1.2, S. 457–489). Vgl. die kritische Auseinandersetzung damit in *Dichtung und Wahrheit* IV 18 (Bd. 16, S. 772–774). – *6 Traulich überliefert:* Als »trauten Bruder« redete Lavater G. zu der Zeit an, als ihr Verhältnis noch ungetrübt war. – *8 wär's:* nach FrA (Bd. 2, S. 1021) »nicht Konjunktiv, sondern altertümelnder Indikativ«; aber doch wohl mehr als das: den subjektiven Eindruck bezeichnender berichtender Konjunktiv. – *11 Rock:* der Soldatenrock. – *12 in die Hände schlug:* der Handschlag als Ausdruck eines Verlöbnisses. – *14 Die guten Knaben:* wohl auf »Bauer und Bürger« in V. 13 bezogen.

18 *Auch in Locken hab ich mich* ⟨…⟩
Textgrundlage: Reinschrift GSA 25/X,III,4 (Mommsen Nr. 42).
Entstehung: Sommer, vielleicht Juli 1814. – DD: 18. WR: 26.
S. *Divan*-Kommentar, Bd. 11.1.2, zu S. 32 (*Gewarnt*).

18 *Höre den Rath den die Leyer tönt* ⟨…⟩
Textgrundlage: Reinschrift GSA 25/X,IV,2 (Mommsen Nr. 53).
Entstehung: Juli 1814. – DD: 19. WR: 40.
S. *Divan*-Kommentar, Bd. 11.1.2, zu S. 38.

18 *Wenn du auf dem Guten ruhst* ⟨…⟩
Textgrundlage: Reinschrift GSA 25/X,V,5 (Mommsen Nr. 83). – Eingriff: 25 *über* (Über Hs.; unvollständig ausgeführte Korrektur aus: »Über alles dieses Zeug«).
Entstehung: 26. Juli 1814. – DD: zuerst 20, dann 22. WR: 42.
S. *Divan*-Kommentar, Bd. 11.1.2, zu S. 50.

19 *Übermacht, Ihr könnt es spüren* ⟨…⟩
Textgrundlage: Reinschrift FDH 6022 (Mommsen Nr. 82). – Eingriff: Trennstriche zwischen den Strophen weggelassen.
Entstehung: 26. Juli 1814. – DD: 21. WR: 41.
S. *Divan*-Kommentar, Bd. 11.1.2, zu S. 49.

20 *Buchstabe Nun / XXV Gasele*
Textgrundlage: Reinschrift GSA 25/X,IX,5 (Mommsen Nr. 172). – Abschrift Zelters.
Entstehung: 26. Juli 1814. – DD: 23. WR: 44.
S. *Divan*-Kommentar, Bd. 11.1.2, zu S. 96 (»So lang' man nüchtern ist ⟨…⟩«).

21 *Dichten ist ein Übermuth* ⟨…⟩
Textgrundlage: Reinschrift GSA 25/X,I,14 (Mommsen Nr. 22).
Entstehung: 26. Juli 1814. – DD: 24. WR: 45.
S. *Divan*-Kommentar, Bd. 11.1.2, zu S. 19 (*Derb und tüchtig*).

22 *Keinen Reimer wird man finden* ⟨…⟩
Textgrundlage: Reinschrift GSA 25/X,V,3 (Mommsen Nr. 80). – Eingriff: 24 *Wenn* (Wen Hs.; Schreibversehen).
Entstehung: 26. Juli / 23. Dezember 1814. – DD: 25. WR: 46.
S. *Divan*-Kommentar, Bd. 11.1.2, zu S. 48.

23 *Jesus auch er darf da lehren* ⟨…⟩
Textgrundlage: Reinschrift GSA 25/XLIX,13; Maier: H138; Solms: R 19.
Erstdruck: WA I 53 (1914), S. 36.
Entstehung: wohl zwischen 26. und 29. Juli 1814. – DD: 26.
Das fragmentarische Gedicht ist das erste der Paradies-Gedichte; die anderen entstanden erst ab Frühjahr 1815 im Zusammenhang ausgedehnter Orientstudien. Maier (Bd. 2, S. 412–417) ordnet es dem Kontext der langen Entstehungsgeschichte von *Auserwählte Frauen* (S. 216; Bd. 11.1.2, S. 116) zu und sieht darin eine Vorstufe

zur Miriam-Strophe von »Ferner sind alhier zu finden 〈...〉« (S. 115 und Kommentar). Dagegen spricht, daß sich »Jesus auch er darf da lehren 〈...〉« noch nicht auf das Thema ›auserwählter Frauen‹ konzentriert, sondern auf die Gestalten Jesus und Maria (vgl. Hans-J. Weitz: Bemerkungen zum frühen West-östlichen Divan. In: Bild und Gedanke. Festschrift für Gerhart Baumann. Hg. von Günter Schnitzler. München 1980, S. 218–241; bes. S. 237). Das Gedicht versetzt sie ins islamische Paradies. G.s Vorstellungen davon waren zu diesem Zeitpunkt wohl von der Vorrede Hammers zur Hafis-Übersetzung (Bd. 1, S. XXXVII) geprägt: »Jenseits der Sterne im Paradiese ruhen auf weichen Polstern die *Huris*, die Charitinnen des Himmels, schwarzen Augs und unverwüstbarer Jungfräulichkeit. 〈...〉 Dort wandeln *Adam* der Vater der Menschen, *Jusuf* das Urbild aller Schönheit, *Moses*, und der Herr *Jesus*, *Maria*, die Reine, und der Prophet der Propheten, *Mohammed* der Hochgebenedeite.« – Im Gegensatz zu den späteren Paradies-Gedichten zeigt dieses allerdings einen spöttischen Ton, der in blasphemischer Weise die Jungfräulichkeit der Huris mit der ›unbefleckten Empfängnis‹ Mariä verknüpft. – *1 Jesus auch er darf da lehren:* Anders als im Fragment »Die Beding 〈ung〉 〈...〉« (S. 63 und Kommentar: »Doch bedingt 〈...〉«) und im Gedicht »Süßes Kind, die Perlenreihen 〈...〉« (S. 102) geht es hier nicht um den Gekreuzigten, sondern – islamischen Vorstellungen gemäß – um Jesus Christus als Lehrer und Propheten. – *2 Gemeinen:* Gemeinden. – *5–8 Himmlisch 〈...〉 Huren 〈...〉 Morgensscheine:* Die Stelle spielt »auf die mohammedanische Vorstellung an, daß sich die abends geraubte Jungfräulichkeit der Huris über Nacht erneuere – entsprechend dem 〈...〉 Hinweis Hammers auf die ›unverwüstbare Jungfräulichkeit‹ der Huris. ›Huren‹ leitete Goethe von ›Huri‹ ab, indem er die fatale Klangähnlichkeit zwischen ›Huri‹ 〈...〉 und ›Hure‹ nutzte – eine geradezu böswillige Paronomasie, die das blasphemische Element zuspitzt« (Bosse: Nachlaßstücke, zu H^{138} / R 19). Vgl. u. a. *Hegire* (S. 41; Bd. 11.1.2, S. 9), *Berechtigte Männer* (S. 214; Bd. 11.1.2, S. 114) und Kommentar. – *12 x + y:* mathematische Symbole, hier stellvertretend für Mariä Jungfräulichkeit.

23 *Als wenn das auf Nahmen ruhte! 〈...〉*
Textgrundlage: Reinschrift GSA 25/X,V,6 (Mommsen Nr. 84).
Entstehung: 27. Juli / 22. Dezember 1814. – DD: 27. WR: 47.
S. *Divan*-Kommentar, Bd. 11.1.2, zu S. 51.

24 *Ein Liebchen ist der Zeitvertreib 〈...〉*
Textgrundlage: Handschrift GSA 37/IX,6,3; vgl. WA I 5/2, S. 362 sowie WA IV 25, S. 4 u. 347 f.: Nr. 6882.
Entstehung: Die Verse stehen im Brief G.s an Christiane vom 28. Juli 1814 aus Hanau.

Erstdruck: Bernhard Suphan: Allerlei Zierliches von der alten Exzellenz. Weimar 1900, S. 13.
Dem Rätselgedicht geht im Brief die Auflösung voran: »Und nun 〈...〉 ein Lob der Gemüse, Wirsching und Kohlrabi wie ich sie in vielen Jahren nicht gegessen. Nun steht meine ganze Hoffnung auf Artischocken.« Diese also sind gemeint, eine von G. außerordentlich geschätzte Delikatesse, die er auch auf den beiden Rhein-Main-Reisen immer wieder genoß. »〈...〉 dieses Essen ist meine Leidenschaft«, schreibt er am 20. August 1814 aus Wiesbaden an Johann Friedrich Heinrich Schlosser, der ihn Jahre hindurch mit dem Lieblingsgemüse versorgte. Vgl. zwei weitere ›Artischocken-Gedichte‹: »Mein Kind, sie wissens nicht zu machen 〈...〉« (1824; für Hedwig von Martius; Bd. 13.1, S. 102), und »Gegen Früchte aller Arten 〈...〉« (1831; für dies.; Bd. 18.1, S. 48).

25 *Daß des Hauses Glanz sich mehre* 〈...〉
Textgrundlage: Handschrift GSA 25/XI,XIV,10; vgl. WA I 6, S. 342 u. 453: H10.
Entstehung: nach Hans-J. Weitz im Juli 1814 (Mikrologisches zu Goethe. In: Teilnahme und Spiegelung. Festschrift für Horst Rüdiger. Hg. von Beda Allemann und Erwin Koppen. Berlin und New York 1975, S. 275–294; S. 275–281); nach Wilhelm Solms (Vorarbeiten, S. 120) Ende Juli 1814, zeitgleich mit »Seh ich zum Wagen heraus 〈...〉« (S. 25). Vermutlich wurden die Verse schon vor Mitte November 1814 auf die Sammelhandschrift H10 – unter dem Titel: »Fragmente« – übertragen (vgl. auch Bd. 11.1.2, zu S. 48: »Keinen Reimer wird man finden 〈...〉«, und zu S. 53: »Wer wird von der Welt verlangen«; s. auch Bosse: Nachlaßstücke, zu H10, hier auf 7.–16. Dezember datiert).
Erstdruck: Q I 1 (1836), S. 353; dem »Buch der Sprüche« eingeordnet.
Zwar hat gerade die Motivik des ›Hauses‹ auch im *Divan* ihren Ort (vgl. u. a. »Wer auf die Welt kommt baut ein neues Haus 〈...〉«, S. 83, und Bd. 11.1.2, S. 62, und die jeweils folgenden Sprüche); dennoch ist die Zugehörigkeit der Verse zum *Divan* ungewiß. Weitz erkennt eher einen Zusammenhang mit dem Opernfragment *Der Löwenstuhl* (vgl. S. 255–279). Er sieht Übereinstimmungen in den thematisierten Werten wie dem Aspekt des Generationenverhältnisses, deutet die Verse als »mahnenden Wunsch der Hauptgestalt, des greisen Bettlers« im *Löwenstuhl* (Weitz, a. a. O., S. 281).

25 *Hör ich doch in deinen Liedern* 〈...〉
Textgrundlage: Handschrift GSA 25/XI,XIV,10; vgl. WA I 6, S. 342 u. 451: H10.
Entstehung: vermutlich zwischen dem 25. und Ende Juli 1814 (vgl.

Bosse: Nachlaßstücke, zu H^{10}); zur Übertragung auf das Sammelblatt vgl. zum vorigen Gedicht.
Erstdruck: Q I 1 (1836), S. 353; dem »Buch der Sprüche« eingefügt. Die Anrufung von Hafis (vgl. Einleitung zum »Buch Hafis«, Bd. 11.1.2, S. 473 f.) wie auch die Betonung seines Namens noch auf der zweiten Silbe ordnen die Verse der Phase der *Divan*-Anfänge zu.

25 *Seh ich zum Wagen heraus* 〈...〉
Textgrundlage: Handschrift GSA 25/XI,XIV,10; vgl. WA I 6, S. 342 u. 475: H^{10}.
Entstehung: vermutlich zwischen dem 25. und Ende Juli 1814, im Zusammenhang mit weiteren Reisegedichten dieser Tage; zur Übertragung auf das Sammelblatt vgl. die beiden voranstehenden Gedichte (vgl. Solms: Vorarbeiten, S. 158, und Bosse: Nachlaßstücke, zu H^{10}).
Erstdruck: Friedrich Wilhelm Riemer: Briefe von und an Goethe. Aphorismen und Brocardica. Leipzig 1846, S. 359 (unter ›Aphorismen‹).
Vgl. die thematische Nachbarschaft u. a. zu den Gedichten »Sollt einmal durch Erfurt fahren 〈...〉« (S. 15) und »Art'ges Häuschen 〈...〉« (S. 13).

25 *Allleben*
Textgrundlage: Reinschrift GSA 25/X,I,15 (Mommsen Nr. 23).
Entstehung: 29. Juli 1814. – DD: 28. WR: 67.
S. *Divan*-Kommentar, Bd. 11.1.2, zu S. 20.

26 *Buch Sad / Gasele 1*
Textgrundlage: ursprüngliche Reinschrift (egh.) GSA 25/X,I,16a (Mommsen Nr. 24). – Vgl. Kommentar zu *Buchstabe Sin Gasele XIII* (S. 12).
Entstehung: 31. Juli 1814. – DD: 29. WR: 52.
S. *Divan*-Kommentar, Bd. 11.1.2, zu S. 21 (*Selige Sehnsucht*).

27 *»Du bist so stolz* 〈...〉 und *»Was soll der Stolz* 〈...〉
Textgrundlage: Handschrift GSA 25/VIII,4,4; vgl. WA I 5/2, S. 265: H^{809}. – Abschrift August von Goethes.
Entstehung: vermutlich im August 1814 in Wiesbaden; zusammen mit dem folgenden Gedicht nur durch H^{809} überliefert.
Erstdruck: WA I 5/1 (1893), S. 120.
In beiden Vierzeilern setzt sich G. – wie in vielen Spruchgedichten des Alters – mit Kritikern auseinander, die die Leistung des Dichters herabwürdigen und ihm seinen Stolz vorwerfen. Sie halten der Kritik die Forderung nach eigener produktiver Leistung entgegen.

27 *Flink soll sich der Mensch beweisen* 〈...〉
Textgrundlage: Handschrift GSA 25/VIII,4,4; vgl. WA I 5/2, S. 265: H^{809}.
Entstehung: Vgl. zum vorigen Gedicht.

Erstdruck: WA I 5/2 (1910), S. 265. WA druckte nur V. 1 ab; V. 2 bisher ungedruckt.
Den derben Ton, der sich nicht selten der Umgangssprache nähert, trifft man ähnlich immer wieder im »Buch des Unmuths« (Bd. 11.1.2, S. 47–55) und in den *Zahmen Xenien.*

27 *Buchstabe Sa / Gasele XXII*
Textgrundlage: Reinschrift GSA 25/X,III,11 (Mommsen Nr. 49). – Späterer Titel in Kräuters Hand: »Ungeduld«.
Entstehung: 31. August 1814. – DD: 31. WR: 68.
S. *Divan*-Kommentar, Bd. 11.1.2, zu S. 35 (*Unvermeidlich*).

28 *Über meines Liebchens Äugeln* 〈...〉
Textgrundlage: Reinschrift GSA 25/X,III,12 (Mommsen Nr. 50). – Späterer Titel in Kräuters Hand: »Glücklich Geheimniß«.
Entstehung: 31. August 1814. – DD: 32. WR: 69.
S. *Divan*-Kommentar, Bd. 11.1.2, zu S. 36 (*Geheimes*).

28 *Was der August nicht thut* 〈...〉
Textgrundlage: Handschrift Slg. Geigy-Hangenbach, UB Basel; vgl. WA I 5/2, S. 149: H538.
Entstehung: 1. September 1814.
Erstdruck: Archiv für Litteraturgeschichte 3 (1874), S. 483.
Am 1. September 1814 (vgl. Tgb.) brach G. von Wiesbaden nach Winkel im Rheingau auf, wo er einige Tage auf dem Landgut der Familie Brentano zu Gast war. Vgl. seinen Brief an August von Goethe vom 6. September 1814 und die Schilderungen *Im Rheingau Herbsttage. Supplement des Rochus-Festes, 1814* (Bd. 11.2, S. 116–129 und Kommentar); vgl. auch »Lieblich ist's im Frühlingsgarten 〈...〉« (S. 67) und Kommentar.

29 *Herrenrecht und Dienstpflicht*
Textgrundlage: Reinschrift GSA 25/X,IV,11 (Mommsen Nr. 73).
Entstehung: wohl September 1814. – DD: 34. WR: 72.
S. *Divan*-Kommentar, Bd. 11.1.2, zu S. 44 (»Wer befehlen kann, wird loben 〈...〉«).

29 *Schenke spricht*
Textgrundlage: Reinschrift GSA 25/X,IX,9 (Mommsen Nr. 176).
Entstehung: Oktober 1814. – DD: 35. WR: 75.
S. *Divan*-Kommentar, Bd. 11.1.2, zu S. 98.

30 *Welch ein Zustand! Herr, so späte* 〈...〉
Textgrundlage: Reinschrift GSA 25/X,IX,11 (Mommsen Nr. 180).
Entstehung: Oktober 1814. – DD: 36. WR: 77.
S. *Divan*-Kommentar, Bd. 11.1.2, zu S. 100.

30 *Nennen dich den großen Dichter* 〈...〉
Textgrundlage: Reinschrift GSA 25/X,IX,14 (Mommsen Nr. 183).
Entstehung: Oktober 1814. – DD: 37. WR: 76.
S. *Divan*-Kommentar, Bd. 11.1.2, zu S. 102.

31 *Heute hast du gut gegessen* ⟨...⟩
Textgrundlage: Reinschrift GSA 25/X,IX,13 (Mommsen Nr. 182).
Entstehung: Oktober 1814. – DD: 38. WR: 78.
S. *Divan*-Kommentar, Bd. 11.1.2, zu S. 101.

31 *Wer wird von der Welt verlangen?* ⟨...⟩
Textgrundlage: Reinschrift GSA 25/X,V,10 (Mommsen Nr. 88).
Entstehung: wohl im November 1814. – DD: 41. WR: 80.
S. *Divan*-Kommentar, Bd. 11.1.2, zu S. 53.

32 *Wandrers Gemüthsruhe*
Textgrundlage: Reinschrift GSA 25/X,V,9 (Mommsen Nr. 87).
Entstehung: 19. November 1814. – DD: 43. WR: 81.
S. *Divan*-Kommentar, Bd. 11.1.2, zu S. 53.

32 *Wo ist einer der sich quälet* ⟨...⟩
Textgrundlage: Handschrift GSA 25/VII,1 Bl. 165 f.; vgl. WA I 3, S. 377 u. 413: H^{48}. – Abschrift Eckermanns, ohne die von John hinzugefügte Überschrift »Auf den Kauf«.
Entstehung: laut Q I 1 (1836): Weimar, den 21. November 1814.
Erstdruck: C^1 3 (1827), S. 149, unter dem Titel »Auf den Kauf«.
Die Verse sind ein Spottgedicht auf die Literatur der ›katholisierenden‹ Romantik, der vorgeworfen wird, daß sie an die Stelle eigenständiger literarischer »Gestalten« (V. 3) die religiöse Botschaft (»Kreuz«, V. 4) gesetzt habe, an die Stelle von Solidität und lebenspraktischer Bewährung oberflächlichen Schein (»Oberleder ⟨...⟩ Aber keine Solen«, V. 7 f.). Ähnlich die Kritik in dem 1816 von G. mitentworfenen Aufsatz Heinrich Meyers *Neu-deutsche religios-patriotische Kunst*, der sich mit dem »neuen altertümelnden, katholisch-christelnden« Kunstgeschmack der Romantik auseinandersetzt (Bd. 11.2, S. 319–358; S. 329). Im später hinzugefügten Titel: »Auf den Kauf« (hier im Sinne von: Verkauf) klingt abermals das Bild des Marktes an (vgl. »Sollt einmal durch Erfurt fahren ⟨...⟩«, S. 15, und *Jahrmarkt zu Hünfeld*, S. 17), hier im Sinne des ›literarischen Markts‹. – *2 Last die wir getragen:* die eigene geduldige Ausbildung der Lehre von den Gegenständen, orientiert an der Kunst der Antike; in dem »wir« sieht BA (Bd. 1, S. 949) Goethe und Schiller gemeint. – *4 f. Ist ein Kreuz ⟨...⟩ Pfaffenhelden singen sie:* Als Beispiele der kritisierten neukatholischen Literatur der Romantik nennt der zitierte Aufsatz Meyers u. a. Wackenroders ›Herzensergießungen eines kunstliebenden Klosterbruders‹ (1797) und Tiecks ›Franz Sternbalds Wanderungen‹ (1798). Bereits in den *Tag- und Jahres-Heften* zu 1802 wendet sich G. gegen die Schlußfolgerung: »einige Mönche waren Künstler, deshalb sollen alle Künstler Mönche sein« (Bd. 14, S. 97). Meyers Aufsatz distanziert sich von einer allegorischen Kunst der »Glorien und Kreuze, Rosen und Nägel, Kelche, Dornen, u.s.w.« (Bd. 11.2, S. 330). Daß es

beträchtliche Schwankungen im Urteil G.s über die christliche Kunst der Romantik, zumal über Wackenroder, gibt, zeigt Dirk Kemper: Goethe, Wackenroder und das »klosterbrudrisirende sternbaldisirende Unwesen«. In: JbFDH 1993, S. 148–169. – *4 ein Kreuz:* vielleicht speziell auf Zacharias Werners Drama ›Das Kreuz an der Ostsee‹ (1806) gemünzt (BA). – *11 Niemand will ein Schuster seyn:* Die Bildlichkeit von Schuster und Schuhen verbindet die Strophen 2–5: in der 2. Strophe im Bild der Schuhe ohne Sohlen; in der 3. in der Schuster-Metapher für den Poeten, der sein Handwerk versteht – im Gegensatz zum »Pfuscher«, der »keinen Leisten kennt« (Str. 4); in der 5. Strophe in der Warnung an ein Publikum, das auf solche Pfuscher hereinfällt.

33 *Die Menge spricht*
Textgrundlage: Handschrift GSA 25/VII,1 Bl. 164; vgl. WA I 3, S. 377 u. 412: H^{148}. – Abschrift Eckermanns, ohne Johns Titelkorrektur: »Das Parterre spricht«.
Entstehung: laut Q I 1 (1836): Weimar, den 1. Dezember 1814.
Erstdruck: C^1 3 (1827), S. 148, unter dem Titel »Das Parterre spricht«.
Die Theaterbezüge der Verse (u. a. »Bühne«, V. 5), noch betont durch die spätere Änderung des Titels, weisen die »Menge« als Theaterpublikum aus, das im Rollengedicht seine Erwartungen vorstellt – und zugleich entlarvt. Indem es nur die auf das leicht Faßliche und das Äußerliche gerichtete Unterhaltung sucht, negiert es jeden Bildungsauftrag des Theaters (vgl. V. 11 f.). Dabei ist nicht auszuschließen, daß G. auf eine Aufführung seiner *Geschwister* (Bd. 2.1, S. 113) und von Babos ›Puls‹ am Vorabend reagiert (JA, Bd. 2, S. 326). Über mögliche konkrete Anlässe hinaus sind die Verse wichtig als Ausdruck einer Abrechnung des langjährigen Theaterpraktikers G. mit dem Publikumsgeschmack. (Von der ›jubelnden Parterrekloak‹ ist bereits in Spottgedichten auf Böttiger und Kotzebue die Rede – vgl. *B. und K.* sowie **... und *...*, Bd. 6.1, S. 67 f.). – *2 mich bequemen:* mir Mühe geben. – *12 ennuyiren:* langweilen.

33 *Sey das Wort die Braut genannt* 〈...〉
Textgrundlage: Reinschrift GSA 25/XI,XIII,11 (Mommsen Nr. 1); Maier: H^{106}; Solms: R 13.
Entstehung: Der Spruch, den G. später als Motto dem »Buch Hafis« voranstellte, erscheint zuerst auf einem Blatt mit dem Gesamttitel: »Versammlung / deutscher Gedichte / mit stetem Bezug / auf den / Divan / des persischen Sängers / Mahomed Schemseddin / Hafis«; unter dem Motto ist als Entstehungszeitraum dieses »Deutschen Divans« (vgl. Tgb. 14. Dezember 1814) angegeben: »Juni Juli August December / Berka Weimar Wiesbaden Jena /

1814«. Neben diesem Titelblatt deuten auch die Entstehung des Eröffnungsgedichts *Hegire* (S. 41; Bd. 11.1.2, S. 9) am 24. Dezember und des Schlußgedichts *Gute Nacht!* (S. 49; Bd. 11.1.2, S. 127) am Jahresende darauf hin, daß G. bereits zu diesem Zeitpunkt die in den vergangenen Monaten entstandene Gedichtsammlung formal abschließen wollte. Zugleich aber beginnt schon während des Jena-Aufenthalts die intensive, über Hafis weit hinausgreifende Beschäftigung mit orientalischer Literatur; nachdem in den ersten Monaten des Jahres 1815 wiederum etwa fünfzig Gedichte entstanden sind, wird auf dem im Dezember 1814 entstandenen Titelblatt, das in der Neuordnung des Wiesbadener Registers von Ende Mai 1815 (vgl. S. 435) die Nr. 1 erhält, die Entstehungsangabe ergänzt: »Januar Februar März April May Juni / Weimar Franckfurt Wiesbaden Heidelberg / 1815«.
S. auch *Divan*-Kommentar, Bd. 11.1.2, zu S. 22.

33 *Daß du nicht enden kannst* 〈...〉
Textgrundlage: Reinschrift GSA 25/X,II,7 (Mommsen Nr. 32).
Entstehung: November / Dezember 1814? – WR: 13.
S. *Divan*-Kommentar, Bd. 11.1.2, zu S. 25 (*Unbegrenzt*).

34 *In deine Reimart hoff ich mich zu finden* 〈...〉
Textgrundlage: Reinschrift GSA 25/X,II,8 (Mommsen Nr. 33 u. 34).
Entstehung: wohl 7.–10. Dezember 1814. – WR: 15.
S. *Divan*-Kommentar, Bd. 11.1.2, zu S. 26 (*Nachbildung*).

35 *Sie haben dich heiliger Hafis* 〈...〉
Textgrundlage: Reinschrift GSA 25/X,II,9 (Mommsen Nr. 35).
Entstehung: 10. Dezember 1814. – DD: 43 (zuerst 44). WR: 82.
S. *Divan*-Kommentar, Bd. 11.1.2, zu S. 26 (*Offenbar Geheimniß*).

35 *Und doch haben die Recht die ich schelte* 〈...〉
Textgrundlage: Reinschrift GSA 25/X,II,10 (Mommsen Nr. 36).
Entstehung: am oder kurz nach dem 10. Dezember 1814. – DD: 44. WR: 83.
S. *Divan*-Kommentar, Bd. 11.1.2, zu S. 27 (*Wink*).

35 *Der Winter und Timur*
Textgrundlage: Reinschrift GSA 25/X,VII,2 (Mommsen Nr. 110). – Eingriff: 29 *nimm* (bey Hs.; Schreibversehen, s. Maier, Bd. 2, S. 273).
Entstehung: 11. Dezember 1814. – DD: 45. WR: 84.
S. *Divan*-Kommentar, Bd. 11.1.2, zu S. 65.

36 *Und was im Pend-Nameh steht* 〈...〉
Textgrundlage: Reinschrift Stadtarchiv Hannover, Autographensammlung 659 (ehem. Sammlung Kestner) (Mommsen Nr. 58). – Eingriff: 5 *Reiche* (reiche Hs.; unvollständig ausgeführte Korrektur aus: »Froh reiche den«).
Entstehung: wohl nach dem 12. Dezember 1814. – WR: 24〈b〉.
S. *Divan*-Kommentar, Bd. 11.1.2, zu S. 39.

37 *Mag der Grieche seinen Thon* 〈…〉
Textgrundlage: Reinschrift GSA 25/X,I,12. – Abschrift Kräuters. – Eingriff: 7 *flüßgen* (flüßen Hs.; Schreibversehen).
Entstehung: möglicherweise vor 14./15. Dezember 1814.
S. *Divan*-Kommentar, Bd. 11.1.2, zu S. 18 (*Lied und Gebilde*).

37 *Fünf Dinge*
Textgrundlage: Reinschrift GSA 25/X,IV,3 (Mommsen Nr. 54). – Unterer Teil des Blattes separat überliefert (vgl. zum folgenden Gedicht).
Entstehung: 15. Dezember 1814. – DD: 47〈a〉. WR: 86.
S. *Divan*-Kommentar, Bd. 11.1.2, zu S. 38.

37 *Fünf andre*
Textgrundlage: Reinschrift GMD (Mommsen Nr. 55).
Entstehung: 16. Dezember 1814 (das erste Datum unter dem Text bezieht sich auf das vorhergehende Gedicht). – DD: 47〈b〉. WR: 87.
S. *Divan*-Kommentar, Bd. 11.1.2, zu S. 38.

38 *Das Leben ist ein Gänsespiel* 〈…〉
Textgrundlage: Reinschrift GSA 25/X,IV,8 (Mommsen Nr. 70).
Entstehung: 15. Dezember 1814. – DD: 48. WR: 88.
S. *Divan*-Kommentar, Bd. 11.1.2, zu S. 43.

38 *Sommernacht*
Textgrundlage: Reinschrift GSA 25/X,IX,16 (Mommsen Nr. 186).
Entstehung: 16. Dezember 1814. – DD: 49. WR: 89.
S. *Divan*-Kommentar, Bd. 11.1.2, zu S. 104.

40 *Eva verziehen sei dir!* 〈…〉
Textgrundlage und Erstdruck: Spisy Jana Kollára, Díl Čtvrtý, Cestopis Druhý a Paměti, Prag 1863, S. 249.
Entstehung: vielleicht am 20. Dezember 1814; s. Herwig, Bd. IV, S. 318 zu Nr. 4112.
Datierung und Anlaß der Gelegenheitsverse sind unsicher. Einer Anekdote zufolge, die der slowakische Dichter und Gelehrte Ján Kollár mitteilt, hat G. sie während einer Weihnachtsfeier im Haus des Jenaer Orientalisten Lorsbach (vgl. Bd. 11.1.2, S. 825) improvisiert: Seiner Tochter hatte Lorsbach »im Nebenzimmer einen 〈…〉 schönen Weihnachtsbaum mit Äpfeln und anderen Gaben« hergerichtet. »In einem anderen Zimmer musizierte man unterdessen, sang, spielte Karten und konversierte mit Goethe. Aber gleichzeitig stahlen sich bei einer andern Türe zwei schelmische Kumpane und Spaßvögel in jenes geschlossene Zimmer hinein, beraubten den ganzen Baum der Früchte, Äpfel und Nüsse und kehrten wieder in die Gesellschaft zurück, als ob nichts vorgefallen wäre. Schlag sieben Uhr kam der Hausvater mit der Tochter an der Seite in die Gesellschaft, öffnete die Tür und lud die Gesellschaft in jenes Zimmer zum Weihnachtsbaum ein. Wie groß war die Verwunderung und

der Schrecken aller, als der Baum leer und nackt in der Mitte des Zimmers stand. Goethe stand vor dem Baume mit über die Brust geschlagenen Händen, schwieg und dachte. Und es entstand in der ganzen Gesellschaft große Stille in Erwartung dessen, was daraus werden, was Goethe dazu sagen werde. Dieser öffnete den Mund und sprach scherzhaft mit ernster Stimme: ›Eva, verziehen sei Dir, es haben ja Söhne der Weisheit rein geplündert den Baum, welchen der Vater gepflanzt.‹ Freudiges Händeklatschen, Gelächter und Scherzen ertönte bei diesen witzigen Versen von allen Seiten und versüßte in erfreulicher Weise diesen ganzen Abend bis in die späte Nacht hinein« (in der Übersetzung bei Herwig, Bd. II, S. 990 f.). Da Lorsbach bereits 1816 starb, Kollár sich aber erst 1817–1819 in Jena aufhielt, konnte er die Geschichte nur aus zweiter Hand kennen. G. notierte im Tagebuch nur für den 20. Dezember 1814: »Besuche: Frommans, Voigts sen. und iun., Seidler, Lorsbach, Bachmann, Schott«.

40 *Worauf kommt es überall an* ⟨...⟩
Textgrundlage: Reinschrift GSA 25/X,I,13 (Mommsen Nr. 21).
Entstehung: 23. Dezember 1814. – DD: 50. WR: 90.
S. *Divan*-Kommentar, Bd. 11.1.2, zu S. 18 (*Dreistigkeit*).

41 *Hegire*
Textgrundlage: Reinschrift GSA 25/X,I,3 (Mommsen Nr. 4). – Eingriff: 11 *Himmelslehr' in* (Himmelslehr', in Hs.; unvollständig ausgeführte Korrektur aus »Himmelslehre, Erdensprachen«).
Entstehung: 24. Dezember 1814. – DD: 1. WR: 3.
S. *Divan*-Kommentar, Bd. 11.1.2, zu S. 9.

42 *Den Drillings-Freunden von Coelln / gegenwärtig in Heidelberg*
Textgrundlage: Handschrift Wallraf-Richartz-Museum, Köln; vgl. WA I 53, S. 546 zu Bd. 2, S. 334 f. – Eingriff: 8 Punkt am Ende ergänzt.
Entstehung: Weihnachten 1814.
Erstdruck: B 2 (1815), S. 154.
Der Maler Karl Joseph Raabe (1780–1849) hatte Ende November/Anfang Dezember 1814 ein Goethebildnis in Öl auf Holztäfelchen gemalt (21x15,5 cm; heute im Wallraf-Richartz-Museum Köln; s. Abb. S. 43). Am 2. Januar 1815 sandte G. es an Sulpiz Boisserée, zusammen mit einem Brief und dem Gedicht *Den Drillings-Freunden von Coelln*: das sind die Brüder Sulpiz (1783–1854) und Melchior (1786–1851) Boisserée und ihr Freund Johann Baptist Bertram (1776–1841). In einer Sprache voller Anspielungen, die nur einem kleinen Kreis von Eingeweihten verständlich sein konnte, nimmt G. darin auf seine Beschäftigung mit dem Orient Bezug, würdigt andererseits die Verdienste der Kölner um die altdeutsche

Kunst. – *2 f. Vergleicht sich ⟨...⟩ Heilgem Dreykönige:* in der Wendung nach Osten (V. 5) und der Bereitschaft zu »dienen« (V. 8). Sulpiz Boisserées Antwort am 11. Januar 1815 nimmt den Vergleich wieder auf und betont zugleich die Weite der Orientstudien: »wenige wissen, daß Sie, ein anderer Dreikönig, sich jetzt ein dreifach Reich um sich gebildet haben und den Osten zugleich griechisch, persisch und christlich nehmen« (Sulpiz Boisserée. Briefwechsel/ Tagebücher. 2 Bde. Stuttgart 1862. Bd. 2, S. 53). – *9–16 Der Bildner ⟨...⟩ Vergleicht sich ⟨...⟩ Hemmlinck ⟨...⟩ Orden:* »Hemmlinck« (oder auch: Hemelink, Hem⟨m⟩ling; so unterzeichnete sich der Künstler selbst), der flämische Maler Hans Memling (um 1433–1494); er soll in der Schlacht von Nancy (1477) verwundet worden sein. Der sich ihm vergleichende Maler des Goethebildnisses, K. J. Raabe, wurde während der deutschen Befreiungskriege verletzt und mit dem Eisernen Kreuz ausgezeichnet. – *19 zum Vergangenen:* Seit 1804 stellten die Brüder Boisserée eine ansehnliche Sammlung altdeutscher und niederländischer Kunstwerke zusammen, die ab 1810 in Heidelberg ausgestellt war, später nach Stuttgart (1819) und Schleißheim (1827) kam, schließlich ihren endgültigen Sitz in der Alten Pinakothek in München fand, auf diesem Weg aber schon früh z. T. aufgelöst und in München nochmals diffundiert wurde (s. dazu den Beitrag von Irmgard Feldhaus im Katalog der Ausstellung ›Gemälde der Sammlung Sulpiz und Melchior Boisserée und Johann B. Bertram lithographiert von Johann Nepomuk Strixner‹. Neuss/Heidelberg 1980/81, S. 7–16). – Über das Goethe-Porträt Raabes und seine Wirkung s. Eduard Firmenich-Richartz: Sulpiz und Melchior Boisserée als Kunstsammler. Bd. 1. Jena 1916, S. 212 f.). Seit 1811 war G. mit Sulpiz persönlich bekannt (vgl. Tgb., 3.–12. Mai 1811) und in der Folge in ständigem Dialog. Die Bedeutung der Sammlung hebt G. in seinen Schilderungen über *Kunst und Altertum am Rhein und Mayn* (Bd. 11.2, bes. S. 10) hervor. Auch Bertrams Interesse galt der altniederrheinischen Kunst. Alle drei haben G.s Verhältnis zur Kunst des Mittelalters positiv beeinflußt. – *22 Männiglich:* jeder.

45 *Gegen soviel schöne Dinge ⟨...⟩*

Textgrundlage: Handschrift GMD; vgl. WA I 5/2, S. 362 f.

Entstehung: 26. Dezember 1814.

Erstdruck: WA I 5/2 (1910), S. 362.

Die Verse sind ein Dankesgedicht an Charlotte von Stein für erhaltene Weihnachtsgaben: Kienholz zum Feueranzünden und Leuchten, einen Wachsstock, eine – möglicherweise besondere – Sorte von Gläsern und die mit Zuckerguß und süßen Früchten zubereitete Kochberger Torte: Geschenke dieser Art gingen G. in dieser Zeit jährlich an Weihnachten von Frau von Stein zu. – Vgl. Franz

Schallehn: Ein bekanntes und ein unbekanntes Geburtstagsgedicht Goethes für Frau v. Stein. In: GJb 1924, S. 147–156; auch »Daß Du zugleich mit dem heilgen Christ 〈...〉« (S. 150 und Kommentar). – *9 f. Welches 〈...〉 erfahre:* Optativ: ›Was du 〈...〉 erfahren mögest‹.

45 *Sieben Schläfer*

Textgrundlage: Reinschrift GSA 25/X,XII,9 (Mommsen Nr. 212). – Eingriff: 79 *Ahnherrn* (Anherrn Hs.; Schreibversehen).
Entstehung: 29. Dezember 1814 (in Weimar); im Mai 1815 überarbeitet. – WR: 99.
S. *Divan*-Kommentar, Bd. 11.1.2, zu S. 124.

48 *Einladung*

Textgrundlage: Reinschrift GSA 25/X,VIII,2 (Mommsen Nr. 113). – Eingriff: 11 *Allerliebstes* (Allerliestes Hs.; Schreibversehen).
Entstehung: 31. Dezember 1814. – DD: 51. WR: 91.
S. *Divan*-Kommentar, Bd. 11.1.2, zu S. 67.

49 *Gute Nacht!*

Textgrundlage: Reinschrift GSA 25/X,XII,10 (Mommsen Nr. 213).
Entstehung: Ende Dezember 1814. – DD: 53. WR: 100.
S. *Divan*-Kommentar, Bd. 11.1.2, zu S. 127.

Nicht näher Datierbares aus Band 2 der Gesamtausgabe von 1815

Hier wird eine Gruppe von Gedichten aus Band 2 der zweiten Cotta-Ausgabe (B) eingeschaltet. Sie sind nicht genau datierbar. Doch wurde die Druckvorbereitung dieses Bandes im Februar 1815 abgeschlossen, womit ein Terminus ante quem gegeben ist (vgl. Goethe an Cotta, 20. Februar 1815; BW Goethe–Cotta, Bd. 1, S. 267).

50 *Räthsel*

Textgrundlage und Erstdruck: B 2 (1815), S. 153. – Zur Entstehung vgl. Vorbemerkung.
Zahlreiche Auflösungen des Rätsel-Gedichts wurden erwogen: Bezugnahmen auf den ›wunderlichen‹ Mystiker Karl von Eckartshausen (1752–1803), auf bedeutende zeitgenössische Ärzte (Hufeland, Gall, Reil), auf den Weimarer Hofapotheker Buchholz, der Montgolfiers Flugversuche erfolglos nachahmte, oder gar auf »Christus als Verkündiger des ewigen Lebens« (JA, Bd. 2, S. 328). Einer Deutung Katharina Mommsens zufolge bezieht sich G. mit dem Gedicht in einer Zeit des Interesses an rühmender Dichtung, das mit seiner Orient-Beschäftigung in engem Zusammenhang steht (vgl. u. a. das Kapitel »Enweri« des Prosateils im *West-östlichen Divan*, Bd. 11.1.2, S. 159 und Kommentar), auf den enko-

miastischen Dichter, der den von ihm gepriesenen Personen Unsterblichkeit verleiht. Damit deute G. jedoch in einer Reihe von Preisgedichten an Personen nicht nur ganz allgemein auf den panegyrischen Dichter als solchen, sondern in schalkhaft verrätselter Form auch auf sich selbst in seiner Funktion als Preisdichter. Diese Auflösung des Rätsels entspräche auch der in der *Divan*-Epoche vermehrten Neigung, das Dichten selbst zu einem zentralen Thema der Dichtung zu machen. So ist im *Divan* vom »Buch des Sängers« bis zum »Buch des Paradieses« zu beobachten, daß in einer Reihe von Gedichten schließlich darüber reflektiert wird, was das Dichten vermag. Im übrigen hat G. an zahlreichen Stellen seines Werks ausgesprochen, daß der Dichter »uns zu erstatten wagt, / Was die Natur uns ganz versagt« (V. 3 f.): Vgl. z. B. *Euphrosyne*, V. 120–126, Bd. 6.1, S. 13; *Wilhelm Meisters Lehrjahre* II 2, Bd. 5, S. 83; *Faust*, »Vorspiel auf dem Theater«, V. 142–157, Bd. 6.1, S. 539; *Hegire*, V. 39 f., S. 41, Bd. 11.1.2, S. 9. – Vgl. u. a. zu dem Gedicht: Woldemar von Biedermann: Goethe-Forschungen. Neue Folge. Leipzig 1886, S. 446 ff. – Flodoard von Biedermann: Goethe als Rätseldichter. Berlin 1924. – Hans Kirste: Ein ungelöstes Rätsel Goethes. Ein Lösungsversuch. In: Münchner Medizinische Wochenschrift 103 (1961). Nr. 47, Sp. 3. – Katharina Mommsen: Goethe und das Preisgedicht. Zum »Rätsel« in den Gedichten »An Personen«. In: JbdDSchG 11 (1967), S. 320–357.

50 *Erklärung einer antiken Gemme*

Textgrundlage und Erstdruck: B 2 (1815), S. 195. – Zur Entstehung vgl. Vorbemerkung, S. 414.

G. war ein engagierter Sammler antiker Gemmen (Edel- oder Halbedelsteine mit eingeschnittener bildlicher Darstellung), in Originalen wie Abdrucken. Bereits in Leipzig hatte er sich für Gemmen interessiert, vor und besonders während der italienischen Reise hatte er solche erworben. Seine eigene Sammlung umfaßte zuletzt 58 Originale, doch Hunderte von Abgüssen; s. ›Die Gemmen aus Goethes Sammlung‹. Bearb. von Gerhard Femmel und Gerald Heres (Katalog). Leipzig 1977 (s. auch Bd. 18.2, S. 229–233 mit Kommentar). Ob die Parabel von Ziegenbock, Käfer und dem schutzlosen Feigenbäumchen eine wirkliche Gemme beschreibt oder den Zusammenhang nur fingiert, konnte bis heute nicht geklärt werden. Femmel (S. 237, Zeugnis 353) merkt zwar an: »In voller Identität nicht ermittelt«, verweist aber auf ähnliche Darstellungen, abgebildet in: Peter Gercke, Volker Scherf, Peter Zazoff: Antike Gemmen in deutschen Sammlungen. Bd. III. Wiesbaden 1970; darin Nr. B (= Braunschweig) 156; G (= Göttingen) 344; K (= Kassel) 30. – *4 seiner warten:* ihn pflegen und behüten. – *5 Quiriten:* Name der Bürger des antiken Rom; im Unterschied zu ›Romani‹

(›Römer in nationaler und militärischer Beziehung‹) klingt »Quiriten« intimer, vertraulicher (›Mitbürger‹).

51 *Neologen*

Textgrundlage und Erstdruck: B 2 (1815), S. 202. – Zur Entstehung vgl. Vorbemerkung, S. 414.

Neologen: Neuerer. – *11 originale Gemüther:* Über die Borniertheit derer, die ›original‹ sein wollen oder es zu sein meinen, spottet G. immer wieder: z. B. »Das junge Volk, es bildet sich ein 〈…〉« (Bd. 9, S. 130); *Maximen und Reflexionen*, Nr. 254 (Bd. 17, S. 759) und Nr. 1118 (S. 905); Eckermann: Gespräche mit Goethe, 12. Mai 1825 (Bd. 19, S. 144) und 17. Februar 1832 (S. 691 f.); *Faust II*, V. 6807 (Bd. 18.1, S. 176).

51 *Kläffer*

Textgrundlage und Erstdruck: B 2 (1815), S. 204. – Zur Entstehung vgl. Vorbemerkung, S. 414.

Die Verse sind eine satirische Abrechnung mit Kritikern, die G.s Tätig- und Beschäftigtsein – symbolisiert im Bild des Reitens (V. 1; vgl. im *Divan* z. B. *Hegire*, S. 41, Bd. 11.1.2, S. 9, und »Laßt mich nur auf meinem Sattel gelten 〈…〉«, S. 78, Bd. 11.1.2, S. 11) – mit ihrem feindseligen ›Gebell‹ begleiteten. Möglicherweise ist mit dem »Kläffer« Garlieb Merkel (1769–1850) gemeint, der zusammen mit Kotzebue in der Zeitschrift ›Der Freimüthige‹ (1803–1806) G. vielfach angefeindet hatte (s. die Zeugnisse bei Herwig, Bd. I, S. 647 f., 953 f.; Bd. II, S. 198 f. sowie die Verspottung Merkels in G.s Gedichten *Des neuen Alcinous erster Teil* und *Des neuen Alcinous zweiter Teil*, Bd. 6.1, S. 63–67). Aber auch auf Johann Friedrich Reichardt (1752–1814) wurde mehrfach hingewiesen, dem bereits einige *Xenien* gegolten hatten (Nr. 210–213; Bd. 4.1, S. 801): den bellenden »Spitz von Giebichenstein«, wie ihn G. im Brief vom 19. Oktober 1796 an Schiller bezeichnet hatte (obwohl er mit dem Komponisten später noch jahrelang eine produktive Beziehung unterhielt). Daß die Verse von möglichen konkreten Anlässen abstrahieren, bedeutet zum einen eine bewußte Ausweitung auf alle Kritiker dieser Art. Aber es ist auch ein konstruktives Element der Auseinandersetzung, daß die Angreifer hinter die Strategien der Abwehr zurücktreten; so bereits im erwähnten Brief an Schiller: »Überhaupt aber sind alle OppositionsMänner die sich aufs negieren legen und gern dem was ist etwas abrupfen möchten, wie jene Bewegungsleugner zu behandeln: man muß nur unablässig vor ihren Augen gelassen auf und abgehen« (Bd. 8.1, S. 255 f.). Ähnlich im Gedicht das selbstbewußte Argument, daß das Gebell die eigene Bewegung nur bestätigt. – *4 billt:* bellt; ›starke‹ Flexion.

51 *Vertrauen*

Textgrundlage und Erstdruck: B 2 (1815), S. 256. – Zur Entstehung vgl. Vorbemerkung, S. 414.

Die dialogische Auffächerung des Treuethemas in Anzweifelungen und entsprechende Gegenreden ähnlich in den *Zahmen Xenien IV*: »›Sie betrog dich geraume Zeit 〈...〉‹« und »›Betrogen bist du zum Erbarmen 〈...〉‹« (Bd. 13.1, S. 199 f.). Anklänge an Volkslied (z. B. V. 15 »Und wenn du denkst: ›mein Schätzel ist gut!‹«) und Moritat.

52 *Totalität*

Textgrundlage und Erstdruck: B 2 (1815), S. 261. – Zur Entstehung vgl. Vorbemerkung, S. 414.

JA (Bd. 2, S. 319) hält eine frühe Entstehung des Gedichts für möglich. Die humoristisch getönte Übertragung des stark in der Philosophie der Zeit beheimateten Begriffs der »Totalität« auf Alltägliches der Gesellschaft, auch die Desillusionierung eines erhobenen Anspruchs durch den derben Gedichtschluß, sprechen eher für die Zuordnung zur Alterslyrik.

52 *Gesellschaft*

Textgrundlage und Erstdruck: B 2 (1815), S. 271. – Zur Entstehung vgl. Vorbemerkung, S. 414.

Wie das vorige Gedicht im Ton gesellschaftsskeptischer Betrachtung und Entlarvung.

52 *Probatum est*

Textgrundlage und Erstdruck: B 2 (1815), S. 272. – Zur Entstehung vgl. Vorbemerkung, S. 414.

Thematisch dem vorigen Gedicht verwandt. – *Probatum est:* Es ist erprobt, es hat sich bewährt. – *4 dazu gethan:* etwas dagegen getan (i. S. der Abwehr).

53 *Ursprüngliches*

Textgrundlage und Erstdruck: B 2 (1815), S. 273. – Zur Entstehung vgl. Vorbemerkung, S. 414.

Die Hinwendung zum ›Ursprünglichen‹ ist ein Leitthema auch der *Divan*-Dichtung; vgl. u. a. das Eröffnungsgedicht *Hegire* (S. 41; Bd. 11.1.2, S. 9 und Kommentar). – *2 Quall:* ältere Form für ›Quell‹; DWb, Bd. 7, Sp. 2308 f.: »abgeleitet von ›quellen‹; lautes, wallendes aufquellen«. – *5 Schmack:* nach Adelung schon im 18. Jh. im Hochdeutschen veraltet für ›Geschmack‹; von G. jedoch gelegentlich archaisierend gebraucht (s. »Die schön geschriebenen 〈...〉«, S. 121, V. 11), wie ähnlich »Ruch« für ›Geruch‹ (»Dir mit Wohlgeruch zu kosen 〈...〉«, S. 100; Bd. 11.1.2, S. 66, V. 6). Auch im Gebrauch solcher älteren Wortformen wie »Quall« und »Schmack« drückt sich die Vorliebe für »Ursprüngliches« aus.

53 *Den Guten*

Textgrundlage und Erstdruck: B 2 (1815), S. 275; mit dem folgenden Gedicht *Den Besten* auf einer Seite. – Zur Entstehung vgl. Vorbemerkung, S. 414.

G. unterscheidet hier – rezeptionsästhetisch interessant – sehr deutlich zwischen der Vorgabe des Dichters – dem »Sagen«, das den Aufnehmenden »beschränket« (V. 2) – und dem, was dieser nach seinen Fähigkeiten und seiner vorausgesetzten ›Begeistung‹ von oben daraus macht. – *1 Laßt euch einen Gott begeisten:* Laßt einen Gott euch mit Geist begaben; vgl. ähnlich z. B. *Elegie*, V. 65 (Bd. 13.1, S. 137) und *Prolog*, V. 86 (Bd. 9, S. 260); vielleicht im Bezug auf ratsuchende jüngere Dichter zu denken.

53 *Den Besten*

Textgrundlage und Erstdruck: B 2 (1815), S. 275; mit dem vorangehenden Gedicht *Den Guten* auf einer Seite. – Zur Entstehung vgl. Vorbemerkung, S. 414.

In dem Bekenntnis zum Lebendigen, der vermittelnden Haltung zwischen Altem und Neuem, aber auch der Bejahung produktiven Wetteifers mit charakteristischen *Divan*-Motiven verbunden (vgl. z. B. *Selige Sehnsucht:* »Sagt es niemand 〈...〉«, S. 26; Bd. 11.1.2, S. 21, und *Unbegrenzt:* »Daß du nicht enden kannst 〈...〉«, S. 33; Bd. 11.1.2, S. 25).

54 *Spruch, Widerspruch*

Textgrundlage und Erstdruck: B 2 (1815), S. 277. – Zur Entstehung vgl. Vorbemerkung, S. 414.

V. 1 ist wohl aufzufassen als Einwurf von jemand, der sich gegen Widerspruch abschirmen möchte; V. 2 als Replik, die die Gefahr von Irrtum und Verwirrung bereits mit dem Sprechen verbunden sieht; beide Verse wohl auch als Ausdruck von G.s Vorsatz wie Rat, sich als Dichtender nicht von anderen Autoren irre machen zu lassen, sondern dem eigenen Genius zu folgen. – Vgl. auch Montans kritische Auseinandersetzung mit »Widerspruch« in *Wilhelm Meisters Wanderjahren* II 10: »Ich habe mich durchaus überzeugt, das Liebste, und das sind doch unsre Überzeugungen, muß jeder im tiefsten Ernst bei sich selbst bewahren, jeder weiß nur für sich was er weiß und das muß er geheim halten; wie er es ausspricht, sogleich ist der Widerspruch rege, und wie er sich in Streit einläßt, kommt er in sich selbst aus dem Gleichgewicht und sein Bestes wird, wo nicht vernichtet, doch gestört« (Bd. 17, S. 492 f.). Dagegen G.s selbstbewußte Zurückweisung der Opponenten im Brief an Zelter vom 13. März 1822: »Meine Gegner irren mich nicht, wer müßte dies nicht in der Welt, besonders aber in Deutschland gewohnt werden; die edlen physischen Widersacher besonders kommen mir vor wie katholische Pfaffen, die einen Protestanten aus dem Tridentinischen Consilium wiederlegen wollten« (Bd. 20.1, S. 690).

54 *Keins von allen*

Textgrundlage und Erstdruck: B 2 (1815), S. 278. – Zur Entstehung vgl. Vorbemerkung, S. 414.

54 *Lebensart*
Textgrundlage und Erstdruck: B 2 (1815), S. 278. – Zur Entstehung vgl. Vorbemerkung, S. 414.
Düntzer (JA, Bd. 2, S. 523) vergleicht die Verse mit dem italienischen Sprichwort: »Del tempo ni della signoria / Non darsi malinconia« (›Wegen des Wetters und der Frauen soll man sich nicht der Schwermut ergeben‹).
54 *Bedingung*
Textgrundlage und Erstdruck: B 2 (1815), S. 279. – Zur Entstehung vgl. Vorbemerkung, S. 414.
Reflexion über die eigene didaktische Autorität, die gerade auch den Anspruch der Spruchdichtung des Alters selbstironisch relativiert. Vgl. Eckermann: Gespräche mit Goethe, 13. Februar 1831: »Es ist mit dem Ratgeben ein eigenes Ding, 〈...〉 und wenn man eine Weile in der Welt gesehen hat, wie die gescheitesten Dinge mißlingen, und das Absurdeste oft zu einem glücklichen Ziele führt, so kommt man wohl davon zurück, jemanden einen Rat erteilen zu wollen. Im Grunde ist es auch von dem, der einen Rat verlangt, eine Beschränktheit, und von dem, der ihn gibt, eine Anmaßung. Man sollte nur Rat geben in Dingen, in denen man selber mitwirken will. Bittet mich ein Anderer um guten Rat, so sage ich wohl, daß ich bereit sei ihn zu geben, jedoch nur mit dem Beding, daß er versprechen wolle, nicht danach zu handeln« (Bd. 19, S. 404).
54 *Das Beste*
Textgrundlage und Erstdruck: B 2 (1815), S. 280. – Zur Entstehung vgl. Vorbemerkung, S. 414.
Die Verse begreifen nicht nur die Liebe, sondern auch den Irrtum als Ausdruck von Leben. Vgl. u. a. auch das *Faust*-Drama, das in der Gestalt Fausts höchste Lebendigkeit und immer neues Irren aufeinander bezieht (so in dem bekannten Vers 317: »Es irrt der Mensch so lang er strebt«; Bd. 6.1, S. 543); auch die erstaunlich positive Bewertung des Irrtums in den *Maximen und Reflexionen*, besonders Nr. 67 f. (Bd. 17, S. 734), Nr. 149 (S. 744) und Nr. 331 (S. 777). »Irrend lernt man«, schreibt G. am 14. Januar 1814 an seinen Sohn August.
55 *Breit wie lang*
Textgrundlage und Erstdruck: B 2 (1815), S. 282. – Zur Entstehung vgl. Vorbemerkung, S. 414.
Breit wie lang: von G. gern gebrauchte Redensart, dem geläufigeren »Gehupft wie gesprungen« entsprechend. Marianne von Willemer wiederholt und variiert sie refrainartig in dem am 12. Dezember 1814 an G. gesendeten Gedicht: »Zu den Kleinen zähl ich mich 〈...〉« (Weitz: Willemer, S. 11 f.; s. auch den Kommentar zu »Reicher Blumen goldne Rancken 〈...〉«, S. 114). – *2 frech:* über-

mütig, fordernd (DWb, Bd. 4/1,1, Sp. 91 f. und GWb, Bd. 3, Sp. 881 f.). – *3 verschulden:* sich schuldig machen, für schuldig gelten.

55 *Lebensregel*

Textgrundlage und Erstdruck: B 2 (1815), S. 282. – Zur Entstehung vgl. Vorbemerkung, S.414.

Eine erweiterte Fassung des Spruchs ist in einer von G. korrigierten Handschrift Friedrich Krauses (GSA 25/VIII,3,4; vgl. WA I 5/2, S. 262: H^{782}) überliefert und datiert: »zum 25ten October 1828.« (s. dazu Gräf III, Bd. 2/2, S. 760):

Willst Du Dir ein gut Leben zimmern
Mußt um's Vergangne Dich nicht bekümmern,
Und wäre Dir auch was verlohren,
Erweise dich wie neu gebohren.
Was jeder Tag will? sollst Du fragen,
Was jeder Tag will wird er sagen;
Mußt Dich an eigenem Thun ergötzen,
Was andre thun das wirst Du schätzen;
Besonders keinen Menschen hassen,
Und das Übrige Gott überlassen.

(Erstdruck in ›Chaos‹ 1830, Nr. 36, S. 142; dann auch in Wendts ›Musenalmanach für das Jahr 1831‹, S. 50.)

Der Beginn wirkt wie Ironie, doch der Fortgang zeigt, wie ernst der lebenspraktische Rat gemeint ist.

55 *Frisches Ey, gutes Ey*

Textgrundlage und Erstdruck: B 2 (1815), S. 283. – Zur Entstehung vgl. Vorbemerkung, S. 414.

Im Juni 1814 waren die siegreichen Fürsten zur Feier in ihren Hauptstädten erwartet worden; sie feierten aber zunächst unter sich in London. So auch Friedrich Wilhelm III., der, zusammen mit dem Zaren, in Berlin u. a. der Aufführung von G.s Festspiel *Des Epimenides Erwachen* (Bd. 9, S. 195–232) beiwohnen sollte. Die Premiere wurde, vielleicht auch aufgrund der Animosität des Königs G. gegenüber, bis zum 30. März 1815 verschleppt und fand ohne den Zaren statt. Aus Verärgerung über den Aufschub hatte G. schon im Herbst 1814 die Verse »Was haben wir nicht für Kränze gewunden 〈...〉« (Bd. 9, S. 1175) verfaßt (s. besonders den Schluß: »Ich war von reinem Gefühl durchdrungen; 〈...〉 Das hält nicht bis in Oktober«). In diesen Kontext dürfte (wie schon Düntzer in der Hempelschen Ausgabe bemerkt hatte) auch *Frisches Ey, gutes Ey* gehören. Dabei beziehen sich die Verse nicht nur auf G.s Festspiel, sondern mehr noch auf die ursprüngliche Begeisterung des Volkes, während die Anrede »meine lieben Herrn« die Mitte zwischen Respekt und selbstbewußter Fürstenschelte hält.

55 *Selbstgefühl*

Textgrundlage und Erstdruck: B 2 (1815), S. 284. – Zur Entstehung vgl. Vorbemerkung, S. 414.

2 sich gewahret: sich klar wird über sich selbst, Selbsteinsicht gewinnt. – *6 als Er und eigen:* alte Zwillingsformel: Êr (Ehre: Geschenk); eigen (Eigentum) – sowohl Zugeeignetes wie Erworbenes.

56 *Beyspiel*

Textgrundlage und Erstdruck: B 2 (1815), S. 288. – Zur Entstehung vgl. Vorbemerkung, S. 414.

Die Ausrichtung des Menschen an der Natur und ihrem Gesetz gehört zu den elementarsten Überzeugungen, zu denen sich G.s Alterswerk immer wieder bekennt. – *4 jährlich so wie jährlich geht:* sich in seinem Gang jahraus jahrein gleich bleibt. – *6 Frau Mama:* im Sinne von ›Mutter Erde‹.

56 *Umgekehrt*

Textgrundlage und Erstdruck: B 2 (1815), S. 288. – Zur Entstehung vgl. Vorbemerkung, S. 414.

2 baß: altertümlich ›sehr‹. – *5 f. Jubilo 〈…〉 Schadenfroh:* ›Jubilo‹ eigentlich (lat.) ›ich juble‹; hier substantiviert: Es ist ein Jubel, eine Lust; die beiden Verse eine ironische Anspielung auf das alte Weihnachtslied: »In dulci Jubilo / Nun singet und seid froh 〈…〉«.

56 *Fürstenregel*

Textgrundlage und Erstdruck: B 2 (1815), S. 289. – Zur Entstehung vgl. Vorbemerkung, S. 414. – Erst nachträglich wurden wir auf eine Handschrift (FDH, Hs. 17606) aufmerksam, die das Gedicht datiert: »Weimar. d. 16 Jan. 1814.« Der zeitlichen Einordnung nach gehörte es also bereits in Bd. 9.

4 sie scheeren und sie beschützen: in Anlehnung an die traditionelle Schäfermetaphorik; ›scheren‹: sie kurz halten; schlimmer noch: sie der Wolle (der Habe) berauben und die Hilflosen dann ›beschützen‹.

56 *Lug oder Trug?*

Textgrundlage und Erstdruck: B 2 (1815), S. 289. – Zur Entstehung vgl. Vorbemerkung, S. 414.

Die JA (Bd. 2, S. 325) hält es für denkbar, aber keineswegs für sicher, daß sich der späte Spruch auf eine Preisfrage der Berliner Akademie von 1778 zurückbezieht: »Est-il utile au peuple d'être trompé, soit qu'on l'induise à de nouvelles erreurs ou qu'on l'entretienne dans celles où il est?« (›Ist es für das Volk nützlich betrogen zu werden, indem man es in neue Irrtümer führt oder indem man es in den vorhandenen festhält?‹) Der Zusammenhang ist eher unwahrscheinlich. Doch sind ›Lug‹ und ›Betrug‹ in G.s Dichtung der *Divan*-Jahre geläufige Themen; s. u. a. »Freygebiger wird betrogen 〈…〉« (S. 117; Bd. 11.1.2, S. 44) und *Fünf Dinge* (S. 37; Bd. 11.1.2, S. 38).

57 *Wie du mir, so ich dir*
Textgrundlage und Erstdruck: B 2 (1815), S. 290. – Zur Entstehung vgl. Vorbemerkung, S. 414.
In Anlehnung an Sprichwörtliches: z. B. »Wie du mir, so ich dir«, »wer nehmen will, muß geben«, »eine Hand wäscht die andere« (letzteres bereits eine in der Antike nachweisbare Maxime: zuerst bei dem Komödiendichter Epicharm, auch in Menanders ›Monodisticha‹; im Lateinischen bei Seneca und Petron: ›Manus manum lavat‹; Büchmann: Geflügelte Worte. 31. Aufl. 1964, S. 475).

57 *Zeit und Zeitung*
Textgrundlage und Erstdruck: B 2 (1815), S. 291. – Zur Entstehung vgl. Vorbemerkung, S. 414.
Vgl. G.s Kritik an der Tagespresse, die nur der »Zeit« dient, geschichtliches Bewußtsein und gesellschaftliche Kultur verdirbt, ähnlich z. B. im *Divan*-Gedicht »Als wenn das auf Nahmen ruhte! ⟨...⟩« (S. 23; Bd. 11.1.2, S. 51), in den *Maximen und Reflexionen*, Nr. 970 f. (Bd. 17, S. 884 f.), in den *Tag- und Jahres-Heften* zu 1808 (Bd. 14, S. 201 f.); s. auch »Wer hätte auf deutsche Blätter Acht ⟨...⟩« (Bd. 18.1, S. 62). Eine Vielzahl überwiegend negativer Äußerungen G.s zu ›Zeitung‹ und ›Zeitungsleser‹, bei Dobel, Sp. 1092–94; wobei nicht übersehen werden darf, daß G. zeitweise ein frequenter Zeitungsleser und dadurch bestens informiert war.

57 *Zeichen der Zeit*
Textgrundlage und Erstdruck: B 2 (1815), S. 291. – Zur Entstehung vgl. Vorbemerkung, S. 414.
Wie das vorige Gedicht setzt sich auch dieses mit einer Blindheit und Verwirrung stiftenden Befangenheit in der Zeit auseinander. – *Zeichen der Zeit:* in Anspielung auf Matth. 16,3. – *1 die Worte harum horum:* die (lat.) Worte ›deren‹ (weibl.) und ›deren‹ (männl.); wohl angelehnt an einen Studentenkanon, den Zelter komponiert hatte: »Vivant omnes, Hi et hae, Qui et quae, Horum harum, Quorum quarum Sanitatem bibimus ⟨...⟩« (›Alle sollen leben, sie (Männer) und sie (Frauen), die (Männer) und die (Frauen), auf deren Gesundheit wir trinken‹). – *2 Ex tenui Spes Seculorum*: ›Aus dem Geringen (Armseligen) kommt die Hoffnung der Jahrhunderte‹; wohl frei nach Matth. 2,6; hier ironisch im Sinne eines Arguments, mit dem sich die nichtigen ›Jedermänner‹ Bedeutung zuzulegen versuchen.

Gedichtfragmente und -entwürfe Dezember 1814 bis Mai 1815

Am 4. Dezember 1814 reiste Goethe nach Jena. U. a. wollte er im Kontakt zum Orientalisten Kosegarten die Einrichtung einer orientalischen Abteilung an der Weimarer Hofbibliothek vorbereiten. Der Aufenthalt leitete eine Phase intensivster Quellenstudien ein, die sich auch nach der Rückkehr bis in den Mai 1815 fortsetzte. Goethe umgab sich mit zahlreichen orientalistischen Werken: Jones' ›Poëseos Asiaticae commentariorum libri sex‹, Hydes ›Historia Religionis Veterum Persarum‹ und die ›Fundgruben des Orients‹ machten den Anfang, d'Herbelots ›Bibliothèque orientale‹, Wahrings ›Reise nach Sheeraz‹, Diez' ›Denkwürdigkeiten von Asien. Erster Theil‹, Chardins ›Voyages en Perse‹ und zahlreiche weitere Werke folgten. Entsprechend breiter wurde auch Goethes Interesse an orientalischer Dichtung. Neben Hafis traten Firdausī, Rūmī, Dschāmī, Attār, Saadi und Anwarī, neben die persischen Dichter Vertreter der arabischen und selbst der türkischen Dichtung.

Exzerpte und Notizen, schließlich auch Studienblätter, die Informationen aus unterschiedlichen Quellen zusammentragen, dokumentieren die zunehmende Orientkenntnis Goethes. Die neue Vielgestaltigkeit der quellenmäßigen Anregungen verändert aber auch den Charakter der dichterischen Reaktion. Schon die im Dezember 1814 entstandenen Gedichte des »Deutschen Divans« lassen sich nicht mehr so ausschließlich auf Hafis beziehen und verdanken sich neuen und anderen Anregungen. Das gilt erst recht für die Erweiterungen des Gedichtbestands, die Ende Mai durch das Wiesbadener Register bezeugt werden. Doch auch in zahlreichen Gedichtfragmenten und -entwürfen findet diese Phase der Orientaneignung ihren Niederschlag. Die Texte sind auf nachgelassenen Einzel- und Sammelhandschriften überliefert. Z. T. wurden sie im Zusammenhang späterer Gedichte weiterverwendet, z. T. haben sie keine weitere Verwendung gefunden – und nur dieser Teil wird hier geboten. Die überlieferten Textzeugen sind undatiert. Ihre Datierung basiert auf einem Geflecht wissenschaftlicher Hypothesen, für die die Ausleihdaten der Quellenwerke eine bedeutsame Rolle spielen. Die Angaben dazu berücksichtigen die Ergebnisse von Wilhelm Solms (Goethes Vorarbeiten zum Divan) und besonders die Untersuchungen von Anke Bosse (Die Nachlaßstücke zu Johann Wolfgang von Goethes »West-östlichem Divan«).

58 *wenn alle sprechen* 〈...〉
Textgrundlage: Handschrift GSA 25/XI,XIV,10; vgl. WA I 6, S. 342 u. 475: H[10].

Entstehung: Anfang Dezember 1814? (Vgl. Bosse: Nachlaßstücke, zu H[10]).
Erstdruck: WA I 6 (1888), S. 475.
Das Fragment wurde später, leicht abgewandelt, in den Anfangsversen von *Vielrath* in der Sammlung *Epigrammatisch* (1827) wieder aufgenommen (C[1] 3, S. 163); ohne diesen Titel auch in den *Zahmen Xenien VI*: »Spricht man mit jedermann / Da hört man keinen ⟨...⟩« (Bd. 13.1, S. 203).

58 *Solcher Bande darf sich niemand rühmen* ⟨...⟩
Textgrundlage: Handschrift GSA 25/XI,XIV,10; vgl. WA I 6, S. 342 u. 475 f.: H[10]. – V. 4 am Rande des Blattes quer hinzugefügt; am unteren Rand von H[10] ursprünglich zwei Varianten dieses Verses: »Dem wird wohl auch das Absurde ziemen«, »Dem wird auch Absurdes zierlich ziemen«. Der abgeschnittene Streifen hat sich wegen der rückseitigen Notiz erhalten (vgl. ebd., S. 479 f.: aufgeklebter Zettel auf H[63]).
Entstehung: Anfang Dezember 1814?
Erstdruck: Q I 1 (1836), S. 354; in das »Buch der Sprüche« eingeordnet. Der Einsatz »Solcher Bande«, der sinngemäß auf Vorausgegangenes verweist, macht das Fragmentarische der Verse augenfällig. Für die Zuordnung zum *Divan* spricht vor allem die Überlieferung auf dem Sammelblatt mit der Überschrift »Fragmente« (vgl. zu S. 25: »Daß des Hauses Glanz sich mehre ⟨...⟩)«. Das Motiv des Absurden greift G. in den *Divan*-Jahren häufiger auf, besonders im Zusammenhang religionsgeschichtlicher Phänomene (vgl. u. a. *Segenspfänder*, S. 77; Bd. 11.1.2, S. 10; »Süßes Kind, die Perlenreihen ⟨...⟩«, S. 102; in Auseinandersetzung mit der indischen Kultur auch im Kapitel »Geschichte« des Prosateils, Bd. 11.1.2, S. 144, und Kommentare; auch GWb, Bd. I, Sp. 198, ›absurd‹).

58 *Und so ists auch Hafisen ergangen* ⟨...⟩
Textgrundlage: Handschrift GSA 25/XI,XIV,10; vgl. WA I 6, S. 342 u. 476: H[10].
Entstehung: Anfang Dezember 1814?
Erstdruck: WA I 6 (1888), S. 476.
Anke Bosse (Nachlaßstücke, zu H[10]) sieht die Verse in Zusammenhang mit der versteckten Hammer-Kritik in »Zugemeßne Rhythmen reizen freilich ⟨...⟩« (s. zu *Nachbildung*, Bd. 11.1.2, S. 26, V. 13–19), das auf dem Sammelblatt unmittelbar voransteht: »›Und so ists auch Hafisen ergangen ⟨...⟩‹: seine persischen Ghaselen nämlich wurden durch Hammers streckenweise sehr uninspirierte Übersetzung und altertümelnde Sprache verhunzt.«

58 *Und in Alammannen Mundart* ⟨...⟩
Textgrundlage: Handschrift GSA 25/XI,XIVa,15; vgl. WA I 6, S. 479 f.: H[63].

Entstehung: zwischen dem 7. Dezember 1814 und Ende Januar / Anfang Februar 1815 (vgl. Solms: Vorarbeiten, S. 74, und Bosse: Nachlaßstücke, zu H63χ).
Erstdruck: WA I 6 (1888), S. 480.
Die Verse spielen auf die produktive Konkurrenz zwischen dem westlichen Dichter und der persischen Dichtung an, ähnlich den *Divan*-Gedichten *Unbegrenzt* (»Daß du nicht enden kannst 〈...〉«, S. 33; Bd. 11.1.2, S. 25) und *Nachbildung* (»In deine Reimart 〈...〉«, S. 34; Bd. 11.1.2, S. 26). – *1 Alammannen Mundart:* Umschreibung für die deutsche Sprache, in Anlehnung an arab. ›almānī‹ ›deutsch‹ oder pers. ›ālmān‹ ›der Deutsche‹. »Die Bezeichnung als ›Mundart‹ erfolgt aus der Perspektive des Orientalen, dem die verschiedenen europäischen Sprachen wie bloße Dialekte erscheinen mögen« (Birus, Bd. 2, S. 1726).

58 *Sollt ich nicht ein Gleichniß brauche〈n〉* 〈...〉
Textgrundlage: Handschriften GSA 25/XI,XIV,18 u. 25/XI,XIV,19; vgl. WA I 6, S. 342 f. u. 454: H19, H20.
Entstehung: zwischen dem 12. und 18. Dezember 1814; G. las in dieser Zeit in Jena im zweiten Band der ›Fundgruben des Orients‹ (vgl. Tgb.).
Erstdruck: Q I 1 (1836), S. 341; dem »Buch des Sängers« eingeordnet; die beiden Vierzeiler dabei als *ein* Gedicht aufgefaßt.
Die beiden Vierzeiler wurden bald als zwei Strophen *eines* Gedichts gedeutet, bald als selbständige Gedichte. Anke Bosse (Nachlaßstücke, zu H19 und H20) trägt die Indizien zusammen, die dafür sprechen, daß G. sie »wie zwei Varianten behandelte«.

Der erste Vierzeiler geht auf Sure 2, V. 26 des Korans zurück. G. las sie in Hammers ›Fortsetzung der Proben einer neuen Uebersetzung des Korans‹ in den ›Fundgruben des Orients‹, Bd. 2 (S. 336–358; S. 339): »26. Es scheut sich nicht der Herr ein Gleichniß euch zu geben, von einer Mücke oder von dem was darüber ist. Die da glauben wißen, daß es Wahrheit von ihrem Herrn ist; die es aber nicht glauben sagen: Was will der Herr mit diesem Gleichniß. Er führt Viele irre, und Viele zurecht, allein nur die Lasterhaften werden hiedurch irre.« G.s Ergänzung zu »des Lebens Gleichnis« spielt wohl unausgesprochen auf das – der orientalischen Literatur vertraute – Bild der Mücke an, die ins Kerzenlicht fliegt und den Flammentod findet (vgl. zu *Selige Sehnsucht*, Bd. 11.1.2, S. 21; auch K. Mommsen: Goethe und die arabische Welt, S. 297–300).

Der zweite Vierzeiler bringt die Liebesthematik ins Spiel. Vermittelnd könnte eine Stelle bei Hafis (Bd. 2, S. 296) gewirkt haben: »Schmähst du den Herrn, so schau' ihr in die Augen«, wozu Hammer anmerkt: »wer an Gott nicht glaubt, schaue ihr in die Augen«. Von der Erfahrung Gottes im Anblick der Geliebten handelt später ähnlich der Schluß von *Suleika spricht* (S. 117; Bd. 11.1.2, S. 46) – wie der erste Vierzeiler geradezu als Seitenstück zu *Selige Sehnsucht* erscheint.

59 *Wißt ihr denn was Liebchen heiße* ⟨…⟩
Textgrundlage: Handschrift GSA 25/XLIX,12,10; vgl. WA I 53, S. 361, Anm. zu Par. 41; Solms: H[145].
Entstehung: Das Gedicht wurde Ende Mai 1815 auf die Sammelhandschrift H[145] übertragen, dürfte aber früher entstanden sein: vielleicht in zeitlicher Nähe zu *Offenbar Geheimniß* und *Wink* (»Sie haben dich heiliger Hafis ⟨…⟩«, »Und doch haben die Recht ⟨…⟩«; S. 35; Bd. 11.1.2, S. 26 f.) im Dezember 1814 oder im Zusammenhang der orientalistischen Studien Dezember 1814 bis März 1815 (vgl. Bosse: Nachlaßstücke, zu H[145]).
Erstdruck: Q I 1 (1836), S. 464; dem »Schenkenbuch« eingefügt.
Der Entwurf spielt wahrscheinlich auf die mystische Interpretation von Liebe und Wein an, die G. bereits in den beiden genannten *Divan*-Gedichten aufgreift (vgl. den Kommentar dazu). Ein genauerer Quellenbezug ist nicht bekannt.

59 *Traue nicht dem Truncken Weisen* ⟨…⟩
Textgrundlage: Handschrift GSA 25/XI,XIVa,7 (Mommsen Nr. 105); vgl. WA I 6, S. 474 f.: H[55], u. WA I 7, S. 282: Bl. 65.
Entstehung: um den 15. Dezember 1814 (vgl. Solms: Vorarbeiten, S. 124, und Bosse: Nachlaßstücke, zu H[55] / Bl. 65).
Erstdruck: WA I 6 (1888), S. 474.
Der unvollendete, wohl auf 4 Verse angelegte Spruch gehört zu einer Gruppe von Gedichtentwürfen und Exzerpten, die während G.s Lektüre des zweiten Bandes der ›Fundgruben des Orients‹ entstanden sind. Er geht auf eine Stelle der 12. Makame des arabischen Dichters Harīrī zurück, die der ›Fundgruben‹-Band (S. 49–57) in einer französischen Übersetzung bot. Darin begegnet der betrügerische Held des Werks, Abū Said von Sarūdsch, in der Rolle eines betrunkenen Weisen, der sich in das Vertrauen einer Reisegesellschaft einzuschleichen und sie zu täuschen vermag (vgl. M. Mommsen: Studien, S. 25–28). – In thematischer Hinsicht zeigt das Gedicht eine gewisse Nähe zum »Schenkenbuch« des *Divans*. – Die Verse lauteten ursprünglich: »Traue nicht dem Truncken Klugen / Denn er stielt dir deine Worte.«

59 *Wenn du dieses hörst, so achte sie alt die Welt* ⟨…⟩
Textgrundlage: Handschrift GSA 25/XI,XIVa,7 (Mommsen Nr. 105); vgl. WA I 6, S. 474 f.: H[55], u. WA I 7, S. 282: Bl. 65.
Entstehung: um den 15. Dezember 1814 (s. zum vorigen Gedicht).
Erstdruck: WA I 6 (1888), S. 474.
Die Verse folgen mit nur geringen Änderungen einer Übersetzungsprobe aus Firdausīs ›Schāh-Nāmeh‹ (›Probe aus dem Schah-

name übersetzt von weiland Herrn Grafen von Ludolf. Der Kampf Sohak's mit den Kriegs-Schaaren Feriduns‹. In: Fundgruben des Orients, Bd. 2, S. 60–75; S. 63). In den weiteren Zusammenhang der erzählten Episode gestellt, lauten sie in der Vorlage:

Endlich gebunden wurde der ächzende Sohak,
Auf dem Rücken eines Lastkamels fortgeschleppt.
So, eilten sie mit ihm bis nach *Schirchon*
Wenn du nun dies hörst, so achte sie alt die Welt;
Viele viele Jahre sind seitdem über Berge und Thäler
Verflossen, und so werden noch viele verfliessen.
Also fest zusammengebunden führte den gefallenen Sohak,
Der Glückliche ⟨Feridun⟩ hin nach *Schirchon*.

G. hat die Verse bei einer Lesung aus dem ›Schāh-Nāmeh‹ am Weimarer Hof im Februar 1815 offenbar mit zum Vortrag gebracht; denn Charlotte von Schiller zitiert sie in freier Wiedergabe am 22. Februar 1815 in einem Brief an Knebel, der über die Lesung berichtet: »Wie eine große Reihe von Begebenheiten in des Firdausi Geist vorübergegangen und der volle Glanz des Lebens sich ausspricht, sagt er:

Du, der du dieses liesest,
Bedenke, wie alt die Welt sei!«

(Heinrich Düntzer, Hg.: Briefe von Schillers Gattin an einen vertrauten Freund. Leipzig 1856, S. 181.)

59 *Untergang der Zund-Dynastie*

Textgrundlage: Handschrift GSA 25/XI,XIVa,2; vgl. WA I 6, S. 468 f.: H49 / Bl. 87.

Entstehung: zwischen dem 23. Dezember 1814 und dem 1. Januar 1815 (vgl. Solms: Vorarbeiten, S. 100 und 110, und Bosse: Nachlaßstücke, zu H49 / Bl. 87 und zu Bl. 117).

Erstdruck: WA I 6 (1888), S. 468.

Der Gedichtentwurf ist die Bearbeitung eines persischen Volkslieds über den letzten Herrscher der Sand-Dynastie, den persischen König Lutf-Alī Khān (reg. 1788–1796), auf das G. in einer deutschen Prosaübersetzung von Edward Scott Waring stieß (Reise nach Sheeraz ⟨...⟩. Aus dem Englischen. Rudolstadt 1808/1809. Bd. 1, S. 153 f., in Anmerkung): »Das Lieblingslied in Persien beschreibt die Unglücksfälle von *Lootf Ulee Khan*, die Betrügerei von *Hajee Ibrahim*, und den Umsturtz der Zund-Dynastie: Auf der Terasse saß er, und empfieng Berichte über eine sich aus Mazenderan nähernde Armee; Nachricht folgt auf Nachricht. Um den Krieg zu enden, reiset *Lootf Ulee Khan* nach Kerman; neue Berichte. Ich nannte dich *Hajee* (*Ibrahim*), meinen Vater! und ihr vertriebt mich von meinem Wohnsitz ⟨...⟩. Der Fluch falle auf euch, o Vater! *Lootf Ulee Khan* war er von allen geliebt? Sein Weib und seine Kinder sind nach Tubus gebracht 〈...〉«. – In einer ersten Notiz (auf Bl. 117) hält G. fest: »p 153 Unglücksfälle von Lootf Ulee Khan Umsturz der Zund-Dynast〈ie〉«. – Zum geschichtlichen Hintergrund, auf den G.s Entwurf anspielt, und der Gruppe themenverwandter Gedichte, die es mit Gewaltherrschaft und Tyrannengestalten zu tun haben, vgl. zu »Dieser kluge Rath den Weltbeherrscher 〈...〉« (S. 60). Anke Bosse weist allerdings darauf hin, daß im vorliegenden Fall nicht Lutf-Alī Khān als Tyrann gemeint ist, sondernĀghā Muhammad Khān, der den Untergang der Sand-Dynastie herbeiführt, in dem unfertigen Entwurf aber noch nicht in Erscheinung tritt. – *Zund-Dynastie:* Die Sand-Dynastie herrschte 1750–1796 über Persien; sie wurde von Āghā Muhammad Khān, dem Begründer der Kadscharen-Dynastie, gestürzt. – *3 Mazenderan:* Māzandarān, persische Provinz südlich des Kaspischen Meeres. – *7 Kerman:* Kirmān, südöstliche Provinz Persiens. – *8 Ibrahim:* Lutf-Alī Khāns Schwiegervater und Minister Hādschī Ibrāhīm, der den König verriet. – *13 Tubus:* die Wüstenstadt Tabas in der Provinz Khorāsān.

60 *Dieser kluge Rath den Weltbeherrscher 〈...〉*
Textgrundlage: Handschrift GSA 25/XI,XIV,30; vgl. WA I 6, S. 463 f.: H47 / Bl. 164 f. – Niederschrift Riemers.
Entstehung: Die Verse wurden wohl am 8. Januar 1815 von Riemer niedergeschrieben; »Prof. Riemer Ferdusi« vermerkt G.s Tagebuch. Vielleicht wurden sie von G. an diesem Tage diktiert, vielleicht übernahm Riemer sie von einem fragmentarischen Exzerpt, das schon während G.s Beschäftigung mit dem ›Schāh-Nāmeh‹ im Dezember 1814 oder am 7. Januar 1815 entstanden sein könnte (vgl. Solms: Vorarbeiten, S. 124 und 169, und Bosse: Nachlaßstücke, zu H47 / Bl. 164 f.).
Erstdruck: WA I 6 (1888), S. 463–467.
Die Verse gehen auf eine Episode aus Firdausīs ›Schāh-Nāmeh‹ zurück (s. Bd. 11.1.2, zu S. 158,13) und waren wohl für eine Lesung am Weimarer Hof bestimmt. G. bearbeitet darin eine Stelle, die ihm im zweiten Band der ›Fundgruben des Orients‹ (S. 57–64) in einer Übersetzung vom Grafen Karl von Ludolf vorlag, die er später im Kapitel »Übersetzungen« im Prosateil des *Divans* entschieden kritisiert (s. Bd. 11.1.2, S. 264; s. auch Kommentar zu S. 264,29). Nach Konrad Burdach ist G.s Bearbeitung »charakteristisch für seine Anschauung von dem Stil einer guten Übersetzung des persischen Epikers wie für seine Kunst, fremde poetische Leistungen durch leichte Änderungen zu veredeln« (WA I 6, S. 463). Riemer ordnete sie dem »Buch des Timur« zu, was in späteren Kommentaren teils bestätigt, teils negiert wurde. Nach Katharina Mommsen (Diez, S. 240–245) gehört der dargestellte Freiheitskampf Feri-

duns (Farīdūns) gegen Sohak (Dahhāk) jedenfalls zusammen mit *Der Winter und Timur* (S. 35; Bd. 11.1.2, S. 65), *Untergang der Zund-Dynastie* (S. 59) »Und nun erhebt sich das größ⟨t⟩e Gelächt⟨er⟩ ⟨...⟩« (S. 64) und »Da liegt ein Ey ⟨...⟩« (S. 146) zu einer Gruppe von Gedichten, die Reflexe der Erhebung gegen Napoleons Gewaltherrschaft aufnehmen und in denen sich G.s zwiespältiges Verhältnis zu ihm spiegelt.

62 *Und unsrer Zelten Pfäle* ⟨...⟩

Textgrundlage: Handschrift GSA 25/XLIX,12,10; vgl. WA I 53, S. 361: Par. 43; Solms: $H^{145\alpha}$.

Entstehung: vermutlich am 23. Februar 1815, im Zusammenhang einer Reihe von Tagen, in denen G. in Hartmanns Übersetzung der Mu'allakāt las; im Tagebuch zum 23. notiert er: »Moallakats. Beduinen-Zustand« (vgl. Solms: Vorarbeiten, S. 111, und Bosse: Nachlaßstücke, zu H^{145} mit $H^{145\alpha}$).

Erstdruck: WA I 53 (1914), S. 361.

In Anton Theodor Hartmanns Übersetzung der ›Mu'allakāt‹ (›Die hellstrahlenden Plejaden ⟨...⟩‹) fand G. Zelte und Gazellen an mehreren Stellen in Zusammenhang gebracht: so im Gesang des Zoheir (Suhair ibn Abī Sulmā), der in V. 2 von den Überresten des »Gezeltes« spricht, in V. 3 von den »Gazellen und Antilopen«, die die Stelle eingenommen haben (S. 101); ähnlich im Gesang des Lebid (Labīd ibn Rabī'a), der in V. 12 auf das »Geräusch des Gezelteabbrechens« verweist (S. 125 f.), in V. 6 darauf, daß »von des Thales Seitenwänden ⟨...⟩ Gazellen ihre Jungen« heranführen (S. 124), wozu Hartmann anmerkt: »Gazellen sind in den Einöden Arabiens einheimisch; man trifft sie daselbst heerdenweise an«. Der Motivzusammenhang gehört in den Umkreis der typischen Liebesklage, die die Mu'allakāt eröffnet. Den aufgegebenen Lagerplatz, mit dessen Verlassen die Liebenden getrennt wurden, nehmen Gazellen ein (anders Birus, Bd. 2, S. 1728: Das Aufschlagen des Lagers verdrängt die Gazellen). Vgl. auch die Nachlaßgedichte »Laßt mich weinen! ⟨...⟩« (S. 143) und »Nicht mehr auf Seidenblat ⟨...⟩« (S. 142), aber auch die Rezeption der Mu'allakāt in den *Divan*-Gedichten *Hegire* (S. 41; Bd. 11.1.2, S. 9), *Anklage* (S. 86; Bd. 11.1.2, S. 23) und »›Wo hast du das genommen ⟨...⟩« (S. 90; Bd. 11.1.2, S. 47) und Kommentare. – Vgl. auch Katharina Mommsen: Moallakat, S. 58–60.

62 *Wer Perlen will* ⟨...⟩

Textgrundlage: Handschrift GSA 25/XLIX,12,10; vgl. WA I 53, S. 361: Par. 44; Solms: $H^{145\alpha}$.

Entstehung: nach Solms (Vorarbeiten, S. 120 f.) am 24. Mai 1815, nach Bosse (Nachlaßstücke, zu H^{145} mit $H^{145\alpha}$) zwischen Ende Februar und Ende Mai 1815.

Erstdruck: WA I 53 (1914), S. 361.
Der Zweizeiler geht auf Hafis, Sad II (Hafis, Bd. 2, S. 92), zurück: »Nie wirst zur Liebe du geeignet seyn, / Bist du nicht rein wie das Gold ist. / Wie fände Perlen in dem Meer, wer nicht / Hinunter taucht in die Fluthen.« – Zur für den *Divan* zentralen Perlen-Motivik vgl. u. a. »Vom Himmel sank, in wilder Meere Schauer 〈...〉« (S. 91; Bd. 11.1.2, S. 107 und Kommentar).

62 *Wo kämen denn die Perlen her* 〈...〉
Textgrundlage: Handschrift GSA 25/IX,4,20c; vgl. WA I 5/2, S. 420: Par. 140; Bosse: Nachlaßstücke, zu H180.
Entstehung: Nach Anke Bosse vielleicht zwischen Mitte Dezember 1814 und Ende Mai 1815, da – mit Ausnahme von *Hochbild* (»Die Sonne, Helios der Griechen 〈...〉«, S. 143; Bd. 11.1.2, S. 86) – alle motivisch benachbarten *Divan*-Gedichte (»Die Flut der Leidenschaft 〈...〉«, S. 85, »Vom Himmel sank 〈...〉«, S. 91, »Die Perle die der Muschel entrann 〈...〉«, S. 92), der Gedichtentwurf »Wer Perlen will 〈...〉« (S. 62) und die Notizen »Poetische Perlen 〈...〉« und »Perlendemuth« (H 55 / Bl. 65 und Bl. 112 / H 136) in dieser Zeit entstanden sind.
Erstdruck: WA I 5/2, S. 420.
Zum Zusammenwirken von Himmel und Meer, dem sich die Entstehung der Perle verdankt, vgl. u. a. »Vom Himmel sank, in wilder Meere Schauer 〈...〉« (S. 91; Bd. 11.1.2, S. 107 und Kommentar).

62 *Dou-rouy* und *Khalkhal*
Textgrundlage: Handschrift GSA 25/XXXVII,B,22f.; vgl. Bosse: Nachlaßstücke, zu H181.
Entstehung: am 1. März 1815 oder kurz danach (vgl. Bosse, a.a.O.).
Erstdruck: WA I 42/1 (1904), S. 234 f.
Die Quelle zu den beiden Gedichtentwürfen wurde erst kürzlich von Anke Bosse (ebd.) ausfindig gemacht: Antoine Leonard Chézys Dschāmī-Übersetzung ›Medjnoun et Leila‹ (Paris 1807), die G. am 1. März 1815 erhalten und gelesen hat (s. Tgb.). Im I. Teil des Werks (S.16–18) beobachtet der Jüngling Keïs (Kais; vgl. zu *Anklage*, Bd. 11.1.2, S. 23, V. 9–13) eine Szene, in der Frauen mit dem Ton ihrer »khal-khals« einen jungen Mann zu bestricken versuchen. Keïs assoziiert damit die Unbeständigkeit der Geliebten, die, wie die Blume »Dou-rouy«, zwei Gesichter habe. – *Dou-rouy:* (pers.) doruhje: zweiseitig. Hier in der Bedeutung einer Blume, die ihre Farbe wechselt; G. denkt an »Hortensien«. – *misfärbig:* »schlechte, widrige, nicht angenehme oder nicht gehörige farbe habend: palidus, das ist bleich, mißferbig« (DWb, Bd. 6, Sp. 2285). – *Khalkhal:* Ring aus Silber oder Gold, den orientalische Frauen an den Fußgelenken tragen; G. übersetzt: »Knöchel Schellen Ring«.

63 *Die Beding⟨ung⟩ doch ist eng' ⟨...⟩* und *Kommen wir in die Revi⟨ere⟩ ⟨...⟩*
Textgrundlage: Handschrift GSA 25/XLIX,13; vgl. WA I 53, S. 466; Solms: H[143].
Entstehung: kurz vor oder am 7. März 1815 (vgl. Solms: Vorarbeiten, S. 154, und Bosse: Nachlaßstücke, zu H[143]).
Erstdruck: WA I 53 (1914), S. 37.
Die ersten beiden Strophen sind auf der Vorderseite, die dritte ist auf der Rückseite von H[143] überliefert. Trotz formaler Übereinstimmungen (›Schenkenstrophen‹) und möglicher inhaltlicher Verknüpfungen ist bis heute unentscheidbar geblieben, ob es sich um getrennte Gedichte, um die drei Strophen *eines* Gedichts, vielleicht auch um Teile eines geplanten übergeordneten Ganzen handelt. Die ersten beiden Strophen deutet Solms (S. 161) als Kritik am zeitgenössischen nazarenischen Katholizismus, dessen Anhänger »das Leiden und die Kreuzigung des Herrn nicht beweinen, sondern glorifizieren«. Die letzte dagegen greift die genuß- und sinnenfrohen Vorstellungen des islamischen Paradieses auf – vielleicht also ohne Bezug auf die vorangehenden, vielleicht im Sinne eines bewußten Gegenbildes. – Vgl. die kritische Auseinandersetzung mit der Kreuzesreligion ähnlich in »Süßes Kind, die Perlenreihen ⟨...⟩« (S. 102); die thematische Nähe zum »Buch des Paradieses«, vor allem im Vergleich mit *Begünstigte Thiere* (»Vier Thieren ⟨...⟩«, S. 116; Bd. 11.1.2, S. 122) und *Auserwählte Frauen* (S. 216; Bd. 11.1.2, S. 116); eine Verschränkung beider Themenkreise immerhin in »Jesus auch er darf da lehren ⟨...⟩« (S. 23). – Eine bestenfalls Tage jüngere Überarbeitung (GSA 25/XX,12C,1; vgl. WA I 6, S. 471: H[52]) bietet nur für die ersten beiden Strophen eine voll ausgeführte neue Fassung:

Doch bedingt ins allerengste
Das sie niemals überschri⟨tten⟩
Sie verschweigen auf das streng⟨ste⟩
Daß ihr Herr so viel gelit⟨ten⟩
Daß gestaubt ⟨= gestäupt⟩ mit frische⟨n⟩ Bese⟨n⟩
Und Ihr Her⟨r⟩ des Henkers Beute
Thun als wär es nichts gewesen
Und da sind sie Liebe Leute
....
Gehn das Haupt mit Schm⟨uck ?⟩
verbrä⟨met ?⟩
....
....
Denn im Paradies da muß man
Mehr noch als Human sich zei⟨gen⟩

5 gepufft: gestoßen, geschlagen; »Anspielung auf die christliche Leidensbereitschaft in der Nachfolge Christi« (Birus, Bd. 2, S. 1728). – *6 schlech⟨ten⟩ Henkers:* wohl in Anspielung auf die heidnischen Henker und Folterer Christi; ›schlecht‹ im Sinne von ›gewöhnlich‹.

63 *Wunder kann ich nicht thun* ⟨...⟩

Textgrundlage: Handschrift GSA 25/XI,XIVa,9; vgl. WA I 6, S. 476: H^{57} / Bl. 45.

Entstehung: vermutlich um den 7./8. März 1815. Auf einem an diesen Tagen angelegten Exzerptblatt (H^{65}) notiert G.: »Poesie, Propheten Wort, Magie«; im Tagebuch zu beiden Tagen »Coran« (vgl. Solms: Vorarbeiten, S. 154 und 327, und Bosse: Nachlaßstücke, zu H^{57} / Bl. 45).

Erstdruck: WA I 6 (1888), S. 476.

Die Verse spielen darauf an, daß Mohammed die Forderung der Ungläubigen nach Wundertaten mehrfach abgewiesen hat (vgl. Sure 29, V. 50, und 13, V. 7, wonach Mohammed nur als ›Warner‹ erscheint, während es Gott allein gebührt, Zeichen zu setzen). Nach Solms könnten sie durch die Lektüre der Koran-Auszüge in den ›Fundgruben des Orients‹ (Bd. 3) angeregt sein, obwohl sich genauere Übereinstimmungen nicht aufweisen lassen. Katharina Mommsen (Goethe und die arabische Welt, S. 184 f.) weist auf Anklänge zu G.s eigenen Koran-Auszügen der Jahre 1771/72 (Bd. 1.2, S. 443) hin.

63 *Dem den tausend Menschen lieben* ⟨...⟩

Textgrundlage: Handschrift GSA 25/XI,XIV,4; vgl. WA I 6, S. 341 u. 478: H^4.

Entstehung: um den 10. März 1815 (vgl. Solms: Vorarbeiten, S. 141, und Bosse: Nachlaßstücke, zu H^4).

Erstdruck: WA I 6 (1888), S. 478.

Der fragmentarische Gedichtentwurf folgt einer Stelle im 12. Kapitel der »Sprichwörter und Regeln« im achten Buch von Saadis ›Persianischem Rosenthal‹ (S. 152 f.): »Gib dein Hertz nicht dem / den Tausent Menschen lieben / Oder laß daran das *scheiden* seyn geschrieben«. – *3 Scheidebrief:* »Brief des Ehemanns, der die Frau aus der Ehe löst (besonders im Orient übliches Scheidungsverfahren)« (Bosse: Nachlaßstücke, zu H^4).

63 *Steckt doch Mark in jedem Knoch⟨en⟩* ⟨...⟩

Textgrundlage: Handschrift GSA 25/XI,XIV,4; vgl. WA I 6, S. 341 u. 478: H^4.

Entstehung: um den 10. März 1815 (vgl. zu »Dem den tausend Menschen lieben ⟨...⟩«).

Erstdruck: Über Kunst und Alterthum II 3 (1820), S. 92.

Auch dieser Zweizeiler folgt, wie das vorige Gedichtfragment, einer Stelle aus Saadis ›Persianischem Rosenthal‹ (VIII 21, S. 154): »Habe kein Mitleiden mit der Schwachheit deines Feindes / dann wenn er mächtig würde / würde er deiner nicht schonen. Frolocke nicht / daß er so geringe ist / Es hat ein jeglich Bein Marck in sich: und in jeglichem Hembde stecket ein Mann«. In den *Zahmen Xenien I* hat G. den Zweizeiler später um die vorangestellten Verse

Stämme wollen gegen Stämme pochen,
Kann doch einer was der andere kann!

zum Vierzeiler erweitert (Bd. 13.1, S. 16).

63 *Wein er kann dir nicht beha⟨gen⟩* ⟨...⟩
Textgrundlage: Handschrift GSA 25/XI,XIV,11; vgl. WA I 6, S. 342 u. 459: H[11].
Entstehung: um den 17. März 1815, abgeschlossen erst zwischen 21. und 27. Mai 1815 (vgl. Bosse: Nachlaßstücke, zu H[11]) – wie das Gedicht »Zu genießen weiß im Prachern ⟨...⟩« (S. 64); zum Verhältnis beider Gedichte vgl. zu letzterem.
Erstdruck: Q I 1 (1836), S. 364; dem »Schenkenbuch« eingeordnet.
Wie Katharina Mommsen (1001 Nacht, S. 95–97) gezeigt hat, liegt dem dialogischen Gedichtentwurf eine parodistische Bezugnahme auf Adam Oehlenschlägers ›Aladdin‹ (1808) zugrunde – in spöttischen Anspielungen auf eine Szene, in der sich Noureddin (Nūr al-Dīn), der Magier aus ›Tausendundeine Nacht‹, als biederer Weinverächter ausgibt. – *3 f. Wenig nur ⟨...⟩ erhitzt das Haupt:* eine Variante dazu auf H[12] / Bl. 88 (s. WA I 6, S. 459):

Weniges verkühlt den Magen
Und zuviel erhitzt den Kopf.

64 *Gros ist Europens Staatskalender* ⟨...⟩
Textgrundlage: Handschrift GSA 25/XLIX,12,10; vgl. WA I 53, S. 361, Par. 42; Solms: H[145].
Entstehung: wohl im März 1815, bevor die Verse Ende Mai auf das Sammelblatt H[145] übertragen wurden (vgl. Solms: Vorarbeiten, S. 95 f., und Bosse: Nachlaßstücke, zu H[145]).
Erstdruck: WA I 53 (1914), S. 361.
Nach Wilhelm Solms gegen den Wiener Kongreß gerichtete Verse des ›Unmuts‹. – *1 Staatskalender:* »Kalender, worin, auszer dem hofe und hofstaate, die sämmtlichen staatsanstalten, alle civil- und militairbehörden, departements oder kollegien, und die dabei angestellten diener namentlich verzeichnet sind« (DWb, Bd. 10/2/1, Sp. 304).

64 *Zu genießen weiß im Prachern* ⟨...⟩
Textgrundlage: Handschrift GSA 25/XI,XIV,11; vgl. WA I 6, S. 342 u. 453: H[11].
Entstehung: Überlieferung und Quellenbezüge lassen auf eine Entstehung zwischen dem 21. und 27. Mai 1815 schließen (vgl. Bosse: Nachlaßstücke, zu H[11]). Die Verse folgen in der Handschrift

(H 11) dem Vierzeiler »Wein er kann dir nicht beha⟨gen⟩ ⟨...⟩« (S. 63), sind aber wohl nicht mit diesem zusammen als *ein* Gedicht aufzufassen, wie mehrfach geschehen ist.
Erstdruck: Q I 1 (1836), S. 347; dem »Buch der Betrachtungen« eingereiht.
Katharina Mommsen (1001 Nacht, S. 86–101; S. 97–100) hat gezeigt, daß die Verse – wie »Wein er kann dir nicht behagen ⟨...⟩« (S. 63) und »Alle Menschen gros und klein ⟨...⟩« (S. 94) – an einer versteckten Auseinandersetzung mit Adam Oehlenschlägers ›Aladdin‹ (1808) teilhaben. Der Verfasser hatte darin eine Szene orientalischen Schacherns zwischen Aladdin und einem Juden breit und mit kritischer Akzentuierung ausgemalt (in Auszügen zitiert bei Mommsen, S. 98 f., und Bosse: Nachlaßstücke, zu H[11]). Im Sinne einer parodistischen Umkehr formt G. ›Prachern‹ und ›Schachern‹ um zu einem Bild des Genießens – im Gegensatz zu »Wein er kann dir nicht behagen ⟨...⟩« als einem Bild des Nicht-Genießen-Könnens. – *1 Prachern:* prachern »betteln, anhaltend bitten« (Adelung, Bd. 3, S. 819), feilschen, geizen. – *2 Abrahams ⟨...⟩ Blut:* im Sinne von 1. Mos. 12,2 die als »Kinder Abrahams« bezeichneten Juden.

64 *Und nun erhebt sich das größ⟨t⟩e Gelächt⟨er⟩ ⟨...⟩*
Textgrundlage: Handschrift GSA 25/XI,XIV,2; vgl. WA I 6, S. 341 u. 471 f.: H[2] / Bl. 86.
Entstehung: 26./27. Mai 1815 (vgl. Bosse: Nachlaßstücke, zu H[2] / Bl. 86).
Erstdruck: WA I 6 (1888), S. 472.
Um den 19. Mai 1815 notierte G. im Anschluß an Herbelots ›Bibliothèque orientale‹ (S. 118 f.): »Sturm prophezeyt / Vorsicht / Sturm bleibt aus / Trocken Jahr / Sterndeuter ausgelacht / Timur bricht ein«. Die Episode, auf die er später noch einmal im Kapitel »Enweri« der »Noten und Abhandlungen« zum *West-östlichen Divan* (s. Bd. 11.1.2, S. 159 und Kommentar) zurückkommen wird, arbeitet er in dem Fragment gebliebenen Gedichtentwurf weiter aus: Der persische Hofdichter Anwarī hatte einen furchtbaren Sturm prohezeit, der aber nicht eintraf. Anwarī mußte wegen der falschen Prophezeiung manche Verspottung erdulden. In anderer Form trat das Vorhergesagte nach seinem Tod aber doch ein: im Einfall Dschingis Khans (so auch bei Herbelot, während die zitierte Notiz G.s Dschingis Khan mit Timur verwechselt). Katharina Mommsen sieht die Verse – wie *Der Winter und Timur* (S. 35; Bd. 11.1.2, S. 65), *Untergang der Zund-Dynastie* (S. 59), *Dieser kluge Rath den Weltbeherrscher ⟨...⟩* (S. 60), *Da liegt ein Ey ⟨...⟩* (S. 146) – als eines jener Gedichte im *Divan* und in seinem Umkreis, welche die Thematik tyrannischer Herrschergestalten, eines »fürchterlichen Weltverwüsters«, verbindet (Diez, S. 240–242).

Erstes Halbjahr 1815

Ende Dezember 1814 hatte Goethe dem »Deutschen Divan« mit den Gedichten *Hegire* und *Gute Nacht* einen Rahmen gegeben. Auch die Anlage eines Titelblatts signalisiert einen gewissen Abschluß: »Versammlung / deutscher Gedichte / mit stetem Bezug / auf den / Divan / des persischen Sängers / Mahomed Schemseddin / Hafis«. Tatsächlich begann das neue Jahr mit Gedichten, die nicht mit dem *Divan* zusammenhängen. Aber sie blieben die Ausnahme, auch im Verlauf der weiteren Monate. Der *Divan*-Impuls wirkte weiter und bestimmte nahezu die gesamte Lyrikproduktion auch dieses Zeitraums. Das verzweigte Quellenstudium (s. S. 423) bot dafür mannigfache Anregungen.

Im Mai 1815 setzte Goethe erneut zur Ordnung und Zusammenfassung des bis dahin Entstandenen an. Ein an Cotta gerichteter Briefentwurf vom 16. Mai 1815 verrät die Absicht einer baldigen Publikation und spricht von »ohngefähr 〈...〉 Hundert größern Gedichten« (BW Goethe–Cotta, Bd. 3, S. 342–344). Der Brief wurde nicht abgeschickt, und schon gut eine Woche später brachte der Aufbruch zur zweiten Rhein-Main-Reise (24. Mai bis 11. Oktober 1815) eine ganze Reihe neuer Gedichte. Doch die Absicht der Ordnung und Überschau gab Goethe nicht auf. Schon kurz nach der Ankunft in Wiesbaden legte er am 30. Mai 1815 ein Verzeichnis der *Divan*-Gedichte an. Seiner Frau Christiane konnte er kurz darauf berichten (WA IV 26, S. 5): »Auch sind die neuen Glieder des *Divans* reinlich eingeschaltet und ein frischer Addreßcalender der ganzen Versammlung geschrieben, die sich nunmehr auf hundert beläuft, die Beygänger und kleine Dienerschaft nicht gerechnet« (mit welchem Zusatz wohl vor allem Spruchgedichte gemeint sind).

Das ›Wiesbadener Register‹ umfaßt hundert Nummern, denen – mit Ausnahme der leergebliebenen Nummern 18 und 96 – Stichworte beigegeben sind: z. T. Gedichttitel, überwiegend jedoch nur Kennworte, die auf die Thematik eines Gedichts verweisen:

Des deutschen Divans manigfaltige Glieder

1.	Titel, Motto.	
	〈»Sey das Wort die Braut genannt 〈...〉«	S. 33〉
2.	Verehrung.	〈S. 75, Abb.〉
3.	Hegire. 〈(DD: 1)	S. 41〉
4.	Segenspfänder.	〈S. 77〉
5.	Talismane, Amulete / Abraxas und Siegel.	〈S. 78〉
〈5a.	»Laßt mich nur auf meinem Sattel gelten 〈...〉«	S. 78〉
6.	Vier Gnaden.	〈S. 79〉

7. Talismane pp ⟨S. 80–85⟩
8. Anklage. ⟨S. 86⟩
9. Fetwa. ⟨(DD: 2a) S. 10⟩
10. Anerkennung
⟨*Der Deutsche dankt* (DD: 2b) S. 10⟩
11. Fetwa. ⟨S. 86⟩
12. Gönner, Förderer / Dolmetscher.
⟨»ad 12«: »Wie man mit Vorsicht auf
der Erde wandelt ⟨…⟩« S. 87⟩
13. Hafis Dichtercharacter
⟨»Daß du nicht enden kannst ⟨…⟩« S. 33⟩
14. Beynahme ⟨(DD: 5) S. 11⟩
15. Kunstreime
⟨»In deine Reimart hoff ich mich zu finden ⟨…⟩« S. 34⟩
16. Elemente
⟨»Buchstabe Sin / Gasele XIII« (DD: 7) S. 12⟩
17. Urvater
⟨»Buchstabe Dal / 18te Gasele« S. 9⟩
18. ⟨Reinschriftblatt mit der Nr. 18 ohne Text.⟩
⟨ausgeschieden:
»Art'ges Häuschen hab ich klein ⟨…⟩« (DD: 9) S. 13⟩
19. Liebe und Krieg
⟨»Wenn links an Baches Rand ⟨…⟩« (DD: 10) S. 16⟩
20. Seltnes Meteor.
⟨*Phaenomen* (DD: 11) S. 13⟩
21. Bunte Felder
⟨»Was doch buntes dort verbindet ⟨…⟩« (DD: 12) S. 14⟩
⟨ausgeschieden:
»Sollt einmal durch Erfurt fahren ⟨…⟩« (DD: 13) S. 15⟩
22. Erinnerung
⟨? *Im Gegenwärtigen Vergangnes* (DD: 14?) S. 15⟩
23. Schencke.
⟨? »Ja, in der Schenke hab' ich auch gesessen ⟨…⟩« S. 87⟩
24. Schön Bittende.
⟨? »Lieblich ist des Mädchens Blick ⟨…⟩« S. 17⟩
⟨? »Und was im Pend-Nameh steht ⟨…⟩« S. 36⟩
25. Blumensprache.
⟨? »Die Wächter sind gebändiget ⟨…⟩« S. 87⟩
26. Locken und Zöpfe.
⟨»Auch in Locken hab ich mich ⟨…⟩« (DD: 18) S. 18⟩
27. Locken.
⟨»Voll Locken kraus ⟨…⟩« (DD: 18a) S. 9⟩
28. Liebende.
⟨»Hör und bewahre ⟨…⟩« S. 89⟩

29. Caravane.
⟨»›Wo hast du das genommen? ⟨…⟩« S. 90⟩
30. Adam und Eva.
⟨»Behandelt die Frauen mit Nachsicht! ⟨…⟩« S. 90⟩
31. Tulbend
⟨»Komm Liebchen, komm! ⟨…⟩« S. 91⟩
32. Gläubige Perle
⟨»Vom Himmel sank ⟨…⟩« S. 91⟩
33. Perle Widerspänstig.
⟨»Die Perle die der Muschel entrann ⟨…⟩« S. 92⟩
34. Koran und Becher
⟨»Ob der Koran von Ewigkeit sey? ⟨…⟩« S. 92⟩
35. Pfauenfeder.
⟨»Ich sah, mit Staunen und Vergnügen ⟨…⟩« S. 92⟩
36. Ungewisses.
⟨»Reitest du bey e'nem Schmied vorbey ⟨…⟩« S. 93⟩
37. Unverborgnes.
⟨»Was ist schwer zu verbergen? ⟨…⟩« S. 93⟩
38. Cassiere.
⟨»Ein Kayser hatte zwey Cassire ⟨…⟩« S. 94⟩
39. Selbstbehagen.
⟨»Alle Menschen gros und klein ⟨…⟩« S. 94⟩
40. Rath
⟨»Höre den Rath ⟨…⟩« (DD: 19) S. 18⟩
41. Übermacht und Gegner
⟨»Übermacht, Ihr könnt es spüren ⟨…⟩« (DD: 21) S. 19⟩
42. Weltlauf.
⟨»Wenn du auf dem Guten ruhst ⟨…⟩«
(DD: 22; zuerst 20) S. 18⟩
43. Trunckenheit.
⟨»Trunken müssen wir alle seyn! ⟨…⟩« S. 94⟩
⟨» Da wird nicht mehr nachgefragt! ⟨…⟩« S. 95⟩
⟨43a. »Sitz ich allein ⟨…⟩« / »Soweit bracht es Muley ⟨…⟩« S. 95⟩
44. Geschärftes Urtheil.
⟨*Buchstabe Nun / XXV Gasele* (DD:23) S. 20⟩
45. Dichten.
⟨»Dichten ist ein Übermuth ⟨…⟩« (DD: 24) S. 21⟩
46. Selbstgefühl.
⟨»Keinen Reimer wird man finden ⟨…⟩« (DD: 25) S. 22⟩
⟨ausgeschieden:
»Jesus auch er darf da lehren ⟨…⟩« (DD: 26) S. 23⟩
47. Landsleute.
⟨»Als wenn das auf Nahmen ruhte! ⟨…⟩« (DD: 27) S. 23⟩
48. Rumi. ⟨S. 95⟩

49.	Ferdusi.	⟨S. 95⟩
50.	Meschnun.	⟨S. 96⟩
51.	Handwerck.	
	⟨»Hab ich euch denn je gerathen ⟨...⟩«	S. 96⟩
52.	Selbstopfer	
	⟨*Buch Sad / Gasele 1* (DD: 29)	S. 26⟩
53.	Liebchen benamst.	
	⟨»Daß Suleika in Jussuf vernarrt war ⟨...⟩«	S. 97⟩
54.	Dichter benamst	
	⟨»Da du nun Suleika heißest ⟨...⟩«	S. 97⟩
55.	Hudhud.	
	⟨»O wie selig ward mir! ⟨...⟩«	S. 98⟩
56.	Kaysergaben.	
	⟨»Nur wenig ist's was ich verlange ⟨...⟩«	S. 98⟩
57.	Überboten.	
	⟨»Hätt ich irgend wohl Bedencken ⟨...⟩«	S. 100⟩
58.	Rosenöl.	
	⟨»Dir mit Wohlgeruch zu kosen ⟨...⟩«	S. 100⟩
59.	Evangelium.	
	⟨»Vom Himmel steigend Jesus brachte ⟨...⟩«	S. 101⟩
60.	Gottesgedancken.	
	⟨»Bey Mondenschein im Paradeis ⟨...⟩«	S. 101⟩
61.	Nachtgespenster.	
	⟨»Mitternachts weint' und schluchtzt ich ⟨...⟩«	S. 101⟩
⟨61a.	»Wie irrig wähnest du ⟨...⟩«	S. 102⟩
62.	Abraxas.	
	⟨»Süßes Kind, die Perlenreihen ⟨...⟩«	S. 102⟩
63.	Unhold.	
	⟨»Warum du nur oft so unhold bist? ⟨...⟩«	S. 104⟩
64.	Bulbul.	⟨S. 104⟩
⟨64a.	»Wenn der Körper ein Kercker ist ⟨...⟩«	S. 105⟩
65.	Vermächtniß.	⟨S. 105⟩
66.	Rebe.	
	⟨»Wenn der Mensch die Erde schätzet ⟨...⟩«	S. 107⟩
67.	Staub.	
	⟨*Allleben* (DD: 28)	S. 25⟩
⟨67a.	»Du vergehst und bist so freundlich ⟨...⟩«	S. 108⟩
68.	Unverwehrtes.	
	⟨*Buchstabe Sa / Gasele XXII* (DD: 31)	S. 27⟩
69.	Liebchen.	
	⟨»Über meines Liebchens Äugeln ⟨...⟩« (DD: 32)	S. 28⟩
70.	Offenbar Geheimniß.	
	⟨»›Wir sind emsig nachzuspüren ⟨...⟩«	S. 108⟩
⟨70a.	»Glaubst du denn von Mund zu Ohr ⟨...⟩«	S. 109⟩

71. Prophetentruz.
⟨»Ärgerts jemand daß es Gott gefallen ⟨…⟩« S. 109⟩
72. Herrenrecht u. Dienstpflicht. ⟨(DD: 34) S. 29⟩
73. Herr und Herrin.
⟨»Ungezähmt so wie ich war ⟨…⟩« S. 109⟩
⟨?73a. *An Schach Sedschan und seines Gleichen* S. 110⟩
⟨73b. »Frage nicht durch welche Pforte ⟨…⟩« S. 110⟩
74. Kellner und Schencke. ⟨S. 111⟩
75. Des Schencken Eifersucht.
⟨*Schenke spricht* (DD: 35) S. 29⟩
76. Schencke liebt.
⟨»Nennen dich den großen Dichter ⟨…⟩« (DD: 37) S. 30⟩
77. Katzenjammer.
⟨»Welch ein Zustand! Herr, so späte ⟨…⟩« (DD: 36) S. 30⟩
78. Schwänchen und Schwan.
⟨»Heute hast du gut gegessen ⟨…⟩« (DD: 38) S. 31⟩
79. Weinverbot.
⟨»Schencke komm! Noch einen Becher! ⟨…⟩« S. 112⟩
80. Ergebung
⟨»Wer wird von der Welt verlangen? ⟨…⟩« (DD: 41) S. 31⟩
81. Wandrers Gemüthsruh. ⟨(DD: 43) S. 32⟩
82. Mystische Zunge
⟨»Sie haben dich heiliger Hafis ⟨…⟩«
(DD: 43; zuerst 44) S. 35⟩
83. Widerruf.
⟨»Und doch haben die Recht die ich schelte ⟨…⟩«
(DD: 44) S. 35⟩
84. Winter und Timur. ⟨(DD: 45) S. 35⟩
85. Dichtungsarten
⟨? Mag der Grieche seinen Thon ⟨…⟩ S. 37⟩
86. Fünf Dinge unfruchtbar. ⟨(DD: 47a) S. 37⟩
87. Fünf Dinge fruchtbar. ⟨(DD: 47b) S. 37⟩
88. Gänsespiel. ⟨(DD: 48) S. 38⟩
89. Sommernacht. ⟨(DD: 49) S. 38⟩
90. Dichterglück
⟨»Worauf kommt es überall an ⟨…⟩« (DD: 50) S. 40⟩
91. Einladung ⟨(DD: 51) S. 48⟩
92. Leidiger Trost.
⟨»Befindet sich einer heiter und gut ⟨…⟩« S. 112⟩
93. Guter Tag.
⟨»Die Welt durchaus ist lieblich anzuschauen ⟨…⟩« S. 113⟩
94. Allgegenwärtige.
⟨»In tausend Formen magst du
dich verstecken ⟨…⟩« S. 113⟩

95. Alles Golden.
⟨»Reicher Blumen goldne Rancken ⟨...⟩« S. 114⟩
96.
97. Vier Frauen.
⟨»Ferner sind alhier zu finden ⟨...⟩« S. 115⟩
98. Vier Thiere ⟨S. 116⟩
99. Siebenschläfer. ⟨(DD: 52?) S. 45⟩
100. Gute Nacht. ⟨(DD: 53) S. 49⟩

Wiesbaden
d. 30 May
1815. G.

Die Nummern des Wiesbadener Registers übertrug Goethe in roter Tinte auf die entsprechenden Reinschriftblätter. Das bereits im Dezember angelegte Titelblatt wurde weiterverwendet und eröffnet das Corpus dieser Reinschriften. Als Nr. 2 folgt ein Widmungsblatt (»Verehrung sey! ⟨...⟩«; s. Abb. S. 75), das dem nur auf Hafis bezogenen Titelblatt in bewußter Erweiterung der Perspektive die preisende Nennung weiterer Werke der persischen, aber auch der arabischen und der türkischen Literatur an die Seite stellt. Zu den Nummern 7, 22, 23, 25, 73, 85, 94, 96 sowie der hypothetischen Nummer 73a sind keine entsprechend numerierten Reinschriftblätter überliefert; zu Nummer 59 und der später eingefügten 73b liegen nur noch Faksimiles vor.

Der überwiegend chronologisch geordnete Gedichtbestand des »Deutschen Divans« von 1814 wurde im wesentlichen in drei Gruppen – DD Nr. 2 bis 18a, 19 bis 27 und 31 bis 51 – in das Wiesbadener Register überführt; die jeweilige Folge der Gedichte blieb auch unter der neuen Numerierung weithin erhalten (s. Solms: Deutscher Divan, S. 45). Die nur zum geringen Teil datierten neuen Gedichte wurden um diese alten Kerne herum angeordnet, wobei Gesichtspunkte der inhaltlichen Strukturierung ein erkennbar größeres Gewicht erlangten. Nicht wenige Gruppierungen von Gedichten lassen sich bereits in die späteren *Divan*-Bücher hinein verfolgen. Freilich kann von einer Reihung entsprechend der Aufteilung in Bücher, die im Oktober des Jahres eine neue Phase der *Divan*-Entstehung bringen wird, noch nicht die Rede sein.

Die Anordnung der Gedichte dieses Zeitraums stellt die nicht zum *Divan* gehörenden Gedichte voran, bietet dann die Gedichte nach dem Wiesbadener Register, jedoch ohne den Bestand des »Deutschen Divans« von 1814, der bereits früher dokumentiert wurde. Gerade diese Beschränkung auf das neu Hinzugekommene macht die unterschiedlichen Phasen der *Divan*-Entstehung anschaulich.

Die neuen Gedichte entfallen auf einen Zeitraum weniger Monate. Da sie überwiegend ohne Datierung überliefert sind, lassen sie sich nicht überzeugend in eine chronologische Reihe bringen. Sie werden in der Reihenfolge nach dem Wiesbadener Register geboten.

Die von der *Divan*-Forschung vorgenommenen Gedichtzuordnungen zu Nummern des Wiesbadener Registers, für die wir keine eindeutige überlieferungsgeschichtliche Grundlage haben, werden mit berücksichtigt. Einer besonderen Begründung bedarf, warum unter »7. Talismane pp« die gesamte Spruchdichtung gemäß der Kräuterschen Reinschrift eingeschaltet wird. Denn sicher ist zwar, daß Goethe mit »Talismane« auf Spruchgedichte Bezug nimmt, auch daß Spruchgedichte in großer Zahl im Zusammenhang der intensivierten Orientstudien entstanden. Doch Burdachs Thesen (WA I 6, S. 400 f.), daß die Kräutersche Reinschrift bereits am 26. Januar 1815 entstanden und mit »7. Talismane pp« gemeint sei, wurden inzwischen überzeugend von Momme Mommsen widerlegt (Studien, S. 109–138). Es kann heute als gesichert gelten, daß die Kräutersche Reinschrift erst unmittelbar nach dem 26. Oktober 1815 entstanden ist. Aber auch Mommsen nimmt an, daß die darauf versammelten Spruchgedichte wohl fast durchwegs der Zeit vor Mai 1815 entstammen. Will man sie also näher dem Zeitpunkt der Entstehung präsentieren, so scheint die Einschaltung der Sammelhandschrift an dieser Stelle in der Folge des Wiesbadener Registers eine vertretbare Konstruktion.

67 *Lieblich ist's im Frühlingsgarten* ⟨...⟩
Textgrundlage: Handschrift FDH 22195; vgl. WA I 5/2, S. 31: H^{308}.
Entstehung: 1. Januar 1815.
Erstdruck: C^1 4 (1827), S. 144.
Eröffnungsgedicht für das Stammbuch der Antonia Brentano, geb. Edle von Birkenstock, aus Wien (1780–1869), verh. mit Franz Dominicus Brentano, dem ältesten Sohn Peter Anton Brentanos, Kaufmann und Kunstsammler in Frankfurt a.M. (detaillierte Familiengeschichte in Bd. 11.2, S. 787–789). G. hatte das Ehepaar Brentano während seiner Kur in Karlsbad im Sommer 1812 kennengelernt (Tgb. 8. Juli 1812) und war vom 1. bis 8. September 1814 zu Besuch auf dem Landgut der Familie in Winkel (Rheingau) gewesen. Die Erinnerung an diese glückliche Zeit hielt sein in *Über Kunst und Alterthum* I 3 (1817) erschienener Aufsatz *Im Rheingau Herbsttage* fest (Bd. 11.2, S. 116–129; s. dort auch, S. 780, G.s Briefbericht an seinen Sohn vom 6. September 1814, die Abb. des Weinguts, S. 117, und den Kommentar zu G.s Kontakten zur Familie Brentano, S. 781 f.). Recht kritisch schilderte Antonia Brentano die Besuchstage in ihren Lebenserinnerungen (Herwig, Bd. II, S. 951 f.;

auch Bd. 11.2, S. 786 f.). – Aus Wiesbaden hatte G. am 8. September 1814 der Gastgeberin sein eigenes Stammbuch mit der Bitte um einen Eintrag geschickt, der sie am selben Tag entsprach, wohl ungern, da sie, wie G. wußte, »sich sehr deutlich gegen die sogenannten Stammbücher erklärt« hatte. Im Gegenzug schenkte G. ihr ein Stammbuch und richtete es ihr ein, indem er die drei ersten Seiten mit farbigen Blumenranken umrändern ließ und auf der ersten die Verse »Lieblich ist's ⟨...⟩« eintrug. Er schrieb dazu am 12. Februar 1815 an Franz Brentano: »Hierbey folgt das neulich angekündigte Büchlein, einige mahlerische und poetische Blumen enthaltend. Ich bin so frey meinen Wunsch zu wiederholen, daß es der verehrten Besitzerin nur alsdann in die Hände komme, wenn mehrere Freunde ihren Namen eingeschrieben.« Auf S. 2 trug sich erst am 1. Mai Franz Brentano ein, es folgten u. a. (bis 1843) der Schwager Clemens Brentano, Freiherr vom Stein, Zacharias Werner und Bischof Sailer. 1985 kam das Album in den Besitz des Freien Deutschen Hochstifts – Frankfurter Goethemuseum (s. den Bericht im JbFDH 1986, S. 354–358, mit Abb. des G.-Autographs, Tafel 7). – Vor ihrer Aufnahme in die *Ausgabe letzter Hand* hatte G. die Verse am 10. November 1826 in ein weiteres Stammbuch, das des Grafen Carl Brühl, eingeschrieben.

67 *Dem Zweyten Januar 1815*
Textgrundlage: Handschrift Veste Coburg, Inv. IV, 708, 19; WA I 2, S. 334: H^{112}.
Entstehung: 1. Januar 1815.
Erstdruck: Intelligenzblatt der Jenaischen Allgemeinen Literatur-Zeitung. Nr. 3. Januar 1815, S. 18 f.; dann auch in B 2 (1815), S. 151 f., unter dem Titel »Jubiläum am zweyten Januar 1815«.
Das Gedicht ist dem Gothaer Amtskollegen, dem Geheimen Rat und Staatsminister Sylvius Friedrich Ludwig von Franckenberg und Ludwigsdorff (1728–1815) zu dessen fünfzigjährigem Dienstjubiläum gewidmet. Franckenbergs Persönlichkeit hatte ein halbes Jahrhundert lang das thüringische Staats– und Gesellschaftsleben tief mitgeprägt. G. selbst hatte die Feierlichkeiten nicht besucht (vgl. V. 19), ihm war aber an einer »freundlichen Aufnahme meines treu gemeinten Opfers« – des Preisgedichts – gelegen: »denn was von Herzen kommt, geht gewiß zu Herzen« (so am 25. Januar 1815 an Friederike Freifrau von Franckenberg). Die Verse stellen den Gefeierten in den Kontext der Epoche: So wird V. 8 auf die patriotische Bewegung angespielt, in den Versen 9–12 auf den Wiener Kongreß. Aber gerade auch der Hintergrund der großen Politik mit ihren hochfliegenden Zielen (»ewgen Frieden«, V. 12) gibt dem umsichtigen territorialstaatlichen Wirken des Jubilars seine eigene Würde. Die aufrichtige Ehrbezeugung schließt freilich den leisen

Akzent einer dem Rokoko verpflichteten »Zopfigkeit« und »Manieriertheit im Wesen des betagten Kollegen« nicht aus: »In Einzelausdrücken wie ›gebidmet‹ für ›gebebt‹, ›vermögsam‹ als sonst ungewöhnliches Reimwort zu ›regsam‹, in der Anspielung auf das alte Reich, ja im gesamten Duktus des Jubelpoems spiegelt sich das wider« (Tümmler: Goethes Gedichte an und über Persönlichkeiten, S. 95). – *17 das Erz erweicht sich:* wahrscheinlich Anspielung auf eine für das Jubiläum geprägte Medaille. – *22 gebidmet:* in der Hs. (danach der Erstdruck in der JALZ) merkte G. an: »Oberdeutsch für *beben*. Daher *Erdbidem*«. In einem Brief an Christian Gottlob Voigt vom 4. Januar 1815 erläutert er scherzhaft: »Wegen meiner oberdeutschen poetischen Lizenz muß ich um Verzeihung bitten, uns andern Sang- und Klang-Männern ist es gar zu Not das Reimregister zu vermehren.« Vgl. auch G. an Heinrich Carl Abraham Eichstädt, 10. Januar 1815. – *23 Fürst:* Emil Leopold August, Herzog von Sachsen-Gotha und Altenburg (reg. von 1804–1822). – *25 Die Gemahlinn:* die gebildete und charmante Friederike von Rüxleben (1745–1832), mit der der Jubilar in glücklicher Ehe verheiratet war.

68 *Die Engel stritten für uns Gerechte* 〈...〉
Textgrundlage: Handschrift GSA 25/VII,3,9 Bl. 207; vgl. WA I 5/2, S. 6: H[271a]. – Abschrift von fremder Hand.
Entstehung: 2. März 1815 (vgl. WA I 5/2, S. 273: H[840]).
Erstdruck: WA I 5/1 (1893), S. 139.
In humoristischer Weise spielen die Verse mit bekannten apokalyptischen Mythologemen der christlichen Überlieferung. Dabei werden am Rollentausch zwischen Engel und Teufel allgemeine Gefährdungen und Schwächen des Menschen veranschaulicht. Anzunehmen ist aber auch eine konkrete Anspielung auf den Wiener Kongreß und die Auseinandersetzung der verbündeten Napoleongegner (der ›Heiligen Allianz‹, hier: die ›Engel‹) mit Napoleons Herrschaft. – Vgl. ähnliche Himmels-Szenarien mit geschichtlichem oder politischem Hintergrund in der Strophe »Zwei Gegner sind es die sich boxen 〈...〉« (Bd. 18.1, S. 74), »Am jüngsten Tag, vor Gottes Thron 〈...〉« (ebd., S. 77), »Dreieinigkeit hab ich auch gesehn 〈...〉« (ebd., S. 87). – *7 Logos:* das göttliche ›Wort‹ nach Joh. 1,1–5 (»Im Anfang war der Logos und der Logos war bei Gott, und Gott war der Logos«.) – *12 Tedeum:* Abbreviatur für den berühmten frühchristlichen Hymnus ›Te deum laudamus‹ (›Dich Gott loben wir‹). – *15 fanden sie:* die Engel.

69 *Wäre doch das Blättchen größer!* 〈...〉
Textgrundlage: Handschrift GSA 25/V,5,4b; vgl. WA I 5/2, S. 149: H[539].
Entstehung: April 1815.

Erstdruck: WA I 4 (1891), S. 247.
Adressat bzw. Adressatin des kleinen ›Blättchens‹ sind unbekannt – nach JA (Bd. 3, S. 336) vielleicht ein Leutnant Mendelssohn (Nathan M., ein Sohn Moses M.s), der G. am 16. (und 17.) April 1815 Grüße von Zelter überbrachte (vgl. Bd. 20.1, S. 327 f.). Spielerisch verweisen Inhalt und äußere Form aufeinander, werden Gelegenheitsverse sich selbst zum Thema.

69 *Supplement zu Schillers Glocke*
Textgrundlage: Handschrift GSA 25/V,4,18; vgl. WA I 5/2, S. 144: H529. – Zusatz »Aus dem Stegreife 〈...〉« außen auf der gefalteten Handschrift.
Entstehung: wahrscheinlich unmittelbar vor der Schiller-Gedächtnisfeier am 10. Mai 1815 (Gräf III, Bd. 1, S. 489), vermutlich am 7. Mai 1815.
Erstdruck: WA I 4 (1891), S. 239 f.
Anläßlich der Gedächtnisfeier zu Schillers Andenken wurde am 10. Mai 1815 die szenische Aufführung von Schillers ›Das Lied von der Glocke‹ (erstmals am 10. August 1805 in Lauchstädt) wiederholt, im Anschluß daran G.s *Epilog zu Schillers Glocke* (Bd. 6.1, S. 90–92) »wiederholt und erneut«, d. h. um die 6. und 13. Stanze vermehrt, gesprochen (S. 297–300; die 12. Stanze war bereits bei einer Aufführung am 9. Mai 1810 in Weimar hinzugekommen; s. auch *Zu Schillers und Ifflands Andenken*; Bd. 11.2, S. 199 f.). G. selbst war in Weimar und leitete die Proben. Das *Supplement zu Schillers Glocke*, erstmals am 7. Mai 1815 im Tagebuch erwähnt, improvisierte er, weil eine Schauspielerin bei der Rollenverteilung übergangen worden war. Die Kopfzeilen der vier Strophen sind die Verse 101, 132, 255 und 300 aus Schillers ›Das Lied von der Glocke‹, wobei G. das Kunststück gelang, im supplierten Text der inhaltlichen Entwicklung des Schillertextes nicht vorzugreifen.

70 *Auf diesen Trümmern hab ich auch gesessen 〈...〉*
Textgrundlage: Handschrift Städtisches Museum Göttingen; vgl. WA I 5/2, S. 32: H310.
Entstehung: 17. Mai 1815. Vgl. auch Tagebuch: »Stammb. Blättchen Egloffstein 〈die Malerin Julie von E.〉«.
Erstdruck: C1 4 (1827), S. 146, unter dem Titel: »In ein Stammbuch. Zum Bildchen Ruine Pleß bei Göttingen«.
Die Ruine Pleß, auf die sich der Titel in C1 (zuvor schon in einer Abschrift Eckermanns; vgl. WA a.a.O.: H271) bezieht, hatte G. am 12. August 1801 besucht (vgl. Tgb.; auch *Tag- und Jahres-Hefte* zu 1801, Bd. 14, S. 76; einen, auch malerisch gesehenen, Rück- und Umblick auf das Göttinger Umland, mit Plesse und Hanstein, gibt G. im Brief an Georg Sartorius vom 10. Oktober 1801). Aber offenbar war ihm 1815, als er die Verse in ein Stammbuch schrieb,

keine Abbildung zur Hand. Jedenfalls schrieb er das Gedicht auf ein Bild der Ruine Hanstein (bei Witzenhausen an der Werra), die er wohl nicht aus näherer Anschauung kannte. – *7 umgraut:* die Farbe ›Grau‹ hier für Licht- und Liebesferne. – *9 Die Horizonte stufenklar erweitert:* klar abgestuft; vgl. G.s Bericht über den weiten Blick auf die ›abwechselnden Gründe‹ und den »von den vielfachen Gebirgen des Harzes« abgeschlossenen »Horizont« bei Göttingen im erwähnten Brief an Sartorius. S. auch das Gedicht *Amor ein Landschaftsmaler* (Bd. 3.2, S. 10).

70 *Frage nicht durch welche Pforte* 〈...〉

Textgrundlage: Faksimile der Handschrift in: ChrWGV 16, Beilage zu Nr. 7–8 v. 24. Mai 1902 (Mommsen Nr. 65); vgl. WA I 5/2, S. 363 f.: H^1.

Entstehung: Am 19. Mai 1815 entworfen, am 10. Juni fertiggestellt. – Vgl. überarbeitete Fassung, S. 110.

73 *Wo kluge Leute zusammen kommen* 〈...〉

Textgrundlage: Reinschrift Bibliotheca Bodmeriana, Cologny (Mommsen Nr. 200); vgl. WA I 6, S. 346 f. u. 459: H^{45}.

Entstehung: vermutlich um den 27. Mai 1815 – wie das Gedicht *Gruß* (»O wie selig ward mir! 〈...〉«, S. 98; Bd. 11.1.2, S. 34), das ebenfalls von Salomo und der Königin von Saba handelt; vielleicht auch wesentlich später um den 5. September 1818 (vgl. Solms: Vorarbeiten, S. 121, und Bosse: Nachlaßstücke, zu H^{45}).

Erstdruck: ›Fanfulla‹ Nr. 37. Rom. 8. Februar 1878.

Die Parabel knüpft an eine Episode der Begegnung zwischen Salomo und der Königin von Saba an, die im *Divan* in *Musterbilder* (»Hör und bewahre 〈...〉«, S. 89; Bd. 11.1.2, S. 30) und *Gruß* zu den aufgerufenen ›Musterpaaren‹ zählen. Vgl. die Motivik vom zerbrochenen und wiederhergestellten Gefäß in verwandter Weise auch in *Wunderglaube* (S. 250; Bd. 11.1.2, S. 107) im »Buch der Parabeln«; s. auch die Reaktion des alten Grafen auf das Zerbrechen einer wertvollen Schale in den Entwürfen zur Oper *Der Löwenstuhl*, S. 255–278. – *1–7 Wo kluge Leute* 〈...〉 *unerhörter Zier:* Der biblische Bericht in 1. Kön. 10,1–10, hebt u. a. hervor, wie sehr die Königin von Saba bei ihrem Besuch in Jerusalem von Salomos ›Weisheit‹ beeindruckt ist (vgl. V. 2 des Gedichts), auch daß sie ihm Spezereien, Gold und Edelsteine mitbringt. Vgl. auch Koran, Sure 27. Islamische Legenden heben aber auch die Klugheit der Königin hervor (vgl. z. B. Hammers ›Rosenöl‹, Bd. 1, S. 166, 175 und 158–161). – *10 Jakin und Boas an beyden Knäufen:* Namen der zwei Säulen am Tempel Salomos; in 1. Kön. 7,15–22 auch der Bericht über die beiden verzierten ›Knäufe‹ aus Erz, die die Säulen trugen. – *15 genirt:* beeinträchtigt, peinlich berührt. – *18 Schmitz:* »das durch den hieb an dem getroffenen hervorgebrachte mal« (DWb,

Bd. 9, Sp. 1098); umgangssprachlich für Schmutzfleck, Makel. – *19 Eblis:* »Die Pluralform ›die Eblis‹ ist ein Mißverständnis: G. verwechselte hier den ⟨...⟩ abgefallenen einzelnen Engel *Iblīs* ⟨...⟩, der im Koran ⟨...⟩ der oberste Teufel ist ⟨...⟩, mit den vielen, zumeist namenlosen Teufeln (arab. schaitān ⟨...⟩), von denen je einer jedem Menschen beigegeben ist« (Bosse: Nachlaßstücke, zu H45).

77 *Segenspfänder*

Textgrundlage: Reinschrift GSA 25/X,I,4 (Mommsen Nr. 5).
Entstehung: Januar bis Mai 1815. – WR: 4.
S. *Divan*-Kommentar, Bd. 11.1.2, zu S. 10.

78 *Talismane, Amulete, Abraxas / Inschriften und Siegel*

Textgrundlage: Reinschrift GSA 25/X,I,5a (Mommsen Nr. 6).
Entstehung: zwischen 12. Dezember 1814 und 30. Mai 1815. – WR: 5.
S. *Divan*-Kommentar, Bd. 11.1.2, zu S. 12 (*Talismane*).

78 *Laßt mich nur auf meinem Sattel gelten* ⟨...⟩ und *Er hat euch die Gestirne gesetzt* ⟨...⟩

Textgrundlage: Reinschrift Bibliotheca Bodmeriana, Cologny (Mommsen Nr. 9 u. 10).
Entstehung: wohl um den 30. Mai 1815; vielleicht auch schon Anfang 1815. – WR: 5a.
S. *Divan*-Kommentar, Bd. 11.1.2, zu S. 11 (*Freysinn*).

79 *Vier Gnaden*

Textgrundlage: Reinschrift GSA 25/X,I,6 (Mommsen Nr. 12).
Entstehung: 6. Februar 1815. – WR: 6.
S. *Divan*-Kommentar, Bd. 11.1.2, zu S. 12.

80–85 ⟨*Talismane pp*⟩

Im Wiesbadener Register bezeichnete die Position Nr. »7. Talismane pp« vermutlich eine Gruppe von Spruchgedichten, die seit Mitte Dezember 1814 (in der Mehrzahl wohl zwischen Januar und März 1815) entstanden waren und die G. im Oktober 1815 zum »Buch der Sprüche« in seiner ursprünglichen Gestalt zusammenstellte (vgl. Tgb. 26. Oktober 1815: »Nach Tische den Talisman geordnet«; zur späteren Erweiterung – noch vor Erscheinen des Erstdrucks und ohne hs. Überlieferung – s. S. 159 f.). Überliefert ist nur die im Oktober entstandene Reinschrift von Kräuters Hand, wobei offenkundig eine Seite fehlt, weil sie für einen Vorabdruck verbraucht wurde (s. unten: ›Taschenbuch für Damen auf das Jahr 1817‹), und eine weitere Seite später ins »Buch Suleika« eingeordnet wurde (s. unten: GSA 25/X, VIII,7). Vgl auch S. 441.

Textgrundlage: Reinschrift GSA 25/X,VI,2. – Niederschrift Kräuters. – Eingriff: Bl. 7: *Wer auf die Welt kommt* ⟨...⟩, V. 1 *neues* (neus Hs.; Schreibversehen).

Bl. 1:

80 *Talismane werd' ich in dem Buch zerstreuen* ⟨...⟩
(s. *Divan*-Kommentar, Bd. 11.1.2, S. 56)

80 *Vom heutgen Tag, von heutger Nacht* ⟨...⟩
(s. Bd. 11.1.2, S. 56)

80 *Wer geboren in bösten Tagen* ⟨...⟩
(s. Bd. 11.1.2, S. 56)

80 *Wie etwas sey leicht* ⟨...⟩
(s. Bd. 11.1.2, S. 56)

80 *Das Meer fluthet immer* ⟨...⟩
(s. Bd. 11.1.2, S. 56)

Bl. 2:

80 *Was klagst du über Feinde?* ⟨...⟩
(s. Bd. 11.1.2, S. 58)

80 *Dümmer ist nichts zu ertragen* ⟨...⟩
(s. Bd. 11.1.2, S. 58)

80 *Wenn Gott so schlechter Nachbar wäre* ⟨...⟩
(s. Bd. 11.1.2, S. 58)

81 *Gestehts! Die Dichter des Orients* ⟨...⟩
(s. Bd. 11.1.2, S. 58)

Bl. 3:

81 *Überall will jeder obenauf seyn* ⟨...⟩
(s. Bd. 11.1.2, S. 59)

81 *Verschon uns Gott mit deinem Grimme!* ⟨...⟩
(s. Bd. 11.1.2, S. 59)

81 *Will der Neid sich doch zerreißen* ⟨...⟩
(s. Bd. 11.1.2, S. 59)

81 *Sich im Respect zu erhalten* ⟨...⟩
(s. Bd. 11.1.2, S. 59)

Bl. 4:

81 *Was willst du untersuchen* ⟨...⟩
(s. Bd. 11.1.2, S. 60)

81 *Ich gedachte in der Nacht* ⟨...⟩
(s. Bd. 11.1.2, S. 67)

82 *Als ich einmal eine Spinne erschlagen* ⟨...⟩
(s. Bd. 11.1.2, S. 60)

82 *»Dunckel ist die Nacht* ⟨...⟩
(s. Bd. 11.1.2, S. 60)

Bl. 5:

82 *Welch eine bunte Gemeinde!* ⟨...⟩
(s. Bd. 11.1.2, S. 61)

82 *Ihr nennt mich einen kargen Mann* ⟨...⟩
(s. Bd. 11.1.2, S. 61)

82 *Soll ich dir die Gegend zeigen* ⟨..⟩
(s. Bd. 11.1.2, S. 61)

82 *Wer schweigt hat wenig zu sorgen* ⟨...⟩
(s. Bd. 11.1.2, S. 61)

Bl. 6:

82 *Ein Herre mit zwey Gesind* ⟨...⟩
(s. Bd. 11.1.2, S. 61)

82 *Ihr lieben Leute bleibt dabey* ⟨...⟩
(s. Bd. 11.1.2, S. 61)

83 *Was ich Allah höchlich dancke?* ⟨...⟩
(s. Bd. 11.1.2, S. 61)

83 *Närrisch, daß jeder in seinem Falle* ⟨...⟩
(s. Bd. 11.1.2, S. 61)

Bl. 7:

83 *Wer auf die Welt kommt* ⟨...⟩
(s. Bd. 11.1.2, S. 62)

83 *Herr! laß dir gefallen* ⟨...⟩
(s. Bd. 11.1.2, S. 62)

Bl. 8:

83 *Du bist auf immer geborgen* ⟨...⟩
(s. Bd. 11.1.2, S. 62)

83 *Thut ein Schilf sich doch hervor* ⟨...⟩
(s. Bd. 11.1.2, S. 21)

84 *»Was brachte Lockmann nicht hervor* ⟨...⟩
(s. Bd. 11.1.2, S. 62)

Bl. 9:

84 *»Was schmückst du die eine Hand* ⟨...⟩
(s. Bd. 11.1.2, S. 63)

84 *So traurig daß in Kriegestagen* ⟨...⟩

Entstehung: vermutlich am 10. März 1815, gleichzeitig mit Exzerpten aus benachbarten Stellen von Saadis ›Rosenthal‹ (vgl. Solms: Vorarbeiten, S. 142, und Bosse: Nachlaßstücke, zu R 2); kurz nach dem 26. Oktober 1815 als 32. Gedicht in Kräuters Reinschrift für das »Buch der Sprüche« übertragen, von G. dann aber nicht in den *Divan* aufgenommen.

Erstdruck: WA I 6 (1888), S. 285.

Wilhelm Solms (S. 96) nimmt für den Spruch einen Zusammenhang mit G.s ›Unmuts‹-Periode im März 1815 an, ausgelöst u. a. durch das Unbehagen am Wiener Kongreß, aber auch durch Krankheit. Er vermutet für die Verse 3 f. eine Anregung durch Saadis ›Rosenthal‹ S. 60): »Ein böses Weib das kan mit ihrer Zung und Rachen / Den frommen Mann sein Hauß zu einer Hellen machen«; noch mehr freilich gehe es in den Versen um G.s eigene Anschauung.

84 *Wenn man auch nach Mecca triebe* ⟨...⟩
(s. Bd. 11.1.2, S. 63)

84 *Getretner Quarck* ⟨…⟩
(s. Bd. 11.1.2, S. 63)
84 *Schlägst du ihn aber mit Gewalt* ⟨…⟩
(s. Bd. 11.1.2, S. 63)

Textgrundlage und Erstdruck: ›Taschenbuch für Damen auf das Jahr 1817‹.
85 *Betrübt euch nicht, ihr guten Seelen!* ⟨…⟩
(s. Bd. 11.1.2, S. 63)
85 *Du hast gar Vielen nicht gedankt* ⟨…⟩
(s. Bd. 11.1.2, S. 63)
85 *Guten Ruf mußt du dir machen* ⟨…⟩
(s. Bd. 11.1.2, S. 63)
85 *Die Flut der Leidenschaft* ⟨…⟩
(s. Bd. 11.1.2, S. 64)

Textgrundlage: Reinschrift GSA 25/X,VIII,7. – Niederschrift Kräuters.
85 *Der Liebende wird nicht irre gehn* ⟨…⟩
(s. Bd. 11.1.2, S. 69)
85 *Ist's möglich daß ich Liebchen dich kose!* ⟨…⟩
(s. Bd. 11.1.2, S. 69)

86 *Anklage*
Textgrundlage: Reinschrift GSA 25/X,II,4 (Mommsen Nr. 28).
Entstehung: 10. März 1815. – WR: 8.
S. *Divan*-Kommentar, Bd. 11.1.2, zu S. 23.
86 *Fetwa*
Textgrundlage: Reinschrift GSA 25/X,II,6 (Mommsen Nr. 31).
Entstehung: zwischen 25. Januar und 8. Februar 1815. – WR: 11.
S. *Divan*-Kommentar, Bd. 11.1.2, zu S. 24.
87 *Wie man mit Vorsicht auf der Erde wandelt* ⟨…⟩
Textgrundlage: Handschrift GSA 25/XI,XVI Bl. 64; Solms: R 21.
Entstehung: 21. April 1815. Mit dem Vermerk »ad 12« dem Wiesbadener Register zugeordnet: »12. Gönner, Förderer / Dolmetscher«. S. *Divan*-Kommentar, Bd. 11.1.2, zu S. 255,28–35 (Kapitel »Von Diez«).
87 *Ja, in der Schenke hab' ich auch gesessen* ⟨…⟩
Textgrundlage und Erstdruck: E, S. 183.
Entstehung: wahrscheinlich vor dem 30. Mai 1815. – WR: 23?
S. *Divan*-Kommentar, Bd. 11.1.2, zu S. 95.
87 *Die Wächter sind gebändiget* ⟨...⟩
Textgrundlage und Erstdruck: E, S. 388–391.
Entstehung: vor dem 30. Mai 1815; möglicherweise bereits im Winter 1814/15. – WR: 25?

S. *Divan*-Kommentar, Bd. 11.1.2, zu S. 196–199 (Kapitel »Blumen- und Zeichenwechsel«).

89 *Hör und bewahre* 〈...〉
Textgrundlage: Reinschrift GSA 25/X,III,3 (Mommsen Nr. 40).
Entstehung: vor dem 30. Mai 1815. – WR: 28.
S. *Divan*-Kommentar, Bd. 11.1.2, zu S. 30 (*Musterbilder*).

90 *»Wo hast du das genommen?* 〈...〉
Textgrundlage: Reinschrift GSA 25/X,V,2 (Mommsen Nr. 79).
Entstehung: vor dem 30. Mai 1815, vielleicht am 23. Februar 1815. – WR: 29.
S. *Divan*-Kommentar, Bd. 11.1.2, zu S. 47.

90 *Behandelt die Frauen mit Nachsicht!* 〈...〉
Textgrundlage: Reinschrift GSA 25/X,IV,7 (Mommsen Nr. 68).
Entstehung: zwischen 12. Dezember 1814 und 30. Mai 1815. – WR: 30.
S. *Divan*-Kommentar, Bd. 11.1.2, zu S. 42.

91 *Komm Liebchen, komm! umwinde mir die Mütze* 〈...〉
Textgrundlage: Reinschrift GSA 25/X,VIII,13 (Mommsen Nr. 125).
Entstehung: 17. Februar 1815. – WR: 31.
S. *Divan*-Kommentar, Bd. 11.1.2, zu S. 73.

91 *Vom Himmel sank, in wilder Meere Schauer* 〈...〉
Textgrundlage: Reinschrift GSA 25/X,X,2 (Mommsen Nr. 192).
Entstehung: zwischen Anfang Januar und 30. Mai 1815. – WR: 32 (zuerst 33).
S. *Divan*-Kommentar, Bd. 11.1.2, zu S. 107.

92 *Die Perle die der Muschel entrann* 〈...〉
Textgrundlage: Reinschrift GSA 25/X,X,4 (Mommsen Nr. 194).
Entstehung: zwischen Anfang Januar und 30. Mai 1815. – WR: 33.
S. *Divan*-Kommentar, Bd. 11.1.2, zu S. 108.

92 *Ob der Koran von Ewigkeit sey?* 〈...〉
Textgrundlage: Reinschrift GSA 25/X,IX,3 (Mommsen Nr. 169). – Eingriff: 1 *Ewigkeit* (Ewigeit Hs.; Schreibversehen).
Entstehung: 20. Mai 1815. – WR: 34.
S. *Divan*-Kommentar, Bd. 11.1.2, zu S. 95.

92 *Ich sah, mit Staunen und Vergnügen* 〈...〉
Textgrundlage: Reinschrift GSA 25/X,X,5 (Mommsen Nr. 195).
Entstehung: 17. März 1815. – WR: 35.
S. *Divan*-Kommentar, Bd. 11.1.2, zu S. 108.

93 *Reitest du bey e'nem Schmied vorbey* 〈...〉
Textgrundlage: Reinschrift GSA 25/X,IV,5 (Mommsen Nr. 59).
Entstehung: 27. Mai 1815. – WR: 36.
S. *Divan*-Kommentar, Bd. 11.1.2, zu S. 39.

93 *Was ist schwer zu verbergen?* 〈...〉
Textgrundlage: Reinschrift GMD (Mommsen Nr. 15).

Entstehung: 27. Mai 1815. – WR: 37.
S. *Divan*-Kommentar, Bd. 11.1.2, zu S. 13 (*Geständniß*).

94 *Ein Kayser hatte zwey Cassire* ⟨...⟩
Textgrundlage: Reinschrift GSA 25/X,X,6 (Mommsen Nr. 196).
Entstehung: 25. Februar 1815. – WR: 38.
S. *Divan*-Kommentar, Bd. 11.1.2, zu S. 108.

94 *Alle Menschen gros und klein* ⟨...⟩
Textgrundlage: Reinschrift GSA 25/X,X,7 (Mommsen Nr. 197).
Entstehung: 17. März 1815. – WR: 39.
S. *Divan*-Kommentar, Bd. 11.1.2, zu S. 109.

94 f. *Trunken müssen wir alle seyn!* ⟨...⟩ und *Da wird nicht mehr nachgefragt!* ⟨...⟩
Textgrundlage: Reinschrift GSA 25/X,IX,4 (Mommsen Nr. 170 u. 171).
Entstehung: zwischen 8. Januar und 30. Mai 1815. – WR: 43.
S. *Divan*-Kommentar, Bd. 11.1.2, zu S. 96.

95 *Sitz ich allein* ⟨...⟩ und *Soweit bracht es Muley der Dieb* ⟨...⟩
Textgrundlage: Reinschrift GSA 25/X,IX,2 (Mommsen Nr. 167 u. 168).
Entstehung: nach dem 30. Mai 1815. – WR: 43a.
S. *Divan*-Kommentar, Bd. 11.1.2, zu S. 95.

95 *Dschelaleddin Rumi spricht*
Textgrundlage: Reinschrift GSA 25/X,IV,13 (Mommsen Nr. 76). – Eingriff: 3 *vermagst* (vermags Hs.; Schreibversehen).
Entstehung: zwischen 22. Dezember 1814 und 30. Mai 1815. – WR: 48.
S. *Divan*-Kommentar, Bd. 11.1.2, zu S. 46.

95 *Ferdusi spricht*
Textgrundlage: Reinschrift GSA 25/X,IV,12 (Mommsen Nr. 75).
Entstehung: 1. Juli 1815. – WR: 49.
S. *Divan*-Kommentar, Bd. 11.1.2, zu S. 46.

96 *Medschnun heißt – ich will nicht sagen* ⟨...⟩
Textgrundlage: Reinschrift GSA 25/X,V,7 (Mommsen Nr. 85).
Entstehung: vor dem 30. Mai 1815. – WR: 50.
S. *Divan*-Kommentar, Bd. 11.1.2, zu S. 52.

96 *Hab ich euch denn je gerathen* ⟨...⟩
Textgrundlage: Reinschrift GSA 25/X,V,8 (Mommsen Nr. 86).
Entstehung: vor dem 30. Mai 1815. – WR: 51.
S. *Divan*-Kommentar, Bd. 11.1.2, zu S. 52.

97 *Daß Suleika in Jussuf vernarrt war* ⟨...⟩
Textgrundlage: Reinschrift GSA 25/X,VIII,3 (Mommsen Nr. 114).
Entstehung: 24. Mai 1815. – WR: 53.
S. *Divan*-Kommentar, Bd. 11.1.2, zu S. 67.

97 *Da du nun Suleika heißest* ⟨...⟩

Textgrundlage: Reinschrift GSA 25/X,VIII,4 (Mommsen Nr. 115).
Entstehung: 24. Mai 1815. – WR: 54.
S. *Divan*-Kommentar, Bd. 11.1.2, zu S. 68.

98 *O wie selig ward mir!* ⟨...⟩
Textgrundlage: Reinschrift GSA 25/X,III,9 (Mommsen Nr. 47).
Entstehung: 27. Mai 1815. – WR: 55.
S. *Divan*-Kommentar, Bd. 11.1.2, zu S. 34 (*Gruß*).

98 *Nur wenig ist's was ich verlange* ⟨...⟩
Textgrundlage: Reinschrift GSA 25/X,VIII,14 (Mommsen Nr. 126).
Entstehung: 17. März / 17. Mai 1815. – WR: 56.
S. *Divan*-Kommentar, Bd. 11.1.2, zu S. 73.

100 *Hätt ich irgend wohl Bedencken* ⟨...⟩
Textgrundlage: Reinschrift GSA 25/X,VIII,15 (Mommsen Nr. 127).
Entstehung: 17. Februar 1815. – WR: 57.
S. *Divan*-Kommentar, Bd. 11.1.2, zu S. 74.

100 *Dir mit Wohlgeruch zu kosen* ⟨...⟩
Textgrundlage: Reinschrift GSA 25/X,VII,3 (Mommsen Nr. 111).
Entstehung: 27. Mai 1815. – WR: 58.
S. *Divan*-Kommentar, Bd. 11.1.2, zu S. 66 (*An Suleika*).

101 *Vom Himmel steigend Jesus brachte* ⟨...⟩
Textgrundlage: Faksimile der Reinschrift in: ChrWGV 16, Nr. 5–6 (1902), S. 27 (Mommsen Nr. 198).
Entstehung: 24. Mai 1815. – WR: 59.
S. *Divan*-Kommentar, Bd. 11.1.2, zu S. 109.

101 *Bey Mondenschein im Paradeis* ⟨...⟩
Textgrundlage: Reinschrift Bibliotheca Bodmeriana, Cologny (Mommsen Nr. 199).
Entstehung: 24. Mai 1815. – WR: 60.
S. *Divan*-Kommentar, Bd. 11.1.2, zu S. 110 (*Es ist gut*).

101 *Mitternachts weint' und schluchtzt ich* ⟨...⟩
Textgrundlage: Reinschrift GSA 25/X,III,7 (Mommsen Nr. 45).
Entstehung: 24. Mai 1815. – WR: 61.
S. *Divan*-Kommentar, Bd. 11.1.2, zu S. 33 (*Schlechter Trost*).

102 *Wie irrig wähnest du* ⟨...⟩
Textgrundlage: Reinschrift GSA 25/X,III,8 (Mommsen Nr. 46).
Entstehung: wohl zwischen 27. Mai und Anfang Juni 1815. – WR: 61a.
S. *Divan*-Kommentar, Bd. 11.1.2, zu S. 34 (*Genügsam*).

102 *Süßes Kind, die Perlenreihen* ⟨...⟩
Textgrundlage: Reinschrift Stadtarchiv Hannover, Autographensammlung (ehem. Kestner-Museum), Sign.: 661 (Mommsen Nr. 94); vgl. WA I 6, S. 454 f.: R; Solms: R 6.
Entstehung: Eine frühe Fassung des Gedichts ist vermutlich zwischen Anfang März und dem Wiesbadener Register (30. Mai 1815)

entstanden (vgl. Bosse: Nachlaßstücke, zu R 6). Im Wiesbadener Register ist es verzeichnet als »62. Abraxas«. Die Reinschrift nennt als Datum einer Redaktion: »Redigirt. Wiesbaden. am längsten Tage ⟨21. Juni⟩ 1818 ⟨*richtig:* 1815⟩.«
Erstdruck: Q I 1 (1836), S. 357; dem »Buch Suleika« eingeordnet. Am 8. August 1815 las G. diese redigierte Fassung Sulpiz Boisserée vor, der ernüchtert notiert: »Haß des Kreuzes. Schirin hat ein Kreuz von Bernstein gekauft ohne es zu kennen, ihr Liebhaber Chosru findet es an ihrer Brust, schilt gegen die westlich nordische Narrheit usw. Zu bitter hart und einseitig – ich rate es zu verwerfen ⟨...⟩. Er wolle es seinem Sohn zum Aufheben geben, dem gebe er alle seine Gedichte die er verworfen, er habe eine Menge, besonders persönlich- und zeitliche ⟨...⟩. Sedes poeticae. Er schaffe sich so die Dinge vom Halse, wenn er sie in Gedichte bringe – sonst habe er dergleichen immer verbrannt; aber sein Sohn verehre alles von ihm mit Pietät, da lasse er ihm den Spaß« (Weitz: Boisserée, Bd. 1, S. 242).

In den älteren Kommentaren wird das Gedicht gern biographisch gedeutet, was dem Dialog der Liebenden einen merkwürdigen Mißton eingefügt hätte: Marianne-Suleika habe als »Katholikin ein Kruzifix« getragen (so Burdach, S. 425, obwohl schon hier auch der Bezug auf eine Quelle nicht übersehen wird). Aber schon die Äußerungen Boisserées deuten mit dem Hinweis auf Schirin (Schīrīn) und Chosru (Khosrau) in eine andere Richtung. Momme Mommsen (Studien, S. 139–152) hat gezeigt, wie weit es dabei nicht um persönliches Erleben, sondern um literarische Vermittlungen geht. Die Verse beziehen sich auf eine Episode von Khosrau und Schīrīn, in der sich die religiösen Gegensätze von Parsismus und Christentum an Schīrīns Zugehörigkeit zur christlichen Religion und ihrem am Hals getragenen Kreuz entzünden. G. las sie in einer Übersetzungsprobe Hammers aus Firdausīs ›Schāh-Nāmeh‹ in den ›Fundgruben des Orients‹, Bd. 2 (S. 424 f.): »*Parwis* ⟨= Khosrau II.⟩ bestieg den Thron im Jahr 589 der christlichen Zeitrechnung ⟨...⟩. Das Jahr nach seiner Thronbesteigung vermählte er sich ⟨...⟩ mit Schirin ⟨...⟩ einer Christinn, der zu Liebe er der christlichen Religion und besonders dem heil. Sergius vorzüglich zugethan gewesen zu seyn scheint. ⟨...⟩ *Schirin*, welche Parwis als eine Fremde wider alle Reichsgrundgesetze zur Gemahlin erklärte, mußte als solche dem Volke und besonders den *Mobeden* oder Priestern der Magen, um so verhaßter seyn, als sie Christinn war, und den Kaiser zu manchen die christliche Religion auf Kosten des alten Feuerdienstes begünstigenden Schritten verleitete.« In einer Anmerkung zitiert Hammer dies auf lateinisch, wobei Erwähnung findet, daß Schīrīn als Christin ein Kreuz am Hals trage.

Allerdings übernimmt G. die vorgegebenen Namen nicht. Er entfernt sich darin von der Quelle und nimmt eine doppelte Verschiebung vor. Er konzipiert das Gedicht als Teil des Liebesdialogs zwischen Hatem und Suleika; die Verse sind aus der Perspektive Hatems gesprochen. Gleichzeitig ersetzt er den Gegensatz von Christentum und Parsentum durch den von Christentum und Islam, wobei sich das Gedicht in einer für Christen geradezu blasphemischen Weise die muslimische Perspektive zu eigen macht. Die Strophen 4–7 rufen eine Reihe vorbildlicher Vertreter des Monotheismus auf, die von Chardins ›Voyages en Perse‹ (Bd. 2, S. 279) inspiriert ist (vgl. Katharina Mommsen: Goethe und die arabische Welt, S. 288–295). Ihr folgt in den Strophen 8–11 eine kritisch inszenierte Reihe von Formen der Vielgötterei, denen die Erhebung Christi zum Gott durchaus mit zugerechnet wird (Strophe 10). Eine gespannte Doppelheit von Liebeslyrik und Religionssatire prägt das Gedicht. Versöhnlicher und scherzhaft-galant führt die Schlußstrophe beide Themen zusammen: Der Angebeteten zuliebe will sich der Liebende mit dem Kreuz arrangieren, zum ›Renegaten‹ werden.

G.s Abneigung gegenüber der christlichen Kruzifix-Symbolik, vor allem dem zur Schau gestellten körperlichen Leiden, zeigt sich an mehreren Stellen seines Werkes: so auch in Nr. 52 und 66 der *Venezianischen Epigramme* (Bd. 3.2, S. 137 und 139); *Das Tagebuch*, V. 135 (Bd. 9, S. 41); dann vor allem in den *Wanderjahren* II 2: »Wir halten es für eine verdammungswürdige Frechheit, jenes Martergerüst und den daran leidenden Heiligen dem Anblick der Sonne auszusetzen 〈...〉« (Bd. 17, S. 395). In »Süßes Kind, die Perlenreihen 〈...〉« äußert sich die Abneigung gegen das »Hölzchen queer auf Hölzchen« (V. 12), das »leidge Ding« (V. 30) und »Jammerbild am Holze« (V. 40) besonders kraß. Nach Momme Mommsen (Studien, S. 147) schlägt sich darin auch der zeitbezogene Unwille gegenüber den zahlreichen Konversionen von Romantikern nieder. Dem irritierten Freunde Boisserée versprach G. die Sekretierung der Verse. In den *Divan* nahm er sie nicht auf. Sie dürften jenen Äußerungen des ›Unmuts‹ zugehören, von denen das Kapitel »Künftiger Divan« sagt, er habe sie bis auf weiteres zurückgestellt, »um alle Mißstimmung zu verhüten« (Bd. 11.1.2, S. 206). – *1 die Perlenreihen:* metaphorisch für die Reihung von Gedichten und Versen; vgl. »Die Flut der Leidenschaft, sie stürmt vergebens 〈...〉« (S. 85; Bd. 11.1.2, S. 64), »Die schön geschriebenen 〈...〉« (S. 121; Bd. 11.1.2, S. 75) und »Vom Himmel sank, in wilder Meere Schauer 〈...〉« (S. 91; Bd. 11.1.2, S. 107) und Kommentare. – *3 traulich:* vertrauensvoll. – *5 ein Zeichen:* wie sich mit V. 12 erschließt, ist das um den Hals gehängte Kreuz gemeint. – *7 Abraxas:* Vgl. *Segenspfänder* (S. 77;

Bd. 11.1.2, S. 10), V. 24–29 und Kommentar. Im Sinne des ›Fratzenhaften‹ hier auf das Kruzifix bezogen. – *10 Schiras:* Geburts-, Wohn- und Sterbeort von Hafis; vgl. zu *Liebliches* (Bd. 11.1.2, S. 16), V. 11. – *13 f. Abraham, den Herrn der Sterne / Hat er sich zum Ahn erlesen:* Abraham hat sich zu Gott, dem Herrn der Sterne, als seinem Ahn bekannt. Vgl. Sure 6, V. 74–79, wo beschrieben wird, wie sich Abraham in der Herrschaft Gottes über Himmel und Erde statt der bisher angenommenen Götter der *eine* Gott offenbart. – *15 Moses* 〈...〉 *in wüster Ferne:* im Sinne von »in der fernen Wüste« (Trunz, S. 673). – *17 f. David* 〈...〉 *Gebrechen, / Ja, Verbrechen:* sein Ehebruch mit Bath-Seba und die Ermordung ihres Ehemanns Uria (2. Sam. 11 f.). – *21–24 Jesus* 〈...〉 *Wer ihn selbst zum Gotte machte* 〈...〉*:* Vgl. Sure 5, V. 116 f., wo Jesus es ablehnt, als »göttlich« angesehen zu werden; entsprechend gilt er dem Islam nicht als Teil eines dreieinigen Gottes gemäß christlicher Lehre, sondern nur als einer der Propheten. – *32 nicht alleine prangest:* prangen ›hochmütig sich erheben‹, aber auch ›sich durch Schmuck auszeichnen‹ (vgl. DWb, Bd. 7, Sp. 2066). Hier in dem Sinne, daß auch andere Frauen Ähnliches tun. – *33 f. Da viele Frauen / Salomonis ihn verkehrten:* verkehren ›vom rechten Wege abführen‹ (vgl. DWb, Bd. 12/1, Sp. 630 f.); seine Frauen bewirken Salomons Abfall von Gott und seine Vielgötterei (vgl. 1. Kön. 11). – *37 Isis Horn, Anubis Rachen:* die Göttin Isis in der ägyptischen Mythologie kuhhäuptig dargestellt; Anubis, ägyptischer Totengott, hunds- oder schakalsköpfig. – *42 eräugnet:* »sich vor deinen Augen vollzieht, sich begibt« (Trunz, S. 673); vgl. auch *Faust II*, V. 5917 und 7750 (Bd. 18.1, S. 144 und 208).

104 *Warum du nur oft so unhold bist?* 〈...〉
Textgrundlage: Reinschrift GSA 25/X,IX,6 (Mommsen Nr. 173).
Entstehung: 24. Mai 1815. – WR: 63.
S. *Divan*-Kommentar, Bd. 11.1.2, zu S. 97.

104 *Bulbuls Nachtlied, durch die Schauer* 〈...〉
Textgrundlage: Reinschrift GSA 25/X,X,3 (Mommsen Nr. 193).
Entstehung: zwischen Anfang Januar und 30. Mai 1815. – WR: 64.
S. *Divan*-Kommentar, Bd. 11.1.2, zu S. 107.

105 *Wenn der Körper ein Kercker ist* 〈...〉
Textgrundlage: Reinschrift GSA 25/X,IX,7 (Mommsen Nr. 174).
Entstehung: 27. Mai 1815. – WR: 64a.
S. *Divan*-Kommentar, Bd. 11.1.2, zu S. 97.

105 *Vermächtniß alt persischen Glaubens*
Textgrundlage: Reinschrift GSA 25/X,XI,2. – Niederschrift Johns. – Eingriff: 38 *Daß* (Das Hs.; Schreibversehen).
Entstehung: 13./14. März 1815. – WR: 65.
S. *Divan*-Kommentar, Bd. 11.1.2, zu S. 111.

107 *Wenn der Mensch die Erde schätzet* 〈...〉
Textgrundlage: Reinschrift GSA 25/X,XI,3 (Mommsen Nr. 202).
Entstehung: 24. Mai 1815. – WR: 66.
S. *Divan*-Kommentar, Bd. 11.1.2, zu S. 113.

108 *Du vergehst und bist so freundlich* 〈...〉
Textgrundlage: Reinschrift GSA 25/X,III,10 (Mommsen Nr. 48).
Entstehung: 27. Mai 1815. – WR: 67a.
S. *Divan*-Kommentar, Bd. 11.1.2, zu S. 35 (*Ergebung*).

108 *»Wir sind emsig nachzuspüren* 〈...〉
Textgrundlage: Reinschrift GSA 25/X,III,13 (Mommsen Nr. 51).
Entstehung: zwischen 11. März und 30. Mai 1815. – WR: 70.
S. *Divan*-Kommentar, Bd. 11.1.2, zu S. 36 (*Geheimstes*).

109 *Glaubst du denn von Mund zu Ohr* 〈...〉
Textgrundlage: Reinschrift GSA 25/X,V,11 (Mommsen Nr. 89).
Entstehung: nach dem 30. Mai 1815. – WR: 70a.
S. *Divan*-Kommentar, Bd. 11.1.2, zu S. 54.

109 *Ärgerts jemand daß es Gott gefallen* 〈...〉
Textgrundlage: Reinschrift GSA 25/X,V,13 (Mommsen Nr. 92).
Entstehung: 23. Februar 1815. – WR: 71.
S. *Divan*-Kommentar, Bd. 11.1.2, zu S. 55 (*Der Prophet spricht*).

109 *Ungezähmt so wie ich war* 〈...〉
Textgrundlage: Handschrift FDH 9669 (Mommsen Nr. 74); Maier: H119.
Entstehung: 27. Mai 1815. – WR: 73.
S. *Divan*-Kommentar, Bd. 11.1.2, zu S. 45 (*Höchste Gunst*).

110 *An Schach Sedschan und seines Gleichen*
Textgrundlage und Erstdruck: E, S. 75.
Entstehung: wohl Juni 1815. – WR: 73a?
S. *Divan*-Kommentar, Bd. 11.1.2, zu S. 45.

110 *Frage nicht durch welche Pforte* 〈...〉
Textgrundlage: Faksimile der Handschrift in: ChrWGV 16, Beilage zu Nr. 7–8 v. 24. Mai 1902 (Mommsen: Nr. 65); vgl. WA I 5/2, S. 363 f.: H1.
Entstehung: Am 19. Mai 1815 entworfen (vgl. S. 70), am 10. Juni fertiggestellt. – WR: 73b.
Erstdruck: National-Zeitung, 26. März 1858.
S. *Divan*-Kommentar, Bd. 11.1.2, zu S. 41.

111 *Dem Kellner* und *Dem Schenken*
Textgrundlage: Reinschrift GSA 25/X,IX,8 (Mommsen Nr. 175). – In V. 6 wurde das erste »du« eingefügt, das zweite in der Hs. aber nicht gestrichen; erst in E wurde das zweite »du« durch »da« ersetzt.
Entstehung: 1. Juli 1815. – WR: 74.
S. *Divan*-Kommentar, Bd. 11.1.2, zu S. 98.

112 *Schencke komm! Noch einen Becher!* 〈...〉

Textgrundlage: Reinschrift GSA 25/X,IX,15 (Mommsen Nr. 184).
Entstehung: 23. Februar 1815. – WR: 79.
S. *Divan*-Kommentar, Bd. 11.1.2, zu S. 102.

112 *Befindet sich einer heiter und gut* ⟨...⟩
Textgrundlage: Reinschrift GSA 25/X,V,4 (Mommsen Nr. 81).
Entstehung: 7. Februar 1815. – WR: 92.
S. *Divan*-Kommentar, Bd. 11.1.2, zu S. 48.

113 *Die Welt durchaus ist lieblich anzuschauen* ⟨...⟩
Textgrundlage: Reinschrift GSA 25/X,VIII,36 (Mommsen Nr. 152).
Entstehung: 7. Februar 1815. – WR: 93.
S. *Divan*-Kommentar, Bd. 11.1.2, zu S. 93.

113 *In tausend Formen magst du dich verstecken* ⟨...⟩
Textgrundlage und Erstdruck: E, S. 179 f. – Eingriff: 6 *Allschöngewachsne* (Allschöngewaschne E; Druckfehler).
Entstehung: 16. März 1815. – WR: 94.
S. *Divan*-Kommentar, Bd. 11.1.2, zu S. 93.

114 *Reicher Blumen goldne Rancken* ⟨...⟩
Textgrundlage: Reinschrift Bibliotheca Bodmeriana, Cologny (Mommsen Nr. 153); vgl. Weitz: Willemer, S. 592 f. zu Nr. 17, Beilage: H; Solms: R 22.
Entstehung: 12. Februar 1815. – WR: 95.
Erstdruck: C[1] 4 (1827), S. 105, unter dem Titel »An Geheimerath von Willemer«.
Die Verse sind G.s Dank für Willemers und Mariannes Eintragungen vom 9. Dezember 1814 in ein in Frankfurt zurückgelassenes Stammbuch, insbesondere für Mariannes auf den 12. Oktober 1814 datiertes Gedicht »Zu den Kleinen zähl ich mich ⟨...⟩« (Weitz: Willemer, S. 11 f.; Abb. der Hs. nach S. 320). Das Stammbuch erreichte G. am 14. Dezember in Jena. Seine Reaktion allerdings verspätete sich mehrfach (siehe seinen Brief an Jacob von Willemer vom 3. April 1815). Seinem Schreiben an Willemer vom 26. April 1815 legte er schließlich eine – auf März 1815 datierte – Abschrift des Gedichts bei (GSA 25/IV,2,7; vgl. – mit falscher Datierung – WA I 5/2, S. 14: H[280]), die der Weimarer Zeichenlehrer Carl Wilhelm Lieber mit einer orientalisierenden Einfassung aus bunt- und goldgemalten Arabesken geschmückt hatte. G. entschuldigt die verspätete Übersendung damit,

> »daß es lange auf dem Papier stand, ehe die Einfassung, ohne die es nichts bedeutete, hinzugefügt werden konnte. Denn obgleich solche Zieraten im Orient nicht fremde sind, so kostete es doch einige Mühe sie nach Weimar zu verpflanzen.
>
> Unter Glas und Rahmen wünschte ich das Blättchen an Ihrer Wand zu wissen« (Weitz: Willemer, S. 21 f.).

Die zurückbehaltene Reinschrift sah G. als Nr. 95 (»Alles Golden«) des Wiesbadener Registers vor, nahm das Gedicht dann aber

– wohl wegen des deutlichen biographischen Bezugs – nicht in den *Divan* auf.

Die Verse erinnern sich dankbar der Gastfreundschaft und beglückenden Geselligkeit im Herbst des vorangegangenen Jahres, würdigen zugleich den Bund des seit September 1814 vermählten Paares. Die zehnmal variierte Metapher des Goldes knüpft an die erwähnte Verzierung an, bezieht ihren Gehalt aber auch aus G.s Nachdenken über die sinnlich-sittliche Wirkung der Farbe; wie Peter Schmidt zusammenfaßt: Gold stelle »den Gipfel der aktiven Kräfte des Farbenkreises dar, die positiven Kräfte der Liebe, der Freundschaft, der Treue und Beständigkeit« (Goethes Farbensymbolik, S. 236). In einer ›Aufklärenden Bemerkung‹ zu dem Gedicht in der *Ausgabe letzter Hand* macht G. den Zusammenhang mit den Orient-Studien und der *Divan*-Entstehung bewußt: »Als ich eine Zeitlang im Orient hauste, liebte ich meine Gedichte mit goldblumigen Verzierungen einzufassen; dies geschah denn auch an diesem Gedichte 〈...〉« (vgl. auch die *Divan*-Gedichte »Die schön geschriebenen 〈...〉«, S. 121; Bd. 11.1.2, S. 75, und »Sag du hast wohl viel gedichtet 〈...〉«, S. 123; Bd. 11.1.2, S. 72, und Kommentare). – Ein Antwortgedicht Mariannes, das sie ihrem und Willemers Brief an G. vom 1. Mai 1815 beilegte, greift die Metaphorik des Freundschaftsgedichts wieder auf:

Goldnes Netz was Dich umwunden,
Kann es Deinen Wert erkunden?
Heil! Ihm dessen goldne Worte
Uns beglückt am Schattenorte.
(Weitz: Willemer, S. 24.)

Die Nähe dieses Gedichtwechsels zu dem Hatem-Suleika-Dialog »Nicht Gelegenheit macht Diebe 〈...〉« / »Hochbeglückt in deiner Liebe 〈...〉« (S. 118 f.; Bd. 11.1.2, S. 68 f.) ist deutlich. Anke Bosse sieht die Bedeutung von »Reicher Blumen goldne Rancken 〈...〉« »darin, daß es gerade in seiner Doppelfunktion als Gelegenheitsgedicht *und* (zumindest vorübergehend) als ›Divan‹-Gedicht die orientalisierende Verzierung thematisierte und poetologisch umsetzte« (Drei verschollene Reinschriften, S. 79). – *7 Goldner blinckte Wein:* Vgl. in den Briefen vom 14. und 28. Dezember 1814 auch G.s metaphorische Benennung des Eilfer-Weins als »flüssiges Gold« oder »trinkbares Gold« (s. auch zu »Wo man mir Guts erzeigt überall 〈...〉«, S. 137). – *9 Weisen Freundes:* wohl im Bezug auf Willemer. – *11 Edler Kinder:* wohl Willemers Kinder aus erster und zweiter Ehe: Anna Rosine Magdalene (›Rosette‹; verwitwete Städel), Amalie Henriette (›Meline‹) und Abraham Ludwig Heinrich Jakob (›Brami‹); s. Bosse: Drei verschollene Reinschriften, S. 69 f. – *12 Elterliches Einverständniß:* auf Jacob und die ihm eben angetraute Marianne bezogen. – *13 Goldnes Netz:* in Anspielung auf die ehelichen und familiären Bande. – *15 f. dem heilgen Stein der Alten / Muß sich Golde Gold entfalten:* »harter schwarzer Kiesel zur Prüfung der Echtheit von Edelmetallen«, ›Probierstein‹ (JA, Bd. 3, S. 288). – Vgl. auch Anke Bosse: Nachlaßstücke, zu R 22.

115 *Ferner sind alhier zu finden* 〈...〉
Textgrundlage: Reinschrift Stadtarchiv Hannover, Autographensammlung 662 (ehem. Kestner-Museum) (Mommsen Nr. 206); Maier: H^{139}; Solms: R 11.
Erstdruck: Q I 1 (1836), S. 369; dem »Buch des Paradieses« eingegliedert.
Entstehung: 10. März 1815. – WR: 97.
G. hat das Gedicht als »97. Vier Frauen« in das Wiesbadener Register aufgenommen (vgl. Bosse: Nachlaßstücke, zu H^{139} / R 11). Es wurde später aber durch eine zweite, deutlich abweichende Fassung abgelöst, die Eingang ins »Buch des Paradieses« fand (s. *Divan*-Kommentar, Bd. 11.1.2, zu S. 116: *Auserwählte Frauen*). – *17–20 Miriam dann* 〈...〉 *Werth verlohren:* Ob dieser Strophe das Fragment »Jesus auch er darf da lehren 〈...〉« (S. 23 und Kommentar) zugrundeliegt, ist umstritten.

116 *Vier Thieren auch verheisen war* 〈...〉
Textgrundlage: Reinschrift GSA 25/X,XII,7 (Mommsen Nr. 211).
Entstehung: 22. Februar 1815. – WR: 98.
S. *Divan*-Kommentar, Bd. 11.1.2, zu S. 122 (*Begünstigte Thiere*).

Zweites Halbjahr 1815

Die nicht auf den *Divan* bezogenen Gedichte, mehrere Widmungsgedichte darunter, nehmen in dieser Zeit zu, bleiben aber noch immer in der Minderzahl. In zeitlicher Hinsicht lassen sie sich vor allem auf Anfang und Ende des Zeitraums lokalisieren. Einige Nachlaßstücke aus dem *Divan*-Umkreis entfallen auf die Zeit seit der Rückreise nach Weimar, so schon die beiden fragmentarischen Fassungen von »Wo man mir Guts erzeigt überall 〈...〉«. Das Gedichtspektrum dieses Halbjahres ist aber in besonderem Maße geprägt durch die Liebeslyrik, die – während des zweiten Aufenthalts an Rhein, Main und Neckar und in der Zeit danach – aus der sich vertiefenden Beziehung Goethes zu Marianne von Willemer erwuchs. Die Gedichte haben ihren autobiographischen Gehalt, offenbaren und verhüllen ihn unter den Rollen von Hatem und Suleika; sie verdanken sich dem Leben, behalten gleichwohl den orientalisierenden Duktus der *Divan*-Lyrik bei. Sie erweiterten den Gedichtbestand, den das Wiesbadener Register umschrieben hatte, beträchtlich, fügten zugleich ein neues Element hinzu. Durch beides trugen sie zur letzten bedeutsamen Umstrukturierung des *Divans* bei, die Goethe am 6. Oktober vornahm: der Aufteilung in Bücher.

Die Reinschriftblätter der *Divan*-Gedichte aus dieser Zeit haben sich durchwegs erhalten, und fast alle tragen tagesgenaue Datierungen. Auffällig ist, daß in der Zeit, die der Anlage des Wiesbadener Registers und einigen Ergänzungen dazu folgt, bis Mitte September keine weiteren *Divan*-Gedichte entstanden. Erst von da an kommt es zu einem erregenden Zugleich und Ineinander von Leben und Dichten. Der Hatem-Suleika-Dialog »Nicht Gelegenheit macht Diebe ⟨...⟩« / »Hochbeglückt in deiner Liebe ⟨...⟩«, an dem bereits Marianne aktiv beteiligt war, steht am Anfang. Oft Tag um Tag folgen weitere Gedichte, mitunter auch mehrere auf einmal. Im Medium der Verse verfolgen wir den Austausch der Liebenden, damit zugleich das Anwachsen der Gedichte zum »Buch Suleika«, dies freilich in anderer als der gewohnten Reihenfolge. Der Abschied bricht die Produktion zunächst nicht ab, zieht aber eine Häufung von Gedichten der Trennung und des Schmerzes nach sich, wie wir sie so im Zusammenhang des *Divans* nirgends beobachten. Dazu gehören auch die Nachlaßgedichte »Nicht mehr auf Seidenblat ⟨...⟩« und »Laßt mich weinen! ⟨...⟩«, die wohl wegen der Äußerung größter persönlicher Betroffenheit ungedruckt blieben.

117 *Freygebiger wird betrogen ⟨...⟩*
Textgrundlage: Reinschrift GSA 25/X,IV,10 (Mommsen Nr. 72).
Entstehung: zwischen Ende Mai und Oktober 1815.
S. *Divan*-Kommentar, Bd. 11.1.2, zu S. 44.

117 *Suleika spricht*
Textgrundlage und Erstdruck: E, S. 78.
Entstehung: wohl erst nach dem 30. Mai 1815.
S. *Divan*-Kommentar, Bd. 11.1.2, zu S. 46.

117 *Wenn Ihrs habt und wenn Ihrs wißt ⟨...⟩*
Textgrundlage: Handschrift The Dannie and Hettie Heineman Collection, The Pierpont Morgan Library, New York.
Entstehung: August 1815.
Erstdruck: C^1 4 (1827), S. 166.
2 wer es vermißt: von wem, aus welchem Traditionszusammenhang es kommt. – *4 Neu ist alt und alt ist neu:* die Vermittlung des Eigenen und Fremden, Neuen und Alten in verwandter Weise auch z. B. in *Unbegrenzt* (»Daß du nicht enden kannst ⟨...⟩«, S. 33; Bd. 11.1.2, S. 25).

117 *Siehst du dies wie ich es sah ⟨...⟩*
Textgrundlage: Handschrift GNM Weimar, Inv.-Nr. 1749 M 24; vgl. WA I 5/2, S. 42: H^{324}.
Entstehung: 28. August 1815.

Erstdruck: C[1] 4 (1827), S. 167, unter dem Titel »Aussicht«; mit der Variante »das« statt »dies« in V. 1.

Rosine Städel hatte zu G.s Geburtstag 1815 ein Blatt gezeichnet mit der »Aussicht aus Goethes Fenster ⟨von seiner Wohnung auf der Gerbermühle⟩ auf die Stadt Frankfurt« (Weitz: Boisserée, Bd. 1, S. 258; s. auch zu *An Fräulein Mathilde von Lyncker*, S. 168). – In den Versen 2 und 4 variiert und unter ein Bild des Inneren der Burg Windeck bei Weinheim (von Christian Georg Schütz d. J.; Verbleib unbekannt; Katalog der Ausstellung des FDH 1896, S. 134) geschrieben, sandte G. (»zu nicht bestimmbarer Zeit«: Weitz: Willemer, S. 354) die Verse auch an Marianne von Willemer:

Siehst du das wie ich es sah
Du magst bleiben oder gehn,
Lieb und Freundschaft sind dir nah
Und ein freudig Wiedersehn.

118 *An die Stelle des Genusses* ⟨...⟩

Textgrundlage: Faksimile der Handschrift in: Paul Graupe, Auktion 106 (1933), Tafel 12 = GSA 25/IV,5,3d; vgl. Weitz: Willemer, S. 613 zu S. 353: H[1].

Entstehung: 28. August 1815.

Erstdruck: C[1] 4 (1827), S. 167; mit der Variante »holden« statt »milden« in V. 2.

Unter Rosine Städels Frankfurt-Bild (vgl. zu *An Fräulein Mathilde von Lyncker*, S. 168) geschrieben und ihr gewidmet. Auch diese Verse wurden später unter einem anderen Bildmotiv wiederholt: auf einer für Marianne von Willemer bestimmten Zeichnung G.s mit dem ›Altan des Schlosses zu Heidelberg‹ (Weitz: Willemer, S. 354, und Hellmuth v. Maltzahn: Zu einem neuaufgefundenen Aquarell Goethes. In: Insel-Almanach auf das Jahr 1962. Frankfurt a.M. 1961, S. 96–99 mit Abb.). – *4 Der Terasse, dieses Hayns:* im Bezug auf die Szenerie um die Gerbermühle; vgl. zu »Dies zu deuten bin erbötig! ⟨...⟩«, Bd. 11.1.2, S. 70, V. 13 f.

118 *Erst Empfindung, dann Gedancken* ⟨...⟩

Textgrundlage: Handschrift The Dannie and Hettie Heineman Collection MS Goethe 11, The Pierpont Morgan Library, New York.

Entstehung: Nicht datiert. Da die Verse ursprünglich unter Rosine Städels Frankfurt-Bild geschrieben und ihr gewidmet wurden (wobei die letzte Zeile lautete: »Zeige sich das wahre Bild«), sind sie wohl im zeitlichen Umkreis der beiden vorangehenden Gedichte entstanden (s. zu »Siehst du dies wie ich es sah ⟨...⟩« und »An die Stelle des Genusses ⟨...⟩«). Ein Exemplar der Zeichnung mit diesen Versen erhielt auch Sulpiz Boisserée. Vgl. zu *An Fräulein Mathilde von Lyncker*, S. 168.

Erstdruck: C[1] 4 (1827), S. 166.

118 *Nicht Gelegenheit macht Diebe* ⟨...⟩
Textgrundlage: Reinschrift GSA 25/X,VIII,5 (Mommsen Nr. 116).
Entstehung: 12. September 1815 (H24; vgl. WA I 6, S. 413).
S. *Divan*-Kommentar, Bd. 11.1.2, zu S. 68.

118 *Ginkgo biloba*
Textgrundlage: Reinschrift GMD, NW 1916/1985 (Mommsen Nr. 121). – Zur Überlieferungsgeschichte des Blattes vgl. Herbert Albrecht: Über den Fächerblattbaum (Ginkgo biloba). Herkunft, Name und Verbreitung, Goethes Gedicht an Marianne von Willemer. Als Vortrag im Goethe-Museum gehalten am 6. 10. 1971. In: JbSK N.F. Bd. 3 (1974), S. 33–40; Farbreproduktion der Reinschrift: Abb. 16.
Entstehung: 15. September 1815; aber wohl erst um den 25./26. September abgeschlossen.
S. *Divan*-Kommentar, Bd. 11.1.2, zu S. 71.

119 *Hochbeglückt in deiner Liebe* ⟨...⟩
Textgrundlage: Reinschrift GSA 25/X,VIII,6 (Mommsen Nr. 117).
Entstehung: 16. September 1815.
S. *Divan*-Kommentar, Bd. 11.1.2, zu S. 69.

120 *Als ich auf dem Euphrat schiffte* ⟨...⟩
Textgrundlage: Reinschrift GSA 25/X,VIII,8 (Mommsen Nr. 118).
Entstehung: 17. September 1815.
S. *Divan*-Kommentar, Bd. 11.1.2, zu S. 70.

120 *Dies zu deuten bin erbötig!* ⟨...⟩
Textgrundlage: Reinschrift GSA 25/X,VIII,9 (Mommsen Nr. 119).
Entstehung: 17. September 1815.
S. *Divan*-Kommentar, Bd. 11.1.2, zu S. 70.

121 *Die schön geschriebenen* ⟨...⟩
Textgrundlage: Reinschrift GSA 25/X,VIII,16 (Mommsen Nr. 128). – Eingriffe: 8 *Selbstlob* (Selbslob Hs.; Schreibversehen); 28 *Geklöpplet tausendfadig* (Tausendfadig geklöpplet Hs.; unvollständig ausgeführte Stellungskorrektur).
Entstehung: 21. September 1815.
S. *Divan*-Kommentar, Bd. 11.1.2, zu S. 75.

122 *Laßt euch, o Diplomaten!* ⟨...⟩
Textgrundlage: Reinschrift GSA 25/X,VIII,33 (Mommsen Nr. 147). – Eingriff: 30 *längst* (längt Hs.; Schreibversehen).
Entstehung: 21. September 1815.
S. *Divan*-Kommentar, Bd. 11.1.2, zu S. 90 (*Geheimschrift*).

123 *Sag du hast wohl viel gedichtet?* ⟨...⟩
Textgrundlage: Reinschrift GSA 25/X,VIII,11 (Mommsen Nr. 123).
Entstehung: 22. September 1815.
S. *Divan*-Kommentar, Bd. 11.1.2, zu S. 72.

124 *Die Sonne kommt! Ein Prachterscheinen!* ⟨...⟩

Textgrundlage: Reinschrift GSA 25/X,VIII,12 (Mommsen Nr. 124).
Entstehung: 22. September 1815.
S. *Divan*-Kommentar, Bd. 11.1.2, zu S. 72.

124 *An des lustgen Brunnens Rand* ⟨...⟩
Textgrundlage: Reinschrift GSA 25/X,VIII,25 (Mommsen Nr. 139).
Entstehung: 22. September 1815.
S. *Divan*-Kommentar, Bd. 11.1.2, zu S. 83.

125 *Was bedeutet die Bewegung?* ⟨...⟩
Textgrundlage: Reinschrift GSA 25/X,VIII,27 (Mommsen Nr. 141).
Entstehung: 23. September 1815.
S. *Divan*-Kommentar, Bd. 11.1.2, zu S. 85.

126 *An vollen Büschelzweigen* ⟨...⟩
Textgrundlage: Reinschrift Bibliotheca Bodmeriana, Cologny (Mommsen Nr. 138).
Entstehung: 24. September 1815.
S. *Divan*-Kommentar, Bd. 11.1.2, zu S. 82.

126 *Ist es möglich Stern der Sterne* ⟨...⟩
Textgrundlage: Reinschrift GSA 25/X,VIII,31 (Mommsen Nr. 145).
Entstehung: 24. September 1815.
S. *Divan*-Kommentar, Bd. 11.1.2, zu S. 88 (*Wiederfinden*).

128 *Jedes Wort ist ein Versprechen* ⟨...⟩
Textgrundlage: Handschrift GSA 25/XI,XIVa,10; vgl. WA I 6, S. 476: H^{58}.
Entstehung: wohl zwischen dem 15. und 22. September 1815 oder kurz danach (vgl. Bosse: Nachlaßstücke, zu H^{58} / Bl. 44^{r}).
Erstdruck: WA I 6 (1888), S. 476.
In metrischer Hinsicht beginnt der Gedichtentwurf wie eine Suleika-Strophe. In motivischer Hinsicht zeigt er Gemeinsamkeiten vor allem mit dem nächsten Gedicht (»Lieb' um Liebe, Stund' um Stunde ⟨...⟩«).

128 *Lieb' um Liebe, Stund' um Stunde* ⟨...⟩
Textgrundlage: Reinschrift GSA 25/X,VIII,17 (Mommsen Nr. 129).
Entstehung: 25. September 1815.
S. *Divan*-Kommentar, Bd. 11.1.2, zu S. 76.

128 *Volck und Knecht und Überwinder* ⟨...⟩
Textgrundlage: Reinschrift GSA 25/X,VIII,18 (Mommsen Nr. 130).
Entstehung: 26. September 1815.
S. *Divan*-Kommentar, Bd. 11.1.2, zu S. 76.

129 *Ach! um deine feuchten Schwingen* ⟨...⟩
Textgrundlage: Reinschrift GSA 25/X,VIII,30 (Mommsen Nr. 144).
Entstehung: 26. September 1815.
S. *Divan*-Kommentar, Bd. 11.1.2, zu S. 87.

130 *Sie haben wegen der Trunckenheit* ⟨...⟩
Textgrundlage: Reinschrift GSA 25/X,IX,10 (Mommsen Nr. 177).

Entstehung: 29. September 1815.
S. *Divan*-Kommentar, Bd. 11.1.2, zu S. 98.

130 *Soll ich von Smaragden reden* ⟨...⟩
Textgrundlage: Reinschrift GSA 25/X,III,6 (Mommsen Nr. 44a).
Entstehung: 30. September 1815.
S. *Divan*-Kommentar, Bd. 11.1.2, zu S. 33 (*Bedenklich*).

131 *Locken! haltet mich gefangen!* ⟨...⟩
Textgrundlage: Reinschrift GSA 25/X,VIII,20 (Mommsen Nr. 132).
Entstehung: 30. September 1815.
S. *Divan*-Kommentar, Bd. 11.1.2, zu S. 79.

131 *Immer niedlich, immer heiter* ⟨...⟩
Textgrundlage: Handschrift GMD, datiert: »Jena d. 17 May 1817«.
Entstehung: In einer heute verschollenen Handschrift (s. WA I 3, S. 414: H^{198}) datiert: »Mannheim den« und »Renovatum Jena d. 17 May 1817«. Das Tagebuch vermerkt unter diesem Datum: »Mit dem Frühsten die Stammbuchsblätter«. Das fehlende Mannheimer Datum ist wohl der 30. September oder 1. Oktober 1815.
Erstdruck: C^1 3 (1827), S. 157, unter dem Titel »Genug«.
Am 30. September / 1. Oktober 1815 hielt sich G. in Mannheim auf und traf u. a. Henriette Caroline von Heygendorf, geb. Jagemann, sowie deren Schwester, Marianne von Danckelmann. Ihr scheint G. die Verse für das Stammbuch versprochen zu haben. – *3 Stets natürlich, aber klug:* Vgl. den ähnlichen Rat in »Ursprünglich eignen Sinn ⟨...⟩«, V. 5 f.: »Natürlich mit Verstand / Sei du beflissen« (*Zahme Xenien VI*; Bd. 13.1, S. 225).

132 *Wie sollt ich heiter bleiben?* ⟨...⟩
Textgrundlage: Reinschrift GSA 25/X,VIII,23 (Mommsen Nr. 136).
Entstehung: 1. Oktober 1815.
S. *Divan*-Kommentar, Bd. 11.1.2, zu S. 81.

132 *Deinem Blick mich zu bequemen* ⟨...⟩
Textgrundlage und Erstdruck: E, S. 160.
Entstehung: Ende September / Anfang Oktober 1815.
S. *Divan*-Kommentar, Bd. 11.1.2, zu S. 85.

132 *Wenn ich dein gedencke* ⟨...⟩
Textgrundlage: Reinschrift Institut Russkoj Literatury, Pushkinskij Dom, St. Petersburg (Mommsen Nr. 137).
Entstehung: vermutlich September/Oktober 1815.
S. *Divan*-Kommentar, Bd. 11.1.2, zu S. 81.

133 *Zwanzig Jahre lies ich gehn* ⟨...⟩
Textgrundlage: Reinschrift GSA 25/X,I,2 (Mommsen Nr. 3a).
Entstehung: wohl vor dem 6. Oktober 1815.
S. *Divan*-Kommentar, Bd. 11.1.2, zu S. 9.

133 *Kaum daß ich dich wieder habe* ⟨...⟩
Textgrundlage: Reinschrift GSA 25/X,VIII,26 (Mommsen Nr. 140).

Entstehung: 7. Oktober 1815.
S. *Divan*-Kommentar, Bd. 11.1.2, zu S. 83.

134 *Ein Spiegel er ist mir geworden* ⟨...⟩
Textgrundlage: Reinschrift GSA 25/X,VIII,34 (Mommsen Nr. 149).
Entstehung: vor dem 9. Oktober 1815.
S. *Divan*-Kommentar, Bd. 11.1.2, zu S. 91 (*Abglanz*).

135 *Wie des Goldschmieds Bazarlädchen* ⟨...⟩
Textgrundlage: Reinschrift GSA 25/X,VIII,19 (Mommsen Nr. 131). – Eingriffe: 46 *unsern* (unserm Hs.; unvollständig ausgeführte Korrektur aus: »in unserm Busen«); 53 *Dichterinnen* (Dicherinnen Hs.; Schreibversehen).
Entstehung: 10. Oktober 1815.
S. *Divan*-Kommentar, Bd. 11.1.2, zu S. 77.

137 *Wo man mir Guts erzeigt überall* ⟨...⟩
Textgrundlage: Handschrift GSA 25/XI,XV,13 (Mommsen Nr. 189); vgl. Solms: H^{142}. – Eingriff: 73 *Liebesrausch* (liebesrausch Hs.; unvollständig ausgeführte Korrektur aus »sang es liebberau⟨scht?⟩«).
Entstehung: Dieser erste Entwurf des Gedichts ist wohl am 10. Oktober 1815 auf der Rückreise von Heidelberg in Meiningen entstanden (vgl. Solms: Vorarbeiten, S. 87, und Bosse: Nachlaßstücke, zu H^{142}); vgl. das Tagebuch: »Hatem und Mädchen. Lied vom Eilfer«. Die zweite Fassung wurde wohl nur wenig später niedergeschrieben (vgl. zum nächsten Text).
Erstdruck: Konrad Burdach: Goethes Ghasel auf den Eilfer in ursprünglicher Gestalt. In: GJb 11 (1890), S. 3–18.
Während der beiden Reisen an Rhein, Main und Neckar hatte G. den Wein des Jahrgangs 1811 (des ›Kometenjahrs‹) schätzen gelernt. Im *Sanct-Rochus-Fest zu Bingen* würdigt er ihn: »Es ist mit diesem Weine wie mit dem Namen eines großen und wohltätigen Regenten, er wird jederzeit genannt, wenn auf etwas vorzügliches im Lande die Rede kommt; eben so ist auch ein gutes Weinjahr in aller Munde. Ferner hat denn auch der Eilfer die Haupt-Eigenschaft des Trefflichen: er ist zugleich köstlich und reichlich« (Bd. 11.2, S. 95; s. auch den Kommentar S. 776 f.). Antonia Brentano erinnert sich an die geselligen Runden während G.s Aufenthalt im Landhaus der Brentanos: »Von unsrem guten Rheinweine konnte er ⟨G.⟩ aber ganz fürchterlich viel trinken, besonders von dem Elfer, und mein Mann machte ihm oft eine große Freude mit dem Geschenk eines Fäßchens Wein« (Herwig, Bd. II, S. 951 f.; s. auch die Verse »Also lustig sah es aus ⟨...⟩«, S. 168). Willemer versorgte G. mit dem ›Eilfer‹ (vgl. u. a. G.s Briefe an ihn vom 28. Dezember 1814, 3. und 5. April 1815, 8. November 1816 und um den 2. Oktober 1817). – Schon Burdach würdigt (S. 8) die ausgeprägte *Divan*-Nähe dieses Gedichts auf den »Eilfer«: die Verbindung nicht zu den Anfängen

des Werks, sondern einer avancierten Situation im Anschluß an die zweite Reise, in der so spielerisch wie bewußt mit dem Eigenen der *Divan*-Welt umgegangen wird. Die Voraussetzungen des *Divans* werden auf eigene Weise thematisch: die Reise in den Westen, an Rhein, Main und Neckar (V. 3); die gleichzeitige Erschließung des Orients, allem voran die Begegnung mit Hafis; der verjüngende gesellige Kreis, der den einschenkenden »Freund« (V. 27) – wohl eine Anspielung auf Willemer –, die »Freundin« (V. 41) – in Anspielung auf Marianne von Willemer –, aber eben auch Hafis umschließt. Das alles umgesetzt in eine Lyrik, die ihre Nähe zum *Divan* vor allem auch formal verrät: in den aufgerufenen geselligen Rollen, dem dialogischen Kontakt zwischen Dichter und Dichter, der Geliebten und dem Schenken, auch in einem Übermut, der Entlegenstes zusammenzieht. Besonders auffällig ist die Anlehnung an die Form des Ghasels (vgl. Bd. 11.1.2, S. 324 f. und zu *Nachbildung*, Bd. 11.1.2, S. 26), dessen charakteristische Wiederholung des Reimworts in jeder zweiten Zeile das trunkene In-sich-Kreisen simuliert. – *3 Necker:* im 18. Jh. häufige Nebenform zu ›Neckar‹. – *7 Friedrich den zweyten:* der Große. Das oben aufgeführte Zitat aus dem *Sanct-Rochus-Fest zu Bingen* macht die metaphorische Identifikation des Herrschers mit dem Eilfer verständlich. – *9 Kannt:* Immanuel Kant; Beziehung zum »Eilfer« im Argument der Anregung, Inspiration. – *17 Dies würde mich:* Hier beginnt die phantasierte Geschichte mit Hatem (bis V. 62). – *21 Hades:* eigentlich der König der Unterwelt, des Schattenreichs als dem Ort der Toten; seit dem späten Altertum auch dessen Reich, die Unterwelt selbst. Hier verbunden mit dem scherzhaften Gedanken eines Tauschs: Hafis darf den Eilfer des westlichen Dichters trinken, während dieser ihn im Hades vertritt (so wie Herakles den Atlas eine Weile vertreten hat). In der zweiten Fassung (S. 139) wird die Hades-Vorstellung vom Bild des islamischen Paradieses abgelöst. – *35 Nach⟨t⟩seite:* im Bezug auf den Hades, das Schattenreich der Toten. – *37 f. Besonnener / Unbesonnen:* Zur »Besonnenheit des Dichters« vgl. das Kapitel »Eingeschaltetes« im Prosateil des *Divans* (Bd. 11.1.2, S. 184). »Unbesonnen« hier im Sinne von ›trunken‹. –*39 Ahnherr dich:* dich als Ahnherrn. – *52 Seelenlos:* da die Seele währenddessen im Hades weilt. – *62 Was will der Eilfer:* Bereits Burdach (S. 6) verweist auf die nach diesem Vers erkennbare logische Lücke und überbrückt sie mit einer möglichen Entgegnung des Dichters sinngemäß: »Freilich ist der Eilfer nicht von heute, älter als deine Küsse, aber das ist ja gerade das Gute an ihm, ja wäre er nur noch älter und ein paar Jahre mehr abgelagert!«.

139 *Wo man mir guts erzeigt überall ⟨...⟩*
Textgrundlage: Reinschrift Stadtarchiv Hannover, Autographen-

sammlung Nr. 660 (Mommsen Nr. 190); vgl. WA I 6, S. 459: R; Solms: R 10.
Entstehung: Diese zweite Fassung des Gedichtentwurfs ist vermutlich bereits »kurz nach der ersten, also wohl ab 10. Oktober 1815« entstanden; sie wurde in den ersten Versen offensichtlich als Überarbeitung der älteren begonnen, verselbständigte sich dann aber mehr und mehr, blieb jedoch abermals fragmentarisch (Bosse: Nachlaßstücke, zu R 10).
Erstdruck: Sonderdruck ›Zur Feier des 28. August 1868‹, Berlin, durch G. von Loeper; dann in der Hempel-Ausgabe, Bd. 4 (1872), S. 178.
2 f. Eilfer / Am Rhein und Mein, im Neckerthal: Vgl. zu V. 2 f. des vorigen Gedichtentwurfs. – *14 schöppelnd:* »schluckweise den Schoppen trinkend« (Weitz, S. 355). – *19 f. Und Blum 〈...〉 Mich kränzend:* Hans-J. Weitz (S. 355) vermutet hier eine Anspielung auf die Geburtstagsfeier zu Ehren G.s im Hause Willemers am 28. August 1815, vielleicht auch auf die mit Freiherrn von Stein unternommene Fahrt nach Köln am 25. / 26. Juli 1815, über die G. seinem Sohn schreibt, die Bevölkerung habe ihn »enthusiastisch, ja fanatisch aufgenommen, so daß man es kaum erzählen darf« (G. an August von Goethe, 1. August 1815). – *26–28 nie vom Eilfer / Die Gläubgen trinken 〈...〉:* G. spielt hier scherzhaft den Eilfer gegen den süßen Himmelswein aus, den der Koran gläubigen Muslimen im Paradies verheißt (Sure 56, V. 19 und Sure 76, V. 15–17). – *30 Römer:* farbiges, meist grünes Weinglas.

140 *Dir zu eröffnen 〈...〉*
Textgrundlage: Handschrift GSA 25/XI,XVII,2 (Mommsen Nr. 148b); vgl. Solms: H^{149}.
Entstehung: zwischen 20. und 24. Oktober 1815 (vgl. Bosse: Nachlaßstücke, zu H^{149}).
S. *Divan*-Kommentar, Bd. 11.1.2, zu S. 201 f. (Kap. »Chiffer«).

141 *Herrn Obrist v. Geismar*
Textgrundlage: Handschrift GSA 25/V,5,4c; vgl. WA I 5/2, S. 149: H^{540}; beh. Ausf. verschollen.
Entstehung: 21. Oktober 1815.
Erstdruck: C^1 47 (1833), S. 172.
Der russische Oberst befehligte die Kosaken, die Weimar am 21. Oktober 1813 nach der Vertreibung der Franzosen besetzten (vgl. G.s Tagebuchnotiz zum gleichen Tag). Am 15. November 1814 (Tgb.) wurde er in die Weimarer Meisterloge aufgenommen. Noch im hohen Alter hält G. die »Erinnerung an die Hülfe, die er uns Anno 1813 mit seinen Kosaken gebracht«, wach (Tgb. vom 7. Oktober 1830). Vgl. dazu auch »Von allen Dingen die geschehn 〈...〉«; Bd. 9, S. 88.

141 *Herrinn! sag was heißt das Flüstern?* 〈...〉
Textgrundlage: Reinschrift GMD (Mommsen Nr. 146). – Eingriff: 5 *Denckst* (Denckt Hs.; Schreibversehen).
Entstehung: 24. Oktober 1815.
S. *Divan*-Kommentar, Bd. 11.1.2, zu S. 90 (*Vollmondnacht*).

142 *Jene garstige Vettel* 〈...〉
Textgrundlage: Reinschrift GSA 25/X,IX,12 (Mommsen Nr. 181).
Entstehung: 25. Oktober 1815.
S. *Divan*-Kommentar, Bd. 11.1.2, zu S. 100.

142 *Nicht mehr auf Seidenblat* 〈...〉
Textgrundlage: Reinschrift GSA 25/XI,XIII,7 (Mommsen Nr. 155); vgl. WA I 6, S. 456: R; Solms: R 9. – Eingriffe: 5 *eingezeichnet* (eingezeichet Hs.; Schreibversehen). – 7 *Aber* (Einfügung in V. 6 der Hs. mit großem Anfangsbuchstaben; vgl. zum Zeilenumbruch auch »Laßt mich weinen! 〈...〉«, S. 143, V. 7 f.).
Entstehung: Wie »Laßt mich weinen 〈...〉« (S. 143) gehören die Verse in den zeitlichen Umkreis der Trennung G.s von Marianne von Willemer am 26. September 1815 nach gemeinsamem Aufenthalt in Heidelberg; und wie dieses Gedicht wurden sie vermutlich Ende Oktober / Anfang November 1815 niedergeschrieben (vgl. Bosse: Nachlaßstücke, zu R 9).
Erstdruck: Q I 1 (1836), S. 363; dem »Buch Suleika« eingegliedert.
Mit »Laßt mich weinen 〈...〉« verbunden ist das Gedicht in der Sprache reimloser freier Rhythmen, vor allem aber auch den Anklängen an das Motiv von Trennung und Liebesklage im Sinne der ›Mu'allakāt‹; selbst die Wüstenszenerie wird leicht angedeutet. Im Bezug auf die Grundsituation der Trennung bieten die Verse vielfältige, im »Buch Suleika« erprobte Strategien auf, reale Trennung geistig-innerlich zu überbrücken. Das Schreiben der Verse in den Staub (V. 5 f.) evoziert die orientalische Vorstellung vom Staub als Liebesboten (vgl. zu *Allleben*, Bd. 11.1.2, S. 20), aber auch der magischen Chiffren wie im Gedicht »An des lustgen Brunnens Rand 〈...〉« (S. 124; Bd. 11.1.2, S. 83). Ähnlich wie in *Wiederfinden* (»Ist es möglich Stern der Sterne 〈...〉«, S. 126; Bd. 11.1.2, S. 88) erscheint die Liebe als Kraft von geradezu kosmischer Präsenz (vgl. V. 7–9). In der Reihe mit orientalischen Bildern von Liebenden kommt das ›Musterhafte‹ ins Spiel, das alles Einmalige und Vergängliche übersteigt (vgl. zu *Musterbilder*, Bd. 11.1.2, S. 30, und zu *Wiederfinden*, Bd. 11.1.2, S. 88, V. 46). Erinnern findet schließlich seine Steigerung zu wechselseitigem Rufen, in dem sich Schmerz und Verbundensein die Waage halten. Allen diesen Strategien gemeinsam ist die Vergewisserung der Verbindung über alle Trennung hinweg, der Dauer im Wechsel. Geradezu im Sinne einer Absage wurde dieser Wechsel in den Eingangsversen zum Ausdruck

gebracht. Auf »Seidenblat«, auf kostbarem Papier in prachtvoller Umrahmung, hatte der Liebende im »Buch Suleika«, orientalischer Gepflogenheit gemäß, seine schön geschriebenen Verse übermittelt (vgl. »Sag du hast wohl viel gedichtet? ⟨...⟩«, S. 123, Bd. 11.1.2, S. 72, »Die schön geschriebenen ⟨...⟩«, S. 121, Bd. 11.1.2, S. 75, *Abglanz* / »Ein Spiegel er ist mir geworden ⟨...⟩«, S. 134, Bd. 11.1.2, S. 91, V. 17–24, und Kommentar). Entsprechend signalisiert der harte Einsatz nun ein Ende: »Nicht mehr auf Seidenblat ⟨...⟩«. Gerhard Neumann hat dies als poetologischen Widerruf interpretiert, als Wende zu einer Poetik, die sich mit der *Divan*-Poetik nicht mehr verträgt (»Lasst mich weinen ⟨...⟩«. Die Schrift der Tränen in Goethes »West-östlichem Divan«. In: Oxford German Studies 15, 1984, S. 48–76; besonders S. 63 und 75). Doch dazu ist zuviel *Divan*-Gemäßes intakt geblieben. Eher markiert die zum Ausdruck gebrachte Wende den Wechsel zu einer Zeit der Einsamkeit und Dürre, in der die vertrauten Gepflogenheiten der Liebenden nicht mehr zu Gebote stehen. – G. hat die Gedichte »Laßt mich weinen ⟨...⟩« (S. 143) und »Nicht mehr auf Seidenblat ⟨...⟩« wohl nicht aus poetologischen Gründen vom *Divan* ausgeschlossen, sondern wegen ihres gesteigerten Ausdrucks autobiographischer Nähe und persönlicher Betroffenheit (s. dazu Bosse: Drei verschollene Reinschriften, S. 75–77). – *2 symmetrische Reime:* im Gegensatz zu den hier nun gewählten reimlosen freien Rhythmen. – *4 goldne Rancken:* im Sinne von Blumenverzierungen; vgl. auch *Abglanz* (»Ein Spiegel er ist mir geworden ⟨...⟩«, S. 134; Bd. 11.1.2, S. 91), V. 23: »goldnen Rosenrancken« und »Reicher Blumen goldne Rancken ⟨...⟩« (S. 114). – *15 f. Medschnun ⟨...⟩ Ferhad ⟨...⟩ Gemil:* Vgl. *Musterbilder* (»Hör und bewahre ⟨...⟩«, S. 89; Bd. 11.1.2, S. 30) und Kommentar. – *20 ahnd':* ›ahnden‹ eine Nebenform von ›ahnen‹ (vgl. DWb, Bd. 1, Sp. 193). – Vgl. auch Lutz Köpnick: Goethes Ikonisierung der Poesie. Zur Schriftmagie des »West-östlichen Divans«. In: DVjs 66 (1992), S. 361–389.

143 *Laßt mich weinen! umschränkt von Nacht ⟨...⟩*

Textgrundlage: Reinschrift GSA 25/XI,XIII,5 (Mommsen Nr. 156); vgl. WA I 6, S. 455: R; Solms: R 7. – 8 *Ärgerlichen* (Einfügung in V. 7 der Hs. mit großem Anfangsbuchstaben; vgl. zum Zeilenumbruch auch »Nicht mehr auf Seidenblat ⟨...⟩«, S. 142, V. 6 f.).

Entstehung: Die Verse gehören in den Umkreis der Trennung G.s von Marianne von Willemer am 26. September 1815 nach den gemeinsamen Heidelberger Tagen. Bisherige Datierungsversuche schließen eine Entstehung noch vor dem 26. September nicht aus, lassen sie jedoch Ende Oktober/Anfang November als wahrscheinlicher erscheinen. (Vgl. Solms: Vorarbeiten, S. 87 f., und Bosse: Nachlaßstücke, zu R 7).

Erstdruck: Q I 1 (1836), S. 360; dem »Buch Suleika« eingeordnet. Vielleicht wurde das Gedicht durch Mariannes Chiffernbrief vom 18. Oktober 1815 mitveranlaßt, der Hafis-Verse der Liebes- und Trennungsklage zusammenzieht (vgl. Bd. 11.1.2, zu S. 200 f.). In jedem Fall gehört es, wie *Nachklang* (»Es klingt so prächtig 〈...〉«, S. 144; Bd. 11.1.2, S. 87) oder »Nicht mehr auf Seidenblat 〈...〉« (S. 142), jenen Gedichten im zeitlichen Umkreis zu, in denen der Trennungsschmerz die eindringlichste Aussage findet. Innere Bewegung und Betroffenheit werden zum Ausdruck gebracht in der Sprache reimloser freier Rhythmen. Unterstrichen werden sie durch den dreimaligen Einsatz »Laßt mich weinen 〈...〉« und das nachdrückliche Bekenntnis zum Weinen des Mannes.

Und doch versagt sich G. auch in dieser Situation ein zentrales literarisches Muster der *Divan*-Lyrik nicht. Der westliche Dichter nimmt die orientalische Rolle auf: ein von Nacht und Wüste umgebener Beduine, Hatem in dieser Maske, die Trennung von Suleika beklagend. In dieser Grundsituation, aber auch bis hinein in die Bildlichkeit von Natur und Karawane, ist das Gedicht – ähnlich *Hegire* (vgl. S. 41; Bd. 11.1.2, S. 9 und Kommentar) – durch die Anlehnung an die altarabische Beduinen-Dichtung der ›Mu'allakāt‹ geprägt (vgl. K. Mommsen: Moallakat; dies.: Goethe und die arabische Welt, S. 67–78). Das Motiv des Weinens um die entfernte Geliebte ist eines ihrer ganz zentralen Motive; jede der sieben ›Mu'allakāt‹-Kasiden beginnt mit seiner Variation. In der Einleitung A. Th. Hartmanns zu seiner ›Mu'allakāt‹-Übersetzung (Die hellstrahlenden Plejaden 〈...〉, S. 11 f.), die G. zwischen dem 22. Februar und 1. April 1815 der Weimarer Bibliothek entliehen hatte, die ihm vermutlich aber auch im September über den Heidelberger Orientalisten Paulus zur Verfügung stand, beschreibt der Übersetzer den lebensgeschichtlichen Hintergrund solcher Liebesklagen: »Hatten sich nämlich herumwandernde Horden neben einander gelagert und der junge Araber des einen Zeltes mit einer jungen Schönen in dem andern süße Bekanntschaft gemacht: so blieb, wenn die Geliebte mit ihrem Stamm aufbrach, 〈...〉 dem verliebten Araber nichts als Sehnsucht, oft ohne alle Hoffnung der Wiedervereinigung übrig. Daher mußte der Anblick der nun von ihr verlassenen Stätte 〈...〉, verbunden mit dem Gedanken an die seligen, in ihrer Gesellschaft verlebten Stunden, sein Herz mit Wehmuth erfüllen, die ihn bald in die rührendsten Klagen über ihre Trennung, bald in die prächtigste Schilderung ihrer weiblichen Reize ausströmen ließen.« Nirgends war die Trennungsklage eindringlicher gestaltet als in der ersten Mu'allaka des Imru' al-Kais, die G. selbst 1783 nach der englischen Übersetzung von William Jones in Auszügen ins Deutsche übertragen hatte:

Haltet, laßt uns hier an der Stelle der Erinnerung weinen.
Dort wars, am Rande des geschwung⟨nen⟩ sandigen Hügels
Dort stand ihr Zelt, umher das Lager.
Noch sind die Spuren nicht völlig verlosch⟨en⟩
So sehr auch der Nordwind u⟨nd⟩ Südwind
Den stiebenden Sand durcheinander gewoben.
Und mir zur Seite hielten die Gefährten still,
Und sprachen: Vergeh nicht in Verzweiflung, sei gedultig.
Da rief ich: Tränen sind mein einzger Trost.
Doch sie versetzten: was hilft es
Über dem verlaßnen Wohnplatz sie vergießen.
⟨...⟩ (Bd. 2.1, S. 88).

Das »Laßt mich weinen«: hier war es in leichter Abwandlung bereits vorgeprägt, ebenso das Bekenntnis des Mannes zu seinen »Tränen«. – Die Funktion der orientalischen Maske und des ihr entsprechenden lokalen Kolorits ist ambivalent. Die emotionale Gestik der Vorlage dient dem Ausdruck des eigenen Schmerzes. Und doch bedingt sie zugleich ein Moment des Verhüllens, des Abrückens von sich selbst – den ersten Schritt einer gewonnenen Distanz, die sich nur anders in den geschichtlichen Vergleichen und der Schlußwendung äußert, die den Tränen die Möglichkeit einer Belebung nachsagt.

In seiner poetologischen Aussage wurde das Gedicht unterschiedlich interpretiert. Nach Gerhard Neumann thematisiert es – wie »Nicht mehr auf Seidenblat ⟨...⟩« – eine »Selbsterfahrung, die sich der heilenden, distanzierenden Kraft kultureller Zeichen ⟨d. h. vor allem: der Sprache und Schrift⟩ nicht anvertraut, sondern sich unabgeschirmt dem schneidenden elementaren Schmerz der Trennung ⟨...⟩ bis an die Grenze der Identität aussetzt« (»Lasst mich weinen ⟨...⟩«. Die Schrift der Tränen in Goethes »West-östlichem Divan«. In: Oxford German Studies 15, 1984, S. 48–76; S. 73). Aber in dem Gedicht hat sich die Klage schließlich doch umgesetzt in die Sprache der Verse. Da sieht Katharina Mommsen wohl richtiger, wenn sie den in den beiden letzten Versen angedeuteten Zusammenhang von Tränen und Erneuerung im Sinne einer Stimulation der literarischen Produktion interpretiert. Er entspricht einer lyrischen Katharsis, die das ›aussöhnende Moment‹ zuletzt ganz der produktiven Öffnung für die Kunst abgewinnt, wie es G.s *Trilogie der Leidenschaft* (Bd. 13.1, S. 134–140) geradezu modellhaft zur Geltung bringt (vgl. Karl Richter: Lyrische Katharsis. Goethes Umgang mit dem Schmerz in seinen Altersgedichten. In: Umwelt – Inwelt – Mitwelt. Jubiläumssymposion für Martin Schrenk. Saarbrücker Universitätsreden 29. Saarbrücken 1988, S. 43–58). – *1 umschränkt:* umgeben (vgl. DWb, Bd. 9/2, Sp. 1107). – *4 der Armenier:*

Vgl. »Die schön geschriebenen ⟨...⟩«, S. 121, Bd. 11.1.2, S. 75, V. 23, und Kommentar. – *10 Weinende Männer sind gut:* S. das Scholion zu Homers ›Ilias‹ I, V. 349: »Aeí d'aridákryes áneres ésthloi« (›Immer sind tränenreiche Männer edel‹), später sprichwörtlich gebraucht (lat. »Boni viri lacrimabiles«) und so z. B. von Erasmus von Rotterdam in seinen ›Adagia‹ kommentiert; in den *Wahlverwandtschaften* I 18 von Eduard emphatisch geltend gemacht: »Es gibt Fälle, ja es gibt deren! wo jeder Trost niederträchtig und Verzweiflung Pflicht ist. Verschmäht doch ein edler Grieche, der auch Helden zu schildern weiß ⟨Homer⟩, keineswegs, die seinigen bei schmerzlichem Drange weinen zu lassen. Selbst im Sprüchwort sagt er: tränenreiche Männer sind gut. Verlasse mich Jeder, der trocknes Herzens, trockener Augen ist!« (Bd. 9, S. 397 f.). – *11 Weinte doch Achill um seine Briseïs:* im Bezug auf Homer, ›Ilias‹ I, V. 348–361, wo Achilles den Verlust der schönen Sklavin Briseïs beklagt, die ihm Agamemnon geraubt hat. – *12 Xerxes beweinte das unerschlagene Heer:* frühere Varianten: »Xerxes weinte der Lebendigen Scheideschritt«; »Xerxes beweinte des Heeres Unzahl als Lebendig«; »Xerxes beweinte des Heeres Unzah⟨l⟩ als todt«. – Nach Herodots ›Historien‹ VII 45 weinte Xerxes, König der Perser (reg. 486–465 v. Chr.), weil er sich vorstellte, daß von dem großen Heer nach Verlauf eines Jahrhunderts niemand mehr übrig sein würde. – *13 selbstgemordeten Liebling:* Clitus; die Episode auch im Kapitel »Gegenwirkung« im Prosateil des *Divans* (Bd. 11.1.2, S. 183). – *15 grunelts:* von ›grüneln‹, ›gruneln‹, nach DWb (Bd. 4/1, Sp. 938 f.) mundartliches Wort für ›nach frischem Grün riechen, grün werden, grün zu werden anfangen‹; vgl. auch zu *Allleben* (S. 25; Bd. 11.1.2, S. 20), V. 17.

143 *Die Sonne, Helios der Griechen* ⟨...⟩
Textgrundlage: Reinschrift GSA 25/X,VIII,28 (Mommsen Nr. 142).
Entstehung: 7. November 1815.
S. *Divan*-Kommentar, Bd. 11.1.2, zu S. 86 (*Hochbild*).

144 *Es klingt so prächtig wenn der Dichter* ⟨...⟩
Textgrundlage: Reinschrift GSA 25/X,VIII,29 (Mommsen Nr. 143).
Entstehung: 7. November 1815.
S. *Divan*-Kommentar, Bd. 11.1.2, zu S. 87 (*Nachklang*).

145 *Valet*
Textgrundlage: Handschrift Stadtarchiv Hannover; Autographensammlung Culemann, Nr. 644; vgl. WA I 5/2, S. 42: H^{325}.
Entstehung: Nach Q I 1 (1836) auf den 12. November 1815 zu datieren.
Erstdruck: C^1 4 (1827), S. 167 (ohne Titel); mit der Variante »nur« statt »mir« in V. 4.

Konstanze von Fritsch (1786–1858), Hofdame der Erbgroßherzogin Maria Pawlowna, anläßlich ihrer Reise nach St. Petersburg gewidmet.

145 *An Demoiselle Fanny Caspers*
Textgrundlage: Handschrift The Dannie and Hettie Heineman Collection MS Goethe 2A, The Pierpont Morgan Library, New York, datiert: »Weimar d. 1 Jan. 1816«; vgl. WA I 5/2, S. 150: H^{542}.
Entstehung: Ein hss. Konzept (H^{541}) ist datiert: »Jena. d. 21 Nov. 1815.«; unter dem 18. Dezember 1815 notiert G. im Tagebuch: »An Fanny Caspers.«
Erstdruck: Hempel, Bd. 3 (1870), S. 63.
Fanny Caspers (1787–1835) war von 1800–1802, gemeinsam mit ihrer älteren Schwester Manon, Schauspielerin in Weimar, hier besonders in Kinderrollen zu sehen, zuerst als Julchen in Christoph Friedrich Bretzners Lustspiel ›Das Räuschchen‹, worauf V. 14 in bewußtem Doppelsinn anspielt. Sie lebte inzwischen als Gesellschafterin einer ungarischen Fürstin in Rom und bat G. im Sommer 1815 um einige Zeilen für ihre Handschriftensammlung. Fanny sei »eines jener lieblichen, aber neutralen, adiaphoren ⟨griech. ›indifferenten‹⟩ weiblichen Wesen«, charakterisiert G. sie in einem Gespräch mit Kanzler von Müller vom 8. Juni 1821, »die, mit geringer Sinnlichkeit ausgestattet, umso sicherer durch die Welt gehn, weil sie eben nicht *mehr* anreizen, als daß man gern bei ihnen weile« (Unterhaltungen. Hg. von Renate Grumach, S. 61). Die in dem Gedicht aus der Erinnerung gezeichnete Szene lag wohl nahezu 15 Jahre zurück. Fanny Caspers dankte G. für seine Verse am 3. Mai 1816 aus Neapel. – Vgl. zu den beiden Schwestern und ihrer gelegentlichen Verwechslung Elisabeth Frenzel: Die vertauschten Schwestern der Sophienausgabe. Berichtigungen über die Schauspielerinnen Manon und Fanny Caspers. In: GJb 1954, S. 218–224.

146 *Da liegt ein Ey* ⟨...⟩
Textgrundlage: Handschrift GSA 25/XI,XIVa,1; vgl. WA I 6, S. 467 f.: H^{48} / Bl. 85.
Entstehung: wohl zwischen dem 30. November und dem 6./7. Dezember 1815 (vgl. Solms: Vorarbeiten, S. 137 f., und Bosse: Nachlaßstücke, zu H^{48} / Bl. 85).
Erstdruck: WA I 6 (1888), S. 467 f.
Der fragmentarische Entwurf ist auf demselben Blatt noch in einer weiteren Fassung überliefert:

Da liegt ein Ey, es ist kein Ey Nein!
Das Oben Unten es ist so bucklick
Ist ohne Regel, es ein Zaub⟨er⟩Bündel
Es hat ein Rege⟨n⟩ es hat ein Leben
Schlagt hin ihr Knaben zersprengt die Hülle

Ein Knabe schlägt das Bündel bläht sich
Nun schlägt ein andrer und blähend wachst es.
Da will nun keiner sich nahn dem Zauber
Doch Ali Kaschan er steigt vom Pferd
Den Sporen tritt er in das Gewächse
Da platzt u reißt es ein derbes Kindlein
Entwicklet

Die Verse gehen auf eine Episode in Diez' ›Der neuentdeckte oghuzische Cyklop verglichen mit dem Homerischen‹ (Halle, Berlin 1815) zurück (vgl. Katharina Mommsen: Ein Gedichtfragment und seine orientalische Quelle. In: Forschungen und Fortschritte 34, 1960, S. 19–24. – Dies.: Diez, S. 227–245). Diez hatte den Beitrag als Sonderdruck veröffentlicht und G. am 28. November 1815 übersandt, noch bevor er wenige Wochen später im Zusammenhang des zweiten Bandes der ›Denkwürdigkeiten von Asien‹ zum zweiten Mal publiziert wurde. Schon der zweimalige Druck spricht für die Bedeutung, die Diez dem Beitrag zumaß. Er berichtet die in orientalischer Tradition weitverbreitete Sage von dem ›oghuzischen Cyklopen‹ Tepegöz (›Stirnauge‹), die Diez aus einer Geschichtensammlung des türkischen Dichters Dede Korkud (14./15. Jh.) ins Deutsche übertragen hatte – unter Beigabe des türkischen Originals und einer eigenen Abhandlung, die das Verhältnis zu Homer betraf. Denn die Erzählung hatte ihre unverkennbare Parallele in Homers Bericht über das Abenteuer des Odysseus mit dem einäugigen Riesen Polyphem. Entgegen heutiger wissenschaftlicher Auffassung vom Verhältnis beider Darstellungen war Diez der Überzeugung, einer Urform des Stoffes auf die Spur gekommen zu sein, die dem Bericht Homers vorausging. In diesem Sinne kündigte er G. bereits am 12. Juli 1815 seine Schrift an: »Ich habe schon durch mehrere Beyspiele bewiesen, daß die Griechen aus dem Orient vieles geschöpft haben, was sie nur durch das eigene Gewand, was sie allen fremden Dingen umzuwerfen wußten, zu ihrem scheinbaren Eigenthum zu machen suchten. Nun glaube ich sie beym Borg einer ganzen Erzählung betroffen zu haben. Es macht mir immer Vergnügen, wenn ich den alten Griechen bey den Morgenländern auf die Spur kommen kann« (AA Divan, Bd. 3, S. 215). Und später, im Zusammenhang der Übersendung des Sonderdrucks, spricht er noch einmal davon, daß hier »die hochgerühmten Griechen bey Barbaren in die Schule gegangen sind« (AA Divan, Bd. 3, S. 220). Noch vor Erhalt der Schrift hatte G. seinerseits am 15. November 1815 brieflich gegenüber Diez sein Interesse an »Mythen, Fabeln und Legenden« bekundet, »aus welchen die Griechen ihre Gedichte, ja selbst ihre plastischen und mahlerischen Arbeiten, kunstreich, gleichsam epitomirt ⟨zusammengezogen⟩ haben«.

Tatsächlich erzählt die türkische Quelle ausführlich die märchenhaften Umstände der Geburt des Zyklopen, die bei Homer keine Beachtung finden, so daß es aussieht, als böte die Geschichte von Tepegöz die reichere und darum ursprünglichere Variante der Zyklopen-Sage (vgl. Diez: Denkwürdigkeiten von Asien, S. 420 f.). Tepegöz wird als unförmiger Sohn eines Hirten und eines ›Engelmädchens‹ geboren. Nach ihrer Vereinigung hatte das Engelmädchen dem Hirten, »wenn das Jahr vollendet ist«, ein »Unterpfand« ihrer Liebe angekündigt, wozu Diez anmerkt: »Unterpfand deutet auf die Leibesfrucht als Folge der Begattung«. Als der Hirte zur entsprechenden Zeit wieder an die Quelle kommt, erblickt er einen »Haufen«, der bei jeder Berührung wächst. Von diesem Punkt an sei die Quelle in vollem Umfang zitiert, weil G.s Verse der Episode von da an folgen:

> »Sobald der Hirte diesen Haufen erblickte, gerieth er in Verwunderung. Er kehrte um und ergriff seinen Schleuderstein. Als er aber darnach warf, ward er ⟨der Haufen⟩ grösser. Der Hirte liess den Haufen liegen und entfloh. ⟨...⟩
>
> Von ohngefähr war um diese Zeit Bajender Chan mit den Beghs zum Lustwandeln angelangt und war zu jener Quelle gekommen. Sie sahen, dass daselbst ein Ungeheuer lag, dessen Kopf und Hinterer unkenntlich waren. Man nahm ein Holz und hiess einen Jüngling es damit stossen. Als er es aber stiess, ward es grösser. Man hiess noch einige Jünglinge stossen. Indem sie aber stiessen, ward es immer grösser. Aruz Kodscha stieg ab und berührte seinen ⟨des Ungeheuers⟩ Untertheil mit seinen Spornen. Hierauf platzte der Haufe und es kam ein Knabe heraus. Seinem Leibe nach war es ein Mensch, der am Scheitel ein Auge hatte« (S. 421).

In deutlichem Anschluß an die Quelle gestalten G.s Verse die Geburt des unförmigen Ungeheuers. An die Stelle des ›Haufens‹ setzt G. dabei das Bild des ›Eys‹, das sich bei näherem Zusehen freilich als ›Bündel‹ erweist; »Bajender Chan« vertauscht er gegen »Schach Dudan« – vielleicht aus euphonischen Gründen, vielleicht eine Verwechslung.

Die türkische Quelle gestaltet in ihrer Fortsetzung den Weg des gewalttätigen Ungeheuers, das von den Oghuziern Tier- und Menschenopfer fordert, bis es schließlich in Bissat einen ebenbürtigen Gegner findet und von diesem erschlagen wird (vgl. K. Mommsen: Diez, S. 338). Es ist ungewiß, wie weit und in welchen Zügen G.s Ballade dieser Fabel ursprünglich noch folgen sollte. Der ausgeführte Anfang entnimmt der türkischen Überlieferung vor allem Züge, die in Homers Polyphem-Stoff nicht vorgegeben waren, die G. aber von der Weltlage Ende 1815/1816 aus besonders zur Gestaltung reizten, wie Katharina Mommsen in ihren Ausführungen zu dem Fragment zeigt. Tepegöz ähnelt in vielem Timur, und beide verkörpern sie den Typus des »fürchterlichen Weltverwüsters« (Bd. 11.1.2, S. 209, 15 f.), an dem sich G. auch in »Und nun erhebt sich das größte Gelächter 〈...〉« (S. 64), in *Untergang der Zund-Dynastie* (S. 59) und in »Dieser kluge Rath den Weltbeherrscher 〈...〉« (S. 60) interessiert zeigt. G. distanziert sich darin von zerstörerischer Gewaltherrschaft, mittelbar auch von Napoleon. Und doch scheut er die eindeutige Identifikation Napoleons mit den Tyrannenfiguren, wie sie für die Zeitgenossen nahe lag, weil sie seinem zwiespältigeren Verhältnis zu dem Herrscher widersprach (vgl. auch zu *Der Winter und Timur*, Bd. 11.1.2, S. 65). Katharina Mommsen sieht in dieser Diskrepanz einen der möglichen Gründe, warum das »Buch des Timur« ein Torso blieb – wie die Ballade von Tepegöz. – *1 Da liegt ein Ey 〈...〉:* Das Bild vom Ei im Zusammenhang der Geburtsmetaphorik war nicht in der Quelle vorgegeben, aber orientalischer Überlieferung durchaus vertraut; vgl. Katharina Mommsen (1001 Nacht, S. 202 f.) zu den Metamorphosen des Zoilo-Thersites in *Faust II*, V. 5476–5479 (Bd. 18.1, S. 131). – *7 Erschriegt:* erschreckt (mitteldeutsch).

146 *Des Maurers Handeln 〈...〉*

Textgrundlage und Erstdruck: Gesänge für Freimaurer, zum Gebrauche aller Teutschen Logen. Weimar 1813. Anhang 1816 (2. Ausg.), S. 323 f. (Nr. 191; ohne Überschrift). In C^1 3 (1827), S. 69, unter dem Titel »Symbolum«.

Entstehung: anläßlich der Aufnahme August von Goethes in die Loge am 5. Dezember 1815 (Gräf III, Bd. 2/1, S. 72).

Symbolum zählt mit *Dank des Sängers* (S. 153), »Wenn die Liebste zum Erwiedern 〈...〉« (S. 157) und »An dem öden Strand des Lebens 〈...〉« (S. 157) zu einer kleinen Gruppe von Logengedichten G.s, die um die Jahreswende 1815/1816 im zeitlichen Umkreis der Aufnahme seines Sohnes August in die Weimarer Loge entstanden sind. Die geheimbündische Freimaurer- und Illuminatenbewegung gehörte seit der Aufklärung zu den politisch und sozial bedeutendsten Sozietätsbildungen des Bürgertums. In der nach der Herzogin Anna Amalia benannten, 1764 gegründeten Weimarer Loge war G. selbst seit dem 23. Juni 1780 Mitglied, mit wechselndem Engagement und vor allem am »geselligen Gefühl« interessiert, wie er bereits in seinem Aufnahmegesuch schreibt (vgl. G. an Karl Wilhelm von Fritsch, 13. Februar 1780). Die Loge ›Amalia‹ stellte dann im Gefolge des Wilhelmsbader Konvents aufgrund interner Streitigkeiten zwischen dem Vertreter der ›Strikten Observanz‹, Joh. Joachim Christoph Bode, der anti-absolutistische Ziele verfolgte, und Friedrich Justin Bertuch, der gegen das System des ›Inneren Ordens‹ war, von 1782 bis 1808 ihre Tätigkeit ein. Unmittelbar nach seiner Italienreise gibt G. offen seine Distanz zum »Unwesen der Geheimen Gesellschaften« mit ihren »Narren und Schelmen« zu erkennen (an Carl August, 6. April 1789), wobei aber hauptsächlich der inzwischen von Bode gegründete Illuminatenorden gemeint war (s. W. Daniel Wilson: Geheimräte gegen Geheimbünde. Stuttgart 1991; dazu kritisch Dirk Kemper: Ideologie und Ideologiekritik ⟨...⟩. In: GJb 112, 1995, S. 383–397). Die Wiedereröffnung der Loge ›Amalia‹ 1808 hat G. gefördert (Bd. 9, S. 1037–1043). Als literarischer Stoff spielt die Loge, wie überhaupt in der Literatur der Zeit, eine wichtige Rolle auch in G.s Werk; so insbesondere für die Turmgesellschaft der *Lehrjahre* (vgl. bes. VII 9; Bd. 5, S. 493–499), den *Groß-Cophta* (Bd. 4.1, S. 9) und *Der Zauberflöte zweiter Teil* (Bd. 6.1, S. 101). – Das Gedicht setzt Elemente des Freimaurerwesens zum Gang des menschlichen Lebens in Beziehung, wie es in der ersten Strophe angekündigt wird: in den Anspielungen auf Logengrade (»Schrittweis ⟨...⟩ vorwärts«, V. 8–10), die Maurerrequisiten Teppich (bzw. Vorhang) und Stern (V. 12–14), die ›Meister vom Stuhle‹ (V. 23). Die schließliche Wendung zum Motiv der Hoffnung ähnlich wie in *Urworte, orphisch* (S. 188 und Kommentar). – Vgl. u. a.: Allgemeines Handbuch der Freimaurerei. 3. Aufl. 2 Bde. Leipzig 1900–01, darin bes. die Artikel »Grade«, »Teppich«, »Stern« und »Meister vom Stuhl«. – H. Wernekke: Goethe und die Königliche Kunst. Leipzig 1905. – Gotthold Deile: Goethe als Freimaurer. Berlin 1908. – Rosemarie Haas: Die Turmgesellschaft in ›Wilhelm Meisters Lehrjahren‹. Zur Geschichte des Geheimbundromans und der Romantheorie im 18. Jahrhundert. Berlin und Frankfurt a.M. 1975. – Hermann Schüttler: Freimaurerei in Weimar. Zum 200. Todestag von Johann Joachim Christoph Bode. In: Ettersburger Hefte 3. Weimar 1995, S. 6–29. – Bernhard Sorg: Symbolum. In: GHb, Bd. 1 (1996), S. 352–354.

147 *Hafis dir sich gleich zu stellen* ⟨...⟩
Textgrundlage: Reinschrift GSA 25/XI,XIII,2 (Mommsen Nr. 38); vgl. WA I 6, S. 452: R; Solms: R 4.
Entstehung: 22. Dezember 1815.
Erstdruck: Q I 1 (1836), S. 343, ins »Buch Hafis« eingefügt.
Ähnlich *Unbegrenzt* (»Daß du nicht enden kannst ⟨...⟩«, S. 33; Bd. 11.1.2, S. 25) und *Nachbildung* (»In deine Reimart ⟨...⟩«, S. 34; Bd. 11.1.2, S. 26) sind die Verse ein Gedicht des Sich-Vergleichens mit Hafis. Zunächst reagiert der westliche Dichter mit dem Bewußtsein der unerreichbaren Größe des orientalischen Dichters, dem Eingeständnis eigener Unzulänglichkeit, die in kühnen orientalisierenden Bildern ausgesagt wird. Aber die eingestandene Kluft provoziert auch das Selbstbewußtsein des Vergleichenden und mo-

tiviert die schließliche Erfahrung von Gemeinsamkeit: Wie Hafis in Persien, so hat der westliche Dichter in einem »sonnenhellen / Land gelebt, geliebt« (V. 15 f.) Die beiden Verse erinnern an Italien als Land der Inspiration des Dichters, ja als Chiffre der Erneuerung und Steigerung in Leben, Liebe und Dichten überhaupt (vgl. auch zu *Allleben*, Bd. 11.1.2, S. 20). – Das Gedicht zählt zu den freien Nachbildungen der Ghaselform. – *4 ein Schiff:* Bild für das Werk des westlichen Dichters. Vgl. die Redeweise vom »Schiff des Liedes« bei Hafis (Ta XXVIII, V. 2; Hafis, Bd. 1, S. 87). Zu »Hafisens Schiff« erklärt Hammer an anderer Stelle: Das Bild meine sein »Gedicht, das, wie von anderen Dichtern, mit einem Segelschiffe verglichen wird« (Mim XLIX, V. 15 f.; Hafis, Bd. 2, S. 231). Vgl. ähnlich Ja XXVI, V. 37–40 (Hafis, Bd. 2, S. 395). – *11 Feuerwellen:* Wie vor allem das »Buch des Sängers« und das »Buch des Timur« an vielen Stellen, ist dieses Gedicht geprägt durch die Metaphorik des Elementaren, hier bes. von Wasser und Feuer. In »Feuerwellen« erscheint beides zu einer paradoxen Bildeinheit verschmolzen. Dabei gehört zur Hafis zugestandenen Überlegenheit, wie er das Elementare beherrscht – während die »Glut« den westlichen Dichter verschlingt (V. 12). – *13 Dünckel:* zunächst scheinbar eindeutig negativ besetzt, vgl. z. B. DWb, Bd. 2, Sp. 1538 f.: »die übertriebene, hoffärtige, auf andere herabblickende meinung von eigenen vorzügen«; vor dem Hintergrund des *Divans* gesehen aber den Motiven von ›Übermacht‹, ›Übermut‹ und ›Anmaßung‹ benachbart, wie sie einen wesentlichen Zug des Dichters ausmachen (vgl. bes. »Übermacht, Ihr könnt es spüren 〈…〉«, S. 19; Bd. 11.1.2, S. 49 und Kommentar).

147 *Wie! Mit innigstem Behagen 〈…〉*

Textgrundlage: Reinschrift (r) ÖNB, Wien, Autogr. 13/46-4 (Mommsen Nr. 150).

Entstehung: 23. Dezember 1815.

S. *Divan*-Kommentar, Bd. 11.1.2, zu S. 92.

148 *Lust und Qual*

Textgrundlage und Erstdruck: Über Kunst und Alterthum II 3 (1820), S. 13 f.

Entstehung: In Q I 1 (1836) auf den 24. Dezember 1815 datiert; das Tagebuch vermerkt unter diesem Datum allerdings nur: »redigirte ältere Gedichte«, und so fast täglich bis in den Januar hinein.

3 falsche Gabe: Köder. – *19 in das Meer mich gürten:* zur Ausfahrt mit dem Fischerboot bereitmachen.

149 *Juni*

Textgrundlage und Erstdruck: Über Kunst und Alterthum II 3 (1820), S. 19–21. – Eingriff: 3 *denn* (den ED; Druckfehler).

Entstehung: In Q I 1 (1836) auf den 24. Dezember 1815 datiert, un-

ter dem das Tagebuch allerdings nur notiert: »redigirte ältere Gedichte« (vgl. zum vorigen Gedicht).
G. hat die zu unterschiedlichen Zeiten entstandenen sieben Gedichte »Dringe tief zu Berges Grüften 〈...〉«, *März*, *April*, *Mai*, *Juni*, *Frühling übers Jahr*, *Fürs Leben* später in *Über Kunst und Alterthum* II 3 (1820) zu einem Zyklus vereint (Bd. 13.1, S. 25–32), den er selbst als »kleinen bürgerlichen Roman« bezeichnet (Bd. 13.1, S. 508). Die Abfolge der Gedichte parallelisiert das jahreszeitliche Fortschreiten mit den Stadien einer sich entfaltenden Liebe, bis hin zu Brautstand und Ehe. Das Gedicht *Juni*, für sich gesehen, variiert die Gewißheit eines hohen Glücks – im Bezug auf das ›Schöne‹ der Liebe (vgl. V. 34), das ›Schönere‹ des Brautstands (vgl. V. 42) und den Ausblick auf die Ehe im letzten Vers. – *12 Rändern:* wohl im Sinne von Bachufern oder Tal-Rändern. – *14 unbeklommen:* nicht durch Berge eingeengt. – *17 geschicht's:* archaisierend für ›geschieht's‹.

150 *Daß Du zugleich mit dem heilgen Christ* 〈...〉
Textgrundlage: Handschrift GSA 29/492 Bl. 68; vgl. WA I 5/2, S. 151: H545.
Entstehung: 25. Dezember 1815.
Erstdruck: C1 47 (1833), S. 212, unter dem Titel »An ein Weihnachts-Kind«.
Das Gedicht ist an Frau von Stein gerichtet, die am 25. Dezember Geburtstag hatte (geb. 1742). Die Entfremdung zwischen ihr und G. im Gefolge der italienischen Reise und G.s Verbindung mit Christiane Vulpius war seit 1801 wieder einem freundlicheren Verhältnis gewichen, das auch in den regelmäßigen Geschenksendungen seinen Ausdruck fand (vgl. auch »Gegen soviel schöne Dinge 〈...〉«, S. 45 und Kommentar). – *3 Und August auch:* G.s Sohn August, der Überbringer der Botschaft und der Gaben, war am gleichen Tag 26 Jahre alt geworden. Frau von Stein hatte sich schon in der Zeit der Entfremdung von G. um Augusts Erziehung bemüht – allerdings auch aus ihrem Mißtrauen gegenüber Christiane heraus. – *7 Mit einigem Zucker:* Die Verse waren einer Sendung von Süßigkeiten beigegeben.

153 *Dank des Sängers*
Textgrundlage: Handschrift GSA 25/VII,1 Bl. 87 f.; vgl. WA I 3, S. 377 u. 393: H148. – Abschrift Eckermanns; unter Berücksichtigung aller Korrekturen.
Entstehung: In Q I 1 (1836) auf den 29. Dezember 1815 datiert.
Erstdruck: C1 3 (1827), S. 74.
Wie »Des Maurers Handeln 〈...〉« (S. 146 und Kommentar) steht das Gedicht in Zusammenhang mit der Aufnahme August von Goethes in die Weimarer Loge. Goethes Sohn trug es in der Loge

am 16. Januar 1816 vor – als Dank für die Aufnahme. Die Verse sind einem ›Sänger‹ in der Weise eines Rollengedichts in den Mund gelegt. Auf metrische und motivische Anknüpfungen an G.s Ballade *Der Sänger* (Bd. 5, S. 127 f.) wurde hingewiesen (FrA, Bd. 2, S. 1070); aber die Gestalt ist gerade auch den *Divan*-Jahren sehr vertraut (vgl. »Buch des Sängers«, Bd. 11.1.2, S. 9–21, und *Ballade*, S. 175).

153 *Schwarzer Schatten ist über den Staub der Geliebten Gefährte* 〈...〉
Textgrundlage: Handschrift in Privatbesitz, München; vgl. Solms: H^{161}.
Entstehung: am 1. Januar 1816 oder unmittelbar davor; G.s Tagebuch bezeugt für den 28. Dezember 1815 und den 1. Januar 1816 die Lektüre des ›Anhangs‹ zu Diez' ›Denkwürdigkeiten von Asien‹, Bd. 2 (vgl. Bosse: Nachlaßstücke, zu H^{161}).
Erstdruck: Q I 1 (1836), S. 341; ins »Buch des Sängers« eingeordnet.
Der Zweizeiler geht auf ein Distichon des türkischen Sultans Selim I. zurück, das Diez bereits im ersten Band seiner ›Denkwürdigkeiten von Asien‹ (S. 255) übersetzt hatte:

Es ist ein schwarzer Schatten, der meiner schlanken Geliebten Gefährde nicht ist.
Vor Begierde bin ich zu Erde geworden, und sie ist doch mein Staub nicht.

In einer Anmerkung dazu zeigt sich Diez selbst mit dem Text nicht ganz zufrieden. Wie Katharina Mommsen (Diez, S. 251–254) gezeigt hat, wurde die Frage der richtigen Übersetzung nun aber erst recht zu einem Bezugspunkt des Orientalistenstreits (vgl. bes. Bd. 11.1.2, zu S. 53: *Wanderers Gemüthsruhe*, und zu S. 255: »Von Diez«). Hammer und Chabert warfen Diez eine verfehlte Übersetzung vor und boten als eigene Übersetzung: »Aus Sehnsucht nach meiner Geliebten bin ich ein Schatten geworden; / Jener Schatten, der ihre anmuthige Gestalt immer verfolgt, bin ich« (JALZ 10, Januar 1813, Sp. 49–62). Diez reagierte auf die Rezension mit aller Schärfe in seiner Schrift ›Unfug und Betrug in der morgenländischen Literatur‹ (auch als Anhang zu den ›Denkwürdigkeiten von Asien‹, Bd. 2, S. 617–624 gedruckt). Zur Frage der Selim-Übersetzung stellt er mehrere Übersetzungen zusammen, darunter auch eine Version (S. 620 f.), mit der er das – seiner Meinung nach falsche – Verständnis der Stelle von Chabert bezeichnen will:

Es ist ein schwarzer Schatten, welcher der Gefährte meiner Geliebten ist.
Vor Begierde bin ich zu Erde geworden, und sie ist mein Staub.

G.s Verse vereinigen Elemente der ursprünglichen Version von Diez und der zuletzt zitierten. Abseits aller literarischen Vermittlungen nehmen sie im Motiv »Schwarzer Schatten« aber auch den Ausdruck des Schmerzes auf, den die Trennung von Marianne von Willemer hinterlassen hatte. – *1 f. Staub* ⟨...⟩ *Staube:* Vgl. zu diesem Motiv *Allleben* (S. 25; Bd. 11.1.2, S. 20), »Laßt mich weinen ⟨...⟩« (S. 143), und Kommentare.

Gedichte 1816 und 1817

Goethes Lyrik der Jahre 1816 und 1817 dokumentiert eine deutliche Veränderung. Während er mit der Ankündigung seines *West-östlichen Divans* in Cottas ›Morgenblatt für gebildete Stände‹ (s. Band 11.2, S. 208–210) die Öffentlichkeit auf den Druck vorbereitete und in ersten Vorabdrucken - so vor allem im ›Taschenbuch für Damen auf das Jahr 1817‹ - die Reaktion des Publikums testen wollte, schien die produktive Anregung zu neuen Gedichten nahezu gänzlich erschöpft. Zwar brachte der Januar 1816 noch das Gedicht *Lesebuch* und weitere kleinere, vor allem Spruchgedichte, dann noch einige Gedichte der Liebe und des Schmerzes, die im Nachlaß verblieben. Doch bis Ende 1817 folgten dann nurmehr »Kenne wohl der Männer Blicke ⟨...⟩«, »Herrlich ist der Orient ⟨...⟩« und einige wenige Nachlaßgedichte. Zeitweise wurde das Orientinteresse zwar noch immer durch die Beschäftigung mit orientalistischer Literatur, so dem zweiten Band von Diez' ›Denkwürdigkeiten von Asien‹ und den neuen Bänden der ›Fundgruben des Orients‹, wachgehalten. Doch im ganzen erscheint die *Divan*-Lyrik nun als Hervorbringung einer zurückliegenden Epoche.

Für weiteste Teile der Lyrik war die Zuordnung zum *Divan* bis dahin ein einigendes Band gewesen. Das Gedichtpanorama der Jahre 1816 und 1817, das sich weithin aus diesem Zusammenhang löst, vermittelt den Eindruck einer größeren Disparatheit. Und doch erkennt man im Überblick rasch die Konstanten in der Ausprägung der Gedichte. Auffällig ist u. a., in welchem Maße die Verse der Orientierung des Schriftstellers in Zeit und Gesellschaft dienen, der eigenen Standortbestimmung, aber auch der Information, Bildung und Kritik des Publikums. Die zahlreichen Gedichte an Personen sind ein wichtiges Element sozialer Kommunikation. In Gedichten wie *Dem edlen Künstler-Verein zu Berlin*, *Bilder-Scenen*, aber auch den Versen auf das Luther-Jubiläum des 31. Oktober 1817 und mehreren Logen-Gedichten verhält sich der Dichter zu Institutionen und Ereignissen im Leben der Gesellschaft. *Toast zum Landtage* und mehrere mit Kotzebue befaßte Gedichte reagieren auf aktuelle politische Vorgänge. Mottogedichte in den frühen Heften von *Zur Morphologie* und *Zur Natur-*

wissenschaft überhaupt, aber auch Gedichte wie »Granit, gebildet anerkannt ⟨...⟩« und *Entoptische Farben* stellen die Lyrik in den Zusammenhang einer sich in dieser Zeit wieder intensivierenden naturwissenschaftlichen Forschung. *Urworte, orphisch* offenbart allgemeinste Orientierungen des Denkens und Dichtens.

154 *May*

Textgrundlage und Erstdruck: Über Kunst und Alterthum II 3 (1820), S. 17 f. – Eingriff: 13 *Gesträuche* (Gestäuche ED; Druckfehler).

Entstehung: In Q I 1 (1836) auf den 2. Januar 1816 datiert.

Wie *Juni* (s. S. 149 und Kommentar) eines jener sieben Gedichte, die G. später zu einem »kleinen bürgerlichen Roman« (Bd. 13.1, S. 508) zusammenfügte, der Zeiten im Ablauf des Jahres zum Thema der Liebe in Beziehung setzt (vgl. Bd. 13.1, S. 25–32). – *2 erst:* eben erst. – *4 Düfte:* im Sinne von aufsteigenden weißen Dünsten. – *15 der Bübchen Flatterschaar:* in der rokokohaft stilisierten Naturszenerie die Amoretten: geflügelte, Amor ähnliche Kindergestalten. – *21 wie Zimmrer, die gerechten:* wie zunftgerechte, ihr Handwerk verstehende Zimmerer.

154 *Und wer sich selbst erkennt ⟨...⟩*

Textgrundlage: Handschrift GSA 25/XI,XIVa,11; vgl. WA I 6, S. 476: H59 / Bl. 46.

Entstehung: wohl zwischen dem 1. und 5. Januar 1816; das Tagebuch bezeugt wiederholt die Lektüre des zweiten Bandes der ›Denkwürdigkeiten von Asien‹ (vgl. Bosse: Nachlaßstücke, zu H59 / Bl. 46).

Erstdruck: WA I 6 (1888), S. 476.

Die beiden Verse sind die leicht abgewandelte versifizierte Fassung von Diez' Übersetzung eines arabischen Spruchs, die er dem ersten Band der ›Denkwürdigkeiten von Asien‹ als Motto vorangestellt hatte und die er nun im zweiten Band des Werks (S. 818) noch einmal zitiert: »Wer sich selbst erkennt, der erkennt auch seinen Gott.« Die Aussage traf sich mit G.s Überzeugung von der Wechselwirkung von Selbst- und Welterkenntnis, die ein zentrales Thema seines Alterswerks ist und besonders von den naturwissenschaftlichen Schriften aus immer wieder begründet wird. Auf das nämliche Motto zum ersten Band der ›Denkwürdigkeiten von Asien‹ dagegen hatte G. zuvor in Versen eher polemisch reagiert: »Glaubst dich zu kennen, wirst Gott nicht erkennen ⟨...⟩« (Bd. 9, S. 139). Eine solche Doppelheit von Zustimmung und Skepsis im Thema der Selbsterkenntnis entspricht einer Ambivalenz von Segen und Gefahr der Introspektion, die G. seit langem immer wieder beschäftigte (vgl. Bd. 17, S. 1291, zu Nr. 657 der *Maximen und*

Reflexionen); vgl. u. a. den Aphorismus »Nehmen wir sodann das bedeutende Wort vor: *Erkenne dich selbst* ⟨...⟩« in »Aus Makariens Archiv« der *Wanderjahre* (Bd. 17, S. 694, Z. 4–14).

155 *So sag mir doch wie soll ich ihn denn winden* ⟨...⟩
Textgrundlage: Handschrift GSA 25/XI,XIVa,11; vgl. WA I 6, S. 478: H59 / Bl. 46.
Entstehung: zwischen dem 1. und 5. Januar 1816 (vgl. Solms: Vorarbeiten, S. 138, und Bosse: Nachlaßstücke, zu H59 / Bl. 46).
Erstdruck: WA I 6 (1888), S. 478.
Vom Turban handelte bereits das wesentlich früher entstandene *Divan*-Gedicht »Komm Liebchen, komm! umwinde mir die Mütze! ⟨...⟩« (S. 91; Bd. 11.1.2, S. 73 und Kommentar). Hier nimmt G. das Motiv wieder auf, angeregt durch die Lektüre im zweiten Band von Diez' ›Denkwürdigkeiten von Asien‹ (S. 466 f.): »Was aber den Osmanen eigen ist, besteht darin, dass man dort jeden Stand an seinem Turban oder an der Art, wie der Musselin um die Hauptmütze geschleift ist, unterscheiden kann.«

155 *Ich fühle gern am Kopfe deine Hand* ⟨...⟩
Textgrundlage: Handschrift GSA 25/XI,XIVa,12; vgl. WA I 6, S. 478: H60 / Bl. 47.
Entstehung: 1. bis 5. Januar 1816 (vgl. Bosse: Nachlaßstücke, zu H60 / Bl. 47).
Erstdruck: WA I 6 (1888), S. 478.
»Diese Gedichtstrophe entwarf Goethe als Replik auf den Strophenentwurf *So sag mir doch wie soll ich ihn denn winden* ⟨...⟩« (Bosse: Nachlaßstücke, zu H60 / Bl. 47).

155 *Sich selbst zu loben ist ein Fehler* ⟨...⟩
Textgrundlage: e, Bl. 88.
Entstehung: 5. Januar 1816.
S. *Divan*-Kommentar, Bd. 11.1.2, zu S. 53.

155 *An S. B.*
Textgrundlage: Handschrift GSA 25/V,5,7; vgl. WA I 5/2, S. 151: H546; beh. Ausf. verschollen.
Entstehung: »Epiph. ⟨6. Januar⟩ 1816«.
Erstdruck: C1 47 (1833), S. 174.
Das Gedicht ist an Sulpiz Boisserée gerichtet. G. nahm an dessen kunstgeschichtlichen Interessen lebhaften Anteil. Die ersten beiden Verse spielen auf die in Köln begründete reiche Kunstsammlung an (vgl. *Den Drillings-Freunden von Coelln*, S. 42 und Kommentar). Die weiteren Verse äußern Bedenken gegenüber Boisserées Plan, die inzwischen in Heidelberg (»Neckarbuchten«, V. 3) installierte Sammlung nach Berlin zu überführen. Erst 1818 erklärte sich G. dazu bereit, die Übersiedlung zu vermitteln (Brief vom 16. Januar 1818 an Sulpiz Boisserée). Zu den weiteren Statio-

nen der endlich nach München gelangten Sammlung s. den erwähnten Brief sowie zu *Den Drillings-Freunden von Coelln* (S. 42).

155 *Sprich! Unter welchem Himmelszeichen* ⟨...⟩
Textgrundlage: Photographie der Handschrift GSA 25/XI,XIII,4; vgl. WA I 53, S. 565 zu Bd. 6, S. 454 (bzw. 346): H^{44}; Solms: R 5.
Entstehung: 8. Januar 1816.
Erstdruck: Q I 1 (1836), S. 358; dem »Buch Suleika« eingefügt.
Die Frage der ersten sechs Verse findet in den letzten beiden ihre Antwort: Das Herz braucht nicht mehr wegzufliegen, wenn sich die Herzen der Liebenden »Auf dem Polster« nah sind. Vgl. das Bild des ›Polsters‹ – wohl auch eine versteckte Anspielung auf den *Divan* – ganz ähnlich in »Nicht mehr auf Seidenblat ⟨...⟩« (S. 142), V. 21–23, dort deutlich der Liebe zu Suleika zugeordnet. – *1 Himmelszeichen:* Sternbild.

156 *Lesebuch*
Textgrundlage: Reinschrift Staatsbibliothek Bremen (Mommsen Nr. 41).
Entstehung: 12. Januar 1816.
S. *Divan*-Kommentar, Bd. 11.1.2, zu S. 31.

156 *Du hast so manche Bitte gewährt* ⟨...⟩
Textgrundlage: Reinschrift in zwei Teilstücken: GSA 25/X,VI,3 sowie Sammlung Walter Beck, München (Mommsen Nr. 107a u. 107b).
Entstehung: 12. Januar 1816.
S. *Divan*-Kommentar, Bd. 11.1.2, zu S. 64.

157 *Wenn die Liebste zum Erwiedern* ⟨...⟩
Textgrundlage: Handschrift FDH 25643; vgl. WA I 3, S. 392: H^{168}. – Spätere Variante: 20 *unserm* (unsern H^{148}, C^1 3).
Entstehung: 20. Januar 1816.
Erstdruck: C^1 3 (1827), S. 71, unter dem Titel »Verschwiegenheit«.
Das Gedicht gehört vermutlich zu der kleinen Gruppe von Logengedichten des Winters 1815/1816, die aus Anlaß der Aufnahme von G.s Sohn August in die Loge ›Amalia‹ (5. Dezember 1815: Erhebung in den Gesellengrad) entstanden sind (vgl. auch »Des Maurers Handeln ⟨...⟩«, S. 146, *Dank des Sängers*, S. 153, und Kommentare). Zelter, dem es in Abschrift zur Vertonung vorlag, spricht von dem »Bundes- oder Logenlied für den Kammerrat« (Brief an G. vom 10. November 1816; Bd. 20.1, S. 474 und Kommentar). August wurde 1816 zum Geheimen Kammerrat ernannt. Zelter überschrieb das Lied in der G. am 2./3. Dezember 1816 übersandten Vertonung mit »Männerkreis«, in der Berliner Fassung mit »Maurerlied«. Die Verse kontrastieren in Strophe 1 das Aussprechen und »Schweigen« in der Liebe, in Strophe 2 den lauten »Ruhm« und die

stille »verheimlichte Verehrung« des siegreichen Feldherrn, um beides mit der 3. Strophe auf das Verschwiegenheitsethos der Freimaurer (»verbundne Brüder«, V. 17) zu beziehen. *Divan*-Anklänge werden hörbar: metrisch in der Nähe zu den lyrischen Dialogen im »Buch Suleika«, motivisch z. B. in V. 2 »Blick auf Liebesblicke« (vgl. z. B. mit »Lieb' um Liebe, Stund' um Stunde, / Wort um Wort und Blick um Blick 〈...〉«, S. 128; Bd. 11.1.2, S. 76), vor allem aber in der Kontrastparallele von Liebe und Krieg, die ähnlich in vielen Erscheinungsformen auch die *Divan*-Welt prägt (vgl. z. B. *Zwiespalt*: »Wenn links an Baches Rand 〈...〉«, S. 16, Bd. 11.1.2, S. 16; aber auch das Nebeneinander der Bücher »Timur« und »Suleika«). Das spricht gegen die Annahme, Strophe 1 sei zunächst unabhängig von den beiden anderen Strophen entstanden (vgl. Weitz: Willemer, S. 359 f., und FrA, Bd. 2, S. 1068). – *13 Siegsverheerung:* Neologismus; eine skeptische Bezeichnung G.s für den Sieg, die seine ›verheerende‹ Kehrseite bewußt macht. – *19 f. bekannte Lieder* 〈...〉 *in unserm Kreis:* Gesellige Lieder wurden aufgenommen und im Sinne der Maurer gedeutet.

157 *An dem öden Strand des Lebens* 〈...〉
Textgrundlage: Handschrift GSA 25/III,2,2. – Eingriff: 8 Punkt am Ende ergänzt.
Entstehung: 24. Januar 1816.
Erstdruck: C[1] 3 (1827), S. 73, unter dem Titel »Trauerloge«.
Die Verse des Gedenkens sind Caroline Luise Erbprinzessin von Mecklenburg-Schwerin (1786–1816), geb. Prinzessin von Sachsen-Weimar-Eisenach, Tochter des Großherzogs Carl August, gewidmet, die am 12. Januar 1816 gestorben war. G. erfuhr am 17. Januar von ihrem Tod (vgl. Tgb.). Die Prinzessin war G. ganz besonders ans Herz gewachsen. Schon den Tag ihrer Geburt, der seinen Aufbruch nach Karlsbad und Italien verzögert hatte, nahm er als Orakelspruch. Später zieht er sie zu Theateraufführungen und zur Mittwochsgesellschaft heran, vor allem aber: sie wird seine einzige wirkliche Zeichenschülerin, der er 1807 das *Reise-, Zerstreuungs- und Trostbüchlein* mit über 80 eigenen Zeichnungen widmet (Edition von Hans Wahl 1927; Christoph Michel 1979; Gerhard Femmel 1985); s. dazu das Gedicht *Zueignung*, Bd. 9, S. 9 f. Mit ihrer Heirat am 1. Juli 1810 und ihrem Wegzug nach Schwerin lockert sich der Kontakt, intensiviert sich aber noch einmal 1814 in der gemeinsamen Bemühung um Blüchers Denkmal in Rostock (Bd. 11.2, S. 372–375 mit Abb., und S. 512–514), dessen Vollendung Caroline nicht mehr erlebt. G.s Erschütterung über ihren Tod (zugleich den der Kaiserin Maria Ludovica von Österreich) war so groß, daß sein »poetisches Talent darüber verstummt« (an Cotta, 3. Juni 1816). G. hielt das Gedicht lange vom Druck zurück und

tilgte für seine Publikation in Bd. 3 der *Ausgabe letzter Hand* 1827 die Widmung. (S. das Nachwort zum *Reise-, Zerstreuungs- und Trostbüchlein*. Hg. v. Christoph Michel. Frankfurt a.M. 1979, S. 127–159, bes. S. 128–138). Die Loge ›Amalia‹ (vgl. zu »Des Maurers Handeln 〈...〉«, S. 146) gedachte der Prinzessin wohl nicht in einer gesonderten Trauerloge, sondern anläßlich der turnusmäßigen Trauerloge für verstorbene Logenbrüder am 26. Januar 1816. – *1 öden Strand des Lebens:* die Metapher bereits in Lessings ›Nathan der Weise‹ V 3 (Tempelherr über Recha): »Geschöpf 〈...〉 des Sklaven nicht, der auf / Des Lebens öden Strand den Block geflößt«. – *5 Siegeln:* hier: Grabinschriften.

158 *Wenn das Trockne brennt* 〈...〉
Textgrundlage: Handschrift GSA 25/XI,XIVa,8; vgl. WA I 6, S. 475: H^{56} / Bl. 43.
Entstehung: zwischen dem 21. und 27. Januar 1816, auf einem Blatt mit Exzerpten aus Rūmīs ›Spiegel der Länder‹ (vgl. Bosse: Nachlaßstücke, zu H^{56} / Bl. 43).
Erstdruck: WA I 6 (1888), S. 475.
Der Spruch begegnet in Kātib Rūmīs ›Spiegel der Länder‹ (in Diez' ›Denkwürdigkeiten von Asien‹, Bd. 2) im weiteren Zusammenhang der folgenden Passage (S. 225 f.): »Während dass ich 〈Kātib Rūmī〉 also auf den Punkt des Todes gekommen war, bemerkten die bey ihnen befindlichen Rumier (Türken) die Sache, erkannten mich, zogen gegen die Uzbeks die Säbel 〈...〉, indem sie zu ihnen sprachen: dieser Mann ist von selbst zum Chan gekommen, warum handelt ihr so gegen ihn? 〈...〉 die Uzbeks standen nun ab und gaben dem Chan Nachricht. Hierauf kam der Chan, 〈...〉 entschuldigte sich und sagte: ihr seyd gerade hieher gekommen, während dass man im Kampfe begriffen ist. Das Sprüchwort ist: wenn das Trockne brennt, so verbrennt auch das Nasse. So machte er unzählige und unermessliche Entschuldigungen«.

158 *Das Herz legt die Gewohnheit nicht ab* 〈...〉
Textgrundlage: Handschrift GSA 25/XI,XIVa,8; vgl. WA I 6, S. 475: H^{56} / Bl. 43.
Entstehung: zwischen dem 21. und 27. Januar 1816 (s. zum vorhergehenden Gedicht).
Erstdruck: WA I 6 (1888), S. 475.
Wie den vorhergehenden exzerpierte G. auch diesen Spruch aus Kātib Rūmīs ›Spiegel der Länder‹ (Diez: Denkwürdigkeiten von Asien, Bd. 2, S. 221 f.). Er steht dort im Zusammenhang folgender Passage: »Da ich 〈Kātib Rūmī〉 eines Tages von Berawer Chan unterm Gespräch befragt ward, welche Stadt unter den besuchten Städten mir am angenehmsten vorgekommen sey: so antwortete ich mit Nedschati: Das Herz legt die Gewohnheit nicht ab, es begehrt

lieber des Paradises nicht, / Jedem kommt seine eigne Stadt besser vor als Bagdad. / Der Chan vergnügte sich an dieser Antwort und sagte: in der That man hat gesagt: wenn du gleich nach China gehest: so bleibt doch Sehnsucht zurück.«

158 *Wer sich vorm Tode fürchtet* 〈...〉

Textgrundlage: Handschrift GSA 25/XI,XIV,13; vgl. WA I 6, S. 342 u. 482: H[13] / Bl. 57.

Entstehung: auf einem Exzerptblatt, das G. mit »27 Jan. 1816« datierte (vgl. Solms: Vorarbeiten, S. 139, und Bosse: Nachlaßstücke, zu H[13] / Bl. 57).

Erstdruck: WA I 6 (1888), S. 482.

Das Exzerptblatt enthält vor allem Aufzeichnungen und Schreibübungen im Anschluß an den ›Spiegel der Länder oder Reisebeschreibung des Admirals Kjatibi Rumi 〈...〉‹ im zweiten Band von Diez' ›Denkwürdigkeiten von Asien‹. Bei Kātib Rūmī lautet die Stelle, auf die sich die beiden Zeilen beziehen (S. 232): »Indessen Gott lässt Niemanden sterben, ehe er ihn sterben lassen will, und wer sich vorm Tode fürchtet, geht nicht auf Reisen, wie Hidschi spricht«. Die spruchhafte Sentenz steht im Zusammenhang einer Episode, die zuvor von den großen Gefahren einer Reise gehandelt hatte. – Vgl. auch K. Mommsen: Diez, S. 212 f.

158 *Und warum sendet* 〈...〉

Textgrundlage: Handschrift GSA 25/XI,XIVa,28; vgl. WA I 6, S. 351 u. 455: H[83]. – Niederschrift Eckermanns; ohne Berücksichtigung der Bleistiftkorrekturen, außer V. 12: Punkt am Ende ergänzt.

Entstehung: wohl zwischen 25. und 29. Januar 1816 (vgl. Solms: Vorarbeiten, S. 91 f., und Bosse: Nachlaßstücke, zu H[83]).

Erstdruck: Q I 1 (1836), S. 359; dem »Buch Suleika« eingefügt; von Eckermann mit der Überschrift versehen »Die Liebende spricht«.

Das Gedicht ist angeregt durch einen vermutlich zwischen dem 20. und 25. Januar 1816 entstandenen Chiffernbrief Mariannes (vgl. Bd. 11.1.2, zu S. 200 f.), der aufgelöst folgende Verspaare aus Hafis zitiert (Dal CXXXIII, V. 1 f. sowie Dal LII, V. 31 f.; Hafis, Bd. 1, S. 404 und 281):

> Lange hat mir der Freund schon keine Botschaft gesendet,
> Lange hat er mir Brief, Worte und Gruß nicht gesandt.
> Beglückt der Kranke, welcher stets
> Von seinem Freunde Kunde hat.

Im Anschluß an das erste Verspaar heißt es in Dal CXXXIII, V. 3 (Hafis, Bd. 1, S. 404) weiter:

> Hundertmal schrieb ich, allein es hat mir der Führer der Reiter
> Keinen Bothen geschickt, keine Begrüßung gesandt

– worauf sich die erste Strophe von »Und warum sendet 〈...〉« bezieht. – *7 f. Talik* 〈...〉 *Neßky:* Vgl. zum nächsten Gedicht. – *10 Sei-*

denblätter: Vgl. »Nur wenig ist's, was ich verlange ⟨...⟩« (S. 98; Bd. 11.1.2, S. 73), »Nicht mehr auf Seidenblat ⟨...⟩« (S. 142) und Kommentare. – *13–18 Die Kranke will nicht / Will nicht genesen ⟨...⟩ Gesundend, krankt:* Vgl. das Ineinander von Liebeskrankheit und Gesundung durch die Liebe ähnlich in »Kenne wohl der Männer Blicke ⟨...⟩« (S. 193; Bd. 11.1.2, S. 70 und Kommentar). – Der von Eckermann über das Gedicht gesetzten Überschrift »Die Liebende spricht« zufolge ist auch diese 3. Strophe von der Liebenden gesprochen zu denken; nach Rychner (S. 572) kann sie ebenso gut auch als Rede des Geliebten oder einer dritten Person aufgefaßt werden. – Hans-J. Weitz: Unerkannte Grüße Goethes an Marianne Willemer. Zwei Vorträge. In: JbFDH 1970, S. 127–189; S. 142 f. und 163–170.

159 *Schreibt er in Neßky ⟨...⟩*

Textgrundlage: Reinschrift GSA 25/XI,XIII,6 (Mommsen Nr. 154); vgl. WA I 6, S. 456: R; Solms: R 8.

Entstehung: Ende Januar 1816, in engem Zusammenhang mit dem vorhergehenden Gedicht (vgl. Bosse: Nachlaßstücke, zu R 8). Vgl. u. a. G.s Brief vom 29. Januar 1816 an die Brüder Boisserée: »Warum kann ich nicht ein halb Jahr in Heidelberg sein! ich wollte in Neßkh und Talik hoffentlich meinen Dank zierlich schreiben lernen.« – Über das Gedicht setzte G. in Naskhī-Schrift ein arabisches Distichon, übersetzt: ›Wer beim Sultan gut angesehen ist, ist glücklich, / Und wer dem Kaiser verhaßt ist, ist ausgestoßen‹ (mit Birus, Bd. 2, S. 1764); s. Abb. S. 161.

Erstdruck: Q I 1 (1836), S. 359; in das »Buch Suleika« eingegliedert; von Eckermann mit der Überschrift versehen »Die Liebende abermals«.

Der entstehungsgeschichtliche Zusammenhang zwischen »Und warum sendet ⟨...⟩« und diesem Gedicht wird in der seit Q verbreiteten Titelgebung »Die Liebende spricht« und »Die Liebende abermals« noch unterstrichen. Beide Gedichte erscheinen auch thematisch eng mit »Nicht mehr auf Seidenblat ⟨...⟩« (S. 142) verbunden. Hans-J. Weitz nimmt sie als von Suleika gesprochen an, während sich Hatem und Suleika in »Nicht mehr auf Seidenblat ⟨...⟩« wechselseitig rufen (Unerkannte Grüße Goethes an Marianne Willemer. Zwei Vorträge. In: JbFDH 1970, S. 127–189; S. 142 und 169 f.). – *1–3 Neßky ⟨...⟩ Talik:* Taalīk »ist die arabische Kurrentschrift und unter den Schriften der Schreibkunst und überhaupt in Persien die gebräuchlichste«. Naskhī »ist die gewöhnliche arabische Kursive, die ⟨zur Goethezeit⟩ unter den acht Schriftarten persischer Schreibkunst den ersten Rang einnimmt und die Schrift des Korans und alles arabisch Geschriebenen ist« (Bosse: Nachlaßstücke, zu R 8; nach Chardin).

159 *Sey du von deiner Geliebten getrennt* ⟨...⟩
Textgrundlage: Reinschrift GSA 25/X,VIII,21 (Mommsen Nr. 133).
Entstehung: 31. Januar 1816.
S. *Divan*-Kommentar, Bd. 11.1.2, zu S. 80 (*Bist du von deiner Geliebten getrennt* ⟨...⟩).

159 *Laß deinen süßen Rubinenmund* ⟨...⟩
Textgrundlage und Erstdruck: E, S. 151.
Entstehung: vermutlich Ende Januar / Anfang Februar 1816.
S. *Divan*-Kommentar, Bd. 11.1.2, zu S. 80.

159 *Wie kommts daß man an jedem Orte* ⟨...⟩
Textgrundlage: Handschrift Bibliotheca Bodmeriana, Cologny (Mommsen Nr. 101 u. 102); Maier: H^{126}.
Entstehung: Ende Januar / Anfang Februar 1816.
S. *Divan*-Kommentar, Bd. 11.1.2, zu S. 60.

159 *Laß dich nur in keiner Zeit* ⟨...⟩
Textgrundlage: s. zum vorhergehenden Gedicht.
Entstehung: Ende Januar / Anfang Februar 1816.
S. *Divan*-Kommentar, Bd. 11.1.2, zu S. 60.

160 *Was hilft's dem Pfaffen-Orden* ⟨...⟩
Textgrundlage und Erstdruck: E, S. 104.
Entstehung: Ende Januar / Anfang Februar 1816.
S. *Divan*-Kommentar, Bd. 11.1.2, zu S. 59.

160 *Einen Helden mit Lust preisen und nennen* ⟨...⟩
Textgrundlage und Erstdruck: E, S. 104.
Entstehung: Ende Januar / Anfang Februar 1816.
S. *Divan*-Kommentar, Bd. 11.1.2, zu S. 59.

160 *Gutes thu' rein aus des Guten Liebe* ⟨...⟩
Textgrundlage und Erstdruck: E, S. 104.
Entstehung: Ende Januar / Anfang Februar 1816.
S. *Divan*-Kommentar, Bd. 11.1.2, zu S. 59.

160 *Soll man dich nicht auf's schmälichste berauben* ⟨...⟩
Textgrundlage und Erstdruck: E, S. 104.
Entstehung: Ende Januar / Anfang Februar 1816.
S. *Divan*-Kommentar, Bd. 11.1.2, zu S. 59.

160 *Kotzebue*
Textgrundlage: Handschrift GSA 25/VII,4,4 Bl. 103a; vgl. WA I 5/2, S. 285: H^{871}. In einer weiteren Fassung (GSA 25/VIII,6,15; H^{870}), in der nur die ersten beiden Strophen erhalten sind, lautet die zweite:

Deswegen hast du nichts gelernt,
Bey allem Glück vom Glück dich entfernt.
Das Tüchtige hat dich immer verdrossen,
Und so hast du dich selber ausgeschlossen

Entstehung: Februar 1816.
Erstdruck: Q I 1 (1836), S. 136.

August von Kotzebue (1761–1819), Jurist und Dramenautor, war neben Iffland einer der beliebtesten deutschen Theaterdichter. G. hatte seine publikumswirksamen Stücke seit den 90er Jahren immer wieder auf den Weimarer Spielplan gesetzt (vgl. u. a. *Tag- und Jahres-Hefte* zu 1792; Bd. 14, S. 20). Zu Beginn des 19. Jahrhunderts führte die künstlerische Fehde zwischen dem Kreis um die Brüder Schlegel und der Gruppe um Kotzebue auch zu Belastungen des Verhältnisses mit G., die später nicht mehr ausgeräumt wurden. Wenn G. von Kotzebue als einem »Todfeind aller Weimarischen Tätigkeit« spricht, so zeigt dies die tiefgreifende Entfremdung (vgl. *Tag- und Jahres-Hefte* zu 1802, Bd. 14, S. 84–88; zu 1803, ebd., S. 106; s. auch die zahlreichen Invektiven G.s aus dieser Zeit: *Der neue Alcinous*, *B. und K.*, »Gottheiten zwei 〈...〉« u. a., Bd. 6.1, S. 63–69). Die Zeitschrift »Der Freimüthige« (1803–1807) bietet nur einige Beispiele von Kotzebues unablässiger literarischer Goethe-Polemik in der Folgezeit, u. a. mit dem »Beweis, daß Herr v. Goethe kein Deutsch versteht« (1805; s. auch die Erläuterung zu dem Gedicht *Kläffer*, S. 51). – Die Verse gehören zu einer Reihe erst posthum veröffentlichter Gedichte, die im Zug der zunehmenden öffentlichen Auseinandersetzung um Kotzebue während der Jahre nach dem Wiener Kongreß entstanden und die weniger auf dessen Werk als seine streitbare Persönlichkeit reagieren. Das persönliche Element der Auseinandersetzung, aber auch die Schärfe der bald trocken-ironischen, bald polemisch-spöttischen Töne werden dafür verantwortlich sein, daß G. die Gedichte nicht zur Veröffentlichung bestimmte. – *3 Gewinnst:* die altertümliche Form passend zu den Knittelversen und der schlichten Syntax des Gedichts. – *6 den Reihen:* den Reigen. – *9 ein Meyner:* Beurteiler, Kritiker; vgl. ähnlich im Brief an Zelter vom 14. November 1816: »Leser und Meiner« (Bd. 20.1, S. 474).

163 *Hier sah ich hin, hier sah ich zu 〈...〉*
Textgrundlage: Handschrift The Dannie and Hettie Heineman Collection MS Goethe 11, The Pierpont Morgan Library, New York.
Entstehung: unmittelbar vor dem 26. Februar 1816 (s. u.).
Erstdruck: C^1 4 (1827), S. 166.
Eine Abschrift des Kanzlers von Müller vermerkt: »An Reinhard unter eine Handzeichnung, die Gegend an der Mainbrücke zu Frankfurt vorstellend«, »im August 1815« (WA I 5/2, S. 41: H^{323}). Dieses Datum bezeichnet aber die erinnerte Zeit, während die Verse selbst wohl erst unmittelbar vor dem 26. Februar 1816 entstanden sind. An diesem Tage übersandte G. dem Freund Karl Friedrich Graf Reinhard (1761–1837; Diplomat; 1815 geadelt) ein Exemplar von Rosine Städels Frankfurt-Zeichnung (vgl. zu *An*

Fräulein Mathilde von Lyncker, S. 168) mit den Worten: »Beiliegendes Bild zeigt Ihnen den Ort, wo ich mit Boisserée einige Zeit gewohnt und über Ihre Schicksale noch manches Besorgnis gehegt habe ⟨diese ›Fürsorge‹ meint die Formulierung in Vers 1: »Hier sah ich zu«: zusehen ›sich kümmern um jemanden‹⟩. Und so wollen wir uns denn vor allen Dingen Glück wünschen, daß Sie den seltsam wildesten Schicksalen entgangen, sich in der Nähe des friedlichen Orts befinden, wo ich so gern gewohnt.« Reinhard entgegnete am 16. April 1816: »Ihre Zeichnung mit dem freundlichen Vers ist ein Kabinetts-Stück im heiligern Sinne des Worts. ⟨...⟩ Ich werde wohl Frankfurt endlich liebgewinnen; denn ich will es um Ihretwillen; und darum will ich Ihre Zeichnung so oft und so lange ansehn, bis es mir gelingt« (BW Goethe – Reinhard, S. 211–213, Nr. 87 f. – Dort das, vielleicht schon bei Reinhard vorgegebene, Mißverständnis, die Zeichnung stamme von G.s Hand). – *3 f. auch Du ⟨...⟩ im Kreise:* Reinhard, der als Gesandter ein unruhiges Reiseleben führte, erwarb 1807 das Landgut Falkenlust (zwischen Bonn und Köln), zugleich, in Gemeinschaft mit Sulpiz Boisserée, mit dem er seit 1805 befreundet war, das Landgut Apollinaris bei Remagen.

163 *Granit, gebildet anerkannt ⟨...⟩*

Textgrundlage: Briefbeilage UB Bonn S 863, I; vgl. WA I 5/2, S. 90 f.: H382.

Entstehung: Das »März 1816« datierte Gedicht lag G.s Brief an Boisserée vom 5. März 1816 bei.

Erstdruck: Katalog der Berliner Goethe-Ausstellung. Berlin 1861, S. 77.

Am 21. Dezember 1815 hatte G. Sulpiz Boisserée zwei Stücke Granit übersandt (»einen für Sie, den andern für den Schenken«; vgl. V. 2: »ein *wircklich* freundlich Senden«). Anfang März 1816 schickte er ihm nun zwei kristallographische Zeichnungen des Granits (vgl. V. 4: »Ein *Bild*«), darunter die Verse »Granit, gebildet anerkannt ⟨...⟩«. Beide Sendungen waren von Briefen begleitet, die mittelbar auf den *Divan* Bezug nehmen. Wie die »Segenspfänder«, denen ein *Divan*-Gedicht gilt (vgl. S. 77; Bd. 11.1.2, S. 10 und Kommentar), nennt G. in dem Brief vom 21. Dezember 1815 die beiden Granite zwei »Talismane ⟨...⟩. Es sind die ersten uns bekannten Gebilde der entstehenden Welt; Trebra nennt sie crystallisirten Granit, ich mit ihm. Begreifen wird sie niemand, wer sie andächtig beschaut, ist sicher vor gemeinen Gedanken, das wahre Kennzeichen des Talismans!« »Abraxas« nennt er Zeichnungen und Gedicht im begleitenden Brief vom 5. März 1816 – wie jene andere Gruppe von »Segenspfändern«, mit denen das *Divan*-Gedicht freilich das »Frazzenhafte« verbindet (V. 25), wo hier eher das Geheimnisvolle, Verrätselte gemeint ist (in diesem Sinne auch Boisserée in seinem Antwortbrief am 28. März 1816; Boisserée: Briefwechsel / Tagebücher. Bd. 2. Stuttgart 1862, S. 111). Schon vergleichsweise früh, in seinen Aufsätzen über den Granit von 1784 (⟨*Granit I*⟩ und ⟨*Granit II*⟩; Bd. 2.2, S. 503–507) und dann in den verschiedensten Lebensphasen immer wieder, hat G. sich mit dem Granit beschäftigt. V. 6 spielt auf das insgesamt eher späte Interesse der Forschung an dem Gegenstand an. Aber gerade die Diskrepanz zwischen dem bedeutenden Gegenstand und den Rätseln, die er noch immer aufgibt, wird im Gedicht zur Brücke für eine gleichnishafte Übertragung. Sie schreitet vom Phänomen zur daran angeschlossenen Betrachtung, vom Objekt zum Subjekt, von der Natur zum Bereich des Menschen fort: zuerst im Bezug auf den Freund, dann auf die »Quaal und Mühe« eines forschenden Betrachters, zuletzt zum spruchhaft verallgemeinerten Bewußtsein der unlösbaren Verschränkung von »Lust« und »Quaal« im menschlichen Leben. Gerade den *Divan*-Jahren und ihren Gedichten war dieses Zugleich immer wieder besonders lebhaft gegenwärtig (vgl. z. B. *Wiederfinden*: »Ist es möglich ⟨...⟩«, S. 126; Bd. 11.1.2, S. 88). – *1 gebildet anerkannt:* ›bilden‹, gleichbedeutend mit ›gestalten‹, ist ein Schlüsselbegriff der morphologischen Forschungen G.s. Hier bezeichnet die Wendung die – allgemein ›anerkannte‹ – kristalline Bildung des Granits. – Die Einfügung eines Kommas zwischen ›gebildet‹ und ›anerkannt‹, wie sie seit WA mehrfach vorgenommen wurde, ist unbegründet. – *5 Gottes Frühe:* Anspielung auf das Alter des Gesteins. Schon im frühen Aufsatz über den Granit (⟨*Granit II*⟩, s. o.) erscheint es ähnlich als schöpfungsgeschichtlich ›ältester, festester, tiefster, unerschütterlichster Sohn der Natur‹ (Bd. 2.2, S. 505). – Vgl. Insel-Almanach auf das Jahr 1982: Johann Wolfgang Goethe zu Bildern. Hg. von Christoph Michel und Isabella Kuhn. Frankfurt a.M. 1982, S. 48 und 159–161. – Peter Ludwig: Abrakadabra. Ein wenig bekanntes Naturgedicht des Alters – zu Goethes »Granit, gebildet anerkannt«. In: Goethe-Gedichte, S. 284–294.

163 *Bilder-Scenen*

Textgrundlage: Handschrift GMD, NW 772/1963; vgl. WA I 5/2, S. 38: H^{319}.

Entstehung: Am 13. März 1816 geschrieben (s. Tgb.).

Erstdruck: Einzelblattdruck mit dem Titel »Bilderszenen. Mit musikalischen Zwischenspielen. Den 15. März 1816«; dann in C^1 4 (1827), S. 158.

›Tableaux‹ oder ›Lebende Bilder‹, wie sie schon in den *Wahlverwandtschaften* begegnen (II, 4 und 5; Bd. 9, S. 421–435, mit Abb. der Bildvorlagen für die Tableaux S. 1253 f.), wurden damals zu einer verbreiteten gesellschaftlichen Mode. G. berichtet darüber anläßlich der Neuinszenierung von *Proserpina* (Bd. 11.2, S. 198, 25–35), in der *Italienischen Reise* (Neapel, 23. Mai 1787; Bd. 15, S. 403 f.), dann auch in den *Tag- und Jahres-Heften* zu 1816: »In gesellschaftlichen Kreisen hatte die Lust zu Bilderszenen immer weiter zugenommen, und ward von mir, wenn auch nicht unmittelbar gefördert, doch gelegentlich mit einigen Strophen begleitet« (Bd. 14, S. 247). Die Stanze *Bilder-Scenen* wurde für eine solche Veranstaltung geschrieben, die im Haus des mit G.s Sohn August befreundeten Weimarer Kammerherrn Karl Heinrich Anton von Helldorff stattfand (s. Tgb. 11.–15. März 1816). Sie leitete eine Reihe von ›lebenden Bildern‹ nach Poussin (»Coriolan«, »Scipio«, »Cecilie«, »Achill«) und Raffael (»Sibÿllen«) ein (die in Kräuters Abschrift und dem nach ihr herausgegebenen Einblattdruck dem Gedicht beigegebene Beschreibung der Bilder in WA I 5/2, S. 38 f.). Die weitverbreiteten und beliebten Kupferstiche wurden dabei von Darstellern auf der Hausbühne szenisch vergegenwärtigt; in den Umkleidepausen wurden meist musikalische Zwischenspiele oder Gedichtrezitationen geboten. – Vgl. August Langen: Attitude und Tableau in der Goethezeit. In: Jb. der Dt. Schillerges. 12 (1968), S. 194–258. – Hans-J. Weitz: Tableaux und Attituden. In: JbFDH 1970, S. 148–162 und 181–184 (s. auch zu »Immer niedlich, immer heiter 〈...〉«, S. 131). – Erich Trunz: Die Kupferstiche zu den »Lebenden Bildern« in den »Wahlverwandtschaften«. In: E. T.: Weimarer Goethe-Studien. Weimar 1980, S. 203–217.

164 *Frühling übers Jahr*

Textgrundlage: Handschrift GSA 25/III,1,7; vgl. WA I 3, S. 386: H^{161}. – Eingriff: 11 *Schalckhafte* (Schalckafte Hs.; Schreibversehen).

Entstehung: 15. März 1816.

Erstdruck: Über Kunst und Alterthum II 3 (1820), S. 22 f.

In *Über Kunst und Alterthum* hat G. das Gedicht zusammen mit anderen zu einem »kleinen bürgerlichen Roman« vereint (vgl. zu *Juni*, S. 149). Er umfaßte: »Dringe tief zu Berges Grüften 〈...〉«, *März*, *April*, *Mai*, *Juni*, *Frühling übers Jahr* und *Fürs Leben*. Für den in der Hs. von G. nachträglich zugesetzten Titel gibt es noch keine ganz befriedigende Deutung: »übers Jahr«: ›über das ganze Jahr hin‹, ›das ganze Jahr hindurch‹ (z. B. JA, BA, HA) oder ›im folgenden Jahr‹ (z. B. FrA), wobei die erste Paraphrase, denkt man an die »immerfort« (V. 22) siegreiche Macht des »Liebchens« (V. 19), doch plausibler erscheint.

165 *Im Nahmen dessen der sich selbst erschuf 〈...〉*

Textgrundlage: Faksimile der Handschrift in: ChrWGV 16 (1902), S. 25; vgl. WA I 53, S. 549 zu Bd. 3, S. 396.

Entstehung: März 1816.
Erstdruck: auf der Rückseite des Titelblatts von *Zur Naturwissenschaft überhaupt* I 1 (1817); in C¹ 3 (1827), S. 81, dann unter dem Titel »Procemion«.
»Procemion« (griech: Prooimion, lat.: prooemium), wie G. das Gedicht in C¹ überschrieb, bedeutet ›Vorspruch', Einleitung‹. Einleitende Funktion übertrug G. dem Gedicht gleich zweimal. 1817 eröffnete es das erste Heft der Zeitschrift *Zur Naturwissenschaft überhaupt* (s. Bd. 12, S. 388 und Kommentar); 1827 war es in erweiterter Fassung in der *Ausgabe letzter Hand* das Einleitungsgedicht der Gedichtgruppe »Gott und Welt« (s. Bd. 13.1, S. 144 und Kommentar). Zum Eröffnungscharakter gehört, daß in den Versen Vorverständnisse und letzte Grundgewißheiten des Dichters und Naturwissenschaftlers formuliert werden, von denen das jeweils Folgende nicht abzulösen ist. Dem entspricht der feierlich-getragene, verkündigende Ton der Verse. Die 1. Strophe handelt von Gott: als höchster ›schaffender‹ Intelligenz (vgl. das dreimalige ›Schaffen‹ V. 1, 2 und 3), zeitüberhobenem Wesen (V. 2: »Von Ewigkeit«), deshalb dem in Raum und Zeit gebundenen Menschen auch »immer unbekannt« (V. 6). Doch der Trennung von Gott und Welt, Gott und Mensch, folgt das Bewußtsein einer vermittelnden Verbindung. Gott ist in der Welt allgegenwärtig und den menschlichen Sinnen (»Ohr«, »Auge«, V. 7) erfahrbar – freilich nur als »Gleichniß« (V. 10), mit dem die Schöpfung auf den Schöpfer zurückweist. Einer doppelten Bedingung wird diese Erfahrung des Schöpfers durch den Menschen dabei unterstellt: Sie setzt des »Geistes höchsten Feuerflug« (V. 9), ein dem Menschen mitgeteiltes Streben nach dem Unbedingten, voraus, aber auch die mit den Grenzen der menschlichen Existenz verbundene Bereitschaft zum Sich-Bescheiden (»hat am Bild genug«, V. 10). Wo der Mensch beides vermag, öffnet sich die Befangenheit in der Zeit (»zälst nicht mehr, berechnest keine Zeit«, V. 13) der »Unermeßlichkeit« (V. 14), der staunenden Teilhabe am Ewigen und Unendlichen. So hat G. es in den naturwissenschaftlichen Schriften immer wieder gesagt, z. B. im *Versuch einer Witterungslehre*: »Das Wahre mit dem Göttlichen identisch, läßt sich niemals von uns direkt erkennen, wir schauen es nur im Abglanz, im Beispiel, Symbol, in einzelnen und verwandten Erscheinungen; wir werden es gewahr als unbegreifliches Leben und können dem Wunsch nicht entsagen, es dennoch zu begreifen« (Bd. 13.2, S. 275). Aber es ist in besonderer Weise Aufgabe des Dichters, die Welt der Erscheinungen als Gleichnis und Symbol des höchsten Wesens aufzunehmen. Das Gedicht hat seine genaue Parallele in *Faust II*, V. 4695–4727 (Bd. 18.1, S. 107 f.), wo Faust das »Feuermeer« der Sonne nicht erträgt, sich mit dem »farbigen

Abglanz« des Lichts im Bogen über dem Wasserfall begnügt. Vgl. aber auch z. B. im *Divan* »In tausend Formen magst du dich verstecken 〈...〉« (S. 113; Bd. 11.1.2, S. 93). – *1 Im Nahmen 〈...〉:* liturgische Anrufungs- und Einleitungsformel, die hier den Charakter einer Verkündigung unterstreicht. – *2 in 〈...〉 Beruf:* berufen zu. – *11 heiter:* »etwa in dem Sinne: steigernd, vom Materiellen ins Geistige emporführend« (HA, Bd. 1, S. 718). – *12 schmückt sich:* d. h. im Schönen der Natur wird der Hinweis auf den Schöpfer wahrgenommen. – Vgl. Erich Trunz: Goethes Gedicht »Prooemion«. In: DVjs 21 (1943), S. 99–112. – Ders.: Drei weltanschauliche Gedichte Goethes. In: JbFDH 1992, S. 69–94.

165 *Wir haben dir Klatsch auf Geklatsche gemacht 〈...〉*
Textgrundlage: Handschrift GMD, Kat. Slg. Kipp. 1, Nr. 18; vgl. WA I 5/2, S. 259: H^{769}.
Entstehung: Dem Brief an Zelter vom 14. April 1816 beigegeben: »Die letzte leere Seite mögen einige Verslein einnehmen zu beliebigen Gebrauch« (Bd. 20.1, S. 416).
Erstdruck: Q I 1 (1836), S. 133.
Eine sarkastische Replik auf den Gesellschaftsklatsch über G.s Privatleben. – *Herr Ego:* vielleicht eine (auch selbstironische) Replik auf den G. häufig unterstellten ›Egoismus‹. – Ein Panorama der öffentlichen Meinung über G. gibt, immer noch lesenswert, Viktor Hehn im 2. Kap. seiner ›Gedanken über Goethe‹ (1887); jetzt in einer Einzelausgabe wieder abgedruckt: Goethe und das Publikum. Hg. von Eugen Thurnher. Berlin 1988.

166 *Museen*
Textgrundlage: Handschrift GSA 25/VII,1 Bl. 143; vgl. WA I 3, S. 377 u. 405: H^{148}. – Niederschrift Johns.
Entstehung: In Q I 1 (1836) auf April 1816 datiert.
Erstdruck: C^1 3 (1827), S. 127.
Die Verse spielen auf die große Zahl der durch den Krieg zerstörten Kunstwerke an. Während der napoleonischen Feldzüge wurden von den französischen Truppen viele Gemälde nach Paris entwendet. Nach Kriegsende gelangten sie, durch die mehrfachen Transporte z. T. schwer beschädigt, an ihre ehemaligen Standorte zurück. G. verfolgte diese Rückführungen mit großem Interesse. Die Schrift *Kunst und Altertum am Rhein und Mayn* setzt mit der Meldung über die Rückkunft eines Rubens-Gemäldes in Köln ein (Bd. 11.2, S. 9). (Vgl. zum Themenkreis auch G.s Ausführungen *〈Reinigen und Restaurieren schadhafter Gemälde〉*; Bd. 11.2, S. 316–318).

166 *Was, mit mir, die Freunde wollen 〈...〉*
Textgrundlage: Faksimile der Handschrift in: Mick Nr. 33; vgl. WA I 5/2, S. 151: H^{547}.

Entstehung: 5. Mai 1816; vgl. auch das Tagebuch unter diesem Datum: »Briefe und Expeditionen, besonders Arrangement des nach Frankfurt bestimmten Paquets.«
Erstdruck: Schorers Familienblatt, Nr. 25 (1890), S. 399.
Die Verse sind Rosine Städel gewidmet. G. übersandte sie mit einem Ring mit sieben Steinen, deren Anfangsbuchstaben den von ihm gebrauchten Rufnamen (›Rosette‹) der jungen Frau bildeten (Rubin, Opal, Saphir, Emeraude, Türkis, Topas, Emeraude). S. Weitz: Willemer, S. 361 f. – 2 *Will mir noch nicht glücken:* der Aufbruch zum versprochenen dritten Besuch bei den Willemers: »Meine Tage gehen, ich weiß nicht wohin; denn bis alles eingerichtet ist, was ich in Auftrag habe, so werden wir schon ziemlich ins Frühjahr hereingerückt sein. Wenn nur der Sonnenwind günstig in die Segel bläst!« (an Jacob von Willemer und Marianne, 5. April 1816). Am 20. Juli 1816 scheiterte die Reise dann endgültig.

166 *Wasserfülle, Landesgröße* 〈...〉
Textgrundlage: Handschrift GSA 25/VII,2; vgl. WA I 5/2, S. 5 f. u. 46: H[271]. – Niederschrift Eckermanns.
Entstehung: In einer anderen Handschrift (H[331]) datiert: »W.〈eimar〉 d. 5. May 1816.«
Erstdruck: C[1] 4 (1827), S. 170.
Die Verse sind Antonie Brentano gewidmet (s. den Kommentar zu »Lieblich ist's im Frühlingsgarten 〈...〉«, S. 67). G. schrieb sie unter Rosine Städels Frankfurt-Bild (vgl. zu *An Fräulein Mathilde von Lyncker*, S. 168). Vgl. ›Goethes Briefwechsel mit Antonie Brentano‹. Hg. von R. Jung. Weimar 1896, S. 39. – 4 *Winkel:* Anspielung auf das Landgut der Brentanos zu Winkel im Rheingau, wo G. 1814 mehrfach zu Besuch war (vgl. Bd. 11.2, S. 116–118).

166 *Fluß und Ufer, Land und Höhen* 〈...〉
Textgrundlage: Handschrift FDH 2844; vgl. WA I 5/2, S. 47: H[332].
Entstehung: 5. Mai 1816.
Erstdruck: C[1] 4 (1827), S. 170.
Die Verse stehen unter einem Exemplar der Frankfurt-Zeichnung Rosine Städels (vgl. zu *An Fräulein Mathilde von Lyncker*, S. 168) und sind dem Juristen, Diplomaten, Schriftsteller und Sammler Johann Isaac Freiherr von Gerning (1767–1837) gewidmet (Einzelheiten zu Bild und Unterschrift: WA I 5/2, S. 47). G. besaß sein – in Frankfurter Kreisen bekanntes – Lehrgedicht ›Die Heilquellen am Taunus 〈...〉‹ (Leipzig 1814; Ruppert, Nr. 911) und erwähnt sein Wirken auch in *Kunst und Altertum am Rhein und Mayn* positiv (Bd. 11.2, S. 29), während er ihn in seinen Briefen höchst kritisch betrachtet (s. ebd., S. 727 f.).

166 *〈Purismus〉*
Textgrundlage: Handschrift GSA 25/VII,3,9 Bl. 210; vgl. WA I 5/2,

S. 273: H843. – Der für den Erstdruck von Eckermann hinzugefügte Titel »Die Sprachreiniger« blieb unberücksichtigt; der angesetzte Titel ist G.s Tagebuch entnommen.
Entstehung: Vermutlich am 21. Mai 1816 entstanden; vgl. Tgb.: »Gedicht Purismus«.
Erstdruck: C1 47 (1833), S. 228.
Die nationalen Tendenzen im Gefolge der Befreiungskriege und der Befreiung von der napoleonischen Herrschaft ließen Bemühungen aufleben, die deutsche Sprache von Fremdwörtern zu ›reinigen‹, überhaupt fremde Einflüsse auf Sprache und Kultur zu unterbinden. Exemplarisch dafür war die 1815 in Berlin gegründete ›Gesellschaft für die Reinigung der deutschen Sprache‹, deren Wirken G. mehrfach verspottet. Im Brief vom 30. Juni 1813 an Riemer hatte er solchen Tendenzen schon vergleichsweise früh eine klare Absage erteilt: Er habe die Erfahrung gemacht, »daß es eigentlich *geistlose Menschen* sind, welche auf die Sprachreinigung mit so großem Eifer dringen«. »Gott Danck! daß uns so wohl geschah 〈...〉« ist ein Spottgedicht auf die sprachpuristische Deutschtümelei. Vgl. ähnlich »Befrey uns Gott von *s* und *ung* 〈...〉« (S. 218), »Die deutsche Sprache wird nun rein 〈...〉« (Bd. 9, S. 103), auch den Aufsatz *Deutsche Sprache* (Bd. 11.2, S. 221–226) und Kommentare. – *2 Helena:* Napoleon wurde 1815 auf die Insel St. Helena verbannt, wo er 1821 starb. – *4 hundert Tyrannen:* Damit sind die Sprachreiniger gemeint. – *6 neues Continental System:* G. spielt hier auf die 1806 erlassene Kontinentalsperre an, die das Festland gegenüber England wirtschaftlich abschließen sollte. Im Vergleich damit nun die neue Isolation, die von den Sprachpuristen betrieben wird. – *7 Teutschland:* Ältere, von den Sprachpuristen bevorzugte Form (vgl. auch *An die T... und D...*, Bd. 9, S. 98 und Kommentar). – *10 Kopf, Körper und Schwanz:* Vorsilbe, Stamm und Nachsilbe.

167 *Herrlich ist der Orient 〈...〉*
Textgrundlage und Erstdruck: E, S. 110.
Entstehung: wohl Ende Mai 1816.
S. *Divan*-Kommentar, Bd. 11.1.2, zu S. 62.

167 *Du versuchst, o Sonne, vergebens 〈...〉*
Textgrundlage: Handschrift GSA 25/VII,2; vgl. WA I 5/2, S. 5 f. u. 39: H271. – Abschrift Eckermanns; unter Berücksichtigung der Bleistiftkorrekturen.
Entstehung: Das über dem Text genannte Datum des 6. Juni 1816 ist der Todestag von G.s Ehefrau Christiane.
Erstdruck: C1 4 (1827), S. 160, unter dem Titel »Den 6. Juny 1816«; in den ›Aufklärenden Bemerkungen‹ G.s zu dem Band als ›Grabschrift‹ ausgewiesen: »der Gatte der Gattin«.
An diesem Tage schrieb G. in sein Tagebuch: »Nahes Ende meiner

Frau. Letzter fürchterlicher Kampf ihrer Natur. Sie verschied gegen Mittag. Leere und Todtenstille in und außer mir.« Ein Prosaentwurf (H^{231}) zu dem Gedicht lautet: »Ich kann weiter keinen Gewinn des Lebens haben als ihren Verlust zu bedauern.« In der Schlichtheit der Verse und dem Bild der Trennung vom Licht – der »Sonne«, die »düstre Wolken« verbergen – findet der Schmerz dann seinen eindringlichen Ausdruck. S. auch die lapidare Mitteilung an Zelter vom 8. Juni 1816 (Bd. 20.1, S. 436).

167 *An Alexander v. Humboldt*
Textgrundlage: Faksimile der Handschrift in: Heinemann, Karl, Goethe, Leipzig 1916, 4. Aufl., 2. Bd., S. 279; vgl. WA I 5/2, S. 152: H^{548}; beh. Ausf. verschollen.
Entstehung: 12. Juni 1816.
Erstdruck: C^1 47 (1833), S. 173.
Kurz nach Christianes Tod hatte Alexander von Humboldt (1769–1859) G. seine botanische Studie ›Sur les lois que l'on observe dans la distribution des formes végétales‹ (›Über die hinsichtlich der Verteilung der Pflanzenformen zu beobachtenden Gesetze‹) zugesandt (vgl. die Tagebuchnotiz vom 20. Juni sowie G. an Boisserée, 24. Juni 1816). G. dankte mit diesen Versen, die er, mit der Bitte um Weitervermittlung an den Bruder, dem Brief vom 24./26. Juni 1816 an Wilhelm von Humboldt beilegte. Darin heißt es: »So bin ich auch Ihrem Herrn Bruder eine liebliche Tröstung schuldig geworden, da sein so bedeutendes und aufregendes Heft 〈…〉 gerade in den traurigsten Momenten zu mir kam und sein Recht an mir ausübte, und so ist es auch zeither der tägliche Text meiner Betrachtungen geworden.« Die Hilfe, die das Gedicht der Schrift Humboldts abgewinnt, die vertraute Beschäftigung mit der »Welt«, der Natur und ihren Gesetzen, als Chance zu nutzen, den Schmerz zu überwinden, versagt sich später in der *Elegie* von Marienbad, V. 31–36 (Bd. 13.1, S. 136).

168 *Gott sandte seinen rohen Kindern* 〈…〉
Textgrundlage: Handschrift in Privatbesitz, Oldenburg (Photogr. GSA); vgl. WA I 53, S. 553 zu Bd. 3, S. 420.
Entstehung: 30. Juni 1816.
Erstdruck: Über Kunst und Alterthum III 1 (1821), S. 6.
Recht, Wissenschaft und Kunst, Gaben des Himmels im zivilisatorischen Prozeß der Menschheit, bedurften ihrerseits zunächst einer Humanisierung durch Poesie. Der Kommentar der JA (Bd. 2, zu S. 141) verweist auf Horaz, ›Episteln‹ II 3 (die ›Ars Poetica‹), V. 391–407, wo von Orpheus und Amphion, Homer und Tyrtaios die Rede ist, die den ›wilden‹ Menschen mit ihren Liedern und Versen auch alle anderen Kulturleistungen ermöglicht hätten. – *4 grasses Loos:* (im Erstdruck »krasses«) von lat. ›crassus‹, »doch ver-

mengt mit ›grasz, gräszlich‹« (DWb, Bd. 5, Sp. 2069): arges, schlimmes Los.

168 *An Fräulein Mathilde von Lyncker*
Textgrundlage: Handschrift GMD, Kat. 1928, Nr. 17; vgl. WA I 5/2, S. 46: H330.
Entstehung: 20. Juli 1816.
Erstdruck: C[1] 4 (1827), S. 169.
G. schrieb das Widmungsgedicht für die Tochter des Weimarer Beamten Karl Freiherr von Lyncker (1867–1843), Mathilde von Lyncker, unter eine Zeichnung von Frankfurt am Main, die Rosine Städel, eine Tochter Jacob von Willemers, zu G.s Geburtstag am 28. August 1815 gemalt hatte (Grabstichelarbeit in Aquatinta). Das Bild zeigt die Ansicht von Frankfurt von G.s Wohnung auf der Gerbermühle aus. Wahrscheinlich handelt es sich um die Nachbildung einer Sepiazeichnung des Frankfurter Malers Anton Radl, der Rosine unterrichtete; Näheres bei Weitz: Willemer, S. 352 f., 436 und S. 613 f. (vgl. den Bericht Sulpiz Boisserées zum festlich begangenen Geburtstag; Herwig, Bd. II, S. 1062). G. ließ von Rosines Blatt eine größere Zahl Nachbildungen herstellen (vgl. den Brief an Rosine Städel vom 21. Dezember 1815 und an Willemer vom 6. Oktober 1816), die er in der Folgezeit, mit Widmungs- und Denkversen versehen, an Freunde verschenkte (vgl. zu S. 117 f., 163, 166). Das vorliegende Widmungsgedicht ruft gesellige Tage im Schloß Wiesbaden-Biebrich in Erinnerung, wo G. während seiner beiden Reisen an Rhein und Main oft Gast von Herzog Friedrich August von Nassau war. Vgl. den Abschnitt »Biberich« in *Kunst und Altertum am Rhein und Mayn* (Bd. 11.2, S. 28, und seinen Brief an Christiane vom 8. August 1814). Gemeinsame Besuche mit Lynckers im Sommer 1815 verzeichnet das Tagebuch am 9. und 16. Juli.

168 *Also lustig sah es aus* 〈...〉
Textgrundlage: Handschrift Bibliotheca Bodmeriana, Cologny; vgl. Weitz: Willemer, S. 617 zu S. 361: H und H[1], und Nachtrag S. 964 f.
Entstehung: 28. August 1816, vielleicht auch schon davor.
Erstdruck: C[1] 4 (1827), S. 169.
Das Gedicht ging an Jacob von Willemer mit Radls Ansicht Frankfurts von der Gerbermühle aus, an Frau Louise Friederike von Niebecker (geb. von Fritsch) mit Rosine Städels nach Radls Zeichnung verfertigtem Kupferstich (Aquatinta) (s. *An Fräulein Mathilde von Lyncker*, S. 168, dazu Kommentar und Abb.). – Die Grußverse erinnern das gesellige Leben der beiden Rhein-Main-Aufenthalte – im Sinne eines ›Genusses‹, der sich im ›Gedenken‹ an die »Freunde« erhält. – *4 Eilfer:* Vgl. zu »Wo man mir Guts erzeigt überall 〈...〉«, S. 137.

171 *Zur Feyer des sieben und zwanzigsten Septembers 1816*
Textgrundlage und Erstdruck: Intelligenzblatt der Jenaischen Allgemeinen Literatur-Zeitung, Nov. 1816, Nr. 75. Später C^1 4 (1827), S. 100, unter dem Titel »Herrn Staats-Minister v. Voigt zur Feyer des sieben und zwanzigsten Septembers 1816«.
Entstehung: 25. September 1816 (s. Tgb.); zum fünfzigjährigen Dienstjubiläum Voigts am 27. September 1816.
Christian Gottlob von Voigt (1743–1819), seit 1777 als Regierungsrat und später als »Erstminister« an der Spitze der Weimarer Beamtenhierarchie, war der wohl wichtigste Begleiter G.s im höheren Verwaltungsdienst des Herzogtums. Eine im Lauf der Jahre vielfältig erprobte Kooperation in amtlichen Ressorts und gemeinsame klassisch-humanistische Interessen gaben der Verbindung für beide eine Bedeutung, die weit über das ministerielle Tagesgeschäft hinausreichte. »Sie entwickelte sich schließlich aus bloßer Arbeitsbeziehung zu inniger persönlicher Freundschaft«, wovon auch die Korrespondenz, die zahlenmäßig stärkste in G.s gesamtem Briefwerk, zeugt (vgl. Tümmler: Goethes Gedichte an und über Persönlichkeiten, S. 98–101). G. selbst gibt in der *Ausgabe letzter Hand* folgende ›Aufklärende Bemerkung‹ zu den Versen: Das Gedicht sei »ein Denkmal vieljährigen und mannigfaltigen Zusammenwirkens. Die erste Strophe bezieht sich auf den Ilmenauer Bergbau, dem wir mit Fleiß und Studium mehrere Jahre vorstanden. Die zweyte und dritte deutet auf die in Gesellschaft höchst gebildeter Frauen und Männer gefundene Erheiterung von oftmals lästigen und gefährlichen Geschäften; der Schluß auf die Schrecken 〈...〉 der wechselvollen Kriegsjahre, auf das Glück endlicher Befreiung und zugleich auf die Nothwendigkeit des Zusammenhaltens geprüfter Freunde in einer Zeit wo eine Verwirrung aller Begriffe die hohe Cultur des Vaterlandes zu vernichten drohe.« In der Verschränkung von Leben und Zeitgeschichte, Amt und Privatsphäre, Wissenschaft und Kunst setzt das Stanzen-Gedicht dem Jubilar ein Denkmal, das weit über den aktuellen Anlaß hinausweist. »〈...〉 es erreicht in manchen bedeutenden Gedanken, gedrängten Bildern und satten Farben die Höhe der großen Alterslyrik« (HA, Bd. 1, S. 660). – *12 Eroten:* kleine Liebesgötter. – Vgl. Goethes Briefwechsel mit Christian Gottlob Voigt. Hg. von Hans Tümmler. 4 Bde. Weimar 1949–1962 (darin u. a. G.s Briefe vom 26. September und 8. Oktober und Voigts Dank vom 7. Oktober 1816). – Hans Tümmler: Goethe, der Kollege. Sein Leben und Wirken mit Christian Gottlob von Voigt. Köln 1970.

172 *Als der Knabe nach der Schule* 〈...〉
Textgrundlage: Handschrift The Dannie and Hettie Heineman Collection MS Goethe 7, The Pierpont Morgan Library, New York; vgl. WA I 5/2, S. 14: H^{281}.

Entstehung: 9. Oktober 1816 (s. auch Tgb.).
Erstdruck: C[1] 4 (1827), S. 108, unter dem Titel »Der Gräfin Titinne Odonell, die eine meiner Schreibfedern verlangte«.
G. war seit 1810 durch gemeinsame Aufenthalte in den böhmischen Bädern mit Christine (genannt ›Titine‹; G. auch: Titinne) O'Donell geb. Prinzessin de Ligne (1788–1867), Gattin von Moritz Graf O'Donell, bekannt. Vom 7. bis 12. Oktober 1816 waren die O'Donells in Weimar zu Gast (s. Goethe und Gräfin O'Donell. Hg. von Richard Maria Werner. Berlin 1881, S. 160 f.; auch *Requiem*, S.280–283 und Kommentar). Den Entstehungsanlaß des Gedichts erläutert G. in seinen ›Aufklärenden Bemerkungen‹ zum Gedicht in der *Ausgabe letzter Hand*: Gräfin Titine »hatte in jugendlicher Heiterkeit und freundlicher Laune eine meiner Schreibfedern verlangt, die ich ihr mit solchen Zeilen zuschickte«. Auch im *Divan* wird das tägliche Schreibgerät des Dichters zum Gegenstand scherzhafter Selbstreflexion des Dichters: Vgl. »Thut ein Schilf sich doch hervor ⟨...⟩« (S. 83; Bd. 11.1.2, S. 21) und *Mit einer angeschriebenen Feder* (Bd. 18.1, S. 28) und Kommentare. – *2 Pennal:* Federkasten. – *3 Federspule:* Federkiel.

172 *Die abgestutzten, angeschmauchten ⟨...⟩*
Textgrundlage: Handschrift GSA 13/N 16; s. WA I 5/2, S. 15: H[282]. – In V. 1 über *angeschmauchten* als Alternativvariante: *eingetauchten*; im Erstdruck dann: *angetauchten.*
Entstehung: Einziger Anhaltspunkt ist G.s ›Aufklärende Bemerkung‹ in der *Ausgabe letzter Hand*, der zufolge das Gedicht, wie das vorhergehende, Gräfin Titine O'Donell gewidmet sei, jetzt »mit einer neuen, kaum angeschriebenen Feder zugesendet«. Das legt den Schluß nahe, daß es kurz nach dem vorhergehenden Gedicht entstanden sein dürfte, also wohl um die Oktobermitte 1816. Daß das handschriftliche Konzept bei einer Abschrift des *Maskenzugs von 1818* im Nachlaß der Familie Egloffstein gefunden wurde, warf die Frage auf, ob nicht Caroline von Egloffstein die wahre Adressatin der Verse ist (vgl. WA I 5/2, S. 15; auch FrA, Bd. 2, S. 1149). Ein Erinnerungsfehler G.s mag nicht restlos ausgeschlossen sein, ist aber nach WA I 53, S. 557, wenig wahrscheinlich; eher könne die Hs., »die ja Concept, nicht Reinschrift ist, zufällig in Egloffstein'schen Besitz gerathen« sein.
Erstdruck: C[1] 4 (1827), S. 109.
Daß das Sammeln und Verschenken von Schreibfedern eine häufiger geübte Praxis war, belegen auch die Verse 6575–6581 in *Faust II* (Bd. 18.1, S. 169).

172 *Nicht nur als Kabus hast du mich belehrt ⟨...⟩*
Textgrundlage: Handschrift GSA 25/XI,XIVa,5; vgl. WA I 6,

S. 473: H[53]. – 3 *bedeuten* (bedarfe WA; in der Handschrift nicht eindeutig zu entziffern).
Entstehung: wohl um den 15. Oktober 1816, nachdem G. Diez' Sendung vom 11. Oktober erhalten hatte; im Tagebuch zum 15. Oktober notiert er: »Diez Sendung« (vgl. Solms: Vorarbeiten, S. 85, und Bosse: Nachlaßstücke, zu H[53] / Bl. 50?).
Erstdruck: WA I 6 (1888), S. 473.
Nach dem ersten Hommage-Gedicht »Wie man mit Vorsicht auf der Erde wandelt 〈…〉« (S. 87; Bd. 11.1.2, S. 255) bringt auch dieses zweite, nur in zwei rudimentären Entwürfen erhaltene Gedicht auf Diez G.s große Wertschätzung des Gelehrten zum Ausdruck. G. dankt Diez, daß er ihn mit den drei bedeutsamen Werken vertraut gemacht hatte, auf die Bezug genommen wird, identifiziert ihn geradezu mit der Rolle der drei angesprochenen orientalischen Lehrer der Weisheit. – Ob G. vorhatte, das Gedicht in das geplante »Buch der Freunde« aufzunehmen, ist umstritten, nach dem jüngsten, mit dem Buch von Anke Bosse gegebenen Stand der Diskussion aber ganz zweifelhaft. – *1 Kabus:* im Bezug auf das von Diez übersetzte und herausgegebene ›Buch des Kabus oder Lehren des persischen Königs Kjekjawus für seinen Sohn Ghilan Schach 〈…〉‹. Berlin 1811 (vgl. Bd. 11.1.2, S. 255,18 und Kommentar). G. schätzte das Buch sehr; rund 20 Gedichte – vor allem Sprüche – wurden dadurch angeregt. – *2 Oguz:* im Bezug auf das von Diez im ersten Band der ›Denkwürdigkeiten von Asien‹ hg. ›Buch von Reden, welche als Sprüche der Väter unterm Namen *Buch des Oghuz*, bekannt sind 〈…〉‹. – *3 Chadsche:* gemeint ist Nasr al-Dīn Khodscha, der Spaßmacher am Hof Timurs. Diez hatte G. auf dessen Rückfrage hin über die Gestalt am 11. Oktober 1816 informiert und dem Brief »Erzählungen von Nußreddin Chodscha« beigelegt (AA Divan, Bd. 3, S. 224–230). Vgl. auch Bd. 11.1.2, zu S. 209,16 f.

172 *Gar viele Länder hab ich bereist 〈…〉*
Textgrundlage: Handschrift GSA 25/XI,XIV,17; vgl. WA I 6, 342 u. 452 f.: H[18].
Entstehung: Das Tagebuch vermerkt am 15. Oktober 1816: »Gräfin Fritsch Orientalia.« Eine Variante der Verse 3 und 4 findet sich unter der Niederschrift von »Nicht nur als Kabus hast du mich belehrt 〈…〉« (s. o.). Beides läßt auf eine Entstehung am 15. Oktober 1816 oder kurz danach schließen (vgl. Bosse: Nachlaßstücke, zu H[17] und H[18]).
Erstdruck: Q I 1 (1836), S. 349; dem »Buch der Betrachtungen« eingeordnet.
G. hatte von Gräfin Constanze von Fritsch die Abschrift und eine französische Übersetzung eines persischen Schreibens von Mirza Aboul Hassan Khan (Abū al-Hasan Khān Schīrāsī, geb. 1776 in

Schiras), dem damaligen persischen Botschafter in St. Petersburg, erhalten. Eine deutsche Übersetzung davon bietet er später im Kapitel »Neuere, Neueste« des Prosateils zum *Divan* (s. Bd. 11.1.2, S. 171 f. und Kommentar), als Beispiel für die Mischungen von Prosa und Poesie in der zeitgenössischen persischen Literatur. Der Gedichtentwurf, der Teile der französischen Version des Schreibens übersetzt und in Knittelverse bringt, stellt also ein – zeitlich früheres – lyrisches Seitenstück zu den entsprechenden Passagen in »Neuere, Neueste« dar. Nach einer ersten Fassung (H^{17}) verfaßte G. eine zweite, korrigierte Fassung des Gedichts (H^{18}), unter die er Nachbildungen der ersten Zeilen des persischen Originals setzte. – *1–5 Gar viele Länder 〈...〉 Gesegnete Stadt:* Das Schreiben des persischen Gesandten gibt eine Stelle der Vorrede aus Saadis ›Būstān‹ wieder. Sie lautet in der G. bekannten deutschen Übersetzung: »Nun will ich kürtzlich melden / aus was Ursach diß Buch von mir geschrieben ist: Ich habe eine lange Zeit die Gegenden der Welt durchgestrichen / und mein Leben bey allerhand Menschen zugebracht: Aus allen Ecken habe ich einen Vortheil / und allen Hälmen eine Frucht-Ahre abgerupfft; Niemand aber ist mir vorkommen / der so unbefleckt sey / als die von Schiras. GOttes Barmhertzigkeit sey über diesem reinen Lande« (Saadi: Persianischer Baum-Garten, S. [4]). Bei Saadi ist in diesem Zusammenhang also von Schiras die Rede; der persische Gesandte überträgt das Lob auf St. Petersburg; G. wendet es ins Allgemeine (»Gesegnete Stadt«, V. 5). – *2 allermeist:* für das frz. ›longtems‹ (›lange‹); im Entwurf durch ein verdeutlichend eingeschobenes »und« die temporale Bedeutung auf den Reisenden hin expliziert: »Mit Menge von Menschen und allermeist«. So erst wird der intendierte Sinn überhaupt verständlich: ›Mit Menge von Menschen 〈bin ich zusammengekommen〉 allermeist 〈und das sehr oft〉‹. – *6 Houris:* die Hüterinnen des mohammedanischen Paradieses; vgl. u. a. zu *Berechtigte Männer* (Bd. 11.1.2, S. 114) und *Einlaß* (Bd. 11.1.2, S. 117).

173 *Wie sitzt mir das Liebchen? 〈...〉*

Textgrundlage: Handschrift GSA 25/III,1,16; vgl. WA I 3, S. 390: H^{167}.

Entstehung: Das Autograph von Zelters Vertonung unter dem Titel »Der Entfernte« ist auf den 5. Dezember 1816 datiert; das Gedicht dürfte kurze Zeit davor entstanden sein.

Erstdruck: in Zelters ›Neuer Liedersammlung‹. Zürich, Berlin 1821, S. 16, unter dem Titel »Im Fernen«; dann in C^1 3 (1827), S. 63, unter dem Titel »Gegenseitig«.

Die Strophen 1–3 handeln von den Vorstellungen, die Ferne und Trennung im Liebenden hervorbringen: Phantasien von Geborgenheit und Nähe, im Bild von Vogel und Käfig aber auch das Bewußtsein einer Gefangenschaft durch die Liebe. Die Schlußstrophe setzt beidem die Aufhebung der Trennung und die Wechselseitigkeit des Sich-Besitzens entgegen.

173 *Dein Ost-Geschenck weis ich zu schätzen* ⟨...⟩
Textgrundlage: Handschrift Bibliotheca Bodmeriana, Cologny; vgl. WA I 5/2, S. 152: H^{550}.
Entstehung: 6. Dezember 1816.
Erstdruck: C^1 47 (1833), S. 182.
G. schrieb die Verse auf das Deckblatt des ›Almanac des Dames‹ für das Jahr 1817. Gedicht und Almanach waren die ›westliche‹ Gegengabe an Gräfin Constanze von Fritsch für ein G. aus St. Petersburg mitgebrachtes »Ost-Geschenck« (V. 1): eine persische Handschrift in Taalīk, ein Schreiben des persischen Botschafters Mirza Aboul Hassan Khan in St. Petersburg vom Mai 1816 mit einer französischen Übersetzung (s. zu »Gar viele Länder hab ich bereist ⟨...⟩«, S. 172, und dem Kapitel »Neuere, Neueste« der »Noten und Abhandlungen«, Bd. 11.1.2, S. 172).

173 *Zu des Rheins gestreckten Hügeln* ⟨...⟩
Textgrundlage: Handschrift FDH 2024; vgl. WA I 5/2, S. 337 zu S. 40.
Entstehung: Da das *Sanct Rochus-Fest* nach G.s Brief vom 16. Dezember 1816 an Sulpiz Boisserée zu diesem Zeitpunkt »in den Händen des Setzers« lag, muß das Gedicht vor diesem Datum entstanden sein. Die Wunschform – »Möget, mit Gedanckenflügeln, / Ihr den treuen Freund begleiten« – spricht eher für den erinnernden Rückblick des in der Ferne Weilenden als für eine Entstehung während der Rheinreisen 1814 und 1815, die HA (Bd. 1, S. 700) annimmt.
Erstdruck: Über Kunst und Alterthum I 2 (1817), S. 64, als Motto zum *Sanct Rochus-Fest zu Bingen* (Bd. 11.2, S. 89); später in C^1 4 (1827), S. 165.

174 *Frau Oberkammerherrinn Caroline von Eggloffstein*
Textgrundlage: Photographie der Handschrift GSA 25/IV,4,2b; vgl. WA I 5/2, S. 31: H^{307}.
Entstehung: 25. Dezember 1816.
Erstdruck: C^1 4 (1827), S. 143.
Caroline Freifrau von Egloffstein, geb. von Aufseß aus Franken (1766–1828), 1786 verh. mit dem Hofmarschall Gottlob von Egloffstein, gehörte zum Kreis um Anna Amalia und zum legendären Tiefurter Musenhof. G. nahm sie und ihren Gatten in sein ›Mittwochskränzchen‹ auf. Er unterhielt zu ihr wie ihren Nichten Caroline E., spätere Hofdame Maria Pawlownas, und Julie, von ihm geförderte Malerin, ein freundschaftliches Verhältnis. Er widmete ihr (1826) auch die Verse »Musterstuhl zu Schmerz u. Sorgen ⟨...⟩«

(Bd. 13.1, S. 184). – *5 Tiefurts Thal:* Erinnerung an die gemeinsamen Tage in Anna Amalias Tiefurter Schlößchen und Park an der Ilm; das Theaterleben in diesem Kreis hatte G. in dem großen Gedicht *Auf Miedings Tod* 1782 beschrieben (Bd. 2.1, S. 66–72; s. zu den Darstellerinnen und den Schauplätzen bes. V. 135–140; dort die ›Formel‹: »Auf Höhen Ettersburgs, in Tiefurts Tal«).

174 *Dem edlen Künstler-Verein zu Berlin*

Textgrundlage und Erstdruck: Der Gesellschafter oder Blätter für Geist und Herz, hg. von F. W. Gubitz, erster Jahrgang, Berlin 1817, 7tes Blatt, 11. Januar 1817, S. 25; dann in C^1 3 (1827), S. 121, unter dem Titel »Künstler-Lied«.

Entstehung: Das Tagebuch erwähnt unter dem 27. und 28. Dezember 1816 die Entstehung des Gedichts, am 29. Dezember die Sendung an Johann Gottfried Schadow, den Direktor des Vereins (mit Begleitbrief vom 27. Dezember).

Schadow hatte G. am 17. Dezember 1816 um ein Gedicht zum Jahresfest des (am 22. November 1814 von ihm gegründeten) Berliner ›Vereins der Maler, Bildhauer, Baukünstler und Kunstgenossen‹ gebeten. Das Jahresfest des Vereins, der »Forschung und Bildung 〈...〉 mit besonderer Rücksicht auf die Zeit und des Vaterlandes zu erhoffende Wiederbelebung der Kunstbildungsform« fördern wollte, sollte am 6. Januar 1816 begangen werden (zu Programm und Verlauf s. Zelters Brief vom 8. bis 12. Januar 1817 und Kommentar bes. zu Bd. 20.1, S. 492, 25 f.). Im Brief vom 1. Januar 1817 an Zelter erläutert G. seine Absicht: »Herrn Direktor Schadow 〈...〉 hab' ich ein Lied zum Künstlerfeste geschickt; möge es dazu beitragen den düstern Geist der durch unsere Kunsthallen schleicht endlich verbannen zu helfen« (Bd. 20.1, S. 491). Das richtet sich in besonderer Weise gegen die Tendenzen einer katholizistischen Romantik (vgl. u. a. zu »Wo ist einer der sich quälet 〈...〉«, S. 32, und »Süßes Kind, die Perlenreihen 〈...〉«, S. 102). – Wie V. 38 f. andeutet, handelt es sich um ein für gemeinschaftlichen Gesang bestimmtes Lied. Aber auch der didaktische Zug fällt auf, die Tendenz zum Lehrgedicht; mit ihr die Richtung zum Überpersönlichen und Allgemeinen der Aussage, ja die Nähe zum Spruch. In geradezu programmatischer Weise reflektieren die Strophen über Bedingungen und Aufgaben der Kunst. Neu gegenüber früheren Phasen von G.s Dichtungsauffassung ist dabei vor allem die Betonung des Gemeinschaftsbezugs (vgl. bes. die erste und die letzte Strophe), aber auch die Überordnung der »Wahrheit« über die Schönheit (vgl. bes. V. 21 f.), des Ethischen über das Ästhetische. Das sind Umorientierungen, wie sie Jahre später den Roman *Wilhelm Meisters Wanderjahre* entscheidend prägen. Das Gedicht bot sich zur Aufnahme als Verseinlage in den Roman geradezu an (vgl. Bd. 17, S. 143 f., 485 f. und

Kommentar). Es bringt dort kunsttheoretische Konsequenzen zur Geltung, die sich aus den Kapiteln der ›Pädagogischen Provinz‹ folgerichtig ergeben, formuliert den gegenüber den *Lehrjahren* veränderten Bildungsauftrag der Kunst im Sinne der *Wanderjahre* (vgl. Johannes John: Aphoristik und Romankunst. Eine Studie zu Goethes Romanwerk. Rheinfelden 1987, S. 214–216). – *27–32 des Lebens heitre Rose* 〈...〉 *vom geheimen Leben / Offenbaren Sinn erregt:* die Rose als sinnliche Erscheinung, aber zugleich als symbolischer Gegenstand; zur Doppelformel eines dem Geheimnis verpflichteten Offenbarens vgl. auch *Wink* (»Und doch haben die Recht die ich schelte 〈...〉«, S. 35; Bd. 11.1.2, S. 27) und Kommentar. – Vgl. auch Johannes John: »Zu erfinden, zu beschließen ...«. Das ›Künstlerlied‹ – ein Text und seine Kontexte. In: Goethe-Gedichte, S. 273–283. – Vgl. auch nebenstehende Abbildung.

175 *Ballade*

Textgrundlage und Erstdruck: Über Kunst und Alterthum II 3 (1820), S. 7–12.

Entstehung: Die ersten neun Strophen entstanden bereits im Oktober und November 1813 (vgl. Tgb. vom 28.–31. Oktober und 20. November 1813; auch *Tag- und Jahres-Hefte* zu 1813, Bd. 14, S. 232). Die letzten beiden Strophen dagegen wurden wohl Ende 1816 fertiggestellt; denn am 1. Januar 1817 teilt G. Zelter die »wichtige Neuigkeit« mit, »daß die beiden letzten Strophen jener widerspenstigen Ballade: Die Kinder sie hören es gerne glücklich angelangt sind« (Bd. 20.1, S. 491).

Das Gedicht verdankt wichtige Motiv- und Situationsanregungen der altschottischen Ballade ›The Beggar's Daughter of Bednall Green‹ (›Die Bettlerstochter von Bednall Green‹) aus Thomas Percys ›Reliques of Ancient English Poetry‹ (›Überreste altenglischer Dichtung‹), die G. seit den Jahren des Sturm und Drang kannte, und der Novelle vom Grafen von Angers in Boccaccios ›Decamerone‹ (1348–1353) II 8. Im Aufsatz *Bedeutende Fördernis durch ein einziges geistreiches Wort* nennt G. »den *Sänger* und die *Kinder*« als eines jener Beispiele für die anhaltende Wirksamkeit früh aufgenommener Bilder: »Mir drückten sich gewisse große Motive, Legenden, uraltgeschichtlich Überliefertes so tief in den Sinn, daß ich sie vierzig bis funfzig Jahre lebendig und wirksam im Innern erhielt; mir schien der schönste Besitz solche werte Bilder oft in der Einbildungskraft erneut zu sehen, da sie sich denn zwar immer umgestalteten, doch ohne sich zu verändern einer reineren Form, einer entschiednern Darstellung entgegen reiften« (Bd. 12, S. 307). Ähnlich bekennt er später in Eckermanns ›Gesprächen mit Goethe‹ von dem Gedicht, daß er es immer besonders geschätzt habe, »wiewohl das deutsche Publikum bis jetzt nicht viel daraus

Dem edlen Künstler-Verein
zu Berlin von Göthe.
Epiphanias 1817

Karl Wilhelm Kolbe:
KÜNSTLER-LIED
Federzeichnung
1849

hat machen können«: »Ich habe die Ballade lange mit mir herumgetragen 〈...〉, ehe ich sie niederschrieb; es stecken Jahre von Nachdenken darin, und ich habe drei bis vier Mal versucht, ehe sie mir so gelingen wollte wie sie jetzt ist« (16. Dezember 1828; Bd. 19, S. 274). Zunächst, um 1803, plante G., den Stoff in einem Schauspiel *Der Löwenstuhl* zu gestalten, das jedoch über Fragmente nicht hinausgelangte (S. 255–268 und Kommentar). Unter Verzicht auf das Löwenstuhl-Motiv gestaltete G. im Spätjahr 1813 den Stoff zur Ballade um, brach aber vor der Konfliktauflösung ab. Im Juli/August des folgenden Jahres schematisierte er das Schauspiel *Der Löwenstuhl* zu einer Oper gleichen Titels um (S. 271–279 und Kommentar) und deutete ein familiär wie politisch glückliches Ende an; auch dieser Ansatz blieb fragmentarisch. Nur in der Ende 1816 wieder aufgegriffenen *Ballade* fand der Stoff seine abgeschlossene, wenn auch gegenüber dem Opernplan motivverkürzende, d. h. das politische Finale wie die Löwenstuhl-Vorgeschichte ausklammernde Gestaltung. Da G. aber rasch sah, wie schwer es selbst klugen und erfahrenen Lesern fiel, die sprunghafte und lakonische Darstellung zu durchschauen, ließ er in *Über Kunst und Alterthum* III 1 (1821) den erläuternden Aufsatz *Ballade. Betrachtung und Auslegung* (Bd. 13.1, S. 505–507) folgen, der die Handlung in ›prosaischer Darstellung‹ kontinuierlich erzählt (›V.‹ steht dabei für ›Strophe‹):

»V. 1. Zwei Knaben, in einem alten waldumgebenen Ritterschloß, ergreifen die Gelegenheit, da der Vater auf der Wolfsjagd, die Mutter im Gebet begriffen ist, einen Sänger in die einsame Halle hereinzulassen.

V. 2. Der alte Barde beginnt unmittelbar seinen geschichtlichen Gesang. Ein Graf, im Augenblick da Feinde sein Schloß einnehmen, entflieht, nachdem er seine Schätze vergraben, ein Töchterchen in den Mantel gewickelt mit forttragend.

V. 3. Er geht in die Welt, unter der Form eines hülfsbedürftigen Sängers. Das Kind, eine schätzbare Bürde, wächst heran.

V. 4. Das Hinschwinden der Jahre wird durch Entfärben und Zerstieben des Mantels angedeutet; auch ist die Tochter schön und groß geworden, eines solchen Schirmes bedürfte sie nicht mehr.

V. 5. Ein fürstlicher Ritter kommt vorbei, anstatt der edelschönen Hand ein Almosen zu reichen, ergreift er sie werbend, der Vater gesteht die Tochter zu.

V. 6 Getraut, scheidet sie ungern vom Vater; er zieht einsam umher. Nun aber fällt der Sänger aus seiner Rolle, er ist es selbst; er spricht in der ersten Person, wie er in Gedanken Tochter und Enkel segne.

V. 7. Er segnet die Kinder und wir argwöhnen er sei nicht allein der Graf dessen der Gesang erwähnte, sondern dies seien seine Enkel, die Fürstin seine Tochter, der fürstliche Jäger sein Schwiegersohn. Wir hoffen das Beste; aber bald werden wir in Schrecken gesetzt. Der stolze, hochfahrende, heftige Vater kommt zurück; entrüstet daß ein Bettler sich ins Haus geschlichen gebietet er denselben ins Verlies zu werfen. Die Kinder sind verschüchtert, die herbeieilende Mutter legt ein freundliches Vorwort ein.

V. 8. Die Knechte getrauen sich nicht den würdigen Greis anzurühren; Mutter und Kinder bitten, der Fürst verbeißt nur augenblicklich seinen Zorn. (Dies würde auf dem Theater ein glückliches Bild machen.) Aber ein längst verhaltener Grimm bricht los; im Gefühl seiner alten, ritterlichen Herkunft hat es den Stolzen heimlich gereut die Tochter eines Bettlers geehlicht zu haben.

V. 9. Schmählich verachtende Vorwürfe gegen Frau und Kinder brechen los.

V. 10. Der Greis, der in seiner Würde unangetastet stehen geblieben, eröffnet den Mund und erklärt sich als Vater und Großvater, auch als ehemaliger Herr der Burg, das Geschlecht des gegenwärtigen Besitzers hat ihn vertrieben.

V. 11. Die nähern Umstände klären sich auf; eine gewaltsame Regierungsveränderung hatte den rechtmäßigen König, dem der Graf anhing, vertrieben und so auch seine Getreuen, die nun, bei wieder hergestellter Dynastie, zurückkehrten. Der Alte legitimiert sich dadurch als Hausbesitzer daß er die Stelle der vergrabenen Schätze anzudeuten weiß, verkündigt übrigens eine allgemeine Amnestie, sowohl im Reiche als im Hause und alles nimmt ein erfreuliches Ende.«

Zum anderen geht der Aufsatz auf den Gattungscharakter der Ballade ein: ihre Teilhabe an allen »drei Grundarten der Poesie«, an Lyrik, Epik und Dramatik, die darin noch ungetrennt, »wie in einem lebendigen Ur-Ei, zusammen sind« (S. 505). Der – in der *Ballade* so ausgeprägte – Refrain freilich gebe dieser Dichtart schließlich doch ihren »entschiedenen lyrischen Charakter« (S. 505).

Daß G. das Werk nach seiner Gattungszugehörigkeit einfach *Ballade* nennt – wie er es analog mit dem *Märchen* (Bd. 4.1, S. 519–550) und der *Novelle* (Bd. 18.1, S. 353–376) machte –, ist nicht Verlegenheit, sondern Ausdruck dessen, daß er den Gattungscharakter darin in exemplarischer Weise erfüllt sieht. In deutlichem Spannungsverhältnis zur ›Märchen‹erwartung der Kinder ist auch die Komposition des Ganzen außerordentlich artifiziell.

Die erste Strophe bietet die Exposition. In den Strophen 2–6 folgt die Märchenerzählung des Alten, der darin in Wahrheit seine eigene Geschichte erzählt; im Wechsel von der ›Er‹- in die ›Ich‹-Perspektive kündigt die Strophe 6 bereits eine Wende an. Die Strophen 7–11 springen aus der Vergangenheit in die Gegenwart und in die szenische Vergegenwärtigung eines Konflikts, der schließlich sein versöhnliches Ende findet.

Die Verse begeben sich in die Welt des Mittelalters. Angesichts einer bedrängenden zeitgeschichtlichen Realität zur Zeit ihrer Entstehung mag sich auch das wie eine gewisse ›Flucht‹ ausnehmen, wie sie auf andere Weise das *Divan*-Gedicht *Hegire* zum Ausdruck bringt. Aber zeitbezogen ist – im Zusammenhang der ganzen *Löwenstuhl*-Überlieferung – schon die Thematik der Gewalt. In Bildern des Adels werden Gewaltbereitschaft und ihre Überwindung einander gegenübergestellt. In seinen Thesen zur sozialen Differenzierung des Konflikts in der *Ballade* geht Mathias Mayer noch über diese Annahme hinaus. Wie G. es für die *Wahlverwandtschaften* in Anspruch genommen hat, so behandle auch die *Ballade* »sociale Verhältnisse und die Conflicte derselben symbolisch gefaßt« (G. nach Friedrich Wilhelm Riemer: Tagebuch. Karlsbad, 26. Juli 1808). Vor allem profiliere sie den Konflikt zwischen einem gewaltbereiten adeligen Genealogiedenken und einem Ethos, das zwar auch von einem Adeligen repräsentiert wird, aber bereits geprägt sei durch das »bürgerliche Prinzip von Liebe und Familie, das nicht nach Herkunft fragt« (Mathias Mayer: »Die Kinder sie hören es gerne.« Politik und Poetik in Goethes »Ballade«. In: JbFDH 1987, S. 60–94; S. 74) – ein Konflikt, wie er in geschichtlicher Hinsicht in den Umkreis der Französischen Revolution gehört. Entsprechend habe die schließliche Versöhnung etwas von einer sozialen Utopie, einer Vermittlung von Adel und Bürgertum, Altem und Neuem (vgl. eingehender Mayer, bes. S. 74–81). – *22 heischt:* hier für das Bitten des Sängers. – Vgl. u. a. auch Kommerell: Gedanken über Gedichte. 2. Aufl. 1956, S. 398–417. – Hartmut Laufhütte: Die deutsche Kunstballade. Grundlegung einer Gattungsgeschichte. Heidelberg 1979, S. 71–81 und 107–113.

181 *Zur Erinnerung trüber Tage* ⟨...⟩
Textgrundlage: Handschrift GSA 25/VII,2; vgl. WA I 5/2, S. 5 f. u. 31: H^{271}. – Niederschrift Johns; beh. Ausf. verschollen.
Entstehung: möglicherweise Ende Januar 1817, als Genast die Regie abgab, möglicherweise auch im erinnernden Rückblick, vielleicht am 11. August 1817 oder kurz davor (s.u.).
Erstdruck: C^1 4 (1827), S. 143. In Q I 1 (1836), S. 191, die Verse überschrieben: »An Herrn Genast bei Abgabe seiner Regie, unter zwei Handzeichnungen geschrieben«.

Anton Genast (1765–1831) war zwischen 1791 und 1817 Schauspieler, Sänger und Regisseur am Weimarer Hoftheater. Durch den Einfluß Frau von Heygendorfs hatte er sein Amt als Regisseur verloren und um seine Versetzung in den Ruhestand gebeten. Diese erfolgte Ende Januar 1817 und ist nur eine von mehreren einschneidenden personellen Veränderungen in der Intendanz und Verwaltung des Theaters, aus der sich auch G. im Frühjahr des Jahres verstimmt zurückzieht (vgl. seine 〈*Ansprache bei Einführung August von Goethes in die Hoftheaterintendanz*〉, Bd. 11.2, S. 141–144, und Carl Augusts Verfügungen vom 29. Januar 1817, ebd. S. 807 f.). In seinen Erinnerungen ›Aus dem Tagebuche eines alten Schauspielers‹ (Leipzig 1862. Bd. 1, S. 291) berichtet Eduard Genast, der Sohn, über einen Besuch seines Vaters bei G. am 11. August 1817 (auch in G.s Tgb. vermerkt). Dabei habe G. dem Vater, als »Erinnerungszeichen« ihrer Verbindung, zwei getuschte Federzeichnungen aus eigener Hand überreicht:

»Die erste stellt eine Campanella vor, die mit Bäumen und Buschwerk umgeben ist 〈CGZ VI B, Nr. 72: Eremitage bei Albano, ca. 1787〉. 〈...〉 Die Unterschrift, von Goethes eigener Hand beigefügt, lautet:

Zum Erinnern schöner Stunden,
Wo das Rechte war gefunden.

Die zweite ist eine Fernsicht mit Felsen, Wald und Ruinen 〈CGZ VI B, Nr. 59: Zwischen Rom und Neapel, 1787?〉. Unter dieser steht:

Zur Erinnrung trüber Tage,
Voll Bemühen, voller Plage.
Genast. Goethe.«

(Zit. nach Herwig, Bd. III/1, S. 20; die beiden Bilder abgebildet S. 179 und 180).

181 *Bilder-Scenen*

Textgrundlage: Handschrift GSA 25/IV,4,9a; vgl. WA I 5/2, S. 37: H^{318}. – Niederschrift Kräuters.

Entstehung: Das Tagebuch notiert am 1. Februar 1817 (»Stanze zu den morgenden Bilder-Scenen«) die Entstehung des für die Feier am nächsten Tag bestimmten Gedichts (vgl. auch Tgb. zum 2. Februar).

Erstdruck: Einzeldruck mit dem Titel: »Bilder-Scenen. Aufgeführt zur Feyer des 2ten Februars 1817«. Später in C^1 4 (1827), S. 157.

Die Stanze wurde für die Geburtstagsfeier des Erbgroßherzogs Carl Friedrich von Sachsen-Weimar-Eisenach (1783–1853) geschrieben, bei der im Festsaal des Schlosses ›Lebende Bilder‹ aufgeführt werden sollten (zu dem damals so beliebten Genre siehe *Bilder-Scenen,* S. 163 und Kommentar). Noch am 31. Januar hatte

G. an Heinrich Meyer geschrieben, daß ihm diesmal die Ruhe, vor allem aber der äußere Anlaß fehle, um »einiges Gedicht zu den Tableaux« zu liefern. Doch wenig später schickte er Material zu den Bildern, am nächsten Tag die Stanze an Meyer zur Weiterleitung an Kanzler von Müller, der unter Assistenz von G.s Sohn August »die Folge der Beschreibung der Tableaux« übernehmen solle. G.s Gedicht ist also nur der Vorspruch zu den darauf folgenden Texten (vgl. ähnlich zu dem Maskenzug-Gedicht »So wandelt hin, lebendige Gestalten ⟨...⟩«, S. 197). Der zur Aufführung ausgegebene Einblattdruck bringt im Anschluß an G.s Verse ein Schema der dargestellten Tableaux: »Die Tugenden« nach Raphael; »Ahasverus und Esther« nach Poussin (s. *Die Wahlverwandtschaften* II 5; Bd. 9. S. 434 u. Abb. S. 1253) und die »Heilige Familie« nach Raphael; diesen ›Hauptbildern‹ waren triptychonartig je zwei ›Nebenbilder‹ beigegeben (s. die Wiedergabe WA I 5/2, S. 37; dort auch die Namen der Darsteller). Einen Bericht über das Bühnenbild und die Vorführung gab Julie von Egloffstein in einem Brief an ihre Mutter vom 4. Februar 1817 (Herwig, Bd. II, S. 1171). – *1 ein Architect:* Die Aufführung erhielt ihre besondere Prägung durch die (vom Hof ausdrücklich gewünschte) Mitwirkung des Architekten Clemens Wenzeslaus Coudray (1775–1845), der in seinen autobiographischen Aufzeichnungen dazu schreibt, er habe nach seinen Erfolgen als Baumeister in Weimar sich »nun ⟨1817⟩ auch in Anordnung von *Hoffesten* geschickt zeigen« und seine »vormals in Fulda als Regisseur des dortigen Liebhaber-Theaters erworbene Gewandtheit in dergleichen Anordnungen anwenden« sollen (Walther Schneemann: C. W. Coudray. Goethes Baumeister. Weimar 1943, S. 108). G.s Gedicht ist ganz auf diese Mitwirkung abgestellt (die Parallele zum an den ›Tableaux‹ beteiligten Architekten in den *Wahlverwandtschaften* ist evident): Während bei den Redouten (»einher zu wallen«) die Gäste von der Architektur und Verzierung des Raums und von der Musik (vielleicht ist auch an die Architektur als »erstarrte Musik« zu denken; vgl. Bd. 19, S. 297 f.; *Maximen und Reflexionen,* Nr. 1133, Bd. 17, S. 907 f.) bewegt und hochgestimmt sind, antwortet (»Durch Widerspruch«) diesmal die Kunst in den »holden Bildern« der Tableaux dem Architekten, sucht *ihm*, der das Rahmenwerk geschaffen hat, zu gefallen.

181 *Toast zum Landtage*

Textgrundlage: Handschrift GSA 25/VII,2; vgl. WA I 5/2, S. 5 f. u. 35: H^{271}. – Abschrift Eckermanns mit G.s Zusatz »zum Landtage«.
Entstehung: kurz vor oder am 2. Februar 1817 (s. u.).
Erstdruck: C^1 4 (1827), S. 154.

Als erster deutscher Fürst hatte Großherzog Carl August seinem Land eine Verfassung gegeben: ›Grundgesetz über die Landständische Verfassung des Großherzogtums Sachsen-Weimar-Eisenach‹, mit Patent vom 5. Mai 1816 im Druck verkündet. Schon am 7. April 1816 war eine Beraterversammlung aus Deputierten der alten und der neuen Lande im Weimarer Schloß zusammengetreten. Die konstituierende Sitzung des neuen Weimarischen Landtages (mit je zehn ritterschaftlichen, bürgerlichen und bäuerlichen Abgeordneten und einem 31. für die Universität Jena) fand am 2. Februar 1817 in Dornburg statt (vgl. auch G.s Tgb. zu diesem Tage und Bd. 11.2, S. 657; Hans Tümmler: Carl August von Weimar, Goethes Freund. Stuttgart 1978, S. 258–274). Auf dieses Ereignis nimmt das Gedicht Bezug. Es verrät G.s skeptische Haltung den Reformen gegenüber in der »Bezeichnung ›Berater‹ für ein Verfassungsorgan, das durchaus gewichtige Rechte bei der Steuerbewilligung und Gesetzgebung hatte«, wie auch in der konservativen Analogie von ›Hausvater‹ und ›Landesvater‹ (FrA, Bd. 2, S. 1161). Der »Toast« wird am 2. Februar 1817 wohl auch eher im Weimarer Schloß, wo G. sich mit seinem Sohn »bey Tafel« aufhielt, nicht in Dornburg ausgebracht worden sein.

181 *März*

Textgrundlage und Erstdruck: Über Kunst und Alterthum II 3 (1820), S. 15.

Entstehung: In einer Entwurfshandschrift (WA I 3, S. 385: H[159]) datiert: »d. 5. März 1817«; Beilage zu G.s Brief an Zelter vom 9. März 1817 (vgl. Tgb. zum 9. und 10. März).

Eines jener sieben Gedichte, die G. zu einem »kleinen bürgerlichen Roman« zusammenfügte (vgl. zu *Juni*, S. 149). – *1 f. Es ist* 〈...〉 *noch nicht Zeit:* wörtliche Übernahme der Eingangsverse eines alten Volkslieds (nach einer Münchner Hs. von 1467):

> Es ist ein Schnee gefallen,
> Und es ist noch nicht Zeit,
> Man wirft mich mit den Ballen,
> Der Weg ist mir verschneit.
> 〈...〉

(Zit. nach: Der Spielmann. 1932). – *6 Sonnenblick:* Sonnenstrahl. – *10 Sie kommt allein:* Trügerisch ist die Ankunft der Schwalbe gemäß dem Sprichwort »Eine Schwalbe macht noch keinen Sommer« (Äsop) (s. dagegen die Schlußverse: »zu zweyen, / Gleich ist der Sommer da«).

182 *Als kleinen Knaben hab ich dich gesehn* 〈...〉

Textgrundlage: Handschrift GSA 25/V,5,9; vgl. WA I 5/2, S. 152: H[551]. – Konzept; Stammbucheintrag H[552] verschollen.

Entstehung: 29. März 1817; im verschollenen Stammbucheintrag: »Jena den 30. März 1817«.

Erstdruck: Q I 1 (1836), S. 192.

Düntzer und von Loeper (vgl. WA I 4, S. 251) hatten angenommen, die Verse seien für das Stammbuch Bernhard von Knebels bestimmt gewesen. Vor allem durch das Autograph H551 wurde dann der wahre Adressat bestimmbar: G. schrieb die Verse in das Stammbuch von Ludwig Fischer, Hegels unehelichem (»n.⟨atürlichem⟩«) Sohn. »Ludwig Fischer war bis 1817 in Jena, wurde dann von Hegel nach Heidelberg gerufen und begleitete seinen Pflegevater nach Berlin; 1823–1826 war er Handlungskommis in Stuttgart und ging darauf als Soldat in holländischen Diensten nach Indien, wo er gestorben zu sein scheint« (Carl Redlich, in: GJb 15, 1894, S. 265).

182 *Nicht am Morgen allein* ⟨...⟩
Textgrundlage: Handschriften GSA 25/VII,4,9 Bl. 209 u. 211; vgl. WA I 5/2, S. 503 f. – Abschriften von Musculus.
Entstehung: Eine lobende Erwähnung des Werks von Uwarow (s. u.) findet sich 1817 in *Über Kunst und Alterthum* I 3 im Aufsatz *Urteilsworte französischer Kritiker* (s. Bd. 11.2, S. 239 und Kommentar); am 28. März 1817 dankt G. für die Übersendung. Die Verse sind wahrscheinlich 1817 entstanden, vielleicht noch Ende März oder im April.
Erstdruck: Q I 1 (1836), S. 207.
Angeregt ist das Gedicht durch einen griechischen Pentameter, den Schlußvers eines Epigramms, das die unauslöschliche Liebe zu einem jetzt Mann gewordenen Knaben beschreibt (›Dyomenos gar homōs hēlios estin eti‹: ›Auch untergegangen bleibt die Sonne noch dieselbe‹; ›Anthologia Graeca‹. Griech./dt. Hg. von Hermann Beckby. Bd. IV. 2. Aufl. München o. J., S. 106). G. fand ihn in der – ihm gewidmeten – Schrift von Sergej Semjonowitsch Uwarow (1786–1855) ›Nomos von Panopolis der Dichter. Ein Beitrag zur Geschichte der griechischen Poesie ⟨...⟩‹ (Petersburg 1817; Ruppert, Nr. 1315), die ihm der russische Gelehrte und Staatsmann, zu dem er seit 1811 in Briefkontakt stand, übersandt hatte, und die er sehr schätzte. – Zum tröstlichen Sinn der Verse übermittelt Eckermann eine Äußerung G.s vom 2. Mai 1824: »Wenn einer fünf und siebzig Jahre alt ist ⟨...⟩, kann es nicht fehlen, daß er mitunter an den Tod denke. Mich läßt dieser Gedanke in völliger Ruhe, denn ich habe die feste Überzeugung, daß unser Geist ein Wesen ist ganz unzerstörbarer Natur; es ist ein fortwirkendes von Ewigkeit zu Ewigkeit. Es ist der Sonne ähnlich, die bloß unsern irdischen Augen unterzugehen scheint, die aber eigentlich nie untergeht, sondern unaufhörlich fortleuchtet« (Bd. 19, S. 105; s. auch G. zu Kanzler von Müller, 27. März 1824; Unterhaltungen, S. 119). Vgl. auch G.s Vorstellung zu Tod und Unsterblichkeit z. B. in *Selige Sehnsucht* (»Sagt es niemand ⟨...⟩«,

S. 26; Bd. 11.1.2, S. 21) und *Höheres und Höchstes* (S. 216; Bd. 11.1.2, S. 123).

182 *Was dem Auge dar sich stellet* ‹...›
Textgrundlage: Handschrift Gettysburg College, Pennsylvania; vgl. WA I 5/2, S. 104: H^{427}, und WA I 3, S. 390: H^{166}.
Entstehung: 17 Mai 1817.
Erstdruck: C^1 3 (1827), S. 57, unter dem Titel »Aug' um Ohr«.
G. schrieb die Verse in das Stammbuch der Gräfin Caroline von Egloffstein (1789–1868), älteste Tochter von Henriette von E., 1815 Hofdame Maria Pawlownas, die sie noch im selben Jahr auf einer Reise nach St. Petersburg begleitete; auf späteren Rußlandreisen besorgte sie für G. meteorologische Daten aus Moskau und Petersburg. Ihre Verbundenheit mit G. und seiner Familie zeigt sich auch darin, daß sie Taufpatin Almas von Goethe wird. – Instruktiv über ihre und der Schwester Julie Beziehungen zu G.: Hermann Frhr. von Egloffstein: Alt-Weimar's Abend. Briefe und Aufzeichnungen aus dem Nachlasse der Gräfinnen Egloffstein. München 1923. – Zum ›Augen-Blick‹ s. auch die Gedichte *Blick um Blick* (S. 250) und *Wink* (»Und doch haben die Recht ‹...›«, S. 35; Bd. 11.1.2, S. 27). – G. verschenkte die Verse noch häufiger an junge Damen, so an Julie von Werlhoff und Luise Seidler.

183 *Entoptische Farben. An Julien*
Textgrundlage: Handschrift Stadtarchiv Hannover, Autographensammlung Culemann, Nr. 643; vgl. WA I 3, S. 401: H^{180}. Siehe die nebenstehende Abbildung.
Entstehung: 17. Mai 1817. Das Gedicht war für das Stammbuch von Julie von Egloffstein bestimmt. Vgl. Tagebuch zum 17. Mai: »Die Egloffsteinischen Stammbücher«; 19. Mai: »Entoptische Farben, Gedicht«; 20. Mai: »*Entoptische Farben*, Räthsel an Julien«.
Erstdruck: C^1 3 (1827), S. 107 f. (s. Bd. 13.1, S. 160).
Julie von Egloffstein (1792–1869; zu den Freundschaftsbeziehungen zwischen G. und den Egloffsteins s. zu *Frau Oberkammerherrinn Caroline von Egloffstein*, S. 174), der die Verse gewidmet sind, zählte seit ihrer Übersiedlung nach Weimar (1816) zum Freundinnenkreis der Verlobten und späteren Gattin August von Goethes, Ottilie von Pogwisch. Die zeichnerische Begabung der jungen Frau war G. schon 1811, dann wieder 1815 aufgefallen, verbunden mit einer Sympathie für das ›holde Kind‹ (Herwig, Bd. II, S. 1001/03 u. ö.). Mehrfach berieten G. und Heinrich Meyer über eine mögliche Förderung des Talents; seit Ende 1816 hatte Julie bei Meyer regelmäßigen Zeichenunterricht. Über den vertrauten Umgang mit G. geben Julies Briefe an ihre Mutter Auskunft (vgl. 4. Februar und 19./21. März 1817; Herwig, Bd. II, S. 1171 f. und 1177 f.; Nrn. 4391 u. 4403). Das Gedicht *Entoptische Farben* entstand im Anschluß an

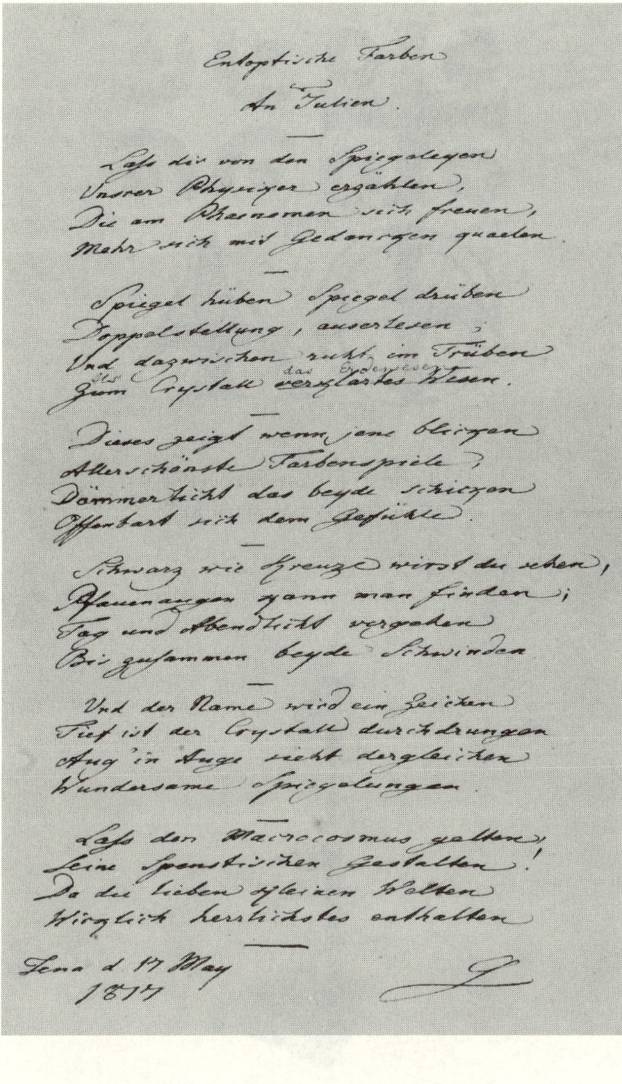

Entoptische Farben

An Julien.

Laß dir von den Spiegeleyen
Unsrer Physiker erzählen,
Die am Phänomen sich freuen,
Mehr sich mit Gedanken quälen.

Spiegel hüben Spiegel drüben
Doppelstellung, auserlesen;
Und dazwischen ruht im Trüben
~~Zum~~ Als Crystall ~~verklärtes Wesen~~ das Erdewesen.

Dieses zeigt wenn jene blicken
Allerschönste Farbenspiele;
Dämmerlicht das beyde schicken
Offenbart sich dem Gefühle.

Schwarz wie Kreuze wirst du sehen,
Pfauenaugen kann man finden;
Tag und Abendlicht vergehen
Bis zusammen beyde schwinden

Und der Name wird ein Zeichen
Tief ist der Crystall durchdrungen
Aug' in Auge sieht dergleichen
Wundersame Spiegelungen.

Laß den Macrocosmus gelten,
Seine spenstischen Gestalten!
Da die lieben kleinen Welten
Wirklich herrlichstes enthalten

Jena d. 17 May
1817

G

ENTOPTISCHE FARBEN
AN JULIEN
Reinschrift Goethes

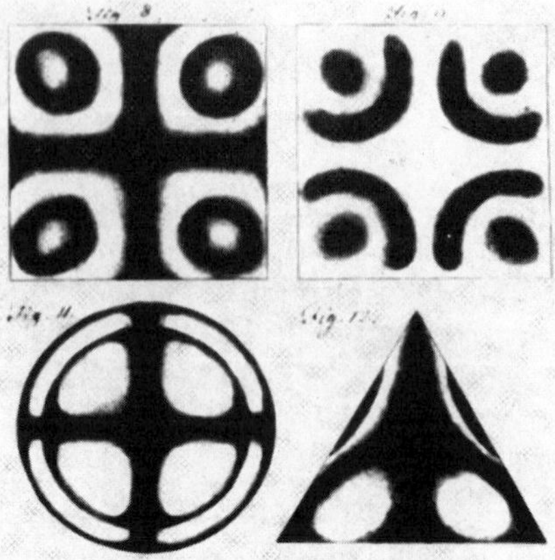

Thomas Johann Seebeck
ENTOPTISCHE FARBFIGUREN

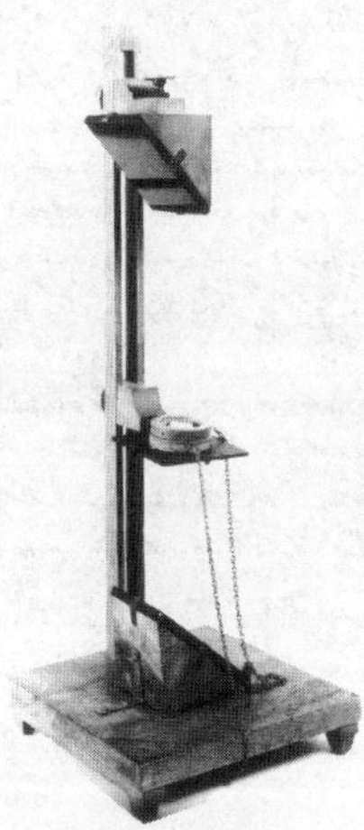

Apparat zur Erzeugung
entoptischer Farben

eine Nachmittagsgesellschaft im Hause Knebels in Jena am 15. Mai 1817. Zu den Gesprächsgegenständen scheinen auch Spiegelungen im Zusammenhang der entoptischen Farben gehört zu haben. Denn ein Brief G.s an Kanzler von Müller, schon am nächsten Tage geschrieben, erinnert sich einerseits begeistert der Geselligkeit im Kreis »so schöner Damen«, kündigt zugleich aber auch an: »Die zurückgelassenen Denkbücher ⟨Stammbücher?⟩ werden von jener magischen Spiegelung nähere Kenntniß geben«.

Die entoptischen Studien haben G. von 1813–1824, also über ein Jahrzehnt, beschäftigt. Er konnte dabei Erkenntnisse der französischen Physiker Malus, Biot und Arago aufnehmen, stand Jahre hindurch in engem Gesprächskontakt vor allem mit dem deutschen Physiker Thomas Johann Seebeck. Das Mitte Juli 1817, also in zeitlicher Nähe zur Entstehung des Gedichts *Entoptische Farben*, erschienene erste Heft des ersten Bandes von *Zur Naturwissenschaft überhaupt* enthielt gleich drei Beiträge zur Entoptik: *Geschichte der entoptischen Farben*, *Doppelbilder des rhombischen Kalkspats* und *Elemente der entoptischen Farben* (Bd. 12, S. 393–409), denen 1820 als umfassendste Darstellung der eigenen Forschungsergebnisse der Aufsatz *Entoptische Farben* folgte (s. Bd. 12, S. 473–517 und Kommentar). Darin erklärt G. auch den für die Farben gewählten Namen: sie »wurden *entoptische* genannt, weil sie innerhalb gewisser Körper zu schauen sind« (S. 474). Für ihre Entstehung wird im einfachsten Fall eine »reine, wolkenlose, blaue Atmosphäre« benötigt und ein Medium, das die Eigenschaft besitzt, Doppelbilder von Gegenständen hervorzubringen (G. nennt Glimmerplättchen, Fraueneis und Doppelspat; aber – wie Seebeck entdeckt hatte – auch gewöhnliches Glas konnte entsprechend konditioniert werden, wenn man es zur Rotglut erhitzte und rasch in freier Luft wieder abkühlte). Apparate, bald auch mit mehreren Spiegeln ausgestattet (s. nebenstehende Abbildung) – G. spricht von gesteigerten Versuchen (z. B. ebd., S. 476) –, erlauben es ihm schließlich, diese Bilder zu isolieren und in ihrer Abhängigkeit von der Stellung der Spiegel wie dem Blickwinkel des Betrachters zu zeigen. So beschreibt Abschnitt XVII der Abhandlung *Entoptische Farben* auch den Spiegelapparat, auf den sich das Gedicht *Entoptische Farben* bezieht: »Wir bilden unsern Apparat aus zwei angeschwärzten, zu einander gerichteten, einander antwortenden Spiegeln, zwischen welchen der Kubus angebracht ist. Der untere Spiegel ist unbeweglich, so gestellt daß er das Himmelslicht aufnehme und es dem Kubus zuführe, der obere ist aufgehängt, um eine perpendikulare Achse beweglich, so daß er das Bild des von unten erleuchteten Kubus dem Zuschauer ins Auge bringe. Hängt er gleichnamig mit dem untern, so wird man die helle Erscheinung sehen, wendet man ihn nach der Seite, so obliquiert er das Licht, zeigt es obliquiert und wir sehen das schwarze Kreuz, sodann aber bei der Achtelswendung schwankende Züge« (ebd., S. 484).

Wie die Elegie *Die Metamorphose der Pflanzen* (Bd. 6.1, S. 14–17) oder die Wolken-Gedichte gehört *Entoptische Farben* zu jenen Gedichten, in denen G. am direktesten naturwissenschaftliche Kenntnis in Verse übersetzt. Aber das ›Lehrhafte‹ erscheint von Anfang an schon dadurch gebrochen, daß das Ich des Gedichts seine Einsichten der Freundin ›erzählt‹ (V. 2), sie zuletzt auch – wie ähnlich in dem *Metamorphose*-Gedicht – deutend auf die menschliche Beziehung zurückwendet. Die 1. Strophe des Gedichts gibt das Thema vor: »Spiegeleyen / Unsrer Physiker«. Die 2. beschreibt den optischen Versuchsapparat: zwei einander gegenüberstehende und aufeinander bezogene Spiegel, dazwischen als optisches Medium der »Crystall« – ganz im Sinne des obigen Zitats. Die 3. und 4. Strophe handeln vom Ergebnis der Spiegelungen: »Allerschönste Farbenspiele«, »Kreuze« und »Pfauenaugen«, wie G. sie z. B. auch im VI. Abschnitt der Abhandlung *Entoptische Farben* beschreibt: »wir sehen bei diesem gesteigerten Versuch, zwischen den pfauenaugig sich bildenden Eckpunkten, einmal ein weißes, das anderemal ein schwarzes Kreuz« (Bd. 12, S. 477; s. Abbildung S. 518). Und doch entfernt sich der Dichter hier schon weiter von dem Wissenschaftler, indem er von einer Offenbarung für das ›Gefühl‹ spricht (V. 12; vgl., daß die *Farbenlehre* in der Abteilung »Sinnlich-sittliche Wirkung der Farbe« in verwandter Weise von der Wirkung der Farbe auf das »Gemüt« spricht; Didaktischer Teil, § 758, Bd. 10, S. 229). Das bereitet die Wendung in den letzten beiden Strophen vor. Sie nehmen das optische Geschehen als Gleichnis: Wie die Farben entstehen, indem die Spiegel »blicken« (V. 9), so entspringen dem liebend-freundschaftlichen »Aug' in Auge« zweier Menschen »Wundersame Spiegelungen« (V. 19 f.). – *3 Phaenomen:* Vgl. zu diesem Schlüsselbegriff G.scher Naturforschung das Gedicht *Phaenomen* und Kommentar (S. 13; Bd., 11.1.2, S. 15). – *4 mit Gedancken quälen:* im Sinne der bohrenden theoretischen Beschäftigung; vgl. auch zu »Granit, gebildet anerkannt 〈...〉« (S. 163). – *7 f. dazwischen ruht im Trüben / Als Crystall das Erdewesen:* G. weigerte sich, die – nach heutiger Erkenntnis an sich richtige – Erklärung schon zeitgenössischer Physiker zu übernehmen, der zufolge die entoptischen Erscheinungen aus einer Doppelbrechung des Lichts durch Aufspaltung in polarisierte Teilstrahlen resultieren. Er wertete die entoptischen Erscheinungen als Bestätigung der Grundannahme seiner Farbenlehre, derzufolge die Farben aus der Vermittlung von Licht und Finsternis durch ›trübe‹ Medien entstehen, und führte die Besonderheiten der entoptischen

Farberscheinungen – so vor allem auch die Doppelbilder – auf die materiellen Eigenschaften der entoptischen Medien zurück. Hier also sinngemäß: der »Crystall« in der Stellung und Funktion eines ›trüben‹ Mediums, durch den Zusatz »das Erdewesen« freilich zu einem Paradigma alles Irdischen überhöht. – *9 blicken:* wohl bewußt doppelsinnig: wie das ›Blicken‹ der Augen – in Beziehung zu den letzten beiden Strophen; bei G. aber immer wieder auch im Sinne von ›strahlen‹, ›scheinen‹ – als Bezeichnung der Spiegelungen. – *11 Dämmerlicht:* In Abschnitt XVIII des Aufsatzes *Entoptische Farben* führt G. aus, daß infolge der ›verdoppelten Reflexion‹ durch beide Spiegel »eine Verdüsterung vor sich gehe« (Bd. 12, S. 485). – *12 Offenbart:* »einer der von Goethe häufig gebrauchten Termini, durch den er das Sichtbar-werden des Gesetzlichen in der sinnlich erscheinenden ›Körperwelt‹ bezeichnet, das Sichtbar-werden des Urphänomenalen« (Dorothea Hölscher-Lohmeyer: »Entoptische Farben«, S. 68). – *17 Und der Name wird ein Zeichen:* »Der Name des Gedichts: ›entoptische Farben‹ – und das hieß ja: ›im Innern gewisser Körper zu schauende Farben‹ – will ein Zeichen sein, daß auch das Auge ein solcher Körper ist, in dessen Innern sich Farben zeigen« (ebd., S. 70). – *19 Aug' in Auge:* analog den einander zugewandten Spiegeln. – *21 Macrocosmus:* für die Außenwelt, in Korrespondenz zum ›Mikrokosmos‹ der Augen (»die lieben kleinen Welten«, V. 23). – *22 spenstischen Gestalten:* »die Farbenerscheinungen der äußeren Welt, hier also der entoptischen *Kreuze* und *Pfauenaugen* im Kristall (›Gespenst‹ als Übersetzung von ›Spektrum‹ ⟨...⟩ hier aber ohne negative Konnotation)« (Albrecht Schöne: Goethes Farbentheologie, S. 220–222). – Rupprecht Matthaei: Goethes Farbenlehre. Ravensburg 1971, S. 124–136. – Vgl. Dorothea Hölscher-Lohmeyer: »Entoptische Farben«. Gedicht zwischen Biographie und Experiment. In: Études Germaniques 38 (1983), S. 56–72. – Dies.: Zur Adressatin und zum Gedicht: Entoptische Farben. In: Genio huius loci. Dank an Leiva Petersen. Hg. von Dorothea Kuhn und Bernhard Zeller. Weimar 1983, S. 235–258. – Maria Behre: Übersetzen als Doppelspiegelung. Goethes Gedicht »Entoptische Farben«. In: Zwiesprache. Beiträge zur Theorie und Geschichte des Übersetzens. Hg. von Ulrich Stadler. Stuttgart, Weimar 1996, S. 368–381.

184 *Herr Löbel ist ein Medicus* ⟨...⟩

Textgrundlage: Faksimile der Handschrift in: GJb 1924, Frontispiz (Abb. S. 185).

Entstehung: 17. Mai 1817.

Erstdruck: Die Verse wurden aufgefunden und zuerst veröffentlicht von Georg Fraustadt: Ein neues Stammbuchblatt Goethes. In: GJb 1924, S. 159–162.

Eduard Leopold Loebenstein-Loebel (1779–1819), seit 1811 Professor und Medizinalrat in Jena, hatte 1816 eine Schrift veröffentlicht: ›Die Anwendung und Wirkung der Weine in lebensgefährlichen Krankheiten und überhaupt deren Wirkung, nach eigenen Ansichten und Erfahrungen‹. G. erhielt sie in der französischen Übersetzung des Straßburger Mediziners Johann Friedrich Daniel Lobstein, von diesem am 29. April 1817 zugesandt. Während ihn der Arzt gerade drängte, aus gesundheitlichen Gründen Wein und »Fachinger Wasser« zu mischen (vgl. G.s Brief an seinen Sohn August vom 27. Mai 1817), findet die Schrift über das Gesundheitsfördernde des Weins in den Versen ihre humoristische Zustimmung. – »St Paulus war ein Medicus 〈...〉«: das Motto nach dem ersten Brief des Paulus an Timotheus 5,23 (»Trinke nicht mehr Wasser, sondern brauche ein wenig Wein um deines Magens willen und weil du oft krank bist«), im Anschluß an ein wahrscheinlich von Johann Gottlob Krüger verfaßtes und von Zelter vertontes Kommerslied (vgl. Zelter an G., 4. April 1816; Bd. 20.1, S. 409,1–3). – *4 Cajus und Sempronius:* Praenomen und Nomen Gentile des bekannten römischen Volkstribuns Caius Sempronius Gracchus (153–121 v. Chr.), hier scherzhaft auf verschiedene Patienten verteilt. – *8 Strohwein:* süßer, besonders alkoholhaltiger Wein, aus auf Stroh sonnengetrockneten Trauben. – *administriren:* darreichen.

184 *An Fräulein Wilhelmine Herzlieb*

Textgrundlage: Handschrift GMD; vgl. WA I 5/2, S. 30: H[304]. – Weitere eigenhändige Handschrift (Vorstufe; aufbewahrt in der Bibliotheca Bodmeriana, Cologny) mit Variante in V. 2 (»zugesandt«).

Entstehung: 22. Mai 1817.

Erstdruck: C[1] 4 (1827), S. 142, unter dem Titel »Zum Geburtstag, mit meinen kleinen Gedichten«.

Die Widmungsverse wie das Buchgeschenk galten Christiane Friederike Wilhelmine (›Minna‹, ›Minchen‹) Herzlieb (1789–1865), der Pflegetochter des Buchhändlers Frommann in Jena, die am 22. Mai Geburtstag hatte (vgl. Bd. 9, S. 1071 f.; s. auch Herwig, Bd. II, S. 276–279). – *3 f. hier Bekannte 〈...〉 Sich vielleicht erkannt:* Gemeint sind die 1807 für Wilhelmine gedichteten und durch sie angeregten *Sonette* (Bd. 9, S. 12–21).

184 *Weite Welt und breites Leben 〈...〉*

Textgrundlage: Handschrift GSA Überformate 10; vgl. WA I 3, S. 396: H[175].

Entstehung: 25./26. Mai 1817.

Erstdruck: auf der Rückseite des Titelblatts von *Zur Naturwissenschaft überhaupt* I 1 (1817); s. Bd. 12, S. 386 (s. auch S. 385 das Motto: »Was ich nicht erlernt hab / Das hab ich erwandert«).

Als Eröffnungsgedicht der Heftreihe *Zur Naturwissenschaft überhaupt* bezeichnet das Gedicht in zentralen Motiven (»redlich Streben«, Vermittlung von ›Ältestem‹ und ›Neuem‹, »Heitern Sinn«, »reine Zwecke«) die Grundhaltung des Forschers. Daß G. die Verse 1827 in der *Ausgabe letzter Hand* (Bd. 3) aber auch als Vorspruch an den Anfang der Gedichtgruppe »Gott und Welt« stellte, macht die Verbindlichkeit des Gesagten auch für den Dichter deutlich. Vgl. auch Bd. 13.1, S. 144 und Kommentar.

187 *Bringst du die Natur heran* 〈...〉
Textgrundlage: Faksimile der Handschrift in: Kat. Henrici 127 (17. Januar 1928), Nr. 413.
Entstehung: 25./26. Mai 1817.
Erstdruck: Motto der Abteilung »Zur Farbenlehre« – sie umfaßte drei Beiträge zur Entoptik – im ersten Heft von *Zur Naturwissenschaft überhaupt* (1817), S. 9; s. Bd. 12, S. 391. In C^1 3 (1827), S. 110, zusammen mit dem nächsten Gedicht unter dem Doppeltitel »Was es gilt. Dem Chromatiker«.
Vgl. auch zum nächsten Gedicht.

187 *Möget ihr das Licht zerstückeln* 〈...〉
Textgrundlage und Erstdruck: Zur Naturwissenschaft überhaupt I 1 (1817), S. 10 (vgl. zum vorhergehenden Gedicht); s. Bd. 12, S. 392.
Entstehung: 25./26. Mai 1817?
Gilt das vorangehende Gedicht einem Wissenschaftler, der in positiver Weise (»Falsches hast du nicht ersonnen«) die Natur dem Menschen näher bringt, so ist dieses zweite Mottogedicht zum Teil »Zur Farbenlehre« im ersten Heft von *Zur Naturwissenschaft überhaupt* gegen Wissenschaftler gerichtet, die den falschen Weg eingeschlagen haben. Unverkennbar sind Newton und seine Anhänger gemeint. – *1 das Licht zerstückeln:* es im Sinne Newtons in seine sieben monochromen Bestandteile zerlegen – während G. die Unteilbarkeit des Lichts annimmt. – *4 Kügelchen polarisiren:* insbesondere gegen den französischen Physiker Etienne Louis Malus (1775–1812) gerichtet, der zwar zur Entdeckung der entoptischen Farben beigetragen hatte, aber im Rahmen einer – bereits von Newton angenommenen – Korpuskulartheorie des Lichts eine Polarisierung solcher Teilchen annahm (vgl. auch *Tag- und Jahres-Hefte* zu 1817; Bd. 14, S. 259, 10–25). – *6 Fühlet Sinn und Sinne stocken:* Kritik am Unsinnlichen, Abstrakten von Theorien wie denen von Newton und Malus.

187 *Was ich dort gelebt, genossen* 〈...〉
Textgrundlage: Handschrift GMD.
Entstehung: Juni/Juli 1817?
Erstdruck: als Mottogedicht der Abteilung »Zur Kenntnis der böhmischen Gebirge« in *Zur Naturwissenschaft überhaupt* I 1 (1817), S. 34; s. Bd. 12, S. 412.

Johannes Urzidil (Goethe in Böhmen. Zürich und München. 3. Aufl. 1981, S. 408 f.) sieht die Verse wie die Sammlung von Beiträgen »Zur Kenntnis der böhmischen Gebirge« mit veranlaßt durch den Tod (1817) des bewährten Berggenossen Joseph Müller, dessen in der Einleitung des *Carlsbad*-Aufsatzes gedacht wird (Bd. 12, S. 413 f.); G. blicke in diesem Jahr 1817 »gleichsam aus der Vogelschau auf seine gesamten Karlsbader mineralogischen und geognostischen Erfahrungen«. – In Bd. 4 der *Ausgabe letzter Hand* hat G. die Verse in die Gruppe ›kleinerer Gedichte‹ eingereiht, die sich auf seine Aufenthalte an »Rhein und Mayn« beziehen.

187 *Bekenntniß heist nach altem Brauch* 〈...〉

Textgrundlage: Handschrift GSA 25/VIII,3,5; vgl. WA I 5/2, S. 262: H783.

Entstehung: 15. Juli 1817.

Erstdruck: Chaos Jg. 1 (1830), Nr. 36, S. 142.

Der Spruch formuliert allgemeine Weisheit, ist aber auch eine Äußerung des Selbstbewußtseins und der Selbstbehauptung des Naturwissenschaftlers G. WA I 5/2 (S. 262) wird bemerkt, daß auf der anderen Seite des Konzeptbogens, auf dem das Gedicht steht, »Bekänntnisse über die Erzlager besonders die Gänge« notiert sind (ein Exzerpt aus Johann Friedrich Wilhelm Charpentiers ›Beobachtungen über die Lagerstätte der Erze. Ein Beytrag zur Geognosie‹. Leipzig 1799; vgl. G.s Tgb. vom 14. Juli 1817). Vgl. aber auch in *Zur Morphologie* II 1 im Aufsatz *Bedeutende Fördernis durch ein einziges geistreiches Wort*: »Ich werde mir daher die Freiheit nehmen, meine bisherigen Erfahrungen und Bemerkungen, und die daraus entspringende Sinnesweise fernerhin in diesen Blättern geschichtlich darzulegen; wenigstens ist dabei ein charakteristisches Glaubensbekenntnis zu erzwecken, Gegnern zur Einsicht, Gleichdenkenden zur Fördernis, der Nachwelt zur Kenntnis, und, wenn es glückt, zu einiger Ausgleichung« (Bd. 12, S. 309).

188 *Unmöglich ist's den Tag dem Tag zu zeigen* 〈...〉

Textgrundlage: Handschrift GSA 25/III,4,7.

Entstehung: 19. Juli 1817.

Erstdruck: Über Kunst und Alterthum II 2 (1820), S. 100, als Motto der Abteilung »Literarische, Poetische Mittheilungen«.

Gegen die Befangenheit in den kurzlebigen tagespolitischen Interessen fordert das Gedicht ein Vergangenheit und Gegenwart verschränkendes und weiteste Zeiträume überschauendes geschichtliches Bewußtsein. Vgl. die Berührungen mit *Urworte, orphisch* (S. 188) und »Und wer franzet, oder brittet 〈...〉« (S. 203; Bd. 11.1.2, S. 54). – *1 f. Tag dem Tag zu zeigen 〈...〉 Verwornnes im Verwornnen spiegelt:* V. 1 wohl eine Anspielung auf das antike Sprichwort »Dies diem docet« (›Ein Tag lehrt den andern‹, d. h.

klärt über den Wert oder Unwert des vorhergehenden auf). Doch G.s Verse verkehren den Sinn. Vom ›Verwirrenden‹ des ›Tages‹ spricht er im Alter immer wieder, so im Brief vom 17. März 1832 an Wilhelm von Humboldt, in dem er die Versiegelung des *Faust II* begründet: »Der Tag aber ist wirklich so absurd und konfus, daß ich mich überzeuge meine redlichen, lange verfolgten Bemühungen 〈...〉 würden schlecht belohnt und 〈...〉 von dem Dünenschutt der Stunden zunächst überschüttet werden. Verwirrende Lehre zu verwirrendem Handeln waltet über die Welt«. – *7 f. Aeonen 〈...〉 sincken 〈...〉 thronen:* Äonen (griech.) ›Ewigkeiten, unermeßliche Zeiträume‹. Die Wendungen hier ein Bild der in der Überschau weiter Zeiträume erkennbaren Gesetzmäßigkeit: des Dauerhaften im (zyklischen) Wechsel.

188 *Priester werde〈n〉 Messen singen 〈...〉*
Textgrundlage: Handschrift GSA 25/III,2,15; vgl. WA I 3, S. 402: H^{181}.
Entstehung: Die Verse wurden auf der Rückseite eines Zeitungsausschnitts vom Juli 1817 niedergeschrieben; sie müssen um diese Zeit oder später entstanden sein.
Erstdruck: Zur Naturwissenschaft überhaupt I 4 (1822), S. 241, als Motto auf dem Titelblatt mit dem Zwischentitel »Chromatik«; s. Bd. 12, S. 553. In C^1 3 (1827), S. 111, unter dem Titel »Herkömmlich«.
In FrA (Bd. 2, S. 1103) werden die – schwer deutbaren – Verse kontextbezogen als »selbstironische Entschuldigung« aufgefaßt, »daß es schon wieder um die Farbenlehre geht«. Dagegen ist schon in JA (Bd. 2, S. 360) wohl richtiger von einem ›Protest-Gedicht‹ die Rede. Erhärtet wird diese Auffassung durch Albrecht Schönes Buch ›Goethes Farbentheologie‹ (München 1987), das zeigt, wie weit G. die Geschichte der Farbenlehre am Vorstellungsbild theologischer Kontroversen, ja der ›Kirchen- und Ketzerhistorie‹ orientiert, sich selbst dabei die Rolle eines Reformators zuschreibt. Mit den ›Priestern‹ oder ›Pfaffen‹, von denen die Gedichte mehrfach handeln, sind Newton und seine Anhänger gemeint (vgl. auch »Absurder Pfaffe! 〈...〉«, Bd. 13.1, S. 233, und »Reuchlin! wer will sich ihm vergleichen 〈...〉«, ebd., S. 217). Dabei reflektieren die Verse den Vorgang einer Schulbildung und Institutionalisierung, die für den einzelnen Wissenschaftler mit Einbußen eigener »Meynung« (V. 4), auch an Genauigkeit (vgl. V. 8) verbunden ist. Dagegen setzt G. selbstbewußt das ›Verkünden‹ »nach meiner Art« (V. 10). (Vgl. G.s skeptische Sicht der Akademie-Bewegung in *Zur Farbenlehre*, Historischer Teil, Bd. 10, S. 805,26–806,6; auch *Maximen und Reflexionen*, Nr. 436, Bd. 17, S. 799). – *5 Gemeine:* ältere Nebenform für Gemeinde. Vgl. die polemischen Verse »Mit Kir-

chengeschichte was hab ich zu schaffen? ⟨...⟩« und »Ich hätt' auch können Gemeinde sagen ⟨...⟩« (Bd. 18.1, S. 75), wo mit den Formen »Gemeine« und »Gemeinde« ein Angriff auf die »Pfaffen« lanciert wird. – *11 Ohne Wunden ohne Narben:* doppelsinnig: Anspielung auf die Wunden Christi als Bestandteil des christlichen Dogmas; aber auch auf Newton, dem G. einen gewalttätigen Umgang mit der Natur vorwirft; vgl. u. a. *Maximen und Reflexionen*, Nr. 115 und 430; Bd. 17, S. 740 bzw. 797. – *12 läslichsten der Sünden:* Die katholische Moraltheologie unterscheidet die ›läßlichen‹ von den ›schweren‹ Sünden oder ›Todsünden‹; ›läßlichste der Sünden‹ hier wohl für das Verhalten dessen, der eigener Beobachtung und Reflexion vertraut.

188 *Urworte, orphisch*

Textgrundlage: Briefbeilage UB Bonn S 863,I; vgl. WA I 53, S. 552 zu Bd. 3, S. 400, sowie WA IV 29, S. 181 f.: Nr. 8081. – Beilage zu G.s Brief an Boisserée vom 21. Mai 1818; Abschrift wahrscheinlich von Wellers Hand wie der Brief. – 7 *Macht* auf aufgeklebtem Zettel über »Kraft«; in einer Abschrift von Sulpiz Boisserée für Friedrich Creuzer (GSA III,2,13b; vgl. WA I 3, S. 400: H^{179}) ebenfalls »Macht«; in einer Abschrift Johns für die Großherzogin Maria Pawlowna mit eigenhändigen Änderungen G.s (GSA III,2,13a; vgl. JbGG, Bd. 2, 1915, S. 241–243) dagegen »Kraft«. Auch die Drucke unterscheiden sich: im Erstdruck (*Zur Morphologie* I 2): »Kraft«, in *Über Kunst und Alterthum* II 3 dagegen: »Macht«; letztgenannter Druck mit weiterer Variante im Eingang von V. 6 (»So sagten schon«).

Entstehung: Das Tagebuch vermerkt am 7. Oktober 1817 »Orphische Begriffe«; am 8. Oktober: »Fünf Stanzen in's Reine geschrieben«.

Erstdruck: als Eröffnungsgedicht des Heftes *Zur Morphologie* I 2 (1820); s. Bd. 12, S. 91 f. Im gleichen Jahr dann auch, in Verbindung mit G.s Erläuterungen, in *Über Kunst und Alterthum* II 3 (1820), S. 66–78 (s. Bd. 13.1, S. 500–504 und 508); dann in C^1 3 (1827), S. 101, im Zusammenhang der Gruppe »Gott und Welt« (s. Bd. 13.1, S. 156 f.).

Bei der Entstehung des Gedichts wirkten mehrere Anregungen zusammen. Ein Gelehrtenstreit zwischen dem Leipziger Altphilologen Gottfried Hermann (1772–1848) und dem Heidelberger Mythenforscher Friedrich Creuzer (1771–1858) betraf den Charakter der orphischen Mystik (s. die Zeugnisse bei Ernst Grumach: Goethe und die Antike. Bd. 2. Berlin 1949, S. 707–720). War sie – wie letztlich alle Mythologie – Zeugnis einer Urreligion (was Creuzer annahm), oder einer Überlieferung, die sich erst seit Homer herausgebildet hatte (so Hermann)? Creuzer, mit dem G. bereits im September 1815 in Heidelberg zusammengetroffen war (vgl. zu *Gingo biloba*, Bd. 11.1.2, S. 71), übersandte G. ein Exemplar der soeben erschienenen, in Briefform geführten Disputation (Gottfried Hermanns und Friedrich Creuzers Briefe ›Über Homer und Hesiodus vorzüglich über die Theogonie‹. Heidelberg 1818). Das Tagebuch zum 26. und 27. September 1817 bestätigt, daß G. beider »Differenzen wegen Mythologie studiert«, auch »Über diese Gegenstände popular gesprochen« hat. Creuzer gegenüber äußert sich G. am 1. Oktober 1817 in der Sache eindeutig:

> »Einen alten Volksglauben setzen wir gern voraus, doch ist uns die reine, charakteristische Personification ohne Hinterhalt und Allegorie Alles werth; was nachher die Priester aus dem Dunklen, die Philosophen in's Helle gethan, dürfen wir nicht beachten. So lautet unser Glaubensbekenntniß.
>
> Gehts nun aber gar noch weiter, und deutet man uns aus dem hellenischen Gott-Menschenkreise nach allen Religionen der Erde, um das Ähnliche dort aufzuweisen, in Worten und Bildern, hier die Frost-Riesen, dort die Feuer-Brahmen; so wird es uns gar zu weh, und wir flüchten wieder nach Ionien, wo dämonische liebende Quellgötter sich begatten und den Homer erzeugen.«

Während er warnt, »Man hüte sich 〈...〉 vor Creuzers Überdeuteley« (WA I 53, S. 428), sagt er Hermann ›ewigen Dank‹, »daß Sie den alten griechischen Kern uns unverhüllt bewahren« (Brief vom 9. Oktober 1820). Mißmutig äußert G. gegenüber Sulpiz Boisserée mit Bezug auf die Kontroverse, »die Meinungswolken und Grillennebel vergrauen gar bald Himmel und Horizont«; ihn rühre es nicht, er wisse recht gut, auf welcher Seite er stehe (Brief vom 17. Oktober 1817). Und doch heißt es wenig später im Brief vom 29. Oktober an Heinrich Meyer, daß ihn alles »über alte Kunst und Mythologie« nachdenken lasse. Dazu trugen von anderer Seite auch Studien des dänischen Altertumsforschers Georg Zoëga (1755–1809) bei, in denen G. lt. Tagebuch am 6. und 7. Oktober 1817 las (Georg Zoëga: Abhandlungen. Herausgegeben mit Zusätzen von Friedrich Gottlieb Welcker. Göttingen 1817). Zoëgas Aufsatz ›Tyche und Nemesis‹ (ebd. S. 32–55) beschreibt die Vielgestaltigkeit der ägyptischen und altgriechischen mythologischen Überlieferung und verweist zusammenfassend auf die ›Saturnalien‹ des spätantiken Schriftstellers Macrobius: »Nach den Aegyptern 〈...〉 sind der Götter die der Geburt des Menschen beystehn, vier: Δαίμων 〈Daimon〉, Τύχη 〈Tyche〉, Ἔρως 〈Eros〉, und Ἀνάγκη 〈Ananke〉« (ebd. S. 39); auch auf die »Göttin Hoffnung« bzw. »Elpis« im antiken Pantheon geht er ein (S. 51 f.). Diese Annahmen wiederum berühren sich mit einem schon 1789 entstandenen und

1815 veröffentlichten Gedicht ›Aus dem Griechischen‹ von Karl Ludwig Knebel, auf das Walter Dietze hingewiesen hat. Es widmet vier zentralen Lebensmächten je eine Strophe: »Dämon«, »Glück«, »Liebe« und »Noth«. Es ist fraglich, ob es in direkter Weise auf G. eingewirkt hat, zeigt aber immerhin, daß der Zeit Leitbegriffe dieser Art im Zusammenhang der Mythenrezeption keineswegs fremd waren.

»Durch Hermann, Creuzer, Zoega und Welcker bin ich in die griechische Mythologie, ja bis in die Orphischen Finsternisse gerathen«, schreibt G. am 9. Oktober 1817 an Knebel. Im Brief vom 21. Mai 1818 an Sulpiz Boisserée bezeichnet er sein Gedicht als »uralte Wundersprüche über Menschen und Schicksale«, am 25. Mai 1818 gegenüber Nees von Esenbeck als »uralte concentrirte Darstellung menschlichen Geschicks«. Alle diese Äußerungen betonen den Kontakt zu einer alten Überlieferung; und auch G.s spätere Erläuterungen zu dem Gedicht bekennen: »Was nun von älteren und neueren orphischen Lehren überliefert worden, hat man hier zusammenzudrängen, poetisch, compendios, lakonisch vorzutragen gesucht« (Bd. 13.1, S. 500). Und doch liegt das »orphisch« im Titel des Gedichts weitab vom Mytheninteresse der Forscher. Das zeigt auch ein »orientalisches Gleichniß« im Brief vom 16. Juli 1818 an Boisserée, dem zufolge G. das Altertumsinteresse wieder auf das Wesentliche zurück und einer Verjüngung zuführen wollte: »Wenn man das diffuse Alterthum wieder quintessenziirt, so gibt es alsobald einen herzerquickenden Becher, und wenn man die abgestorbenen Redensarten aus eigener Erfahrungs-Lebendigkeit wieder anfrischt, so geht es wie mit jenem getrockneten Fisch, den die jungen Leute in den Quell der Verjüngung tauchten und als er aufquoll, zappelte und davon schwamm, sich höchlich erfreuten das wahre Wasser gefunden zu haben.« Der Umgang mit alten Überlieferungen ist in diesem Fall ein ähnlicher wie in den *Divan*-Gedichten, was sich dort schon in *Hegire* (S. 41; Bd. 11.1.2, S. 9) ankündigt. Die Rückführung auf Ursprünglichstes und Allgemeinstes – beides tritt im Begriff der »Urworte« zusammen – erschließt gleichzeitig das, was über den Wandel der Zeiten hinweg gilt; sie ermöglicht das dialogische Verhältnis von Vergangenheit und Gegenwart, von Altertum und Moderne. Es spiegelt sich in den griechisch-deutschen Doppeltiteln, die G. erstmals in der Fassung in *Über Kunst und Alterthum* einführt; in der Anrede des Lesers der Gegenwart; in der Selbstverständlichkeit, mit der G. die »Urworte« mit eigener Anschauung ausfüllt; vor allem auch in der Art und Weise, wie er dabei mythologische Orientierungen und eigene Naturforschung verschränkt. Zweimal ist vom »Gesetz« die Rede (V. 4, V. 26); »Geprägte Form die lebend sich entwickelt«

(V. 8) läßt an die Bildungsgesetze der Morphologie denken; für Sonne (V. 2), Wolken, Nebel und Regenschauer (V. 37) zeigt gerade auch der *Divan* ein verwandtes Ineinander von Mythologie und Naturwissenschaft (vgl. *Phaenomen*, S. 13, Bd. 11.1.2, S. 15; *Hochbild*: »Die Sonne, Helios der Griechen ⟨...⟩«, S. 143, Bd. 11.1.2, S. 86; *Wiederfinden*: »Ist es möglich ⟨...⟩«, S. 126, Bd. 11.1.2, S. 88, und Kommentare). Die Sprache des Dichters vereint wieder, was im Mythos einst ungeschieden war, später in Religion, Philosophie und Naturwissenschaft auseinandergetreten ist. Die orphische Überlieferung hat ihren Namen von Orpheus, dem sagenumwobenen Dichter der Ἱεροὶ λόγοι (›Heiligen Worte‹). »orphisch« im Titel von G.s Gedicht bezieht sich auf ihn zurück, ist aber auch Metapher für die Äußerungsweise des modernen Dichters.

Die strenge Form der achtzeiligen Stanze entspricht dem Ernst und der Feierlichkeit der Aussage. Jede der fünf Strophen hat ihre Eigenständigkeit und Bündigkeit, ihr einigendes thematisches Zentrum. Aber erst in der zyklischen Folge realisiert sich der Sinn des übergeordneten Ganzen. »⟨...⟩ viel Bedeutendes in einer Folge, die, wenn man sie erst kennt, dem Geiste die wichtigsten Betrachtungen erleichtert«, so G. selbst zu dem Gedicht (Bd. 13.1, S. 500). Wie die *Divan*-Gedichte »das Gefühl, die Einbildungskraft erweitern«, so eröffnen die fünf Stanzen »dem Nachdenken einen unendlichen Raum, und lassen alles, was wir nur erfahren haben, wie in tausendfältigen Spiegeln wieder erblicken« (an Ottilie von Goethe, 21. Juni 1818; vgl. auch zur Poetik ›wiederholter Spiegelungen‹, Bd. 11.1.2, S. 328–332). Ein Maria Pawlowna mitgeteiltes Schema zum Verständnis übersetzt die griechischen Begriffe: »Individualität, Charakter.« / »Zufälliges.« / »Liebe, Leidenschaft.« / »Beschränkung, Pflicht.« /»Hoffnung.« (vgl. Hans Gerhard Gräf: Zu dem Gedicht »Urworte. Orphisch«. In: GJb 1915, S. 241–243; s. auch Bd. 12, S. 952 f.).

In den Heften *Zur Morphologie* ist das Gedicht zuerst erschienen. In Bd. 3 der *Ausgabe letzter Hand* ließ G. es in der Gruppe »Gott und Welt« den Gedichten *Die Metamorphose der Pflanzen* und *Die Metamorphose der Tiere* – mit nur wenigen Versen dazwischen – folgen (vgl. Bd. 13.1, S. 150–157 und Kommentar). Zu Recht wurde es denn auch diesen beiden *Metamorphose*-Gedichten als Gedicht über die ›Metamorphose des Menschen‹ an die Seite gestellt (so Hans J. Becker in Bd. 12, S. 952). Es bestätigt diese Thematik nur, daß sich das Gedicht wie ein abstrahierender Kommentar zu den autobiographischen Schriften und den Bildungsromanen liest: eine Besinnung auf letzte und allgemeinste Prinzipien, die sich in der Gestaltung von menschlichem Leben auswirken.

Angesichts der Verständnisschwierigkeiten hat G. dem Gedicht in *Über Kunst und Alterthum* Erläuterungen beigegeben, um einem »größeren Publikum« den Zugang zu erleichtern. Sie seien in den folgenden Erklärungen wenigstens auszugsweise zitiert. – *1. Str. Δαίμων ⟨Daimon⟩:* G. erweitert später in der – leicht abgewandelten – Fassung des Gedichts in *Über Kunst und Alterthum* zum Doppeltitel: »Δαίμων, Dämon«, und erläutert:

»Der Dämon bedeutet hier die notwendige, bei der Geburt unmittelbar ausgesprochene, begrenzte Individualität der Person, das Charakteristische wodurch sich der Einzelne von jedem andern, bei noch so großer Ähnlichkeit unterscheidet. Diese Bestimmung schrieb man dem einwirkenden Gestirn zu und es ließen sich die unendlich mannigfaltigen Bewegungen und Beziehungen der Himmelskörper, unter sich selbst und zu der Erde, gar schicklich mit den mannigfaltigen Abwechselungen der Geburten in Bezug stellen. Hiervon sollte nun auch das künftige Schicksal des Menschen ausgehen, und man möchte, jenes erste zugebend, gar wohl gestehen daß angeborne Kraft und Eigenheit mehr als alles Übrige des Menschen Schicksal bestimme.

Deshalb spricht diese Strophe die Unveränderlichkeit des Individuums mit wiederholter Beteuerung aus. Das noch so entschieden Einzelne kann, als ein Endliches, gar wohl zerstört, aber, so lange sein Kern zusammenhält, nicht zersplittert, noch zerstückelt werden, sogar durch Generationen hindurch« (Bd. 13.1, S. 500 f.).

Vgl. auch Zoëga (S. 35 f.): Man »wies ⟨...⟩ jedem Menschen eine ›Tyche‹ an, welche vereint mit seinem Dämon sein Schicksal lenkte; mit der Unterscheidung jedoch, daß der Dämon mehr das Innere angieng, die Tyche mehr das Aeußere des Menschen«. – *2 Die Sonne stand zum Gruße der Planeten:* im Sinne von G.s Erläuterungen »eine symbolische Umschreibung der Eingliederung des Dämons in den Kosmos«, der »Eingliederung des Menschen in die Gesetze des Alls« (Johannes A. E. Leue: Goethes »Urworte, Orphisch«. In: Acta Germanica 2, 1968, S. 1–10; S. 2). – Vgl. die – biographischer Tradition an sich geläufige – astrologische Motivik in ähnlicher Bedeutung auch im Anfang von *Dichtung und Wahrheit* I 1 (Bd. 16, S. 13,8–19). – Vgl. auch Zoëga (S. 39 f.): »Dämon« sei »die Sonne, Urheber des Geists, der Wärme und des Lichts«. – *6 Sibÿllen:* weissagende Frauen der griechischen und römischen Antike (griech. hießen sie Pythia); hier mit den weissagenden Propheten enggeführt: heidnisch-christliche Antike! – *2. Str. Τύχη ⟨Tyche⟩:* G. übersetzt in der späteren Fassung zum Doppeltitel: »Τύχη, das Zufällige«. Zur Veranschaulichung dieses Zufälligen macht er einerseits auf die Prägungen kulturgeschichtlicher und nationaler Eigenheit aufmerksam, andererseits auf ihre mögliche »Vermischung und Durchkreuzung«. Auch in der individuellen Lebensgeschichte, bei der Erziehung, behaupte Tyche, die Göttin des Zufalls, ihre Rechte. Denn die äußere Lebenswelt bedinge »die Eigentümlichkeit, durch frühere Entwickelung, durch Zurückdrängen oder Beschleunigen; der Dämon freilich hält sich durch alles durch, und dieses ist denn die eigentliche Natur, der alte Adam und wie man es nennen mag« (Bd. 13.1, S. 502). – *13 bald hin- bald wiederfällig:* »bald zu uns hin, bald wider uns strebend« (HA, Bd. 1, S. 723). – *14 ein Tand ⟨...⟩ so durchgetandelt:* Vgl. den verwandten Motivbereich in »›Die Jahre nahmen dir, du sagst, so vieles ⟨...⟩« (S. 197; Bd. 11.1.2, S. 43 und Kommentar). – *16 Die Lampe ⟨...⟩ entzündet:* im Bezug auf das Erwachen der Liebe. – *3. Str. Ἔρως ⟨Eros⟩:* G. erläutert den späteren Doppeltitel »Ἔρως, Liebe«: »Hierunter ist alles begriffen was man, von der leisesten Neigung bis zur leidenschaftlichsten Raserei, nur denken möchte ⟨...⟩; der Mensch scheint nur sich zu gehorchen, sein eigenes Wollen walten zu lassen, seinem Triebe zu frönen«. Daher wolle das »rasche Eintreten der zwei letzten Zeilen uns einen entscheidenden Wink geben, wie man allein diesem Irrsal entkommen und davor lebenslängliche Sicherheit gewinnen möge«. Denn der »Dämon« werde in der Liebe

> »gewahr daß er sich selbst bestimmen könne ⟨...⟩ und, was noch mehr ist, ein zweites Wesen, eben wie sich selbst, mit ewiger unzerstörlicher Neigung umfassen könne.
>
> Kaum war dieser Schritt getan, so ist durch freien Entschluß die Freiheit aufgegeben; zwei Seelen sollen sich in einen Leib, zwei Leiber in eine Seele schicken und indem eine solche Übereinkunft sich einleitet, so tritt, zu wechselseitiger liebevoller Nötigung, noch eine Dritte hinzu; Eltern und Kinder müssen sich abermals zu einem Ganzen bilden ⟨...⟩« (Bd. 13.1, S. 503).

18 aus alter Öde: Nach den kosmogonischen Vorstellungen der orphischen Tradition entstand Eros, der hier personifiziert erscheint, aus dem Chaos. Vgl. zu verwandten Mythologemen, auch in Mischung mit naturwissenschaftlichen Vorstellungen, *Wiederfinden* (»Ist es möglich ⟨...⟩, S. 126; Bd. 11.1.2, S. 88) und Kommentar. – Vgl. auch Zoëga (S. 227 f.): »Im Anfang wurde von der Zeit der Aether hervorgebracht, erzeugt von Gott. Diesseits und jenseits des Aethers war das Chaos ⟨...⟩. In dem Argonautengedicht, das des Orpheus Namen führt, ist die Reihe der uranfänglichen Erzeugungen Chaos, Kronos, Aether und Eros, Nyx ⟨...⟩«. – *4. Str. Ἀνάγκη ⟨Ananke⟩ :* Doppeltitel in der späteren Fassung: »Ἀνάγκη, Nöthigung«. Schon unter der vorangehenden Strophe hatte G. in den Erläuterungen auf das den Einzelnen Bedingende, auf die Notwendigkeit sozialer Normen und Gesetze hingewiesen, nicht ohne leise Distanz gegenüber ihrer übertriebenen Verfestigung und rituellen Absicherung: »Familie reiht sich an Familie, Stamm an Stamm, eine Völkerschaft hat sich zusammengefunden und wird gewahr daß auch dem Ganzen fromme was der Einzelne beschloß, sie macht den Beschluß unwiederruflich durchs Gesetz; alles was liebevolle Neigung freiwillig gewährte wird nun Pflicht, welche tausend Pflichten entwickelt, und damit alles ja für Zeit und Ewigkeit abgeschlossen sei, läßt weder Staat, noch Kirche, noch Herkommen es an Zeremonien fehlen. Alle Teile sehen sich durch die bündigsten Kontrakte, durch die möglichsten Öffentlichkeiten vor, daß ja das Ganze in keinem kleinsten Teil durch Wankelmut und Willkür gefährdet werde.« Der neuen Strophe fügt er nur noch lakonisch hinzu: »Keiner Anmerkungen bedarf wohl diese Strophe weiter; 〈…〉 niemand der sich nicht peinlich gezwängt fühlte wenn er nur erinnerungsweise sich solche Zustände hervorruft, gar mancher der verzweifeln möchte wenn ihn die Gegenwart also gefangen hält« (Bd. 13.1, S. 504). – *26 Bedingung und Gesetz:* Der Antagonismus von Freiheit und Gesetz ist ein topisch wiederkehrendes Motiv in G.s poetischen und wissenschaftlichen Produktionen. »Es darf sich einer nur für frei erklären«, heißt es z. B. in den *Maximen und Reflexionen*, »so fühlt er sich den Augenblick als bedingt. Wagt er es sich für bedingt zu erklären, so fühlt er sich frei« (Nr. 44; Bd. 17, S. 724). Vgl. die Spannung von ›Freiheit und Notwendigkeit‹ im Gang der individuellen Lebensgeschichte auch in *Dichtung und Wahrheit* III 11 (Bd. 16, S. 511 f.). – *5. Str. Ἐλπίς 〈Elpis〉:* Doppeltitel in der späteren Fassung: »Ἐλπίς, Hoffnung«. G.s Anmerkungen zu diesen »letzten Zeilen« laden den Leser nur zum Nachdenken ein; denn »jedes feine Gemüt« werde den Kommentar gern selbst »sittlich und religios zu bilden übernehmen« (Bd. 13.1, S. 504). Im Sinnzusammenhang des Gedichts erscheint die Hoffnung als Macht, die über das den Menschen Bedingende hinausdrängt, ihn über Zwänge erhebt. An Bildern einer befreienden Aufwärtsbewegung und raum-zeitlichen Entgrenzung kommt dies zum Ausdruck – Vergewisserungen des Unbedingten über aller Bedingtheit der menschlichen Existenz. – *34 widerwärtige:* im Sinne von ›widerstrebende, hinderliche‹. – *38 Erhebt sie uns, mit ihr durch sie beflügelt:* Zu vergleichbaren, hier personifizierten, Vorstellungen menschlicher Sehnsucht und Hoffnung vgl. u. a. *Höheres und Höchstes* (S. 216; Bd. 11.1.2, S. 123) und Kommentar. – *40 Aeonen:* (griech.) Ewigkeiten, unermeßlicher Zeitraum. Vgl. auch »Wieder einen Finger schlägst du mir ein 〈…〉« (S. 243; Bd. 11.1.2, S. 122), V. 2; *Faust II*, V. 11583 f. (Bd. 18.1, S. 335). – Vgl. u. a.: Walter Dietze: Urworte, nicht sonderlich orphisch. In: GJb 94

(1977), S. 11–37. – M. R. Minden: »Urworte. Orphisch«. In: German Life and Letters 36, 1982/1983, S. 77–86. – Theo Buck: Urworte. Orphisch. In: GHb, Bd. 1 (1996), S. 354–365.

190 *Müsset im Naturbetrachten* ⟨...⟩

Textgrundlage: Handschrift FDH 454; vgl. WA I 3, S. 398: H177.

Entstehung: nicht genau zu bestimmen.

Erstdruck: als zweites von drei Motto-Gedichten (zwischen *Urworte. Orphisch* und »Freuet euch des wahren Scheins ⟨...⟩«) am Anfang von *Zur Morphologie* I 2 (1820), S. 100, ohne Titel (Bd. 12, S. 92). In C1 3 (1827) dann in der Gruppe »Gott und Welt« unter dem Titel »Epirrhema« zwischen den beiden *Metamorphose*-Gedichten (Bd. 13.1, S. 153; zum griechischen Titel sowie zur Stellung des Gedichts in diesem Kontext vgl. Bd. 13.1, S. 718 f.).

Da sich für G. das Naturgesetzliche in den Erscheinungen manifestiert, auch das Göttliche stets in der Natur gegenwärtig gedacht wird, war ihm eine Trennung in ›Innen‹ und ›Außen‹, ›Erscheinung‹ und ›Wesen‹ fremd (vgl. auch »›Ins Innere der Natur – ⟨...⟩«, Bd. 13.1, S. 162 und Kommentar; Eckermann: Gespräche mit Goethe, 1. Februar 1827; Bd. 19, S. 210 f.). Da sich letzte Wahrheiten und Gewißheiten umgekehrt nie unverhüllt zu erkennen gaben, wird die paradoxe Formel vom ›öffentlichen Geheimnis‹ (»das vor den Augen liegt und dennoch nur zu enträtseln ist, wenn der Blick des Betrachters auf das Ganze gerichtet bleibt«: Dorothea Kuhn in FrA, Bd. 14, S. 1069) für G. zu einer zentralen Denkfigur (vgl. eingehender zu *Offenbar Geheimniß:* »Sie haben dich heiliger Hafis ⟨...⟩«, S. 35, Bd. 11.1.2, S. 26; auch zu »Im Nahmen dessen der sich selbst erschuf! ⟨...⟩«, S. 165).

190 *Freuet euch des wahren Scheins* ⟨...⟩

Textgrundlage und Erstdruck: Zur Morphologie I 2 (1820), S. 100, ohne Titel (Bd. 12, S. 92). In C1 3 (1827) dann – zusammen mit dem vorangehenden »Müsset im Naturbetrachten ⟨...⟩« – unter dem Titel »Epirrhema« der Gruppe »Gott und Welt« eingeordnet (s. Bd. 13.1, S. 153).

Entstehung: nicht genau zu bestimmen.

Paradoxien, wie sie hier in mehreren Erscheinungsformen begegnen, sind eine Lieblingsfigur in G.s Alterswerk. V. 1 (»wahren Scheins«) läßt sich auf die letzten beiden Verse des vorangehenden Gedichts beziehen. Das Zugleich von Scherz und Ernst hat G. – gerade auch im Zusammenhang des *Divans* und des *Faust II* – immer wieder als wichtiges Element seiner Weltschau wie Poetik ausgewiesen (vgl. Ehrhard Bahr: Die Ironie im Spätwerk Goethes. »... diese sehr ernsten Scherze ...«. Berlin 1972). Zur Auffassung jedes Lebewesens im Sinn einer Vielheit vgl. in *Die Absicht eingeleitet*: »Jedes Lebendige ist kein Einzelnes, sondern eine Mehrheit;

selbst insofern es uns als Individuum erscheint, bleibt es doch eine Versammlung von lebendigen selbständigen Wesen« (Bd. 12, S. 14; s. auch S. 207). –

190 *So schauet mit bescheidnem Blick* ⟨...⟩
Textgrundlage und Erstdruck: Zur Morphologie I 2 (1820), S. 113, am Ende des Aufsatzes *Bedenken und Ergebung* (Bd. 12, S. 100). In C^1 3 (1827) dann in der Gruppe »Gott und Welt« unter dem Titel »Antepirrhema« (Bd. 13.1, S. 155; zu diesem griechischen Gedichttitel und der Stellung des Gedichts in »Gott und Welt« ebd., S. 719; vgl. auch zu den drei vorangehenden Texten).
Entstehung: nicht genau zu bestimmen.
Die Verse sind durch den kurzen Aufsatz *Bedenken und Ergebung* vorbereitet. Er spricht davon, daß sich der Mensch »bei Betrachtung des Weltgebäudes« zu der Vorstellung gedrängt sehe, »daß dem Ganzen eine Idee zum Grund liege, wornach Gott in der Natur, die Natur in Gott, von Ewigkeit zu Ewigkeit, schaffen und wirken möge« (Bd. 12, S. 99). Er handelt dann aber auch von der Schwierigkeit, »Idee und Erfahrung mit einander zu verbinden« – das eine »unabhängig von Raum und Zeit«, das andere »in Raum und Zeit beschränkt« (ebd.). Die Verse, die »ein altes Liedchen mit einiger Abwechselung erneuern« (ebd., S. 100) – sie variieren die Verse 1923–1927 aus *Faust I* –, werden als poetisches Beispiel einer Vermittlung eingeschaltet. Aber sie sind zugleich Ausdruck einer tieferen und allgemeineren Auseinandersetzung. Die naturwissenschaftliche Revolution der Neuzeit hatte die Herrschaft des Menschen über die Natur etabliert; die Autonomie der menschlichen Vernunft war deren erkenntnistheoretisches Korrelat – so auch in der kritizistischen Philosophie Kants, mit der sich G. unmittelbar davor auseinandersetzt. Die Verse zeigen exemplarisch die andere Antwort, die G. gibt: in der einleitenden Demutsgebärde des Forschenden (»mit bescheidnem Blick«) und der Anerkennung der Natur als eigenständig schaffendem göttlichem Wesen. Auch die Umakzentuierung gegenüber den *Faust*-Versen ist dafür symptomatisch. Dort setzt (in der ›Schülerszene‹) Mephisto das Weber-Gleichnis für die menschliche »Gedanken-Fabrik« ein:

Zwar ist's mit der Gedanken-Fabrik
Wie mit einem Weber-Meisterstück,
Wo Ein Tritt tausend Fäden regt,
Die Schifflein herüber hinüber schießen,
Die Fäden ungesehen fließen,
Ein Schlag tausend Verbindungen schlägt:
⟨...⟩ (Bd. 6.1, S. 587)

In den jüngeren Versen dagegen bezieht G. das Weber-Gleichnis auf das Wirken der Natur, der »ewigen Weberin« (V. 2) selbst. –

8–10 angezettelt ⟨...⟩ Einschlag: ›Zettel‹ und ›Einschlag‹ (Kette und Schuß) sind Fachausdrücke aus der Weberei, Bezeichnungen der beiden Komponenten, die in der Entstehung des Gewebes zusammenwirken (vgl. dazu *Wanderjahre* III 5; Bd. 17, S. 574–579). Von G. häufiger gebrauchtes Bild: Vgl. z. B. G. an Charlotte von Stein, 8. Juli 1781; an Reinhard, 10. Juni 1822; an Boisserée, 6. Juli 1828; an Wilhelm von Humboldt, 17. März 1832 (»Ein Gleichnis, das ich so gern brauche«); *Maximen und Reflexionen*, Nr. 230 (Bd. 17, S. 756); im Hinblick auf die Morphologie gegenüber Riemer, September 1811 (Herwig, Bd. II, S. 696): »Äußerung Goethes: Idee der Metamorphose gleicht einem Weberzettel, wozu die Bedingnisse der Empirie den Einschlag liefern.« S. dazu: Werner Keller: Goethes dichterische Bildlichkeit. München 1972, S. 193–206, bes. S. 197 f., und Caroline Grote Snyder: Goethe's Loom Poem »Antepirrhema«. In: Goethezeit. Festschrift für Stuart Atkins. Bern und München 1981, S. 193–202. – *9 der ewige Meistermann:* Metapher für Gott – in Korrespondenz zur »ewigen Weberin« (V. 2; metaphorisch für die Natur).

190 *Freudig war, vor vielen Jahren ⟨...⟩*
Textgrundlage und Erstdruck: Zur Morphologie I 3 (1820), S. 258 (s. Bd. 12, S. 195). In C[1] 3 (1827) dann unter dem Titel »Parabase«.
Entstehung: nicht genau zu bestimmen.
Dem Charakter eines Vorspruchs (zu einer Reihe von Aufsätzen zur vergleichenden Anatomie) gemäß ruft das Gedicht in formelhafter Kürze Grundeinsichten und -tendenzen der biologischen Forschungen G.s auf. Sie betreffen den Gegenstand ebenso wie die Haltung des Forschenden dazu. – Zu den späteren griechischen Überschriften der Gedichte (»Parabase«, »Epirrhema« und »Antepirrhema«, s. o.), auch ihrer Stellung und Funktion im Zusammenhang der Gruppe »Gott und Welt« in der *Ausgabe letzter Hand*, vgl. die Kommentare Bd. 13.1, S. 717–719 und Bd. 12, S. 994 f. – *1 Freudig war, vor vielen Jahren:* Der geschichtliche Rückblick der Verse hat in der autobiographischen und wissenschaftsgeschichtlichen Reflexion im Zusammenhang der Hefte *Zur Morphologie* seine Parallele; vgl. z. B. *Geschichte meines botanischen Studiums* (Bd. 12, S. 20–25). – *4 Natur im Schaffen:* Das Interesse – des Wissenschaftlers wie des Dichters – gilt nicht der ›natura naturata‹, einer in wissenschaftlichen Systemen beschreibbaren ›geschaffenen‹ Natur, sondern der ›natura naturans‹, der ›lebendigen‹, der ›schaffenden‹ Natur. – *5 f. das ewig Eine, / Das sich vielfach offenbart:* das allgemeine Gesetz in der Vielzahl seiner besonderen Erscheinungen, das Urphänomen in der Mannigfaltigkeit der Phänomene. – *7 Klein das Große, groß das Kleine:* dies auch gemäß der Analogie von Mikrokosmos und Makrokosmos; vgl. z. B. die in

den anatomischen *Vorträgen* formulierte »Einsicht ⟨...⟩, wie der Mensch dergestalt gebaut sei, daß er so viele Eigenschaften und Naturen in sich vereinige und dadurch auch schon physisch als eine kleine Welt, als ein Repräsenta⟨n⟩t der übrigen Tiergattungen existiere« (Bd. 12, S. 198). – *8 Alles nach der eignen Art:* Vgl. *Urworte, orphisch* (S. 188), V. 4: »Nach dem Gesetz wonach Du angetreten«. – *9–11 Immer wechslend, fest sich haltend ⟨...⟩ So gestaltend, umgestal*tend: dies ganz im Sinne von G.s grundsätzlicher Definition der Morphologie:

»Wollen wir also eine Morphologie einleiten, so dürfen wir nicht von Gestalt sprechen; sondern wenn wir das Wort brauchen, uns allenfalls dabei nur die Idee, den Begriff oder ein in der Erfahrung nur für den Augenblick Festgehaltenes denken.

Das Gebildete wird sogleich wieder umgebildet, und wir haben uns, wenn wir einigermaßen zum lebendigen Anschaun der Natur gelangen wollen, selbst so beweglich und bildsam zu erhalten, nach dem Beispiele mit dem sie uns vorgeht« (Bd. 12, S. 13).

12 Erstaunen: Vgl. z. B. auch *Maximen und Reflexionen*, Nr. 417: »Die Wissenschaft hilft uns vor allem daß sie das Staunen, wozu wir von Natur berufen sind, einigermaßen erleichtere ⟨...⟩« (Bd. 17, S. 793). Schon nach antiker Überlieferung setzen Philosophie und Wissenschaft ein solches ›Staunen‹ voraus. Aber es findet bei G. seine neue Begründung aus der Verschränkung von Beobachtung und Ergriffensein, von ästhetischen, ethischen und religiösen Momenten im Verhältnis von Mensch und Natur. Vgl. z. B. in der Einleitung der Hefte *Zur Morphologie* über das Verhältnis des Menschen zu den Gegenständen der Natur: »Es dauert ⟨...⟩ nicht lange, so dringen sie dergestalt gewaltig auf ihn ein, daß er wohl fühlt wie sehr er Ursache hat auch ihre Macht anzuerkennen und ihre Einwirkung zu verehren« (Bd. 12, S. 11). Vgl. auch gegenüber Soret am 8. Mai 1831 (Houben: Soret, S. 535 f.). – Wulf Segebrecht: Symbiose von Naturwissenschaft und Poesie. Zu Goethes Gedicht »Parabase«. In: Goethe-Gedichte, S. 309–314.

191 *Du hast es lange genug getrieben ⟨...⟩*

Textgrundlage: Handschrift GSA 25/VII,4,4 (früher: 25/VIII, 6,16); vgl. WA I 5/2, S. 286: H[872]; ohne Berücksichtigung der Bleistiftkorrekturen.

Entstehung: am 18. Oktober 1817, dem Tag des Wartburgfestes. Vgl. auch Tagebuchnotiz zum 19. Oktober 1817: »Relation ⟨Bericht⟩ von dem eisenachischen Feste«.

Erstdruck: Q I 1 (1836), S. 136.

Während das Gedicht *Kotzebue* auf den Theaterdichter zielt (vgl. S. 160 und Kommentar), gilt das vorliegende seinen diplomatischen Tätigkeiten und politischen Stellungnahmen sowie der wachsenden öffentlichen Kritik an seiner Person. Sie erreichte mit der Bücherverbrennung beim Wartburgfest einen ersten Kulminationspunkt. Vgl. auch »›Warum bekämpfst du nicht den Kotzebue 〈...〉« (S. 195), »Wir litten schon durch Kotzebue 〈...〉« (S. 218), »Jenas Philister und Professoren 〈...〉« (S. 220) und Kommentare. – *6 baß:* sehr. – *8 dir 〈...〉 gedacht:* übelgenommen, nicht vergessen. – *8 f. St. Peter 〈...〉 hättest gern klein gemacht:* Anspielung auf Kotzebues Katholizismus-Polemik in seiner Schrift ›Erinnerungen von einer Reise aus Livland nach Rom und Neapel‹ (1805). – *13 Die Jugend hat es dir vergolten:* Zu den auf dem Wartburgfest von den Burschenschaften verbrannten Büchern zählte auch Kotzebues ›Geschichte des deutschen Reichs, von dessen Ursprunge bis zu dessen Untergange‹ (1814/15).

191 *Klaggesang. Irisch*

Textgrundlage und Erstdruck: Über Kunst und Alterthum IV 1 (1823), S. 108–110.

Entstehung: In Kräuters Niederschrift (vgl. WA I 3, S. 428: H^{148}) datiert: »Weimar d. 22. Octbr. 1817«. G.s Tgb. vom 7. Oktober 1817: »Glenarvon« und vom 22. Oktober: »Klagegesang aus Glenarvon übersetzt«.

Am 7. Oktober 1817 las G. den Roman ›Glenarvon‹ von Caroline Lamb. Er übersetzte daraus diesen Totengesang irischer Landleute, mit dem sie den Tod eines Sohns ihres Gutsherrn betrauern. Zum Vergleich die erste und die sechste Strophe des Originals:

Oh loudly sing the Pillalu
And many a tear of sorrow shed;
Och orro, orro, olalu;
Mourn, for the master's child is dead.
〈...〉
But see along the mountain side,
And by the pleasant banks of Larney,
Straight o'er the plains and woodlands wide
By Castle Brae, and Lok Macharney:
Och orro, orro, olalu.

(Zit. nach John Hennig: Goethe's »Klagegesang. Irisch«. In: Monatshefte für deutschen Unterricht 41, 1949, S. 71–76; S. 76).

Daß G. in der 6. Strophe alle Ortsnamen tilgt, zeigt, »wie er das Gedicht ins Allgemeine wendet« (FrA, Bd. 2, S. 1138). S. dazu seine Bemerkung im Aufsatz *Serbische Lieder* (1823): »Das allgemein Menschliche wiederholt sich in allen Völkern, gibt aber unter fremder Tracht, unter fernem Himmel kein eigentliches Interesse; das Besonderste aber eines jeden Volks befremdet nur, es erscheint seltsam oft widerwärtig« (Bd. 13.1, S. 409). – Über die Vertonung des »Pillalu«, wie Zelter G.s Gedicht abkürzend nannte, gab es zwischen ihm und G. 1819 einen Briefwechsel (Bd. 20.1, S. 551–557; mit Abbildung des Notenautographs). – *21 wes't:* ›wesen‹ im Sinne von ›sein‹, ›leben‹.

193 *Dem 31. October 1817*
Textgrundlage und Erstdruck: Über Kunst und Alterthum I 3 (1817), S. 4.
Entstehung: am 31. Oktober 1817 oder kurz davor.
Am 31. Oktober 1517 hatte Luther seine Thesen in Wittenberg angeschlagen. Daß G. die Persönlichkeit des Reformators schätzte, zeigen im zeitlichen Umkreis der Dreihundertjahrfeier Briefe vom 22. August 1817 an Knebel und vom 7. November 1817 an Leonhard, vor allem aber seine Arbeit an der *Kantate zum Reformations-Jubiläum und Denkmal für Luther* (1817; S. 311–320). Doch G. nutzt den Anlaß auch, um selbstbewußt die reformatorische Gebärde für sich in Anspruch zu nehmen, den Auftrag zum Protest in »Kunst und Wissenschaft« (3. Str.). So hatte er es bereits in der *Farbenlehre* getan (vgl. z. B. Bd. 10, S. 11–13, auch Kommentar S. 1012; Schöne: Goethes Farbentheologie, S. 76–83). Und ähnlich bekennt er auch in den *Maximen und Reflexionen*: »Genau besehen haben wir uns noch alle Tage zu reformieren und gegen andere zu protestieren, wenn auch nicht in religiösem Sinne« (Nr. 673; Bd. 17, S. 841). S. auch den Bericht ⟨*Zum Reformationsfest*⟩, Bd. 11.2, S. 220 f. – *4 baß:* sehr. – *7 Erbfeind:* die Türken.

193 *Lustrum ist ein fremdes Wort* ⟨…⟩
Textgrundlage: Handschrift GSA 25/IV,3,10; vgl. WA I 5/2, S. 28: H^{301}.
Entstehung: 30. November 1817; vgl. Tgb.: »Knebels Geburtstag. Gedicht an ihn.« Zelter hat die Verse vertont (vgl. G. an Zelter am 31. Dezember 1817, Bd. 20.1, S. 521; auch Tgb. zum 14. Januar 1818).
Erstdruck: Zelters ›Liedertafel‹ (2. Ausg.), S. 361. In C^1 4 (1827) unter dem Titel »Meinem Freunde v. Knebel zum 30. November 1817«.
Mit Karl Ludwig von Knebel (1744–1834), seit 1774 am Weimarer Hof, seit 1798 in Jena, wo er bis zu seinem Tod wohnte, unterhielt G. eine – nicht immer störungsfreie – lebenslange Freundschaft (er nannte ihn den »Urfreund«). Knebel hatte bereits die Bekanntschaft mit Carl August vermittelt (vgl. *Dichtung und Wahrheit* III 15; Bd. 16, S. 685 ff.). – *1 Lustrum:* (lat.) Zeitraum von fünf Jahren; entsprechend in V. 3 die Pluralform »Lustra«. FrA (Bd. 2, zu S. 604) sieht in »fremdes Wort« (V. 1) einen Hinweis auf die »Sprachreinigungs-Bestrebungen der Zeit«, die »derlei verpönten«. – Vgl. Hans Tümmler: Goethes Gedichte an und über Persönlichkeiten, S. 106–108.

193 *Kenne wohl der Männer Blicke* 〈...〉
Textgrundlage: Reinschrift (r) ÖNB, Wien, Autogr. 13/46–1 (Mommsen Nr. 120).
Entstehung: 12. Dezember 1817.
S. *Divan*-Kommentar, Bd. 11.1.2, zu S. 70.

194 *Wenn wir Dich o Vater sehen* 〈...〉
Textgrundlage: Handschrift in Privatbesitz, Düsseldorf (Photokopie GSA). – Abschrift von Katinka Schellenberg (ca. 1890).
Entstehung: wahrscheinlich am 15. Dezember 1817, dem Geburtstag Döbereiners, oder kurz davor.
Erstdruck: Extrablatt zu den Privilegierten Jenaischen Wochenblättern, Nr. 38, 1. September 1849.
Johann Wolfgang Döbereiner (1780–1849) war seit 1810 Dozent, ab 1816 Professor für Chemie und Pharmazie in Jena. G. stand mit ihm in freundschaftlicher Beziehung und nahm an seinen wissenschaftlichen Arbeiten regen Anteil (vgl. die regelmäßigen Erwähnungen in den *Tag- und Jahres-Heften*, u. a. zu 1811 (Bd. 14, S. 224), zu 1815 (ebd., S. 244), zu 1816 (ebd., S. 252), zu 1817 (ebd., S. 262). Ende 1817 drohte der Universität Jena der Verlust des hervorragenden Gelehrten. – Dorothea Kuhn: Goethe und der Chemiker Döbereiner. In: Neue Hefte zur Morphologie. 1. Weimar 1954, S. 67–72. – S. auch Bd. 12, S. 218–222.

195 *Hätte Oken gewußt wer er sey* 〈...〉
Textgrundlage: Handschrift GSA 25/VIII,6,31a; vgl. WA I 5/2, S. 292: H[894].
Entstehung: vermutlich 1817, im Zusammenhang mit der Auseinandersetzung um die von Oken hg. Zeitschrift ›Isis‹.
Erstdruck: WA I 5/1 (1893), S. 200.
Lorenz Oken (1779–1851) war einer der bedeutendsten, aber auch umstrittensten Naturwissenschaftler und Naturphilosophen in der ersten Hälfte des 19. Jahrhunderts. Nicht nur die von ihm begründete ›Isis oder Encyklopädische Zeitschrift‹ (1817–1849), sondern auch die von ihm 1822 ins Leben gerufene ›Versammlung deutscher Naturforscher und Ärzte‹ (s. Bd. 18.2, S. 357–360) sind Meilensteine in der Geschichte der modernen Naturwissenschaften. Seit Antritt seiner Jenaer Professur (1807), die 1819 nach den Auseinandersetzungen um die ›Isis‹ (s. das folgende Gedicht und Kommentar) mit Okens Entlassung endete, gab es Unstimmigkeiten zwischen dem ehrgeizigen und stets auf wissenschaftliche Unabhängigkeit bedachten Nachwuchswissenschaftler Oken und G., der amtlicherseits für die Belange der wissenschaftlichen Einrichtungen im Großherzogtum zuständig war. Auch Konflikte um die Priorität naturwissenschaftlicher Entdeckungen, etwa die Entwicklung der Wirbeltheorie des Schädels (s. *Das Schädelgerüst aus*

sechs Wirbelknochen auferbaut; Bd. 12, S. 359 f. und Kommentar zu S. 359,23–30), belasteten die Beziehung. Manche wechselseitige Kritik dieser Jahre, z. B. G.s Vorwurf von ›Indiskretionen‹ Okens (G. an Voigt, 3. März 1810), umgekehrt Okens Äußerungen von einer alles niederdrückenden ›Eitelkeit‹ G.s (Oken an Schelling, 19. Dezember 1809), lassen erahnen, daß die Divergenzen bis in persönlich wie generationenspezifisch begründete Unterschiede der Lebens- und Wissenschaftsauffassung hineinreichten. Wie weit schon die zeitgenössischen Urteile über die eigenwillige Persönlichkeit Okens auseinandergehen, zeigt u. a. Heinrich Heines Bild des Gelehrten in seiner ›Geschichte der Religion und Philosophie in Deutschland‹ (1835), die Oken als ›genialsten Denker‹ und ›größten Bürger Deutschlands‹ feiert, der mit seinen »neuen Ideenwelten 〈...〉 die deutsche Jugend für die Urrechte der Menschheit, für Freyheit und Gleichheit, begeisterte« (Gesamtausgabe der Werke. Hg. von Manfred Windfuhr. Bd. 8/1. Hamburg 1979, S. 116). – Die Verse sinngemäß: Hätte Oken seine Grenzen erkannt, d. h. sich auf sein Gebiet, die Naturwissenschaften, beschränkt, und wäre er sich nicht selbst durch sein politisches ›Zuviel‹ (V. 2 »überley«) im Wege, so hätte er eine vorzügliche Position in der akademischen Fachwelt (V. 3 »gut im Orden«). So aber ist er für seine Mitwelt ›unkenntlich‹, inkalkulabel geworden. – Zum Verhältnis zwischen G. und Oken vgl. bes. Hermann Bräuning-Oktavio: Oken und Goethe im Lichte neuer Quellen. Weimar 1959; weniger abwertend Max Pfannenstiel: Lorenz Oken. Sein Leben und Wirken. Freiburg i. Br. 1953.

195 *Isis*

Textgrundlage: Handschrift GSA 25/VIII,6,32; vgl. WA I 5/2, S. 293: H[895].

Entstehung: vgl. zum vorhergehenden Gedicht.

Erstdruck: WA I 5/1 (1893), S. 201.

G.s abschätziges Urteil über Okens ›Isis‹ hängt mit seiner zwiespältigen Einstellung zur Pressefreiheit aufs engste zusammen (vgl. auch »O Freyheit süß der Presse! 〈...〉«, S. 211, und »Was euch die heilige Preßfreyheit 〈...〉«, S. 211 und Kommentare). Seit dem 5. Mai 1816 war sie – in einer für die deutschen Staaten damals äußerst liberalen Form – im ›Grundgesetz über die Landständische Verfassung des Großherzogtums Sachsen-Weimar-Eisenach‹ festgeschrieben. Okens in Jena seit 1817 herausgegebene ›Isis‹ nutzte sie von Anfang an programmatisch auch zur Veröffentlichung obrigkeits- und verfassungskritischer Artikel, die vor dem Hintergrund der ohnehin starken politischen Unruhen der Nachkriegsjahre noch an Brisanz gewannen (vgl. »Jenas Philister und Professoren 〈...〉«, S. 220 und Kommentar; auch *Tag- und Jahres-Hefte* zu

1816, Bd. 14, S. 254). In einem Gutachten vom 5. Oktober 1817 plädierte G. für ein Verbot der Zeitschrift, aber gegen eine disziplinarische Maßregelung Okens (BW Carl August – Goethe, Bd. 2, S. 165). Am 14. Juni 1819 wurde die Publikation der ›Isis‹ wegen Okens Kritik an Berichten des russischen Vertreters in Dresden, Graf Stourdza, und anschließender Beschwerde Zar Alexanders I. im Herzogtum endgültig untersagt (s. auch »›Warum bekämpfst du nicht den Kotzebue 〈...〉«, S. 195 und Kommentar); sie erschien von da an, ohne weiteren unmittelbar politischen Anspruch, in Leipzig. Die rigiden Zensur- und Universitätsgesetze der Karlsbader Beschlüsse (1819) führten zu Okens Entlassung. Er zählte fortan zu den polizeilich erfaßten ›gefährlichen Personen‹ im Deutschen Bund, bis auf weiteres ohne Chance auf einen neuen Lehrstuhl in seinem Machtbereich. Nach einer Dozentur in München wurde er als Dekan und Rektor an die Universität Zürich berufen (1833), wo unter seiner Ägide viele politisch verfolgte Nachwuchswissenschaftler aus den deutschen Bundesstaaten Anstellung fanden, so auch Georg Büchner (1836). S. auch G. zu Kanzler von Müller, 15. Juni 1819 (Unterhaltungen. Hg. von Renate Grumach, S. 45). – *3 Papistisch:* hier: obrigkeitstreu.

195 »*Warum bekämpfst du nicht den Kotzebue* 〈...〉
Textgrundlage: Handschrift GSA 25/VII,4,4 Bl.103; vgl. WA I 5/2, S. 503 f. – Abschrift Riemers.
Entstehung: vermutlich Ende 1817 / Anfang 1818.
Erstdruck: Q I 1 (1836), S. 136.
Kotzebue hatte in dem ›Literarischen Wochenblatt‹ (1817 und 1818), das er seit seiner Übersiedlung nach Mannheim herausgab, erneut Attacken gegen G. gerichtet. Andererseits sah er sich seit dem Wartburgfest selbst wachsender Kritik gegenüber, und es traf ihn sogar der Verdacht, in Spitzeldiensten für Rußland zu stehen. Am 27. Januar 1818 schreibt G. an Voigt, daß sich »ein gränzenloser Haß gegen Kotzebue 〈...〉 hervorthut, der denn seinen Feinden gut Spiel macht. 〈...〉 Bürger wie Studenten wüthen öffentlich gegen den Erbfeind, wie sie ihn betrachten. 〈...〉 *Daß* es schlecht ablaufen würde konnte jeder voraussagen, *Wie?* ist leider schon offenbar.« Zum Hintergrund: Anfang 1818 kursierten Aushängebögen einer Publikation des Jenaer Historikers (und G.-Verehrers) Heinrich Luden ›Die (angeblichen) Bulletins des Herrn von Kotzebue‹ (erschienen 1818 in Bd. 11 der Zeitschrift ›Nemesis‹, 1. Stück, S. 140 ff.), die auch an G. gelangten (vgl. Tgb. vom 15. bis 22. Januar 1818 und die Erläuterungen in WA III 6, S. 309–311). In den Berichten, an die Luden durch Indiskretion gelangt war, informierte Kotzebue den russischen Zaren Alexander I. über die Zustände in Deutschland, besonders in Weimar und Jena. G. konnte förmlich

zusehen, wie sich sein Gegner selbst vernichtete. – Vgl. auch die Gedichte *Kotzebue* (S. 160), »Du hast es lange genug getrieben ⟨…⟩« (S. 191), »Jenas Philister und Professoren ⟨…⟩« (S. 220), *Isis* (S. 195) und Kommentare.

Gedichte 1818, 1819 und danach

Die Tendenzen der Lyrik, wie sie im Überblick der Jahre 1816 und 1817 beobachtet werden konnten, setzen sich in die folgenden beiden Jahre hinein fort. Doch in der Auffächerung des Gedichtspektrums insgesamt vollzieht sich noch einmal ein gradueller Wandel. Ab Anfang März 1818 war der Druck des *Divans* in Gang gekommen. Die zwischengeschaltete Entstehung des Prosateils, von einem erneuten intensiven Orientstudium begleitet, unterbrach und verzögerte ihn. Aber die Beschäftigung mit Orient und dem eigenen *Divan* eröffnete überraschend noch einmal eine neue Phase von *Divan*-Gedichten, die sich der anderweitigen Lyrik beimischen. Einige konnte Goethe noch in den Gedichtteil des Erstdrucks aufnehmen, einige weitere wenigstens in den Prosateil. Andere, die nicht mehr für den Erstdruck zurecht kamen, legte er für den »Künftigen Divan« zurück, den schon das entsprechende Kapitel des Prosateils in Aussicht stellte. Insgesamt kamen gegenüber dem Erstdruck in der Folgezeit noch 43 Gedichte hinzu: fast alle 1819 und 1820 entstanden, darunter u. a. fünf neue Gedichte zum »Buch des Paradieses«, die sich einem letzten größeren Produktionsschub während der Reise nach Karlsbad vom 23. April bis 31. Mai 1820 verdankten; nur zwei Gedichte traten noch später hinzu, als letztes 1823 »Es geht eins nach dem andern hin ⟨…⟩«. Auch der Bestand der später im Nachlaß verbliebenen Gedichte wuchs noch einmal an: so Ende 1819 mit der Gruppe der »Hudhud«-Gedichte und spät, schon im Zusammenhang der Vorbereitungen für die *Ausgabe letzter Hand*, mit Gedichten einer West-Ost-Thematik, die sich wie eine späte Reminiszenz der *Divan*-Welt lesen (s. S. 247).

Soweit sie nicht dem *Divan* zugehört, ist die Lyrik in diesem Band nur bis 1819 einschließlich dokumentiert; die Gedichte der folgenden Jahre stehen in Band 13.1. Nur die *Divan*-Gedichte und die nachgelassenen Verse in seinem Umkreis wurden hier über das Jahr 1819 hinaus aufgenommen.

196 *Worte sind der Seele Bild ⟨…⟩*
Textgrundlage: Briefbeilage UB Bonn S 863, I; vgl. WA I 5/2, S. 49, sowie WA IV 29, S. 11 ff. u. 333 f.: Nr. 7951 (H^{335}). – Niederschrift Färbers, Datum in G.s Hand.

Entstehung: 10. Januar 1818; Beilage zum Brief an Sulpiz Boisserée vom 16. Januar 1818, mit der Bemerkung: »Das neuste vom Jahr!«
Erstdruck: Über Kunst und Alterthum I 3 (1817; ersch. Anfang 1818), S. 61.
In den ›Aufklärenden Bemerkungen‹ zu den »Inschriften, Denk- und Sendeblättern« in Bd. 4 der *Ausgabe letzter Hand* heißt es zu dem Gedicht: »Der Worte, flüchtiger wie bleibender, Werth und Wirkung« (S. 192); in einem Entwurf zu einer erweiterten Gedichtsammlung unter Nr. 111: »Als Apologie: Werth und Wirkung der Worte so flüchtig als bleibend« (WA I 5/2, S. 66). Voll verständlich werden die Verse aber erst im Zusammenhang des Aufsatzes *Urteilsworte französischer Kritiker* 〈I〉 (Bd. 11.2, S. 235–240). G. bringt darin zunächst eine Liste von Vokabeln französischer (Kunst-)Kritiker, schaltet dann das Gedicht ein, beginnt schließlich die eigenen Erläuterungen:

> »Einsicht und Charakter des Menschen offenbart sich am deutlichsten im Urteil; indem er ablehnt, indem er aufnimmt bekennt er was ihm fremd blieb, wessen er bedarf; und so bezeichnet, unbewußt, jedes Alter, auf jeder Stufe den gegenwärtigen Zustand, den Kreis eines durchlaufenen Lebens.
>
> Auch so ist es mit Nationen, ihr Lob und Tadel muß durchaus ihren Zuständen gemäß bleiben« (S. 238).

»Worte« also sind im Leben wie im kulturellen Prozeß nicht die »Zustände« selbst, sondern nur ihr »Schatten« (V. 2), und doch das Einzige, was faßbar bleibt. – S. auch die hier folgende Fassung *Sängers Ermuthigung*. – *3 mild:* freigiebig.

196 *Sängers Ermuthigung*

Textgrundlage: Handschrift GSA 32/9; vgl. WA I 5/2, S. 49. – Notenheft mit dem Autograph von Zelters Komposition und Abschrift des Gedichts; »Apotheose« von G. egh. gestrichen und durch *Sängers Ermuthigung* ersetzt..
Entstehung: Diese Variante zum vorausgehenden Gedicht findet sich auf der Rückseite der Handschrift des Gedichts *Um Mitternacht* (S. 196), die G. am 16. Februar 1818 an Zelter sandte (verschollen); sie ist also zwischen 10. Januar und 16. Februar 1818 entstanden.
Erstdruck: Zelters ›Liedertafel‹. (2. Ausg.) S. 364 f., unter dem Titel »Apotheose«.
Am 21. Juni 1818 schickte Zelter das »fleißige Liedgen« an G. zurück und schrieb dazu: »Es ist ein Motettlein worden und ich wünschte von Dir zu wissen: wie Du mit der Umstellung der Verse zufrieden bist, indem mir das Gedicht bei der Arbeit viel Spaß gemacht hat. Ja ich habe es zweimal machen müssen denn die erste Arbeit hatte was Polemisches und nun müßte es von Rechts wegen

humoristischer sein« (Bd. 20.1, S. 537). G. dankte am 28. Juni 1818 für die Motette, für deren Aufführung ihm die Sänger fehlten, erbat sich aber die Erlaubnis, die »Partitur« an den Heidelberger Juristen und Musikfreund Thibaut zu senden (ebd., S. 539), was Zelter konzedierte (S. 540).

196 *Um Mitternacht*

Textgrundlage: Handschrift GSA 25/VII,1 Bl. 64; vgl. WA I 3, S. 377f. u. 388: H^{148}. – Abschrift Eckermanns, unter Berücksichtigung der Bleistiftkorrekturen; H^{163} (vgl. ebd., S. 388) verschollen.

Entstehung: 13. Februar 1818 (s. ebd., S. 388); s. auch das Tagebuch: »Bey Konopak, waren zugegen Ziegesar, Münchow. *Um Mitternacht.*«

Erstdruck: in der ›Neuen Liedersammlung‹ von Zelter (Zürich, Berlin 1821), S. 6 f. Wenig später auch am Ende des Aufsatzes *Geneigte Teilnahme an den Wanderjahren* in *Über Kunst und Alterthum* III 3 (1822), S. 170 (Bd. 13.1, S. 518).

Über die Entstehung des Gedichts sind wir gut unterrichtet. G. hatte den Abend in Jena im geselligen Kreis alter Freunde und Bekannter bei dem Ehepaar Konopak (Christian Gottlieb K., 1767–1841, Jurist und neu berufener Professor in Jena) zugebracht; das Tagebuch verzeichnet als weitere Gäste den Landschaftsdirektor Anton von Ziegesar (1783–1843) und den Astronomieprofessor und damaligen Direktor der Jenaer Sternwarte Carl Dietrich von Münchow (1778–1836). Der Text ist im Anschluß daran offenbar rasch und nahezu spontan entstanden. »Man lasse mich bekennen«, führt G. in der Ankündigung von Zelters ›Neuer Liedersammlung‹ aus, »daß ich, mit dem Schlag Mitternacht, im hellsten Vollmond aus guter, mäßig-aufgeregter, geistreich-anmutiger Gesellschaft zurückkehrend, das Gedicht aus dem Stegreife niederschrieb, ohne auch nur früher eine Ahnung davon gehabt zu haben« (Bd. 13.1, S. 518 f.). Ähnlich heißt es in *Über Kunst und Alterthum*: »Hier nun fühl' ich unwiderstehlichen Trieb ein Lebenslied einzuschalten das mir, seit seiner mitternächtigen, unvorgesehenen Entstehung, immer wert gewesen, komponiert aber von meinem treuen Wirkens- und Strebensgefährten *Zelter*, zu einer meiner liebsten Produktionen geworden« (Bd. 13.1, S. 518; zu Zelters Komposition s. die Briefe Nrn. 306 f. und 309 f. in Bd. 20.1, S. 528–536; das Autograph der Komposition im GSA 32/26). Von Anfang an fallen dabei auch die Äußerungen besonderer persönlicher Wertschätzung des Gedichts auf. »Ein wundersamer Zustand bei hehrem Mondenschein brachte mir das Lied *Um Mitternacht*, welches mir desto lieber und werter ist, da ich nicht sagen könnte, woher es kam und wohin es wollte«, heißt es in den *Tag- und Jahres-Heften* zu 1818 (Bd. 14, S. 268); und noch Jahre später, nach einem Gesangsvortrag der Verse, gegenüber Eckermann: »Das Lied bleibt schön, so oft man es auch hört. Es hat in der Melodie etwas Ewiges, Unverwüstliches.« Während die »Lieder des Divans gar kein Verhältnis mehr« zu ihm hätten, ihr Orientalisches und Leidenschaftliches »wie eine abgestreifte Schlangenhaut am Wege liegen geblieben« sei, habe »*Um Mitternacht* 〈...〉 sein Verhältnis« zu ihm »nicht verloren, es ist von mir noch ein lebendiger Teil und lebt mit mir fort« (12. Januar 1827; Bd. 19, S. 180 f.). Er lädt seine »in Deutschland ausgesäeten Freunde und Freundinnen 〈...〉 ein, sich es recht innigst anzueignen und zu meinem Andenken von Zeit zu Zeit, bei nächtlicher Weile, liebevoll zu wiederholen« (Bd. 13.1, S. 518).

Als G. das Gedicht am 16. Februar 1818 an Zelter übersandte, waren der Sendung noch zwei weitere Texte beigegeben: die Verse »Sänge sind des Lebens Bild 〈...〉« (s. S. 196 und Kommentar) und »ein uralt Blättchen« (Bd. 20.1, S. 528) – das Manuskript eines Briefes, den er am 18. April 1787 aus Palermo an Frau von Stein geschrieben hatte (s. Bd. 20.3; Beilage zu Brief Nr. 305; auch Bd. 15, S. 1039). Der Sachverhalt hat Anlaß gegeben, das Gedicht biographisch zu interpretieren – so als »ein Requiem auf Charlotte von Stein« (Walter Hof: »Um Mitternacht«. Goethe und Charlotte von Stein im Alter. In: Euphorion 45, 1950/1951, S. 50–82; S. 73). Gestützt wurde eine solche Deutung noch dadurch, daß das Bild von »Gestirn und Nordschein« (V. 8) in den an Frau von Stein gerichteten Versen *An Lida* (1781) seine unverkennbare Parallele hat (s. Bd. 2.1, S. 65 und Kommentar). Walter Müller-Seidel (s. u.) hat weitere ›zeichensprachliche‹ Winke gefunden, so die in der *Ausgabe letzter Hand* auf *Um Mitternacht* folgende »Trilogie von Gedichten, die sich alle auf Charlotte von Stein beziehen« (S. 298): *Für ewig* (Bd. 2.1, S. 93), *Zwischen beiden Welten* (Bd. 13.1, S. 33) und *Aus einem Stammbuch von 1604* (S. 198). Doch solche Bezüge verstehen sich nur als untergeordnetes Moment im Zusammenhang des übergeordneten Ganzen. Eine Warnung vor strikt biographischer Deutung ist allein schon die 3. Zeile, die den Vater als »Pfarrer« anspricht, der G.s Vater nicht war. G.s Bezeichnung des Gedichts als »Lebenslied« (s.o.) umschließt gewiß auch ein Moment des autobiographischen Rückblicks, aber auch das an der Überschau des eigenen Lebens abgeleitete Generische, Archetypische des menschlichen Lebens überhaupt.

Die aus dem Fluß der Zeit herausgehobene bedeutungsvolle Situation der Mitternacht (vgl. auch *Der Bräutigam*; Bd. 13.1, S. 115) wird zum Kristallisationspunkt einer Überschau über das Leben. In den drei Strophen werden drei Lebensstufen vergegenwärtigt und jeweils zu leuchtenden Himmelskörpern und -phänomenen in

Beziehung gesetzt: die des Knaben (1. Str.) zwischen Unheimlichkeit (»Kirchhof«) und Geborgenheit (»Vaters Haus, des Pfarrers«), unter dem ›schönen‹ Leuchten der »Sterne«; die des Erwachsenen (2. Str.) mit Leidenschaft und Konflikt, gespiegelt am Widerstreit von »Gestirn und Nordschein«; die des Alters (3. Str.) im Zeichen der »vollen Mondes Helle«. »⟨...⟩ dann zuletzt« (V. 11) macht bewußt, daß von dieser Position aus gesprochen wird, auch was sie und das entsprechende Erscheinungsbild der Alterslyrik ausmacht: die erinnernde Verschränkung von Vergangenheit und Gegenwart, vor allem aber der Gewinn an Bewußtheit (»der Gedanke willig, sinnig, schnelle«, V. 13). Die Verschiebung von den fernen Sternen zum Näheren des Mondes, der seine Leuchtkraft auch nicht aus sich selbst hat, mag dabei auch Einbußen und ein gewisses Bescheiden des Alters andeuten. Aber der Gewinn wiegt vor, deutlich gemacht in den Steigerungen von Licht und Klarheit, aber auch der aussöhnenden Erhellung des ›Finsteren‹ – ein Element der Katharsis ähnlich wie in G.s *Trilogie der Leidenschaft* (Bd. 13.1, S. 134–139) oder *Dem aufgehenden Vollmonde* (Bd. 18.1, S. 27).

Um ein Lied handelt es sich, und der Refrain gibt ihm einen geradezu volkstümlichen Zug; der Stil bevorzugt die Parataxe, die Sprache ist einfach und schlicht. Doch über die Kunstbewußtheit solcher Einfachheit darf alles nicht täuschen. Schon die naive Erfahrungsweise des Knaben wird kunstvoll stilisiert in Szene gesetzt. Und der Lichtsymbolik sind Elemente einer geradezu naturwissenschaftlichen Reflektiertheit eingelagert, was bei der Umgebung wissenschaftlicher, vor allem auch meteorologischer Forschungen nicht verwundert. Auf allen Stufen – in der letzten Strophe am nachdrücklichsten benannt – ist die Ursituation des Menschen die zwischen Licht und Finsternis – gemäß der Urpolarität der Farbenlehre. Und die polaren Strukturen in allen Strophen werden im Zusammenhang des Gedichtganzen mit einer Steigerung verbunden – gemäß dem naturwissenschaftlichen Denkmodell von Polarität und Steigerung. Ungeachtet aller Bewußtheit bleibt freilich auch ein Moment der Rätselhaftigkeit und Geheimnishaftigkeit bestehen, das sich auch im Satzbau ausspricht: »der *Wenn*-Satz wird nicht deutlich zu Ende geführt, und der *Bis*-Satz hat keine grammatische Vorstufe, ihre Verbindung bleibt in der Schwebe, vielschichtig, nächtlich und geheimnisvoll« (HA, Bd. 1, S. 747). – *2 Kirchhof:* »eine Reminiszenz an Literatur ⟨...⟩. Die Zeit der eigenen Kindheit ⟨Goethes⟩ ist die Zeit der englischen Kirchhofspoesie« (Müller-Seidel, S. 301 f.). – *8 Gestirn und Nordschein:* »Gestirn« für ›Sterne‹, als das Ruhende, Dauerhafte, dem der »Nordschein« als das Bewegliche gegenübergestellt wird; vgl. *An Lida*, V. 10 f.: »Wie durch des Nordlichts bewegliche Strahlen /

Ewige Sterne schimmern« (Bd. 2.1, S. 65). – Das Phänomen des Nordlichts hat G. seit seiner Jugend immer wieder beschäftigt (vgl. Lange, s. u., S. 133, Anm. 5, und Müller-Seidel, S. 297 f.). Im Alter wurde es auch Gegenstand wissenschaftlicher Beschäftigung (vgl. die Aufzeichnung ⟨*Nordlicht*⟩ vom 11. Februar 1817; Bd. 11.2, S. 559). – Vgl. u. a.: Karl Viëtor: Goethes Altersgedichte. Zuerst 1932. Auch in: K. V.: Geist und Form. Aufsätze zur deutschen Literaturgeschichte. Bern 1952, S. 144–193; S. 145–149. – Victor Lange: »Wie Du bist, wie Du warst, und wie der Mensch sein soll«. Goethes »Um Mitternacht«. In: Herkommen und Erneuerung. Essays für Oskar Seidlin. Hg. von Gerald Gillespie und Edgar Lohner. Tübingen 1976, S. 127–142. – Hans Joachim Schrimpf: Ein Lebenslied. Goethes Gedicht »Um Mitternacht«. In: Castrum Peregrini 31 (1982), S. 52–55. – Walter Müller-Seidel: »Um Mitternacht ging ich ...« – Zeitbewußtsein und Alterskunst. In: Goethe-Gedichte, S. 295–308.

197 *So wandelt hin, lebendige Gestalten* ⟨...⟩

Textgrundlage und Erstdruck: Gruß aus der Ferne. 1 Bl. (Einzeldruck); vgl. Katalog der Sammlung Kippenberg, Nr. 454, Düsseldorf. In C^1 4 (1827) unter dem Titel »Der Abwesende dem Maskenfest zum 16. Februar 1818«.

Entstehung: G. schrieb das Gedicht am 16. Februar 1818 und sandte es aus Jena an Kanzler von Müller, der es später mit der Überschrift »Goethes Gruß aus der Ferne an die Masken des 16. Februar 1818« archivierte (GSA 25/IV,4,8a). Vgl. Tagebuch zu diesem Tage: »Stanze für Weimar«.

August von Goethe hatte seinen Vater am 11. Februar 1818 um Stanzen zur Vorführung von Figuren aus sieben goetheschen Stücken in einem Maskenzug (s. S. 321–363 und Kommentar) zum Geburtstag der Erbgroßherzogin Maria Pawlowna am 16. Februar gebeten (*Epimenides, Laune des Verliebten, Mahomet, Egmont, Iphigenie, Tasso* und *Götz*). G. sagte seinem Sohn am 13. Februar aus Jena brieflich ab, vor allem aus Zeitmangel; er fand aber auch eine »allgemeine Einleitung« hinreichend, weil es »lauter bekannte Masken« seien; auch solle der Dichter nicht selber über seine Gestalten dichten, schon gar nicht müßten es »ewig Stanzen« sein. Er schlug Kanzler von Müller für diese Aufgabe vor, steuerte aber doch selber eine Stanze bei und sah Müllers Verse und Arrangement kritisch durch (Brief vom 16. Februar an v. Müller; s. WA IV 29, S. 341). Müller dankte G. mit dem Gedicht ›Der Maskenzug an Goethe‹. Nach seiner Rückkehr von Jena nahm G. dann doch noch an einer Reprise des Maskenzugs am 24. Februar teil; Müller berichtet darüber im Tagebuch: »Désordre im Zug wegen Umwendens für Goethe. Artige Worte der Fürstinnen gegen mich. Der Großherzog hingegen blieb stumm. Mein kleines Gedicht an

Goethe machte außerordentlichen Eindruck. Vorteile der Anonymität. Rittmeister von Einsiedel mit der breiigen, gedehnten Sprache. Allerliebste Lotterien in den Nebenzimmern. Die Hoffung ⟨aus dem *Epimenides*⟩ war liebenswürdiger und freundlicher, Adelheid schöner als je. Ich hielt mich etwas fern von Goethe, der ohnehin meist sehr umlagert war und Weihrauch und Bonbons genug bekam« (Unterhaltungen. Hg. von Renate Grumach, S. 26). – *2 reichliche:* wohl ›reich an, gesättigt von‹ Lebensstoff. – *4 Im Reihen:* im Reigenzug. – *4 elisische Gefilde:* griech. ›elysion pedíon‹: sagenhafter Ort am westlichen Rande der Erde, wo die Seligen, denen die Götter Unsterblichkeit verliehen haben, in ewigem Frühling leben. – *7 Alle segnet Euch:* ›segnet euch alle‹ (hysteron proteron). – *8 abgeschieden:* ein ›makabrer‹ Schluß.

197 *»Die Jahre nahmen dir, du sagst, so vieles* ⟨...⟩
Textgrundlage: Reinschrift GSA 25/X,IV,9 (Mommsen Nr. 71).
Entstehung: 19. Februar 1818.
S. *Divan*-Kommentar, Bd. 11.1.2, zu S. 43.

197 *Der einmal ein Zaubrer hieß* ⟨...⟩
Textgrundlage: Handschrift GSA 25/VIII,4,3; vgl. WA I 5/2, S. 265: H[808]. – Niederschrift Kräuters, Datum in G.s Hand.
Entstehung: 1. März 1818; vgl. auch Tagebuch.
Erstdruck: WA I 5/1 (1893), S. 120.
Die Verse beziehen sich auf Korrekturen und Zusätze, die G. Julie von Bechtolsheims Dichtung ›Die Meistersänger von Weimar‹ (Sonette auf Wieland, Schiller und Goethe, gedruckt in der ›Urania‹ 1819, S. 309–316) hatte zuteil werden lassen. S. sein Tagebuch vom 1. März 1818 (»Vor der Frau von Bechtolsheim ihre Sonette einige Stanzen geschrieben. ⟨...⟩ Sendung an Freyfrau von Bechtolsheim zu Eisenach«) und Carl Redlich: Goethe als Corrector eines fremden Gedichts. In: GJb 15 (1894), S. 248–251. – Juliane Freifrau von Bechtolsheim, geb. v. Keller (1751–1847), verh. mit dem Vizekanzler Ludwig v. B. in Eisenach, dort Vorsteherin des Frauenvereins und einer Pflegeanstalt, war schon wiederholt schriftstellerisch hervorgetreten (s. DLL, 3. Aufl., Erg. Bd. 1, 1994, Sp. 564). G. kürzte auch ihre im ›Chaos‹ gedruckte Elegie auf den Tod der Großherzogin Luise, mit der Bemerkung: »Frauen und junge Männer ⟨...⟩ wissen nur nie, wo und wie aufhören; wie z. B. Frau von Bechtolsheim, um einen Reim nicht über Bord zu werfen, hatte sie flugs noch eine Strophe hinzugefügt, die ihr ganzes Gedicht verdarb; in ihrem Manuskript habe ich diesen Wildling weggeschnitten« (Soret: Erinnerungen. 5. April 1830; Houben: Soret, S. 413 f.; s. Herwig, Bd. III/2, S. 602; auch von Eckermann in den 3. Teil der ›Gespräche mit Goethe‹ übernommen: Bd. 19, S. 673). – *1–3 ein Zaubrer* ⟨...⟩ *von Seelchen beseelen:* Anspielung

auf G.s frühste Zeit in Weimar, auf die wechselseitige Bezauberung bei G.s und Wielands Besuch am Neujahrstag 1776 in Stedten, dem Gut der Familie v. Keller bei Erfurt; Wieland schrieb damals das Gedicht ›An Psychen‹ (›Psyche‹, ›Seele‹, nannte er Julie v. Keller, mit der er schon seit 1771 befreundet war, und der er das Gedicht ›Die erste Liebe‹ gewidmet hatte), das im ›Teutschen Merkur‹ 1776 und in den ›Neuesten Gedichten‹ 1777 erschien und eine begeisterte Schilderung des jungen G. enthält (V. 76–170 »Auf einmal stand in unsrer Mitten / Ein Zauberer! 〈...〉«; s. Herwig, Bd. I, S. 182–184). Auch Julie v. Bechtolsheim beschrieb damals die Faszination, die G. ausübte (s. Herwig, Bd. I, S. 182, Nr. 351; zum ›Zauberer‹ G. auch Nr. 353 f.). – *5 mit Wörtlein eingeschlungen:* anschaulich (und durch das Diminutiv den Ernst der Sache ins Anmutige spielend) für die zwischen die Zeilen gestellten Korrekturen; als Beispiel das die Reihe der drei Großen beschließende Sonett auf G. (dessen Korrekturen kursiv):

Goethe.
nimmer zu verbleichen,
Wo sind die Farben die Ihn ganz erreichen
Die wunderbar und ewiglich erglühen!
Im wunderbaren ewigen Erglühen?
Gebt mir
Wer nennt den Zauber seiner Harmonieen,
Mir sagt das Herz ich muß ihn doch erreichen!
Wer zählt die Strahlen welche nie verbleichen?

Hier
Er ist ein Strom aus allen Lebens-Reichen
auch
Goldflutend, lohnend für des Denkers Mühen,
zu
Ein heller Spiegel der Natur Magieen,
Ein Geisterkönig, dem Heroen weichen.

Doch zarte Seelen sehn in Himmels-Fernen
Nur Lieb' und Huld, drum wollt' auch ich dem Kranze
Der ewig grünt, ein B l ü m l e i n einverweben:

Da träumte mir: ich säh herniederschweben
Zu mir ein Zweiglein winkend auf zum
Aus ihm ein Blatt getaucht in jenem Glanze
Nun flug ich selbst als B l u m e zu den Sternen.

Julie v. Bechtolsheim dankte G. am 19. März 1818 für seine Verbesserungen und stellte »einen kleinen Roman in vierzehn Liederchen« (›Lianens Rosen- und Dornengewinde‹) in Aussicht (s. WA IV 29, S. 356, und Carl Graf Oberndorff: Erinnerungen einer Urgroßmutter. Berlin 1902, S. 222), worauf G. am 29. März erwiderte: »Wenn, theuerste Freundin, ich mir die Freiheit nahm in Ihre Psalter einzugreifen, so geschahe es um Ihr Eigenstes aufzuregen, alles also was Sie empfinden, dencken, urtheilen und verbessern ist recht: denn es war ja nur bey mir der leichte Federzug eines Augenblicks.«

198 *Aus einem Stammbuch von 1604*
Textgrundlage: Handschrift GSA NZ 13/96, datiert: »W. 16. Apr. 1820.«
Entstehung: Vgl. G.s Brief vom 18. März 1818 an seinen Sohn August: »Der lieben Mittheilerin des Shakespearschen Gedichts sage den schönsten Dank, es ist gewiß von ihm und also ganz herrlich. Ich quäle mich mit einer Übersetzung damit es euch einigermaßen nahe kommt.« Die Übersetzung wurde wohl noch an diesem Tage abgeschlossen.
Erstdruck: Über Kunst und Alterthum II 3 (1820), S. 32 f.
G. übersetzt mit diesen Versen einen mit »Shakespeare« unterschriebenen Stammbucheintrag, der ihm in Abschrift zugekommen war: »der Jahrszahl nach könnte es wohl seine ⟨Shakespeares⟩ Handschrift sein. ⟨…⟩ Die Orthographie meiner Kopie ist ungewöhnlich, ob nun aus Versehen des Abschreibers, des ersten Schreibenden, oder ob der damaligen Zeit gemäß? würde sich alsdann finden« (so G. in einer Notiz zu seinem Gedicht; Bd. 13.1, S. 364). Der englische Text wurde wenig später von Friedrich Beneke in der Göttinger Zeitschrift ›Die Wünschelruthe‹, Nr. 34 (27. April 1818), S. 134, veröffentlicht (hier nach der Wiedergabe in WA I 3, S. 388):

My thoughts are winged with hopes, my hopes with love,
Mount love unto the moone in clearest night
And saie, as she doth in the heaven move
In earth so wanes and waxeth my delight,
And whisper this but softlie in her eares
How ofte doubt hange the head and trust shet teares.

And you, my thoughts that seem mistrust do rarye
⟨*oder:* carie⟩
If for mistrust my mistris do you blame
Saie, though you alter yett you do not varye
As shee doth change and yett remain the same.
Distrust doth enter hartes but not infect
And love is sweetest seasoned with suspect.

If shee, for this, with clouds do mask her eyes
And make the heavens dark with her disdaine,
With windie sights ⟨= sighs⟩ disperse them in the skyes,
Or with thy teares derobe ⟨*oder* dissolve⟩ them into rayne.
Thoughts, hopes and love returne to me no more
Till Cinthia shyne as shee hath done before.
W. S.

2 Cynthien: von Cynthia, Beiname der Diana (griech. Artemis; nach ihrem Geburtsort, dem Kynthos-Gebirge auf Delos); dann metonymisch für Luna (= Diana), die Mondgöttin; aber auch für eine Geliebte (Properz). – *5 sanft-bescheiden:* engl. nur ›softly‹; vgl. das *Divan*-Gedicht »Ach! um deine feuchten Schwingen ⟨...⟩«, V. 14/17 (S. 129; Bd. 11.1.2, S. 87): »Spreche sanft zu seinem Herzen ⟨...⟩ / Sag ihm aber, sag's bescheiden ⟨...⟩«.

198 *Mit der Teutschen Freundschaft ⟨...⟩*

Textgrundlage: Reinschrift GSA 25/XI,XIII,3 (Mommsen Nr. 95); vgl. WA I 53, S. 565 zu Bd. 6, S. 453; Solms: R 18.

Entstehung: 19. März 1818; »Zinne«: G.s Erkerzimmer im Gasthaus ›Zur Tanne‹, Camsdorf bei Jena.

Erstdruck: Q I 1 (1836), S. 349; dem »Buch des Unmuths« eingefügt.

Die Klage über das kurzsichtige Leben nur für die »Stunde« (V. 14) bzw. den »Tag« ähnlich in »Und wer franzet, oder brittet ⟨...⟩« (S. 203; Bd. 11.1.2, S. 54) im »Buch des Unmuths«. Eine gewisse *Divan*-Nähe zeigt das Gedicht aber vor allem auch in der Anlehnung an die Form des Ghasels. Doch wegen der scharfen Polemik und der in den Schlußversen persönlich akzentuierten Bitterkeit hat G. es wohl nicht in das »Buch des Unmuths« aufgenommen (vgl. Bd. 11.1.2, S. 546).

Das Unaufrichtige einer Freundschaft, die ihre Nähe zur Feindschaft verschleiert, wird in den herben beiden Schlußversen verschärft und auf die eigene Situation bezogen: »Sie lassen mich alle grüßen / Und hassen mich bis in Tod.« – *1 Teutschen:* Vgl. zu »Als wenn das auf Namen ruhte! ⟨...⟩« (Bd. 11.1.2, S. 51) V. 26. Hier wohl gegen die patriotischen Eiferer gerichtet. – *2 Hat's keine Noth:* im Sinne von: sie fällt den »Teutschen« nicht schwer. – *7–9 Lies mich nicht verdriesen / Trübes Morgen- und Abendroth, / Lies die Wasser fließen:* Morgen- und Abendrot: als Auspizien für gutes oder schlechtes Wetter. Wenn diese Indikatoren ›trüb‹, unklar sind, sind sie nichts wert, unbrauchbar – trotzdem geht das ›Ich‹ hier seinen Weg; so auch gegenüber einer Freundschaft, die trüb, unverläßlich ist, auf die man nicht bauen kann. – *12 Blieb ich mir selbst zu gebot:* im Sinne von: verließ ich mich auf mich selbst. – Bosse: Nachlaßstücke, zu R 18.

199 *Austausch*
Textgrundlage: Handschrift GSA 25/V,2,3; vgl. WA I 5/2, S. 91: H^{383}.
Entstehung: März 1818.
Erstdruck: C^{1} 47 (1833), S. 178.
Briefe G.s deuten auf den sachlichen Hintergrund des ›Austauschs‹. Ottilie von Goethe hatte am 25. März 1818 G. ein handschriftliches Drama von Friedrich v. Kurowski-Eichen nach Jena übersandt (s. WA IV 29, S. 352 f.). Am 26. März nimmt G. in einem Brief an Ottilie scherzend Bezug auf die »Gottlosigkeit« des Pakets:

»dieser schreckliche Dramatiste läßt die wahre preußische, uralte Dreyeinigkeit *Perkunos, Potrimpos, Pikollos* aus dem ewigen Eichenlaub herabstürzen, weil das leidige Gelichter: Ottokar von Böhmen, Rudolph von Habsburg, ja sogar ein anonymer Graf von Habsburg sich einfallen lassen meine edlen alten Bernstein-Preußen heimzusuchen und zu *cristenen* (Frage die liebe Mutter was das heißt).

Werners Kreuz an der Ostsee hat uns dieses garstige Spectakel schon einmal zugemuthet; da war es aber doch wenigstens Original; jetzt kann es keineswegs passiren ⟨durchgehen⟩, am wenigsten vor mir als einem echten Bernstein- ⟨= Preußen-⟩ Patrioten«.

G. polemisiert hier gegen die Christianisierung (oder vielmehr Katholisierung) Preußens durch die Ordensritter, wie sie bereits Zacharias Werner als Kampf der »dämonischen Menschen gegen die Heiligen« in seinem Drama ›Das Kreuz an der Ostsee‹ dargestellt hatte, das in einem »Historischen Vorbericht« über die Hauptgötter der Preußen: »*Percunos, Picollos, Potrympos* ⟨...⟩ informiert« (Dramen von Zacharias Werner. Bearb. v. Paul Kluckhohn. Darmstadt 1964, S. 55). Mit den ›drei heiligen Königen‹ des Gedichts könnten diese Gottheiten gemeint sein, angesichts der abwertenden Bezugnahme auf »Gelichter« (V. 2) aber auch ironisch die genannten ›Christianisierer‹. Nach einem Brief G.s an seinen Sohn August vom 31. März 1818 lagen ihm »schwarze preußische Hoheiten« – ob Herrscher oder Gottheiten – zu diesem Zeitpunkt auch in Abbildungen (WA IV 29, S. 357, spricht von Silhouetten) vor, die Ottilie gerahmt haben wollte. Auch »schlafend Nymphgen« verweist wohl auf ein Bild. Mit dem »Austausch« kann also sowohl ein Austausch von Bildsendungen gemeint sein als auch der des übersandten Dramas (mit seinen ›Dramatis personae‹) gegen das erwähnte »Nymphgen«.

199 *Frühling 1818*
Textgrundlage: Handschrift GSA 25/VII,3,4 Bl. 59; vgl. WA I 5/2, S. 6: H^{271a}. – Abschrift von fremder Hand.

Entstehung: wohl gemäß dem Titel im Frühling 1818; vgl. JA, Bd. 2, S. 333: »Goethe verlebte diesen Lenz (wie schon den Februar ⟨...⟩) meistens in der Kamsdorfer ›Tanne‹ bei Jena« (vom Jahresbeginn bis 21. Februar, wieder von 14. März bis 16. April).
Erstdruck: C¹ 47 (1833), S. 96.
Nach G.s verstreuten Äußerungen sind Hauptmerkmale des Philisters: seine Beschränktheit, die ihn alles auf sich beziehen läßt, sein oft demonstratives Behagen an der eigenen Beschränktheit, seine Intoleranz fremder (anderer) Existenzweise gegenüber, sein aus latenter Furcht resultierendes permanentes Mißtrauen, das ihn immerfort schwanken läßt (vgl. *Zahme Xenien*: »Was ist ein Philister? ⟨...⟩«, Bd. 18.1, S. 67; »Der Philister negiert nicht nur andere Zustände, als der seinige ist, er will auch, daß alle übrigen Menschen auf seine Weise existieren sollen«: zu Riemer, 18. August 1807; Herwig, Bd. II, S. 250). – S. auch »Jenas Philister und Professoren ⟨...⟩« (S. 220). – *4 wieder einmal vernünftig:* Karikatur der philiströsen Anmaßung, die sich der Prinzipien der Aufklärung bemächtigt und Gott an ihr mißt (vgl. G. zu Riemer, 10. Mai 1806: »Es ist lächerlich, wenn die Philister sich der größern Verständigkeit und Aufklärung ihres Zeitalters rühmen und die frühern barbarisch nennen. Der Verstand ist so alt, wie die Welt«; Herwig, Bd. II, S. 62).

200 *Junge Huren alte Nonnen ⟨...⟩*
Textgrundlage: Handschrift GSA 25/VIII,6,18; vgl. WA I 5/2, S. 287: H⁸⁷⁶.
Entstehung: 4. April 1818.
Erstdruck: Q I 1 (1836), S. 136, mit der Überschrift »v. . . . . . . r.«.
Die Verse beziehen sich auf Barbara Juliane Freifrau von Krüdener, geb. von Vietinghoff-Scheel, Gattin des Kurländischen Ministers Konstantin von Krüdener (1764–1824). Nach einem freizügigen Leben hatte sie sich pietistischen und mystizistischen Strömungen zugewandt, den Herrnhutern, den Lehren Jung-Stillings und schließlich Swedenborg. Als Hellseherin gewann sie Einfluß an mehreren europäischen Höfen, insbesondere auch auf den russischen Zaren Alexander I., über ihn sogar auf das Zustandekommen der ›Heiligen Allianz‹. 1804 war ihr autobiographischer Briefroman ›Valérie‹ (Paris 1803) in deutscher Ausgabe erschienen, in dem sich die religiöse Wende bereits ankündigt. Am 23. April 1812 vermerkt G.s Tagebuch die »Anwesenheit der Frau von Krüdener« in Weimar. 1818 stellte sie ein Bild in den Jenaer ›Zeitschwingen‹ in Nonnentracht dar. Es hat wahrscheinlich G.s Gedicht veranlaßt. Doch galten die sarkastischen Verse nicht nur ihrer Person, »sondern den mystizistisch-neupietistischen Tendenzen der Zeit, die solch eine Karriere überhaupt erst ermöglichten« (FrA, Bd. 2, S. 1265). Nach ihrem Tod berichtet Kanzler von Müller aus einem

Gespräch am 29. Juni 1825 folgendes Urteil G.s über einen Nekrolog auf Frau von Krüdener: »›So ein Leben ist wie Hobelspäne, kaum ein Häufchen Asche ist daraus zu gewinnen, zum Seifensieden.‹ Doch riet er mir, Valerie zu lesen« (Herwig, Bd. III/1, S. 795). – *1 Junge Huren alte Nonnen:* Aufnahme sprichwörtlicher Prägungen (vgl. DWb, Bd. 4/2, Sp. 1959; z. B. »junge hure, alte betschwester«). Zu V. 10 wäre mit JA auf das Sprichwort »Junge Huren, alte Wettermacherinnen« zu verweisen, das in Johann Friedrich Eisenharts ›Grundsätzen der deutschen Rechte in Sprüchwörtern‹ (Helmstedt 1759) verzeichnet wird – ein Werk, das G. kannte (vgl. Tgb. zum 5. Juni 1809). – *7 schranzen:* den Hof machen, schöntun (vgl. *Im Vorübergehn*, V. 18: »Ich kann nicht schranzen«; Bd. 13.1, S. 141). – *9 Zauberflöten:* Anspielung auf die Flöte der Königin der Nacht in Mozarts Oper ›Die Zauberflöte‹; in FrA (Bd. 2, S. 1265) wird darüber hinaus eine Gleichung Tamino = Alexander I. (und also: Frau von Krüdener = Königin der Nacht) erwogen.

200 *Schlimm ist es, wie doch wohl geschieht* ⟨...⟩

Textgrundlage: Handschrift The Dannie and Hattie Heineman Collection Ms Goethe 2C, The Pierpont Morgan Library, New York (Mommsen Nr. 108); Maier: H^{129}.

Entstehung: 6. April 1818.

S. *Divan*-Kommentar, Bd. 11.1.2, zu S. 64.

200 *Der Deutsche ist gelehrt* ⟨...⟩

Textgrundlage: Handschrift FDH 25490; vgl. WA I 53, S. 552 zu Bd. 3, S. 412.

Entstehung: 11. April 1818.

Erstdruck: C^1 3 (1827), S. 147, unter dem Titel »Nativität« (d. i. »die Bestimmung der künftigen Schicksale eines Menschen aus dem Stande der Gestirne in seiner Geburtsstunde«; Adelung, Bd. 3, S. 440).

G.s Tagebuch hält unter diesem Datum u. a. fest: »Carue von Coblenz, berühmter Wartburger sein Büchlein bringend«. Damit ist der – politisch gemäßigte – Burschenschaftler und junge Gelehrte Friedrich Wilhelm Carové (1789–1852), ein Schüler Hegels, gemeint, der offenbar im Begriff stand, ins Ausland zu reisen. Für sein Stammbuch waren G.s Verse vermutlich bestimmt. Einem späteren Bericht Carovés zufolge, von Gustav Parthey wiedergegeben, lief der Besuch mit einer gewissen »Beschämung« ab: »Er ist ⟨...⟩ Philosoph; ja was noch mehr sagen will, Hegelianer; er spricht gut und fließend, aber mit etwas Anstrengung. Bei Goethe vorgelassen, hatte er alle Schleusen seiner Beredsamkeit geöffnet, um ihm einen ganz kurzen Inbegriff der neuen Hegelschen Lehre mitzuteilen. Der alte Herr hört ihm lange – lange mit großen Augen zu, ohne ein Wort zu sprechen; endlich steht er auf, zieht die Glocke und sagt dem eintretenden Bedienten: Bringen Sie dem Herrn eine Tasse Bouillon!«; Herwig, Bd. III/1, S. 53). – *1 f. Der Deutsche ist gelehrt / Wenn er sein Deutsch versteht:* frei zitiert nach – damals geläufigen – Versen aus der Satire ›Von der Poesie‹ von Friedrich Ludwig von Canitz (Gedichte. 1729, S. 98), die die Unarten der deutschen Dichter verspottet, vor allem ihre Übertreibungssucht:

Ein Teutscher ist gelehrt, wenn er solch Teutsch versteht.
Kein Wort kömmt für den Tag, das nicht auf Steltzen geht.
⟨…⟩.

201 *Chronika*

Textgrundlage: Handschrift GSA 25/V,3,13; vgl. WA I 5/2, S. 117: H^{465}.

Entstehung: 16. April 1818.

Erstdruck: WA I 4 (1891), S. 174.

Am 16. April 1818 sah G., von einem längeren Aufenthalt in Jena nach Weimar zurückgekehrt, erstmals seinen am 9. April geborenen ältesten Enkel Walther Wolfgang. Im Tagebuch notiert er: »Die Wöchnerin besucht«. – *eod.:* (lat.; ergänze: ›eodem die̅‹) am selben Tag. – *3 Frauenzimmer:* Wochenstube. – *11 Potz Leipzig! und Potz Waterloo:* die beiden Entscheidungsschlachten, in denen Napoleon besiegt wurde, hier im Sinne nationaler Studentenparolen. Mit Humor parallelisiert das Gedicht die in den beiden Strophen umschriebenen Situationen und je anderen Formen von ›Geschrei‹.

201 *Singen sie Blumen der kindlichen Ruh* ⟨…⟩

Textgrundlage und Erstdruck: Den frischen Ankömmling Wolfgang von Goethe begrüßt belehrt und verbündet eine Gesellschaft Mineralogen den 21. April 1818, Jena. In C^1 4 (1827) unter dem Titel »Wiegenlied dem jungen Mineralogen Wolfgang v. Goethe. Den 21. April 1818«.

Entstehung: wohl am 17. April 1818 oder kurz davor. Vgl. die Tagebucheintragungen dieser Tage, die für den 17. die Absendung des Gedichts an die Druckerei, für den 18. die Revision, für den 20. die Lieferung des Einzeldrucks bezeugen, für den 21. dann: »Um 11 Uhr Taufe«.

G. hat das Gedicht zur Taufe seines am 9. April geborenen ersten Enkels Walther Wolfgang geschrieben (vgl. auch zum vorhergehenden Gedicht *Chronika*). Den Titel des Erstdrucks erläutert ein Brief vom 16. April an Weller als »Privatscherz«, »keine Societätssache«, auch wenn das »wir« in der ersten und letzten Strophe einen Kreis der Gesteinsfreunde anspricht. V. 4 des Gedichts – »bringen den Stein« – ist wahrscheinlich eine Anspielung, daß G. einen Stein als Taufgeschenk mitbrachte, vielleicht einen geschliffenen Edelstein (vgl. auch V. 8; zu G.s Liebe zu Steinen auch *Segenspfänder*, S. 77; Bd. 11.1.2, S. 10 und Kommentar). Das würde verständlich machen, warum der spätere Titel das Kind scherzhaft als »jungen Mineralogen« anspricht, vor allem aber auch, warum es Strophe um Strophe die Motivik der Steine durchspielt und variiert. Reizvoll wird dabei die Erfahrungswelt des Kindes zur Perspektive des Alters in Beziehung gesetzt, beides in der vorgestellten weiteren Entwicklung des Neugeborenen angenähert. Für das Kind sind »Steinchen« zunächst nur ein »lustiges Spiel« (V. 5). Für den Knaben tritt neben das Spiel bereits die Beobachtung des Nutzens (Str. 3 und 4). Die Strophen 5 bis 8 handeln von dem ›wissenden‹ Umgang des Erwachsenen mit Steinen: von der Beobachtung der Farben und Formen, schließlich der gesetzlich geordneten und gotterfüllten Natur überhaupt. Zuletzt (Str. 9) wird das Steinmotiv metaphorisch auf die familiäre Situation zurückbezogen: Das Kind ist der neue Stein im »Ringe«, das neue Glied im Kreis der Familie, als deren »Ahn« und ›Stifter‹ sich der Schreibende erfährt. – *1 f. Singen sie Blumen:* Der ungewöhnliche Akkusativ bezeichnet die Inhalte der von den Erwachsenen zur Beruhigung der Kinder gesungenen Lieder: Blumen, Käfer, Vögel, Tierchen (Vierfüßler). – *7 entschnickt sich:* wird herausgeschnellt; von ›schnicken‹, ›eine schnelle Bewegung kleiner Körper vollführen‹; vgl. Adelung, Bd. 3, S. 1604: »Die Vögel schnicken das Wasser, die Körner umher, wenn sie selbige mit dem Schnabel herum schnellen. So auch das Schnicken.« – *13 Schussern:* Murmeln; »kleine Kugeln von Alabaster oder Ton, womit die Kinder gewisse Spiele zu spielen pflegen, und welche auch Schnellkügelchen heißen ⟨...⟩. Es ist von schießen, so fern es für schnellen stehet« (Adelung, Bd. 3, S. 1690). – *17 verzettelt:* sie auf Zetteln erfaßt, wie Mineralogen in den Sammlungen Steine mit Zetteln versehen. – *18 haben s':* Zur entschiedenen Verteidigung und Begründung dieses Apostrophs vgl. G.s Brief an Weller vom 18. April 1818. – *23 f. Einer, der klärste ⟨...⟩ der edelste Stein:* der Diamant. – *25 Aber die Säulchen:* rhomboider Kristalle. – *31 Trennendes Leben, im Leben Verein:* Vgl. u. a. in § 739 des Didaktischen Teils der *Farbenlehre* G.s Vorstellung von der Einheit von Trennen und Verbinden im Leben der Natur: »Das Geeinte zu entzweien, das Entzweite zu einigen, ist das Leben der Natur; dies ist die ewige Systole und Diastole, die ewige Synkrisis und Diakrisis, das Ein- und Ausatmen der Welt, in der wir leben, weben und sind« (Bd. 10, S. 222). – *33 Vater und Ahn:* Nicht nur G. selbst, der Großvater (»Ahn«), auch August, der Vater, war ein leidenschaftlicher Mineraloge.

202 *Zarte, schattende Gebilde ⟨...⟩*
Textgrundlage: Handschrift GSA 25/IV,4,5; vgl. WA I 5/2, S. 33: H^{312}.
Entstehung: 21. April 1818.

Erstdruck: C[1] 4 (1827), S. 148, unter dem Titel »In eine Sammlung künstlich ausgeschnittener Landschaften«.
Wohl an Adele Schopenhauer (1797–1849) gerichtet, die Meisterin im Ausschneiden von Landschaften aus schwarzem Papier. Vgl. A. Hagen in einem Brief an Molly Oestreich, 21. November 1821 (Herwig, Bd. III/1, S. 358): »Goethe zeigte mir Sachen, die Adele Schopenhauer auf eine bewunderungswürdig feine, geschmackvolle und geistreiche Art aus schwarzem Papier geschnitten hatte und unter Glas und Rahmen prangten.« – *5–7 Schatten ⟨...⟩ Schattet:* ein solches Spiel mit dem Doppel- (bzw. Mehrfach-)Sinn auch in G.s Gedicht für den Silhouetten-Künstler von Anthing: »Es mag ganz artig sein ⟨...⟩« (1789); Bd. 3.2, S. 152.

203 *»Warum ist Wahrheit fern und weit? ⟨...⟩*
Textgrundlage: Handschrift UB Bonn S 863,I; vgl. WA I 6, S. 350 u. 405: H[71]. – Diktatniederschrift Färbers im Brief G.s an Boisserée vom 1. Mai 1818.
Entstehung: am oder vor dem 1. Mai 1818.
Erstdruck: E, S. 105.
S. *Divan*-Kommentar, Bd. 11.1.2, zu S. 60.

203 *Behramgur, sagt man, hat den Reim erfunden ⟨...⟩*
Textgrundlage und Erstdruck: E, S. 159. – In V. 3 laut Registeranweisung in E *Dilaram* (statt: Dilara)
Entstehung: wohl am 3. Mai 1818.
S. *Divan*-Kommentar, Bd. 11.1.2, zu S. 84.

203 *Und wer franzet, oder brittet ⟨...⟩*
Textgrundlage: Reinschrift (r) ÖNB, Wien, Autogr. 13/46–2 (Mommsen Nr. 90).
Entstehung: wohl im Mai 1818.
S. *Divan*-Kommentar, Bd. 11.1.2, zu S. 54.

204 *Wer in mein Haus tritt der kann schelten ⟨...⟩*
Textgrundlage und Erstdruck: E, S. 109.
Entstehung: zwischen 26. Oktober 1815 und 26. Mai 1818.
S. *Divan*-Kommentar, Bd. 11.1.2, zu S. 62.

204 *O! daß der Sinnen doch so viele sind! ⟨...⟩* und *Auch in der Ferne dir so nah! ⟨...⟩*
Textgrundlage: Reinschrift GSA 25/X,VIII,22 (Mommsen Nr. 134 u. 135).
Entstehung: vor Mitte Juni 1818.
S. *Divan*-Kommentar, Bd. 11.1.2, zu S. 81.

204 *Was machst du an der Welt sie ist schon gemacht ⟨...⟩*
Textgrundlage: Handschrift GSA 25/XI,XV,6 (Mommsen Nr. 98); Maier: H[121].
Entstehung: vermutlich am 29. Juni 1818 oder kurz danach.
S. *Divan*-Kommentar, Bd. 11.1.2, zu S. 57.

205 *Ja! Lieben ist ein groß Verdienst!* ⟨…⟩
Textgrundlage und Erstdruck: E, S. 401.
Entstehung: frühestens Ende Juni 1818.
S. *Divan*-Kommentar, Bd. 11.1.2, zu S. 30 (*Noch ein Paar*).

205 *Wen ein guter Geist besessen* ⟨…⟩
Textgrundlage: Photographie der Handschrift GSA 25/IV,3,14c; vgl. WA I 5/2, S. 30: H^{306}.
Entstehung: 9. Juli 1818.
Erstdruck: C^{1} 4 (1827), S. 142.
Vermutlich Clementine von Milkau (im November 1819 mit dem Weimarer Regierungsrat von Mandelsloh verheiratet) gewidmet, deren Besuch bei G. das Tagebuch am 8. Juli 1818 verzeichnet: »Ober-Cammerherrin ⟨Caroline⟩ von Egloffstein und Fräulein Milkau«.

205 *Und so Ade* ⟨…⟩
Textgrundlage: Faksimile der Handschrift in: Kat. Stargardt 603 (11.–12. Juni 1974), S. 25, Nr. 93; vgl. WA I 5/2, S. 366 zu Nr. 21, sowie WA IV 29, S. 252f. u. 394f.: Nr. 8140. – Niederschrift Färbers.
Entstehung: am Ende des Briefes an Ottilie von Goethe vom 21. Juli 1818.
Erstdruck: WA IV 29 (1904), S. 253.
Abschiedsgruß G.s an die drei Familienangehörigen: August, Ottilie und Enkel Walther Wolfgang vor seiner Abreise (23. Juli) von Jena nach Karlsbad. – *2 Miselé:* Kosename (›der kleine Monsieur‹) für den am 9. April 1818 geborenen Enkel; so auch in der Folgezeit: s. die Briefe vom 15., 19. (»M⟨onsieu⟩r Misele«) und 28. August 1818 an den Sohn (vgl. auch *Chronika*, S. 201, und »Singen sie Blumen ⟨…⟩«, S. 201). – V. 3 f. könnten auch Zitat (sprichwörtlich) sein.

205 *Herrlich bist du wie Moschus* ⟨…⟩
Textgrundlage: Handschrift GSA 25/XI,XV,10. – Abschrift Wolfgang von Goethes; das Original wurde laut einer Bemerkung auf dieser Abschrift am 18. Dez. 1849 an Feld-Marschallieutnant Bauer in Wien verschenkt und gilt als verschollen.
Entstehung: vermutlich Sommer 1818; die Sammelhandschrift H^{3} mit der Variante:

> Moschus bist du! Wo du warst
> Wird man immer dich gewahr

ist auf den 21./22. Juli 1818 datiert (vgl. Bosse: Nachlaßstücke, zu H^{3} und H^{76}).
Erstdruck: Q I 1 (1836), S. 358; dem »Buch Suleika« eingeordnet.
Nach Katharina Mommsen (Goethe und die arabische Welt, S. 519 f.) dürfte der Vergleich der Geliebten mit dem Duft des Moschus durch Motanabbis (al-Mutanabbīs) Liebesdichtung angeregt sein.

So konnte G. in Reiskes al-Mutanabbī-Übersetzung (Proben der arabischen Dichtkunst in verliebten und traurigen Gedichten aus dem Motanabbi. Leipzig 1765, S. 46) u. a. lesen: »Die Schöne ist der Muskus ⟨Moschus⟩, und ihre Bewegung im Gehen ist dessen Kleinstoßen. Sie ist eine Sonne, welche auch bei der Nacht einhergeht« – wozu Reiske anmerkt: »Der Dichter will sagen, daß seine Schöne süßen Geruch von sich dufte, wenn sie sich beweget, oder gehet; so wie der Muskus seinen Duft stärker ausbreitet, wenn er klein gestoßen wird; und daß man sie auch im Finstern erkennen könne, wenn sie irgend wohin gehet, weil ihr Gesicht eben so leuchte, wie die Sonne.« Doch ist die nach Moschus duftende Geliebte im Orient ein verbreitetes Motiv, so auch Hafis vertraut.

206 *So hab ich das endlich von dir erharrt* ⟨...⟩
Textgrundlage: Handschrift GSA 25/XI,XIV,3; vgl. WA I 6, S. 341 u. 436: H3.
Entstehung: am oder kurz vor dem 21. Juli 1818.
S. *Divan*-Kommentar, Bd. 11.1.2, zu S. 106.

206 *Ja! die Augen warens, ja! der Mund* ⟨...⟩
Textgrundlage: Handschrift GSA 25/XI,XIV,3; vgl. WA I 6, S. 341 u. 381: H3.
Entstehung: 21. Juli 1818.
S. *Divan*-Kommentar, Bd. 11.1.2, zu S. 31.

206 *Wenn der schweer gedruckte klagt* ⟨...⟩
Textgrundlage: Handschrift GMD (Mommsen Nr. 99); vgl. WA I 6, S. 345 u. 403: H37.
Entstehung: 22. Juli 1818.
S. *Divan*-Kommentar, Bd. 11.1.2, zu S. 57.

206 *Was wird mir jede Stunde so bang?* ⟨...⟩
Textgrundlage: Reinschrift verschollen; zur Rekonstruktion vgl. WA I 6, S. 402, und Maier, Bd. 2, S. 230.
Entstehung: 21./22. Juli 1818.
S. *Divan*-Kommentar, Bd. 11.1.2, zu S. 56.

207 *Ich dachte Dein, und Farben bunt erschienen* ⟨...⟩
Textgrundlage: Handschrift GSA 25/IV,2,6; vgl. WA I 5/2, S. 12: H277.
Entstehung: 8. August 1818.
Erstdruck: C1 4 (1827), S. 98, unter dem Titel »An Gräfin Odonell. Carlsbad d. 8. Aug. 1818«.
Das Widmungsgedicht wurde am 9. August 1818 an Gräfin Josephine O'Donell von Tyrconnel (1779–1833), Hofdame und Vertraute der 1816 verstorbenen Kaiserin Maria Ludovica von Österreich, mit einem ›gemalten ⟨bemalten⟩ Becher‹ (so G.s Tgb. zum 9. August) als Geburtstagsgabe übersandt; »⟨...⟩ mit einem heiter und glänzend gemalten Glase der unschätzbaren Freundin von

Karlsbad nach Franzensbrunnen«, erläutert G. in der *Ausgabe letzter Hand*. Zur Person s. zum *Divan*-Gedicht »Woher ich kam? Es ist noch eine Frage ⟨...⟩« (Bd. 11.1.2, S. 42) und zu *Requiem* (S. 280–283). – S. auch: Goethe und Gräfin O'Donell. Ungedruckte Briefe nebst dichterischen Beilagen. Hg. von Richard Maria Werner. Berlin 1884, S. 163–168.

207 *Herrn Grafen Bouqoy*

Textgrundlage: Faksimile der Handschrift in: ChrWGV Bd. 19 (1905), S. 24 (Mommsen Nr. 100); Maier: H[122].

Entstehung: 12. August 1818. G. widmete die Verse dem Grafen Georg Franz August von Buquoy (1781–1851), einem böhmischen Großgrundbesitzer und Naturforscher, mit dem er in langjähriger Verbindung stand, auf dem Titelblatt eines Sonderabdrucks *Zur Kenntniß der böhmischen Gebirge* (s. auch zu *Herren Obristen Grafen Paar*, S. 208).

S. *Divan*-Kommentar, Bd. 11.1.2, zu S. 58 (»*Enweri* sagt's, ein herrlichster der Männer ⟨...⟩«).

207 *Im Zimmer, wie im hohen Saal* ⟨...⟩

Textgrundlage: Handschrift GSA 29/18 Bl. 166; vgl. WA I 5/2, S. 153: H[553], sowie WA IV 29, S. 264ff. u. 400: Nr. 8149. – Konzept des Briefes an Carl August vom 15. August 1818.

Entstehung: 14. August 1818.

Erstdruck: C[1] 47 (1833), S. 177, unter dem Titel »Madame Catalani« und dem Datum: »Carlsbad, zum goldnen Brunnen, am 14. August 1818.«

G. wiederholt die (»ganz eigentlichst aus dem Stegreife« entstandenen) Verse in Briefen an Knebel (4. September 1818) und Zelter (14. Oktober 1821; Bd. 20.1, S. 671; vgl. auch ebd., S. 448). – Die auf allen bedeutenden europäischen Bühnen gefeierte italienische Sängerin Angelica Catalani (1780–1849) gastierte zu dieser Zeit in Karlsbad und hatte öffentliche und private Auftritte, die G. besuchte (vgl. Tgb. vom 1. und 6. August 1818). Über ihre Wirkung eindrucksvoll Gentz' Bericht vom 1. August 1818: »Gestern hat die Catalani um 1 Uhr bei Fürst Metternich Probe gehalten, ⟨...⟩ um 9 Uhr wieder ⟨...⟩. Die Straße war mit Menschen bedeckt, welche von ihrer herrlichen Stimme bei einem stillen Abend und offenen Festern so gut profitierten, als die etwa vierzig oder fünfzig Personen, die im Zimmer waren. Goethe, der bisher ganz stumm gewesen war, taute bei dieser Gelegenheit auf, und ließ seinem Entzücken freien Lauf« (Herwig, Bd. III/1, S. 71). – G. leitet seine Verse im Brief an Carl August vom 15. August 1818 ein: »Sagen läßt sich nichts über dies seltene Natur- und Kunstproduckt. Hier stehe ein Impromtü das ihr Gesang einem enthusiastischen Verehrer ablockte«. Ähnlich heißt es im Brief an Knebel vom 4. September

1818: »Leider kann Eins der ersten Ereignisse gar nicht zur *Sprache* kommen. Von Madame Catalani darf unser Einer nur sagen: ich habe sie gehört, und da ist man auch schon fertig. Gelte das Impromptu als ein Stoßseufzer, da uns Worte ermangeln«. Nun folgt das Gedicht.

207 *An Grafen Paar*

Textgrundlage: Handschrift GSA 25/VII,2; vgl. WA I 5/2, S. 5 f. u. 14: H^{271}. – Abschrift Eckermanns, unter Berücksichtigung der Korrekturen.

Entstehung: 16. August 1818.

Erstdruck: C^1 4 (1827), S. 107.

G.s Abschiedsverse sind dem abreisenden Grafen Paar gewidmet (s. zu *Herren Obristen Grafen Paar*, S. 208). Das Tagebuch zum 16. August 1818 vermerkt: »Gedicht zum Dancke« – ein Dank für ein Geschenk Paars, eine »Bronze Statue der Vestalinn«, aber auch für die gemeinsam verbrachte Zeit in Karlsbad. In der *Ausgabe letzter Hand* gibt G. die ›Aufklärende Bemerkung‹: »Derselbe ⟨Graf Paar⟩ ließ abreisend eine höchst merkwürdige Statue von Bronze mir zurück, wofür ich meinen Dank auf einem Erwiederungsblatt ausdruckte. Noch jetzt schmückt dieses Gebilde vorzüglich meine kleine Sammlung.« – Auch im Brief an Paar vom 21. Oktober 1818 ist von Dank die Rede, »zu dem ich stündlich aufgefordert werde, indem die bedenkliche Sibylle mir immer vor Augen steht und mich mit ihrer edlen Gestalt an die Stunde des Abschieds mahnt wo ich sie zuerst erblickte.« (Vgl. auch die Briefe an August von Goethe vom 19. August 1818 und Sulpiz Boisserée vom 31. Oktober 1818: »unschätzbar an Würde und Großheit«). Schuchardt (Goethes Kunstsammlungen. II. Teil, S. 9) erwähnt das Paar'sche Geschenk ausdrücklich als eins, bei dem keine sichere Zuordnung möglich ist. Vielleicht die S. 15, Nr. 45 aufgeführte »Weibliche Figur in einfach ruhiger Haltung« mit Chiton und Obergewand.

208 *Herren Obristen Grafen Paar*

Textgrundlage: Photographie der Widmung (s.u.) GSA 25/IV,2,8.

Entstehung: 18. August 1818.

Erstdruck: C^1 4 (1827), S. 106. Dort folgen die Verse »Dem Scheidenden ist jede Gabe werth ⟨…⟩«, die hier zeitlich vorangehen (S. 207).

Über die persönliche Beziehung zu Graf Johann Baptist Paar (1780–1839) gibt G. in der *Ausgabe letzter Hand* selbst folgende ›Aufklärende Bemerkung‹: »Graf Paar, Adjutant des Feldmarschalls Fürsten von Schwarzenberg, war mir in Carlsbad einer der liebsten und eifrigsten Gesellschafter. Aus Wohlwollen zu mir befreundete er sich mit der ihm bisher ganz fremden Geognosie; ich überreichte ihm ein Heft über böhmische Gebirgsarten mit diesen wenigen Reimzeilen«. Das genannte »Heft« ist G.s Schrift *Zur Kenntniß der böhmischen Gebirge* (1817; Bd. 12, S. 411–430); das Widmungsexemplar ist heute verschollen, doch hat sich eine Photographie der Titelseite erhalten. Nach einer Schilderung des Grafen Czernin bekam auch Graf Georg Franz August von Buquoy (1781–1851), ein Naturforscher und böhmischer Großgrundbesitzer, von G. dieselbe Broschüre: »Seinen beiden unzertrennlichen Gefährten Buquoy und Paar schenkte er ⟨G.⟩ zum Andenken an Karlsbad je ein Exemplar einer Broschüre, betitelt ›Beiträge zur Kenntnis der böhmischen Gebirge‹, deren Inhalt wohl weder den einen noch den anderen besonders interessieren dürfte. Allein auf das Titelblatt hat Goethe ein paar recht verbindliche Verse eigenhändig geschrieben, was den Wert des Geschenkes allerdings sehr erhöht« (Herwig, Bd. III/1, S. 76; s. auch S. 74, Nr. 4594). – *3 Zutrauen schnell gegeben:* G. bot Paar das freundschaftliche ›Du‹ an (s. seinen Brief an Paar vom 21. Oktober 1818). – *4 das Glük gemeßner Stunden:* Von »unsern leider nur allzu kurzen Verhandlungen« ist auch in dem oben erwähnten Brief an Paar die Rede. – *6 verewigt sich der Augenblick:* S. das Gedicht *Vermächtnis*, V. 30: »Der Augenblick ist Ewigkeit« (Bd. 17, S. 540 und Bd. 18.1, S. 36).

208 *Herrn Grafen Löben*

Textgrundlage: Handschrift GSA 25/VII,3; vgl. WA I 5/2, S. 6: H[271a]. – Abschrift von fremder Hand.

Entstehung: 18. August 1818; vgl. auch Tagebuch: »Gräfinn Loeben Gedicht«.

Erstdruck: C[1] 47 (1833), S. 175.

G.s Geburtstagsgruß an den romantischen Dichter Otto Heinrich Graf von Loeben (1786–1825), den Zeitgenossen unter dem Pseudonym ›Isidorus Orientalis‹ bekannt, bezieht sich auf ein feierliches Gedicht, das Loeben seinerseits zu G.s Geburtstag im Jahr 1815 verfaßt hatte (vgl. Max Hecker: Der Romantiker Graf Loeben als Goetheverehrer. In: GJb 1929, S. 71–73). G. schrieb darüber in einer zu seinem Gedicht vorgesehenen ›Aufklärenden Bemerkung‹: »Herr Graf Löwen drückte seine Absicht mir etwas Schmeichelhaftes zu sagen in einem wohlgelungenen Gedichte dadurch aus daß er auf mein Hinscheiden das Weitere verschob« (WA I 5/2, S. 65). Noch in einem (insgesamt kritischen) Gespräch mit Kanzler von Müller am 7. September 1827 ist das Thema nicht vergessen: »Graf Loeben habe auch einmal ihm zum Geburtstag vorgesungen, wie er ihn erst nach seinem Tode recht loben wolle. Weil die Menschen die Gegenwart nicht zu würdigen, zu beleben wüßten, schmachteten sie so nach einer bessern Zukunft, kokettierten sie so mit der Vergangenheit« (Unterhaltungen, S. 169 f.). Auf Loebens

Vorstellungen anspielend, verstehen sich G.s Verse bewußt als »Ein freundlich Wort« zu Lebzeiten. Vgl. auch die Gedenkverse auf von Loeben nach dessen Tod am 3. April 1825: »Nun ists geschehn! 〈...〉« (Bd. 13.1, S. 117).

208 *An Gräfinn Jaraczewska*

Textgrundlage: Handschrift Jean-Paul-Museum, Bayreuth; beh. Ausf., die zusammen mit einem Exemplar der ›Undine‹ an die Gräfin gesandt wurde.

Entstehung: 5. September 1818.

Erstdruck: C[1] 4 (1827), S. 110.

Unter dem 30. August 1818 berichtet G.s Tagebuch von einer anregenden »Unterhaltung über deutsche Literatur« mit der polnischen Gräfin Anna Jaraczewska aus Santomysl, die ihm im Anschluß eine französische Übersetzung von Fouqués ›Undine‹ zur Lektüre gab. G. ließ den sehr zerlesenen Text nach der Lektüre bereits am nächsten Tag binden (vgl. Tgb. vom 31. August) und gab ihn am 5. September – mit dem Gedicht – zurück (vgl. Tgb.; s. auch WA IV 51, S. 496, Nr. 37126a und Erläuterungen). In einer ›Aufklärenden Bemerkung‹ berichtet er in der *Ausgabe letzter Hand* über den Vorgang: »Eine mit der deutschen Literatur aufs innigste bekannte polnische Dame vereinigte sich mit mir im Lobe von Fouque's ›Undine‹, und bemerkte zugleich, daß eine französische Übersetzung das Original keineswegs erreiche, und versprach sie mir zu eigener Überzeugung mitzutheilen. Als ich das Buch erhielt, fand ich es in einem Zustande der dem Verfasser gewiß geschmeichelt hätte. Die vordere Decke fehlte ganz, die ersten Bogen konnten als gerollt und geknittert kaum gelesen werden; ich schaffte es zum Buchbinder, der es denn völlig wieder herstellte und so erhielt es die Dame zurück mit jenen eingeschriebenen Zeilen«. Auf diesen Vorgang also spielen die scherzhaft-doppelsinnigen Verse an. Ein später gestrichener Titelzusatz (auf H[271]) faßt lakonisch zusammen: »Ein sehr zerlesenes Exemplar der Undine frisch gebunden zurücksendend«. – Nach einer ungesicherten Überlieferung (s. WA I 5/2, S. 393) lautete die ursprüngliche Fassung der Verse 4–8:

Das Röckchen ganz vom Leib gerissen
Daraus erwuchs dèr Vortheil mir
(Um den mich manche wohl beneiden)
Das arme nackte Mädchen hier
Von Kopf zu Füßen neu zu kleiden.

211 *Zum Kessel sprach der neue Topf* 〈...〉

Textgrundlage: e, Bl. 194.

Entstehung: 5. September 1818.

S. *Divan*-Kommentar, Bd. 11.1.2, zu S. 109.

211 *O Freyheit süß der Presse!* ⟨…⟩
Textgrundlage: Handschrift GSA 25/VII,1 Bl. 286; vgl. WA I 3, S. 377 u. 437: H[148]. – Abschrift Eckermanns, unter Berücksichtigung der Korrekturen G.s.
Entstehung: wohl um den 6. September 1818, in zeitlicher Nachbarschaft zu dem nächsten Gedicht.
Erstdruck: C[1] 3 (1827), S. 267.
In ironischer Kontrastführung stellen die Verse der neuen Errungenschaft der Pressefreiheit auch einen neuen Anpassungsdruck der Meinungsbildung gegenüber. Sie bezeugen G.s tiefe Skepsis gegenüber der mit der Verfassung vom 5. Mai 1816 in Weimar eingeführten Pressefreiheit (s. *Toast zum Landtage*, S. 181). Zwar gibt es bei ihm auch kritische Äußerungen gegenüber der Zensurpraxis (vgl. z. B. Bd. 4.2, S. 854–863). In seiner – auch durch die eigene Amtstätigkeit mitgeprägten – Überzeugung, daß eine reformbereite Obrigkeit das Recht haben müsse, gefährlichem Schrifttum entgegenzuwirken, blieb er jedoch zeitlebens unerschüttert. G.s Alterssprüche reflektieren noch häufiger über die Thematik von Pressefreiheit und Zensur, zeigen damit ihren Kontakt zu diesem Dauerkonflikt der Metternich-Ära. Vgl. u. a. auch *Isis*, S. 195 und Kommentar; einige Aphorismen aus »Makariens Archiv« (Bd. 17, S. 697,14–28 = *Maximen und Reflexionen*, Nr. 679 f. und 972–974; Bd. 17, S. 842 und 885); ebenso die Gespräche mit Eckermann vom 9. Juli 1827 und vom 27. März 1831 (Bd. 19, S. 234 f. und 443). – *3 Sie pocht:* prahlt, brüstet sich. – *4 In dulci jubilo:* (lat.) Beginn des alten ›zweisprachigen‹ Weihnachtsliedes »In dulci jubilo ⟨Mit süßem Jubelschall⟩ / Nun singet und seid froh ⟨…⟩«, auf das auch die Verse 1 f. anspielen (»süß«, »Nun sind wir ⟨…⟩ froh«). – *6 walten für und für:* auch dies alter Kirchenliedton; ›unbegrenzt herrschen‹.

211 *Was euch die heilige Preßfreyheit* ⟨…⟩
Textgrundlage: Handschrift GSA 25/III,9,5; vgl. WA I 3, S. 438, sowie WA I 53, S. 554: H[233].
Entstehung: 6. September 1818.
Erstdruck: C[1] 3 (1827), S. 267.
Vgl. zum vorhergehenden Gedicht. – *2 Frommen:* Nutzen. – *3 gewisse Erscheinung:* sichere Kunde (s. GWb, Bd. 3, Sp. 401).

211 *An Fürst Biron von Curland*
Textgrundlage: Handschrift GSA 25/VII,2; vgl. WA I 5/2, S. 5 f. u. 16: H[271]. – Abschrift Eckermanns, unter Berücksichtigung der Bleistiftkorrekturen; beh. Ausf. verschollen.
Entstehung: 8. September 1818; vgl. auch das Tagebuch.
Erstdruck: C[1] 4 (1827), S. 111.
G. erläutert den Hintergrund dieses Fürst Biron von Kurland (1780–1821) gewidmeten Gedichts in den ›Aufklärenden Bemer-

kungen‹ der *Ausgabe letzter Hand*: Er »schickte mir von Töplitz nach Carlsbad eine höchst merkwürdige Zeichnung. Sie ist sehr wohl erhalten, in mäßigem Querfolio, von Peter Vischer, dem trefflichen Erzgießer, mit der Feder sehr sauber gezeichnet, ausgetuscht und angefärbt, eine Allegorie zu Ehren Luthers vorstellend, welcher hier als Herkules siegreich aufgeführt wird.« Die von Peter Vischer d. J. (1487–1528) 1524 geschaffene aquarellierte Federzeichnung hängt schon seit G.s letzten Lebensjahren im sog. Deckenzimmer des Goethehauses Weimar (Schuchardt: Goethes Kunstsammlungen. I. Teil, S. XVI, Nr. 6). Sie wurde mehrfach in Katalogen abgebildet und in einer kleinen Monographie gedeutet und in ihrer Bedeutung für G. erläutert von Wolfgang Hecht: Allegorie zu Ehren Luthers ⟨...⟩. Weimar 1982; s. auch in: W. H.: Allerlei freundliche Dinge. Geburtstagsgeschenke für Goethe. Weimar 1985, S. 26 f. mit Abb. Den »Grundgedanken« der Allegorie faßt Hecht so zusammen: »Die Menschen brauchen Luther, da er ihnen den kürzesten Weg zu Christus weist, und sie brauchen einen gerechten und tugendhaften Kaiser«. Vgl. auch *Dem 31. October 1817* (S. 193) und die Entwürfe G.s zu einer *Kantate zum Reformations-Jubiläum* (S. 311–320); auch ⟨*Zum Reformationsfest*⟩ (Bd. 11.2, S. 220).

212 *Was, in der Schencke, waren heute ⟨...⟩*
Textgrundlage: Handschrift GSA 25/XI,XV,8 (Mommsen Nr. 179); Maier: H[133].
Entstehung: 8. September 1818.
S. *Divan*-Kommentar, Bd. 11.1.2, zu S. 99.

212 *An Hafis*
Textgrundlage: Reinschrift GSA 25/X,II,11 (Mommsen Nr. 37).
Entstehung: 11. September 1818.
S. *Divan*-Kommentar, Bd. 11.1.2, zu S. 27.

214 *Berechtigte Männer*
Textgrundlage: Reinschrift (r), in zwei separaten Teilen überliefert: Str. 1–7 ÖNB, Wien, Autogr. 13/46–3 (Mommsen Nr. 204 Vs.); Str. 8–13 Japan (Mommsen Nr. 204 [b]).
Entstehung: 11. September 1818.
S. *Divan*-Kommentar, Bd. 11.1.2, zu S. 114.

215 *Woher ich kam? Es ist noch eine Frage ⟨...⟩*
Textgrundlage: e, Bl. 63b.
Entstehung: 13. September 1818.
S. *Divan*-Kommentar, Bd. 11.1.2, zu S. 42.

216 *Auserwählte Frauen*
Textgrundlage: Reinschrift (r) ÖNB, Wien, Autogr. 13/46–3 (Mommsen Nr. 205, d. i. die andere Seite von Nr. 204 Vs.). – Eingriff: 5 *Erst* (Est Hs.; Schreibversehen).

Entstehung: vermutlich kurz vor dem 20. September 1818.
S. *Divan*-Kommentar, Bd. 11.1.2, zu S. 116.

216 *Höheres und Höchstes*
Textgrundlage: Handschrift GSA 25/X,XII,8; vgl. WA I 6, S. 448. – Unkorrigierte Diktatniederschrift Johns. – Eingriffe: 1 *Daß* (Das Hs.; Schreibversehen); 32 *Verklärte* (verklärte Hs.; Schreibversehen).
Entstehung: 23.–25. September 1818.
S. *Divan*-Kommentar, Bd. 11.1.2, zu S. 123.

218 *Ein strenger Mann, von Stirne kraus* 〈...〉
Textgrundlage: Handschrift GSA 25/VIII,6,17; vgl. WA I 5/2, S. 287: H[874], ohne Berücksichtigung der Bleistiftkorrekturen.
Entstehung: Das Gedicht bezieht sich auf eine Rezension in Cottas ›Morgenblatt für gebildete Stände‹, Nr. 240, vom 7. Oktober 1818; es dürfte unmittelbar nach ihrem Erscheinen entstanden sein.
Erstdruck: Briefwechsel zwischen Goethe und Zelter. Hg. von Friedrich Wilhelm Riemer. Bd. 2 (1833), S. 466 (dazu die Berichtigung Bd. 20.3, zu Brief Nr. 312: Beilagen).
Die erwähnte Rezension stammte aus der Feder des Dramatikers (Verfassers des berühmten Schicksalsdramas ›Die Schuld‹) und Goethekritikers Adolf Müllner (1774–1829). Er pries darin eine Leipziger ›Hamlet‹-Aufführung mit den Worten, er wolle dafür alles je über Shakespeare Geschriebene »zum Fenster hinauswerfen, selbst *Wilhelm Meister*«, der eine Reihe von Kapiteln in den Büchern III bis V Shakespeare gewidmet hatte. – *1 Ein strenger Mann, von Stirne kraus:* Zelter schrieb, wohl in Bezug auf diese ›physiognomische‹ Zeile, nach seiner ersten Begegnung mit Müllner in Dresden am 26. Juni 1822 an G.: »Außerdem sieht der wütende Mann, den ich mir in Gestalt eines Reibeisens dachte – ganz gelassen aus« (Bd. 20.1, S. 712). – *7 f. Denn geht es seinen Helden schlecht / Ergiebt er sie dem Teufel:* Die Titelfigur in Müllners Drama ›König Yngurd‹, mit der der Dichter auf Napoleon anspielt, paktiert mit dem Teufel. – Müllner hatte G. sein Drama am 8. März 1818 übersandt. S. G.s Antwort (Konzept) vom 6. April 1818.

218 *Wir litten schon durch* Kotzebue 〈...〉
Textgrundlage: Handschrift GSA 25/VII,4;4 Bl.114; vgl. WA I 5/2, S. 503 f. – Abschrift Riemers.
Entstehung: wohl im Zusammenhang mit dem vorhergehenden Gedicht, vermutlich noch im Oktober 1818; lt. FrA (Bd. 2, S. 1266) erst 1820, da Müllner (s. zum vorhergehenden Gedicht; auch GJb 26, 1905, S. 184, und 27, 1906, S. 258) erst in diesem Jahr die Redaktion des ›Literaturblatts‹ des ›Morgenblatts‹ übernommen habe, »Ober-Wort« (V. 4) aber in diesem Sinn aufzufassen sei. Zwingend ist das nicht; »Ober-Wort« kann auch für die hoch-

mütige Kritik stehen, in der Kotzebue und Müllner nun nebeneinander treten (vgl. V. 3).
Erstdruck: Q I 1 (1836), S. 137.
S. auch zum vorhergehenden Gedicht. – *2 Gemeines Raisonniren:* sein allgemeines Kritisieren (seine vor nichts haltmachende Kritiksucht). – *5 Im Dichten rasch:* spielt auf Adolf Müllners dramatische Serienproduktion an, der Kotzebueschen vergleichbar; schon 1816/17 lagen 4 Bde ›Schauspiele‹ vor, 1818–1820 erschienen zwei weitere; bei seinem Tod (1819) lag das dramatische Werk in 12 Bänden fast geschlossen vor.

218 *Befrey uns Gott von* s *und* ung ⟨...⟩
Textgrundlage: Handschrift FDH 453; vgl. WA I 53, S. 553 zu Bd. 3, S. 416. – 1 *von* (G. mit Bleistift über »für«).
Entstehung: 18. Oktober 1818.
Erstdruck: C[1] 3 (1827), S. 164, unter dem Titel »Kein Vergleich!«
Jean Paul hatte in Cottas ›Morgenblatt‹ (11.–14. September 1818) ›Briefe über die deutschen Doppelwörter‹ veröffentlicht, in denen er u. a. für eine Streichung von »s« und »ung« aus deutschen Komposita plädierte, z. B. ›Regierrat‹ statt ›Regierungsrat‹ u. ä. G.s Verse ironisieren solche ahistorischen Spracheingriffe, die einen Verlust an gewachsenen semantischen Differenzierungsmöglichkeiten zur Folge gehabt hätten. An dem auf die zeitgenössischen nationalen Konflikte bezogenen Beispiel von »Vergleich« und »Vergleichung« – im Sprachgebrauch der Zeit für ›Ausgleich‹ und ›kritische Gegenüberstellung‹ – veranschaulichen sie humoristisch den Unterschied. Die Verse machen dabei zugleich die politischen Implikationen der Sprache bewußt und bringen ganz beiläufig eine den Nationalisten konträre Möglichkeit ins Spiel, sich zur französischen Überlieferung zu verhalten. Vgl. auch »So soll die Orthografische Nacht ⟨...⟩« (Bd. 9, S. 69).

220 *Julien*
Textgrundlage: Transkription der verschollenen Handschrift in: Kat. Börner XCVII (November 1909), S. 9, Nr. 26; vgl. WA I 5/2, S. 335 zu S. 23.
Entstehung: 4. Januar 1819.
Erstdruck: C[1] 4 (1827), S. 127, unter dem Titel »Julien Gräfin Egloffstein«.
»Dieses Gedicht ward veranlaßt durch unverwelkliche Blumen von ausgezeichneter Schönheit«, erläutert G. in seinen ›Aufklärenden Bemerkungen‹ in der *Ausgabe letzter Hand*, und weist es als Widmungsgedicht für Julie von Egloffstein aus (zur Person s. zu *Entoptische Farben*, S. 183). Doch hat Max Hecker wahrscheinlich gemacht, daß G. dabei ein Erinnerungsfehler unterlaufen ist (Um einen Goethischen Vierzeiler. In: GJb 1943, S. 306–314). Es ist an-

zunehmen, daß die Verse ursprünglich eine Neujahrsgabe, einen Kalender für Julie Freifrau von Bechtolsheim (s. »Der einmal ein Zaubrer hieß ⟨...⟩«, S. 197 und Kommentar) begleiteten, den G. am 6. Januar 1819 übersandte. Vielleicht bezieht sich die Blumenmotivik auf einen lyrischen Liederkranz dieser Adressatin mit dem Titel ›Amandas flüchtiger Rosentraum‹, den sie G. bereits im März 1818 als ›Lianens Rosen- und Dornengewinde‹ angekündigt und vermutlich kurz zuvor, am 22. Dezember 1818, überbracht hatte. – 4 *Immortellen:* von lat. immortalis, unsterblich; Strohblumen.

220 *In welchem Weine* ⟨...⟩
Textgrundlage: Handschrift GSA 25/XI,XIVa,34b; vgl. WA I 6, S. 352 u. 459: H⁹⁰. – Niederschrift Riemers; ohne Berücksichtigung der Bleistiftkorrekturen.
Entstehung: möglicherweise um den 26. Januar 1819 – das Tagebuch bezeugt für diesen Tag die Lektüre von »Curtius Leben Alexanders«; vielleicht auch im Zusammenhang der Entstehung des Kapitels »Gegenwirkung« zum Prosateil des *Divans*, das zwischen dem 26. Januar und 24. Februar 1819 verfaßt wurde (Bd. 11.1.2, S. 181–184; vgl. Solms: Vorarbeiten, S. 154, und Bosse: Nachlaßstücke, zu H⁹⁰).
Erstdruck: Q I 1 (1836), S. 364; dem »Schenkenbuch« eingeordnet.
Das Gedicht spielt wohl auf die Trunkenheit Alexanders des Großen an, in der er seinen Freund Clitus umbrachte (Quintus Curtius Rufus: Historiarum Alexandri Magni Macedonis libri qui supersunt VIII, 5, 50–52). G. geht auf die Episode auch im Kapitel »Gegenwirkung« des *Divan*-Prosateils ein (s. o.). – *3 letzten Lebensfunken:* Vgl. »›Wo hast du das genommen? ⟨...⟩« (S. 90; Bd. 11.1.2, S. 47), V. 1–8. – *4 nicht so gut als der meine:* das selbstbewußte Ausspielen des eigenen Weins gegen den Alexanders vielleicht in unausgesprochener Beziehung auf den »Eilfer« (vgl. »Wo man mir Guts erzeigt ⟨...⟩«, S. 137 und Kommentar).

220 *Jenas Philister und Professoren* ⟨...⟩
Textgrundlage: Handschriften GSA 25/VIII,6,27; vgl. WA I 5/2, S. 291: H⁸⁹⁰ u. H⁸⁹⁰ᵃ. – Letzter Vers ergänzt nach H⁸⁹⁰ᵃ (Riemer); V. 10 lautete ursprünglich: »Sieht Sturza sich bedrohten Dolchen«.
Entstehung: vermutlich unmittelbar nach dem 23. März 1819.
Erstdruck: WA I 5/1 (1893), S. 197.
Die Verse kommentieren so sarkastisch wie besorgt geschichtliche Konstellationen im Umkreis der Ermordung Kotzebues am 23. März 1819 in Mannheim durch den Burschenschaftler Karl Ludwig Sand. Dieser trug einen Zettel bei sich, dem zufolge die »Universität Jena« Kotzebue zum Tode verurteilt hatte, was abwegig war, so gewiß andererseits die Jenaer Professoren zur Stimmung gegen Kotzebue beigetragen hatten. Sands Anschlag bedeu-

tete eine historische Zäsur. Seit Kriegsende hatten sich an verschiedenen deutschen Universitäten frühliberale studentische Burschenschaften formiert, die in ihren Zentren Gießen, Heidelberg und Jena z. T. durch Mitglieder des akademischen Lehrkörpers unterstützt wurden. In Jena waren es vor allem Fries, Oken und Luden, die die Aktivitäten der dort gegründeten ›Urburschenschaft‹ (1816) sympathisierend, aber auch mäßigend begleiteten. Im Umfeld des Wartburgfestes (18. Oktober 1817; s. »Du hast es lange genug getrieben 〈...〉«, S. 191 und Kommentar) und insbesondere dann nach der Veröffentlichung eines Kotzebueschen Geheimberichts an den Zaren Anfang 1818 (s. Kommentar zu »›Warum bekämpfst du nicht den Kotzebue 〈...〉«, S. 195) eskalierten die Unruhen. Die Ermordung Kotzebues lieferte der Metternichschen Antirevolutionspolitik willkommene Argumente, mit den Karlsbader Beschlüssen (1819) für Jahrzehnte die Wende zu einer rigorosen inneren Illiberalität im Deutschen Bund einzuleiten. G. hatte wenig Anlaß, für Kotzebue einzutreten. So äußerte er sich am 28. März 1819 Kanzler von Müller gegenüber zu Kotzebues Tod: »〈...〉 wo man über die Grenze der Individualität hinausgreife, frevelnd, störend, unwahr, da verhänge die Nemesis früh oder spät angemeßne äußere Strafe. So sei in Kotzebues Tod eine gewisse notwendige Folge einer höhern Weltordnung unverkennbar« (Unterhaltungen. Hg. von Renate Grumach, S. 39). Wie besorgt G. andererseits auf die mit Kotzebues Tod zusammenhängenden Entwicklungen reagierte, zeigt ein weiterer Bericht von Müllers über ein Gespräch am 30. März 1819: »Abends bei Goethe, der ganz ernst war und fast bloß von dem leidigen Zustand der jenaischen Dinge sprach; man müsse jetzt nur von einem Tag zum andern leben; niemand sei der Sache mehr gewachsen« (ebd.; s. auch S. 40: 18. April 1819). – *7 Sodoms-Apfel-brey:* eine Metapher der von den professoralen »Philistern« zubereiteten ›Studentenkost‹, ihrer Lehre vom Katheder; Anspielung auf sog. Sodomsäpfel: Früchte einer in Afrika und Asien beheimateten Staudenpflanze, äußerlich wie ein Apfel, doch innen nur ungenießbare haarige Samen enthaltend. Das Motiv ist dann in V. 9 wieder aufgenommen (»Jenischen behaarten Molchen«). Vielleicht richtet sich diese naturgeschichtliche Metaphorik gerade auch gegen Oken. – *9 Jenischen behaarten Molchen:* Molche galten als giftig, böse, bedrohlich; »behaarten Molchen« im Sinne der Übertragung auf Professoren und Studenten. – *10 Sturza:* der russische Staatsrat und Publizist Alexander Stourdza (1791–1853), der im Auftrag des Zaren Alexander I. im Herbst 1818 eine ›Denkschrift über die gegenwärtige Lage in Deutschland‹ (›Mémoire sur l'état actuel de l'Allemagne‹) verfaßt hatte. Sie sah in den deutschen Universitäten Pflanzstätten der Revolution (s. den Kommentar zu

Isis, S. 195). 1819 heiratete Stourdza eine Tochter des Mediziners Christoph Wilhelm Friedrich Hufeland. Da Jenaer Studenten ihn gefordert hatten, floh er nach Dresden, schließlich nach Rußland zurück. Auf diese Hintergründe spielt die dritte, nur im Entwurfszustand überlieferte Strophe des von G. offensichtlich nicht zur Publikation vorgesehenen Gedichts an.

220 *Eine Schachtel Mirabellen* 〈…〉

Textgrundlage: Handschrift Staatliche Kunstsammlungen Weimar; vgl. WA I 5/2, S. 16 f.: H^{285}.

Entstehung: In einer anderen Handschrift (H^{286}) genauer datiert: »2. Apr. 1819«.

Erstdruck: C^1 4 (1827), S. 114. Im Inhaltsverzeichnis: »Portraitkapsel«.

G. schrieb die Verse auf ein kreisrundes Blatt am Boden einer Schachtel, von deren Rücksendung mit neuem Inhalt die Verse handeln (s. Weitz: Willemer, S. 93 f., 391 f., 636 f.). Sie enthielt als Geschenk an das Ehepaar Willemer die Wachsabformung eines Medaillonbildnisses G.s, das der Berliner Hofbildhauer Johann Gottfried Schadow 1816 ebenfalls in Wachs bossiert hatte (zu G. und Schadow vgl. zu *Blüchers Denkmal*, Bd. 11.2, S. 1037–1040, und *Dem edlen Künstler-Verein zu Berlin*, S. 174 und Kommentar). In den ›Aufklärenden Bemerkungen‹ in der *Ausgabe letzter Hand* erläutert G. zu dem Gedicht: »Aus der Strophe selbst erklärbar: das Bildniß des Freundes, in einer ausgeleerten Schachtel getrockneter Früchte übersandt.« Über die Abformung und das Original des Porträts s. Lothar Frede: Das klassische Weimar in Medaillen. Leipzig 1944, S. 88 und 22, zu Abb. Nr. 69. – *2 Süden* 〈…〉 *Norden:* im Verhältnis zwischen Frankfurt und Weimar als den Orten, zwischen denen Willemers und G. die Aufmerksamkeiten austauschten.

223 *Reise-Seegen*

Textgrundlage: Handschrift GSA 25/IV,3,6a; vgl. WA I 5/2, S. 24 u. 335 f.: H^{296}. – Nach Redaktionsschluß des Textes ist bekanntgeworden, daß die bisher für verschollen gehaltene beh. Ausfertigung (vgl. ebd.) wieder aufgefunden wurde (s. Stargardt-Katalog 670, Auktion am 7. und 8. Juni 1998 in Berlin, Abb. S. 31).

Entstehung: 4. Juni 1819.

Erstdruck: C^1 4 (1827), S. 127; dort hinter dem Gedicht »Julien Gräfin Egloffstein« (s. zu *Julien*, S. 220), daher überschrieben »Derselben. Reise-Segen«.

Die Verse sind der Malerin Julie von Egloffstein gewidmet. In seinen ›Aufklärenden Bemerkungen‹ in der *Ausgabe letzter Hand* erläutert G., er habe sie Julie »auf die Reise mitgegeben, die sie in einigem Zwiespalt zwischen sich und eifrig berathenden Freunden antrat, welche besonders wegen Anwendung ihres schönen Talents nicht einig werden konnten«. Vgl. auch zu *Entoptische Farben* (S. 183) sowie den Segensspruch zur Dresdner Reise 1820 »*Ein guter Geist ist schon genug* 〈...〉« (Bd. 13.1, S. 22).

223 *Des Herren Generals Grafen von Gneisenau Excel.*
Textgrundlage: Reinschrift GSA 25/XI,XV,2 (Mommsen Nr. 60); Maier: H^{115}.
Entstehung: 11./12. Juli 1819.
S. *Divan*-Kommentar, Bd. 11.1.2, zu S. 40 (»Den Gruß des Unbekannten ehre ja! 〈...〉«).

224 *Von deinem Liebesmahl* 〈...〉
Textgrundlage und Erstdruck: Über Kunst und Alterthum III 2 (1821), S. 80.
Entstehung: Da G.s Tagebuch für den 20. bis 23. Juli 1819 die intensive Lektüre von Kestners Werk (s. u.) bezeugt, ist das Gedicht vermutlich in diesen Tagen oder unmittelbar danach entstanden.
Die Verse beziehen sich auf ein Buch des G. bereits persönlich bekannten Jenaer Theologieprofessors Christian August Kestner (1794–1821): ›Die Agape oder Der geheime Weltbund der Christen, von Klemens in Rom unter Domitians Regierung gestiftet‹ (Jena 1819; Ruppert, Nr. 2678). Kestner bietet darin eine originelle Theorie der Entstehung des Christentums und der neutestamentlichen Schriften. Danach habe sich zu Anfang eine urchristliche Abendmahlgemeinde der strategischen Verbreitung des jesuanischen ›Liebesmahl‹gedankens (griech. ›Agape‹) gewidmet, um auf eine historisch wirksame Revolutionierung der politischen und religiösen Tradition hinzuarbeiten. In ihrem Sinn habe die Bewegung gezielt auch neutestamentliche Bücher entsprechend eingefärbt. Das Gedicht spielt in durchgängig scherzhafter Tonlage auf die von Kestner behaupteten literarischen Überlieferungsprozesse an, die mit einem orthodox-offenbarungsgläubigen Christentum unverträglich sind (»Für einen Christen ist's / Ein böser Bissen 〈...〉 Gleich schreibt ein Schelmenvolk / Absurde Bücher«; V. 3 f. und 7 f.). Für diese Vorgänge der Traditionsstiftung und Traditionserneuerung zeigt G. in diesen Jahren große Aufmerksamkeit, gerade auch im *Divan* (vgl. z. B. seine Überlegungen zur Koran-Überlieferung im »Hafis«-Kapitel des Prosateils, Bd. 11.1.2, S. 162–164 und Kommentar). In einem Brief an Graf Reinhard vom 24. Dezember 1819 heißt es mit Blick auf Kestners Thesen grundsätzlich: »Die ganze Frage geht darauf hinaus: hat sich das Christenthum durch sittliche Wirkung auf die Menge, zufällig wogend, hervorgethan und zur Einheit gestaltet, oder ist es von einer Einheit, von einem entschiedenen Bunde, vorsätzlich künstlich ausgegangen? 〈...〉 Wie wunderlich ist die Ähnlichkeit mit unserer neuen allgemeinen Verschwörung, wo noch immer nicht für jedermann entschieden ist,

ob sie von der Peripherie zu einem Mittelpunkt oder von diesem zur Peripherie strebt ⟨am 22. Juli 1819 hatte G., während er in ›Agape‹ las, Nachricht von einer republikanischen Verschwörung in Berlin erhalten: s. WA III 7, S. 290 f. zu S. 72⟩. Vielleicht irrt man nicht, wenn man beides zugiebt und ein pulsirendes Wechselverhältniß zwischen Disposition und Determination annimmt.« (Vgl. auch Reinhards Antwort vom 1. Februar 1820: BW Goethe-Reinhard, S. 239 und dazu S. 488 f.; ferner G. an Eichstädt am 30. November 1819). – *7 f. Schelmenvolk / Absurde Bücher:* polemische, von G. oft in theoretischen Auseinandersetzungen (besonders mit den Gegnern seiner Farbenlehre) benutzte Begriffe: Schelm = Betrüger; absurd = dumm, fratzenhaft, verrückt (s. GWb, Bd. 1, Sp. 196–198). Str. 2 stellt sich auf den Standpunkt des Verfassers: Gleich nach Christi Auferstehung beginnt die Propaganda und Legende. Vgl. auch die Gedichte »Sag was enthält die Kirchen-Geschichte ⟨...⟩« und »Mit Kirchengeschichte was hab ich zu schaffen? ⟨...⟩« (Bd. 18.1, S. 74 f.).

224 *Sonst wenn man den heiligen Coran citirte* ⟨...⟩

Textgrundlage: Handschrift Royal Archives, Windsor Castle (Mommsen Nr. 91).

Entstehung: möglicherweise am 22./23. Juli 1819.

S. *Divan*-Kommentar, Bd. 11.1.2, zu S. 54.

224 *Buch Suleika*

Textgrundlage: e, Bl. 145.

Entstehung: Juli/August 1819.

S. *Divan*-Kommentar, Bd. 11.1.2, zu S. 82.

224 *Sage mir* ⟨...⟩

Textgrundlage: e, Bl. 36.

Entstehung: vermutlich Juli/August 1819.

S. *Divan*-Kommentar, Bd. 11.1.2, zu S. 30.

225 *An Fräulein von Schiller*

Textgrundlage: Faksimile der Handschrift in: Sammlung historisch berühmter Autographen, Nr. 30, Stuttgart 1846; vgl. WA I 53, S. 559 zu Bd. 5/2, S. 153.

Entstehung: 10. August 1819.

Erstdruck: in der von Ottilie von Goethe hg. Zeitschrift ›Chaos‹, Jg. 1 (1830), Nr. 38, S. 152.

Das Gedicht ist der jüngsten Tochter Schillers, Emilie von Schiller (1804–1872, spätere Freifrau von Gleichen-Rußwurm), gewidmet, die zu diesem Zeitpunkt 16 Jahre alt war (im Vorjahr war sie als ›Schlaf‹ in dem von G. verfaßten *Maskenzug* aufgetreten). G. ließ es ihr am 16. August 1819 als Stammbuchblatt zukommen (vgl. seinen Brief vom 16. August 1819 an August von Goethe). – *11 f. zum Unendlichen / Auf des Vaters Bahnen:* Vgl. die 1815 gedichtete Schlußstrophe zum *Epilog zu Schillers Glocke*: »Er glänzt uns vor, wie ein Komet entschwindend, / Unendlich Licht mit seinem Licht verbindend« (S. 300, V. 103 f.).

225 *Liebchen ach! im starren Bande* 〈...〉
Textgrundlage: Handschrift in Privatbesitz (Photogr. GSA); vgl. Weitz: Willemer, S. 634 zu Nr. 83; Maier: H112.
Entstehung: 1819, vielleicht kurz vor dem 22. August.
S. *Divan*-Kommentar, Bd. 11.1.2, zu S. 33.

225 *Mich nach- und umzubilden miszubild〈en〉* 〈...〉
Textgrundlage: Handschrift GSA 25/XI,XV,9 (Mommsen Nr. 96); vgl. WA I 53, S. 565 zu Bd. 6, S. 453; Solms: H146.
Entstehung: wahrscheinlich 1819/1820; nach Solms (Vorarbeiten, S. 97) vielleicht ein Rückblick G.s vom siebzigsten Geburtstag am 28. August 1819 auf die fünfzig Jahre seit Straßburg. Die Datierungen orientieren sich auch sonst an der Rückbeziehung der Verse auf die Geniezeit. (Vgl. auch Bosse: Nachlaßstücke, zu H146).
Erstdruck: Q I 1 (1836), S. 350; dem »Buch des Unmuths« eingeordnet.
Trotzige Selbstbehauptung, auch Rückblicke des Alters auf die Jugend, begegnen im *Divan* immer wieder. *Divan*-spezifisch sind sie nicht, reichen also auch nicht aus, die Verse mit einiger Sicherheit dem *Divan*-Umkreis zuzuordnen. Trunz betont im Gegenteil den formalen Abstand der eher sonettähnlichen Verse: »Es sind 5-Takter, die Reimstellung ist abba – abba; nirgendwo im *Divan* kommt Ähnliches vor« (HA, Bd. 1, S. 672). Gemäßer ist dem *Divan* auch die orientalisierende oder generalisierende Verhüllung des Persönlichen als der unverschlüsselte autobiographische Rekurs. – *5 f. Du hast getobt 〈...〉 mit wilden / Daemonisch genialen Jungen Schaare〈n〉:* Anspielung auf die Sturm und Drang-Generation. Vgl. auch *Dichtung und Wahrheit* III 11 (Bd. 16, S. 522 f.): »wir trieben uns auf mancherlei Abwegen und Umwegen herum, und so ward von vielen Seiten 〈...〉 jene deutsche literarische Revolution vorbereitet von der wir Zeugen waren, und wozu wir, bewußt oder unbewußt, willig oder unwillig, unaufhaltsam mitwirkten.«

226 *Haben sie von deinen Fehlen* 〈...〉
Textgrundlage: Handschrift GSA 25/XI,XIV,14 (Mommsen Nr. 61); vgl. WA I 6, S. 342 u. 388: H14. – Eingriff: 12 *zält,* (zält. Hs.; Komma wahrscheinlich von Eckermann ausradiert und mit Bleistift durch einen Punkt ersetzt; vgl. Maier, Bd. 2, S. 173).
Entstehung: nicht vor August 1819.
S. *Divan*-Kommentar, Bd. 11.1.2, zu S. 40.

226 *Der schläft recht gut* 〈...〉
Textgrundlage: Handschrift GSA 25/X,IX,17; Maier: H135. – Ohne Berücksichtigung der Bleistiftkorrekturen Eckermanns.

Entstehung: zwischen August 1819 und Juli 1820.
S. *Divan*-Kommentar, Bd. 11.1.2, zu S. 106 (»So hab' ich endlich von dir erharrt 〈…〉«).

226 *Hatem und Suleika. Hudhud sprach 〈…〉*
Textgrundlage: Handschrift GSA 25/XI,XV,12 (Mommsen Nr. 163); vgl. Weitz: Willemer, S. 633: H[a]; Solms: H[162]. – Titel später mit Bleistift hinzugefügt; Alternativvarianten einer späteren Überarbeitungsschicht: 6 *Wird an jedem Sterne klar* (Seht wie sich's in Sternen schreibt); 7 *Wie* (Daß,); 8 *war* (bleibt).
Entstehung: vermutlich zwischen dem 2. und dem 6. September 1819 (vgl. Solms: Vorarbeiten, S. 93 f., und Bosse: Nachlaßstücke, zu H[162]).
Erstdruck: Q I 1 (1836), S. 345, dem »Buch der Liebe« eingeordnet.
Die Anregung zu einer Gruppe von Hudhud-Gedichten, die noch einmal das Motiv des Liebesboten Hudhud (arab. ›Wiedehopf‹; vgl. zu *Gruß*, Bd. 11.1.2, S. 34) aufnehmen, ging von Marianne von Willemer aus. Am 19. Juli 1819 schrieb sie G. aus Baden: »Und wie viele schöne Mädchen gibt es nicht hier; Hudhud läuft in einemfort über den Weg«. G.s Antwort am 26. Juli setzte das Spiel fort: »Wäre ich Hudhud, ich liefe dir nicht über den Weg, sondern schnurstracks auf dich zu« (Weitz: Willemer, S. 84 f.). Zum Geburtstag schenkte Marianne von Willemer G. einen Spazierstock aus Stechpalmenholz mit einem geschnitzten Wiedehopf als Knauf (vgl. zu »Hudhud auf dem Palmensteckchen 〈…〉«, S. 234 und Abbildung S. 235). Der das Geschenk begleitende Brief (Ende August 1819) berichtet von einem Spaziergang mit Boisserée, und dann abermals: »Hudhud lief über den Weg und blieb auf dem Stamm einer Stechplame sitzen«, woraufhin Marianne ihm die Botenaufträge erteilt (ebd., S. 87 f.). G.s Dankesbrief vom 8. September aus Karlsbad läßt dann bereits auf eine poetische Reaktion schließen: »Sogleich aber begrüßte mich Hudhud aufs liebenswürdigste, vertraute mir viel und mancherlei und verlangte zu seiner Legitimation, richtig erledigter Aufträge, den Inhalt derselben in Reimen verfaßt zu hören; welches ihm denn nicht zu versagen gewesen« (ebd., S. 90). »Hudhud sprach: mit Einem Blicke 〈…〉« und »Hudhud auf dem Palmensteckchen 〈…〉« (S. 234) sind wohl die ersten ›Reime‹ dieser Art, die also zwischen dem 2. September, als G. Mariannes Geburtstagsbrief erhielt, und seiner Antwort vom 8. September entstanden sein dürften.

Schon der briefliche Austausch stellt dabei den Kontakt zum *Divan* spielerisch her. Er ist den Versen selbst in vielfältiger Weise eingeprägt. »Hatem und Suleika« hat G. sie nachträglich überschrieben. Vor allem aber nehmen die Motive des Gedichts zahlreiche zentrale *Divan*-Motive wieder auf: das Hudhud-Motiv selbst;

die Verständigung durch Blicke (vgl. z. B. »Lieb' um Liebe, Stund' um Stunde, / Wort um Wort und Blick um Blick 〈...〉«, S. 128, Bd. 11.1.2, S. 76, V. 1 f., und »Deinem Blick mich zu bequemen 〈...〉«, S. 132, Bd. 11.1.2, S. 85); die ›Trennungsnächte‹ (vgl. *Vollmondnacht*: »Herrinn! sag was heißt das Flüstern? 〈...〉«, S. 141, Bd. 11.1.2, S. 90); die Beziehung der Liebe zu den Sternen (vgl. »*Behramgur*, sagt man 〈...〉«, S. 203, Bd. 11.1.2, S. 84, V. 15 f., und *Wiederfinden*: »Ist es möglich 〈...〉«, S. 126, Bd. 11.1.2, S. 88, V. 43 f.), ja zu den »ew'gen Mächten« des Alls überhaupt.

227 *Die Feyer des achtundzwanzigsten Augusts danckbar zu erwiedern*
Textgrundlage: Handschrift GSA 25/IV,3,9; vgl. WA I 5/2, S. 336 zu S. 27. – Eingriff: 24 *wir* (Wir Hs.; unvollständig ausgeführte Korrektur aus »Wir erwarten das«).
Entstehung: Ein Knebel gewidmetes Exemplar des Einzeldrucks ist handschriftlich datiert: »Carlsbad d. 15. Sept. 1819.« G. hat das Dankgedicht später anläßlich der Feierlichkeiten zum 50. Jubiläum seines Weimar-Aufenthalts noch einmal verwandt – mit dem Titel: »Die Feier des siebenten Novembers 1825 dankbar zu erwiedern«. Ein abermaliger Neudruck wurde von ihm im November 1827 veranstaltet.
Erstdruck: Einblattdruck. Abdruck in der Mainzer Zeitung vom 21. Oktober 1819. Später in C[1] 4 (1827), S. 134.
G. schreibt in den ›Aufklärenden Bemerkungen‹ der *Ausgabe letzter Hand* zu dem Gedicht: »Mit diesem Gedichte suchte ich den vielfachen Ausdruck von Liebe und freundschaftlicher Neigung zur Feyer meines siebzigsten Geburtstags nach allen Seiten hin dankbar zu erwiedern.« Dieses Geburtstags wurde vielerorts, u. a. in Frankfurt, mit offiziellen Feierlichkeiten gedacht. Vgl. *Tag- und Jahres-Hefte* zu 1819 (Bd. 14, S. 278 f.). S. auch die späteren Dankgedichte *Den verehrten neuvaterstädtischen Gönnern und Freunden* 〈...〉 (1830) und *Den verehrten Achtzehn Frankfurter Festfreunden* 〈...〉 (1831); Bd. 18.1, S. 43 u. 50. – *1 Sah gemahlt, in Gold und Rahmen:* Anspielung auf ein im Schloß Dux gesehenes Gemälde, das den böhmischen Ritter Waldstein mit seinen 24 Söhnen auf dem Ritt zu Kaiser Karl IV. zeigt. G. greift das Motiv später im Geburtstagsgedicht für Frau von Ziegesar scherzhaft wieder auf. Vgl. *Der Frau von Ziegesar geb. v. Stein, zum Geburtstage* (Bd. 13.1, S. 41).

227 *Das Wissen bläset auf* 〈...〉
Textgrundlage: Handschrift GSA 25/XI,XV,4; vgl. WA I 53, S. 361: Par. 45, 1–8; Maier: H[140].
Entstehung: wohl am 24. September 1819, im Zusammenhang mit »Märkte reizen dich zum Kauf 〈...〉«. Laut Tagebuch las G. an diesem Tage während seines Karlsbader Kuraufenthalts in einer –

wohl katholischen – »Haus-Bibel« die »1. Epistel an Corinther«. (Vgl. Maier, Bd. 2, S. 175 f.; Solms: Vorarbeiten, S. 117, und Bosse: Nachlaßstücke, zu H[140]).
Erstdruck: WA I 53 (1914), S. 361.
Die Verse im Anschluß an 1. Korinther 8,1–3. – Vgl. auch die weitere Ausformung dieses Entwurfs zum *Divan*-Gedicht »Märkte reizen dich zum Kauf ⟨...⟩« (S. 228; Bd. 11.1.2, S. 40). – *3 bedunken:* bedünken, sich einbilden. – *8 erkannt:* angenommen.

228 *Lehret euch nicht die Natur selbst ⟨...⟩*
Textgrundlage: Handschrift GSA 25/XI,XV,4; vgl. WA I 53, S. 361 f.: Par. 45, 9–11; Maier: H[140].
Entstehung: wohl am 24. September 1819 (s. zum vorhergehenden Gedicht).
Erstdruck: WA I 53 (1914), S. 362.
Im Anschluß an 1. Korinther 11,14; in G.s Basler Luther-Bibel von 1772: »Oder lehret euch nicht die natur, daß einem mann eine unehre ist, so er lange haare zeuget ⟨zeigt⟩« (im Bezug auf »gebärden im beten«).

228 *Ist aber jemand unwissend ⟨...⟩*
Textgrundlage: Handschrift GSA 25/XI,XV,4; vgl. WA I 53, S. 361 f.: Par. 45, 12–13; Maier: H[140].
Entstehung: wohl am 24. September 1819 (s. zu »Das Wissen bläset auf ⟨...⟩«, S. 227).
Erstdruck: WA I 53 (1914), S. 362.
Im Anschluß an 1. Korinther 14,38; in G.s Basler Luther-Bibel von 1772: »Ist aber jemand unwissend, der sey unwissend.«

228 *Märkte reizen dich zum Kauf ⟨...⟩*
Textgrundlage: Handschrift GSA 25/XI,XV,3; vgl. WA I 6, S. 344 u. 388 f.: H[30].
Entstehung: wohl am 24. September 1819 oder wenig später.
S. *Divan*-Kommentar, Bd. 11.1.2, zu S. 40.

228 *Herren Grafen Carl Harrach*
Textgrundlage: Handschrift GSA 25/IV,2,10c.
Entstehung: 25. September 1819.
Erstdruck: C^1 4 (1827), S. 112.
Über Karl Borromäus Graf von Harrach (1761–1829), österreichischer Arzt und Naturforscher, und den Gedichtanlaß schreibt G. in den ›Aufklärenden Bemerkungen‹ in der *Ausgabe letzter Hand*, er habe mit ihm »vor vielen Jahren zu Carlsbad, in Gesellschaft der Seinigen, glückliche Tage« verlebt. »Er begegnete mir wieder an derselbigen Stelle, das alte Vertrauen trat sogleich wieder ein und es eröffnete sich von dem bisherigen Leben und Treiben die erfreulich wirksamste Unterhaltung.« Die erste Begegnung fand bei G.s zweitem Aufenthalt in Karlsbad (27. Juli bis 3. September 1786), kurz

vor seinem Aufbruch nach Italien, statt; zu weiteren Begegnungen in Böhmen kam es in Karlsbad auch im Mai 1812 und August/September 1819 (vgl. Johannes Urzidils Harrach-Porträt in: Goethe in Böhmen. 3. Aufl. 1981, S. 111 f.). Harrach war, für G. besonders interessant, Übersetzer der Gedichte des Hafis.

229 *Ein abgestumpft Gesicht* ⟨...⟩

Textgrundlage: Handschrift GSA 27/65b; vgl. WA I 5/2, S. 399 zu Par. 85; Maier: H^{116}.

Entstehung: Im Zusammenhang mit Notizen von der Rückreise aus Karlsbad im September 1819 überliefert, die Datierungen auf den 25. und 26. September tragen. In diesen Tagen ist vermutlich auch das Gedicht entstanden.

Erstdruck: WA I 5/2 (1910), S. 399.

Die Beziehung dieses derben Vierzeilers ist bis heute ungeklärt. – *1 abgestumpft Gesicht:* bezogen auf V. 3: »ohne Nase«; vgl. eine andere Fassung der 1. und 2. Zeile, die lautete: »Verstümmelt Angesicht, / Gleich einem Blosen!«; vielleicht auch übertragen in mentalem Sinn. – *2 den Blosen:* den in dieser Weise entblößten Hintern. – *3 ohne Nase* ⟨...⟩ *Franzosen:* ›Franzosen‹ umgangssprachlich für Syphilis; sie zerfrißt in fortgeschrittenem Stadium die Nase.

229 *Nachruf*

Textgrundlage: Handschrift GSA 25/IV,5,1b; vgl. WA I 5/2, S. 40: H^{321}. – Niederschrift Johns, Unterschrift von G.s Hand.

Entstehung: 15./16. Oktober 1819. Datierung der Handschrift nach dem Todestag Malcolmis; das Tagebuch notiert am 16. Oktober: »Malkolmi's Tod erfahren. Gedicht«.

Erstdruck: C^1 4 (1827), S. 161.

Die Verse sind dem soeben verstorbenen Hofschauspieler Karl Friedrich Malcolmi (1745–1819, von 1788–1817 in Weimar) gewidmet. Seit 1791 war er am Weimarer Hoftheater engagiert, zuletzt im Rollenfach des humoristisch-gutmütigen, auch wohl launischen Alten; seine Rollen verzeichnet die als Anhang II zu Eduard Genasts ›Erinnerungen eines alten Schauspielers‹ veröffentlichte »Liste der ersten und letzten Besetzung der Schillerschen und Goetheschen Stücke unter Goethe in den Jahren 1791–1816« in: Aus Weimars klassischer und nachklassischer Zeit. Hg. von Robert Kohlrausch. 2. Aufl. Stuttgart 1904, S. 186–200. Die Intention einer dankbar-ehrenden Abschiedsgeste bestätigt auch eine ›Aufklärende Bemerkung‹ in der *Ausgabe letzter Hand*: »das Publicum dem Schauspieler, auf den guten alten Malkolmi gemeint«.

229 *Zwey Personen ganz verschieden* ⟨...⟩

Textgrundlage: Handschrift GSA 25/III,4,12.

Entstehung: 16. Oktober 1819; vgl. auch das Tagebuch unter diesem Datum: »Fuchs und Kranich«.

Erstdruck: Über Kunst und Alterthum III 1 (1821), S. 15 f. (s. auch Bd. 13.1, S. 37).
Das Gedicht variiert eine Äsopische Fabel(›Alōpēx kai Géranos‹, ›Fuchs und Kranich‹), nimmt sie als Richtschnur für die duldsame Bewirtung der unterschiedlichsten Geister, wohl auch anspielend auf das Verhältnis von Schriftsteller und Publikum. – G. greift diese Fabel häufiger auf. Vgl. bereits »O Kinder, still! 〈...〉« (Bd. 2.1, S. 73); auch einen Brief an Knebel von der ersten Reise an Rhein und Main am 9. November 1814, in dem G. als Gewinn der Reise die »Duldsamkeit« verbucht, die er »mehr als jemals, für den einzelnen Menschen empfinde«: »Jeder sucht und wünscht wozu ihm Schnabel oder Schnauze gewachsen ist. Der will's aus der enghalsigen Flasche, der vom flachen Teller, einer die rohe, ein anderer die gekochte Speise. Und so hab ich mir denn auch, bey dieser Gelegenheit, meine Töpfe und Näpfchen, Flaschen und Krüglein gar sorgsam gefüllt, ja mein Geschirr mit manchen Geräthschaften vermehrt. Ich habe an der Homerischen, wie an der Nibelungischen Tafel geschmaust, mir aber für meine Person nichts gemäßer gefunden, als die breite und tiefe immer lebendige Natur, die Werke der griechischen Dichter und Bildner.« Eine Abschrift des Gedichts »Zwey Personen ganz verschieden 〈...〉« übersandte G. später an den Maler Wilhelm Tischbein, mit der Bitte um bildliche Umsetzung (vgl. seinen Brief an Tischbein vom 3. Juni 1821). Tischbein kam jedoch über einen Entwurf nicht hinaus und schickte G. am 7. Januar 1822 eine antike Gemme, die sich auf die Fabel bezieht (Goethe und Tischbein. Von Wolfgang von Oettingen. Weimar 1910, S. 28; s. auch Gerhard Femmel / Gerald Heres: Die Gemmen aus Goethes Sammlung. Leipzig 1977. Katalog Nr. 28, Abb. 57, dazu S. 22 und Zeugnisse 464, 464a, 474). – *24 Katzentischchen:* für den kleinen, abseits gestellten Tisch, an dem Kinder (strafweise) essen.

230 *Das Leben ist ein schlechter Spas 〈...〉*

Textgrundlage: Reinschrift University Library Princeton, New Jersey (Mommsen Nr. 69).
Entstehung: zwischen 26. Mai 1818 und 27. Oktober 1819, als G. lt. Tagebuch noch einmal »Kleine Gedichte 〈...〉 in den Divan 〈d. h.: den ›Neuen Divan‹〉 eingelegt«.
S. *Divan*-Kommentar, Bd. 11.1.2, zu S. 43.

230 *Timur spricht*

Textgrundlage: Handschrift Bibliotheca Bodmeriana, Cologny (Mommsen Nr. 93); vgl. WA I 6, S. 345 u. 399 f.: H^{36}. – Unser Text beruht auf der Endfassung.
Entstehung: zwischen 26. Mai 1818 und 27. Oktober 1819 (s. zum vorhergehenden Gedicht).
S. *Divan*-Kommentar, Bd. 11.1.2, zu S. 55.

230 *Prüft das Geschick dich weis es wohl warum* ⟨...⟩
Textgrundlage: e, Bl. 97.
Entstehung: zwischen 26. Mai 1818 und 27. Oktober 1819 (s. zu »Das Leben ist ein schlechter Spas ⟨...⟩«, S. 230).
S. *Divan*-Kommentar, Bd. 11.1.2, zu S. 57.

230 *Noch ist es Tag, da rühre sich der Mann* ⟨...⟩
Textgrundlage: e, Bl. 97.
Entstehung: wohl zwischen 26. Mai 1818 und 27. Oktober 1819 (s. zu »Das Leben ist ein schlechter Spas ⟨...⟩«, S. 230).
S. *Divan*-Kommentar, Bd. 11.1.2, zu S. 57.

231 *»Wie ungeschickt habt ihr euch benommen* ⟨...⟩
Textgrundlage: e, Bl. 98.
Entstehung: zwischen 26. Mai 1818 und 27. Oktober 1819 (s. zu »Das Leben ist ein schlechter Spas ⟨...⟩«, S. 230).
S. *Divan*-Kommentar, Bd. 11.1.2, zu S. 57.

231 *Mein Erbtheil wie herrlich, weit und breit* ⟨...⟩
Textgrundlage: e, Bl. 99.
Entstehung: zwischen 26. Mai 1818 und 27. Oktober 1819 (s. zu »Das Leben ist ein schlechter Spas ⟨...⟩«, S. 230).
S. *Divan*-Kommentar, Bd. 11.1.2, zu S. 58.

231 *Gutes thu rein aus des Guten Liebe!* ⟨...⟩
Textgrundlage: e, Bl. 99.
Entstehung: zwischen 26. Mai 1818 und 27. Oktober 1819 (s. zu »Das Leben ist ein schlechter Spas ⟨...⟩«, S. 230).
S. *Divan*-Kommentar, Bd. 11.1.2, zu S. 58.

231 *Mag sie sich immer ergänzen* ⟨...⟩
Textgrundlage: e, Bl. 142.
Entstehung: zwischen Juni 1818 und 27. Oktober 1819 (s. zu »Das Leben ist ein schlechter Spas ⟨...⟩«, S. 230).
S. *Divan*-Kommentar, Bd. 11.1.2, zu S. 81.

231 *Laß den Weltenspiegel Alexandern* ⟨...⟩
Textgrundlage: Handschrift GMD (Mommsen Nr. 151); vgl. Jörn Göres: Zwei verloren geglaubte Autographen aus Goethes West-östlichem Divan. In: GJb 90 (1973), S. 265–280.
Entstehung: zwischen Juni 1818 und 27. Oktober 1819.
S. *Divan*-Kommentar, Bd. 11.1.2, zu S. 93.

232 *Du kleiner Schelm du* ⟨...⟩
Textgrundlage: Handschrift GSA 25/XI,XIV,27 (Mommsen Nr. 178); vgl. WA I 6, S. 346 u. 433: H^{42}.
Entstehung: zwischen Juni 1818 und 27. Oktober 1819.
S. *Divan*-Kommentar, Bd. 11.1.2, zu S. 99.

232 *Denck, o Herr! wenn du getruncken* ⟨...⟩
Textgrundlage: Handschrift in Privatbesitz, Berlin (Mommsen Nr. 185); Maier: H^{134}.

Entstehung: zwischen Juli 1818 und 27. Oktober 1819.
S. *Divan*-Kommentar, Bd. 11.1.2, zu S. 103.

233 *Jedem redlichen Bemühn* ⟨...⟩ und *Jeder Weg zum rechten Zwecke* ⟨...⟩

Textgrundlage und Erstdruck: Über Kunst und Alterthum II 2 (1820), S. 6.
Entstehung: vor Redaktionsschluß von *Über Kunst und Alterthum* II 2, d. h. vor dem 30. November 1819.
Beide Sprüche erschienen als Motti der Abteilung »Mannigfaltige Kunstanzeigen und Urtheile« in dem genannten Heft von *Über Kunst und Alterthum.* – *1 redlichen Bemühn:* die Formel auch in *Zahme Xenien III*: »All unser redlichstes Bemühn ⟨...⟩« (Bd. 13.1, S. 108).

233 *Laß nach vielgeprüftem Leben* ⟨...⟩

Textgrundlage: Handschrift GSA 25/VII,2; vgl. WA I 5/2, S. 5 f., 39 u. 337: H^{271}. – Abschrift Eckermanns. – Spätere Variante: 1 *Laß* (Laßt C^1; lt. WA I 5/2, S. 337 »gebessert nach Göttlings Monitum im Brief an Goethe vom 27. Juli 1827«).
Entstehung: Die Verse waren als Inschrift eines Gedenksteins für den am 26. Oktober 1818 in Greifswald gestorbenen protestantischen Geistlichen, Lehrer und Schriftsteller Gotthard Ludwig Kosegarten (geb. 1758) bestimmt. Dessen Sohn, der mit G. befreundete Orientalist Johann Gottfried Ludwig Kosegarten (vgl. Bd. 11.1.2, zu S. 265,24), hatte G. darum gebeten (vgl. Kosegarten an G., 31. Oktober 1819; WA IV 32, S. 312). Die Verse sind vermutlich Anfang November 1819 entstanden und wurden am 13. November 1819 übersandt (vgl. Tgb. zu diesem Tage: »An Prof. Kosegarten«). Kosegarten dankte G. am 25. November. Nähergekommen war der Verstorbene G. mit den autobiographischen Aufzeichnungen ›Ludwig Gotthard Kosegartens Geschichte seines 50. Lebensjahres‹ (1816), deren Lektüre das Tagebuch am 23. März 1819 vermerkt.
Erstdruck: C^1 4 (1827), S. 161.
In einer ›Aufklärenden Bemerkung‹ in der *Ausgabe letzter Hand* betont G. die Perspektive des Nachrufs: »die Kinder dem Vater«. Der Orientalist Kosegarten fand die Inschrift der Landschaft und dem Ort gemäß (vgl. G.s Brief vom 28. November 1819 an Kosegarten).

233 *Vor den Wissenden sich stellen* ⟨...⟩

Textgrundlage: Handschrift verschollen; vgl. WA I 6, S. 345: H^{35}; rekonstruiert nach dem Apparat ebd., S. 392.
Entstehung: 16. November 1819.
S. *Divan*-Kommentar, Bd. 11.1.2, zu S. 44.

233 *An Gräfinn Maria v. Einsiedel*

Textgrundlage: Handschrift GSA 25/IV,3,11; vgl. WA I 5/2, S. 29: H^{303}.

Entstehung: zwischen dem 20. und 26. November 1819 (s. u.).
Erstdruck: C^1 4 (1827), S. 139.
G. hatte die ihm angetragene Patenschaft für die Tochter des Grafen Adolph von Einsiedel-Wolkenburg übernommen (s. WA III 7, S. 297), am Taufakt in Jena, dem eine schwere Erkrankung des Grafen vorauslag, aber nicht teilgenommen. Nach der Taufe wurde er gebeten, dem Ereignis ein »bleibendes Andenken« zu setzen, »sey es auch nur aus zwei Zeilen aus Ihrer Feder bestehend, und was unserer Tochter fürs ganze Leben ein theures Eingebinde seyn soll« (Einsiedel an G., 17. November 1819; WA IV 32, S. 309). Im Brief an Louise von Knebel vom 20. November 1819 erkundigte sich G. noch einmal nach »Namen 〈...〉, Geburts- und Tauftag« der Neugeborenen, schickte dann die Verse ab, für deren Erhalt die Einsiedels wenig später dankten (26. November 1819; ebd., S. 310). In den ›Aufklärenden Bemerkungen‹ zur *Ausgabe letzter Hand* erläutert G. die Verse als »Patengruß einem während der schweren Krankheit des Vaters sehnlichst erwarteten Ankömmling«.

234 *Hudhud auf dem Palmensteckchen* 〈...〉
Textgrundlage: Handschrift FDH II–12415 (Mommsen Nr. 158); vgl. WA I 6, S. 456 f.: H^{27}.
Entstehung: wohl zwischen dem 2. und 6. September 1819, gleichzeitig mit »Hudhud sprach: mit Einem Blicke 〈...〉« (S. 226 und Kommentar). Im Dezember vereinigte G. das Gedicht mit den folgenden Hudhud-Gedichten auf einer Sammelhandschrift, die er mit »Dec. 1819.« datierte. Am 27. Dezember 1819 legte er das Blatt mit großer Wahrscheinlichkeit dem Brief an das Ehepaar Willemer bei, worauf Anspielungen schließen lassen: »Reichliche Zuckergaben machen mich Kindern und Theefreunden interessant; und da Hudhuds Rätsel nicht unergründlich sind: so kann zum neuen Jahre nichts fehlen« (Weitz: Willemer, S. 94). – Vgl. zu diesem und den nächsten drei »Hudhud«-Gedichten Solms: Vorarbeiten, S. 93 f., und Bosse: Nachlaßstücke, zu H^{21} und H^{27}.
Erstdruck: Q I 1 (1836), S. 345; dem »Buch der Liebe« eingereiht.
In ihrem Geburtstagsbrief von Ende August 1819 an G. hatte Marianne von einem Spaziergang berichtet, auf dem ihr Hudhud über den Weg gelaufen sei: »Bei einem Spaziergang mit Boisserée führte unser Weg durch einen Wald, der von der Abendsonne herrlich beleuchtet, überdies mit Stechpalmen reichlich durchwachsen war 〈...〉; und wahrhaftig, Hudhud lief über den Weg und blieb auf dem Stamm einer Stechpalme sitzen« (Weitz: Willemer, S. 87 f.; vgl. auch zu »Hudhud sprach: mit Einem Blicke 〈...〉«, S. 226). Als Geburtstagsgeschenk ließ sie in Baden einen Spazierstock aus Stechpalmenholz schnitzen, dessen Knauf mit einem Hudhud (Wiedehopf) verziert war. Scherzend spricht sie im erwähnten

Brief von einer »Surrogatpalme 〈...〉, die als Stütze gelten kann«. Der Stock ist noch heute »im Eckchen« (V. 2) neben dem Schreibtisch in G.s Arbeitszimmer zu sehen. S. Abb. S. 235 und Wolfgang Hecht: Allerlei freundliche Dinge. Geburtstagsgeschenke für Goethe. Weimar 1985, S. 32–34. – *Hudhud:* der arabisch-persische lautmalende Name für den Wiedehopf als Liebesboten; s. eingehender zu *Gruß* (Bd. 11.1.2, S. 34). – *3 äugelnd:* äugeln: ›jemanden bedeutungsvoll anblicken, durch Blicke Liebesbotschaft übermitteln‹ (Dill, S. 24); vgl. auch *Geheimes*: »Über meines Liebchens Äugeln 〈...〉« (S. 28; Bd. 11.1.2, S. 36), V. 1. – *4 vigilant:* wachsam, munter, diensteifrig; aus dem Lateinischen über das Französische.

234 *Hudhud erklärt eine räthselhafte Stelle*

Textgrundlage: Handschrift FDH II–12415 (Mommsen Nr. 159); vgl. WA I 6, S. 457: H^{27}.

Entstehung: Wohl in Reaktion auf Mariannes Brief vom Oktober 1819 in diesem Monat entstanden, im Dezember dann in die Sammlung von Hudhud-Gedichten aufgenommen (vgl. auch zum vorhergehenden Gedicht).

Erstdruck: C^1 3 (1827), S. 126, unter dem Titel »Ideale«, der den ursprünglichen »Hudhud«-Bezug ersetzt.

Hans-Joachim Weitz hat den Zusammenhang dieses Gedichts mit Mariannes Brief vom Oktober 1819 wahrscheinlich gemacht. Sie spricht darin von ihrer *Divan*-Lektüre und ihrem Bild in dem Werk: »Sie fühlen und wissen genau, was in mir vorging, ich war mir selbst ein Rätsel; zugleich demütig und stolz, beschämt und entzückt, schien mir alles wie ein beseligender Traum, in dem man sein Bild verschönert, ja veredelt wieder erkennt« (Weitz: Willemer, S. 92, dazu S. 392). Das Gedicht nimmt die Stichworte ›Rätsel‹, ›Bild‹ und ›Traum‹ sowie das Motiv des künstlerischen Porträtierens wieder auf. – Die Reflexion auf das Verhältnis von Leben und Kunst zählt zu den zentralen Themen auch der *Divan*-Lyrik. – *1 Der Mahler wagts mit Götterbildern:* bezieht sich auf das *Divan*-Gedicht *Hochbild* (»Die Sonne, Helios der Griechen 〈...〉«, S. 143; Bd. 11.1.2, S. 86), »das Goethes Liebe zu Marianne unter dem Bild der unerfüllbaren Neigung des Sonnengottes zur ›Wolkentochter‹ darstellt« (Weitz: Willemer, S. 392; auch Bosse: Nachlaßstücke, zu H^{27}). – *5 frommen:* nützen, helfen.

234 *Hudhud, als einladender Bote*

Textgrundlage: Handschrift FDH II–12415 (Mommsen Nr. 160); vgl. WA I 6, S. 457: H^{27}.

Entstehung: zwischen Oktober und Dezember 1819 (vgl. auch zu »Hudhud auf dem Palmensteckchen 〈...〉«, S. 234).

Erstdruck: Briefwechsel zwischen Goethe und Marianne von

Willemer (Suleika). Hg. von Theodor Creizenach. Stuttgart 1878, S. 134.
Das von G. nicht publizierte Gedicht wurde immer wieder als eine – Marianne mit den Versen in den Mund gelegte – Einladung an G. aufgefaßt, an den Rhein zurückzukehren (vgl. bereits Beutler, S. 810); mit »Gesang« erinnere sie an ihren Vortrag goethescher Lieder am 16. September 1815 auf der Gerbermühle (Weitz: Boisserée, Bd. 1, S. 270). »Wenn diese Vermutung richtig ist, dann inszenierte G. hier in der Abfolge der ›Hudhud‹-Gedichte offensichtlich das Hin und Her der Liebesbotschaften, denen Hudhud als Bote dient« (Bosse: Nachlaßstücke, zu H^{27}). – 7 *Aber ist denn Bagdad so weit?:* Vgl. den Schlußvers von »Sey du von deiner Geliebten getrennt 〈...〉«: »Für Liebende ist Bagdad nicht weit« (S. 159; s. zu Bd. 11.1.2, S. 80: »Bist du von deiner Geliebten getrennt 〈...〉«).

234 *Hudhud erbittet ein Neujahrsgeschenck, räthselweise*
Textgrundlage: Handschrift FDH II–12415 (Mommsen Nr. 161); vgl. WA I 6, S. 457: H^{27}. – Eingriff: 8 *Werkzeug erst* (Werzeug ert Hs.; Schreibversehen).
Entstehung: wohl im Dezember 1819 (vgl. auch zu »Hudhud auf dem Palmensteckchen 〈...〉«, S. 234).
Erstdruck: C^1 3 (1827), S. 159, unter dem Titel »Räthsel«.
Mit ihrem Geburtstagsbrief von Ende August 1819 hatte Marianne schalkhaft Hudhud beauftragt, in Erfahrung zu bringen, was sich G. von ihr wünsche. G. bezieht sich darauf mit diesem Rätselgedicht, das – aufgelöst – um einen Kamm mit eingeflochtenen Haaren bittet. Marianne schenkte G. den Kamm, für den G. mit dem letzten Hudhud-Gedicht »Schön und köstlich ist die Gabe 〈...〉« (S. 238) dankt, zugleich die Bitte um eine Locke wiederholt. (G. erhielt sie zum darauffolgenden Geburtstag). – 4 *Im Einen vielfach, spitz und scharf:* der Kamm, eine Einheit aus vielen spitzen und scharfen Zähnen. – 7 *f. erquickt 〈...〉 Erhielt:* beide Verben als Optativ zu verstehen, »als endeten sie mit Apostroph« (Bosse: Nachlaßstücke, zu H^{27}). – 8 *gerechte Weihe:* »Durch eine hineingeflochtene Locke Mariannens« (Weitz: Willemer, S. 392).

237 *Und was bleibt denn an dem Leben 〈...〉*
Textgrundlage: Handschrift GSA 25/XLIX,14 Bl. 21; vgl. WA I 53, S. 464 zu Par. 16; Solms: H^{160}.
Entstehung: vielleicht 1819 (vgl. Solms: Vorarbeiten, S. 360).
Erstdruck: Privatdruck von Anton Kippenberg 1905; danach in WA I 53 (1914), S. 29.
4 *Quark:* Vgl. zum Motiv den *Divan*-Spruch »Getretner Quark 〈...〉« (S. 84; Bd. 11.1.2, S. 63) und *Maximen und Reflexionen*, Nr. 73: »Sie peitschen den Quark 〈...〉« (Bd. 17, S. 736). – 8 *dann zur ...:* zu ergänzen ›Fotze‹.

238 *Schön und köstlich ist die Gabe* ⟨…⟩
Textgrundlage: Handschrift FDH II–12411 (Mommsen Nr. 162b); vgl. WA I 6, S. 458: H[28].
Entstehung: Das Marianne übersandte Schmuckblatt ist auf »Oculi ⟨5. März⟩ 1820« datiert und wurde dem Brief vom 6. März 1820 an Marianne beigelegt. Nach Anke Bosse (Nachlaßstücke, zu H[22]) ist nicht auszuschließen, daß ein Entwurf bereits unmittelbar nach Erhalt des Kamms im Januar niedergeschrieben wurde.
Erstdruck: C[1] 56 (1842), S. 73.
Diese Verse sind das letzte der Hudhud-Gedichte (vgl. Kommentare zu S. 234 und 237). In einem Rätselgedicht hatte sich G. einen Kamm gewünscht, im Sinne einer »gerechten Weihe« des Kamms auch um eine eingeflochtene Locke gebeten (s. »Hudhud erbittet ein Neujahrsgeschenck, räthselweise ⟨…⟩«, S. 234 und Kommentar). Vermutlich kam der Kamm als Neujahrsgeschenk an. G.s Verse bedanken sich dafür und bestätigen, daß Marianne sein Verlangen »Wohlenträthselt« (V. 2) habe, wiederholen aber auch die Bitte um die »Weihe« (V. 3), d. h. die Locke. Wieder wird Hudhud, der Liebesbote, beauftragt, die Botschaft zu überbringen. – Zum Geburtstag am 28. August 1820 übersandte Marianne G. eine in ein Medaillon gefaßte Locke (vgl. G.s Dankesgedicht »Ach ich kann sie nicht erwiedern ⟨…⟩«, S. 246 und Kommentar). Im Entwurf (s. Abb. S. 239) zeichnete G. einen fünfzackigen Kamm (über dem 6. Vers) und eine Schere (nach dem 7.), die aber auf dem übersandten Blatt weggelassen wurden. S. auch G.s Brief an Willemers vom 2. September 1830. – *3 f. die Weihe ⟨…⟩ ungewiß:* Er weist keine Gebrauchsspuren, keine zufällig hängengebliebenen Haare auf.

238 *Vorschmack*
Textgrundlage: e, Bl. 205.
Entstehung: 23. April 1820 (vgl. Tagebuch).
S. *Divan*-Kommentar, Bd. 11.1.2, zu S. 114.

241 *Einlaß*
Textgrundlage: Reinschrift GSA 25/X,XII,3a (Mommsen Nr. 207). – Eingriffe: 27 *Nahm'* (Nahme' Hs.; Metrum fordert eine Silbe); 31 *zarten* (in Hs. Ansatz zu *Zarten*).
Entstehung: 24. April 1820.
S. *Divan*-Kommentar, Bd. 11.1.2, zu S. 117.

242 *Anklang*
Textgrundlage: Reinschrift GSA 25/X,XII,4 (Mommsen Nr. 208). – In V. 33 Interpunktion unsicher (möglicherweise Punkt statt Doppelpunkt).
Entstehung: möglicherweise am 5. Mai, sicher aber vor dem 7. Juni 1820.
S. *Divan*-Kommentar, Bd. 11.1.2, zu S. 118.

243 *Wieder einen Finger schlägst du mir ein!* ⟨...⟩
Textgrundlage: Reinschrift GSA 25/X,XII,6 (Mommsen Nr. 210).
Entstehung: möglicherweise am 5. Mai, sicher aber vor dem 7. Juni 1820.
S. *Divan*-Kommentar, Bd. 11.1.2, zu S. 122.

244 *Deine Liebe, dein Kuß mich entzückt!* ⟨...⟩
Textgrundlage: Reinschrift GSA 25/X,XII,5 (Mommsen Nr. 209).
Entstehung: 10. Mai 1820.
S. *Divan*-Kommentar, Bd. 11.1.2, zu S. 119.

246 *Ach ich kann sie nicht erwiedern* ⟨...⟩
Textgrundlage: Handschrift GSA 25/XI,XIV,22 (Mommsen Nr. 164); vgl. WA I 6, S. 458: H^{23}.
Entstehung: wohl am 1./2. September 1820.
Erstdruck: Q I 1 (1836), S. 358; dem »Buch Suleika« eingeordnet.
In »Hudhud erbittet ein Neujahrsgeschenck, räthselweise ⟨...⟩« (vgl. S. 234 und Kommentar) hatte G. Marianne von Willemer um Kamm und Locke gebeten, in »Schön und köstlich ist die Gabe ⟨...⟩« (vgl. S. 238 und Kommentar) die Bitte um die Locke wiederholt. Zu seinem Geburtstag am 28. August 1820 erhielt er die Locke, in ein Medaillon gefaßt, für das er sich in Briefen am 1. und 2. September bedankt. In diesen Tagen dürfte auch das Gedicht entstanden sein, das schon Hans-J. Weitz als Dank für das Erhaltene auffaßte (Weitz: Willemer, S. 98 und 395). Der Entwurfcharakter des Gedichts und fehlende Hinweise in den Briefen lassen es allerdings als fraglich erscheinen, ob die Verse tatsächlich an Marianne von Willemer abgeschickt wurden (vgl. Anke Bosse: Nachlaßstücke, zu H^{23} / Bl. 48$^{?}$). – *1 Ach ich kann sie nicht erwiedern:* »sie« auf die Locke bezogen; vgl. ähnlich in »Locken, haltet mich gefangen ⟨...⟩« (S. 131; Bd. 11.1.2, S. 79), V. 3 f.: »Euch geliebten braunen Schlangen / Zu erwiedern hab ich nichts.«

246 *Nenne niemand nur verschone* ⟨...⟩
Textgrundlage: Handschrift GSA 25/VIII,6,30a; vgl. WA I 5/2, S. 292: H^{893}.
Entstehung: Reinhold Steig vermutet, daß die Verse im September 1820 entstanden sind (Goethe und die Brüder Grimm. In: GJb 15, 1894, S. 287 f.).
Erstdruck: WA I 5/1 (1893), S. 200.
Wie Steig wahrscheinlich gemacht hat, betreffen die Verse das Verhältnis zu den Nibelungen und die Mythendiskussion der Zeit. Der Heidelberger Historiker und Germanist Franz Joseph Mone (1796–1871) hatte in seiner ›Einleitung in das Nibelungenlied‹ (1818) eine eigene mythologische Deutung versucht, die sich an der allegorischen Mythenauffassung Creuzers orientierte (vgl. zu *Gingo biloba*, Bd. 11.1.2, S. 71, und *Urworte, orphisch*, S. 188). Wil-

helm Grimm besprach die Schrift in der ›Leipziger Litteratur-Zeitung‹ vom 17. September 1818 und kritisierte u. a.: »In der Sage von Siegfried sieht Mone die alte Mythe von dem Tode und der Wiedergeburt eines Sonnengottes, Recensent aber kann gerade in diesen Hauptmomenten keine Uebereinstimmung finden. Er hält nicht nur diese Anwendung für unstatthaft, sondern überhaupt die Methode des Verfassers für unzuträglich« (Wilhelm Grimm: Kleine Schriften. Bd. 2. Berlin 1882, S. 210–220). – *4 Gebrüder Grimm:* schon damals als unzertrennliche Einheit gesehen.

246 *Eh man Theriac von Bagdad holt* ⟨…⟩
Textgrundlage: Handschrift GSA 25/XI,XIVa,14; vgl. WA I 6, S. 479: H62.
Entstehung: wohl am 7. Juni 1821; im Tagebuch notiert G.: »Abends Saadis Rosengarten« (vgl. Solms: Vorarbeiten, S. 143, und Bosse: Nachlaßstücke, zu H62 / Bl. 82?).
Erstdruck: WA I 6 (1888), S. 479.
Das von G. zu Versen geformte Exzerpt geht auf eine Fabel von einem Fuchs zurück, die in Saadis ›Persianischem Rosenthal‹ (I 19, S. 20) erzählt wird. Der Fuchs argumentiert darin: »Ehe derjenige / so von der Schlange gebissen / von Babylon soll Tyriack bringen lassen / ist er gestorben«. – *1 Theriac:* Heilmittel gegen Bisse giftiger Tiere, besonders Schlangen. Vgl. zu *Fetwa* (Bd. 11.1.2, S. 24), V. 6.

246 *Nach unfruchtbarem Baume* ⟨…⟩
Textgrundlage: Handschrift GSA 25/XI,XIVa,14; vgl. WA I 6, S. 479: H62.
Entstehung: wohl am 7. Juni 1821 (vgl. zum vorhergehenden Gedichtfragment).
Erstdruck: WA I 6 (1888), S. 479.
In Saadis ›Persianischem Rosenthal‹ (I 20, S. 23) gibt ein Freund dem Freund, »der in Ungnaden ist«, den Rat: »Man muß an solche Orter Walfahrten gehn / da man Gnad und Ablaß zuerlangen vermeynet ⟨…⟩. Darumb mustu auch nicht ungedültig werden / wenn man dich mildreichen Herrn mit bitten bißweilen überläufft.« Er überträgt das Gemeinte in ein Gleichnis: »Keinem nicht beliebt / Daß er einen Stein / Wirfft zum Baum hinein / Der nicht Früchte giebt.«

246 *Es geht eins nach dem andern hin* ⟨…⟩
Textgrundlage: Handschrift FDH 23833 (Mommsen Nr. 67).
Entstehung: 1823.
S. *Divan*-Kommentar, Bd. 11.1.2, zu S. 42.

247 *Wer sich selbst und andre kennt* ⟨…⟩
Textgrundlage: Handschrift GSA 25/VII,3,4 Bl. 48; vgl. WA I 5/2, S. 6: H271a. – Abschrift von fremder Hand. Das Gedicht wurde für

C[1] (Nachlaßband) mit »Sinnig zwischen beyden Welten« unter der Überschrift »Zum Divan« zusammengefaßt; vgl. Bosse: Nachlaßstücke, zu H[179].
Entstehung: Ende März 1826 oder wenig später (s. unten).
Erstdruck: C[1] 47 (1833), S. 81.
Die Verse wurden lange zusammen mit dem folgenden Gedicht »Sinnig zwischen beyden Welten 〈...〉« als Einheit aufgefaßt. Zu Recht aber hat Hans-J. Weitz (Weitz, S. 351) die Eigenständigkeit und Unabhängigkeit beider Vierzeiler behauptet. Da nur »Sinnig zwischen beyden Welten 〈...〉« auf der Rückseite eines auf den 27. März 1826 datierten Bruchstücks eines Briefentwurfs an Friedrich Georg Benecke überliefert ist (H[68]; s. zum folgenden Gedicht), läßt sich dies also nicht – wie mehrfach geschehen – für die Datierung von »Wer sich selbst und andre kennt 〈...〉« nutzen (vgl. Bosse: Nachlaßstücke, zu H[179]). Dagegen haben Katharina Mommsen (Natur- und Fabelreich in Faust II. Berlin 1968, S. 95 f.) und Wilhelm Solms (Vorarbeiten, S. 101) einen Zusammenhang mit dem Beginn der Arbeit am Helena-Akt des *Faust II* geltend gemacht.

Auch die auf der Entwurfshandschrift nicht überlieferten Verse könnten demnach Ende März 1826 oder wenig später entstanden sein. In der Endphase der Vorbereitung der Ausgabe des ›Neuen Divans‹ in der *Ausgabe letzter Hand* rufen sie noch einmal jene Vermittlung von Eigenem und Fremdem (»sich selbst und andre kennt«, V. 1), von »Orient und Occident« (V. 3) auf, die der *West-östliche Divan* in all seinen Teilen beschwört. Vgl. auch das übernächst Gedicht »So der Weste〈n〉 wie der Osten 〈...〉« und Kommentar.

247 *Sinnig zwischen beyden Welten 〈...〉*
Textgrundlage: Handschrift GSA 25/XI,XIVa,19; vgl. WA I 6, S. 451: H[68].
Entstehung: Ende März 1826 oder wenig später (s. zum vorhergehenden Gedicht).
Erstdruck: C[1] 47 (1833), S. 81.
S. zum vorhergehenden und zum nächsten Gedicht.

247 *So der Weste〈n〉 wie der Osten 〈...〉*
Textgrundlage: Handschrift GSA 25/XVIII,3,28; vgl. WA I 6, S. 451: H[16].
Entstehung: Die Verse stehen auf der Rückseite des Blattes, auf das G. die letzten vier von Helena gesprochenen Verse schrieb (Versvarianten zu V. 9941–9944; darüber Entwurf von V. 9990 f.; s. WA I 15/2, S. 71: H[76]), und sind wohl etwa gleichzeitig mit diesen ca. Juni 1826 entstanden, als G. den 3. Akt zu *Faust II* abschloß (K. Mommsen: 1001 Nacht, S. 293). Entsprechend, anhand weiterer Indizien, auch die Datierung bei Wilhelm Solms (Vorarbeiten,

S. 107) und Anke Bosse (Nachlaßstücke, zu H^{16}), die allerdings auch eine Entstehung bis 18. März 1827 für möglich hält.
Erstdruck: WA I 6 (1888), S. 275.
Katharina Mommsen weist auf die zeitliche wie thematische Nachbarschaft der Verse »So der Weste⟨n⟩ wie der Osten ⟨...⟩«, »Wer sich selbst und andre kennt ⟨...⟩« und »Sinnig zwischen beyden Welten ⟨...⟩« (alle S. 247) hin – die letzteren beiden hier noch als Strophen *eines* Gedichts aufgefaßt. Vieles spreche dafür, daß G. – gerade auch angesichts von Verständnislosigkeit und Widerständen gegenüber seiner Orient-Faszination – erneut seine interkulturellen Interessen rechtfertigt. »Osten wie Westen vermögen ›Reines‹ zu geben. An den ›Schalen‹ orientalischer Dichtung solle man nicht Anstoß nehmen, wenn das ›Reine‹ des Gehalts sich als schmackhaft erweist. Getrost darf man sich ›zum großen Mahle‹ setzen, das die Weltliteratur uns bereitet hat« (1001 Nacht, S. 293 f.).

247 *Immerfort! zunächst im Osten* ⟨...⟩
Textgrundlage: Handschrift GSA 25/V,2,6; vgl. WA I 5/2, S. 93, u. WA I 53, S. 361, Nr. 40: H^{391}; Solms: H^{144}.
Entstehung: wohl am 6. Juli 1826 (vgl. Bosse: Nachlaßstücke, zu H^{144}).
Erstdruck: WA I 53 (1914), S. 361.
Burdachs Annahme, es handle sich um die »ursprüngliche Fassung« der Verse 3 f. von *Hegire* (Welt-Goethe-Ausgabe, Bd. 5, S. 319), ist angesichts der Datierungen nicht zu halten. Nach Anke Bosse (a.a.O.) geht es richtiger um einen zwölf Jahre späteren »Nachklang zu den *Hegire*-Versen ⟨...⟩, möglicherweise animiert durch die Revision und Relektüre des ›Neuen Divans‹ für dessen Abdruck in der *Ausgabe letzter Hand*« – ähnlich wie in »So der Westen wie der Osten ⟨...⟩«.

Nicht näher Datierbares

248 *Beruf des Storchs*
Textgrundlage: Handschrift GSA 25/VII,4,2 Bl. 50; vgl. WA I 5/2, S. 503 f. – Abschrift Riemers.
Entstehung: Datierung ungewiß; lt. BA (Bd. 2, S. 672) vermutlich 1818/1819.
Erstdruck: Q I 1 (1836), S. 87.
Beruf: Aufgabe.

248 *Willst du noch die Teufel bannen* ⟨...⟩
Textgrundlage: Handschrift GSA 25/VIII,4,20; vgl. WA I 5/2, S. 268: H^{828}.
Entstehung: Entstehungszeit ungewiß; vermutlich nach 1814.

Erstdruck: WA I 5/1 (1893), S. 127.
Der Spruch spielt auf die deutsch-nationalistische Verteufelung Napoleons und der Franzosen nach den Befreiungskriegen an. In ähnlicher Weise äußert sich G. auch über die nationalen Sprachreiniger: »Gott Danck! daß uns so wohl geschah / Der Tyrann sitzt auf Helena; / Doch ließ sich nur der eine bannen, / Wir haben jetzo hundert Tyrannen« (S. 166). – *4 Mark erdrüken und verscherzen:* die Kraft des Volks ausbeuten.

248 *Ihr Bestien ihr woltet glauben* 〈...〉
Textgrundlage: Handschrift GSA 25/VIII,4,20; vgl. WA I 5/2, S. 268: H^{828}. – Zwei Varianten zu V. 1 unter dem Text: »Bestien ihr solltet wissen«, »Forscher solltest du nicht wissen«.
Entstehung: Entstehungszeit ungewiß; auf einem Blatt mit dem vorhergehenden Gedicht.
Erstdruck: WA I 5/1 (1893), S. 127.
In der derben Abwehr von Vorhaltungen bringt das Gedicht die in der Spätzeit G.s wachsenden Spannungen zwischen ihm und seinem zeitgenössischen Publikum zum Ausdruck. Vgl. ähnlich den Rat: »So sei doch höflich 〈...〉« (*Zahme Xenien*, Bd. 21).

248 *Nicht alles ist Gold was gleist* 〈...〉
Textgrundlage: Handschrift Stadtarchiv, Hannover Autographensammlung Culemann, Nr. 644; vgl. WA I 5/2, S. 43: H^{325}.
Entstehung: Entstehungszeit ungewiß; vermutlich nach 1814/1815.
Erstdruck: C^1 4 (1827), S. 167.
G. hat die Verse in der *Ausgabe letzter Hand* der Gruppe »Rhein und Mayn« zugeordnet. Es ist gut möglich, daß sie während einer der beiden Reisen 1814 und 1815 in die Rhein-Main-Gegenden entstanden sind. Die handschriftliche Überlieferung legt als Entstehungszeit Sommer/Herbst 1815 nahe. – *1 Nicht alles ist Gold was gleist:* im Sinne des bekannten Sprichworts: ›Es ist nicht alles Gold, was glänzt‹.

249 *Bey Saadi gedenk ich mich* 〈...〉
Textgrundlage: Handschrift GSA 25/III,9,20; vgl. WA I 5/2, S. 268: H^{246}.
Entstehung: Die Nennung Saadis läßt vermuten, daß die Verse während der Arbeit am *Divan* zwischen 1814 und 1819 entstanden sind.
Erstdruck: WA I 5/1 (1893), S. 129.
1 f. Saadi 〈...〉 *Ist hundert sechzehn Jahr alt worden:* Einer Angabe von Diez (Denkwürdigkeiten von Asien, Bd. 2, S. 179) zufolge lebte Saadi von 1175 bis 1291. Abweichend davon gibt der Prosateil des *Divans* (Bd. 11.1.2, S. 162) das Alter Saadis mit 102 Jahren an – im Anschluß an Hammers ›Redekünste Persiens‹. – *4 von seinem Orden:* von seinem Stand, seiner Zunft – nämlich Dichter.

249 *Hab ich tausendmal geschworen* ⟨...⟩
Textgrundlage: Handschrift The Dannie and Hettie Heineman Collection MS Goethe 9, The Pierpont Morgan Library, New York; vgl. WA I 5/2, S. 116: H461.
Entstehung: Datierung ungewiß. Die Zeichen einer *Divan*-Nähe sprechen für die Jahre 1814 bis 1819, vielleicht besonders Herbst 1814 und das Jahr 1815, die Hauptzeit der Entstehung des »Schenkenbuchs«. Die verwendete Papiersorte legt eher die späten Jahre ab 1827 nahe (vgl. Bosse: Nachlaßstücke, zu H182).
Erstdruck: C1 47 (1833), S. 91.
Das Thema des Weingenusses und die Figur des Schenken sprechen für eine Beziehung zum »Schenkenbuch«; und das Motiv der Erneuerung ist vielen Büchern des *Divans* vertraut. Eine »Dalila« wird sonst allerdings nirgends im Zusammenhang des *Divans* erwähnt. – *14–16 stärksten Mann* ⟨...⟩ *Dalila:* »Delila (›die Schmachtende‹), auch Dalila ⟨...⟩, philistäische Geliebte Simsons aus dem Tale Sorek. Gegen eine hohe Belohnung der Philisterpriester entlockt sie Simson das Geheimnis seiner Kraft, das in seinen Haaren liegt, und bewirkt so seinen Untergang« (Jüdisches Lexikon. 4 Bde. Hg. von Georg Herlitz und Bruno Kirschner. 1927. Nachdruck Frankfurt a. M. 1987. Bd. 2, Sp. 64). Vgl. auch Richter 16,14–22: Dalila schneidet dem schlafenden Simson die Haare ab, denen er seine Kraft verdankt. – G. hatte sich mit der »alten Mythe« von Simson und Dalila zeitlebens beschäftigt, sie in den verschiedensten Gestaltungen (Milton; Voltaire; Händels Oratorium) verfolgt, es aber doch abgelehnt, sie selber, wie Zelter ihm 1812 antrug, in einem Opernlibretto zu gestalten; doch lieferte er bei dieser Gelegenheit eine grandiose Charakteristik der beiden Figuren (an Zelter, 19. Mai 1812; Bd. 20.1, S. 280).

249 *Pfeifen hör' ich dort im Busche* ⟨...⟩
Textgrundlage: Handschrift UB Bonn S 863,I Bl. XX,2; vgl. WA I 5/2, S. 47 f.: H333. – Abschrift in einem Brief Ehrmanns.
Entstehung: vermutlich 1815/1816.
Erstdruck: C1 4 (1827), S. 171, in der Gruppe »Rhein und Mayn«.
Im Zusammenhang einer (vermutlich an Boisserée gerichteten) Abschrift des Gedichts erläutert der Frankfurter Arzt Johann Christian Ehrmann (1749–1827; s. Bd. 11.2, S. 88,13 mit Kommentar), G. habe die Verse mit dem »Geschenk eines Kupfer Stichs von Frankfurt« verbunden. Sie nehmen scherzhaft Bezug auf einen freundschaftlichen Brauch zwischen Ehrmann und Willemer. Seine Ankunft auf der Gerbermühle kündigte Ehrmann stets durch ein Pfeifchen an und trat erst ein, wenn Willemer auf gleiche Weise geantwortet hatte. G. kannte Ehrmann schon seit seiner Straßburger Studienzeit (vgl. *Dichtung und Wahrheit* II 9; Bd. 16, S. 404) und

hat ihn auch während seines Aufenthalts an Rhein und Main bei Willemers wiedergetroffen (vgl. Boisserées Bericht vom 19. August 1815; Weitz: Boisserée, Bd. 1, S. 255). Er wurde Mitglied der von Ehrmann begründeten Gesellschaft der ›Verrückten Hofräte‹. In einem Brief an G. vom 6. September 1816 erinnert Ehrmann selbst noch einmal an seine Art der Begrüßung: »Da ich 〈...〉 in der Mitte des Oktobers durch *Weimar* nach Dresden reise, und es *pfeift* einer an Ihrer Haustüre, so bin *ich* es, um Sie um Ihren Segen zu bitten« (Weitz: Willemer, S. 366). Unter G.s Gedicht schrieb Ehrmann: »Wie pfiffig!!!« – *1 im Busche:* nach der Redewendung ›es ist etwas im Busch‹. – *2 ein Vogelsteller:* Anspielung auf Papageno in Mozarts ›Zauberflöte‹? – *4 es sind Cartouche:* Anspielung auf die berüchtigte französische Verbrecherbande unter der Anführerschaft von Louis-Dominique Cartouche, der 1721 in Paris gerädert wurde; auch in den »Bekenntnissen einer schönen Seele« als Schreckensbild eines ›Ungeheuers‹ aufgerufen (*Wilhelm Meisters Lehrjahre*; Bd. 5, S. 394). – *6 ein vielgewandter:* nach dem griech. Beiwort des listenreichen und gewandten Odysseus (Polytropos). – *8 Lustmahl ohne gleichen:* S. die Schilderung des festlichen Abendessens im erwähnten Bericht von Boisserée.

250 *Blick um Blick*
Textgrundlage: Handschrift GSA 25/VII,1 Bl. 70; vgl. WA I 3, S. 377 u. 390: H^{148}. – Abschrift Eckermanns.
Entstehung: Die Entstehungszeit der Verse ist ungewiß. Sie können sowohl im Zusammenhang motivverwandter *Divan*-Gedichte bereits September/Oktober 1815 als auch erst im Sommer 1818 entstanden sein, vielleicht auch später.
Erstdruck: C^1 3 (1827), S. 58. Im Inhaltsverzeichnis: »Kuß auf Blick«.
Die *Divan*-Nähe der Verse ist unverkennbar. Die Motive des Spiegels (V. 1), der Augen (V. 2 und 5), der Gefahr des Selbstverlusts im Fall der Trennung (V. 3 f. und 7), der Wechselseitigkeit der Liebe (V. 6), schließlich der Erneuerung und Wiedergeburt durch die Liebe (V. 8): das alles sind wichtige Facetten der Liebeslyrik im *Divan* (vgl. u. a. *Suleika spricht*, S. 117, und »Ein Spiegel er ist mir geworden 〈...〉«, S. 134; »Lieb' um Liebe, Stund' um Stunde 〈...〉«, S. 128, und »Ja! die Augen warens, ja! der Mund 〈...〉«, S. 206; »Volk und Knecht und Überwinder 〈...〉«, S. 128, bes. V. 15 f.; »Nicht Gelegenheit macht Diebe 〈...〉«, S. 118).

250 *Ob Mutter? Tochter? Schwester? Enkelinn? 〈...〉*
Textgrundlage: Handschrift GSA 25/III,3,8; vgl. WA I 3, S. 407: H^{190}. – Eingriff: 9 *Götterleben* (Götter Leben Hs.; unvollständig ausgeführte Korrektur aus »höchstes Leben«).
Entstehung: vermutlich 1818; vielleicht aber auch erst 1821 (s. u.).

Erstdruck: C[1] 3 (1827), S. 136, unter dem Titel: »Kore. Nicht gedeutet!«
Dem späteren Titel ist zu entnehmen, daß sich die Verse auf Kore beziehen. ›Kore‹ (griech. ›Mädchen‹) ist der Beiname der antiken Unterweltgöttin Persephone (lat. Proserpina), der Tochter der Fruchtbarkeitsgöttin Demeter, die von Hades (lat. Pluto), dem Beherrscher der Unterwelt, in Sizilien geraubt und in die Unterwelt entführt wurde, um seither im Rhythmus der Jahreszeiten ein halbes Jahr in der unteren, ein halbes Jahr in der oberen Welt zu verbringen (der Stoff von G. bereits in *Proserpina* aufgegriffen; s. Bd. 2.1, S. 161–164, und *Proserpina. Melodram von Goethe* 〈...〉, Bd. 11.2, S. 191–198). Vielleicht wurde G. zu dem Gedicht durch eine sizilianische Goldmünze angeregt, von der er sich 1821 in Marienbad einen Abdruck fertigen ließ, »das Bild der Kore mit drei Delphinen auf einer, einem Viergespann auf der andern Seite« zeigend (vgl. G. an Staatsrat Schultz, 24. September 1821; auch Tgb. zum 20. und 21. August 1821; auch Arthur von Gwinner: Goethes Gedicht »Kore«. In: Velhagen & Klasings Monatshefte 42, 1927/1928, Bd. 1, S. 680–682; s. nebenstehende Abbildung). Denkbar ist aber auch, daß er sich, wie in *Urworte, orphisch* (S. 188 und Kommentar), auf die zeitgenössische Mythen-Diskussion bezieht, was eine Entstehung schon 1818 nahelegen würde. 1818 hatte der Altertumsforscher Friedrich Gottlieb Welcker in der von ihm herausgegebenen ›Zeitschrift für Geschichte und Auslegung der alten Kunst‹ (Bd. 1. Göttingen 1818, S. 1–95) den umfangreichen Aufsatz ›Raub der Kora‹ vorgelegt, der die Uneinheitlichkeiten der mythologischen Überlieferung auf ein ihr ursprünglich zugrundeliegendes ›idealisches Bild‹ zurückführt (S. 18), dabei zwischen einem »sichtbaren« und einem »mehr geistig und 〈...〉 mystischen Sinn der Alten« (S. 21) unterscheidet. G., der sich schon kurz zuvor kritisch mit Welcker auseinandergesetzt hatte (vgl. die unveröffentlicht gebliebene Rezension von dessen Schrift ›Sappho von einem herrschenden Vorurteil befreit‹, Bd. 11.2, S. 369 und Kommentar; auch Tgb. vom 19./20. März und 21./22. Mai 1817; ebenso den Brief an Meyer vom 7. Juni 1817), konnte eine solche Unterscheidung nicht behagen – so wenig wie an anderer Stelle die Tendenzen einer mystischen Hafis-Interpretation (vgl. u. a. zu »Sey das Wort die Braut genannt 〈...〉« und *Offenbar Geheimniß*, Bd. 11.1.2, S. 22 und 26). Dem »Künstler-Sinn« (V. 4) offenbart sich die »Gott-Natur« (V. 7) in ihrer Einheit. – *2 Helios:* der griech. Sonnengott; vgl. auch zu *Hochbild* (Bd. 11.1.2, S. 86), V. 1. – *6 Acherontischer Feuer:* Anspielung auf den Fluß Acheron (die Adjektivform bei G. nur hier; GWb, Bd. 1, Sp. 241), den die Toten beim Eintritt in die Unterwelt überqueren müssen; wohl im Sinne einer antithetischen

Arethusakopf mit drei Delphinen
Dekadrachme des Kimon von Syrakus
um 413 v. Chr.

Verschränkung der Elemente von Feuer und Wasser mit der mythologischen Vorstellung eines weiteren Unterweltflusses, Pyriphlegethon (›der Feuerflammende‹), verbunden (vgl. ähnlich z. B. *Iphigenie auf Tauris* III/1, V. 1062, Bd. 3.1, S. 189; s. auch Bd. 2.1, S. 186 und 189). Zu G.s Faszination gerade auch an Stoffen der mythologischen Unterwelt vgl. *Dichtung und Wahrheit* III 15: Es sei »ein schöner, der Poesie zusagender Gedanke, die Menschen nicht durch den obersten Weltherrscher, sondern durch eine Mittelfigur hervorbringen zu lassen, die aber doch, als Abkömmling der ältesten Dynastie, hierzu würdig und wichtig genug ist; wie denn überhaupt die griechische Mythologie einen unerschöpflichen Reichtum göttlicher und menschlicher Symbole darbietet«. Gerade die in »Opposition« zur »Obergewalt« in die Unterwelt verbannten Gestalten wie Tantalus, Ixion und Sisyphus seien seine »Heiligen« gewesen (Bd. 16, S. 682). – *8 f. Nach höchster* 〈...〉 *Götterleben:* in der Hs. aus: »Nach Schönheit seh ich sie die Jungfrau streben; / Neu Griechenland verleiht ihr höchstes Leben« (vgl. das über den »unendlichen Frühling« in den Griechenmünzen Siziliens Gesagte: *Italienische Reise*, 12. April 1787 (Bd. 15, S. 310).

250 *Wunderglaube*

Textgrundlage: e, Bl. 190. – Abschrift Eckermanns.
Entstehung: 1823 oder später?
S. *Divan*-Kommentar, Bd. 11.1.2, zu S. 107.

250 *Wie ich so ehrlich war* 〈...〉

Textgrundlage: e, Bl. 63.
Entstehung: zwischen Mai 1820 und März 1825.
S. *Divan*-Kommentar, Bd. 11.1.2, zu S. 41.

251 *Wisse daß mir sehr misfällt* 〈...〉

Textgrundlage: e, Bl. 113.
Entstehung: zwischen Mai/Juni 1818 und April 1826.
S. *Divan*-Kommentar, Bd. 11.1.2, zu S. 64.

251 *Eine Stelle suchte der Liebe Schmerz* 〈...〉

Textgrundlage: e, Bl. 47.
Entstehung: zwischen Juli/August 1819 und 1827.
S. *Divan*-Kommentar, Bd. 11.1.2, zu S. 35.

DRAMA UND THEATER

DER LÖWENSTUHL

In seiner 1821 veröffentlichten *Betrachtung und Auslegung* der im Jahr zuvor gedruckten *Ballade*, als Hilfe zum Verständnis des lakonischen Gedichts gedacht, verweist G. auf eine namentlich nicht genannte altenglische Ballade, die ihn »vor vielen Jahren« angemutet und zu dem besprochenen Gedicht angeregt habe, ja ihm derart »lieb geworden« sei, daß er ihren Gegenstand »auch zur Oper« ausgearbeitet, diese jedoch, nur teilweise ausgeführt, liegengelassen habe (Dokumente 2). Bei dem altenglischen Vorbild handelt es sich um die schon in der elisabethanischen Epoche entstandene, berühmt und populär gewordene Ballade ›The Beggar's Daughter of Bednall-Green‹ (zwei Teile mit 34 und 33 Strophen), die G. in der ihm wohl durch Herder empfohlenen Sammlung ›Reliques of Ancient English Poetry‹ des Bischofs Thomas Percy (über die er Herder gegenüber bereits in einem Brief vom September 1771 eine Bemerkung macht; DjG, Bd. II, S. 70) gelesen haben wird (Bd. II, 1765, S. 155–169). Den Inhalt dieser Ballade fassen die Marginalien zum Folio-Manuskript der ›Ballads and Romances‹ Thomas Percy's zusammen (hier zitiert nach der Edition von Hales und Furnivall, London 1868, Bd. II, S. 281–289):

»A blind beggar had a fair daughter ⟨Bessy⟩. Householders despised her, so she left her parents, walkt to Stratford, stopt at the Queen's Arms, Rumford, and all the gallants fell in love with her, sang of her beauty, and did her bidding. Four suitors sue her: 1. a rich London Merchant, 2. a Gentleman, 3. a Knight, 4. the Landlady's son, who will die for her. The Knight will make her a lady; the Gentleman will clothe her in velvet; the Merchant will give her jewels. Bessy refers them to her father. Who is he? The Blind Beggar of Bednall Greene, led by a dog with a bell. The Merchant, Innkeeper, and Gentleman cry off. But the Knight says he'll have Bessy. His kinsman says No: but he carries off Bessy. The Rumford men overtake him; but he is rescued. The Blind Beggar offers to give his girl as much gold as the Knight's kin will. Agreed. The Beggar lays down angels against the Knight's till the latter's store is gone, and then gives 100 £. more. So fair Bessy is made a Lady, and I'll tell you all about the Marriage in Fitt ⟨= Part⟩ II.

The wedding is held in a palace, and a grand banquet is made. Nobles and gentles come to it. Ladies follow Bessy to church.

After the marriage, comes the feast, and then the Beggar is asked for. Bessy's beauty puts away his baseness. So the Beggar comes in with a lute, and sings a song of the Beggar's daughter, Pretty Bessy, whose father gave her 3,000 £., and can prove she's of noble birth. The Lords laugh. Bessy begs them to excuse her father's praise of her. The Lords ask the Blind Beggar to confess who he really is. He tells them. With King Henry, went to France young Mountford. At Blois he was wounded, lost both his eyes, and nearly his life, but for a young woman who saved him. Together they begged; came to Bednall Greene, and begot Pretty Bessy. That's the Beggar's tale. The Lords wonder. The Beggar embraces Bessy, and she and her Knight live happily.«
(›Ein blinder Bettler hatte eine schöne Tochter ⟨Bessy⟩. Die Hausverwalter verachteten sie, daher verließ sie ihre Eltern, ging nach Stratford, machte Halt im »Queen's Arms« in Rumford, und all die Galane verliebten sich in sie, sangen von ihrer Schönheit und machten ihr Anträge. Vier Freier werben um sie: 1. ein reicher Kaufmann aus London; 2. ein Edelmann; 3. ein Ritter; 4. der Sohn der Wirtin, der für sie sterben will. Der Ritter will sie zur Dame machen; der Edelmann will sie in Samt kleiden; der Kaufmann will ihr Juwelen schenken. Bessy verweist sie an ihren Vater. Wer ist das? Der Blinde Bettler von Bednall Greene, geführt von einem Hund mit einem Glöckchen. Der Kaufmann, der Gastwirt und der Edelmann wenden sich von ihr ab. Aber der Ritter sagt, er wolle Bessy haben. Sein Verwandter sagt Nein. Doch er ⟨der Ritter⟩ entführt Bessy. Die Männer von Rumford holen ihn ein; aber er wird gerettet. Der Blinde Bettler bietet an, seiner Tochter so viel Gold zu geben wie der Verwandte des Ritters fordert. Man einigt sich. Der Bettler setzt Goldmünzen gegen die des Ritters, bis der Vorrat des Letzteren erschöpft ist, und dann gibt er ⟨der Bettler⟩ 100 £ mehr. So wird Bessy eine Dame, und ich werde euch alles über die Hochzeit im Zweiten Teil erzählen.

Die Hochzeit wird in einem Palast gehalten und es gibt ein großes Gastmahl. Adlige und Vornehme finden sich dazu ein. Ehrendamen geleiten Bessy zur Kirche. Nach der Heiratszeremonie kommt das Fest, und man verlangt nach dem Bettler. Bessys Schönheit läßt seinen niederen Rang vergessen. So tritt der Bettler mit einer Laute herein und singt ein Lied von des Bettlers Tochter, der schönen Bessy, deren Vater ihr 3000 £ gab und beweisen kann, daß sie edler Abstammung ist. Die Lords lachen. Bessy bittet sie, ihres Vaters Loblied auf ihre Person zu entschuldigen. Die Lords fordern den blinden Bettler auf zu bekennen, wer er wirklich ist. Er sagt es ihnen: Mit König Heinrich zog der junge ⟨Herzog⟩ von Montford gegen Frankreich. Bei Blois wurde er verwundet, verlor beide Augen und beinah auch das Leben, wenn nicht eine junge Frau ihn gerettet hätte. Gemeinsam schlugen sie sich mit Betteln durch; kamen nach Bednall Greene und zeugten die schöne Bessy. Das ist die Geschichte des Bettlers. Die Lords erstaunen. Der Bettler umarmt Bessy, und sie und ihr Ritter führen ein glückliches Leben.‹)

Bevor es G. gelang, den Stoff der englischen Ballade in einer eigenen Dichtung zu gestalten und so mit ihm abzuschließen, vergingen viereinhalb Jahrzehnte. Die Umgestaltung, die das lang bewahrte Motiv, wie auch in einigen andern eindrücklichen Fällen (s. Dokumente 1), erfuhr, ist anhand der überlieferten Manuskripte nur für das letzte Drittel dieser langen Zeit sichtbar und nachvollziehbar. Carl Redlich, Herausgeber der *Löwenstuhl*-Fragmente in Bd. 12 der 1. Abteilung der ›Weimarer Ausgabe‹ (1892; S. 294–307 und 421–426) datierte den Gesamtbestand des Überlieferten sogar in die Jahre 1814–16, zwischen die erste, unvollendete und die endgültige Niederschrift der *Ballade*; noch Gerhard Gräf ist ihm darin gefolgt (=Goethe über seine Dichtungen‹ II Bd. 3, S. 327 f.).

Hauptbestandteil der Überlieferung sind zwei fast gänzlich eigenhändig von G. geschriebene Faszikel. Das eine (Hs. GSA 25/XV,15,1; hier: S. 271–279; Text III/1) enthält unter der Überschrift »Der Löwenstuhl« ein knappes Szenar und Schema der vollständigen, aus einem Prolog und drei Akten bestehenden Oper und anschließend, weiträumig auf 23 Blätter verteilt, die Wiederholung des Szenars, an einigen Stellen detailliert und von kurzen Angaben über den Inhalt der Szene und von Versentwürfen gefolgt. Datiert ist die Entstehung dieses Faszikels durch einen Brief G.s an seine Frau vom 28. Juli 1814 sowie durch Tagebucheinträge vom 27. bis 29. Juli und vom 1. August 1814 (nach dem Besuch der Kaiserpfalz bei Gelnhausen, der den unmittelbaren Anlaß zur Wiederaufnahme des Balladenstoffs gegeben haben dürfte), in Hanau, Frankfurt und Wiesbaden, wo das gesellige Bade- und Ausflugsleben mit den Freunden (u. a. Willemers, Zelter) die Ursache war, daß das Konzept liegenblieb (Dokumente 10–14). Doch hat G. sich noch in den folgenden Tagen durch den Wiesbadener Bibliothekar Helfrich Bernhard Hundeshagen (1784–1849, aus Hanau, später Dozent für Baukunst in Bonn; s. GJb 6, 1885, S. 125–138: Goethe und Hundeshagen 1815–1825) genauer über die Barbarossapfalz informiert (vgl. sein Tagebuch vom 5., 6. und 12. August; dazu WA III 6, S. 356; Hundeshagens Werk ›Kaiser Friedrichs I. Barbarossa Palast in der Burg Gelnhausen‹ ist in KuA II 1, 1818, angezeigt, die zweite, dem Großherzog Carl August gewidmete Auflage in KuA II 2, 1820, S. 81 f. von Heinrich Meyer besprochen; s. Bd. 11.2, S. 515 und

1173), deren Anlage und geschichtliche Bedeutung seine inszenatorische Phantasie beflügelt zu haben scheinen. So folgen auf einem am 27. Juli, unmittelbar nach dem Besuch Gelnhausens beschrifteten Zettel (s. Textgrundlage III/2) nach einer Notiz über die Pfalz (»Größe des Gefühls Enge der Begriffe / Lust an Zierrath Ungefühl der Verhältnisse«; vgl. WA III 5, S. 120,13 f.) Verse zur *Löwenstuhl*-Oper (S. 279). Noch am Jahresende 1814 erwägt G., in Zusammenarbeit mit dem Berliner Komponisten Bernhard Anselm Weber, der soeben G.s Festspiel *Des Epimenides Erwachen* vertont hatte, die ›große Oper‹ zu realisieren, deren Disposition er für so weit fortgeschritten hält, daß es nur noch einer Beratung mit dem Komponisten bedürfe, »um ungesäumt an die Ausführung zu gehen« (Dokumente 15). Der wohl auch noch im Frühjahr 1815 verfolgte Plan, mit dem aber nun vielleicht schon ein anderes Sujet, *Feradeddin und Kolaila* (S. 301–306), konkurrierte (Dokumente 16–18), wurde von G. unter Hinweisen auf den Zeitmangel, das Fehlen eines öffentlichen Interesses (»Anregung« und »Begünstigung« seitens der Berliner Intendanz), schließlich auch auf das Ausbleiben der Inspiration (die er sich von der zweiten Reise an Rhein, Main und Neckar 1815 noch erhofft hatte), nach und nach aufgegeben. Der Verzicht auf die größere Form wurde Ende 1816 besiegelt, indem es G. glückte, den alten Stoff in der *Ballade*, deren Abschluß sich ihm so lange verweigert hatte, ›aufzuheben‹ (Dokumente 19), wenn auch unter Preisgabe des ›Löwenstuhl‹-Motivs.

Das andere Faszikel (Hs. GSA 25/XV,2; hier S. 255–268; Text I/1–2), das auf 8 Bögen Sprecherangaben zu 12 Szenen und zu zehn von ihnen Entwürfe von Sprechversen enthält, jedoch keinen Titel von G.s Hand, wurde zwar von den Nachlaßverwaltern als mit dem Sujet identisch erkannt (»woraus später die Ballade vom vertriebenen und zurückkehrenden Grafen entstanden«) und als ›Schauspiel‹ definiert (s. Textgrundlage, S. 607; »mit lyrischen Elementen« [Gräf], die in den Entwürfen selbst aber nicht realisiert sind), von den Herausgebern der WA jedoch und noch bei Gräf zeitlich den Entwürfen der Oper nachgeordnet. Übersehen wurde dabei, daß die ersten zwölf Verse der Exposition auf dem 1. Bogen (I/1: die Rede des königlichen Gesandten; S. 255) schon kurz nach 1800 entstanden sein müssen, da ihr Schreiber, Johann Ludwig Geist, bereits Ostern 1804 aus G.s Diensten (seit Mai 1795) trat, wenn er auch bis 1805 noch gelegentlich für G. arbeitete (Walter Schleif: Goethes Diener. Berlin und Weimar 1965, S. 150 f.). Nach dem Format dieses Bogens (Klein-4°) sind die übrigen Bögen (in verschiedenen Papiersorten) zugeschnitten, die demnach später als der 1. Bogen beschrieben worden sind. Max Morris hat als erster aus diesen Befunden auf die Entstehungszeit der Entwürfe geschlossen und seinen Ansatz, »um 1803«, auch mit inhaltlichen und formalen Argumenten fundiert (Der Löwenstuhl. In: GJb 31, 1910, S. 85–116). So habe G. die metrische »Grundform« des geplanten Dramas, den jambischen Trimeter, zuerst um 1800 in *Helena im Mittelalter* (Bd. 6.1, S. 327–334) und gleich darauf in *Paläophron und Neoterpe* (ebd., S. 335–347) erprobt; die für die »Geschichte des Löwenstuhls« vorgesehenen eddischen Rhythmen (I/2, S. 261,15; I/3, S. 263 f.) seien der Edda-Lektüre vom Frühjahr 1802 (G. an Schiller, 4. Mai 1802; Bd. 8.1, S. 897, und dazu Bd. 8.2, S. 624) zu verdanken, die G. zu Auszügen und Übersetzungsversuchen veranlaßt hätten (WA I 42/2, S. 434–436: »Inhalt der Edda Sämundar« und »Runa Capitule«). Dagegen meinte Edith Nahler, daß diese Notizen erst aus den sehr intensiven Gesprächen G.s »über die Runenschriften und nordischen Alterthümer« mit Martin Friedrich Arendt, Januar bis März 1809, hervorgegangen seien (AA SL 4, S. 318 f.). Andererseits reicht G.s Edda-Kenntnis bis ins Jahr 1770 (*Ephemerides*, Bd. 1.2, S. 537) und 1773 (s. *Dichtung und Wahrheit* III 12; Bd. 16, S. 570 f. und 1017) zurück. Schließlich sieht Morris die von G. in der Szene »Gräfinn, Sohn« (I/2; S. 259 f.) verwendeten ›spanischen Trochäen‹ durch August Wilhelm Schlegels Calderón-Übertragungen (Bd. 1, 1803; s. G.s Tagebuch vom 7. Mai 1803) angeregt (Morris, S. 101 f.). Doch ist auch hier der zeitliche Rückschluß nicht zwingend; bereits im September 1802 hatte G. Schlegels Übertragung der ›Andacht zum Kreuze‹ im Manuskript erhalten; dem Ansatz 1809 wiederum könnte das Erscheinen von Bd. 2 der Calderón-Übertragungen ein Argument liefern.

Morris sieht den *Löwenstuhl*-Plan aber auch dem »Stoff- und Motivgebiet« zugehörig, »das in dem Jahrzehnt von 1794–1804 den einen Pol von Goethes Dichtung ausmacht«: die durch die Französische Revolution verursachte Enteignung und Vertreibung der Adligen, gewaltsamer Umsturz, aber auch die Möglichkeit einer »Gegenumwälzung«. Morris verweist auf die *Unterhaltungen deutscher Ausgewanderten*, *Das Mädchen von Oberkirch*, *Herrmann und Dorothea*, *Wandrer und Pächterin* und *Die natürliche Tochter* als Widerspiegelungen der geschichtlichen Krise (S. 96 f.). Das Motiv von Sturz und Vertreibung eines vordem Mächtigen konnte allerdings auch später durch die Siege Napoleons neu angestoßen worden sein; Johannes Falks (theatralisierender) Bericht über ein Gespräch mit G. am 9. Mai 1808, bei dem dieser die Szene ausgemalt habe, wie er an der Seite seines von Napoleon vertriebenen Herzogs als »Bänkelsänger« durch die Lande ziehen »und unser Unglück in Liedern fassen« wolle (Herwig, Bd. II, S. 314), wie einst G.s Vorfahr Lucas Cranach an der Seite Herzog Johann Friedrichs »ins Elend« gezogen sei, konvergiert mit der Grundsituation des *Löwenstuhls* ebenso wie die Sage vom Geschick des oströmischen Feldherrn Belisarius (er war bei Justinian, der ihm mehrere Siege verdankte, in Ungnade gefallen, von ihm geblendet und an den Bettelstab gebracht worden), die G. als ›lebendes Bild‹ in die *Wahlverwandtschaften* eingefügt hatte (II 5; Bd. 9, S. 433 und 1253: Abb. des Kupferstichs nach van Dyck).

Wieviele Gründe nun aber auch für einen zeitlichen Spätansatz des Schauspielentwurfs sprechen mögen, so steht ihm doch ein weiterer hs. Befund entgegen. Auf einem dem Faszikel beigelegten Folioblatt mit G.s (vermutlich erster) Niederschrift des Redewechsels zwischen Burgvogt und Graf (GSA 25/XV,15,4; I/3, S. 262, 34–263,16; vgl. I/2, S. 257,6–26) ist als letzter Text eine Strophe jener »Löwenstuhl«-Erzählung in »Eddas Rhythmen« (S. 261,14 f.) notiert und metrisch schematisiert, die G. dem vertriebenen Grafen für die Aufklärung über die Bedeutung des »Freystuhls« zugedacht, dann aber nicht weiter ausgeführt hatte. Auf einem Blattfragment (Wasserzeichen und Papiersorte wie bei dem ersten, dem Konvolut vorgehefteten Bogen) findet sich eine Abschrift dieser Strophe von der Hand Ludwig Geists (wieder, wie die Trimeter auf dem ersten Bogen, von G. nachträglich interpungiert), womit auch für das Folioblatt die Datierung 1803/04 (Ende von Geists Schreibertätigkeit) anzusetzen ist. Aber auch auf das Konvolut wirkt dieser Befund zurück: denn die im Schema für die Szene »Greis Kinder« (S. 260,35–261,31) notierten Angaben zur Versgestaltung (»Monostrophisch« und »Eddas Rhythmen«) hat G. erst nachträglich in Blei dem mit der Feder Geschriebenen hinzugefügt. Die Frühdatierung gilt ebenso für das Sammelblatt I/4 (GSA 25/XV,15,5) mit Versansätzen zum Dialog Gräfin – Sohn und zur Szene Greis – Kinder (S. 264 f.; vgl. I/2, S. 259 f.).

Dokumente

1 Bedeutende Fördernis durch ein einziges geistreiches Wort *(Zur Morphologie II 1; 1823)*
Mir drückten sich gewisse große Motive, Legenden, uraltgeschichtlich Überliefertes so tief in den Sinn, daß ich sie vierzig bis funfzig Jahre lebendig und wirksam im Innern erhielt; mir schien der schönste Besitz solche werte Bilder oft in der Einbildungskraft erneut zu sehen, da sie sich denn zwar immer umgestalteten, doch ohne sich zu verändern einer reineren Form, einer entschiednern Darstellung entgegen reiften. Ich will hievon nur die *Braut* von *Corinth*, den *Gott* und ⟨die⟩ *Bajadere*, den *Grafen* und die *Zwerge*,

den *Sänger* und die *Kinder*, und zuletzt noch den baldigst mitzuteilenden *Paria* nennen.

(Bd. 12, S. 307)

2 Ballade. Betrachtung und Auslegung *(*Über Kunst und Altertum *III 1; 1821)*
Ich wünsche den Lesern und Sängern das Gedicht durch diese Erklärung genießbarer gemacht zu haben und bemerke noch, daß eine, vor vielen Jahren mich anmutende, altenglische Ballade, die ein Kundiger jener Literatur vielleicht bald nachweist, diese Darstellung veranlaßt habe ⟨*The Beggar's Daughter of Bednall-Green. In: Thomas Percy: Reliques of Ancient English Poetry: Consisting of Old Heroic Ballads, Songs, and other Pieces of our Earlier Poets; together with some few of Later Date. 3 Bde. Oxford 1765, Bd. 2, S. 155–169*⟩. Der Gegenstand war mir sehr lieb geworden, auf den Grad daß ich ihn auch zur Oper ausarbeitete, welche, wenn schon der entworfene Plan teilweise ausgeführt war, doch, wie so manches andere, hinter mir liegen blieb. Vielleicht ergreift ein Jüngerer diesen Gegenstand, hebt die lyrischen und dramatischen Punkte hervor und drängt die epischen in den Hintergrund. Bei lebhafter, geistreicher Ausführung von Seiten des Dichters und Komponisten dürfte sich ein solches Theaterstück wohl gute Aufnahme versprechen.

(Bd. 13.1, S. 507)

3 *J. P. Eckermann: Gespräche mit Goethe. 2. Teil. 16. Dezember 1828*
»Ich habe die Ballade lange mit mir herumgetragen, sagte Goethe, ehe ich sie niederschrieb; es stecken Jahre von Nachdenken darin, und ich habe sie drei bis vier Mal versucht, ehe sie mir so gelingen wollte wie sie jetzt ist.«

(Bd. 19, S. 274)

4 *G. an Knebel. Weimar, 4. November 1813*
⟨...⟩ ein paar Arbeiten, die mir seit dem siebenzehnten October, ich darf wohl sagen gelungen sind ⟨Epilog zum Trauerspiele Essex⟩. ⟨...⟩ Das andere ist eine Ballade, deren Gegenstand ich schon lange gehegt, aber nicht zur Erscheinung bringen können ⟨...⟩.

5 *G.s Tagebuch, 28. Oktober 1813*
Löwenstuhl

6 *G.s Tagebuch, 29. Oktober 1813*
Die Kinder sie hören es gerne.

7 *G.s Tagebuch, 30. Oktober 1813*
Die Kinder pp.

8 *G.s Tagebuch, 31. Oktober 1813*
Es hörens die Kinder so gerne

9 *Siehe Nr. 4; Fortsetzung*
⟨...⟩ es scheint, daß das Fieber dieser Tage ⟨nach der Schlacht bei Leipzig⟩ solchen Productionen ⟨Epilog zum Trauerspiele Essex *und* Ballade⟩ günstig ist. Ich hoffe, dir beyde nächstens vorzulesen ⟨...⟩.

10 *G.s Tagebuch, 20. November 1813*
Riemer Die Kinder sie hören pp

11 *G. an seine Frau, Hanau, ⟨28. Juli⟩ 1814*
Den 27ten ⟨...⟩ Ich besuchte die Burg Kayser Friedrich des Rothbarts ⟨*die Pfalz bei Gelnhausen*⟩. Eine höchste Merkwürdigkeit. Ruine, theilweise noch gut zu erkennen, von festem Sandstein. Säulenknäufe und Wandzierrathen wie von gestern. *Würde* aber *engsinnig*, *Zier*lust ohne Begriff von *Verhältnissen*. So möcht ich im kurzen das Ganze characterisiren. ⟨...⟩ Jene Burg liegt eine viertelstunde von Gelnhausen; was man so nennt ist eigentlich eine Insel, von lebendigem Wasser umflossen. Der alte Kayserliche Pallast nimmt nur einen Theil davon ein. Der übrige Raum ist mit meist schlechten, theils einfallenden, von Juden bewohnten Häussern besetzt. Denn hier ist ein Asyl. Die Insel war nie der Stadt unterworfen, sondern an die Burg Friedberg gekommen. Zeichnete jemand im rechten Sinne die Reste des Pallastes; so gäbe es ein höchst interessantes Blatt. Vielleicht ists Herrn Hundeshagen gelungen, der jetzt in Wisbaden angestellt ist ⟨*s. dazu S. 598*⟩. ⟨...⟩ saget Meyer vom Kayser-Pallaste. ⟨...⟩ NB.2. Der Plan zur Oper *der Löwenstul* ist gestern zu Stande gekommen und heute abgeschrieben.

12 *G.s Tagebuch, 28. Juli 1814*
⟨*Hanau*⟩ Plan des Löwenstuhls.

13 *G.s Tagebuch, 29. Juli 1814*
⟨*Frankfurt a. M.*⟩ *Löwenstul.*

14 *G.s Tagebuch, 1. August 1814*
⟨*Wiesbaden*⟩ Schema Löwenstul. ⟨...⟩ Mittag Hundshagen ⟨*zum fortgesetzten Gespräch über die Kaiserpfalz bei Gelnhausen s. o., S. 598, und G. an seine Frau, Wiesbaden, 1. August 1814; s. S. 616*⟩.

15 G. an Bernhard Anselm Weber, Weimar, 21. Dezember 1814
So kann ich denn auch zuletzt nicht verschweigen daß ich das Sujet einer großen Oper, welches ich schon lange mit mir herumtrage, diesen Sommer schematisirt und dergestalt disponirt habe, daß es nur einer Berathung mit Ew. Wohlgeb. bedarf um ungesäumt an die Ausführung zu gehen. Wie sehr wünschte ich persönlich das Gelingen unserer gemeinsamen Arbeit ⟨*am Festspiel* Des Epimenides Erwachen*; Bd. 9, S. 195*⟩ in Berlin zu erleben und alsdann zugleich das gedachte neue Unternehmen anzuschließen.

16 G. an Bernhard Anselm Weber, Weimar, ⟨2. Februar 1815⟩
Was die neue Oper betrifft, so erlauben Sie daß ich von dem Gegenstande und dem Plan vorerst noch ein kleines Geheimniß mache. Die Aufnahme des Epimenides wird ausweisen ob die Früchte meiner Bemühungen, wie ich so sehr wünsche, auf dem Berliner Theater gedeihen können. Das Schema wird indessen ausführlich gefertiget, um bey der Unterhaltung darüber die Forderungen des Herrn Componisten auf's schnellste und leichteste zu erfüllen.

17 G. an Bernhard Anselm Weber, Weimar, 9. April 1815
Was eine neue Oper betrifft, so dürfte dieses Frühjahr zu derselben kaum Rath werden, denn durch einen heftigen und hartnäckigen Katharr habe ich den ganzen März verloren ⟨…⟩. Und so bin ich denn auch vollkommen Ihrer Meinung, daß ein Werk der Art das immer viel Zeit kostet ⟨…⟩, nicht als eine Privatsache behandelt, sondern nur auf Anregung und Begünstigung einer verehrlichen jetzt so thätigen Intendanz unternommen werden dürfte ⟨…⟩. Lassen Sie uns daher die Sache wohl überlegen, ich werde indessen den Gegenstand näher bedenken, und wahrscheinlich giebt mir die Freyheit, wie man sie auf der Reise genießt, Lust und Muth, den Entwurf dergestalt vorzubereiten, daß eine Zusammenkunft in kurzer Zeit desto fruchtbarer seyn kann.
⟨*Weitere Erwähnungen eines Opernplans in Briefen an Weber vom 11. und 28. November 1815 lassen eher an das Sujet zu* Feradeddin und Kolaila *denken; s. dazu S. 648.*⟩

18 G. an Carl Friedrich Moritz Paul Graf von Brühl, Weimar, 1. Mai 1815
Auf einer Sommerreise hoffe ich soviel Freyheit des Geistes zu gewinnen, um die vorseyende Oper zu fördern. Ich habe ein Sujet, dem ich einiges Glück verspreche, man muß nur sehen, ob es unter der Arbeit die Probe hält.

19 G. an Zelter, Weimar, 1. Januar 1817
Zugleich muß ich Dir die wichtige Neuigkeit melden, daß die beiden letzten Strophen jener widerspenstigen Ballade: Die Kinder sie hören es gerne glücklich angelangt sind. Das Gebet des Paria dagegen hat noch nicht parieren wollen.

(Bd. 20.1, S. 491)

⟨Nach unsicherer Überlieferung soll G. Zelter bei dessen Aufenthalt in Weimar vom 28. September bis 2. Oktober 1816 die noch unvollendete Ballade *vorgelesen haben (Gräf III, Bd. 2/1, S. 117, Anm. 4.)⟩*

20 Zelter an G., Berlin, 8.–12. Januar 1817
Auf das Balladchen: Die Kinder, sie hören es gerne freue ich mich schon längst ⟨...⟩.

(Bd. 20.1, S. 492)

21 Zelter an G., Berlin, 27. Dezember 1818
Wenn Fische nicht ein stummes Geschlecht wären *⟨bezieht sich auf die kulinarische Beigabe zu Zelters Brief⟩* so möchte ich ihnen die anfolgende Komposition der Ballade in den Mund legen, laß sie Dir daher von solchen Wesen vorsingen die nicht stumm aber auch nicht zu karg sind mit Klang und Wort. Einige Verse haben mich fast zur Verzweiflung gebracht. Manches ist überwunden bis auf das Enjambement in der 8ten Strophe im 3ten und 4ten Verse, das an sich schön ist, aber im Singen gar zu störend wird. Frage: ob sich das verändern ließe?
(Bd. 20.1, S. 546 f.; mit Abb. von Zelters Vertonung des hier bereits mit ›Ballade‹ überschriebenen Gedichts; s. Anm. zu Bd. 20.1, S. 491,10)

22 G. an Zelter, Weimar, 4. Januar 1819
Schon der Anblick Deiner Komposition macht mich wieder froh, ich will sie nun auch zu hören suchen und sehen, daß ich die dem Gesang widerwärtigen Stellen abändere.

(Bd. 20.1, S. 550)

23 G.s Tagebuch, 5. Januar 1819
Mittag Dr. Nöhden und Inspector Schütz. Musicirte letzterer. Ward Zelters neuste Ballade probirt.

24 G. an Zelter, Weimar, 18. Januar 1819
⟨G. wolle vermelden,⟩ daß sowohl *Ballade* als *Klaggesang ⟨der von Zelter am 6. Januar komponierte* Klaggesang. Irisch; *s. o., S. 191 f.⟩* zu meiner größten Zufriedenheit vom Inspektor Schütz, den ich

ausdrücklich ⟨*von Bad Berka*⟩ hereinholen ließ, sind vorgetragen worden ⟨*laut G.s Tagebuch war Schütz am 16. Januar vom Vormittag bis zum Abend bei G. und musizierte*⟩. Ich finde beide sehr glücklich, wie man bei Wiederholung derselben erst recht gewahr wird.

(Bd. 20.1, S. 556 f.)

25 Über Kunst und Altertum *II 3; 1820*
Töne Lied aus weiter Ferne,
Säusle heimlich nächster Nähe,
So der Freude, so dem Wehe!
Blinken doch auch so die Sterne.
Alles Gute wirkt geschwinder;
Alte Kinder, junge Kinder
Hören's immer gerne. *(Bd. 13.1, S. 24)*

⟨*Die vor dem 15. Juni 1820 entstandenen Verse bilden in der* Ausgabe letzter Hand *(C[1] 3, S. 1; 1827) den Vorspruch der Abteilung »Lyrisches«; hier wie in KuA folgt auf sie die* Ballade.⟩

26 Über Kunst und Altertum *III 1; 1821*
Ballade. Betrachtung und Auslegung *(Bd. 13.1, S. 507)*
⟨*Der Aufsatz war bereits 1820 für KuA II 3 niedergeschrieben worden (Tagebuch vom 9. Juni 1820) und erschien in III 1 unter den* Nachträgen; *s. Dokumente 2 und Bd. 14, S. 575,12–20*⟩

27 ⟨*Siehe Dokumente 1*⟩

28 Tag- und Jahres-Hefte *zu 1813 (Arbeitsdaten 1819 und 1825)*
Poetischer Gewinn war dieses Jahr nicht reichlich ⟨…⟩. Der *Löwenstuhl*, eine Oper, gegründet auf die alte Überlieferung, die ich nachher ⟨*weil die* Ballade *erst 1816 vollendet wurde*⟩ in der Ballade »die Kinder die hören es gerne« ausgeführt, geriet ins Stocken und verharrte darin ⟨*Vorfassung:* Der Löwenstuhl, eine Oper, ward bearbeitet⟩.

(Bd. 14, S. 232)

29 *Eckermann: Gespräche mit Goethe. 2. Teil, 16. Dezember 1828*
⟨…⟩ ich erzählte Goethen, daß ich dieser Tage seine kleinen Gedichte wieder betrachtet, und besonders bei zweien verweilet habe, bei der *Ballade* nämlich von den Kindern und dem Alten und bei den *glücklichen Gatten* ⟨*Bd. 6.1, S. 60*⟩.

»Ich halte auf diese beiden Gedichte selber etwas, sagte Goethe, wiewohl das deutsche Publikum bis jetzt nicht viel daraus hat machen können.«

In der Ballade, sagte ich, ist ein sehr reicher Gegenstand in große Enge zusammengebracht, mittelst aller poetischen Formen und Künste und Kunstgriffe, worunter ich besonders den hochschätze, daß das Vergangene den Kindern von dem Alten bis zu dem Punkt erzählt wird, wo die Gegenwart eintritt und das übrige sich vor unsern Augen entwickelt. ⟨*Es schließt sich Dokument 3 an.*⟩

(Bd. 19, S. 273 f.)

Textgrundlage

I Schauspiel

I/1–2 Handschrift GSA 25/XV,15,2 – I/1 von Ludwig Geist (Verse 1–12) und G. geschrieben und mit I/2 (egh. G.) zu einem Heft vereinigt. Umschlag mit kalligraphischer Aufschrift Kräuters: »Fragmente eines Schauspiels wahrscheinlich dasselbe Sujet behandelnd, woraus später die Ballade vom vertriebenen und zurückgekehrten Grafen entstanden«.

I/3 GSA 25/XV,15,4 – Folioblatt, egh. G., und Teil eines Foliobl.s mit Abschrift Geists von S. 263,28–40 (Interpunktion von G. nachgetragen).

I/4 GSA 25/XV,15,5 – Egh. G.

I/5 GSA 25/XV,15,6 – Egh. G; auf der Rs. des Bogens von Kräuters Hand (wie auf I/1–2): »Oper, nicht vollendet«.

I/6 GSA 25/XV,15,7 – Egh. G. (6 Bll.; hier: a–f).

I/7 GSA 25/III,1,2 – Egh. G.

I/8 GSA 25/XV,15,8 – Hs. Friedrich Wilhelm Riemers.

II Ballade (1., unvollendete Fassung 1813)

Handschrift GSA 25/III,1,1 – Hs. Riemers.

III Oper

III/1 Handschrift GSA 25/XV,15,1 – Egh. G. Auf dem Umschlag des Foliofaszikels von Kräuters Hand (s. I/1–2): »Schema zu einer Oper und einer Tragödie unausgeführt«.

III/2 GSA 27/65a; 2 und 4 – Egh. G. – Zwei Blättchen aus einem Notizheft von der Reise nach Wiesbaden 1814.

⟨a⟩,⟨b⟩: 27/65a,4; aufgrund einer voranstehenden Notiz zur Kaiserpfalz bei Gelnhausen auf den 27. oder 28. Juli 1814 zu datieren (s. WA I 53, S. 366 und I 12 , S. 297,42 f.),

⟨c⟩: 27/65a,2; auf der anderen Seite Notizen nach der Abreise von Hanau am 28. Juli sowie Namensliste aus Wiesbaden (s. Tagebuch vom 3. August und WA I 53, S. 354, Nr. 26 und S. 366, Nr. 49).

IV Ballade (2., vollendete Fassung 1816)
Siehe in diesem Band S. 175–178.

Weitere Fragmente, die vielleicht dem Opernkonzept zuzuordnen sind, im Anschluß an den Stellenkommentar, S. 619 f.

255 *19 Heldenraum:* Saal, in dem Bilder und Gegenstände an die heldenhaften Vorfahren erinnerten; im Plan zur Oper wird sein gegenwärtiger Zustand als ›leer‹ beschrieben (S. 273, 30). – *24 Heereskraft:* (altertüml.) ›seines großen Heeres‹ (im Mhd. dient das an den Genitiv angehängte Suffix –kraft oft nur der Verstärkung des Nomens). – *25 seines Dieners* 〈...〉 *Haupt:* wieder ein archaisierendes Element, das, wie der jambische Trimeter oder die Metapher in V. 1, an die antike Tragödie erinnert: siehe z. B. Sophokles: ›Antigone‹, V. 1: »Geschwisterliches, o Ismenes Haupt«. – *27 Burgv〈oigt〉:* im Opernplan: »Schaffner«. – *28 Vom edlen Grafen:* davor gestrichen: »Von meinem 〈Herrn〉«. – *35 allein:* aus: »Hausgesinde«. – *36:* davor gestrichen: »Schon seh ich kommen / nach dem alten unbewohnten Schloß«.

256 *16–19 Wenn* 〈...〉 *Vorwort:* gestrichen; im gleichen Gang die Sprecherangabe »Ritter« hinzugefügt. – *16 bestehender:* aus: »ich stehender«. – *16 weil:* Ob »weilen« gemeint ist? Das wäre mit einer metrischen Irregularität verbunden. Die Verse scheinen ohnehin nur der Veranschaulichung des Metrums zu dienen (trochäische Dimeter mit Doppelkürze nach der 2. Hebung im Wechsel mit regelmäßigen Dimetern, Choriambus am Strophenende). G. markiert in seinem Schema zweimal Creticus, durch Doppelkürze überbrückt (Daktyloepitriten?).

257 *1 Graf* 〈...〉 *Burgvoigt:* danach leere Seite. Der Dialog Graf – Burgvoigt beginnt erst auf der Rs. – *6–26 Schon* 〈...〉 *verbieten soll:* Siehe die Vorfassung I/3 (S. 262 f.); Max Morris vergleicht Z. 20–26 mit dem Tadel Helenas in *Helena im Mittelalter*, V. 251–254 (Bd. 6.1, S. 333).

258 *15–21 Ihm der euch alle* 〈...〉 *erworben hat:* ähnlich die Huldigung an den König in der letzten Chorstrophe von *Des Epimenides Erwachen* (V. 995–998; Bd. 9, S. 232). – In der Vorfassung geht der Burgvoigt nach der Rede des Grafen ab, die Gräfin bleibt offenbar allein zurück und kommentiert den Tadel des Grafen als im Grunde gegen sie gerichtet. – Auf der Rs. des Blattes egh. G. »Zeit verlieh«. – *36–39 Der Schönheit* 〈...〉 *den älteren:* Metrum: Wechsel von Trimetern und Dimetern (s. I/6 〈a〉); »schmerzliche Betrachtung der 〈durch ihren Mann〉 Gekränkten« (Morris).

261 *8 Löwenstuhl:* Als Urbild dieses bedeutenden, titelgebenden, auch optisch einen Mittelpunkt bildenden ›Requisits‹ (das in der *Ballade* nicht vorkommt) mag G. der Thron König Salomons vor Augen gestanden haben, der in 1. Kön. 10,18–20 geschildert wird: »Und der König macht einen grossen Stuel von Elffenbein / und uberzog in mit dem edelsten Golde. Und der Stuel hatte sechs stuffen / und das heubt am Stuel war hinden rund / Und waren Lehnen auff beiden seiten umb das gesesse / und zwo Lewin stunden an den Lehnen / Und zwelff Lewen stunden auff den sechs stuffen auff beiden seiten / Solchs ist nie gemacht in keinen Königreichen« (Luther 1545; s. auch den Holzschnitt in der ›Biblia Germanica‹). Die Funktion der Löwen beschreibt eine persische Quelle, die G. in engl. Übersetzung in ›The Oriental Collections‹, Bd. 1, Nr. 3, London 1797, S. 235–237 gelesen haben wird (ein Expl. aus dem Besitz Charles Gores in der Anna Amalia-Bibliothek in Weimar): »It is farther related, that on the approach of wicked persons to this throne, the lions were wont to set up a terrible roaring 〈...〉; so that for fear of these, no person dared be guilty of falsehood, but confessed his crimes« (›Description of the Throne of King *Solomon*‹. In: The History of Jerusalem). Vgl. auch Johannas inspirierte Rede in der 3. Prologszene von Schillers ›Die Jungfrau von Orleans‹ (1802): »Denn der Thron / Der Könige, der von Golde schimmert, ist / Das Obdach der Verlassenen – hier steht / Die Macht und die Barmherzigkeit – es zittert / Der Schuldige, vertrauend naht sich der Gerechte, / Und scherzet mit den Löwen um den Thron!« (V. 354b–359); zu beachten sind auch die Parallelen im Kontext: Schillers Prolog führt den politischen Umsturz, die Usurpation des Throns durch Fremdherrschaft vor Augen; V. 11 f.: »Der Enkel unsrer Könige muß irren / Enterbt und flüchtig durch sein eignes Reich«. – Eine ikonographische Querverbindung legt G.s Mitwirkung am Dekorationsprogramm des 1802/03 fertiggestellten Festsaals im Weimarer Schloß nahe, zu dem auch zwei ruhende Löwen gehören, die den ägyptischen Basaltskulpturen am Aufgang zum Kapitol nachgebildet sind; im Festsaal sind sie in zwei gegenüberliegenden Nischen aufgestellt, über ihnen Tafeln mit der ägyptischen Keilschrift nachempfundenen Zeichen (s. Rolf Bothe: Der klassizistische Festsaal im Weimarer Schloß. In: Ettersburger Hefte 3. Weimar 1995, S. 7–61, bes. S. 47–58, mit Abb.). – So interessant wie spekulativ sind schließlich die von Karl Bezold angeführten landesgeschichtlichen Transfers (Der Löwenstuhl. Goethes Opernentwurf und die hessische Geschichte. In: Die Drei. Monatsschrift für Anthroposophie und Dreigliederung. 9. Jg., 1929/30, S. 369–380): G. hätte auf seiner Reise nach Wiesbaden in Steinau a. d. Straße Kenntnis von einem im dortigen alten Schloß

1373 im Gefolg der Auseinandersetzungen zwischen den Rittergesellschaften ›Löwenbund‹ und ›Sternenbund‹ an Frowin von Hutten verübten Totschlag bekommen, der später durch den Täter, Ulrich von Hanau, mit der Stiftung eines Altars ins Kloster Schlüchtern gesühnt worden war. G. habe »den erschlagenen Ritter Frowin von Hutten in einen Knaben – den Pagen des Grafen ⟨s. S. 279,6 f.⟩ –, den von dem Mörder zur Sühne errichteten Altar in den von dem Grafen gestifteten Freistuhl (Löwenstuhl) verwandelt. »Die ›zwei goldnen Löwen‹, die als ›Zeichen der Gerechtigkeit‹ anzusehen sind, könnten als eine Umbildung von zwei Mitgliedern des ›Löwenbundes‹ gedeutet werden, die ja als Bundeszeichen einen goldenen Löwen hatten, und die ihre Dienste dem Schutz gegen Gewalt, der Sicherung des Schwachen gegen den Mächtigeren, also der *Gerechtigkeit* gewidmet hatten« (S. 380). – S. auch u., S. 616, den Hinweis auf das Bogenfeld mit richtendem Herrscher an der Kaiserpfalz in Gelnhausen (mit Abb.). – *14 f. die Geschichte des / Löwenstuhls. (Eddas Rhythmen.):* In den Entwürfen zum Schauspiel wird nur die Stiftung des ›Freistuhls‹ als Schutzbezirk erwähnt, sein Stifter, der Fürst, als gerecht und besonnen gerühmt (I/3; S. 263 f.), wobei im Metrischen der Choriambus dominiert (das Notat »Eddas Rhythmen« ist ein späterer, mit Blei geschriebener Zusatz); erst das Opernkonzept, das nach dem Stuhl den ganzen Saal »Löwensaal« benennt und nach der »Exposition des Löwenstuhls« im 1. Akt eine »fernere Exp⟨osition⟩« im 3. vorsah (III/1, S. 271,34 f. und 277,14), deutet als Grund der Stiftung Reue des Fürsten wegen einer übereilten Gewalttat an (S. 279). Das rhythmische Konzept, auf der Basis von Edda-Studien G.s (s. S. 600), sollte nicht nur der Hervorhebung des titelgebenden, symbolischen Gegenstands dienen, sondern auch die Koexistenz, ja Symbiose klassisch-antiker, orientalischer und nordischer Elemente weiterführen, die G. schon in der *Helena* erprobt hatte (dazu Bd. 6.1, S. 946). – *17 f. Wo er / hingekommen:* Morris (S. 93) erläutert, nicht ganz überzeugend: »›Er‹ – nämlich der gerechte Stifter des Löwenstuhls«. – *23–27 Vorige Zeit ⟨...⟩ Tochter:* in Andeutung ein Stück Vorgeschichte, das auch die *Ballade* in der zweiten und in der vorletzten Strophe nur lakonisch mitteilt und erst G.s *Betrachtung und Auslegung* im Zusammenhang darstellt. – *26 Widerstand:* aus »Flucht«.

262 *2 Segn' ich:* die Geste des Segnens auch in der *Ballade* (Strophe 7, Vers 55), nach G.s *Auslegung* ein Hinweis für den Leser (der sich an biblische Vorbilder erinnern mag), daß der Sänger der Großvater der Kinder ist. Im ›Decamerone‹ (II 8) umdrängen die Enkel den Grafen, »quasi, da occulta virtù mossi, avesser sentito costui loro avolo essere. Il quale suoi nepoti conoscendoli, comin-

ciò loro a mostrare amore e a far carezze« (»als ob sie, von einer geheimen Kraft bewegt, gespürt hätten, daß er ihr Großvater sei. Dieser, indem er wußte, daß sie seine Enkel waren, begann ihnen Liebes zu erzeigen und sie zu streicheln«; übers. von A. Wesselski). – *38:* aus: »Dir väterliches Wirken allgewaltiges«.

263 *17:* Dieser Vers, der nicht an den vorhergehenden Satz und Gedanken anschließt, wurde nicht in die Abschrift übernommen, obwohl er die Abneigung des Ritters gegen Bettler gut illustriert. – *23 f.:* aus: »Du gehst gebeugt von deines Herren Zorn hinweg, / Unwissend trägst du fremde Schuld«. – *25:* aus: »Denn mich bestürmt mit hartem Worte der Gemahl / Den Alten strafend nur zum Schein« (s. auch I/4, S. 264,28 f.). – *34 herrsch't:* der Apostroph wohl versehentlich vor, statt hinter dem ›t‹; berichtet wird ja über den Machtbesitz und ein Ereignis in der Vergangenheit. – Morris sieht in diesen und den folgenden Versen (»Wie der Fels 〈...〉 Über«) Edda-Rhythmen und beide Partien vom Grafen in seinem ›Löwenstuhl-Bericht‹ vorgetragen (S. 99 f.). Doch nur die erste (von G. metrisch schematisierte) Versgruppe weist die gelungene Bauform einer Edda-Strophe auf:

Jéder Genósse, jéglicher Frémde	(Langzeile)
Flúchtet sich hér, vor dem Zórne des Hérrn. –	(Langzeile)
Mítten im Háuse,	(Vollzeile)
Mítten in der Búrg,	(Vollzeile)
Wo ér hérrscht, únumschrấnkt,	(Langzeile)
Sétzte den *Stúhl*, den Fréy*stúhl*,	(Langzeile)
Híer, der geréchte,	(Vollzeile)
Híer, der besónnene Fǘrst!	(Vollzeile)

Diese Partie kann man als eine Variation des Galdralag (der Normalform) bezeichnen; als formale Mittel verwendet G. neben dem Stabreim (Alliteration in V. 1 f.) den anaphorischen Wortreim (V. 3 f., 6 und 7 f.) und den Sinnreim (V. 3 f.: Haus – Burg; V. 7 f.: der gerechte – der besonnene); frdl. Hinweis von Prof. Heinz Klingenberg, Freiburg i. Br. – *40 Hier der:* danach gestrichen: »Weise«.

264 *5 Schaden:* WA erwägt: »Scherben«; auch »Schollen« möglich. – *28–31 Du gehst 〈...〉 galt:* die Gräfin zum Burgvogt (s. I/3, S. 262,21–24); nachfolgend Ansätze zum Bittgespräch der Söhne mit der Gräfin (s. I/2), Anrede der Enkel an den alten Grafen sowie ein Bruchstück aus dessen Abschiedsrede (»Wandr ich abwärts 〈...〉«).

265 *10–12 Der Alte 〈...〉 wird:* Gemeint ist der alte Graf; vielleicht ist diese auf einen Foliobogen geschriebene Einzelnotiz dem Opernplan zugehörig (auf der Rs. des Bogens steht von Kräuters Hand: »Oper, nicht vollendet«). – *21–25 Trimeter 〈...〉 bedeutenden Stellen:* Die spezifische Wirkung der rein jambischen und solcher Verse, bei denen der Jambus durch einen Spondeus ersetzt ist

(nicht im 2., 4. und 6. Versfuß), beschreibt Horaz in der ›Ars poetica‹, V. 252–258, wobei auch die (von G. hier verwendete) Bezeichnung »citi« (»schnelle«) für die Jamben des ›Trimeter purus‹ fällt (im Griechischen als Dialogvers, jedoch nicht in der Lyrik verwendet, während im Lateinischen z. B. Catull im ›Phasellus‹-Gedicht von ihm ›Lyrischen Gebrauch‹ macht): »Eine lange Silbe, an eine kurze gehängt, nennt man Jambus – ein schneller Fuß –, wonach auch die jambischen Trimeter ihren Namen erhielten, obgleich er ⟨der Fuß⟩ sechsmal den Takt schlug, vom ersten bis zum letzten Jambus sich gleich. Nicht lange vorher hatte er, um etwas langsamer und gewichtiger zu Ohren zu kommen, standfesten Spondeen Anteil an den vom Vater ererbten Rechten gegeben« (Übers. Eckart Schäfer). In »citi Iambi« hat G. die emotionalen Wechselreden Graf – Burgvogt, Gräfin – Burgvogt verfaßt. – *26 Trimeter ⟨...⟩ Dimeter:* Beispiele für den Wechsel von jambischem Trimeter und (akatalektischem) Dimeter: Archilochos; Horaz: ›Epoden‹; Seneca: ›Medea‹, V. 771–786. – *30–37:* Die Verse erproben das Schema des sogen. Sapphischen Hendekasyllabus (Elfsilbers: 1. und 2. Periode der Sapphischen Odenstrophe); zumindest die beiden letzten Verse lassen sich dem vom Grafen getadelten Burgvogt zuweisen.

266 *2–16:* Die hier versammelten metrischen Schemata werden anschließend durch (erfundene?) Verse realisiert (die Beispiele 1–3 sind nachträglich mit Bleistift gestrichen). Beispiel 2 stellt den katalektischen trochäischen Tetrameter vor (die Mitteldihärese ist durch Doppelstrich, im Versbeispiel sogar durch Zeilenumbruch hervorgehoben); für die Ausfüllung der 2. und 6. Senkung durch zwei Kürzen wird kein Textbeispiel gegeben; der Vers begegnet häufig in der Komödie, daher wohl das Stichwort »Aristoph⟨anes⟩«. In Notenwerten ist eine dreizeilige Strophe fixiert (2 Glykoneen, abschließend Pherecrateus; Fehler im 3. Element des 2. Verses? Die erste Achtelnote dort als Viertel oder punktiert zu lesen?), in Anlehnung an die Oden der äolischen Dichter bzw. des Horaz; durch die Notation lassen sich Gewichtungen besser differenzieren (s. auch die beiden folgenden Blätter). – *19 f.:* Worte des alten Grafen an seine Getreuen? – *23 ErnstKampf:* nach DWb tautologisch, da »Ernst« bereits »Kampf« (ahd. »ernust«) bedeute. – *31 Wortschall:* Siehe die Szene »Burgvoigt. Ritter« (S. 256, 15–29). – G.s metrische ›Experimente‹ (s. auch zu S. 267,17–25) sind denen Klopstocks in den ›Fragmenten über Sprache und Dichtkunst‹. Hamburg 1779 (»Neue Silbenmaße«, »Vom deutschen Hexameter«) und im ›Messias‹ (Vorrede zum 2. Bd., 1755; »Vom gleichen Verse«: 4. Bd., 1773) auffallend ähnlich.

267 *2–13:* Die folgenden metrischen Schemata erklärt WA für nicht zugehörig; doch entsprechen sie teilweise den I/6, ⟨b⟩, ⟨c⟩ und ⟨f⟩ notierten: trochäischer Tetrameter; Glykoneus, Pherekrateus,

hinzu kommt der Asklepiadeus minor. – *17–25:* Glykoneen (der letzte Vers ein Pherekrateus), wobei dem Chorjambus ein troch. Element vorgeschaltet ist. – Die Verse (die in zwei Strophen die Trias Neigung, Liebe, Freundschaft zunächst charakterisieren, dann in Aktion zeigen; s. auch *Maximen und Reflexionen*, Nr. 389 f.; Bd. 17, S. 787), sind keine Übersetzung, sondern eigene Dichtung (im *Löwenstuhl*-Plan allerdings nicht zu situieren), wie aus den Varianten hervorgeht: V. 1: »schwärmet 〈...〉 umher« aus: »reget die Flügel so gern«; V. 3 f.: »bescheiden 〈...〉 Stunden« aus: »und ersehnt sich den Blick / die sie bescheiden von ferne steht«; V. 6: »Der mit 〈...〉 ringt« aus: »Dem sich 〈...〉 beugt«.

39–268 *4:* Die Versfragmente, im GSA unter den Hss. der *Ballade* aufbewahrt (den Moment des Wiedererkennens zwischen Vater und Tochter – Sänger und Gräfin – andeutend, der erst in den nach 1813/14 konzipierten Schlußstrophen ausgeführt ist), lassen sich vom Metrum her nur dem Schauspiel oder der Oper zuordnen.

269 *6 Die Kinder 〈...〉 gerne:* Dieser ›Arbeitstitel‹, der in G.s Tagebuch zuerst am 28. Oktober 1813 (leicht variiert am 31. Oktober) erscheint, wird bis 1817 beibehalten (Dokumente 6–8, 10, 19) und erst mit der Publikation der *Ballade* 1820 abgelöst. – Varianten (bezogen auf die spätere Überlieferung, s. S. 175–178): V. 24: »in die Höhe« (zu »in dem Arme«); V. 71: »recht« (zu »Recht«); V. 75: »fürstliche« (zu »Toben und«).

270 *44 auf grünendem Platz:* Anklang an die Ballade ›The Beggar's Daughter of Bednall-Green‹. Vgl. dort 2. Teil, V. 50: »A poore beggars daughter did dwell on a greene« (»Eines armen Bettlers Tochter hatte ihre Wohnung auf einer Wiese«) – womit das ›unbehauste‹ Leben der Fahrenden veranschaulicht wird.

271 *80 Die Bettlerinn 〈...〉 Bettlergeschlecht:* Vgl. die Schmährede von Giacchettos Vater in Boccaccios ›Il Decamerone‹ II 8: »Lasciagli stare 〈Gianettas Kinder〉 colla mala ventura che Iddio dea loro: chè essi fanno ritratto da quello onde nati sono. Essi son per madre discesi di paltoniere, e per ciò non è da maravigliare se volentier dimoran con paltonieri« (›Laß sie gehen in des Unglücks Namen, das ihnen Gott gebe; sie bezeugen ja nur ihre Abkunft. Von der Mutter her stammen sie von einem Bettler ab, und darum ist es kein Wunder, wenn sie gern bei Bettlern sind‹; übers. von A. Wesselski). – *31 f. Schaffner / exponirt sich:* später hinzugefügt. – *34 fernere:* aus: »indessen«. – *35 Löwenstuhl:* später hinzugefügt. – *36 die Herzogin:* davor gestrichen: »Der Herzog«. – *39 Herzog:* später hinzugefügt.

272 *2 Burgplatz und:* darüber gestrichen: »Prachtsaal«. – *15 Chor der Frauen Schaffner:* später hinzugefügt. – *22 die übrigen ab:* später hinzugefügt.

273 *16 / 21 Tanz der Daemonen / Daemon erwacht:* Dämonen als dramatis personae hatte G. für den 2. (unausgeführten) Teil der *Pandora* vorgesehen (im Schema, aber auch im Personenverzeichnis; Bd. 9, S. 151 und 1147), dort als gute Geister – vielleicht als ›stumme‹ Bildwerke –, wie sie Christian Gottlob Heyne in seiner Schrift ›Über den Kasten des Kypselos‹ (1770), zu dessen Bildprogramm sie gehörten, beschrieben hatte. Feindlich-zerstörerische Dämonen (den »Genien« entgegengesetzt) gewinnen in *Des Epimenides Erwachen* vorübergehend die Oberhand (Bd. 9, S. 195). Für die Hausdämonen im *Löwenstuhl* siehe Morris' Deutung: »Der fledermausartige Dämonentanz drückt im Symbol den Zustand des leerstehenden und den Hausgeistern überlassenen Schlosses aus«; der Schall »erweckt den Dämon des Palastes, der die Jahre seit der Flucht des alten Besitzers verschlummert hat. 〈...〉 Das Motiv des symbolischen Schlafs entnahm Goethe seiner eben beendeten Epimenides-Dichtung« (S. 105 f.). Der Prolog des Dämons sollte vermutlich die im Schauspiel vom Burgvogt referierte Vorgeschichte bis zur Vertreibung des Grafen berichten. – *30 Erstaunen über die Leere:* nachträglich mit Blei eingefügt. – *36–39 Denn die Treue 〈...〉 Fülle zu:* nach Morris (S. 106) Verse des ›neuen Chors‹, bezogen auf »die Freigebigkeit des Usurpatorkönigs gegen seinen siegreichen Feldherrn, den Herzog 〈...〉, der hier dem Grafen des Dramas entspricht«.

274 *8 Tochter nachher Söhne:* aus: »Kinder«. – *10 Weitere Exposition:* danach zunächst »Neugierde der zwey jüngeren / Ab mit dem Schaffner« (gestrichen). – *19 ab mit dem Schaffner:* nachträglich angefügt. Durch das ans Ende der Szene verlegte Hinzukommen der Söhne wirkt der (für das nachfolgende vertrauliche Gespräch zwischen Mutter und Tochter nötige) Abgang des Schaffners natürlicher und wird zusätzlich Raum für ein neues Motiv, die für den späteren Einlaß des Bettlers (Fürsten) nützliche Vorbereitung des Schaffners durch die Herzogin, gewonnen.

275 *12 Das Geheimniß zu erfahren:* Die in WA und allen späteren Editionen nach diesem Vers aufgrund des unvollständigen Konditionalsatzes markierte Leerzeile existiert in der Hs. nicht, war also eine Konjektur. – *14 wird:* aus: »Wird mich«. – *20 Sie 〈...〉 Mutter:* danach in der Hs. 10 cm Spatium, wohl für die Werbung des Königs; die Entdeckung der Herkunft der Tochter steht, wie aus dem folgenden Duett hervorgeht, erst noch bevor; falsche Reihenfolge bei Morris, S. 108 f.

276 *5 Es ist ein Mährchen:* Die Tochter, die hier dem König die niedere Abkunft ihrer Mutter und damit die eigene bekennt, weiß selber nicht die volle Wahrheit und erklärt daher Gerüchte über die fürstliche Deszendenz für Erfindung; der König scheint dage-

gen in seinen Vermutungen (Ähnlichkeit zwischen ihr und den Ahnenbildern; Verstellung des Bettlers) näher an der Wahrheit als sie. Neu ist das Motiv, daß die Tochter des Grafen geraubt und Anlaß zu einem weiteren Krieg geworden sei (in der Vergangenheit –, wohl nicht, wie Morris, S. 109, meint, Motiv für eine künftige Rückeroberung der Herrschaft durch den vertriebenen Fürsten). – *22 Nur ein verstellter:* aus: »Nein nein der Alte / Ver⟨stellte sich⟩«. – *36 Kinder* ⟨...⟩ *Jagd Chöre:* danach in der Hs. größeres Spatium. Die folgenden beiden Verse Rechtfertigung des Schaffners für sein Mitleid mit dem Bettler (Morris, S. 110)? Danach in der Hs. wieder Spatium. Der folgende Vierzeiler: Spott der Jagdgenossen über den gescholtenen Schaffner (Morris, ebd.)? Vgl. S. 257,36 f.: »Jene ziehn / Die Jagdgenossen schadenfroh an mir vorbey«.

277 *12 Chor der Frauen:* danach gestrichen: »Die zwey Knaben«. - *32–35 Die vorigen* ⟨...⟩ *Widersetzt sich:* die im Schauspiel hierzu vorliegenden Versentwürfe (S. 262,10–19) bereits völlig opernhaft (Morris, S. 111).

278 *1 Die vorigen der Herzog:* identisch mit der im Schema (S. 272,21) sogenannten »Hauptscene«? - *17 Schatz und Rüstkammer:* aus: »Löwensaal«. – *31 Eine Rüstung* ⟨...⟩ *redet ein:* »In dieser Rüstung steckt der Alte, der hier am Schlusse natürlich erscheinen und seinen Einspruch gegen die Übertragung seines Besitztums erheben muß« (Morris, S. 113). Vor dem gesamten ›Ensemble‹, erweitert um die in den Rüstungen verborgenen Gefolgsleute des alten Grafen, die auch als ›Chor‹ Sprache erhalten, konzentriert das theatralisch hochwirksame Finale die feierliche Schenkung, die Aufklärung über die Herkunft und die Besitzverhältnisse und die Aussöhnung zwischen dem alten und dem neuen Besitzer, wobei (über den in der später vollendeten *Ballade* aufs Familiäre reduzierten Schluß hinausgehend; s. aber im Kommentar S. 511 den Hinweis auf die Deutung Mathias Mayers) auch das Verhältnis zur Staatsspitze geklärt und begründet wird, indem der Heirat des Königs mit der Tochter des Herzogs (der Enkelin des Grafen) kein trennendes ›Geheimnis‹ mehr im Wege steht. – Die im Szenar vermerkte »Bewunderung der Rüstung« (S. 272,35) wie der Waffen und Schätze überhaupt, die der »Entdeckung« vorausgeht, dient der Klimax auf diese hin (die gleichwohl überraschend wirkt) und verleiht ihr auch fürs Auge den Hintergrund an Macht und Besitz, der die Legitimation der angestammten Herrschaft unterstreicht. – *34 Die Rüstungen werden lebendig:* Morris (S. 114) verweist für diesen »poetischen Technizismus« auf einschlägige Erfahrung G.s; so hatte dieser am 13. September 1782 bei einem Essen im Weimarer Zeughaus »einen der in der Reihe aufgestellten Harnische zum

Schrecken der Mädchen belebt« (Fritz v. Stein; anekdotisch ausgemalt von Wilhelm Bode; s. Herwig, Bd. I, Nr. 644 mit Kommentar, Bd. V, S. 62). Wilhelm von Kügelgen berichtet in seinen ›Jugenderinnerungen eines alten Mannes‹ über G.s ›lebendigste Teilnahme‹ an den alten Harnischen während eines Besuchs der Rüstkammer in Dresden (April 1813; richtig: 22. September 1810; Herwig, Bd. II, Nr. 3277 mit Kommentar, Bd. V, S. 262). S. auch *Faust II*, V. 10547–70: Mephisto hat die »Waffensäle ringsum ausgeräumt« und mit den Rüstungen ein gespenstisches Heer aufgestellt (Bd. 18.1, S. 300).

279 *1–12 Und er baute ⟨...⟩ Gerechtigkeit:* außerhalb des Schemas notiert, zugleich der letzte Eintrag im Oper-Faszikel. Das Bruchstück ist dem Dialog zwischen dem alten Grafen und den Kindern zuzuordnen und berichtet die Vorgeschichte der Löwenstuhl-Siftung durch den Grafen: dieser hatte offenbar im Jähzorn einen Knaben (Pagen?) erschlagen, der eine kostbare Schale zerbrochen hatte, und gründete nun aus Reue und um künftigem Strafen aus unkontrolliertem Zorn vorzubeugen, einen Schutzort, von dem aus überlegt und abgewogen Recht gesprochen werden sollte, den »Löwenstuhl« (zu dessen Ausstattung s. im Schauspiel-Plan S. 261,8 und Kommentar). Vielleicht ist dieser Eintrag erst in Wiesbaden entstanden, unter dem Eindruck der von Bernhard Hundeshagen (s. S. 598) referierten Forschungsergebnisse zur Gelnhausener Barbarossapfalz, worüber G. am 1. August 1814 seiner Frau schrieb: »Über Gelnhausen hat er mir die schönsten Dinge gesagt. Auf meiner Rückreise hoff ich das mit Augen zu sehen. Er scheint die Zeiten critisch zu sondern und, da er von der Technic ausgeht, das wachsende derselben sehr schön und einsichtig auszulegen.« So könnte auch zu dem von G. schon in Gelnhausen selbst bemerkten »Zierrath« der Pfalz ein an der Hofwand des Pallas angebrachtes figürliches Bogenfeld gehören, das einen »stehende⟨n⟩ Herrscher mit Schwert und Buch zwischen zwei knienden Gestalten« zeigt (zuerst wohl über der Doppeltür eines Verkündbalkons angebracht, jetzt in der Torhalle aufbewahrt; s. nebenstehende Abbildung und dazu Walter Hotz: Pfalzen und Burgen der Stauferzeit. Darmstadt 1981, S. 78 f.). – *20–33 Mit dem Alten ⟨...⟩ ersann:* Von diesen in Gelnhausen und Hanau am 27./28. Juli 1814 auf Zetteln notierten Versen sind die beiden ersten im Oper-Faszikel der Szene »Der Herzog entrüstet zurück ⟨...⟩« (S. 276,39 f.) als Worte des Schaffners gedeutet, die folgenden beiden der Szene »Tochter. König« (S. 275 f.) zugeordnet worden (als Notiz zum Zeichen der Erledigung durchgestrichen). Die Zuordnung des folgenden Verses (»Und du ⟨...⟩ der Ganze«) bleibt offen, während die letzten drei Verse sicher zur Gründungs-

Bogenfeld mit richtendem Herrscher
Gelnhausen, Kaiserpfalz

geschichte des Löwenstuhls gehören (von den Enkeln gesprochen?). Nach »O die Weisheit des Beherrschers« ist in der Hs. gestrichen: »O das gute Vater Herz«.

In seiner Studie ›Mikrologisches zu Goethe‹ (in: Teilnahme und Spiegelung. Festschrift für Horst Rüdiger. Hg. Von Beda Allemann und Erwin Koppen. Berlin/New York 1975, S. 275–294) hat Hans-J. Weitz einige Verse, die bisher als Paralipomena zum *West-östlichen Divan* gegolten hatten, mit triftigen Argumenten dem Plan der *Löwenstuhl*-Oper zugewiesen:

(a)
4 Verse, die G. auf einem mit »Fragmente« überschriebenen Folioblatt notiert hat, an der Spitze von 11 Texten (»im Umfang zwischen einer Zeile und acht Zeilen«), von denen jedoch nur 6 eindeutig zum *Divan* gehören (Hs. GSA 25/XI,XIV,10; Abb. in SchrGG 26, 1911, Tafel XXVIII); s. auch in diesem Bd. S. 25 (und Kommentar):

Daß des Hauses Glanz sich mehre
Als ein ewig Eigenthum
Und der Sohn so halt auf Ehre
Wie der Vater hielt auf Ruhm

(WA I 6, S. 342: H 10; Par. 13; AA Divan, Bd. III, S. 48, Par. 58). Weitz korreliert die Verse im Formalen mit anderen vierhebigen Trochäen wie »Ja du sollst die Meine werden ⟨...⟩« (S. 275,23–32, auch gleiches Reimschema), inhaltlich mit den Eingangsversen »Denn die Treue ⟨...⟩« (S. 273,36–39), teilt sie als »Anrede« dem greisen Bettler zu und datiert sie in die Reisetage zwischen dem 27. Juli und dem 1. August 1814, also in die Zeit der Arbeit am *Löwenstuhl*-Plan, dem er sie zuordnet (S. 281).

(b)
(Vers-?) Zeile, gleichfalls auf dem Blatt »Fragmente« notiert:

Und da schleppt sich ein Mann auf den Knieen.

(WA I 6, S. 476: H 10; Par. 13d; AA Divan, Bd. III, S. 49, Par. 65) Weitz: »vielleicht dem *Löwenstuhl*-Komplex anzuschließen – wenn wir annehmen, daß der scharf umreißende, körperhafthandlungshaltige Satz die *Hülfsbedürftge kummergraue / Schlechtbekleidete Gestalt* des *hochbetagten Mannes* ⟨S. 260,5–7⟩ meine, der im Begriff wäre, sich in den Schutz des Löwenstuhls zu retten«; doch sei wohl weniger an Hinfälligkeit als an die (im Schauspiel-Entwurf erwähnte) »Ehrfurchts-Haltung« vor dem Löwenstuhl zu denken (vgl. S. 261,10: »Beugt die Knie davor«).

(c)
(Vers-?) Zeile, die zusammen mit *Divan*-Fragmenten (auf kleinen Zetteln) auf ein größeres Blatt geklebt worden ist (Hs. GSA 25/XI,XIVa,15):

Trumpf: Und wenns der Vater wäre

(WA I 6, S. 479 f.: H 63; Par. 24; AA Divan, Bd. III, S. 49, Par. 66). Weitz: »Bestandteil der dramaturgisch-dialogischen Konzeption zur *Löwenstuhl*-Oper«, wohl kein vierhebig-trochäischer Vers, sondern Notiz einer Frage, die den Inhalt des Trumpfs bildet: »Ausgespielt von der Gattin, müßte er den Herzog, der gegen den ⟨...⟩ Bettler wütet, erinnernd zur Besinnung bringen ⟨...⟩. ⟨...⟩ was die Frau nun ausruft, ⟨...⟩ ist die aufblitzend erahnte Wahrheit« (S. 283).

REQUIEM
dem frohsten Manne des Jahrhunderts

Fürst Charles Joseph Lamoral de Ligne (1735 Brüssel bis 1814 Wien; s. die nebenstehende Abbildung), österreichischer Diplomat und Offizier, Generalfeldmarschall, weitgereist, als geistreicher Schriftsteller geschätzt (›Mélanges militaires, littéraires et sentimentaires‹; 34 Bde.), Freund und Förderer des alten Casanova, hatte Goethe (dem »auteur de Werther ⟨...⟩ Et tête diplomate, et savante et pensante«), dem er durch seinen Ruf längst bekannt war, bereits Anfang 1804 mit einem Gedicht, »A Lui«, gehuldigt, das er am 21. Oktober 1803 aus Begeisterung über eine Goethezeichnung verfaßte (abgedruckt in ›Goethe und Österreich‹. Hg. von August Sauer. 1. Teil. Weimar 1902, S. 115 f.). Goethe hatte seinerseits mit Versen geantwortet (*An den Prinzen von Ligne;* »In früher Zeit, noch froh und frei ⟨...⟩«; Bd. 6.1, S. 86), in denen er sich nicht nur erstaunlich freimütig zu seinem eigenen Dichterberuf bekannte, sondern auch den Adressaten seinen Freunden zuzählte (kritisch über dessen eitle Reaktion: Marianne von Eybenberg an Goethe am 23. Juli 1804: GJb 14, 1893, S. 41). Über die erste persönliche Begegnung in Karlsbad 1807 (Tgb. vom 11. Juli) berichtet Goethe rückblickend in den *Tag- und Jahres-Heften* zu 1807: »Nun aber schloß sich mir ein neuer Kreis auf: Fürstin *Bagration*, schön, reizend, anziehend, versammelte um sich eine bedeutende Gesellschaft. Hier ward ich dem Fürsten *Ligne* vorgestellt, dessen Name mir schon so viele Jahre bekannt, dessen Persönlichkeit mir durch Verhältnisse zu meinen Freunden höchst merkwürdig geworden.

Ferdinand Jagemann
Charles Joseph de Ligne
Ölgemälde
1811

Seine Gegenwart bestätigte seinen Ruf; er zeigte sich immer heiter, geistreich, allen Vorfällen gewachsen und als Welt- und Lebemann überall willkommen und zu Hause« (Bd. 14, S. 191). Noch zwei weitere Begegnungen sind den ›Badezeiten‹ zu verdanken: in Teplitz im August und September 1810 und im Juli und August 1812 (dort u. a. am 19. Juli, dem Tag der Begegnung mit Beethoven), wo Goethe, der seit 1810 mit de Lignes unehelicher Tochter, »nach der gewöhnlichen Annahme seine Enkelin, die Tochter seines ⟨1792 im Krieg gefallenen⟩ Sohnes Karl« (August Sauer in ›Goethe und Österreich‹. 1. Teil, S. 335), Christine (›Titine‹, 1786–1867; seit 1811 verh. O'Donell), Begleiterin der Kaiserin Maria Ludovica von Österreich, bekannt und befreundet war, auch einen Sohn des Fürsten kennenlernte (Tgb. vom 5. August 1812). Vom 12. bis 17. Oktober 1811 war es in Weimar, wo de Ligne sich zu diplomatischen Gesprächen bei Carl August aufhielt, zu täglichen Treffen Goethes mit dem »Dechant aller Prinzen« (Goethe an Christine O'Donell, 10. November 1811) bei Hofe gekommen (Tgb.). De Ligne setzte die Preisgedichte auf Goethe während der Teplitzer Kuraufenthalte fort (1810 oder 1811: »En secouant ses beaux cheveux mouillés ⟨...⟩«; 1811: ›A monsieur de Goethe. Attestat‹: »Comme un autre satan ⟨...⟩«; 1812: »La Fortune au Lotho ⟨...⟩«; ›Goethe und Österreich‹. 1. Teil, S. 117–121); höher als diese mag Goethe de Lignes vorurteilsfreie Äußerung über *Die Wahlverwandtschaften* geschätzt haben, die er Carl August brieflich übermittelt hatte und die er in seinem Brief an Marianne von Eybenberg vom 10. Dezember 1810 zitierte.

Charles de Ligne starb am 13. Dezember 1814. Am 16. Januar 1815 schickte Carl August aus Wien ein Zeitungsblatt mit einer Skizze von de Lignes Leben an Goethe, die Moriz Graf O'Donell, der Gatte von Christine de Ligne, verfaßt hatte (Beilage zur Nr. 10 des ›Österreichischen Beobachters‹, 1815, S. 53 f.; das Zeitungsblatt in Goethes Nachlaß, dem Konvolut GSA 25/XX,13 beigelegt), und forderte Goethe auf, dem Verfasser »ein paar Zeilen Lobes« zukommen zu lassen (BW Carl August–Goethe, Bd. 2, S. 115). Am 24. Januar vermerkt Goethe im Tagebuch: »Herzogs Brief. Pr.⟨inz⟩ de Ligne Leben«; am 29. Januar schreibt er an Carl August: »Der biographische Versuch über Prinz Ligne ist sehr glücklich gerathen und setzt eine schöne Übersicht des Weltwesens voraus. Ich habe mich dadurch auf's wunderbarste angeregt gefunden, und sogleich angefangen, unserm abgeschiednen Freunde ein Requiem zu dichten, wovon einsweilen der Eingang beyliegt. Ich bin schon weit hinein, und wäre wohl schon fertig, wenn nicht die Bewegung der festlichen Tage meine geringe Thätigkeit für das Nächste in Anspruch nähme. Ich hoffe aber bis zur Hälfte Februars das Ganze zu

Stande zu bringen u werde es dann sogleich an Graf Odonel senden ⟨im Konzept, gestrichen: »mit einigen Bemerkungen, die vielleicht dem Componisten, wenn er sich finden sollte«⟩.«

Der für Goethes *Requiem* so anregende Artikel Moriz O'Donells lautet:

Biographische Skizze des Feldmarschall Fürsten Carl v. L
In den letzten Wochen des so eben verflossenen Jahres wurden der Hof, die Armee, und der gesellige Verein unserer Hauptstadt durch den Tod des Feldmarschalls Fürsten v. *Ligne* in Wehmuth und Trauer versetzt.

Er war im Jahre 1735 zu *Brüssel* geboren. Seine Kindheit entwickelte früh jenes Aufstreben nach höherer Geistesbildung, das ihm bis zum Grabe treu geblieben, und zugleich den ritterlichen Muth, der durch eine frühe Vertraulichkeit mit der Gefahr unterhalten und gesteigert, sich in den nachherigen Kriegen glänzend bewährt hat. In dem Vorgefühle seiner künftigen Bestimmung hörte er aus seiner Kinderstube die Schlacht von *Fontenoy*, (1745), und ergötzte sich an dem Anblicke der Beschießung von *Brüssel* (1746).

Die Jünglingsjahre weihte er dem Studium der classischen Litteratur, und vorzüglich der Kriegs-Wissenschaften, welche er forthin bis an das Ende seiner Laufbahn leidenschaftlich betrieb.

So ausgerüstet trat er im Jahre 1755 in österreichische Kriegsdienste, und erhielt eine Compagnie in dem Regimente seines Vaters.

Sechzig bedeutungsvolle Jahre unserer Geschichte mit ihren Staatsmännern, Kriegern und Schriftstellern sind an diesem merkwürdigen Manne vorüber gegangen; in deren Begebenheiten er bald als handelnde Person thätig eingegriffen, bald sie als geistreicher Beobachter in Denkschriften und Briefen den Zeitgenossen und der Nachwelt überliefert hat. So hat er die Schlachten von *Collin, Görlitz, Breslau, Leuthen*, die Belagerung von *Schweidnitz*, an denen er rühmlichen Theil genommen hatte, mit treffenden Bemerkungen und höchst originellen Ansichten geschichtlich dargestellt. In demselben Jahre 1757 wurde er zum Oberstlieutenant befördert. Im Jahre 1758 befand er sich bei dem Siege von *Hochkirchen*, eroberte mit stürmender Hand, den sogenannten großen Garten von *Dresden*, und wurde mit der Obersten-Stelle belohnt. Im Jahre 1759 wurde er mit der Nachricht von dem Siege bei *Maxen* an König *Ludwig* den XV. gesandt. – Im Jahre 1760 befand er sich bei der Einnahme von *Berlin* und der Schlacht von *Torgau*.

Nach dem Hubertusburger-Frieden, bei Gelegenheit der Krönung *Josephs* des II. zum römischen Kaiser, wurde er im Jahre 1764 zum Generalmajor befördert, und begleitete (1770) diesen Fürsten zu jener denkwürdigen Zusammenkunft mit König *Friederich* dem II. zu *Neustadt*, von der uns Fürst v. *Ligne* eine mit so viel Scharfsinn, als liebenswürdiger Eigenthümlichkeit entworfene Schilderung hinterlassen hat.

Im Jahre 1771 wurde er Inhaber eines Infanterie-Regimentes, Feldmarschallllieutenant und Ritter des goldenen Vließes.

Jene glückliche Periode unserer Geschichte, welche zwischen dem siebenjährigen und dem Ausbruche des Türkenkrieges eingeschlossen, zwar die kommenden Erschütterungen vorbereiten sollte; aber mit geringen Ausnahmen für *Mittel-Europa*, dem Privatleben in Bezug auf Geistesgenuß blühend und freundlich dahin floß: scheint in dem Fürsten von *Ligne* den Drang nach literarischer Auszeichnung, nach Erweiterung seiner Kenntnisse, und jenen liebenswürdigen Hang zur Geselligkeit vorzüglich begünstigt zu haben, der von einer hochherzigen Gemüthsart eine edle Richtung, und von seiner Verbindung mit den merkwürdigsten Männern seiner Zeit besondere Anmuth und Würde erhielt. In diese Epoche, in welcher er sich noch im Genusse eines ansehnlichen Vermögens befand, fallen seine Reisen nach *Italien* und der *Schweitz*, nach *Frankreich, Teutschland* und *Pohlen*, die häufigen Besuche, mit welchen er von den Prinzen des französischen Regenten-Hauses auf seinem schönen Landsitze *Belœil* beehrt wurde; seine Bekanntschaft mit *Montesquieu*, d'*Alembert, Rousseau*, sein Umgang und Briefwechsel mit *Voltaire*, und sein ehrenvoller Antheil an *Friedrichs* II. Vertraulichkeit.

Auch von der größten Frau ihrer Zeit sollte eine so seltene Vereinigung mannigfaltiger Naturgaben nicht unbemerkt bleiben. Im Jahre 1787 wurde er mit wichtigen Aufträgen an die Kaiserinn *Catharina* II. gesandt. Mit vieler Laune scherzt er in seinen Briefen über die mannigfachen Sonderbarkeiten, zu welchen die Versetzung eines so glänzenden Hofes an die Ufer des *Boristhens* die Veranlassung war.

In der Eigenschaft eines General-Feldzeugmeisters und in einer militärisch-diplomatischen Sendung begab er sich im Jahre 1788 zu dem Fürsten *Potemkin* und begleitete die Bewegung der russischen Armee bis nach der Eroberung von *Ozakoff*.

In dem Feldzuge von 1789 commandirte er mit vieler Auszeichnung ein Armee-Corps, theilte selbst mit *Laudon* den Ruhm der Einnahme von *Belgrad*, und wurde zum Commandeur des Maria Theresien-Ordens ernannt.

So endigte seine militärische Tätigkeit.

In den darauf folgenden Kriegen war es ihm nicht vergönnt, für die Erhaltung eines Staates zu kämpfen; an den er, unter Kaiser

Carl VI. und *Eugen* von *Savoyen* geboren, durch die frühesten Eindrücke der Jugend sowohl als durch ein hohes Pflichtgefühl gebunden war. Diese Gesinnung beurkundete sich bald nach dem Ausbruche der französischen Revolution, als er sein in *Brabant*, von einer so langen Reihe von Ahnen angestammtes Vermögen Preis gab, um der schuldigen Treue gegen seinen Souverän genug zu thun. Eine herbere Prüfung hatte ihm jedoch das Verhängniß bestimmt. Im glorreichen Kampf gegen *Frankreich* im Jahre 1792 fiel sein würdiger Sohn, der Oberst Fürst *Carl* von *Ligne*.

Der einzige Schmerz, über den die Kraft seines Gemüthes ihn nie empor hob. – Diese Wunde blutete noch in dem Vaterherzen, da es brach.

Im Jahre 1807 wurde er zum Capitän der Trabanten-Leibgarde und Hofburgwache, im Jahre 1808 aber zur Würde eines General-Feldmarschalls erhoben, welche durch eine seltene Fügung von seinem Vater und Großvater ebenfalls bekleidet worden war.

So weit sein öffentlicher Beruf. Und nun sei es uns vergönnt, auch seinem Privatleben näher zu treten, wenn es nicht zu anmaaßend ist, das in wenige Worte fassen zu wollen, was das Resultat einer langen Reihe interessanter Jahre war, während welcher Er, ein Mann von seltener Persönlichkeit, ein Muster alt-französischer Feinheit und Grazie, mit ausgezeichnetem Erfolge über das gesellige Leben geherrscht hat. Eine Existenz, wie seine, war eine ganz eigene Erscheinung, die von dem nicht begriffen werden kann, der nicht Zeuge davon war. Durch seine vielen Verbindungen in allen Theilen des cultivirten Europa, noch mehr durch seine witzigen Worte, die oft mit unglaublicher Schnelligkeit in den entferntesten Ländern wiederholt wurden, war er nicht sowohl das Eigenthum einer Familie, eines Kreises von Freunden, einer Stadt, als er dem ganzen gebildeten Geschlechte seiner Zeit angehörte, und dennoch – von der Familie, von den Freunden, von der Stadt, in der er lebte, wurde er geliebt, als wäre er einzig für sie alle gewesen. Mit seinem Rufe griff er in die entfernteste Welt, mit der unerschöpflichen Anmuth seines Umgangs erfreute er, was in seiner Nähe lebte. Indem er die Gegenwart mit der Heiterkeit seines Humors, und mit der Fülle seines Herzens liebend umfaßte und erwärmte, fühlte man es mit Rührung – er war der Widerhall einer schon verklungenen Zeit.

Das Glück mit seinen Gütern, die Natur mit ihren Gaben, die Zeit mit ihrem Wechsel und den Zufälligkeiten des Lebens hatten ein eigenthümliches Ganze an ihm gebildet. Die Hoheit seiner Geburt, das Wohlwollen so vieler großen oder bedeutenden Männer, die Gunst der Frauen, deren sich seine männliche Schönheit lange noch über die Grenzen der Jugend erfreute, hatten ihn liebend begleitet. Und nun die mannigfaltigen, oft so schwer zu vereinigenden Vorzüge; ein so treffender Witz ohne Dornen, eine solche Lebendigkeit mit so viel Ruhe, so viel Eigenthümlichkeit ohne Unart, die seltene Kunst, ein Gespräch in ein Spiel zu verwandeln, in dem er seinen Gegner gerne gewinnen ließ, und endlich die unerschöpfliche Güte des Herzens, die tiefe Liebenswürdigkeit, das immer rege Bedürfniß, Hülfe und Trost in jedes verwundete Herz zu gießen – hatten über sein ganzes Wesen einen ihm eigenen und eben deßhalb unverwelklichen Reitz verbreitet; jedem Unglücklichen verwandt, war sein Haus eine Freistätte der gebeugten Menschheit, wie es sich der geselligen Freude öffnete. Ihm anzugehören, war schon ein Gewinn – sich seiner Liebe zu erfreuen, ein günstiger, man möchte sagen, ein bequemer Stand im geselligen Leben. Die ganze lebende Generation war unter seinem Schatten aufgewachsen und gereift. So war er für die Jugend ein freundliches Bild der Vergangenheit, und für das Alter ein schonungsvoller Sachwalter der Jugend – ein Mittler zwischen beiden.

Im 80ten Jahre seines anacreontischen Alters, am 13. December 1814, ging er ohne Schmerz und Klage hinüber zur Vergeltung seiner Tugenden, der Familie zum bittersten Schmerze, den Freunden zum tiefsten Kummer, von Keinem unbeweint.

M. O.

Im Wiederabdruck der ›Biographischen Skizze‹ bei Richard Maria Werner: Goethe und Gräfin O'Donell. Berlin 1884, S. 185–192, finden sich die folgenden, wohl auf Mitteilungen der Familie O'Donell zurückgehenden, Zusätze:

Als Überschrift: »Biographische Skizze des Fürsten Carl Lamoral von Ligne, Ritters des goldenen Vließes, Commandeurs des militärischen Maria-Theresien-Ordens, k.k. wirkl. geheimen Raths, Kämmerers, Feldmarschalls, Inhabers eines Infanterie-Regiments, Capitäns der Hofburgwache und Trabanten-Leibgarde. / Wien, im Jänner 1815«.

Zum Schluß die Erweiterung: »Auf dem östlichen Abhange des Kahlenberges, wo sich dem Blicke eine erfreuliche Aussicht über das Marchfeld und fern über den Donaustrom öffnet, liegt im beschränkten Raume ein Gottesacker, die Ruhestätte frommer Einsiedler des Kamaldulenser-Ordens, welche da im Frieden gelebt, und im Laufe der Zeit allmählig ausgestorben sind. Dort im stillen Grabe ruhen die vergänglichen Reste des unvergeßlichen Mannes«.

Goethe hat wohl unmittelbar nach Erhalt der ›Biographischen Skizze‹ mit der Niederschrift des *Requiems* begonnen, den Entwurf (GSA 25/XX,13; WA-Sigle: H^1) – mit Tinte, teilweise über einer ersten, in Blei notierten Fassung geschrieben, dann nochmals mit Blei überarbeitet – jedoch nicht vollendet. Die mit dem Brief vom 29. Januar 1815 an den Herzog Carl August nach Wien geschickte Reinschrift des Beginns (s. auch den Hinweis im Brief, daß das vollendete *Requiem* an die Adresse Moriz O'Donells, und damit an die Familie gehen sollte) ist nicht überliefert; eine Kopie scheint nicht erstellt worden zu sein. Dagegen hat von Goethes Entwurf sein Schreiber Kräuter eine Abschrift angefertigt (H^2; Signatur wie H^1), die, offenbar ohne Goethes Hilfe, die ›Tintenschicht‹ zu übertragen suchte; sie diente dem postumen Erstdruck des *Requiems* in Q I 1 (1836), S. 50 f., als Vorlage; Titel in Q und dem identischen zweiten Abdruck in C^1 56 (1842), S. 49–54: »Requiem, dem frohsten Manne des Jahrhunderts, dem Fürsten von Ligne. Gest. den 14. ⟨sic!⟩ Dec. 1814. (Fragment.)«, wobei die Herausgeber weitere eigenmächtige Texteingriffe vornahmen; s. die Lesarten in WA I 16, S. 556–558).

Textgrundlage: Hs. GSA 25/XX,13 – Egh. G. (Folioheft, 6 Lagen, nur zum Teil beschr.); Varianten (aus der ›Grundschicht‹) s. im Stellenkommentar.

280 *Requiem ⟨...⟩ Jahrhunderts:* Der Titel (als Gattungsbezeichnung in G.s Œuvre singulär, vielleicht im Hinblick auf das katholische Milieu des Verstorbenen gewählt) wie das Konzept des Begleitbriefs (S. 624) weisen auf G.s Intention einer szenisch-musikalischen Aufführung des Textes; Q ordnet diesen denn auch der Abteilung »Cantaten« zu; in der *Ausgabe letzter Hand* wird er unter die *Gedichte* »An Personen« gestellt, wobei die dramatische Struktur übersehen wird (der Charakter und das Leben des Prinzen stellen sich in bewegten Szenen vor, deren ›Personal‹ unter- und miteinander agiert: Der nicht unproblematischen kriegerischen Frühzeit folgt die nicht weniger gefahrenreiche Zeit als Diplomat und Hofmann, der mit dem Tod des Lieblingssohns hereinbrechenden Lebenskatastrophe die Tröstung durch die Familie und die Erinnerung an das reiche Reiseleben, wobei sich das Charakter-Attribut des ›frohsten Mannes‹ immer wieder bewähren muß). Vgl. G.s Charakteristik des »Prince de Ligne« im Brief an Knebel vom 30. August 1810: »Dieser ist in seinem 78. ⟨richtig: 75.⟩ Jahre noch so Hof- und Weltmann, noch so heiter und leichtsinnig als jemals. Er belebt durch seine Anmuth jede Gesellschaft in der er sich befindet«; ähnlich nannte Voltaire de Ligne »den liebenswürdigsten Mann Europas«). – *1–6 Alle ⟨...⟩ geschieden:* Die Eingangsstrophe

nennt mit Leiden, Kämpfen, Lebensgenuß und -freude Elemente menschlichen Lebens, exemplarisch in de Lignes Existenz vereinigt, an den sich der letzte Vers direkt wendet. – *1 f. Alle* ⟨...⟩ *Alle:* von G. ersatzlos gestrichen, in Kräuters Abschrift und sämtlichen Drucken jedoch bewahrt. – *4 Heiterkeit:* eine Haupteigenschaft de Lignes, schon hier und immer wieder genannt. – *vor 7 Genius:* In der römischen Mythologie ist der ›Genius natalis‹ nicht nur der das Neugeborene schützende, erdhafte Elementargeist, sondern auch »das fortzeugende, die Familie von einer Generation zur andern erhaltende Princip« (Ludwig Preller: Römische Mythologie. 2. Aufl. Berlin 1865, S. 69). – Hier wie im folgenden sind die Zuweisungen an die Singstimmen (Vokalquartett sowie, in der Grundschicht, Diskant) erst nachträglich eingefügt; »Tenor« ist geändert aus »Sopran«. – *7–11 hoher Ahnen Geist* ⟨...⟩ *nie Gefahren beugen:* Die ›Biographische Skizze‹ erwähnt, daß bereits de Lignes Großvater und sein Vater den Titel eines General-Feldmarschalls erworben hatten; s. dort auch die Hinweise auf die frühkindliche Bekanntschaft mit dem Kriegswesen, das für den Lebensgang des Prinzen bestimmend wurde. G. betont das Elementare der militärischen Prägung, indem er ihr im folgenden die Stimme des ›Erdgeists‹ verleiht, die Dominanz des Kriegerischen dann jedoch in die Auseinandersetzung mit anderen Lebensmächten geraten läßt: dem Höfisch-Gesellschaftlichen wie, tiefer reichend, mit der Welt des Geistes (vielleicht im Reflex auf den in der ›Biographischen Skizze‹ berichteten Rückzug aus dem aktiven Militärdienst nach 1789). – *20 f. Wenn* ⟨...⟩ *entzweyen:* aus gestrichenem »Maestosissimo / (a) Alles alt! und alles neu. / Dem Vermögen weicht die Scheu. (b) Wie die Alten so die Neuen / Eifersucht wird sie entzweyen«.

281 *28 Verklinge* ⟨...⟩ *Ton:* darüber, gestrichen: »*Chor* / Genien *Discant*«; zuletzt, aber von H² nicht übernommen: »*Genius*«. – *31 baar:* rein, unbedeckt, vielleicht im Bezug auf das Vorausgegangene: ohne Rüstung (möglicher Sinn: ›Doch sind wir, obwohl wir die Liebenswürdigkeit selbst sind, gerade dadurch auch gefährlich‹); H²: »Paar« (d. h. ›wir, die Sylphen‹); um einen Sinn zu konstruieren, hat H² vor V. 28 »*Zwey Sylphen*« eingefügt und den folgenden Dialog zwischen den Genien auf die Sylphen verteilt. – *vor 33 Sylphe:* Elementargeist der Luft und der Erde, zuerst bei Paracelsus belegt (›Liber de Nymphis, Sylphis, Pygmaeis et Salamandris et de caeteris spiritibus‹ 1590; vgl. *Faust I*, V. 1275; Bd. 6.1, S. 569); DWb, Bd. X 4, Sp. 1369–75. – *40 zum Beyspiel:* aus: »zur Leichtigkeit«.

282 *54 f. Wie ernst* ⟨...⟩ *ein Traum:* aus »Das ist es nicht / Das ist ein Trug«. – *60 Tod der Sohn:* Der größte, nie verwundene Schicksalsschlag in de Lignes Leben (s. die ›Biographische Skizze‹) war

der Tod des 1759 geborenen Sohnes Carl am 14. September 1792 in der Schlacht von Croix aux bois; de Ligne erwähnt ihn (und das ihm errichtete Denkmal) im 2. Teil seiner Gartenschrift ›Coup d'Œil sur Belœil‹ (1781, 2. Aufl. 1786, 3. Aufl. 1795; dt. Übersetzung von Wilhelm Gottlieb Becker: ›Der Garten zu Belœil nebst einer kritischen Übersicht der meisten Gärten Europens‹. Dresden 1799 [Reprint: Wörlitz 1995], S. 186 f.), wobei sich die Trauer um den Sohn noch vermehrt im Gedanken an den Verlust des Familienbesitzes Belœil, den die Franzosen konfisziert hatten.

283 *vor 79 Fremde Länder:* Über sein Reiseleben berichtet de Ligne rückblickend: »Ich habe sechs oder sieben Vaterländer – das Reich, Flandern, Spanien, England, Frankreich, Österreich … ich habe mir die Mühe gemacht, meine Reisen einmal zu zählen. Dabei fand ich allein 34 von Brüssel nach Wien, immer über Paris; während dreier Kriege 12 nach Wien mit der Armee und weitere 18 von Belœil nach Paris. Ich habe zweimal Rußland durchquert, zweimal Polen, einmal das Moldaugebiet, die Krim und die Provence. Ich habe zweimal die Schweiz gesehen, einmal England sowie Teile von Italien. Ich schätze, ich habe drei oder vier Jahre meines Lebens im Reisewagen zugebracht« (zit. nach Ludwig Trauzettel, Nachwort zum Reprint von ›Der Garten zu Belœil‹, S. 206; s. auch die ›Biographische Skizze‹). – G. fügt an das ›Requiem im Requiem‹ als Trostmittel etwas anachronistisch (der Großteil der Reisen de Lignes datiert *vor* 1792) den Dank der bereisten Länder an, wobei es für ihn, G. selbst, bezeichnend ist, daß er die (erste?) Solopartie Italien gibt. – *80 hast:* rhetorische Frage (H^2 setzt Fragezeichen). – *81 holde Bilder:* wohl ein Hinweis, daß an eine Revue mehrerer Länder gedacht war. – *87–94 Das Wehn ⟨…⟩ geniest:* aus: »Willst du Luft der Himmelslüfte / Die dem Paradiese gleich / Blumen Blumenfelds Gedüfte / Komm o komm zu meinem Reich // Neues Leben aus dem Grabe / Das Jahrtausende beschließt / Dieses ist der Schatz die Habe / Die ein jeder mir genießt«. – *97 Blumen ⟨…⟩ Pallast:* als Variation von V. 82 auch eine Anspielung auf die von G. noch nicht erwähnte Park- und Gartenleidenschaft des Prinzen (der sich z. B. in ›Klein-Belœil‹ auf dem Kahlenberg bei Wien eine Erinnerungsstätte an das wallonische Belœil geschaffen hatte; s. die Schilderung in ›Der Garten zu Belœil‹. 1. Teil, S. 134–140).

NACHSPIEL ZU DEN HAGESTOLZEN

Nach dem Tod des von Goethe hoch geschätzten Generaldirektors der Berliner Schauspiele und Theaterschriftstellers August Wilhelm Iffland (19. April 1759 bis 22. September 1814; zur Zusammenarbeit an der Inszenierung des *Epimenides* im Sommer 1814 s. Bd. 9, S. 1160–75) hatte die Schauspielerin Friederike Bethmann in einem Rundschreiben an alle Bühnen Deutschlands dazu aufgefordert, zugunsten eines Iffland-Denkmals am 19. April 1815, »als am Geburtstage des Verstorbenen«, eine Benefiz-Vorstellung zu geben und dafür aus seinen »besseren Stücken die besten Scenen« herauszunehmen; sie selbst werde dafür sorgen, »daß von einem unserer vorzüglichsten Dichter eine Rede oder Prolog angefertigt« werde, der dann auf allen Theatern vorgetragen werden solle, »damit uns Alle an demselben Abend *Ein* Geist belebt« (Gräf II, Bd. 4, S. 485). Goethe hatte die (in einem verlorenen Begleitschreiben vom 4. November 1814) ihm vorgetragene Bitte um diesen poetischen Beitrag ebenso wie die Benefiz-Vorstellung selbst in seinem Brief an Friederike Bethmann vom 12. November 1814 unter Hinweis auf seine Überlastung und das Weimarer Theaterreglement abgelehnt (auch Kotzebue sagte ab, worauf Karl Alexander Herklots den Prolog verfaßte; Gräf, ebd., S. 486). Aber Anfang April 1815 traf Goethe selbst Vorbereitungen zu einer Iffland-Feier, wobei er sich der poetischen Mithilfe des Weimarer Oberkonsistorialdirektors Heinrich Carl Friedrich Peucer (1779–1849) versicherte, der sich ihm im Vorjahr als vorzüglicher Gelegenheitsdichter (eines Neujahrsgedichts und eines vaterländischen Schauspiels ›Überraschungen‹) empfohlen hatte (s. WA IV 24, S. 81, 240 f., 379 f.). Peucer schildert Goethes damaligen Antrag rückblickend in den ›Weimarischen Blättern‹. Leipzig 1834, einem Sammelband seiner poetischen Arbeiten (S. 609): »Goethe wünschte, ihm ⟨Iffland⟩ auf dem hiesigen Hoftheater, das er damals noch leitete, eine Gedächtnißfeyer zu veranstalten, und wählte hierzu die beyden letzten Acte der Hagestolzen, die für sich ein idyllisches Ganze bilden. Im April 1815 bat er mich, ein Nachspiel dazu zu dichten; wir wurden einig, daß darin die Hauptfiguren des Stücks, jedoch in poetischer Steigerung, fortspielen sollten: es mußte mithin in Versen geschrieben werden. Goethe übernahm, das Ganze zu ordnen und in die Scene zu setzen. Ich ging frisch an die Arbeit, und sendete ihm bald ⟨am 12. April⟩ die ersten Gruppen zu, mir sein Urtheil darüber erbittend, und nachfragend, ob ich so fortfahren sollte. Am 27. April ⟨nach weiteren Zusendungen⟩ erhielt ich von Goethe folgendes Billet: ›Ew. etc. haben die Gefälligkeit, diese freundlichen Gruppen ferner zu sammeln und abzuschließen ⟨...⟩.‹« Am 30. April sandte Peucer den Schlußteil und erhielt am 1. Mai Goethes Antwort: »Die Zeit ist zu kurz, um darüber zu conferiren; Sie erlauben mir daher eine Redaction nach meinem poetischen Gewissen. Enger muß ich das Ganze zusammendrängen. Nach der Aufführung kann dieß zur angenehmen Unterhaltung dienen. Die ersten Stanzen sind schon in Madame Lortzing's ⟨der Darstellerin Margretes⟩ Händen« (ähnlich über seine Eingriffe, besonders in den Mittelteil, Goethe an Peucer am 5. Mai). In den folgenden Tagen fügen sich Bearbeitung und Proben ineinander. Am 10. Mai findet die Aufführung statt, die zu einer Gedenkfeier auch für Schiller wird, dessen Todestag sich am 9. Mai zum zehnten Male jährte; der Theaterzettel kündigt an: »Zum Andenken Schillers und Ifflands: Der Hagestolzen vierter und fünfter Act, begleitet von einem Nachspiel in Versen« (zur Besetzung s. Gräf II, Bd. 4, S. 491 f.); auf das *Nachspiel* folgten die szenische Darstellung von Schillers ›Lied von der Glocke‹ und Goethes erweiterter *Epilog zu Schillers Glocke* (s. S. 297–300 und Kommentar). Eckermann läßt G. in den *Gesprächen* am 30. März 1824 über die besondere Affinität Schillers zu den ›Hagestolzen‹, dem einzigen Stück Ifflands mit einer Tendenz ins Ideelle, berichten, aus der das gemeinsame Projekt einer Fortsetzung entstanden sei:

> »Ich ⟨Eckermann⟩ lobte Ifflands *Hagestolzen*, die mir von der Bühne herunter sehr wohl gefallen hatten. ›Es ist ohne Frage Ifflands bestes Stück, sagte Goethe; es ist das einzige, wo er aus der Prosa ins Ideelle geht.‹
>
> Er erzählte mir darauf von einem Stück, welches er mit Schiller als Fortsetzung der Hagestolzen gemacht, aber nicht geschrieben, sondern bloß gesprächsweise gemacht. Goethe entwickelte mir die Handlung Szene für Szene; es war sehr artig und heiter und ich hatte daran große Freude.« (Bd. 19, S. 97)

Über die Aufführung am 10. Mai berichtet der Schauspieler Eduard Genast: »Bis auf die letzte Rede, die von Madame Lortzing als Margarethe vortrefflich gesprochen wurde, fand das Nachspiel nur geringen Beifall« (Aus Weimars klassischer und nachklassischer Zeit. Erinnerungen eines alten Schauspielers. Neu hg. von Robert Kohlrausch. Stuttgart, 2. Aufl. 1904, S. 135).

Bereits am 4. Mai hatte Goethe für Cottas ›Morgenblatt‹ eine Einleitung *Zu Schillers und Ifflands Andenken* diktiert (Bd. 11.2, S. 199 f.), der, unmittelbar oder bald danach, eine weitläufigere Abhandlung *Über die Entstehung des Festspiels zu Ifflands Andenken* folgte (ebd., S. 201–204). Beide Texte schickte Goethe am 16. Juni 1815 an Cotta; aber während die Einleitung kurz darauf, am 26. Juni, zusammen mit dem Text des *Nachspiels*, anonym im ›Morgenblatt‹ (Nr. 151; Schluß des Stücks in Nr. 152), erschien, wurde die Abhandlung erst im folgenden Jahr, im ›Morgenblatt‹ vom 18. März 1816 (Nr. 67) gedruckt. Ihr Thema ist der Vorgang der Textentstehung (nicht der Text selbst), den Goethe als Beispiel eines gemeinsamen, ›geselligen Arbeitens‹ einiger allgemeinen »Betrachtungen« für wert hält. Er plädiert für eine solche Zusammenarbeit vor allem bei »Gelegenheits-Gedichten 〈...〉, weil hier keine selbstständigen, dauerhaften Meisterwerke gefordert werden, sondern solche, die nur im Vorübergehen einen Augenblick reizen und gefallen sollen« (S. 202); seinen künftigen Ideen zur ›Weltliteratur‹ schon hier vorarbeitend, schildert er die Vorteile, die ein »wahrhaftes, freies Zusammenarbeiten von verschiedenen Talenten«, »ein solcher poetischer Gemeingeist« den Deutschen, die sich egoistisch zu isolieren und nur ihre »Individualität originell auszubilden« suchten, bringen könnte (auch Iffland habe sich so verjüngt und statt zunehmend düsterer erfreuliche Werke geliefert). Den dramatischen Dichtern sei eine solche Kooperation besonders anzuraten, freilich »mit *reagierenden* Freunden«: »Ich brauche mit Bedacht den chemischen Ausdruck, welcher nicht allein ein Gegen-, sondern ein Mit- und Einwirken bezeichnet; denn aus Freundes-Kreisen, wo nur Ein Sinn und Ein Ton herrscht, möchte für diese Zwecke wenig zu hoffen bleiben« (S. 203; s. auch den Kommentar S. 849–853).

Ob freilich die Kooperation von Peucer und Goethe vorbildlich genannt werden kann, ist fraglich. Zwar ermunterte Goethe seinen Partner nach dem Erscheinen des ›Morgenblatt‹-Druckes: »Bei nächster Gelegenheit lassen Sie uns etwas Ähnliches versuchen!« (Brief vom 18. Juli 1815); aber er hatte sich vor der Aufführung jede Einmischung in seine Redaktion verbeten; und die versprochene ›angenehme kritische Unterhaltung‹ über die Texteingriffe (5. Mai 1815 an Peucer) hatte nicht stattgefunden. Die Eingriffe waren beträchtlich und wurden von Peucer 1834 bei seinem Wiederabdruck des *Nachspiels* (das zuvor, 1833, in Bd. 45 der *Ausgabe letzter Hand* von Goethes Werken erschienen war) in den ›Weimarischen Blättern‹ nicht nur erwähnt, sondern, sofern es sich um Streichungen ganzer Partien handelte, auch wieder rückgängig gemacht (s. zu S. 288, V. 138 und zu S. 289, V. 150): »Bey der Vorstellung auf der Bühne bemerkte ich nun gar bald, daß in der zweyten und dritten Gruppe Vieles von meiner Arbeit weggelassen, und dagegen die vierte und fünfte Gruppe bis zum Epilog Margarethens, S. 197 bis 202, von Goethe selbst hinzugethan war. Auch kamen hie und da Abkürzungen, Veränderungen, Hinzufügungen einzelner Verse vor« (S. 610). Über Goethes Kennzeichnung des *Nachspiels* als einer ›geselligen Arbeit‹ äußerte sich Peucer kritisch, aber nicht polemisch: »Allerdings war es eben Goethe's Natur und Eigenthümlichkeit, daß in seiner Nähe die Individualität der Anderen erlosch und in der seinigen unterging. Der bescheidene Jüngling ließ sich das vom Meister gern gefallen: eine gesellige Arbeit mit Goethe konnte mir, auch wenn meiner dabey nicht erwähnt wurde, nur zur Freude und Ehre gereichen. Ich habe jedoch für nöthig gehalten, *hier* die eigentliche Bewandtniß der Sache, und was von jener Arbeit mein ist, was nicht, bestimmter darzulegen« (ebd., S. 611).

Peucer hat seine Reinschrift des *Nachspiels* von Goethe nicht zurückerhalten; sie ist auch nicht überliefert. Frühester Textzeuge ist eine Abschrift Kräuters mit dem Datum »Weimar / den 1^{n} May / 1815.«, die als Vorlage für den Abdruck im ›Morgenblatt‹ diente (GSA 25/XXXVI,18; WA-Sigle: H^{1}); sie umfaßt 5 Foliobögen (10 von Goethe paginierte, beidseitig mit Tinte beschriebene Blätter), die in ein Faszikel »Mittheilungen ins Morgenblatt / 1815« (Aufschrift von Goethes Hand, später von Schreiberhand erweitert um »Entwürfe und Concepte« und die Jahreszahl »1816«) eingeheftet sind und dort auf die Prosa-Einleitung *Zu Schillers und Ifflands Andenken* folgen. Die Abschrift ist von Goethe durchgesehen und korrigiert worden; einige Änderungen sind von ihm (im Hinblick auf eine spätere Aufnahme in die *Werke*?) erst nach dem Abdruck im ›Morgenblatt‹ vorgenommen worden. Somit hat die durchgesehene Kräutersche Abschrift und nicht der Journaldruck (nach ihm WA, die lediglich die eindeutig als nachträglich erkannten Änderungen integriert) den höchsten Grad an Autorisation.

Textgrundlage: Hs. GSA 25/XXXVI,18.

284 *Nachspiel zu den Hagestolzen:* Ifflands Lustspiel in fünf Aufzügen ›Die Hagestolzen‹ war 1793 erschienen (s. zu einer frühen Aufführung G.s Tgb. vom 3. Januar 1797) und eines seiner erfolgreichsten Stücke, worauf auch G.s Einleitung im ›Morgenblatt‹ anspielt (Bd. 11.2, S. 199). Die Handlung (sekundär gegenüber der, an Molière geschulten, Psychographie der Personen): Hofrat Reinhold, ein wohlhabender Mann über vierzig, der als Junggeselle mit seiner ebenfalls unverheirateten Schwester und dem Bedienten Valentin zusammenlebt, empfindet seinen Zustand seit längerem als Erstarrung und Vertrocknen; noch ahnt er nicht, daß seine Schwester und Valentin ihn hintergehen und mit seinem Kapital Wuchergeschäfte treiben und diesen Zustand zu erhalten suchen, indem sie unter dem Deckmantel der Fürsorglichkeit jeden

seiner Versuche, ins Leben aufzubrechen, blockieren und vereiteln. Seine Freunde, der unter der Herrschaft seiner Frau leidende Geheimrat Sternberg und der allein seiner Genußsucht frönende Konsulent Wachtel, torpedieren auf ihre Weise seine Bindungsbereitschaft. Dennoch läßt der Besuch seines armen Pächters Linde, der trotz aller materiellen Not glücklicher Ehegatte und Vater ist, den Wunsch sich zu verheiraten in ihm übermächtig werden und veranlaßt ihn, seine Schwester auf Brautwerbung zu Sternbergs ältlicher Cousine zu senden, obwohl ihn der Freund vor ihrer Herrschsucht gewarnt hatte. Das Unternehmen schlägt völlig fehl, weil Reinholds Schwester gegen ihn intrigiert und Sternbergs Cousine kränkt und ihm abspenstig macht. Das Rendezvous zwischen Reinhold und der Cousine wird zum Debakel – und Reinhold erfährt durch die rachsüchtige Frau von den Wuchergeschäften seiner Schwester und Valentins. Während er diesen sofort entläßt, stellt er seine Schwester noch einmal auf die Probe, um ihr hartes Herz und bigottes Wesen nur desto klarer erkennen zu müssen. Angeekelt verläßt er sein Haus und die Stadt (1.–3. Aufzug).

Die Szene wechselt zum Haus des armen Pächters Linde und zeigt, während er selbst noch von der Stadt zurückerwartet wird, seine Familie im Licht ihres genügsamen Glücks, ihrer Eintracht, ihres Fleißes: seine Frau Therese mit den Kindern Bärbchen und Paul und Theresens jüngere, noch ledige Schwester Margrete, die im Haus und in der Feldwirtschaft mithilft. In diese Idylle tritt ein Fremder, der unerkannte Pachtherr Reinhold, der um ein Nachtlager bittet und nun die Gastfreundschaft der armen Leute erfährt. Der heimgekehrte Linde erkennt seinen Pachtherrn, der gerührt der Familie die Hälfte der noch ausstehenden Pacht erläßt. Mehr noch: zwischen ihm und dem ›Naturkind‹ Margrete deutet sich eine Liebesbeziehung an, die, als Reinhold anderntags Abschied nehmen will, aufbricht und in den Heiratsantrag des ›Hagestolzen‹ mündet. Inzwischen sind aber auch Reinholds Schwester, der Diener Valentin, Wachtel und Sternberg eingetroffen, die den Flüchtigen zurückholen und mit Sternbergs Cousine verheiraten wollen. Reinhold weist Valentin vom Hof; ihm folgt die Schwester, die sich Margrete gegenüber erneut in ihrer Hartherzigkeit offenbart hat, während Wachtel und Sternberg Reinholds Entschluß gutheißen, die Braut begrüßen und so mit in das Schlußtableau treten, als Reinhold Margrete mit eben den Blumen bekränzt, die sie ihm als Zeichen ihrer Liebe gepflückt hatte (4. und 5. Aufzug).

Hier knüpft das *Nachspiel* an, das die Idylle transzendiert und vervollkommnet, so daß die durch die Eliminierung der ersten drei Aufzüge ohnehin gemilderten Konflikte und Charakterprobleme (auch und gerade die in der Person Reinholds gegebenen) noch mehr entrückt werden oder, wie G. in der Einleitung schrieb, »auf eine läßliche Weise wieder zur Sprache« kommen und »freundlich beschwichtigt« werden, womit die Bahn frei ist für Margretes Epilog auf Iffland, »welcher, den Zweck des Ganzen näher bezeichnend, die Verdienste jenes vortrefflichen Mannes mit würdiger Erhebung« aussprechen sollte (Bd. 11.2, S. 199). Damit tendieren Peucer/Goethe zu einer Verklärung, die Ifflands skeptischen Realismus entschärft und seiner Hauptfigur die Züge eines ›Schwierigen‹ nimmt, die er selbst bei seinem Weimarer Gastspiel 1796 betont hatte (s. Karl August Böttigers differenzierte und idyllenkritische Analyse »Iffland als Hofrath Reinhold« in seiner anonym herausgegebenen Schrift: ›Entwickelung des Ifflandischen Spiels in vierzehn Darstellungen auf dem Weimarischen Hoftheater im Aprillmonath 1796‹. Leipzig 1796, S. 196–229). Schenkt man allerdings der o. zitierten Äußerung G.s gegenüber Eckermann Glauben, so hat G. bereits in Ifflands Stück selbst (und nicht erst im *Nachspiel*) den Übergang »ins Ideelle« vollzogen gesehen.

286 *82 Hoheit:* in allen Drucken: »Hochzeit«. – *85 f. Eilen ⟨...⟩ zu:* aus: »Den verklärten Höhen zu, / Eingehn in die ew'ge Ruh« (Peucer 1834: »Ihrer Erdenwallfahrt müde, / Knüpfen sie ein *geistig* Band / Droben in dem Sternenland«: V. 84–86). – *nach 90 nach dem Hintergrund:* G. vermied hier offenbar Peucers bemühte Symbolik. Bei diesem gehen die Liebenden umschlungen »nach einem im Hintergrund befindlichen Baum«, um nach Margretes Worten unter ihm ›ein wenig zu kosen‹.

287 *96 Stutzböckchen:* der von den Pächterskindern ins Herz geschlossene Hammel »Stutzköpfchen« in Ifflands Stück, den Therese aus Not hatte verkaufen müssen und den Reinhold wieder ausgelöst hatte.

288 *131 f. Sie ⟨...⟩ gestorben:* bei Peucer statt dieser beiden 35 Verse, in denen Therese das Thema ›Maßlosigkeit‹ illustriert. – *136 Fallendal:* (fiktiver?) Name der Ortschaft, zu der Lindes Pachtgut gehört (s. ›Die Hagestolzen‹ IV 4). – *138 unsre Freude:* Bei Peucer schildert Therese danach den Anblick der schlafenden Kinder und das tägliche Familienglück. Diese Partie (wie auch die von G. getilgten Passagen im folgenden Dialog zwischen Sternberg und Reinhold: s. zu S. 289,150) hat Peucer in der Druckfassung von 1834, »ohne Goethe's Zuthaten wegzulassen«, aus seinem »undeutlichen Manuscript (die Reinschrift erhielt ich von Goethe nicht zurück) wiederhergestellt ⟨...⟩, und ich denke, diese wiederhergestellten Verse sind gerade nicht die schlechtesten« (Weimarische Blätter, S. 611).

289 *150 vorige Woche:* danach bei Peucer, als Pendant zu Theresens häuslichem Gemälde, Lindes Schilderung der Feldarbeit,

der sich ein Lob auf die Hausfrau anschließt, die zu wirtschaften versteht und im Kleinen ein Vorbild auch für die Staatsführung gibt. – In der folgenden ›Dritten Gruppe‹ hat G. gegenüber der Vorlage das Gespräch zwischen Sternberg und Reinhold stark gekürzt und ihm eine andere Wendung gegeben. Peucer läßt Sternberg zunächst seine Einsamkeit beklagen, Reinhold ihn an den Segen erinnern, der aus seiner amtlichen Tätigkeit, aus seinen schöngeistigen und wissenschaftlichen Interessen fließt. Sternberg bietet im Gegenzug die mythologischen Beispiele Ceres und Laokoon auf, um das Unglück der eigenen Kinderlosigkeit vor der Folie dieser Unglücklichen, aber doch mit Kindern Gesegneten noch tiefer erscheinen zu lassen; Reinhold stellt ihm die Gefährdung dieses Segens am Beispiel der Niobe vor Augen. Darauf vollzieht sich der innere Umschwung Sternbergs als Besinnung auf den Segen seiner Arbeit und auf Pflichterfüllung; G. dagegen läßt Sternberg bereits zu Beginn des Gesprächs zur Selbstakzeptanz gelangt sein und läßt in der folgenden Stichomythie Reinhold nurmehr den ›Advocatus diaboli‹ spielen, um des Freundes Positivität zu erproben und noch stärker zu befestigen.

292 *240–247 Dann 〈...〉 erfröhnt:* Während Sternberg bei Peucer nur äußerlich, durch Ablenkung von der eigenen Misere getröstet erscheint (»Verbirgt sich *meiner* Sonne Blick, / Gern nehm' ich Theil an *fremdem* Glück!«), motiviert G. auch hier viel stringenter die innere Zufriedenheit aus dem Berufsethos heraus.

294 *vor 270 ohne aus ihrem Charakter zu treten:* bei Peucer keine Regiebemerkung. Vgl. *Zu Schillers und Ifflands Andenken*: »so daß zuletzt *Margaretha*, ihre Persönlichkeit nicht ganz verleugnend, in einen Epilog höhern Styls übergehen konnte« (Bd. 11.2, S. 199). – *289 Auch diese Bretter haben ihn getragen:* Iffland hatte 1796, 1798, 1810 und 1812 in Weimar Gastspiele gegeben. – *291–297 Hier schien, wie einst 〈...〉 und Saiten floß:* Der Vergleich dürfte sich ganz auf Orpheus, den mythischen Sänger und Kitharaspieler aus Thrakien beziehen, dessen Klänge Pflanzen und Tiere bezauberten, Bäume auf ihn zuwandern ließen, selbst Steine bewegten (eine Fähigkeit, die die griech. Mythologie auch der Lyra des Zeussohns Amphion zusprach). – Wie der mythische Orpheus ist auch Iffland ein Liebling der Musen (lat. Camena, Camoena: die Sängerin, die Muse).

295 *302–307 Pythia 〈...〉 in Dodona's Hayn 〈...〉 Aganippe:* Pythia, die vom Gott Apollon begabte Seherin, weissagte in Delphi; Orakelstätte war auch der heilige Eichenhain des Zeus in Dodona (Epirus); am Helikon, dem Berg der Musen (in Böotien), bewohnte die Nymphe Aganippe die gleichnamige Quelle, deren Wasser zur Dichtkunst begeisterte. – *309 ein leblos Bild:* Für die Kulissenmale-

rei, auf die im folgenden offenbar Bezug genommen wird, fehlen konkrete Angaben. – *323 f. arcadischen Gefilden ⟨…⟩ Tempe:* Die Landschaft Arkadien auf der Peloponnes ist seit Vergil »das Land der Schäfer und Schäferinnen, das Land der Liebe und der Dichtung«, eine »geistige Landschaft« (Bruno Snell). – Tempe, ein Tal in Thessalien, vom Fluß Peneios durchströmt, von den Bergen Olymp, Ossa und Pelion umgeben, galt gleichfalls schon in der Antike als Inbegriff einer lieblichen, paradiesischen Landschaft.

296 *330–336 in dem, was heut ⟨…⟩ in milder Wahrheit:* Am Beispiel des Bruchstücks aus den ›Hagestolzen‹ wird Ifflands dramatische Kunst extrapoliert: als den niederländischen Genrebildern vergleichbare ›kleinmeisterliche‹ Idyllik oder, allenfalls, ins Versöhnliche abgemilderter Realismus. – *332 dreist:* beherzt, freimütig (objektiv dazu berechtigt). – *340 Abendspiel:* Neubildung Peucers? Im DWb und GWb nur dieser Beleg; Dichtung, verstanden als Transzendierung der (Tages-) Wirklichkeit?

EPILOG ZU SCHILLERS GLOCKE

Goethes bereits im Juli 1805 niedergeschriebene, bis 1815 mehrmals veränderte Stanzendichtung ist, wie der Titel schon andeutet, als Teil einer *szenischen* Darstellung konzipiert worden. Das zunächst (und wohl noch eine Weile parallel) geplante große Oratorium, das Schiller, der wenige Wochen zuvor, am 9. Mai 1805 gestorben war, »ein Trauerdenkmal auf dem deutschen Theater setzen sollte«, war nicht zustandegekommen; die Aufführung hatte am 10. November 1805, zur Feier von Schillers Geburtstag, stattfinden sollen (Goethe an Cotta, 1. Juni 1805, und dazu BW Goethe–Cotta, Bd. 3/1, S. 198 f.; s. die Entwürfe Bd. 6.1, S. 904–908: »Schemata zu Schillers Totenfeier«). An dem noch früheren Plan, den ›Demetrius‹ zu vollenden und auf alle deutschen Bühnen zu bringen, war Goethe längst verzweifelt (*Tag- und Jahres-Hefte* zu 1805; Bd. 14, S. 130 f.). Doch wurde am 10. August 1805 auf der Bühne von Bad Lauchstädt im Anschluß an die Aufführung des 3. bis 5. Aufzugs von ›Maria Stuart‹ Schillers Gedicht ›Das Lied von der Glocke‹, gefolgt von Goethes *Epilog*, szenisch vorgestellt; ein Bericht darüber erschien in der ›Allgemeinen Zeitung‹ vom 27. August 1805 (Auszüge im BW Goethe–Cotta, Bd. 3/1, S. 203). Die musikalische Gestaltung, die sich Goethe von Carl Friedrich Zelter erhofft hatte (s. seinen Brief vom 4. August 1805, der detaillierte Vorstellungen entwickelt; Bd. 20.1, S. 108 f.), blieb in Ansätzen stecken (Zelter, am 10. August zu kurzem Besuch in Lauchstädt, beteiligte sich lediglich ad hoc am »Arrangement«), und auch Goethes Wunsch einer Kooperation bei dem ›andren Gedicht‹, dem Oratorium (ebd.), erfüllte sich nicht. Das Manuskript des *Epilogs* hatte Goethe bereits gleich nach der Fertigstellung, am 31. Juli, »eilig« an Cotta für dessen ›Taschenbuch für Damen auf das Jahr 1806‹ (Maria Pawlowna gewidmet) mit der Maßgabe geschickt: »Ich wünsche daß es, gerade wie es geschrieben ist, auf vier Blätter ⟨d. h. 8 Seiten⟩ abgedruckt und wie man es mit Dedicationen zu thun pflegt dem Calender vorgesetzt werde« (BW Goethe–Cotta, Bd. 1, S. 122 f.).

Noch dreimal, am 19. August 1805 in Lauchstädt (mit Schillers Übertragung von Picards Lustspiel ›Der Parasit‹), am 10. Mai 1806 in Weimar (mit drei Aufzügen aus ›Wallensteins Tod‹) und ebendort am 26. Juli 1806 (mit *Iphigenie auf Tauris*), wurde die Gedenkfeier für Schiller wiederholt. Nach Ansicht von Norbert Oellers ist die früheste überlieferte Fassung des *Epilogs* der erwähnte, im Dezember 1805 erschienene ›Taschenbuch‹-Druck (Hagen Nr. 644; der Text wird S. 645–647 erstmals wieder abgedruckt), nicht, wie generell angenommen, die dem 2. Druck in Bd. 8 von Goethes *Werken* 1808 (S. 351–356) zugrundeliegende Handschrift GSA 25/XX,9,1 (vgl. WA I 16, S. 434: H^1; Faksimile in SchrGG 20, 1905: Zum 9. Mai 1905. Hg. von Bernhard Suphan); differiert doch die erste von der zweiten Druckfassung (bzw. von H^1) textlich (15 ⟨13 gegenüber H^1⟩ Varianten innerhalb der Stanzen) wie in Orthographie und Interpunktion (in 47 Fällen ⟨51 gegenüber H^1⟩; s. Norbert Oellers: Epilog zu Schillers Glocke. In: GHb, Bd. 1, 1996, S. 283–287, mit Kritik an den Angaben in FrA I 6, S. 1461, und MA, Bd. 6.1, S. 903). Aber schon Suphan hatte die »Besonderheiten« des EDs konstatiert (in der Einleitung zum Faksimile, S. 29 mit Anm.) und in ihnen durchweg Verschlimmbesserungen gesehen, sie für zufällig oder gar durch einen unberufenen Korrektor zustandegekommen erklärt; »keinesfalls« habe Goethe aus der Tübinger Druckerei noch eine Korrektur erhalten. Oellers dagegen hält aufgrund der Quantität der Varianten »Schreiberfehler oder Eingriffe des Setzers« für ausgeschlossen und geht für den ED von einer verlorengegangenen eigenständigen hs. Vorlage aus.

Gegen eine solche Aufwertung des EDs und seine völlige Abkoppelung von H^1 und dem Druck von 1808 spricht jedoch nicht nur Suphans im Einzelfall berechtigtes qualitatives Argument (vgl. den evidenten Fehler »Und manch sein tiefes Werk« in V. 45 des unten abgedruckten EDs), sondern die Tatsache, daß der ED die mit Str. 4 einsetzenden und in allen folgenden Strophen auftretenden Textveränderungen Goethes in H^1 bereits *voraussetzt*. Dagegen verweisen die korrekturfreie Niederschrift der Strophen 1–3 in H^1

und die grammatischen Differenzen des EDs zu H^1 in der 1. Strophe (Präsens- statt der Präteritalformen in V. 3, 4, 6 – mit Änderung des Wortlauts: ED: »Vermischt sich froh«; H^1: »Vermischte sich« – und 7) darauf, daß dem ED hier eine andere Hs. zugrundegelegen haben muß, die Goethe bei der ›Komplettierung‹ von H^1 gegen eine neuere Fassung vertauschte. Demnach läßt sich weder Suphans generelles Verdikt über den ED noch Oellers' Etablierung einer im Verhältnis zu H^1 *komplett* vorgängigen oder selbständigen 1. Fassung aufrechterhalten. Vielmehr gibt der ED in Str. 1–3 eine frühere, von Goethe wohl erst nach dem Erscheinen des Taschenbuch-Drucks ausgetauschte Fassung von H^1, ab Str. 3 die überlieferte Hs. wieder; allerdings verweisen zwei weitere Varianten – in Str. 5, V. 33: ED: »hehre«, H^1: »schöne«, in Str. 10., V. 77: ED: »herüber«, H^1: »hinunter« – wiederum auf eine Zwischenstufe. Vermutlich ist eine durch Goethe kontrollierte, leicht variante Schreiberabschrift von H^1 nach Tübingen gegangen, wobei Goethe die Drucklegung dann offensichtlich nicht mehr überwacht hat, da Cotta ihm mit der Empfangsbestätigung am 15. August bereits das ›fait accompli‹ meldet: »Der Abdruk ist ganz nach der Vorschrift besorgt« (BW Goethe–Cotta, Bd. 1, S. 125; auch der Kommentar spricht nur lapidar von dem ›nicht überlieferten Manuskript‹, der Druckvorlage: ebd., Bd. 3.1, S. 202; merkwürdig, daß Goethe die den Stanzen vorangehenden definitiv wirkenden Angaben über die erst noch bevorstehende Aufführung bereits mitgeliefert haben soll, ja, nach der Angabe der Blattmenge, mitgeliefert haben muß; nur ein terminologisches, kein sachliches Problem dürfte dagegen Goethes Rede vom ›Damen Calender‹ sein, den Cotta neben dem ›Taschenbuch für Damen‹ auch verlegte und für den er bereits Beiträge Goethes erbeten hatte). Der ›Austausch‹ (bzw. die Hinzufügung) ganzer Textpartien in H^1 aber war besonders leicht möglich (und konnte, vor der Numerierung der Strophen, ›unbemerkt‹ geschehen), weil jede Strophe auf ein eigenes Blättchen geschrieben war und diese nicht zum Konvolut zusammengebunden wurden. Schon Suphan (S. 28) hatte bemerkt: »Der Epilog ist 〈...〉 nicht auf ein Mal niedergeschrieben«, und dies durch eine scharfsinnige Analyse des Schriftduktus, der Bezifferung der Strophen und einzelner Varianten belegt.

Goethe veränderte das zehnstrophige Gedicht in der 10. Strophe und erweiterte es um eine elfte, als er es erneut, auf einem von ihm angeregten »Gedächtnisfest« für Schiller, am 9. Mai 1810 in Weimar vortragen ließ (vorausgegangen waren Szenen aus der ›Jungfrau von Orleans‹, ›Wilhelm Tell‹ und der ›Braut von Messina‹); die Strophen 10 und 11 erschienen gedruckt (eine Hs. ist nicht erhalten) in Cottas ›Morgenblatt‹ vom 25. Mai 1810 innerhalb eines

Korrespondentenberichts »Schillers Gedächtnißfeyer in Weimar« Nr. 125, S. 497; Hagen: Drucke, Nr. 669): »Auf dem Weimarischen Theater wurden am 9ten Mai zu *Schillers* Gedächtniß zuerst mehrere einzelne Scenen seiner Stücke aufgeführt, in welchen jeder der Mitspielenden das Beste zu leisten sich rühmlich beeiferte. Hierauf folgte das Lied von der Glocke, welches durch Versinnlichung des technischen Verfahrens und durch geschickte Vertheilung der mannigfaltig karakterisirten Stellen an Personen von verschiedenem Alter und Geschlechte, einen höchst glücklichen dramatischen Ausdruck erhielt. Als Epilog wurden jene Stanzen wiederholt, welche sich im achten Bande von *Goethes* Werken S. 353 ff. befinden. Nur die letzte war verändert, und noch eine neue hinzugefügt. Beyde folgen hier:

Er hatte früh das strenge Wort gelesen,
Dem Leiden war er, war dem Tod vertraut;
So schied er nun, wie er so oft genesen,
Uns schreckte das, wofür uns längst gegraut.
Doch jetzt erblicket sein verklärtes Wesen
Sich hier verklärt, wenn es herniederschaut;
Und was an ihm die Mitwelt sonst getadelt,
Es hat's der Tod, es hat's die Zeit geadelt.

Auch manche Geister, die mit ihm gerungen,
Sein groß Verdienst unwillig anerkannt,
Sie fühlen sich von seiner Kraft durchdrungen,
In seinem Kreise willig festgebannt:
Zum Höchsten hat er sich emporgeschwungen
Mit allem, was wir schätzen, eng verwandt.
So feyert ihn! Denn was dem Mann das Leben
Nur halb ertheilt, soll ganz die Nachwelt geben!«

Zum letztenmal wurde das Gedicht verändert und erweitert, als Goethe es am 9. Mai 1815, Schillers zehntem Todestag, bei einer Gedenkfeier im Weimarer Hoftheater, wiederum im Anschluß an die szenische Aufführung der ›Glocke‹ (»nach der schon früher beliebten Einrichtung«), vortragen ließ; der erste Teil der Veranstaltung war dem Gedächtnis des im Vorjahr verstorbenen Schauspieldirektors August Wilhelm Iffland gewidmet, wobei der »Umstand«, »daß der Geburtstag des einen 〈Ifflands, am 26. April 1759〉 nicht weit von dem Todestag des andern« fiel, »zu jener gemeinsamen Erinnerung Anlaß gab« (Bd. 11.2, S. 199; s. das *Nachspiel zu den Hagestolzen*, S. 284–296). Einen Bericht über die Inszenierung diktierte Goethe bereits während der Proben; er erschien am 26. Juni 1815 in Cottas ›Morgenblatt‹ (Nr. 151, S. 601 f.: *Zu Schillers und Ifflands Andenken*; Bd. 11.2, S. 199 f.). An gleicher Stelle erschien am 13. März 1816 (Nr. 63, S. 249 f.) der ›erneuerte‹ *Epilog zu Schillers Glocke*; er war gegenüber der zuletzt elfstrophigen Fassung (1808/10) um zwei Strophen (die eine nach der fünften eingefügt 〈V. 41–48〉, die andere auf die bisher letzte folgend 〈V. 97–104〉) auf 13 Stanzen erweitert, an einigen Stellen überarbeitet (s. den Stellenkommentar). Auf einem Papierstreifen hat Goethe die beabsichtigten Änderungen am Schluß des Gedichts vornotiert (V. 85–88 der letzten Fassung in einer dann veränderten Vorfassung, der statt der bisherigen Schlußstrophe eine neue folgen sollte, zu der nur erst der, später sanktionierte, Schlußvers niedergeschrieben wurde):

Doch bald erblicket sein verklärtes Wesen
Sich hier verklärt, wenn er hernieder schaut:
Denn langsam nur, in irdischen Bezirken
Kann Geist und Sinn in's Allgemeine wirken.

|: hieraus noch eine Strophe :|
Schlußwort
Unendlich Licht mit seinem Licht verbindend

(Hs. GSA 25/XX,9,3; WA I 16, S. 434: H^2; »verbindend« aus »entzündend«; die letzten drei Zeilen von Goethe durchgestrichen).

Die ›Morgenblatt‹-Fassung 1816 wurde unverändert in Bd. 9 von Goethes *Werken* (Tübingen und Stuttgart 1817, S. 395–401) und in Bd. 13 der *Ausgabe letzter Hand* (C^1, 1828, S. 167–173; C^3, 1829, S. 159–164) übernommen.

Schon Heinrich Düntzer hatte moniert, daß »der einheitlich gedachte und ausgeführte epilog durch zusätze und eine einschiebung verlezt und der frühere schluß 〈...〉 durch andere wenig glückliche verse verdrängt worden« sei (Goethes »Epilog zu Schillers Glocke«. In: ZfdPh 26, 1894, S. 81–105; S. 99); auch Suphan sah in dem »eingelegten ›historischen Schilde‹« (Str. 6) »Erzwungenes und allzuhoch Hinaufgetriebenes«, in den hinzugekommenen Strophen am Schluß die Vertreibung des Vaterländischen und rührend Menschlichen und resumierte: »Vollendetes sollte nie ›revidiert‹ werden« (Einleitung zur Faksimile-Edition, S. 30 f.). Und noch Norbert Oellers, der die Änderungen »aus den aktuellen Anlässen heraus verständlich« nennt und einige von ihnen als Entgegenkommen an ein Publikum begreift, dem der ältere geschichtliche Kontext unverständlich geworden sei, spart im Einzelfall nicht mit Kritik (so bezeichnet er die 1815 hinzugekommenen Verse 41–44 als ›nicht recht geglückt‹; GHb, Bd. 1, 1996, S. 285). Für die *frühe* Fassung hat Oellers zudem eine vierteilige Gliederung plausibel gemacht (S. 286): Str. 1 und 2: einleitender Rückblick auf die nahe Vergangenheit, kontrastiv: das ›frische Glück‹ des Landes und Fürstenhauses (Str. 1) – die Katastrophe, Schillers Tod (Str. 2); Str. 3 und 4: Klage um den Toten; dessen Charakter; Nähe und Erhabenheit; Str. 5–7: der Dichter Schiller; sein Enthusiasmus, sein Ethos; aber auch der Dramatiker als Bühnenpraktiker; Str. 8–10: noch einmal der große Mensch, nun aber mehr aus der Nähe: der Leidende, der Freund; abschließend sein Vermächtnis. Doch ist dieser Aufbau nicht so strikt, daß er durch die hinzugekommenen Strophen gestört würde; vielmehr erweisen sich diese als präzisierend und bereichernd. So deuten die Verse 41–44 nunmehr konkret auf Schillers (in sein dramatisches Werk hineinwirkendes) historisches Œuvre, dessen ›wesentliche‹ Sicht auf Epochen und die Typik großer Individuen (»Erdbeherrscher«) sich im Rückblick auf die Ära Napoleons als lehrreich und prophetisch legitimiert hat; vom Nachruhm des exemplarischen Lehrers aber sprechen auch die beiden angefügten Schlußstrophen, die Goethes Überzeugung Ausdruck geben, daß erst der nachwirkende Ruhm die immer unvollkommene Biographie vollendet. Daß die letzte Strophe auf den zehnjährigen Todestag Schillers verweist, zeigt, daß es Goethe nicht um ein ›zeitloses‹ Gedicht zu tun war, sondern daß es sich um eine konkrete Erneuerung des Andenkens an Schiller in der jetzigen geschichtlichen Stunde handelt; das wird auch wiederum durch die ›bühnenwirksame‹ Aufführung des *Epilogs*, durch die begleitenden, die Umstände der Aufführung beschreibenden Texte in einer Tageszeitung, dem ›Morgenblatt‹, unterstrichen. Erinnert sei an Goethes ursprüngliche Idee, Schillers Andenken durch eine jährliche Gedächtnisfeier lebendig zu halten.

Textgrundlage: Morgenblatt für gebildete Stände. Hg. von F. Haug. Tübingen (Cotta). Mittwoch, 13. März 1816 (10. Jg., Nr. 63), S. 249 f. (ohne Verfasserangabe; Hagen: Drucke, Nr. 701,4).

297 *zu Schillers Glocke:* Vgl. auch das *Supplement zu Schillers Glocke* (S. 69 f. und Kommentar), Verse, die G. zur Aufführung am 10. Mai 1815 auf der Probe für eine bei der Austeilung der Rollen übergangene Schauspielerin entworfen hatte; zur Inszenierung s. Bd. 11.2, S. 199 f. – *Freude* 〈...〉 *Geläute:* die Schlußverse des ›Lieds von der Glocke‹, das Motto von G.s *Epilog*, im ED 1805 noch mit V. 394 von Schillers Gedicht kombiniert (»*Concordia* soll ihr Name sein«; s. u.); »Friede« ist bei Schiller durch Sperrung hervorgehoben und auch G. spielt in V. 1 (»friedenreichen Klange«) auf die

friedenstiftende Macht der »Concordia« genannten Glocke an; Oellers (S. 286): »⟨...⟩ auf die Friedenssehnsucht Schillers, die mit der Hoffnung auf eine ästhetisch gebildete und daher gesittete Welt verbunden war, bezieht sich vermutlich der vielberätselte Schluß der Fassungen von 1805 und 1808 mit der Erinnerung an Schillers ›Einen Wunsch‹«. – *2 segenbar:* ›segenbringend‹; Neubildung G.s, wohl in Analogie zu ›dankbar‹, ›wunderbar‹; Oellers sieht in den zahlreichen Neologismen des Gedichts (›lebensrege‹, ›lebenswürdig‹, »sicherstellig«, »vollgehaltig«) einen impliziten Dank an den Freund für dessen poetische Anregungen sowie einen Rekurs auf dessen ›ungemeine‹ Eigenschaften (S. 286 f.), sicher angesichts von G.s genereller Tendenz zu Wortneuschöpfungen eine Überinterpretation. – *3–8 im Hochgesange ⟨...⟩ vorgerufen:* Siehe Bd. 6.1, Kommentar zu S. 90,3 u. Bd. 4, S. 908. – *9 schreckhaft mitternächt'ges Läuten:* Schiller wurde in der Nacht vom 11. zum 12. Mai im ›Kassengewölbe‹ auf dem Jakobsfriedhof beigesetzt; die nächtliche Beerdigung war im Fürstentum üblich. G. nahm an ihr nicht teil. Suphan (S. 32) verweist auf ›schreckhaftes‹ nächtliches Feuerläuten in den Tagen vor Schillers Tod, das G. in den *Tag- und Jahres-Heften* zu 1805 (als Prodigium?) erwähnt (Bd. 14, S. 129). – *28 Nach wildem Sturm:* Anspielung auf Schillers Jugendwerk, seine ›Sturm-und-Drang‹-Zeit.

298 *30 des Wahren, Guten, Schönen:* Ein Präludium des nachfolgenden inflationären wie fixierenden Gebrauchs dieser Trias sind die dem ›Morgenblatt‹ vorangestellten Verse: »Ohne Wandel, durch die Jahre, / Durch den Wechsel aller Zeit, / Leuchtet hoch das reine, klare / *Geistig-Schöne, Gute, Wahre / Dieser Seel'* in Ewigkeit.« – *32 das Gemeine:* das »Zufällig-Wirkliche«; vgl. G.s Widmung seines Briefwechsels mit Schiller an König Ludwig I.: »wie er ⟨Schiller⟩, wenn auch körperlich leidend, doch immer sich gleich und über alles Gemeine und Mittlere stets erhaben gewesen«. – *33 f. Gartenzinne ⟨...⟩ der Sterne Wort:* 1795 hatte Schiller ein Eckgebäude seines Gartengrundstücks vor dem Löbdertor in Jena »als ein einsames Arbeitszimmer« errichten lassen »und hat darin die köstlichsten Werke zu Stande gebracht» (G. im Kommentar zu seiner Zeichnung von Schillers Garten 1822; Bd. 13.2, S. 54). Hier und in den folgenden Versen ist auf Schillers nächtliches Arbeiten, aber auch auf seine, im ›Wallenstein‹ hervortretende, Affinität zur Astrologie angespielt.

299 *79 f. am Abend vor den letzten Sonnen / Ein holdes Lächeln:* Die Kommentare verweisen hier auf Schillers letzten Theaterbesuch (dabei auch seine letzte Begegnung mit G.): am 1. Mai 1805 sah er Friedrich Ludwig Schröders Lustspiel ›Die unglückliche Ehe aus Delikatesse‹.

300 *104 Unendlich Licht ⟨...⟩ verbindend:* Vgl. G.s am 10. August 1819 Schillers jüngster Tochter Emilie (geb. 1804) gewidmetes Stammbuchblatt (»Weil so viel zu sagen war ⟨...⟩«) mit der Schlußstrophe: »Milde zum Verständlichen / Wird die Mutter mahnen, / Deutend zum Unendlichen / Auf des Vaters Bahnen« (S. 225).

(*Erstdruck des* Epilogs *im ›Taschenbuch für Damen auf das Jahr 1806‹; s. S. 639*)

Schillers
Lied von der Glocke
ward zu dessen Andenken
Lauchstädt am 10. Aug. 1805
dramatisch aufgeführt,
mit einem Epilog
von *Göthe*.
Die sämmtlichen
Weimarischen Hof-Schauspieler
nahmen Theil an der Feyer.
Der Schauplatz
war des Giesers Werkstätte.
Schlußchor:
Vivos voco, fulgura frango,
mortuos plango.

Concordia soll ihr Name seyn!
Freude dieser Stadt bedeute,
Friede sey ihr erst Geläute!

Und so geschah's! Dem friedenreichen Klange
Bewegt sich neu das Land und segenbar.
Ein frisches Glück erscheint; im Hochgesange
Begrüßen wir das junge Fürstenpaar.
Im Vollgewühl, im lebensregen Drange
Vermischt sich froh die thät'ge Völkerschaar,
Und festlich wird, an die geschmückten Stufen,
Die Huldigung der Künste vorgerufen.

Da hör ich schreckhaft mitternächt'ges Läuten,
Das dumpf und schwer die Trauertöne schwellt.
Ist's möglich? Soll es unsern Freund bedeuten?
An dem sich jeder Wunsch geklammert hält.
Den Lebenswürdgen soll der Tod erbeuten?
Ach! wie verwirrt solch ein Verlust die Welt!

Ach! was zerstört ein solcher Riß den Seinen!
Nun weint die Welt und sollten wir nicht weinen?

Denn er war unser! Wie bequem gesellig
Den hohen Mann der gute Tag gezeigt,
Wie bald sein Ernst, anschließend, wohlgefällig,
Zur Wechselrede heiter sich geneigt,
Bald raschgewandt, geistreich und sicherstellig
Der Lebensplane tiefen Sinn erzeugt,
Und fruchtbar sich in Rath und That ergossen:
Das haben wir erfahren und genossen.

Denn er war unser! Mag das stolze Wort
Den lauten Schmerz gewaltig übertönen!
Er mochte sich bey uns im sichern Port,
Nach wildem Sturm, zum Daurenden gewöhnen.
Indessen schritt sein Geist gewaltig fort
In's Ewige des Wahren, Guten, Schönen,
Und hinter ihm, in wesenlosem Scheine,
Lag, was uns alle bändigt, das Gemeine.

Da schmückt' er sich die hehre Gartenzinne,
Von wannen er der Sterne Wort vernahm,
Das dem gleichew'gen, gleichlebend'gen Sinne,
Geheimnißvoll und klar entgegen kam.
Dort, sich und uns zu köstlichem Gewinne,
Verwechselt' er die Zeiten wundersam.
Nun sank der Mond und, zu erneuter Wonne,
Vom klaren Berg herüber schien die Sonne.

Nun glühte seine Wange roth und röther
Von jener Jugend, die uns nie verfliegt,
Von jenem Muth der, früher oder später,
Den Widerstand der stumpfen Welt besiegt,
Von jenem Glauben der sich, stets erhöhter,
Bald kühn hervordrängt, bald gedultig schmiegt;
Damit das Gute wirke, wachse, fromme,
Damit der Tag dem Edlen endlich komme.

Doch hat er, so geübt, so vollgehaltig,
Dies breterne Gerüste nicht verschmäht.
Hier schildert' er das Schicksal, das gewaltig
Von Tag zu Nacht die Erdenachse dreht,
Und manch sein tiefes Werk hat reichgestaltig

Den Werth der Kunst, des Künstlers Werth erhöht.
Er wendete die Blüte höchsten Strebens,
Das Leben selbst, an dieses Bild des Lebens.

So kennt ihr ihn, wie er mit Riesenschritte
Den Kreis des Wollens, des Vollbringens mas,
Durch Zeit und Land der Völker Sinn und Sitte,
Das dunkle Buch, mit heitrem Blicke las;
Doch wie er athemlos in unsrer Mitte
In Leiden bangte, kümmerlich genas,
Das haben wir, in traurig schönen Jahren,
Denn er war unser, leidend mit erfahren.

Ihn, wenn er vom zerrüttenden Gewühle
Des bittern Schmerzens wieder aufgeblickt,
Ihn haben wir dem lästigen Gefühle
Der Gegenwart, der stockenden, entrückt,
Mit guter Kunst und ausgesuchtem Spiele
Den neubelebten edlen Sinn erquickt,
Und noch am Abend vor den lezten Sonnen,
Ein holdes Lächlen glücklich abgewonnen.

Er hatte früh das strenge Wort gelesen,
Dem Leiden war er, war dem Tod vertraut.
So schied er nun, wie er so oft genesen,
Nun schröckt uns das, wofür uns längst gegraut.
Doch jetzt empfindet sein verklärtes Wesen
Nur Einen Wunsch, wenn es herüber schaut.
O! möge doch den heilgen, lezten Willen
Das Vaterland vernehmen und erfüllen!

FERADEDDIN UND KOLAILA

Goethes Beschäftigung mit dem Plan einer in Persien spielenden Zauberoper läßt sich über den Zeitraum eines Jahres, von Januar 1815 bis Februar 1816, nachweisen und »stellt einen Versuch ⟨...⟩ dar, seine orientalischen Studien und Interessen für das Berliner Theater fruchtbar zu machen, mit dem er durch ›Des Epimenides Erwachen‹ in Verbindung getreten war« (Max Morris: Goethes Opernentwurf: Feradeddin und Kolaila. In: Euphorion 14, 1907, S. 516). In den *Tag- und Jahres-Heften* zu 1816 berichtet Goethe rückblickend über die Oper, deren Titel erst mit der Veröffentlichung der Fragmente 1892 (WA I 12, S. 308–312 u. 427 f.) bekannt wurde: »Soll ich meiner eigenen Arbeiten gedenken, so hab' ich wohl zuerst des *Divans* zu erwähnen. Er ward immer mehr suppliert, geordnet 〈...〉. Für den historischen und erklärenden Teil sammelte ich immer mehr Vorarbeit. 〈...〉 überall schöpfte ich frische östliche Luft. 〈...〉 besonders wert 〈...〉 erschien mir *Heyde* persische Religion 〈Thomas Hyde: Historia Religionis Veterum Persarum. Oxford 1700; das Buch war Goethe schon am 12. Dezember 1814 von der Bibliothek zugegangen; s. Tagebuch〉; und wie denn, sobald ein bedeutender Stoff mir vor die Seele trat, ich denselben unwillkürlich zu gestalten aufgefordert wurde, so entwarf ich eine Orientalische Oper, und fing an sie zu bearbeiten. Sie wäre auch fertig geworden, da sie wirklich eine Zeitlang in mir lebte, hätte ich einen Musiker zur Seite und ein großes Publikum vor mir gehabt, um genötigt zu sein den Fähigkeiten und Fertigkeiten des einen, so wie dem Geschmack und den Forderungen des andern entgegen zu arbeiten« (Bd. 14, S. 249).

Der Musiker, den Goethe damals zwar nicht »zur Seite«, mit dem er gleichwohl Kontakt hatte, war der Berliner Kapellmeister Anselm Weber, der im Winter 1814/15 die Bühnenmusik zu *Des Epimenides Erwachen* komponiert hatte (Bd. 9, S. 195). Im Anschluß an diese Arbeit hatte Goethe ein gemeinsames Opernprojekt erwogen und zunächst an das Sujet des *Löwenstuhl* gedacht (s. S. 599, 604). Konkretes wurde Weber jedoch nicht mitgeteilt, auch kein Titel genannt, so daß man nur vermuten kann, daß Goethe im Lauf des Jahres 1815, wenn er von seinem Opernplan sprach, ein neues Sujet, die im Tagebuch vom 12. April (und nur da so eindeutig) erwähnte »Persische Oper«, eben *Feradeddin und Kolaila* meinte, auf die auch am besten die Weber am 28. November 1815 gegebene Charakteristik passen würde: »Von der neuen Oper darf ich noch nichts verrathen, sie ist mährchen- und geisterhaft, dabei geht alles natürlich zu. Sie soll heiter werden und brillant, wobei es nicht an Leidenschaft, Schmerz und Jammer fehlen wird. Verzeihen Sie, wenn ich hiedurch Ihre Neugier noch mehr rege mache« (Gräf II, Bd. 2, S. 612, weist darauf hin, daß es auch im *Löwenstuhl* ›märchenhaft‹ zugeht und auch dort, wenn auch nur episodisch, Dämonen auftreten sollten). Am 8. Februar 1816 notiert Goethe im Tagebuch anläßlich des Besuchs von Kapellmeister Weber in Weimar noch einmal, lapidar: »Plan der neuen Oper«. Katharina Mommsen vermutet, bei dieser Begegnung habe es sich herausgestellt, »daß Dichter und Komponist durchaus nicht einig waren; denn künftig ist von dem Plan nie mehr die Rede, weder brieflich noch in den Tagebüchern« (K. M.: Goethe und 1001 Nacht. Frankfurt a. M. 1981, S. 106).

Der ›bedeutende Stoff‹, der Goethe derart beeindruckte, daß er ihn zur Oper ›ausbilden mußte‹, begegnete ihm bereits Anfang 1815, als er in der am 17. Januar von der Weimarer Bibliothek entliehenen, von William Ouseley in London herausgegebenen Zeitschrift ›The Oriental Collections‹ »A Tale from an original MS. of the Arabian Nights – Translated by Jonathan Scott 〈...〉« las (Vol. I, No. III, 1797, July–September, p. 245–257; Rückbuchung am 1. April 1815: Keudell, Nr. 957). Das Tagebuch vermerkt am 17. Januar: »Gegen Abend Oriental Collections« und am 18.: »Geschichte Orientalische. Oper daher« (die Quelle wurde, nach Gräfs vorausgegangener Vermutung, durch Morris nachgewiesen; Gräf verweist auch auf Goethes nachfolgende Lektüre von Chardins ›Voyages‹, deren »2. Band der Beschreibung von Ispahan, dem Schauplatz von Goethes geplanter Dichtung, gewidmet ist«: Gräf II, Bd. 2, S. 610). Die von Scott übersetzte Erzählung gehörte zu dem sechsbändigen Werk ›Arabian Tales‹ des Oxforder Professors White, das viele Geschichten enthielt, die in der Gallandschen Ausgabe von 1001 Nacht fehlten; so auch diese, »one of many, told by the concubine of a king, whose son she had falsely accused of attempting her virtue, (she having tried his) in order to procure his death. The prince being bound by a vow to observe a silence of seven days, could not defend himself by speech, so that he would have fallen a sacrifice to the malice of the lady, had not his vow been known to the seven viziers of his father, who in turn prevail each day on the king to suspend the execution of his son, by a narrative displaying the artifice of women. Each night the concubine obtains an order for his death by relating an anecdote of the cunning of man: the following is one of her stories. On the eighth day the prince speaks, and justifies himself, when the lady is punished« (S. 246; Mommsen meint irrtümlich, die Geschichten würden von den Wesiren vorgetragen: K. M.: 1001 Nacht, S. 105). Die von Scott präsentierte Geschichte ist die der 5. Nacht, in der die beharrlich den Tod des Königssohns fordernde Konkubine dem König wieder ein Beispiel für die Hinterlist der Männer (und daß sie größer sei als die allgemein und von den Wesiren den Frauen unterstellte) liefern will; sie erzählt:

»It has reached me, O king, that there was a painter passionately fond of women, exceedingly amorous. On a certain day he entered a friend's house, and saw upon the wall of his apartment the portrait of a beautiful girl playing on the lute, whose equal he had never beheld. The rapture of the painter was excessive, and love penetrated his heart. Then his companions said to him, O thou deficient in understanding, how canst thou fancy a love for a figure depicted on a wall, that can neither see nor hear? He replied, the limner could not have drawn this portrait unless he had seen such a countenance. One said, surely it may be that the limner invented it from his own fancy, and may never have seen her. He answered, I hope from God (whose name be praised) comfort and relief, but it is necessary that you inform me of the painter.

Then they told him that he was in a certain city; upon which he wrote to him, requesting to know whether he had seen the face he had drawn, or had invented it by his own fancy. An answer was returned, that it was the portrait of a singing girl belonging to a vizier in the city of Ispahaun.

When the painter was informed of this intelligence, and that his treasure was in the empire of Persia, he made ready for his journey, and departed, and did not slacken in endeavours to travel night and day till he reached it. He entered the city, and had abode some days in it, when he formed an intimacy with an apothecary, and associated with him, and conversed on several subjects, till they came to discussions on the king and his qualities.

Then the apothecary replied, Our sovereign has the greatest hatred against professors of magick, and when sorcerers fall into his hands, he casts them into a deep pit without the city, where they die of hunger and thirst. He now (the painter) continued to converse with him respecting the singing girl, when the apothecary replied, truly she is concubine to the vizier. Upon this the painter began to plan his stratagems.

When some evenings had passed, and it was the night of the full moon, then he took with him the implements of a robber, proceeded to the palace of the vizier, tossed a rope ladder over a battlement, and descended.

When he had gained the terrace, he descended into the court, when lo! a chamber, from which proceeded gleams of light. He approached and entered. In it was a throne (bed) of ivory inlaid with pure gold, upon which reposed a damsel like a resplendent sun in a serene sky. At her head and feet were placed lamps, whose lustre the brightness of her countenance outshone. He went near her, gazed upon her, and lo! she was the object of his desires. Near her pillow lay a veil embroidered whith pearls and gems.

Then he drew a dagger from his girdle, and with it wounded the palm of the damsel, so that a slight scar should appear. The pain awakened her, but from her fears she did not scream, supposing he was a robber in search of plunder; but said, take this rich veil, and do not kill me. Then he took the veil from her, and went his ways.

When God had brought light with morning, he put on the holy vestment of a pilgrim, took with him the jewel-set veil, and entered to the king, whom he complimented, and received the salaam in return.

Then he said, O king, I am a man, a pilgrim, a religious, from the country of Khorassaun, and have travelled to thy presence on account of the fame of thy virtues, thy justice to thy subjects, and I wished that I might dwell under thy protection. At the close of day I reached this city, when the gates were locked, and I remained on its plain. I was sleeping, when lo! four women alighted on a tree, one riding upon an hyæna, another upon a ram, the third upon a black bitch, and the fourth upon a leopard. When I saw them I knew that they were sorceresses. Then one of them approached me and began to kick me with her feet, and strike me with her whip, which seemed in her hand like fire. It pained me, and I repeated the name of the Almighty God, and struck at her on the palm with a knife which I had, and she was wounded. Then she desisted, and fled from me, and there fell from her this veil which I took up, upon it valuable jewels, but for which I have no occasion, for I have retired from the world.

Then he left the veil in the hands of the king, and departed. – The king took up the veil and examined it, when he remembered that he had presented it to his vizier. Then he said to his vizier, Did I not present thee with this veil?

The vizier replied, Certainly, and I gave it to my concubine. Then said the king to him, Go and bring her to me, for she is a sorceress. The vizier went to his palace, and brought her, and truly the wound was seen upon her palm. Then the king was convinced of the truth of the pilgrim's story, and when he saw her, he commanded that she should be cast into the pit of sorcery. Then she was let down into it.

When the painter knew that his stratagem was completed, and that the damsel was in the pit, he took with him a purse, in it a thousand deenars, and went to the keeper of the pit and said, Take this purse, enjoy the benefit of it, and hear my story. I am from the country of Persia.

Then the keeper attended, and he said to him, Know that this damsel is innocent of what they have accused her, and I am he who has brought her into this misfortune. After this, he related his story from first to last, and said, I hope from thee that thou wilt give her up to me, and perform a meritorious action, when I will take her from hence, and retire with her to my own country. If she remains, she will soon be numbered with the dead. Pity then her afflictions and my own, and profit thyself with this gold.

The keeper replied, I will give the damsel to thee, on condition that thou remain not here. Then the painter received her, and began on the instant to exert himself in travelling day and night, till at length he reached his own country with her. – Such was one of the numerous artifices of man.« (S. 249–257)

Goethe hat auf dieser Erzählung, die 1825 (in anderem Rahmenkontext) als »Die Geschichte Mahmuds« auch im 1. Band der Breslauer Ausgabe von ›Tausend und Eine Nacht‹ erschien (19. Nacht; zur ›Breslauer Ausgabe‹, mit deren Lektüre Goethe, der bis dahin die ihm von Kindheit an vertraute Sammlung Antoine Gallands ›Les mille et une nuit‹, zuerst 1704/17, benutzte, schon vor dem offiziellen Erscheinungsdatum begonnen hatte, s. Mommsen: 1001 Nacht, S. 155–168), zwar die Fabel seiner Oper gegründet, sie jedoch verändert und sie, gestützt auf seine weitgespannte Lektüre von Orientalia, um viele Einzelzüge bereichert. Max Morris (s. o.) hat, mit Hilfe der Hauptquelle, aufgrund von Goethes Szenar und der wenigen Entwürfe einen »Herstellungsversuch« des Opernplans vorgelegt (S. 509–515), der gültig geblieben ist und dem sich die folgende Handlungsskizze weitgehend anschließt:

1. Akt, 1. Szene: Im Atelier des Malers Abdalla zu Isfahan sind hilfreiche Erdgeister beim Aufräumen; der Raum zeigt noch die Spuren willkürlicher Verwüstung. Abdalla tritt auf und gibt die Exposition in Form eines Klagemonologs: der Kaiser Behram hat ihm seine schöne Pflegetochter Kolaila, die der »Trost seiner Tage« gewesen war, mit Gewalt genommen und seinem Harem inkorporiert. In ohnmächtiger Wut hatte Abdalla randaliert, die Ordnung, die ihn an den Verlust des Mädchens erinnerte, zerstört. Nun befällt ihn Wehmut. Geblieben ist ihm nur »ein Schatten der Gestalt«, ein von ihm verfertigtes Porträt Kolailas. – Da betritt der reisende Handelsmann Feradeddin, ein reicher Armenier (s. u., zu S. 304, 38–305,23), das Atelier, wohl um ein Gemälde in Auftrag zu geben. Er erblickt das Bild der schönen Kolaila und fällt augenblicklich in Liebe zu der Dargestellten. Von Abdalla erfährt er die Geschichte des Raubs. Sofort beschließt er, das Mädchen aus dem Harem zu befreien. Gemeinsam mit Abdalla macht er sich auf den Weg in die Stadt.

1. Akt, 2. Szene: Im Palast des Kaisers Behram. Kolaila wird in einem der Säle (in deren ›Flucht‹ der Zuschauer hineinblickt) von Sklavinnen geschmückt. Aus dem Wechselgesang zwischen ihr und den Dienerinnen, dann zwischen ihr und Mobeden (parsischen Priestern; s. zu S. 301,16–21), erfahren wir, daß Kolaila für eine Feier, wohl ihre Aufnahme in den Harem, vorbereitet wird und daß als äußeres Zeichen der Initiation ein kostbarer Schleier verfertigt und geweiht worden ist. Da wiederum das Stichwort ›Exposition‹

fällt und Kolaila in einer Arie das Wort erteilt wird, kann man vermuten, daß sie ihrem Kummer über die ihr angetane Gewalt Ausdruck gibt. Der Kaiser betritt den Raum. Es ist eine Duett-Szene zwischen ihm und Kolaila angedeutet. Dann wendet der Kaiser sich den Mobeden zu.

1. Akt, 3. Szene: Eine Straße in Isfahan. Der Soldat Envari tritt auf; mit ihm Feuergeister, die auf das künftige Geschehen vorausweisen. Abdalla und Feradeddin, auf ihrer Suche nach einem Mittel, Kolaila zu befreien, kommen dazu. Erneute Exposition: Envari berichtet über seine Geliebte Demna, die der Zauberei angeklagt ist und in Kürze verurteilt werden soll. Dabei fällt der für Feradeddins weiteres Vorgehen entscheidende Hinweis, daß der Kaiser in seinem Staat rigoros die Zauberei bekämpft (dahinter mögen Machtkämpfe einer Priesterkaste, vielleicht der im Szenar genannten »Götzendiener«, gegen die alte parsische Religion der Elemente stehen, die als Staatsreligion verdrängt worden ist; Morris: »Vielleicht besteht ihre 〈Demnas〉 Zauberei in der Verehrung der Elemente«). Die Stimmung erinnert an die mittelalterlichen Hexenpogrome. Abdalla und Feradeddin bekunden ihre Teilnahme am Schicksal Demnas, erzählen wohl auch die Geschichte vom Raub der Kolaila und finden ihrerseits Teilnahme bei Envari. Da nähert sich der »Autodafé-Zug«: die angeklagte Demna und ihre Richter. Die Verhandlung wird öffentlich geführt, Demna zum Tod auf dem Scheiterhaufen verurteilt. Bevor sie abgeführt wird, kommt es, im Wechselgesang mit dem Chor (wohl der Feuergeister, die Envari und Demna ähnlich wohlgesonnen sind wie Abdalla die Erdgeister; anders Morris: »Ihnen antwortet der Chor der Götzendiener und ihres Anhanges«), zu einem großen (Klage- und Anklage-) Quartett der Protagonisten.

1. Akt, 4. Szene: Envari, Abdalla und Feradeddin in der »Vorhalle des Brunnens«, der in Verbindung mit Isfahans berühmtem unterirdischen Bewässerungssystem steht, zugleich aber auch dem Verließ benachbart zu sein scheint, in dem die zum Tode Verurteilten auf ihre Hinrichtung warten müssen. Hier treffen die drei den Wächter, den sie zu überreden suchen, Demna zur Flucht zu verhelfen. Den Brunnen bewohnen aber auch die Wassergeister, die Undenen (Morris liest ›Undene‹ als Name eines einzelnen, weiblichen Wassergeists, der Brunnennymphe, wenn nicht der Herrscherin des Wasserreichs; doch ist S. 305,22 eindeutig von mehreren Undenen die Rede, und auch der einzelne Sprecher S. 302,27 u. 31 wird »Unden« – an anderer Stelle »Wassergeist« – genannt; auch für die anderen Elementargeister werden Kollektivnamen gebraucht; Morris hat wohl »Undene« mit der Märchenprotagonistin ›Undine‹ gleichgesetzt). Sie sollen zu Verbündeten werden, sofern sich der Wächter menschlich erweist. Dieser läßt sich überzeugen, daß nicht das Mädchen, sondern der Aberglaube der Mächtigen schuldig ist. Aus der Brunnentiefe spricht ein Wassergeist, sichert Hilfe zu, ja ermutigt und lädt die Liebenden zur Flucht ins Reich der Gewässer ein. Zugleich weist er (oder weist der Wächter) die von dem reichen Feradeddin angebotenen Schätze (Juwelen, Gefäße) zurück. – In dieser oder bereits der vorigen Szene scheint aber auch Feradeddin seinen Plan für die Befreiung Kolailas entwickelt und vorgetragen zu haben: Auch sie soll in den Verdacht der Zauberei gebracht, verurteilt, in das unterirdische Verließ geworfen und zusammen mit Demna befreit werden. Der Wassergeist ermutigt Feradeddin zu diesem kühnen Schritt (s. S. 305,25–36).

2. Akt, 1. Szene: Nächtliche Szene im kaiserlichen Palast. Kolaila in ihrem Schlafzimmer, von Sylphiden, Luftgeistern, beschützt, träumend. Vielleicht geben die Sylphiden dem Traum (der Vision ihres künftigen Geliebten?) Sprache, so daß, als nun Feradeddin erscheint, dem es gelungen ist, zu ihr vorzudringen, sie nicht erschrickt, sondern ihr Traumbild verwirklicht sieht. Die Angabe »Zu zwey« verweist darauf, daß die zu Feradeddins Befreiungsplan gehörende leichte Verwundung Kolailas und der ›Raub‹ ihres Schleiers anders als in der Quelle ihr nicht angetan werden, sondern mit ihrer Einsicht und Zustimmung geschehen (und daß nicht nur, wie Morris vermutet, »ein Liebesduett« gemeint ist).

2. Akt, 2. Szene: Bald darauf: Feradeddin, von der Hofwache begleitet und bewacht, erwartet in den Sälen des Palasts die von ihm gewünschte Audienz beim Kaiser; ehe dieser erscheint, treffen die Mobeden ein; Feradeddin wird ihnen (wie zuvor den Wächtern) Andeutungen machen, daß er einen Fall von Zauberei anzeigen wolle. Der Kaiser (auch als »Sultan« bezeichnet) betritt den Raum; Feradeddin bezichtigt Kolaila der Hexerei und verweist als Beglaubigung auf ihre Verwundung durch sein Schwert und auf den mitgebrachten Schleier. Kolaila wird herbeigeholt und ›gesteht‹ ihr Verbrechen. Sie wird augenblicklich zum Tod verurteilt und in den unterirdischen Kerker geworfen.

2. Akt, 3. Szene: In den Grüften des durch unterirdische Kanäle geleiteten Flusses Senderuth (s. zu S. 303,18), wo die zum Tod verurteilte Demna gefangen gehalten wird (vgl. »the pit of sorcery« in der Erzählung). Ein Wassergeist tritt zu der Verzweifelten und kündigt ihr die Befreiung an. Ihm folgt Envari, der die Geliebte wohl mit dem Fluchtplan bekannt macht. Inzwischen ist auch Kolaila, die Mitgefangene, hinzugetreten. Es folgen Abdalla, Feradeddin, zuletzt der Wächter, der die Fliehenden instruiert und selber zurückbleibt. Mit der Abfahrt der Barke (oder des Kahns) der Geretteten schließt die Szene.

Die auffälligsten Veränderungen, die Goethe gegenüber der arabischen Erzählung vorgenommen hat, sind die Einführung der die gesamte Handlung begleitenden (und daher, Goethes Charakterisierung entsprechend, bei allem ›Märchen- und Geisterhaften‹ ganz natürlich wirkenden) wohltätigen Elementargeister und eines zweiten Liebespaares, dessen bedrohtes Glück Feradeddin zu seinem Befreiungsplan inspiriert; die Gedankenoperation aus der Erzählung wird für die Oper ins Anschauliche übersetzt (wie schon bei dem Motiv der durch ein Bildnis erweckten Liebe des Jünglings zur unbekannten Schönen könnte Goethe sich bei seiner ›Erfindung‹ des zweiten Paares und der Parallelhandlung an die ›Zauberflöte‹ erinnert haben).

Die Einführung der Elementargeister weist jedoch auch auf den religiös-politischen Hintergrund, den Goethe seiner Oper offenbar hatte geben wollen. Die Konzeption des Stücks fällt in die Phase von Goethes intensiver Beschäftigung mit der Religion der ›älteren Perser‹: am 13./14. März 1815 entsteht das große *Divan*-Gedicht *Vermächtniß alt persischen Glaubens* (s. S. 105–107), das Goethes besondere Zuneigung zur »schönen Einfalt« der »reine⟨n⟩ Religion der Parsen« (*Tag- und Jahres-Hefte* zu 1815; Bd. 14, S. 240) bekundet (s. auch die Benennung des Buchs »Parsi Nameh. Buch des Parsen« und den 1818 verfaßten Abschnitt »Ältere Perser« der »Noten und Abhandlungen«; Bd. 11.1.2, S. 139–143). Insbesondere das Werk Thomas Hyde's (o., S. 648), aber auch der Reisebericht Sansons, Chardin und weitere Quellen haben Goethe, während er den Opernplan bedachte, über die parsische Religion gründlich informiert, mag das von ihr entworfene Bild der ›edlen reinen Naturreligion‹ auch eine »unhistorische Konstruktion« und idiosynkratisch sein (Hendrik Birus in FrA I 3/2, S. 1425). Dennoch bleiben, schon aufgrund des kargen Materials, Unklarheiten über den historischen Hintergrund, auf die schon Max Morris hingewiesen hat (S. 516 f.): »Die Handlung läßt Goethe zur ›Zeit der Götzendiener‹ vor sich gehen. Streng genommen, gibt es eine solche für Ispahan innerhalb der von ihm betrachteten Zeit überhaupt nicht«; erst durch die Griechen und Mohammedaner seien die Parsen zu einer nur noch geduldeten Sekte zurückgedrängt worden. Vielmehr habe Goethe bei den Götzendienern an die ihm verhaßte indische Religion gedacht, deren räumliche Nähe zur parsischen die »Noten und Abhandlungen« anschaulich schildern: »⟨…⟩ am bewundernswürdigsten aber ist mir daß die fatale Nähe des indischen Götzendienstes nicht auf sie wirken konnte. Auffallend bleibt es, da die Städte von Balck und Bamian so nah an einander lagen, hier die verrücktesten Götzen in riesenhafter Größe verfertigt und angebetet zu sehen, indessen sich dort die

Tempel des reinen Feuers erhielten ⟨...⟩ und eine Unzahl von Mobeden sich versammelten« (Bd. 11.1.2., S. 142 f.). Nach Morris hat Goethe um des ›plots‹ seiner Handlung willen die Geschichte ›korrigiert‹: »Er braucht für die Verurteilung von Kolaila und Demna wegen Zauberei eine schlechte Religion, einen Götzendienst, dem er eine solche Tat aufbürden kann, und nimmt deshalb hier eine Verderbnis des alten Kultus mit seinen Mobeden durch indischen Götzendienst an, wie sie ⟨...⟩ zwar nicht eingetreten war, aber nahe gelegen hatte« (S. 517). Mit dieser Vermutung ist jedoch das (aus dem Schema ersichtliche) Faktum nicht in Einklang zu bringen, daß Goethe die Mobeden im nächsten Gefolge des Kaisers auftreten läßt. Selbst wenn sie nur als Anwälte der beschuldigten Frauen fungierten, widerspräche ihre Präsenz dem Status einer unterdrückten, gar verfolgten Minderheit. Gegen einen scharfen Antagonismus (s. aber die in einer gestrichenen Partie des Personenverzeichnisses zunächst vorgesehene Gruppe der Mullahs: zu S. 301, 16–21) spricht ferner Goethes Gesamtcharakteristik der Oper als (im Hintergrund der menschlichen Leidenschaften) »heiter« und »brillant«. Angesichts solcher offenen Fragen wird man auch mit Vermutungen über von Goethe intendierte aktuelle Bezüge seiner Oper (wie sie von ihm in den »Noten und Abhandlungen« für die aus parsischen Klöstern hervorgegangenen Barmekiden immerhin angedeutet werden; Bd. 11.1.2, S. 143) zurückhaltend sein müssen.

Überliefert sind in Goethes Handschrift *Titel und Personenverzeichnis*, sodann ein, wie die letzte Szene zeigt, vollständiges, im Querformat geschriebenes *Schema* der in zwei (mit röm. Ziffern bezeichnete) Teile oder Akte zu 4 und 3 Szenen (arab. Ziffern) gegliederten Handlung mit dazwischengeschriebenen Ansätzen zu Textentwürfen; weitere eigenhändige *Entwürfe*, die meisten erste, stark überarbeitete, fragmentarische Konzepte, die auf losen Bögen dem gehefteten Schema beiliegen (nur dieses schien zunächst ›erfaßt‹, wie ein von Kräuters Hand bezeichneter Umschlag andeutet: »*Feradeddin und Kolaila* / Schema zu einer Oper unausgeführt«), weisen keinerlei Zuordnung zum Schema auf. Diese Entwürfe bringen wir im Unterschied zu WA und zuletzt noch FrA nach ihrer, wenn auch zufälligen, räumlichen Abfolge, nicht in das Schema eingestellt.

Textgrundlage: Handschrift GSA 25/XV,16, 1 und 2 (vgl. WA I 12, S. 308–312 u. 426 f.; Ergänzungen bei Morris, S. 509 f.).

301 *7 Feradeddin ⟨...⟩ Kolaila:* Für den Namen »Feradeddin« verwies schon Morris (S. 508, Anm.) auf Scheich Farīd al-Dīn Attār, den Verfasser des von Silvestre de Sacy übersetzten ›Pand-Nāmeh‹ (vgl. »Noten und Abhandlungen«, Bd. 11.1.2, S. 161,7 und Kommentar); der Name »Kolaila« ist vielleicht, wie auch »Demna«, den Fabeln des Bidpai entnommen (s. die Sprechernamen »Koleïla« ⟨auch: Kalila⟩ und »Dimna« ⟨auch: Damna⟩). – *9 Behram:* von Chardin und Hyde (S. 353) als Name eines Königs erwähnt (Morris). – *13 Envari Soldat:* wohl bewußt an den Namen des persischen Dichters Anwarī angelehnt (G. schreibt in der Regel »Enweri«, so in dem dem Dichter gewidmeten Kapitel der »Noten und Abhandlungen«; in Exzerpten begegnet aber auch »Envari«; s. Bd. 11.1.2, zu S. 159 »Enweri«). – »Soldat« in der Hs. aus »Jüngling«. – *16–21 Mobeds ⟨...⟩ Wassergeister:* in der Hs. aus »Knaben des Mahlers / Feuergeister / Mollas / Volk / Luftgeister / Erd und Wassergeister«. – »Mobeds«: S. Bd. 11.1.2 zu S. 143,6 »Mobeden«. Vgl. auch Hammers ›Schirin‹ (Leipzig 1809), S. 221: »Mobede heißen die Priester der Parsen oder Feueranbeter, die in ihren Pyräen oder Feuertempeln beständig Feuer zu unterhalten verbunden sind.« Die Beteiligung der Geister aller vier Elemente an der Handlung des Stücks ist auch eine Huldigung G.s an die parsische Religion (vgl. »Noten und Abhandlungen«, Kap. »Ältere Perser«: »Wichtig ist es jedoch zu bemerken, daß die alten Parsen nicht etwa nur das Feuer verehrt; ihre Religion ist durchaus auf die Würde der sämmtlichen Elemente gegründet, in sofern sie das Daseyn und die Macht Gottes verkündigen. Daher die heilige Scheu das Wasser, die Luft, die Erde zu besudeln« (Bd. 11.1.2, S. 140; s. auch zu S. 139,33 »Parsen«). Zu den Bezeichnungen für die Elementargeister s. auch zu S. 305,22.

302 *2 geweyht:* aus »geweb⟨t⟩«. – *12 Autodafé Zug:* An der Szene ist auch die Koinzidenz merkwürdig, daß eine Anhängerin des parsischen Feuer-Kultes durch das Feuer sterben soll. Bei seiner ersten Lektüre von Hyde's ›Historia Religionis Veterum Persarum‹ hatte G. einen Ausspruch Scheich Saadis ins Tagebuch (12. Dezember 1814) notiert: »Bete hundert Jahre das Feuer an, und falle einen Augenblick hinein und du verbrennst« (Hyde, S. 343; s. auch S. 653). – *25–33 F⟨eradeddin⟩ ⟨...⟩ des Wagens werth:* Dialog zwischen Feradeddin und einem Unden (männlicher oder weiblicher Wassergeist; s. S. 653, zu I. Akt, 4. Szene, und zu S. 305,22), der ihn zu seinem Vorhaben, Kolaila zu befreien, ermutigt.

303 *4 Sylphiden:* Luftgeister; s. zu S. 305,22. – *13 Sultan:* von G. offenbar alternativ zum Kaiser als oberster Herrscher erwogen (s. »Entreißt Sultanen Gewalt«: S. 306,11). – *18 Synderuths Grüfte:* In Chardins, von G. am 25. Januar 1815 entliehenen ›Voyages en Perse‹

(Amsterdam 1735; Keudell, Nr. 961) wird innerhalb der umfangreichen »Description de la ville d'Ispahan, Capitale de Perse« (Bd. 2, S. 1–119) über den Fluß Zenderoud (Sandarūd) berichtet (S. 2): »Le fleuve de *Zenderoud* prend sa course dans les montagnes de *Jayabat*«; der Fluß sei im Frühjahr so groß wie die Seine im Winter; er wässere die ganze Stadt, alle Gärten. »Ce fleuve se jette sous terre entre *Ispahan* et la ville de *Kirman* où il reparoit.« Tafel 44 (nach S. 80) zeigt einen durch ein unterirdisches Gewölbe führenden Kanal des Sandarūd. – S. auch *Vermächtniß alt persischen Glaubens*, V. 73 f.: »Will dem Ufer Senderuths entsagen, / Auf zum Darnavend die Flügel schlagen« (S. 107).

30–304 *34 Da draußen ⟨...⟩ im Glück:* Monolog Abdallas (für I 1); weitere Verse S. 306,4–20.

38–305 *23 Ist sie schuldig ⟨...⟩ die reinlichen soll ich:* Worte des Wächters, teilweise im Dialog mit dem »Armenier«, Feradeddin, und dem »Soldaten«, Envari; dazu Morris, S. 510: »Bei Chardin und Olearius las Goethe, daß der Handel in Ispahan sich ganz in den Händen reicher armenischer Kaufleute befand.« – *22 Retten Undenen so rett ich sie auch:* Der Wächter, der die ihm von Feradeddin angebotenen Geschenke mit Empörung zurückweist, zeigt sich als ein von den »reinen« Wassergeistern gebildeter Mensch; er macht seine Hilfe von der Lizenz der Geister abhängig: Wenn diese ⟨die Undenen⟩ sich an der Rettung beteiligen, dann wird auch er mitwirken. In der Hs. waren zunächst alle vier Elementargeister als Subjekt notiert, ehe sie zugunsten des einen, zum Lokal und zur Situation passenden gestrichen wurden:

Retten Undenen so rett ich sie auch
die Gnomen
die Salamander
und die Silphen

Vgl. den von Faust zur Beschwörung aufgebotenen »Spruch der Viere« (d. h. der vier Elemente): *Faust I*, V. 1273–1291: »Salamander soll glühen, / Undene sich winden, / Silphe verschwinden, / Kobold sich mühen. / Wer sie nicht kennte / Die Elemente, / Ihre Kraft / Und Eigenschaft, / Wäre kein Meister / Über die Geister. / Verschwind in Flammen / Salamander! / Rauschend fließe zusammen / Undene! / Leucht in Meteoren-Schöne / Silphe! / Bring häusliche Hülfe / Incubus! incubus! / Tritt hervor und mache den Schluß« (Bd. 6.1, S. 569 f.). Zugrunde liegt des Theophrastus Paracelsus ›Liber de nymphis, sylphis, pygmaeis et salamandris‹ (Sämtliche Werke. I. Abt. Hg. von Karl Sudhoff. München und Berlin 1922–1933, Bd. 14, S. 124), wobei G. die paracelsischen Pygmäen

(»die in der erden sind pygmaei«) schon im *Faust* und wieder hier als Hausgeister apostrophiert hat (vgl. aber auch die Pygmäen als Berggeister in *Faust II*, V. 7875 f.: »Pygmäen, Imsen, Däumerlinge / Und andre thätig kleine Dinge«; Bd. 18.1, S. 212); vgl. auch die G. wohl schon früh bekannte Passage aus der ›Occulta Philosophia‹ (1533) des Agrippa von Nettesheim, Buch I, Kap. IV: »Es gibt vier Elemente, ohne deren vollkommene Kenntnis wir in der Magie keinerlei Wirkung hervorbringen können 〈...〉 aller Dinge Bindung und Lösung, auch die Austreibung böser Dämonen und Anziehung guter Geister hängt von diesen ab.« Naheliegend ist auch ein Reflex auf die Geisterwelt (Undinen, Sylphen, Salamander), mit der Wieland sein Zauber-Epos ›Idris und Zenide‹ (1766/67) bevölkert hatte. – Obwohl G. in der Sache auf sein älteres Wissen zurückgegriffen hat, reduzierte er für sein persisches Drama die lateinischen Namen der Elementargeister. – *25–36 Bringet 〈...〉 die Geliebte:* wohl von einem der Wassergeister gesprochen. – Zur Verbindung Geist – Wasser, vor allem in den Versen »Bringet ins Feuchte, / Bringet die Leuchte / Reiner Gedancken«, s. die spätere *Faust II*-Szene mit Homunculus beim ägäischen Fest der Meergötter: Proteus: »In dieser Lebensfeuchte / Erglänzt erst deine Leuchte / Mit herrlichem Getön« (V. 8461–63; Bd. 18.1, S. 231).

306 *8 Ein 〈...〉 Gestalt:* aus: »Nicht〈s〉 bleibt mir als Ihr Bild als die Gestalt«.

FINALE ZU JOHANN VON PARIS

In Goethes Tagebuch findet sich unter dem 25. Februar 1815 der Eintrag: »Capellmeister Müller Herzogs Ankunft zu feyern.« Zu diesem Zeitpunkt befand sich Carl August, der seit Januar 1814 bis auf wenige Tage nicht mehr in Weimar gewesen war, noch immer auf dem Wiener Kongreß (am 11. Februar war er, ohne daß Goethe davon schon Kenntnis hatte, auf Beschluß der Großmächte zum Großherzog ernannt worden), wo er ungeduldig den Abschluß der Gebietsverhandlungen erwartete; eine erneute Verzögerung trat durch Napoleons Rückkehr von Elba am 1. März, seinen Einzug in Paris am 20. März 1815 und den Wiederbeginn des Krieges ein. Doch hoffte man wohl trotzdem auf ein baldiges Kongreß-Ende; so schrieb Goethe am 12. März an den Berliner Intendanten Graf Carl von Brühl, der ihn eingeladen hatte, zur Uraufführung des *Epimenides* nach Berlin zu kommen, er würde, selbst wenn er gesundheitliche Bedenken zurückstellte, »doch durch ein freudiges

Ereignis abgehalten werden, welches uns bevorsteht, indem unser gnädiger Herr auf den 2. Oster-Feyertag angekündigt ist«. Auch dieser Termin verstrich; erst am 8. Juni reiste der Großherzog aus Wien ab, am 15. traf er in Weimar ein, von wo Goethe, »durch freundliche Ermahnungen, ja sogar durch eine Art Geheiß unserer gnädigsten Fürstin 〈...〉 gleichsam getrieben« (an Knebel, 10. Mai 1815; ähnlich an Carl August, Mitte Mai 1815), am 24. Mai zur Badekur nach Wiesbaden abgereist war. Für den Empfang Carl Augusts hatte er ein kleines Festspiel, das *Finale zu Johann von Paris*, hinterlassen, über dessen Entstehung die Zeugnisse schweigen. Es war, nach *Des Epimenides Erwachen* (Bd. 9, S. 195) und den lyrischen Beiträgen zur Sammlung *Willkommen!* (ebd., S. 113), die im Zeitraum eines Jahres dritte auf die politischen Ereignisse reagierende und für die Öffentlichkeit berechnete Dichtung Goethes und wie die vorausgegangenen prekär. Wurden beim *Epimenides* Goethes ursprüngliche hohe Erwartungen enttäuscht, weil die Fürsten nicht erschienen waren (»Was haben wir nicht für Kränze gewunden 〈...〉«; Bd. 9, S. 1175), so mußte bei den von ihm in vier Denkschriften vorbereiteten Feierlichkeiten zur verspäteten Rückkehr Carl Augusts aus den Befreiungskriegen am 1. September 1814 befürchtet werden, daß der allem Pomp um seine Person abgeneigte Herzog sie durch eine heimliche Ankunft umgehen würde; über die Gedichte, zu denen Goethe die seinigen hinzutat, amüsierten sich selbst Nahestehende (Johanna Schopenhauer, Carl von Stein). Goethe war am 1. September bereits im Rheingau und ließ sich durch Kanzler von Müller berichten (Willy Andreas: Herzog Karl Augusts Heimkehr aus dem Befreiungskrieg. Mit vier unbekannten Denkschriften Goethes. In: JbGG 20, 1934, S. 114–144; dort auch der ausführliche Bericht des ›Weimarischen Wochenblatts‹ vom 2. September und, S. 142, als Probe übertriebener Panegyrik, Peucers ›Landsturmlied‹).

Hatte sich Carl August die vom Dichter vorbereitete Begrüßungsfeier nach dem Feldzug noch gefallen lassen, so ließ er sie diesmal absagen, vielleicht aus der nachhaltigen Verstimmung darüber, daß der Ernennung zum Großherzog nicht, wie er gehofft hatte, »das Reelle« ›nachgekommen‹ war (Carl Bertuchs Tagebuch, Wien, 6. April 1815. In: Carl Augusts Begegnungen mit Zeitgenossen. Hg. von Alfred Bergmann. Weimar 1933, S. 93): daß die Teilung Sachsens nicht hatte verhindert werden können, die erhofften »Territorial Aquisitionen« zu gering ausgefallen waren.

Goethe hatte zu der (bereits 1812 von Joseph von Seyfried, im selben Jahr auch von Zulehner ins Deutsche übersetzten) Opéra comique ›Jean de Paris‹ (1812) von François Adrien Boieldieu (1775–1834; das Libretto von Claude Godard d'Aucour, gen. de

Saint-Just) ein auf den Schlußchor (»Honneur à son altesse 〈...〉«) folgendes zweites »Finale« verfaßt, das die Huldigung an Isabella von Navarra in eine Ehrung Carl Augusts durch sämtliche in der Oper auftretenden Figuren übergehen ließ. Die musikalische Einrichtung des neuen Texts wurde vermutlich schon bei der im Tagebuch vom 25. Februar 1815 (s. o., S. 659) erwähnten Begegnung mit dem Weimarer Kapellmeister August Eberhard Müller besprochen, der ›Jean de Paris‹ leitete und daher am ehesten Goethes *Finale* im Stil der Oper hätte vertonen können. Nachdem bereits Proben stattgefunden hatten, sollte die Huldigung bei der für den 13. Juni vorgesehenen Premiere der Oper vorgetragen werden.

In Wiesbaden erhielt Goethe jedoch durch einen am 9. Juni verfaßten Brief Franz Kirms', seines Stellvertreters in der Theaterleitung, die Nachricht, daß Carl August keine Festlichkeiten wünsche, wobei in Kirms' Darstellung von einer Enttäuschung über den Kongreßausgang nicht die Rede ist:

»Gestern nach Mittag um 3 Uhr trafen Serenissimus gesund, recht wohl aussehend und sehr vergnügt über die Beendigung der Geschäfte hier ein. Eine eine Stunde früher eintreffende Staffette überbrachte ein Billet, in welchem Höchst Dieselben bey ihrer Rückkehr allen Empfang, Gratulation, große Tafel und was xxx xxxmehr, verbethen. Heute nachdem schon wiederhohlte Proben von Johann von Paris gewesen, erschienen der Herr Obermarschall und referirte, daß Serenissimus alle Umstände im Theater verbethen, daher die Trompeten und Paucken, die gewöhnl. Lichte im Partere, und auch der sangbare Epilog wegfallen möchte.

Mir ward aufgetragen, heute noch dieses Ew. Excellenz zu melden und zu bemercken Serenissimus dankten für die ihm zugedachte Attention und bedauernden 〈!〉 die vergebliche Mühe, die dabey aufgewendet worden sey. Sie wären sehr erfreut über den von Ew. Excellenz eingeleiteten Theaterbau und wünschten morgen schon die neuen Decorationen zu sehen, weswegen morgen Titus seyn solle.«

(GSA 28/67, Bl. 293 f.)

Goethe antwortete Kirms auf diese Mitteilung am 17. Juni aus Wiesbaden: »Bey'm Theater war unsere Schuldigkeit auf etwas Schickliches zu diesem erwünschten Empfang zu denken. Nach Kenntniß, daß unser Fürst nichts Aufgeblasenes liebt versuchte man ein leicht Vorübergehendes. Wird auch ein solches, in höherer Betrachtung, abgelehnt; so haben wir diese zu verehren und uns zu fügen.« Damit ist das Projekt ad acta gelegt und wird von Goethe weder in der Korrespondenz noch in den *Tag- und Jahres-Heften* erwähnt. Doch waren, als Goethe 1824 plante, in der *Ausgabe letz-*

ter Hand der Sammlung der »Inschriften, Denk- und Sendeblätter« als Dokumente »festlicher Lebens-Epochen« den *Prolog zur Eröffnung des Berliner Theater im Mai 1821*, das *Finale zu Johann von Paris*, die Szene *Zu Wallensteins Lager / bey Gelegenheit des Ausmarsches der Freywilligen* (1813/14) und den *Maskenzug 1818* voranzustellen, »Aufklärende Bemerkungen« zu den einzelnen Stücken vorgesehen (die dann, als die Abteilung nicht zustandekam, unterblieben), so auch zum *Finale zu Johann von Paris*: »Ihro K.⟨önigliche⟩ H.⟨oheit⟩ waren niemals Freund von Ehren- und Freudenbezeugungen welche sich in Ihro Gegenwart mittel- oder unmittelbar auf Sich selbst bezögen; deswegen man denn auch nur durch ein Final des eben auf dem Theater erschienenen Johann v. Paris die allgemeine Theilnahme an diesem Tage auszudrücken gedachte. Da aber auch diese geringe Äußerung abgelehnt ward, so bleibe das Angedenken derselben wenigstens hier aufbehalten und gebe jüngeren Freunden Anlaß dergleichen Gelegenheiten zu benutzen« (WA I 13/2, S. 213 f.).

Boieldieus Oper, die als ›modern‹ galt (s. auch Zelter an Goethe über die Berliner Aufführung vom 26. November 1816: Bd. 20.1, S. 465), wurde am 13. Juni in Weimar uraufgeführt (zur Wiederaufnahme am 30. November s. Goethes Tagebuch; weitere Opern Boieldieus in Weimar: 1824 ›Der neue Gutsherr‹, 1828 ›Die weiße Dame‹). Die Schauspielerin Friederike Unzelmann-Bethmann schrieb darüber am 15. Juni 1815 ihrem Mann: »Vorgestern gingen wir ins Theater und sahen ›Johann von Paris‹, es gefiel mir besser wie bei uns, weil die Jagemann viel besser spielte und aussah und Strohmeyer viel besser sang als die Müller und Rebenstein; das Orchester ist unter aller Kritik« (Julius Wahle, Hg.: Das Weimarer Hoftheater unter Goethes Leitung. Weimar 1892, S. 187; SchrGG 6).

›Jean de Paris‹ (die Handlung beruht auf dem ›Roman de Jehan de Paris‹ aus dem 16. Jh., der auf geschichtliche Ereignisse in der 1. Hälfte des 14. Jh.s zurückgeht) spielt in einem Wirtshaus in den Pyrenäen.

I. Akt: Der Wirt Pédrigo und seine Frau Lorezza erwarten hohen Logierbesuch: Isabelle, die Prinzessin von Navarra, will hier auf ihrer Reise nach Paris, wo sie sich mit Jean, dem Dauphin von Frankreich, vermählen will, Station machen. Die Vorbereitungen werden durch Olivier gestört, der für einen einfachen Fußreisenden (piéton) gehalten wird; er verlangt für sich und seinen Herrn, ›maître‹ Jean, Bewirtung und Quartier. Der Wirt versucht ihn abzuweisen, Lorezza spricht für ihn. Als er schildert, mit welcher Prachtentfaltung sein Herr reist, wird er aufgenommen. Nun erscheint Jean mit Gefolge, alle in bürgerlicher Kleidung. Inkognito will er seiner Braut, deren Vorzüge er preist, begegnen. Als der Grandsénéchal der eben angekommenen Prinzessin die bürgerlichen Gäste zum Aufbruch drängt, behauptet Jean, das Wirtshaus gehöre ihm. Ja, er nimmt sich das Recht, die Prinzessin persönlich bewirten zu dürfen. Diese erscheint und erkennt den Dauphin sofort, läßt es aber nicht merken und nimmt seine Einladung zum Essen an.

II. Akt: Vor dem Wirtshaus lehrt Olivier Lorezza französischen Tanz und Gesang. Jean besingt die ritterlichen Tugenden. Alle setzen sich zum Mahl, in dessen Verlauf Jean, Olivier und die Prinzessin eine Romanze auf die Eigenschaften eines Troubadours singen. Im folgenden Duett zwischen der Prinzessin und Jean erfährt dieser, daß sein Inkognito durchschaut ist. Er sinkt vor ihr in die Knie, beide gestehen einander ihre Liebe. Auch dem entsetzten Sénéchal gibt Jean sich nun als der Dauphin zu erkennen. Der Chor (das Gefolge des Dauphins) huldigt der Prinzessin und stellt sich in ihre Dienste.

Goethes *Finale* überführt den ›jeu d'amour‹, die »douce ivresse« in das Lob des Landesvaters, das Treuegelöbnis der Untertanen, ihr Bekenntnis zur Tätigkeit und zuletzt in den Preis der eben gewonnenen Freiheit, wobei Jeans Devise (aus dem Duett mit Olivier: »Rester à la gloire fidèle 〈...〉«) »Aime et sers ton Dieu, ta patrie. De ton Roi sois toujours l'appuie. Sois galant auprés de ta belle« in die Formel »Gott und König und Geliebte« zusammengezogen wird (V. 60 u. 62). Dabei dürfte Goethes Vorsatz, mit Rücksicht auf den Adressaten die Huldigung nicht ›massiv‹, sondern als »ein leicht Vorübergehendes« erscheinen zu lassen, nicht nur im heiteren Charakter der vorausgegangenen Oper, der ›Leichtigkeit‹ ihrer Handlung, sondern auch in der Lokalität und der Grundsituation einen Rückhalt gefunden haben: Wie der Protagonist in der Oper um der Geliebten willen ein Inkognito annimmt und einen zufälligen Ort am Weg für die erste Begegnung wählt, so hatte Carl August oft die äußerlichen Hoheitszeichen abgelegt, auf Prachtentfaltung verzichtet und sich unter ›sein Volk‹ begeben; damit hätte Goethe auch auf ein innovatives (vielleicht den lang anhaltenden Erfolg mitbegründendes) Moment in ›Jean de Paris‹ reagiert, »die der historischen Entwicklung vorauseilende 〈...〉 Darstellung des Ideals eines Bürgerkönigs« (Klaus Hortschansky in ›Pipers Enzyklopädie des Musiktheaters‹. Bd. 1. München/Zürich 1989, S. 382).

Von dem *Finale* hatte Goethe eigenhändig eine Reinschrift angefertigt, die jedoch nur fragmentarisch überliefert ist, da sie nach Goethes Tod von den Erben (vielleicht allein, wie in zwei Fällen nachweisbar, von seiner Schwiegertochter Ottilie) zu Geschenkzwecken zerschnitten wurde (Handschrift GSA 25/XVI,6; vgl. WA I 13/2, S. 207 f.: H[1]; in WA genaue Beschreibung der Zerstörung). Inzwischen sind drei der verschenkten Textsegmente wieder aufgefunden worden. Sie werden nachfolgend im Anschluß an die fragmentierte Reinschrift wiedergegeben.

⟨H[1]⟩
⟨*am oberen Rand beschnitten; von Goethe Raum für die Überschrift freigelassen*⟩

Isabella.
Warum vor mir die Knie beugen?
Und wenn ich selbst Navarras Fürstin wäre,
Nur Ihm, nur Ihm gebühret Preis und Ehre
Erhebt euch sie ihm zu bezeugen.

Johann *aufstehend*
Wie gern entäußr' ich mich des Fürstenstandes
Worin ich mir zum Scherze wohlgefiel.
Die ernste Rührung folgt dem Spiel
Begrüßt den Vater dieses Landes

Isabella und Johann
Isab.
Ja, wir flehten, wenn Gefahren
Du Dich kräftig ausgesetzt
Wirck er unter seinen Schaaren
Hochverehrt und unverletzt

Johann
Wenn das Meer Dich trug und trennte
Dringend auch die Andacht war
Denn der Kampf der Elemente
Bringt dem edelsten Gefahr.

Iasab. und Johann.
Mitten in dem Weltgewirre
Blieben wir in deinem Rath
⟨*Textverlust*⟩

Chor
Und so mögen Millionen
Uns beneiden:

Wir umwohnen
Den Gelobten,
Den Erprobten!
Theil' er frölig diese Feste
Seiner Kinder, seiner Gäste.

Seneschal.
Zum Gastmal des Herrn Johann da,
Wir ungern uns geschickt.
Nun aber ist der rechte Mann da,
Der schützt und nährt und beglückt.
Der Seneschall vor allen
Stellt sich dem Fürsten dar;
Und hinter den Masken allen
Verehrung treuer Schaar.

Chor
Und aus den Herzen allen
Verehrung treuer Schaar.
⟨*Textverlust*⟩

Ein 1888 in Privatbesitz wieder aufgefundenes Textfragment (Verse 21–24) wurde im GJb 9, 1888, S. 106 veröffentlicht (Streifen vom obern Rand des 1. Blattes, nur auf der Rs. beschrieben; im GSA Durchzeichnung J. Redlichs, Beschreibung B. Suphan):

Wirst du uns den Wahn erlauben?
Wenn die Menge Dich umsteht
Laß uns Vater diesen Glauben,
Ja, wir haben das erfleht.

Ein weiteres Fragment (Verse 86 f.) mit Testat und Widmung Ottilies von Goethe, gehört zum verlorenen 2. Blatt der Reinschrift, das vermutlich ganz verzettelt wurde (Original in der Königl. Bibliothek Kopenhagen; Wiedergabe nach einem im GSA aufbewahrten Photo-Negativ):

Chor
Sie die Göttlichste zu schauen
Freyheit! – Sie macht unser Glück.

Ein drittes Fragment, das auf der Vs. die Verse 58–61, auf der Rs. die Verse 82–85 enthielt (also ebenfalls zum 2. Blatt gehörte), 1841 von Ottilie an Henriette von Wertheim in Wien verschenkt, befand sich (nach WA I 13/2, S. 208) 1901 in Saarbrücker Privatbesitz und ist seither verschollen.

Textgrundlage: Handschrift GSA 25/VII,2 (vgl. WA I 13/2, S. 208: H^2; s. auch S. 105 f.), die für den Druck des *Finale* in Bd. 4 der *Ausgabe letzter Hand* (C^1 [1827], S. 208–213; C^3 [1828], S. 203–207) von Eckermann verfertigte genaue Abschrift von Goethes Reinschrift (dazu s. o.), wobei Eckermann jedoch ›Schreibversehen‹ berichtigte und mit Blei, vorschlagsweise, zahlreiche Satzzeichen nachtrug oder änderte, die dann größtenteils von Riemer mit schwarzer Tinte nachgezogen und dadurch sanktioniert wurden; auch Göttling trug, später, mit Blei noch mehrere Änderungen in Orthographie und Interpunktion ein, wobei er einige der in Weimar vorgenommenen Korrekturen seinerseits wieder korrigierte. Unser Text gibt das Druckms. wieder, macht aber (nach einer Kollation der Eingriffe der verschiedenen Bearbeiter, wie sie schon in WA I 13/2, S. 109 f. angeregt wurde) die an der ›Grundschicht‹ von Eckermanns Kopie vorgenommenen Änderungen rückgängig (s. dazu auch die Lesarten in WA).

307 *3 Nur Ihm:* Carl August (zum vorausgegangenen Schlußtableau in der Oper s. o., S. 663); G. läßt die Schauspieler eingangs mehrfach darauf hinweisen, daß die ›Illusionsebene‹ des Stücks nun verlassen wird und die Akteure in reale Bezüge eintreten: »wenn ich 〈...〉 *wäre*«; »*entäußr*' ich mich«; »zum *Scherze*«; »Die ernste Rührung folgt dem *Spiel*« (Hervorhebungen vom Hg.). – *8 den Vater dieses Landes:* Auf den patriarchalischen Absolutismus als allein fruchtbare Vertrauensbasis weist G. auch in dem Anfang 1817 entstandenen Gedicht *Toast zum Landtage* (S. 181) hin. – *9 Gefahren:* auf dem niederländischen Feldzug 1814 (s. die Dokumentation in SchrGG 40). – *13 das Meer:* Anspielung auf die an den Feldzug anschließende Englandreise Carl Augusts. – *17 f. in dem Weltgewirre 〈...〉 in deinem Rath:* Vielleicht ist Carl Augusts Einsatz für die Interessen seines Landes während des ›Wiener Kongresses‹ gemeint.

308 *36 Der Seneschall vor allen:* als oberster Hofbeamter, Erster der Untertanen (s. DWb, Bd. 10/1, Sp. 580).

309 *60 Gott und König und Geliebte:* Zu dieser den frz. Text zur Formel vereinfachenden Devise s. o., S. 663. Vgl. auch V. 327 im *Maskenzug 1818* (S. 337): »Gott, seinem Kaiser, Einem Liebchen treu«. – *72 f. die Schaar der Millionen / Kaisern förderte den Streit:* in der Völkerschlacht bei Leipzig im Oktober 1813.

KANTATE ZUM REFORMATIONS-JUBILÄUM UND DENKMAL FÜR LUTHER

Am 3./4. November 1816 berichtet Carl Friedrich Zelter brieflich seinem Freund Goethe, er trage sich schon eine Weile »mit dem Gedanken: zu dem bevorstehenden Reformationsfeste ⟨der Dreihundertjahrfeier der Reformation am 31. Oktober 1817⟩ eine Musik zu machen, die sich vielleicht aus lauter Lutherischen Dictis zusammen setzen ließe. Du bist wohl so gut mir hierüber Deine Gedanken wissen zu lassen, wenn Du nicht gar der Mann bist der allein so etwas zu beschaffen unterrichtet und ausgestattet wäre« (Bd. 20.1, S. 466). Auch an den Vorarbeiten für ein seit langem geplantes Lutherdenkmal solle Goethe mit Rat und Tat teilnehmen: »Über die Form dieses Monuments sind die Verschiedensten Vorschläge getan. Etwas Bildliches soll jedoch der Kern bleiben; wozu schon Schadow Zeichnungen und Modelle gemacht hat. Die besten Künstler der Hauptstadt wollen die Sache nicht allein auf sich nehmen ⟨...⟩. Dadurch nun kommst Du in Gefahr einen Besuch von hier aus aufzunehmen, vielleicht von Schadow und Schinkel, um vors Erste etwas Gemäßes auszumitteln, das man ohne Scheu öffentlich vortragen darf, weil alles darauf ankommt daß das Erste ein wirklicher Gedanke sei« (ebd., S. 467).

Gleich nach dem Erhalt dieses Briefs begann Goethe mit Vorbereitungen für eine »Cantate«, die bei der Feier der Denkmalsenthüllung aufgeführt werden sollte; das Tagebuch vermerkt am 7. November 1816: »Zelters Brief ⟨...⟩. Monument für Luthern durchgedacht«; und am 8.: »Luthers Monument. Zelters Cantate zu diesem Zweck. Luthers Vorreden zu den biblischen Büchern.« Am Abend desselben Tages scheint Goethe die bildkünstlerische Seite des Projekts auch mit Heinrich Meyer durchgesprochen zu haben (»Hofr. Meyer. Luthers Monument«; s. dazu im Brief an Zelter vom 14. November, S. 314: »In eben dem Sinne, ist auch das Monument schon erfunden, die Weimarschen Kunstfreunde arbeiten vor«; dazu zwei Zeichnungen Goethes: CGZ VIA, Nrn. 215 und 216; s. Abbildung S. 669). Sowohl Zelters Anregung, auf Worte Luthers zurückzugreifen, wie sein Wink, einen ›wirklichen Gedanken‹ beizusteuern, trafen mit Goethes vorausgegangener Lektüre und seinen auf den Reformator bezüglichen Studien und Gesprächen zusammen: Im August 1816 hatte er »im Zusammenhang mit seinen orientalischen Studien« (Gräf II, Bd. 1, S. 85) Luthers ›Vorreden‹ zu den Büchern des Alten Testaments, insbesondere »die ganz unschätzbare ⟨...⟩ zu dem Psalter« (S. 313,22 f.) wiedergelesen (s. die Tagebuchbelege bei Gräf, a. a. O., sowie die bei Keudell, Nr. 1071, für den 8. November verbuchte Entleihung einer Lutherbibel von 1710 mit den beigefügten ›Vorreden‹), Ende Oktober und Anfang November sich mit Wilhelm Ernst Tentzels und Ernst Salomon Cyprians ›Reformations-Geschichte‹ (2 Bde. 1717/18) sowie mit den ›Historischen Nachrichten von dem ersten Evangelisch-Lutherischen Jubilaeo ⟨...⟩ am 31. October 1617‹ (1717) beschäftigt (s. WA III 5, S. 399; Keudell, Nrn. 1069 f.). Noch im November und offenbar durch die Berliner Initiativen angeregt, diktierte Goethe einen kleinen Aufsatz, in dem er dafür plädierte, das willkürlich gewählte Datum des Reformationsjubiläums aufzugeben und dieses mit dem fünften Jahrestag der Völkerschlacht bei Leipzig auf den 18. Oktober zusammenzulegen (Bd. 11.2, S. 220 f.). Eines der dafür vorgebrachten Argumente, die Ermöglichung eines überkonfessionellen Feiertags (»Man denke sich ⟨...⟩ den Geist, von diesem großen Weltfeste, zurück auf ein speciales Kirchenfest gelenkt ⟨...⟩ die Freude einer liebevollen Eintracht«; Bd. 11.2, S. 221), wird auch, und mit vertiefter Begründung, im Kontext der Entwürfe zur *Kantate* wiederholt (s. zu S. 314,10 f.). Hans-Joachim Weitz hat in dieser Konzeption auch die Nachwirkung von Goethes Begegnungen mit dem Katholizismus während seiner beiden Aufenthalte an Rhein und Main 1814/15 gesehen (im Kontakt mit den Brüdern Boisserée, in der Teilnahme am St. Rochus-Fest, in der ›ökumenischen‹ Atmosphäre der Willemers), die zu einer Annäherung geführt habe (H.-J. W.: Unerkannte Grüße Goethes an Marianne Willemer. Zwei Vorträge. In: JbFDH 1970, S. 127–189; S. 170–176).

Bereits am 10. November 1816 vermerkt Goethe im Tagebuch: »Bezügliches auf Luther an Zelter«; die wohl schon vorbereitete Sendung mit dem (ersten) Entwurf zur *Kantate* (S. 311–314), die an diesem Tag, dem Geburtstag Luthers, abgeschickt werden sollte, hielt Goethe jedoch bis zum 14. zurück (inzwischen wurden am 11. November im Tagebuch »Zelter Notizen von Berlin« verbucht und erneut »Luthers Denkmal. Jubiläum des Reformationsfestes u⟨nd⟩ d⟨er⟩g⟨leichen⟩« notiert); selbst dann noch entschuldigte sich Goethe für die Flüchtigkeit des Entwurfs und bedeutete dem Freund, daß er für die Ausarbeitung auf ein Zusammenwirken hoffe: »Beiliegenden Entwurf sende im Konzept. Er ist zwar sehr eilig, ja übereilt, allein zu Anbiß und Anregung genug. Setze Deine Gedanken und Forderungen gleich daneben und sende die Blätter zurück, so wird sich alles geschwind gestalten« (Bd. 20.1, S. 474). Goethes Konzept enthielt jedoch bereits sowohl den Grundgedanken der Kantate wie das aus ihm resultierende Gliederungsschema: die aus dem Gegensatz von Gesetz und Evangelium (von Goethe in die Opposition der philosophischen Begriffe ›Notwendigkeit‹ und

Paulus
Athanas
Augustin.
Luther

Goethe
LUTHER-MONUMENT
Grundriß und Aufriß
Federzeichnung
November 1816

›Freiheit‹ transponiert) hervorgehende Gliederung der Darstellung in zwei Teile, einen alt- und einen neutestamentlichen, die jedoch (so interpretiert Goethe, für ihn selbst charakteristisch, Luther) nicht antagonistisch bleiben, sondern durch den Glauben (dort an den kommenden, hier an den wirkenden und verkündenden Messias) vermittelt sind. Als Textmaterial schlägt Goethe anstelle der von Zelter empfohlenen lutherischen ›dicta‹, da sie ihm zu prosaisch-dogmatisch erscheinen, biblische Sprüche, Kirchenlieder und Neugedichtetes vor; doch stellt Zelter später richtig, daß er selber mit den ›dictis‹ Bibelsprüche gemeint habe.

In seinem Antwortbrief vom 23. November 1816 (Bd. 20.1, S. 479–481) erklärt Zelter sich von Goethes Entwurf bereits »ganz in Besitz genommen«, gibt aber auch zu verstehen, daß er auf dichterisch Ausgearbeitetes warte: »⟨...⟩ Bauen ohne Steine habe ich nicht gelernt; Du mein Liebster mußt mir nun die Materialien in Natura anweisen, damit nicht etwas Anderes entstehe als wir wollen: kurz ich muß in Bewegung kommen« (ebd., S. 479). Seiner Bitte wird jedoch nicht, oder nur halb, entsprochen; zwar arbeitet Goethe an der *Kantate* weiter, aber er entwickelt und differenziert vorerst nur das Schema (Tagebuch vom 6. Dezember 1816: »Schema der Cantate zum Reformationsfeste«), dessen zweiten Entwurf (S. 314–317) er zusammen mit Ratschlägen zur musikalischen Realisierung am 11. Dezember (Briefdatum: 10. Dezember) nach Berlin schickt (s. auch Bd. 20.1, S. 483–486); er selbst behält eine Abschrift von Schreiberhand zurück, die er an einigen Stellen noch erweitert und verbessert (S. 317– 319). Zelters Antwort vom 15. Dezember (Bd. 20.1, S. 486–489), die sich um die Anverwandlung der musikalischen Winke Goethes bemüht, ist bereits Ungeduld anzumerken, da er wiederum kein konkretes Material zur Komposition erhalten hat:

> »Das Schema zur Kantate ist ganz nach meinem Sinne ⟨,⟩ Du brauchst Dich daher nicht zu genieren und kannst geben was Dir fließt. Arien, Chöre, Rezitative und dergl. formieren sich selber, ja sie müssen sich selber formieren wenn das Ganze verständlich ohne gemein werden soll.
>
> Die Ouvertüre war schon disponiert, doch kann ich sie nicht schließen bis ich den Anfang des Stücks habe. Der Sinn und Geist besteht in den von Dir selbst angegebnen Gegensätzen: Du sollst! – Du wirst! Und dazu brauche ich die ordinairen äußern Mittel, daß mir die Steigerung ins Weite übrig bleibt. ⟨...⟩ Wären wir nur näher beisammen man kann ja nicht alles schreiben. Was die meiste Arbeit kosten wird ist das Konkrete, sowohl im Zusammenhange als in der Ausdehnung. Das Medium zwischen Zukurz und Zulang ist ein Unendliches und man wäre schon ein Gott, wers Einmal träfe.« (S. 487 f.).

Daß Zelters Klage über die für die Ausführung der *Kantate* hinderliche räumliche Distanz sehr berechtigt war, bestätigt Goethes Antwort vom 26. Dezember 1816 (Bd. 20.1, S. 489 f.): »Deinen werten mit meinen Vorschlägen übereinstimmenden Brief, habe erhalten, vorerst aber zu meinen übrigen Papieren gelegt, denn wie ich weiter eingreifen kann seh ich nicht klar. Wären wir beisammen, dann würde es sich geschwinder ergeben. ⟨...⟩ Doch kommt zu solchen Dingen manchmal ein ganz unvermuteter Anstoß, darauf wollen wir hoffen und vertrauen« (ebd., S. 489). Diese Hoffnung erfüllte sich jedoch nicht. Goethe, von Krankheiten und vielfältigen neuen Arbeiten belastet, reagierte auf Zelters wiederholte Winke und Erinnerungen nicht (s. Zelters Briefe an Goethe vom 12. Januar 1817: »Die Lutherschen Vorreden, besonders zum alten und neuen Testament habe mit großer Erbauung wieder gelesen«: Bd. 20.1, S. 493; vom 11. Februar 1817: »Hast Du wohl schon etwas über unsern Lutherus ausgedacht? Damit ich einen Anfang hätte«: ebd., S. 495; vom 3. bis 4. März 1817 anläßlich der Nachricht, daß Goethe Kotzebues ›Der Schutzgeist‹ für die Weimarische Bühne bearbeite: »Schade nur daß mein Luther dadurch um sein armes Leben kommt«; ebd., S. 501). Damit scheint das gemeinsame Projekt, von dessen Ausarbeitung nur wenige Textansätze Goethes überliefert sind (S. 319 f.) beendet. Im Rückblick hat Goethe jedoch den Abbruch auch auf die mangelnde Herausforderung durch seinen musikalischen Partner zurückgeführt: So sei die »beabsichtigte große Kantate zum Lutherfest, wegen Mangel an Zeit und Aufmunterung, bald nach der Konzeption, aufgestelltem Schema und geringer Bearbeitung« liegengeblieben und »für die Ausbildung« verlorengegangen (*Tag- und Jahres-Hefte* zu 1816; Bd. 14, S. 249).

Goethe hat jedoch in der folgenden Zeit wiederholt in Brief und Gedicht des Reformators gedacht, sich zu seinen Grundsätzen bekannt, sich diese allerdings auch jeweils ›anverwandelt‹. Seine Maxime, daß »wir uns noch alle Tage zu reformieren und gegen andere zu protestieren« hätten, »wenn auch nicht in religiösem Sinne« (Bd. 17, S. 841; Nr. 673), formte er im Gedicht *Dem 31. October 1817* (»Dreyhundert Jahre hat sich schon ⟨...⟩«; S. 193) zu einem Appell an ›alle Deutschen‹ wie, im Hinblick auf »Kunst und Wissenschaft«, an sich selber (die Verse erschienen an prominenter Stelle: als ›Motto‹ des 1. Hefts von *Über Kunst und Alterthum*). Hatte er am 7. November 1816 dem Mineralogen Carl Caesar von Leonhard gegenüber seine künftigen Protestationen noch als persönliche Polemik angekündigt (»Und so will ich dieses Jahr von meiner Seite das Fest feyern, daß ich wie Luther kein Blatt vors Maul nehme, nicht etwa öffentlich, denn der Controversen bin ich satt, aber gegen zuverlässige Freunde, die das Anstößige klug und mäßig verarbeiten werden«; WA IV 27, S. 421), so riet er im Jubiläumsjahr zu einer öffentlichen und allgemeinen ›Nachfolge Luthers‹ (1. Juni 1817 an Friedrich Rochlitz: »Lassen Sie uns bedenken, daß wir dieß Jahr das Reformationsfest feiern, und daß wir unsern Luther nicht höher ehren können, als wenn wir dasjenige was wir für Recht, der Nation und dem Zeitalter ersprießlich halten, mit Ernst und Kraft, und wäre es auch mit einiger Gefahr verknüpft, öffentlich aussprechen«). Durch Christian Gottlieb von Voigt gebeten, nicht nur die Feier des Reformationsfestes an der Universität Jena »einigermaßen in's Auge zu fassen« (an Heinrich Meyer, 24. Juni 1817; s. auch Voigt an Goethe, 21. Juni 1817: BW Goethe–Voigt, Bd. 4, S. 306), sondern auch Vorschläge für die Prägung einer Denkmünze einzureichen, skizzierte Goethe in einem Brief an Heinrich Meyer vom 4. Juli 1817 aus der Erinnerung an ein älteres Vorbild eine Seite der »Jubilaeums-Medaille« (CGZ Bd. VIB, Nr. N25) und deutete die Darstellung als »eins von denen biblisch-physischen Symbolen, dergleichen in früher, kirchlich-frommer Zeit mitunter glückten. Die Bundeslade deutet aufs Alte Testament und könnte noch bedeutender verziert werden. Die Sonne des Evangeliums beleuchtet sie, bildet aber in dem Hof (halo) um sich her ein paar Nebensonnen. Man kann, dächt' ich, abweichende Religionsparteien nicht ironisch-artiger darstellen« (zur weiteren Zusammenarbeit mit Meyer am Entwurf der Medaille s. den BW Goethe–Meyer. Hg. von Max Hecker. Bd. 2. Weimar 1919, S. 416–426). Wurde dieser, auf einen Grundgedanken der *Kantate* (s. zu S. 314,10 f.) zurückverweisende, Entwurf auch nicht realisiert (zugunsten eines Entwurfs von Heinrich Meyer; von Goethe die Inschrift »Segensreiche Wirkung ins vierte Jahrhundert«; Schuchardt: Goethes Kunstsammlungen. 2. Teil, S. 195, Nr. 1548 f.), blieb doch die Medaille das – verglichen mit der *Kantate* und dem Monument (das erst 1821 vollendet und in Wittenberg aufgestellt wurde; Bd. 18.2, S. 260,25 u. 1079 f.) bescheidene – einzige »Denkmal« von Goethes künstlerischer Tätigkeit für das Reformationsfest (s. Bernhard Suphan: Goethe und das Jubelfest der Reformation 1817. In: GJb 1895, S. 3–12; S. 12); zu Goethes Hochschätzung der ihm 1818 geschenkten »Allegorie zu Ehren Luthers« von Peter Vischer d. J. s. das Gedicht *An Fürst Biron von Curland* (»Als Luthers Fest 〈...〉«; S. 211 u. Abb. S. 209).

Textgrundlage: Handschrift GSA 25/XX,15 (I: Umschlag: Schreiberhand 〈Kräuter〉 mit Korrekturen G.s; I/1: Bl. 2–8: Schreiberhand 〈John〉 mit Korrekturen G.s 〈WA-Sigle: H〉; 1. Konzept; Abschrift unter Zelters Papieren; I/2 〈a〉: Schreiberhand 〈John〉 mit

Korrekturen G.s ⟨WA-Sigle: H¹⟩; 1. Konzept; Abschrift unter Zelters Papieren; I/2 ⟨b⟩: Bl. 10–13: Schreiberhand ⟨Kräuter⟩ mit Erweiterungen und Korrekturen G.s ⟨Abschrift von H¹⟩, von diesem nochmals durchgesehen und erweitert ⟨WA-Sigle: H²⟩; II: Bl. 14: egh. G. ⟨WA-Sigle: H; die in der Wiedergabe WA I 16, S. 577 f. geänderte, am Aufbau der *Kantate* orientierte Reihenfolge der Texteinheiten ist hier wieder rückgängig gemacht⟩).

311 *19 zu jenem Vorsatz:* Vgl. Zelters Brief an G. vom 3. (?), 4. und 5. November 1816 (Bd. 20.1, S. 466). – *21 f. Messias ⟨…⟩ eingedrungen bist:* Am 22. August 1816 hatte Zelter G. von seiner »vor vielen Jahren geschriebenen« Rezension des ›Messias‹ berichtet, »dessen Text aus lauter wörtlichen Bibelstellen zusammen gesetzt eine komplette Messiade enthält.

In der Rezension hatte ich das Werk in Stationen geteilt; 1. die Verkündigung des Messias durch die Propheten. 2. die Geburt, 3 das Leben, 4 das Leiden und der Tod, 5 Auferstehung und Himmelfahrt und dabei bemerkt daß es zyklisch von Oben abgeleitet und nach Oben zurückgeführt sei. und sich hiedurch von frühern Kunstwerken dieser Art absondere, besonders aber noch dadurch: daß das Ganze im Ton und Haltung sich immer auf den Totalbegriff der Erlösung und Befreiung aufwinde, Leiden und Tod aber ganz Temporär und vorübergehend sei.« (Bd. 20.1, S. 449 f.).

Zelters Rezension war 1805 in der von Reichardt herausgegebenen ›Berlinischen Musikalischen Zeitung‹ erschienen (S. 41–44, 45–48). – *26–29 Gesetz und Evangelium ⟨…⟩ Nothwendigkeit und Freyheit:* Vgl. Luthers (von G. besonders erwähnte) »Vorrede auff das Newe Testament«: »Ich ermane / Ich flehe / Ich bitte / Das man allenthalben sihet / wie das Euangelium / nicht ein Gesetzbuch ist / sondern eigentlich eine Predigt von den wolthaten Christi / vns erzeiget vnd zu eigen gegeben / so wir gleuben. Moses aber in seinen Büchern treibet / dringet / drewet / schlecht vnd straffet grewlich / denn er ist ein Gesetzschreiber vnd Treiber. ⟨…⟩ DAS meinet auch Christus / da er zur letze kein ander Gebot gab / denn die Liebe ⟨…⟩. Denn wo die werck und liebe nicht erausbricht / da ist der glaube nicht recht / da hafftet das Euangelium noch nicht / vnd ist Christus nicht recht erkandt« (›Biblia Germanica‹ 1545). G. könnten aber auch Passagen aus dem Galaterbrief vor Augen gestanden haben, die in den alten evangelischen Kirchengesangbüchern als Perikope zum Reformationsfest zitiert sind, bes. aus Kap. 5: »So bestehet nu in der Freiheit / da mit Uns Christus befreiet hat / Vnd lasset euch nicht widerumb in das knechtische Joch fangen. ⟨…⟩ Ir habt Christum verloren / die jr durch das Gesetz gerecht werden wolt / vnd seid von der Gnade gefallen. ⟨…⟩ IR aber / lieben Brüder / seid zur Freiheit beruffen« (ebd.).

312 *7–9 Du sollst! ⟨…⟩ Du wirst!:* Die im 2. Buch Mose, Kap. 19 f. geschilderte Verkündigung der Zehn Gebote (die meisten beginnen, wie auch die nachfolgenden Gesetze, mit der Formel »Du sollst«) findet vor einem Naturszenario aus Blitzen, Donner, Wolke und brennendem Berg statt, das Jahwes Rede Nachdruck verleiht, daß »sie meine wort hören / vnd lernen mich fürchten alle jr lebetag auff Erden«; dagegen stehen die von den Evangelisten überlieferten Worte Jesu nach der Auferstehung im Zeichen der Verheißung und Sendung (s. auch das 21. Kap. der Apokalypse, die Vision des neuen Himmels und der neuen Erde). – *17 Die Einweihung des Tempel Salomonis:* 1. Könige 8. – Von G. schon im 1. Konzept als »höchster Gipfel« der Kantate bezeichnet (S. 313,2). – *18 f. Zersplittern des Gottesdienstes ⟨…⟩ auf Berge und Höhen:* der Abfall der zehn Stämme unter Jerobeam, die Gründung Beth-Els und die Einsetzung der ›Priester der Höhen‹: 1. Könige 12 f. – *20 f. Zerstörung Jerusalem ⟨…⟩ Gefangenschaft zu Babel:* 2. Könige 25.

314 *10 f. In eben dem Sinne ⟨…⟩ das Monument schon erfunden:* S. dazu S. 667 und Abb. S. 669. Die auf dem Grundriß des Sockels von G. benannten (in Nischen gestellten) Figuren: »Luther Augustin.⟨us⟩ Paulus Athanas⟨ius⟩« lassen erkennen, daß es G. beim Monument (wie in der *Kantate* und in dem Aufsatz ⟨*Zum Reformationsfest*⟩) um eine ökumenische, nicht um eine dogmatisch protestantische Sicht zu tun war: »die Reformation ⟨…⟩ nicht die Sache Einer christlichen Glaubensgenossenschaft, sondern ein Anliegen der gesammten Christenheit, eine Folge und Wirkung des Geistes, der schon in Paulus, Augustinus und Athanasius lebendig gewesen ⟨…⟩. Des Geistes der Freiheit« (Suphan [S. 673], S. 10 f.; dort auch der Versuch einer Deutung der beiden Seitenansichten des Monuments; s. auch Rudolf Hermann: Goethes und Zelters Plan einer Reformationskantate. In: Zs. für systemat. Theologie 18, 1941, s. 213–223). Ja, G.s Gedanke eines Fests »der reinsten Humanität«, eines ›Weltfests‹, überschreitet noch weitere religiöse Schranken, umfaßt »nicht etwa nur Christen sondern auch Juden, Mahometaner⟨⟩ und Heiden« (⟨*Zum Reformationsfest*⟩; Bd. 11.2, S. 221). Zu dem dann ohne Konsultation der ›Weimarer Kunstfreunde‹ 1821 vollendeten Luther-Denkmal Schadows in Wittenberg, das Carl August später G. gegenüber als »abscheulich« bezeichnete (17. Mai 1828; BW Carl August–Goethe, Bd. 3, S. 300), s. Bd. 18.2, S. 1079 f. – *25 Donner auf Sinai:* dazu Zelters Vorschlag: »Aus dem Donner auf Sinai könnte man Töne der Zehn Gebote vernehmen lassen, die sich nachher durch die Worte selber erklärten« (an G.,

15./16. Dezember 1816; Bd. 20.1, S. 487). – *34 Hirtenchöre im Sinn derer meiner Pandora:* Die Hirten in G.s Festspiel *Pandora* verlangen von den Schmieden Klingen, Speerspitzen (zur Verteidigung gegen Tier und Mensch) und eherne Blasinstrumente (»Und wer kein Krieger ist, / Soll auch kein Hirte sein«): Bd. 9, S. 159 f. – *36–38 (Samuel) ⟨...⟩ zwischen Priesterthum und Königthum:* Samuel war bereits als Knabe von Jahwe zum Propheten berufen worden und übte dieses Amt auch als König aus (vgl. 1. Samuel 3).

315 *11 Chöre der Priester Baals:* s. den Entwurf S. 320,22–25. – *38 Janitschaar Musik:* die militärische Musik der Janitscharen, einer alttürkischen Infanterie-Elitetruppe; im Westen häufig als Kunstmittel (bes. in der Oper) imitiert (z. B. in Glucks ›Die Pilger von Mekka‹, in Mozarts ›Die Entführung aus dem Serail‹). Zelter rät wie im Ganzen, so auch in diesem Punkt zur Einfachheit: »Auch Janitscharen Musik kann man ohne die Instrumente selbst, recht gut andeuten; ja ich finde so gar eine weit größere Kunst darin, so etwas vermuten, erraten, finden zu lassen, als den Leuten die Paukenschläge auf den Rücken zu zählen, was eigentlich schändlich ist« (an G., 15./16. Dezember 1816; Bd. 20.1, S. 488).

316 *10 Sprecher, die drey Apostel:* Bei der folgenden Szene beim Hof Gethsemane am Ölberg waren nach Matthäus Kap. 26,37 und Markus Kap. 14,33 Petrus und die zwei Söhne des Zebedäus, Jakobus und Johannes, zugegen (Lukas und Johannes sprechen nur allgemein von ›den Jüngern‹). – *30 f. nach Anleitung des Händelischen Alexander Festes:* Zelter selbst hatte sich in einem Brief an G. vom 20. September 1807 begeistert über die von ihm mit der Singakademie einstudierten Chöre des Oratoriums (1736) geäußert (Bd. 20.1, S. 164 f.): »O, daß Sie doch die *Händel*schen Chöre des Alexanderfestes hören könnten! ⟨...⟩ Das Gedicht, welches von *Dryden* und ursprünglich Englisch ist, erzählt, wie Timotheus den Alexander durch seine Kunst bewegt und über diesen gewaltsamen kriegerischen Charakter den Sieg davon getragen hat. Daß nur auch ich erzählen könnte was mich immer schüchterner und stummer macht: die Einfalt, Klarheit, Freude und das Leben!«. – *37 Die Sprechenden sind meist Männer:* bis zu diesem Zeitpunkt *nur* Männer: Aaron, Josua, Samuel, Elias, Jonas, Jesaias im 1. Teil, Johannes d. Täufer, Christus, drei Apostel, ein Evangelist im 2. Teil. Erst in der letzten Überarbeitung treten Sulamith und mit ihr Frauenchöre hinzu (s. dazu die folgende Erläuterung). – Hans-J. Weitz (Unbekannte Grüße Goethes, S. 138) erkennt in »Goethes Bereitwilligkeit, ›wenn es nötig wäre, Frauen zu substituieren‹, seine⟨r⟩ Frage, ›wie etwa die Hauptstimmen‹ – das heißt die Gesangs-Soli – ›zu verteilen‹ seien ›und an welchen Stellen man eigentliche Arien

einschaltete‹, ⟨...⟩ den Autor, den Bühnenleiter, der mit der Ökonomie der Vokalmusik vertraut ist«; und er verweist auf Zelters aufführungspraktische Replik vom 15./16. Dezember: »Außerdem ist eine weibliche Solopartie fast notwendig um eine ordentliche Sängerin zu beschäftigen und allenfalls zwei. Sonst können alle Stimmen: Sopran, Alt, Tenor und Baß, als Solostimmen gebraucht werden und der Chor besteht noch besonders« (Bd. 20.1, S. 488).

317 *32 Sulamith die Geliebteste in der Ferne:* das Hirtenmädchen, die Braut im ›Hohenlied Salomons‹, für G. das »Symbol der freien Hingabe des Herzens ⟨...⟩, zu allen Zeiten ein Liebling seiner Phantasie« (Suphan [S. 673], S. 9); s. den Versentwurf S. 320,4–16. – *39 Chöre des Volks:* Hierzu gehört vermutlich der Versentwurf S. 319,32–40.

318 *33 über den Oxus:* antiker Name des Flusses Amu-Darja in Westturkistan.

320 *5–16 Wenn mich auch ⟨...⟩ daß er Liebt:* Die ersten vier Verse paraphrasieren V. 7 f. des 5. Kap. aus dem ›Hohen Lied‹: »7. Es fanden mich die Hüter, die in der Stadt umgehen; die schlugen mich wund; die Hüter auf der Mauer nahmen mir meinen Schleier. 8. Ich beschwöre euch, ihr Töchter Jerusalems, findet ihr meinen Freund, so sagt ihm, daß ich vor Liebe krank liege« (vgl. G.s frühe Übersetzung: »Mich trafen die umgehenden Wächter der Stadt. Schlugen mich, verwundeten mich ⟨...⟩«; Bd. 1.2, S. 452). Suphan datiert diese (und die übrigen Versentwürfe) »um den 10. December«; denn: »in dem ersten Concept des zweiten Schemas fehlt noch ›Sulamit die Geliebteste«‹ (WA I 16, S. 572). – In einem weit angelegten Beweisgang hat Hans-J. Weitz die »Ferne« der ›Geliebtesten‹ und das »Solo der Sulamith« auf die Suleika des *Divans* und weiter auf Marianne v. Willemers und seine, des Dichters, Situation am Ende des »unglücklichen Jahres 1816« bezogen und als eine Brücke über die Zeit des angelobten Schweigens (des Verstummens auch der *Divan*-Lyrik zwischen März 1816 und Dezember 1817) gedeutet: »Es ist nicht Suleika ⟨...⟩, die hier redet; aber diese Sulamith ist eine Erscheinung, die auf sie hin gleichsam transparent wird ⟨...⟩, ein Widerschein; wir dürfen an die entoptischen Farben denken, die ihn zu jener Zeit so sehr beschäftigten ⟨...⟩. Diese einsame Gestalt hat er sich, so meinen wir, gegenübergestellt, sie wendet sich zu ihm hin und an ihn. Dieses ›Und ich stehe, stehe ferne...‹ scheint uns statuarisch nicht nur im Stil des Oratoriums; es stellt ihre eigene räumliche Position – ›in der Ferne‹ – vor Augen« (Unbekannte Grüße Goethes, S. 140 f.).

MASKENZUG
1818

Zum Jahresende 1818 wurde in Weimar der Besuch der russischen Kaiserin-Mutter Maria Feodorowna (am 25. Oktober 1759 als Prinzessin von Württemberg geboren), Witwe des Zaren Paul I., Mutter des Kaisers Alexander I. und der Großfürstin und (seit 1804) weimarischen Erbprinzessin Maria Pawlowna erwartet; ihr Aufenthalt dauerte vom 23. November bis zum 21. Dezember. Am 16. Oktober suchte der Weimarer Hofmarschall Friedrich Wilhelm von Bielke Goethe auf, um ihn im Namen Maria Pawlownas »auf zu fordern, an denen Festlichkeiten welche bey Anwesenheit Ihro Frau Mutter K.⟨aiserlicher⟩ Maj.⟨estät⟩, hier gegeben werden sollen dergestalt Theil zu nehmen, daß ich besonders die Aufzüge zu leiten, die *Tableaux* zu disponiren und was sonst noch vorfallen könnte mit anzuordnen unternähme. Wogegen ich mich schuldigermaßen willfährig erwieß und meine Vorschläge nächstens einzureichen gedachte« (Hs. GSA 25/XXI,7,6A; s. WA I 16, S. 486). Was Goethe hier in der Sprache einer Aktennotiz am 18. Oktober festhielt, beschäftigte ihn in den folgenden Wochen bis zur großen Redoute am 18. Dezember (in den Nacharbeiten sogar bis ins Jahr 1819 hinein) fast unausgesetzt und in diesem Umfang gegen seinen Willen. Zunächst aber schrieb er unverzüglich, am 17. und 18. Oktober, vorschlagsweise, damit erst einmal »etwas in der Mitte stehe um beurtheilt zu werden«, den folgenden Entwurf zum Redouten-Aufzug nieder und schickte ihn an Bielke:

Redouten-Aufzug
Der Winter mit seinem Gefolge

Die Monate:
Oktober
Geburtsmonat I.⟨hro⟩ K.⟨aiserlichen⟩ M.⟨ajestät⟩ fruchtbar herbstlich dargestellt,
November
als Schütze,
December
winterlich.
Beide letztern als Monate der Ankunft und des Verweilens.
Die *Nacht*
Der *Schlaf*
Zwei bedeutende wohl zu charakterisirende Figuren, von bedeutenden Personen vorgestellt. Gefolg, die *Träume*, von Kindern

höchst mannigfaltig darzustellen, alle Glückseligkeiten der Höchsten Häuser erfreulich andeutend.
Die *bösen Träume* bleiben zurück und schlagen sich mit der *Lustigkeit* herum, die unter einer veredelten Gestalt der bekannten Schalksthoren weiblich erscheint. Sie führt einen Maskenzug an, wo alle Maskenarten zu brauchen sind, da sie mit Sinn regulirt, angenehme und bedeutende Unterschiede hervorbringen können.
Diesen lustigen Zug zu verdrängen tritt nun der *Winter* mit seinem eigentlichen Gefolge heran.
Hier hat man Gelegenheit alle Russische Trachten in ihrer Anmuth anzubringen, indem man erst die südlicheren Theile des Reichs symbolisirt, und nach und nach bis zu den nördlichsten hinanstiege. Der *Winter* selbst auf einem Gletscher getragen, müßte den Nordpol mit Nordlichtern umgeben andeuten, man könnte ihn, um an das neuste heranzugehen mit zwei ausgerüsteten Schiffen im Arm vorstellen ⟨s. die Erläuterung S. 694⟩. Daß die Ausführung dem Auge erfreulich wäre ist sorgfältig zu beachten.

(Hier wäre noch ein Übergang zu erfinden.)

Folgt nun das durch die Nacht begünstigte Studium.
Pallas, ihren Pagen die kriegerischen Attribute überlassend; Fröhlich gesinnt, von *Clio*, der Muse der Geschichte begleitet.
Die *Wissenschaften* folgend, theils weiblich, theils männlich charakterisirt.

(Folge und Abschluß noch erst zu bezeichnen.)

Zu Gunsten vorstehenden Aufzugs wollte ich erwähnen, daß er im Ganzen und Einzelnen allgemein faßlich sey, daß kurze, heitere Verse hinlänglich sind um jeden Zweifel zu heben. Ferner kann Jedermann daran Theil nehmen; die Mannigfaltigkeit ist groß und die Einzelnen haben in Kleidung und Costumirung vollkommene Freyheit.
Auch lassen sich Bezüge auf die Höchsten Gäste ungezwungen, direct und indirect, anbringen, wie sich denn, nach Belieben, manches einschalten, ja selbst eine zufällig eintretende Lücke leicht wieder ergänzen läßt. Ausführlicher kann man den Gegenstand behandlen, sobald er im Allgemeinen gebilligt ist.
Weimar d. 17n Octbr. 1818.

(Hs. GSA 25/XXI,7,6A)

In seinem Begleitbrief an Bielke kam Goethe auch auf die praktische »Ausführung« des Projekts, d. h. auf die Inszenierung und

Einstudierung zu sprechen. Indem er diese als eine dem Ressort der Hoftheater-Intendanz zukommende Pflicht bezeichnete und an seinen (im April 1817 aus Protest erfolgten) Rücktritt von diesem Amt erinnerte, gab er deutlich genug zu verstehen, daß er sich von den über das Konzeptuelle und Dichterische hinausgehenden Arbeiten entpflichtet fühle. Freunden gegenüber äußerte er sich direkter und (im Hinblick auf das Genre ›Maskenzug‹) grundsätzlich, so am 31. Oktober 1818 im Brief an Sulpiz Boisserée, in dem er als Ursache seiner derzeitigen Entfernung von der »griechischen Kunstregion« zum einen die Arbeit an den *Divan*-Noten, vor allem aber »die Hof- und Feenwelt« bezeichnete, »die sich ganz eigens, bey Annäherung hochzufeyrender Gäste in Bewegung setzt« und zu den immer zu gewärtigenden »Zufälligkeiten« zählte, »wodurch alle Zwischenräume von Zeit und alle Reste von Kräften aufgezehrt werden«.

Dennoch ließ sich Goethe, wohl vor allem Maria Pawlowna zuliebe, durch Bielke und Kanzler von Müller bereden, die gesamte Vorbereitung für den Festzug zu übernehmen. Bereits am 17. Oktober hatte er Heinrich Meyer hinzugezogen, am 18. besprach er erstmals mit Oberbaudirektor Coudray »die vorzustellenden Tableaux«, am 21. und 22. wurde der »Redouten-Aufzug schematisirt«, am 23. »die Besetzung der Aufzugsrollen besprochen, die Tabellen verfertigt und das Ganze durchgedacht«. Das Tagebuch hält auch die weiteren Abläufe in fast täglichen Eintragungen präzise fest. Wichtige Etappen sind der 1. November, an dem die »sämmtlichen Glieder und Gliederungen des Redouten-Aufzuges berichtigt, geordnet und aneinander geklebt« wurden, der 5., an dem (wohl die ersten) »Stanzen zum Aufzug mundirt« wurden, der 6., an dem Stadtmusikus Friedrich Aghte »wegen der Musik zum Aufzug« vorsprach (s. Goethes Brief an ihn vom 8. Dezember: u., S. 683), Kleider geliehen und Requisiten bestellt wurden, schließlich der 16. November, an dem Goethe (nach vorausgegangenem Gespräch bei Hof) mit Ottilie und August »die Complettirung des Aufzugs« besprach, bevor er, am 17., die »Flucht in die Fichtenwälder« von Bad Berka antrat, um sich dort auf den poetischen Teil des Festzugs zu konzentrieren.

Bis zum 4. Dezember entstand in Berka die erste Niederschrift der einzelnen Gedichte (eigenhändig, auf losen Blättern, großenteils von Goethe datiert; s. die Feindatierung der Genese in WA I 16, S. 471 f.), die am 5. Dezember, dem Vortag der Rückreise, arrangiert (Tagebuch: »Übersicht des Ganzen«), am 7. John zur Abschrift übergeben wurde. Die Originalhs. wurde später, zusammen mit einigen von Goethe durchgesehenen Abschriften und Nachträgen geheftet, in einen von Kräuter beschrifteten Umschlag und dieser in eine Mappe mit dem Aufdruck »Festgedicht und Aufzug im Herbst 1818« gelegt (das Konvolut ist in WA I 16, S. 470–472 unter der Sigle H^1 beschrieben). Noch am selben Tag, dem 7. Dezember, schrieb Goethe die bereits am 1. Dezember entworfene einleitende ›prosaisch-summarische Darstellung‹ des Maskenzugs aus, die als »Vorläufige Anzeige« noch vor der Aufführung des Festzugs in 500 Exemplaren gedruckt und ausgegeben (WA-Sigle: E^1), am 15. Dezember auch Cotta für den Abdruck im ›Morgenblatt‹ angeboten wurde (dort am 25. Dezember erschienen; WA-Sigle: J^2; vorausgegangen war ein Abdruck in der Dresdner ›Abendzeitung‹ vom 18. Dezember, »ein schlechter Abdruck von E^1 mit vielen willkürlichen Änderungen«, doch auch einer »Reihe erklärender Anmerkungen«: WA-Sigle: J^1). Bereits am 9. Dezember lag das Mundum (WA-Sigle: H^2; Beschreibung: WA I 16, S. 472) vor und wurde, während Goethe schon die Rollen ausschreiben ließ und mit den Proben begann, vom Buchbinder geheftet; für Ergänzungen und Änderungen war jedoch Raum gelassen. Noch am 15. Dezember ersetzte Goethe eine Strophe und erst an diesem Tag notierte er im Tagebuch den »Abschluß des Gedichts«; zugleich fragte er bei Cotta an, ob das (erst noch »nach hergestellter vollkommener Ruhe« zu redigierende) Heft mit den Gedichten unter dessen »Firma« bei Frommann gedruckt werden könne (s. QuZ 4, Nr. 2522).

Goethe hat in einem Brief an Knebel vom 26. Dezember 1818 rückblickend das Gelingen des Festzugs auf die ›konzertierte Aktion‹ sämtlicher Mitwirkenden zurückgeführt, die ihm selber in Berka die volle Konzentration auf die Gedichte ermöglicht habe, wobei er sich von dem ganzen Unternehmen auch wieder distanzierte: »Nur durch eine strenge Richtung aller Gedanken auf einen Punct war es mir möglich die vielfachen Gedichte zu Stande zu bringen, die der Aufzug forderte, wie das Programm ausweist. Meine Kinder besorgten indeß die Kleidung, Meyer und Coudray die Requisiten; ersterer die Zeichnungen zu den Kleidern. Die schönen Sprecherinnen kamen nach Berka zum Vorunterricht, und so fand ich rückkehrend alles im Gange; Didaskalien 〈Theaterproben〉 dauerten fort und so waren wir im Stande, nach sechs Wochen ununterbrochener Arbeit, Freytags den 19. December 〈richtig: am 18.〉, ohne mehr als eine Totalprobe am Morgen desselbigen Tages gehabt zu haben, bey Hofe, Abends, den Aufzug aufzuführen, dem einiger Beyfall zu gönnen war, da so großer Aufwand von Zeit, Kräften und Geld doch nur zuletzt, wie ein Feuerwerk, ein vor allemal in der Luft verpuffte. Indessen haben wir die alte Ehre Weimars gerettet, ich aber, will's Gott! von solchen Eitelkeiten hiedurch für immer Abschied genommen.«

Goethes Darstellung suggeriert eine Aufteilung der Kompetenzen, die jedoch auch während der ›Berkaer Phase‹ nie strikt eingehalten wurde. Noch jedes Detail passierte seine Zensur. Charakteristisch dafür ist sein Brief an Heinrich Meyer vom 22. November aus Berka: »Mit dem Ganzen ⟨der Programmfolge des Festzugs⟩ bin ich nunmehr einig, seitdem ich den Winter und sein Gefolge herausgeworfen habe, sagen Sie das Herrn Coudray mit dem besten Dank für die Schlitten-Zeichnung, die wir aber nunmehr nicht ausführen. Für die kleine Nixe ist an guter Stelle gesorgt. Meinen Kindern schrieb ich, daß mir viel daran gelegen sei, die Gruppe von *Musarion* gut ausgestattet zu sehn. Weil sich die Männer nicht recht dabei putzen können, so ist dieses kleine Bild immer lückenhaft geblieben; lassen Sie sich meinen Brief ⟨geben⟩ und besorgen gefälligst die kleinen Requisiten für das Mädchen. Beim Theater ist eine solche Kanne gewiß. ⟨...⟩ Dann möchte ich auch erfahren, wie es mit den Gemählden auf dem Stadthause, nicht weniger wie es mit den Charaden aussieht.«

Dabei konzentrierte sich Goethes (anfangs durch mehrtägiges Unwohlsein behinderte) Aktivität in Berka durchaus nicht nur auf den Festzug (zu den mehrmaligen Proben und Lesungen kam noch das auf die eigene Dichtung einstimmende Wiederlesen von Herder und Wieland); sie richtete sich auch auf den Entwurf eines Diploms der ›Mineralogischen Gesellschaft‹, das der Kaiserin überreicht werden sollte (wobei Goethe selbst die Papiersorte und das Futteral in seine Überlegungen einbezog; vgl. die analoge Fürsorge für die zu wählende *Divan*-Letter beim Druck des *Maskenzugs*: QuZ 4, Nrn. 2529–2536, oder die Bitte, bei den für Weimar bestimmten Exemplaren »die Worte: *Stuttgart, in der Cottaischen Buchhandlung* wegzulassen«, um »denen Höchsten und hohen Personen, denen solche bestimmt sind«, nicht die »traurigste Erinnerung« an den Tod der Königin von Württemberg, der Schwester Maria Pawlownas, ›wieder zu erregen‹: an Frommann, 4. Februar 1819), aber auch, über mehrere Tage hin, auf die einläßlichsten Überlegungen zu einer Gesamtausgabe der Schriften Hamanns (an Wilhelm Dorow, 30. November 1818). Schließlich ist auch Goethes intensive, seine Produktivität anregende, zugleich historisch-systematische Beschäftigung mit Musik zu erwähnen: von dem Berkaer Bademeister Friedrich Schütz ließ er sich täglich drei bis vier Stunden auf dem Klavier vorspielen, »und zwar, auf mein Ersuchen, nach historischer Reihe: von Sebastian Bach bis zu Beethoven, durch Philipp Emanuel ⟨Bach⟩, Händel, Mozart, Haydn durch, auch Dusseck und dergleichen mehr. Zugleich studirte *Marpergers* ⟨= Matthesons⟩ *vollkommenen Kapellmeister* und mußte lächeln indem ich mich belehrte. Wie war doch jene Zeit so ernst und tüchtig und wie fühlte nicht ein solcher Mann die Fesseln der Philisterei in denen er gefangen war« (an Zelter, 4. Januar 1819; Bd. 20.1, S. 550).

Am 9. Dezember empfing Goethe den Stadtmusikus Johann Friedrich Aghte, dem er auch schriftliche Anweisungen erteilte, die für die Choreographie des Maskenzugs aufschlußreich sind (8. ⟨?⟩ Dezember 1818; WA IV 31, S. 295):

»Der Zug ist in drei Theile getheilt, in den *Prolog*, den *Zug* selbst, und den *Epilog*. Auf ein zu verabredendes Zeichen fängt die Musik an. Die Personen des Prologs, ungefähr zwölf an der Zahl, treten von der Gallerie-Seite herein, ziehen an der Fensterseite her, alsdann an der Treppenseite herunter und treten endlich vor die Herrschaft. Sobald die Ersten an dieser Stelle anlangen, hört die Musik auf und schweigt so lange bis die letzten Personen des Prologs sich von der Herrschaft entfernen.

Da denn die Musik wieder anfängt und so lange dauert, bis die ersten Personen des Hauptzuges, welcher auf gleiche Weise hereinkommt, vor den höchsten Herrschaften angelangt sind.

Als denn schweigt die Musik und es wird ein Zeichen verabredet wann sie wieder anfangen soll. Sie dauert abermals so lange bis die Personen des Epilogs sich vor gnädigster Herrschaft rangirt haben; alsdann schweigt die Musik und hat weiter keine Verpflichtung.«

(WA IV 31, S. 295)

Über die Aufführung des 150 Masken umfassenden Zugs (an der Goethe, nach einem Bericht des Kanzlers von Müller, selbst nicht teilnahm, weil »er fürchtete, es würde ihn zu sehr rühren«: Herwig, Bd. III/1, S. 96), gingen die Urteile weit auseinander; so spiegelte sich für Adele Schopenhauer, die in der Rolle der ›Muse‹ auftrat und von Goethe bereits in Berka instruiert und zu Höchstleistungen begeistert worden war, »die Idee« des Ganzen in der Aufführung klar wider (an ihren Bruder Arthur, Februar 1819; Herwig, Bd. III/1, S. 101), während Friedrich Wilhelm Riemer, der für die Redoute Charaden gedichtet, von Goethe jedoch (trotz der Mitwirkung seiner Frau) in das Manuskript keinen Einblick erhalten hatte, Mangel an Übersicht, ja Unverständlichkeit monierte, gewiß auch aus Verärgerung, weil er, der sich für den kompetentesten Beurteiler »in ästhetischer und sprachverständiger Hinsicht« hielt, übergangen worden war (an Frommann, 26. Dezember 1818; Herwig, Bd. III/1, S. 94 f.): »Von Goethes Maskenzug, der unstreitig das Imposanteste geworden sein würde, wenn der Verfasser nicht die Proben gescheut ⟨!⟩ und zuvörderst die Teilnehmer durch ein Programm *vorher* von seiner Idee hätte unterrichten, auch in der Ordnung des Aufziehens dem sachverständigen Rate Coudrays folgen wollen. Die Verse haben nur sehr wenige gehört, noch wenigere verstanden, und weder vom Ganzen noch vom Einzelnen ist ein Bild übrig geblieben, weil nirgends ein Bild erschien. Das Ganze hatte etwas von einem Hasentreiben. Die Gruppen konzentrierten sich immer mehr, und wurden vor den hohen Herrschaften durch die Tragödie und das Epos abgefangen. Erst hinterher sind mir in einem freundschaftlichen Zirkel die einzelnen Verse, zum Teil jedoch nur, bekannt geworden, und mein Urteil ist dieses, daß das Ganze etwas buntscheckig, das Erhabenste und Tiefste neben dem Plattesten und Unbedeutendsten Platz findet 〈...〉. Das Programm ist sehr steif und verspricht hin und wieder mehr, als wirklich geleistet worden. Die Verse übrigens sollen erst zu Ostern erscheinen, weil Goethe, wie es heißt, noch hinzusetzen und verbessern wolle. Schade, daß die Lektüre und Effekt nicht zusammentreffen! Was er über Wieland und Herder sagen läßt, ist sehr schön: ebenso auch der Epilog. 〈...〉 Soviel ich von andern vernommen, ist das Ganze doch zu reflexiv und nicht immer klar.«

Goethe selbst hat über das ›Ereignis‹ der Aufführung hinaus, das er für ein ephemeres ›Feuerwerk‹ hielt, aus der Auftragsarbeit mehrfachen dauernden Gewinn gezogen. Obwohl er (wie schon kurz zuvor bei der von ihm traditionell geforderten Mitwirkung bei den ›Lebenden Bildern‹; s. *Bilder-Scenen* [»Mit Säulen schmückt ein Architect 〈...〉«], S. 181 und Kommentar) nun endgültigen Abschied von dieser Art »Fest-Gelegenheitsdichtung« nahm, die er selbst 1781 in Weimar erst begründet, freilich schon damals als »Aufzüge der Thorheit« »im Dienste der Eitelkeit« bezeichnet hatte (an Lavater, 19. Februar 1781; s. den Artikel »Maskenzüge« von Gerhard Sauder im GHb, Bd. 2, 1996, S. 309–319), nutzte er die private Probenarbeit zu einer grundsätzlichen Instruktion seiner laienhaften, doch bildbaren und begeisterungsfähigen Darsteller in Deklamation und Bewegung, ›Grammatik der dramatischen Kunst‹ und Theatergeschichte (s. die Schilderungen vor allem Adele Schopenhauers und des Kanzlers von Müller: Herwig, Bd. III/1, S. 89, 97–102, auch den Bericht Watermann T. Hewetts, ebd., S. 93), ja setzte sie über den einmaligen Anlaß hinaus fort, indem er Anfang 1819 mit derselben kleinen Truppe sein Maskenspiel *Paläophron und Neoterpe* (1800; Bd. 6.1, S. 335) neu einstudierte (s. Goethe an Graf von Brühl, 14. Januar 1819 und Herwig, Bd. III/1, S. 97–100 und 102; Aufführung am 3. Februar zum Geburtstag der Prinzessin Marie in Goethes Haus). Es scheint, daß Goethe seine eminente Theatererfahrung, die seit seinem Abschied von der großen Bühne kaum mehr genutzt wurde, bei dem ad-hoc-Anlaß des *Maskenzugs*, dessen Dramaturgie er Bielke gegenüber als Sache der Intendanz bezeichnet hatte, nach anfänglichem Widerstand gern reaktivierte.

Als seinen eigenen Gewinn aber verbuchte Goethe vor allem den dichterischen Ertrag des Festes. »Ich habe mich persönlich am wenigsten zu beklagen«, schrieb er am 4. Januar 1819 an Zelter, nachdem er den »wie ein Feuerwerk in der Luft verpuffte⟨n⟩« Aufwand »teuer genug erkauft« genannt hatte, »denn die Gedichte, auf welche ich viel Sorgfalt verwendet, bleiben übrig« (Bd. 20.1, S. 550). Dem Jugendfreund Friedrich Maximilian Klinger, durch seine Karriere mit dem russischen Kaiserhaus eng verbunden, vertraute er am 20. Dezember 1818 an, warum ihm die Gedichte, die »Exposition der sämmtlichen Gestalten«, besonders wert waren:

> »Aus der Epitome ⟨der kurzen Übersicht in Prosa⟩ werden Sie schon sehen daß von nichts weniger als von einer weimarischen Poetik und leicht gezeichneten Kunstchronik die Rede war. So befahl es unsere aufmerksame Erbgroßherzogin und so habe ich es ohne Zaudern bearbeitet. ⟨...⟩
>
> Daß mir, indem ich so manche Jahre im Gedächtniß wieder aufnahm, gar wunderliche Gedanken entgegen stiegen, läßt sich wohl denken, wobei mir jedoch am bedeutendsten erscheinen mußte, daß ich noch immer in demselben Ilmenthale mich hin- und herbewege, in welchem wir manchen guten Tag zusammen verlebten. Auch Sie haben fest an Ihrer Stelle gehalten und was Sie sich einmal zur Pflicht gemacht treulich durchgeführt. Wie wunderlich müssen uns beiden die neueren Tage vorkommen, wo die meisten nur zur Norm ihrer Pflicht Eigendünkel und Widerspänstigkeit gegen jede Art von Ordnung anerkennen.
>
> Das müssen wir nun geschehen lassen, so lange wir aber wirken, immer noch am Faden der alten Ordnung festhalten, damit wir uns auch noch am Ende gleich bleiben.«

Daß der *Maskenzug* als Goethes »Selbstreflexion seines Lebenswerks, aber auch der Schöpfungen der vorausgegangenen Weggenossen« und zugleich als »Spiegel bürgerlichen Selbstbewußtseins« verstanden werden konnte, in dessen dichterischen und wissenschaftlichen ›Produkten‹ der Hof sich repräsentiert sehen wollte (weder Goethes Romane noch die Wielands »durften in diesem auf Klassizität gestimmten Selbstbild Weimars erscheinen«), hat Gerhard Sauder gezeigt (GHb, Bd. 2, 1996, S. 317 f.). Doch hat Goethe selbst im Rückblick der *Tag- und Jahres-Hefte* zu 1818 gerade diese Berechenbarkeit des ›Repräsentativen‹ dementiert und die Gedichte des *Maskenzugs* in eine frappierende Konstellation zu seinem ›Lebenslied‹ (*Um Mitternacht*, S. 186) und dessen unabsehbarer Reflexivität gebracht: »Ein wundersamer Zustand bei hehrem Mondenschein brachte mir das Lied *Um Mitternacht*, welches mir desto lieber und werter ist, da ich nicht sagen könnte, woher es kam und wohin es wollte. Aufgefordert, und deshalb in seiner Entstehung klarer, aber doch eben so wenig in der Ausführung berechenbar, erschien mir zu Ende des Jahrs ein Gedicht, in kurzer Zeit verlangt, erfunden, eingeleitet und vollbracht. Zu Verehrung Ihro Majestät der Kaiserin Mutter sollte ein Maskenzug die vieljährigen poetischen Leistungen des Weimarischen Musenkreises, in einzelnen Gruppen gestalten und diese einen Augenblick in höchster Gegenwart verweilend, durch schickliche Gedichte sich selbst erklären. Er ward am 18. Dezember aufgeführt, und hatte sich einer günstigen Aufnahme und dauernden Erinnerns zu erfreuen« (Bd. 14, S. 268 f.).

Der schon Anfang Dezember 1818 mit Cotta vorbesprochene, am 2. Januar 1819 eingeleitete Druck des *Maskenzugs* zog sich bis Anfang April hin und war von einer umfänglichen, kein technisches Detail unbesprochen lassenden Korrespondenz zwischen Goethe und Frommann begleitet (QuZ 4, Nrn. 2521–2561); in den Handel gelangte die Ausgabe (WA-Sigle: E^2) erst zur Ostermesse (voraus ging ein Auszug im ›Morgenblatt‹ vom 30. April; WA-Sigle: J^3); die Verteilung der Separat-Exemplare nahm Goethe selber vor, wobei auch dieser Aufwand an Sorgfalt erkennen läßt, welche Bedeutung er dem ›okkasionellen‹ Werk schließlich zumaß, von dem er in der ›Aufklärenden Bemerkung‹ zum *Maskenzug* in Band 4 der *Ausgabe letzter Hand* (C^1, S. 177 f.) bemerkt, es sei »in dieser Art das Reichhaltigste und Vollständigste, was ich zuletzt hervorzubringen bemüht gewesen« (s. zu S. 321,5–12).

Textgrundlage: Bey / Allerhöchster Anwesenheit / Ihro / Majestät der Kaiserin Mutter / Maria Feodorowna / in / Weimar / Maskenzug. Stuttgard, in der Cottaischen Buchhandlung. 1819 (WA-Sigle: E^2; s. WA I 16, S. 469 f.).

321 *5–12 Bey ⟨…⟩ Maskenzug:* In der *Ausgabe letzter Hand* ist die folgende ›Aufklärende Bemerkung‹ zu dem den Band und die Abteilung der »Inschriften, Denk- und Sende-Blätter« eröffnenden *Maskenzug 1818* abgedruckt (C^1 4, S. 177 f.; vgl. WA I 5/2, S. 50): »Diese in historischem Sinn und Zweck an einander gereiht folgenden Festgedichte verdienen wohl hier zuvörderst aufzutreten; es ist in dieser Art das Reichhaltigste und Vollständigste, was ich zuletzt hervorzubringen bemüht gewesen; auch möchte ich mich wohl schwerlich je wieder einem solchen Auftrag unterziehen und ein ähnliches Unternehmen wagen. Der vorangeschickte Prolog, so wie eine ihm vorausgehende Andeutung, gibt genugsa-

men Fingerzeig über die Absicht dabei, und die Gedichte selbst belegen wenigstens wie man ihr zu entsprechen gesucht. Denn freilich kann durch Worte nicht dargestellt werden, wie für eine so große Masse gegebener Charaktere Personen zu finden gewesen, deren Individualität sie gemäß waren und die dabei Gefälligkeit genug hatten, sie nicht nur zu übernehmen, sondern auch mit nicht unbedeutendem Kostenaufwand durch das gehörigste Costume so genau als vortheilhaft darzustellen. Alles war durch die höchst huldreiche Aufnahme und wiederholt verlangte Vorführung beglückt und belohnt.« – *28 Genius, in Pilgertracht:* Siehe die Beschreibung der Rolle durch Waterman T. Hewett (Herwig, Bd. III/1, S. 93): »Fräulein von Grün with scollop shells and silver spangles was a Pilgrim Genius leading the brilliant procession.« – *29 Reisetafeln (Itinerarien):* Die »Zwillings-Tafeln« oder »Tafelpaare« waren von dem Maler Karl Wilhelm Lieber in Beratung mit G. (s. das Tagebuch vom 7. Dezember 1818) gestaltet worden und stellten Stationen des bisherigen Reisewegs der Kaiserin sicher nicht nur abstrakt, sondern (wie die Verse 1–20 andeuten) in farbigen Bildern dar; am Ende des Zuges sind die Tafeln leer, um ›frischen Tafelpaaren‹ und dem Weitergehen Platz zu machen (V. 1026 f.). – *32 allerhöchsten Geburtsfestes:* Maria Feodorownas Geburtstag am 25. Oktober (s. S. 328, V. 46). – *35 Zeuge erfreulichster Namensfeier:* Anspielung auf das Fest der hl. Elisabeth von Thüringen am 19. November, den Namenstag der Kaiserin Elisabeth Alexejewna (einer geb. Prinzessin von Baden), Gattin des reg. Kaisers Alexander I., Schwiegertochter Maria Feodorownas. Vielleicht wurde dieser Tag vom russischen Hof in Eisenach gefeiert. Spekulationen, z. T. unhaltbare – Karl Borromäus, Mariä Opferung! – auch in FrA I 6, S. 1434; zurecht ist dort jedoch bemerkt, daß am protestantischen Weimarer Hof Namenstage üblicherweise nicht gefeiert wurden, daß also das Namensfest bei den russischen Gästen zu suchen ist.

322 *10 Einigkeit der höchsten Herrscher:* Vgl. V. 140 (»Die Großen sehn sich, einen sich, vereinen«); Erinnerung an die ›Heilige Allianz‹ des Jahres 1815. – *21 Die Ilme:* Als Flußpersonifikation hatte G. bereits 1814 in *Was wir bringen. Fortsetzung* (5. Auftritt) die ›Nymphe der Saale‹ auftreten lassen (Bd. 9, S. 275–278), allerdings mehr humoristisch-parodierend; in der ›Ilme‹ werden die seit der Antike sprichwörtliche Unbeständigkeit, Neugier und Geschwätzigkeit der Nymphen (Nixen) in höhere Eigenschaften übersetzt: Sie wird zur Wissenden, Vertrauten. In den lyrischen Partien (V. 221–248 und 873–896) offenbart sie sich als altgewordene, ja mythische Augenzeugin von Weimars ›großer Zeit‹. Sie hat in den Regionen, die sie durchfließt, aus dem Genietreiben ›Werke‹

entstehen und in die Welt hinausgehen sehen: von Ilmenau (s. das Gedicht *Ilmenau*), durch Weimars Park (mit G.s Gartenhaus) und »Tiefurts Tal« (mit dem Musenhof Anna Amalias) – eine dichterische Topographie. In ihrer Selbsteinschätzung wechselt sie zwischen Bescheidenheit und Stolz, sieht sie sich (äußerlich) klein und (in der geistigen Bedeutung) groß, analog zu G.s Weimar-Bild: »wie Bethlehem in Juda, klein und groß« (*Auf Miedings Tod*; Fassung im ›Tiefurter Journal‹, V. 40; Bd. 2.1, S. 586). Im ›Epilog‹ läßt G. sie dann vollends überhöht erscheinen: im Abglanz der derzeit an ihrem Ufer wandelnden hohen Gäste. – *24 f. Verhältnis zu seiner Fürstin:* Anna Amalia hatte Wieland als Prinzenerzieher 1772 nach Weimar gerufen; er wurde und blieb zeitlebens ihr Vertrauter und gestaltete auch das geistige Leben während der Sommeraufenthalte der (nach der Amtsübergabe 1775) ›Herzogin-Mutter‹ in Tiefurt (ab 1781) maßgeblich mit. – *27–30 Musarion ⟨...⟩ kürzlich ausgelegt:* Wielands Verserzählung ›Musarion oder Die Philosophie der Grazien‹ (1768) hatte von seinen »glänzenden Produktionen« am meisten auf den jungen G. gewirkt (s. den Bericht in *Dichtung und Wahrheit* II 7; Bd. 16, S. 294 f.) In dem Gedicht gelingt es Musarion, ihren Geliebten Phanias von seinem Hang zur Menschenfeindlichkeit zu heilen, ihn dem Einfluß seiner Freunde Kleanth und Theophron, dogmatischen Vertretern der von Wieland bekämpften stoischen und der pythagoräischen Denkschulen, zu entziehen und ihn zu heiterem Lebensgenuß zu befreien; G. hat sowohl in seiner Logenrede *Zu brüderlichem Andenken Wielands* (1813; Bd. 9, S. 945–965; bes. S. 949 f.) wie in dem *Maskenzug*-Gedicht (V. 249–294), das er aus Zitaten Wielands gestaltete, anhand der ›Musarion‹ die geistige Physiognomie Wielands entworfen, indem er dessen eigener Aussage in der Vorrede an Weisse (1769) folgte, Musarion sei »eine getreue Abbildung der Gestalt meines Geistes«. – *31–38 Oberon und Titania ⟨...⟩ stimmen ein:* Figuren aus Wielands Roman in Stanzen ›Oberon. Ein romantisches Versgedicht‹ (1780 zunächst in 14 Gesängen erschienen, 1785 in 12 umgearbeitet), dessen Entstehung G. mit Interesse und Vergnügen begleitete. Die aus mehreren Quellen (Huon de Bordeaux, Chaucer, Shakespeare, Pope) gespeiste Fabel ist »aus drei Haupthandlungen zusammengesetzt: nämlich aus dem Abenteuer, welches Hüon auf Befehl des Kaisers ⟨Karls des Großen⟩ zu bestehen übernommen, der Geschichte seiner Liebesverbindung mit Rezia, und der Wiederaussöhnung der Titania mit Oberon: aber diese drei Handlungen oder Fabeln sind dergestalt in Einen Hauptknoten verschlungen, daß keine ohne die andere bestehen oder einen glücklichen Ausgang gewinnen konnte« (Wieland in der Vorrede »An den Leser«). – »Amanda« nennt sich die Kalifentochter Rezia nach ihrer Taufe. Scherasmin ist Hüons treuer Diener und Begleiter, Fatime (bei Wieland: Fatme) die Amme Rezias. – G. läßt die entzweiten Liebespaare durch das Beispiel des Hofs zur Einigkeit finden und überstellt auch den Lehnsmann Karls des Großen, Hüon, dem gegenwärtigen Fürstenhaus. Die Rollen der »kleinen Geister« Oberon, Titania, Feen und Elfen besetzte er mit Kindern (31. Oktober 1818 an Ottilie von Goethe; s. auch das Personenverzeichnis, S. 360). – *40 die Stimmen aller Völker:* G. greift die durch Caroline von Herder und Johannes von Müller vorgenommene Titelgebung ›Stimmen der Völker in Liedern‹ für die (veränderte) Neuausgabe (1807) der Herderschen ›Volkslieder‹ von 1778/79 auf (s. dazu Herder: Sämtliche Werke, Bd. XXV, S. IX f.). Mit den Personifikationen »Barde« (nur dieser erschien dann auch im Zug; s. das Personenverzeichnis, S. 360) und »Legende« scheint G. nicht bestimmte nationelle Dichtungen (wie die der keltischen Gesänge oder die der hebräischen oder griechischen Fabeln und Parabeln; s. auch die Sammlung von Legenden im 6. Heft der ›Zerstreuten Blätter‹ 1797; Sämtliche Werke, Bd. XXVIII, S. 167–246) zu meinen, sondern verschiedene Gattungen oder Redeformen (V. 343/45: »tausend Sprach- und Redezüge, / Vom Paradies bis heute 〈...〉. / So singt der Barde, spricht Legend' und Sage«), die Herder aufgezeichnet und hinter deren Vielstimmigkeit und diachronem Wandel er die Konstanz des ›Menschlichen‹ hatte sichtbar machen wollen.

323 *4–6 Terpsichore 〈...〉 Adrastea:* ›Terpsichore‹, nach der Muse der lyrischen Dichtkunst, nannte Herder seine 1795/96 in drei Teilen erschienene Sammlung (und Übertragung) von Gedichten des Neulateiners Jakob Balde (1603–1668), des ›deutschen Horaz‹, der, in Ensisheim im Elsaß geboren, als Jesuitenpater (mit einer Rhetorik-Professur und zeitweise als Hofprediger) in Bayern wirkte; Herders Publikation (mit einer Lebensbeschreibung des Dichters in Bd. 3 und zwei poetologischen Studien zur lyrischen Dichtkunst in Bd. 2) ist eine Neuentdeckung des einst gefeierten, dann vergessenen Barockdichters, den Herder für die Gegenwart nicht als ›zierlichen Horaz‹, sondern als ›patriotischen Alcäus‹ wiedererwecken wollte: »Er lebte in Zeiten des dreißigjährigen Kriegs, und sah die Jammervollen Zeiten desselben. 〈...〉 indem er das Schicksal Deutschlands beweinte, suchte er Deutschlands bessern Geist zu wecken, und es zur Tapferkeit, Redlichkeit, Einheit zu ermahnen« (Herder: Sämtliche Werke, Bd. XXVII, S. 4; s. dazu *Tag- und Jahres-Hefte* zu 1795; Bd. 14, S. 43). Diesem Werk der klagenden Muse stellt G. tröstlich Herders letztes großes Sammelwerk, die 1801/03 in drei Bänden (sechs Stücken) erschienene ›Adrastea‹ an die Seite (›Adrasteen‹ sind zwei allegorische Frauengestalten, ›Wahrheit‹

und ›Gerechtigkeit‹, die »Ordnerinnen der Welt« und Hüterinnen des Maßes, die das beginnende 19. Jahrhundert vom Dunkel ins Licht führen sollen), in der »Begebenheiten und Charaktere des vergangenen Jahrhunderts«, »Wissenschaften« und schließlich auch »Säkularische Hoffnungen« reflektiert werden (Herder: Sämtliche Werke, Bd. XXIII). – *7 Aeon und Aeonis:* Ans Ende des 1. Stücks seiner ›Adrastea‹ (1801) hatte Herder ein Gedicht nach Pope und davor ein eigenes kleines Drama ›Aeon und Aeonis. Eine Allegorie‹ gestellt (ebd., Bd. XXVIII, S. 247–263), in dem er die Ablösung der Herrschaft des alten Jahrhunderts (verkörpert in dem Greis Aeon, einst Ares genannt, einem Vertreter des prunkvollen, kriegerischen Ancien régime) durch das ›helle und erfreuende Regiment‹ seiner Tochter (Aeonis, ab jetzt ›Agape‹, ›die Liebe‹, genannt), das die von Wahrheit und Gerechtigkeit bestimmte bürgerliche Epoche heraufführt. Diese Allegorie wurde als Kritik Herders an G.s auf Vermittlung zwischen Alt und Neu bedachtem Maskenspiel *Paläophron und Neoterpe* verstanden (s. Schiller an G., 20. März 1801; Bd. 8.1, S. 848); G. verzichtet auf jede Replik, hebt aber die bei Herder durch Aeons Tod bezeichnete Trennung der Epochen und die scharfe Adelskritik durch den gemeinsamen Auftritt von Vater und Tochter vor dem toleranten Hof (V. 397 f.: ⟨Aeonis:⟩ »Zum Glücke laßt Ihr uns herein: / Denn solch' ein Fest konnt' er sich nicht erwarten«) gleichnisweise wieder auf. – *14 f. Cid, Ximene, Uraka:* Im Winter 1802/03 hatte Herder mit der Übertragung des ›Romancero del Cid‹ (1612) begonnen, einer späten Sammlung von Gedichten auf den spanischen Volkshelden Rodrigo (Ruy) Diaz de Vivar, gen. ›El Cid‹ (maurischer Beiname, ›der Herr‹; vor 1045–1099); seine Textgrundlage war die franz. Bearbeitung ›Histoire du Cid‹ 1783. Obwohl das Ms. im Juni 1803 abgeschlossen vorlag, erlebte Herder nur noch den Druck der ersten dreizehn Romanzen im Ersten Stück seiner ›Adrastea‹; vollständig erschien der ›Cid‹ in der Gesamtausgabe 1805 (s. Sämtliche Werke, Bd. XXVIII, S. 399–548). – »Ximene«: die Geliebte Rodrigos, der um der Ehre seines Hauses willen ihren Vater, Don Gormaz, getötet hatte; in der 14. Romanze kommt es in einem nächtlichen Gespräch der Liebenden zur Versöhnung, der die Heirat folgt. – »Uraka«: die Infantin Donna Uraka, Tochter des Königs Ferdinand, in Rodrigo verliebt und Nebenbuhlerin der Grafentochter Ximene (s. die 11. Romanze). – *18 eines lebenden Dichters:* G.s selbst. – *25 Mahomet ⟨...⟩ mit Palmyren und Seïden:* Im Herbst 1799 hatte G. auf Wunsch des Herzogs Voltaires Verstragödie ›Mahomet‹ (1742) übertragen und bearbeitet; *Mahomet Trauerspiel in fünf Aufzügen nach Voltaire* (Bd. 6.1, S. 127) wurde am 30. Januar 1800, dem Geburtstag der Herzogin Luise, in Weimar aufgeführt. Carl

August favorisierte das Drama des französischen Klassizismus und vor allem Voltaires Kampfansage an Glaubensfanatismus und religiöse Machtpolitik (s. dazu Bd. 6.1, S. 919). G. suchte den verbrecherischen Charakter der Voltairschen Mahomet-Figur zu mildern und eine dämonische Ausnahmegestalt zu zeigen (zu seinem eigenen Mahomet-Bild und frühen Plan eines Mahomet-Dramas s. *Dichtung und Wahrheit* III 14; Bd. 16, S. 671–673). Im *Maskenzug 1818* betont er vor allem das Formexperiment und stellt, da er selber schon bei seinem dramatischen Debut mit den ›drei Einheiten‹ (s. V. 492) gebrochen hatte, dieses »Musterbild dramatischer Beschränkung« autobiographisch anachronistisch, aber gattungsgeschichtlich konsequent an den Beginn seiner Dramen-Exempla. – »Seïde«, Mahomets Sklave, ist wie »Palmire«, die in Seïde verliebt ist, ohne zu ahnen, daß sie Geschwister sind, als Kind von Mahomet entführt worden; dieser beauftragt Seïde, Sopir (bei Voltaire: Zopire), den Scheich von Mekka, seinen Gegenspieler und, was Mahomet verheimlicht hat, Seïdes und Palmires Vater, zu töten, um beide zu vernichten; denn Mahomet begehrt leidenschaftlich Palmire; sterbend erfährt Sopir, daß der Mörder sein Sohn ist. Seïde wird von Mahomet vergiftet, Palmire entlarvt den unmenschlichen Propheten und ersticht sich. In G.s *Maskenzug* sind die Figuren der Geschwister stumm, werden die Greuel nicht erwähnt, wird vielmehr nur auf den poetologischen Wert des Stücks hingewiesen.

324 *2 Menechmenspiel:* ›Menaechmi‹ (lat.): Zwillingsbrüder (bei G. oft sprichwörtlich); in der gleichnamigen Komödie des röm. Dichters Plautus kommt es beim Aufeinandertreffen von Zwillingsbrüdern, die als Kinder getrennt wurden, zu permanenten Verwechslungen: sie werden für ein und dieselbe Person gehalten. – *8 um seine Gesellschaft selbst zu exponiren:* ›um seinen Gesellen (Faust) selbst vorzustellen‹ (s. V. 600–649). – *10 frische Jugend:* Bürgermädchen (s. das Personenverzeichnis, S. 361). G. ›historisiert‹ im *Maskenzug* seinen *Faust* auffällig, gibt mittelalterliches Kolorit, drängt die Tragödie zurück. – *15 Braut von Messina* ⟨...⟩ *Mutter und Tochter:* In Schillers 1803 aufgeführter Schicksalstragödie sind es Donna Isabella, Fürstin von Messina, und ihre Tochter Beatrice, die ›Braut‹, die beide ungewollt den Streit der feindlichen Brüder, Don Manuels und Don Cesars, neu angefacht und ihren Tod herbeigeführt haben und nun als Überlebende zurückbleiben. – *16 von Aurora eingeführt:* Aurora (lat.; griech. ›Eos‹), die Morgenröte, nennt der Chor zu Beginn der ›Braut von Messina‹ (V. 288–93: »Aber der Fürsten / Einsame Häupter / Glänzen erhellt, / Und Aurora berührt sie / Mit den ewigen Strahlen / Als die ragenden Gipfel der Welt«). Die glanzvolle Rolle gab G. der Malerin Julie von Egloffstein. – *35 einen freyeren Boden:* Der Tell-Zug findet im

aufgeklärt-absolutistischen, ja liberalen Sachsen-Weimar eine eben erst, 1816, erlassene Verfassung, die den Landständen Mitsprache bei der Gesetzgebung einräumt (»wo der Fürst sich mit den Seinigen verbündet«; V. 706–708: »Die mit dem Fürsten sich berathen 〈...〉«); vgl. G.s Gedicht *Toast zum Landtage* (S. 181).

325 *22 nach einem 〈...〉 Fragmente Schillers:* Den 1803/04 begonnenen, unvollendet zurückgelassenen ›Demetrius‹ (zu dem vielleicht die Verbindung des Weimarischen Hofes mit dem russischen Kaiserhaus durch die Heirat Carl Friedrichs mit Maria Pawlowna den letzten äußeren Anstoß gegeben hatte) wollte nach Schillers Tod G. selbst vollenden; über sein Scheitern berichtet er in den *Tag- und Jahres-Heften* zu 1805 (Bd. 14, S. 129–131). – Der polnische Vasall Odowalsky, eine von Schiller erfundene Gestalt, wirkt zum Vorteil Marinas, der Tochter Mnischeks, des Woiwoden von Sendomir, die von König Sigismund Demetrius als Gattin übergeben worden war; er erreicht, daß Demetrius als Zar in Abhängigkeit von den Polen bleibt; Marina tötet die von Demetrius geliebte Prinzessin Axinia und führt später auch seinen Untergang herbei. – *31 ein leichtsinniges Mährchen:* 1801 hatte Schiller (für die Aufführung am Geburtstag der Herzogin Luise am 30. Januar 1802) Carlo Gozzis tragikomisches Märchenstück von 1762 ›Turandot Prinzessin von China‹ bearbeitet, wobei er die von Gozzi nur skizzierten Typen-Szenen der ›commedia dell'arte‹ ausarbeitete und sie als Maskenszenen gab.

326 *8–10 Pallas Athene 〈...〉 Clio:* die griech. Göttin der Weisheit und Künste, Schirmherrin Athens und nun auch des ›klassischen‹ Weimar, und die Muse der Geschichte (griech. Kleio).

327 *15 Räume hast Du nun durchzogen:* Anspielung auf die bisherige Reise, aber auch die zahlreichen Exkursionen in und um Weimar während des Aufenthaltes der Kaiserin, die in den folgenden Prologgedichten immer wieder direkt angeredet wird. – *17 Enkel Dich umschweben:* die Prinzessinnen Marie Luise Alexandrine und Marie Luise Auguste und Prinz Carl Alexander; ob ein Wortspiel »Enkel« – »Engel« beabsichtigt ist?

329 *55 Ceres Flügelwagen:* Die Göttin der Fruchtbarkeit und des Feldbaus (griech. Demeter) wurde auf antiken Münzen und Gemmen häufig als in einem von geflügelten Drachen gezogenen Wagen über die Erde fahrend dargestellt.

331 *124 Dem Allergrößten:* dem Dichter Homer? oder dem allergrößten Stoff, den höchsten ›Gegenständen‹, den Heldentaten?

333 *197 Jene die uns angeregt:* Maria Pawlowna.

334 *209–216 »Wenn 〈...〉 dein Name 〈...〉 des Dichters weise Lehre:* Die erste Strophe ist aus dem (1818 noch nicht veröffentlichten) *Divan*-Gedicht *Geheimstes* genommen (»Uschk Nameh –

Buch der Liebe«; dort die 5. Strophe; Bd. 11.1.2, S. 37 und Kommentar); voraus ging eine durch die Lektüre von Diez' ›Denkwürdigkeiten‹ angeregte Notiz (»Eines Vor Gott Dem Kaiser Der Liebsten gedacht werden«); s. auch zu V. 327, ferner die Briefe an Leopold von Lämmel, 6. August 1812, Gräfin O'Donell, 28. August 1812, und Herzog Carl August vom 29. Januar 1815 (S. 623). – *229 hoch an meiner Quelle:* im Thüringer Wald, über Ilmenau.

336 *270–286 »Warum das Leben 〈...〉 im Ganzen überwiegen.«:* Musarions Rede ist mit Zitaten aus Wielands Vorrede an Christian Felix Weiße zu seiner Verserzählung (in der neuen Ausgabe von 1769) gestaltet, in der er bekennt, Musarions Philosophie sei »diejenige, nach welcher ich lebe; ihre Denkart, ihre Grundsätze, ihr Geschmack, ihre Laune sind die meinigen. Das milde Licht, worin sie die menschlichen Dinge ansieht; dieses Gleichgewicht zwischen Enthusiasmus und Kaltsinnigkeit, worein sie ihr Gemüt gesetzt zu haben scheint; dieser leichte Scherz, wodurch sie das Überspannte, Unschickliche, Schimärische 〈...〉 auf eine so sanfte Art, daß sie gewissen harten Köpfen unmerklich ist, vom wahren abzuscheiden weiß; diese sokratische Ironie, welche mehr das allzustrenge Licht einer die Eigenliebe kränkenden oder schwachen Augen unerträglichen Wahrheit zu mildern, als andern die Schärfe ihres Witzes zu fühlen zu geben sucht; diese Nachsicht gegen die Unvollkommenheiten der menschlichen Natur – welche, (lassen Sie es uns ohne Scheu gestehen, mein Freund,) mit allen ihren Mängeln doch immer das liebenswürdigste Ding ist, das wir kennen« (Werke. Hg. von Fritz Martini und Hans Werner Seiffert. Bd. 4. München 1965, S. 320).

337 *327 Gott, seinem Kaiser, Einem Liebchen treu:* Siehe zu V. 209–216; s. auch das *Finale zu Johann von Paris* (S. 309, V. 60) mit Kommentar.

340 *409 Donna Uraka:* wegen des Rhythmus' »Donn' Uraka« zu lesen.

341 *439–456:* in manchen Zügen der Selbstdarstellung in *Ilmenau* (»Anmutig Tal 〈...〉«; 1783), V. 89–122, verwandt (Bd. 2.1, S. 85).

344 *557 Werde wahrzusagen wissen:* Siehe G.s Skizze *Aufenthalt in Pyrmont und Göttingen*: »Zigeuner die durch wunderliches Betragen durch Kenntnisse der Zukunft Zutrauen und zugleich die allerbänglichste Ehrfurcht erweckten« (Bd. 18.2, S. 340).

345 *570 f. / 577 f. Mutterlieb' 〈...〉 ein Knösplein aufgebrochen:* Gemeint ist das Verhältnis Maria Feodorownas zu ihren Kindern Maria Pawlowna und Alexander und die Geburt ihres Enkelkindes Carl Alexander am 24. Juni 1818.

346 *606 dieses Vieleck:* der Doktorhut (nicht, wie BA erläutert, das in V. 618 genannte Pentagramm!).

347 *673 Das Schicksal ⟨...⟩ verdammet:* Danach folgte in H[1]: »Dies durfte wohl der Dichter einmal schildern, / Wir danken ihm daß ers vollbracht; / Doch geben wir so trostlos herben Bildern / Von minder klugem Pinsel gute Nacht. / Was Er uns brachte bleibt uns wohl empfohlen / Er fesselt uns mit zart und strengem Sinn, / Was unerfreulich macht Er zum Gewinn. / Was er gethan soll keiner wiederholen.« Mit dem ›minder klugen Pinsel‹ könnten ›Schicksalsdramatiker‹ wie Adolf Müllner und Zacharias Werner gemeint sein.

352 *808 bald Rex und bald Regina:* ›bald König und bald Königin‹; s. ›Demetrius‹, I. Aufzug, V. 776: »*Einige*: Vivat Marina! *Andere*: Russiae regina!« – *812 Ein Heldensproß:* Michail Fjodorowitsch Romanow, 1613–1645 Zar, Begründer der Dynastie Romanow.

355 *916 f. / 919 f.* / 356 *925 das zerstörte Haus ⟨...⟩ nach unsers Fürsten Willen ⟨...⟩ Hier thronet Sie:* Erinnerungen an den Wiederaufbau des durch einen Brand 1774 zerstörten Weimarer Schlosses (1803), die Neugestaltung des Parks an der Ilm, an das Wirken des Herzogs und an den mutigen Einsatz der Herzogin Luise während der Okkupation Weimars durch Napoleon.

357 *951 nach erneuter Weise:* Der Arzt und Landwirt Albrecht Thaer hatte 1809/10 in seinem Werk ›Grundsätze der rationellen Landwirtschaft‹ die Methode des Fruchtwechsels propagiert, die G. später auch in seinem Gedicht *Zum vierzehnten Mai 1824* rühmt (Bd. 13.1, S. 100).

679 *16 um an das neuste heranzugehen:* Anspielung auf die Weltreise Otto von Kotzebues (1787–1846; Sohn August von Kotzebues), der 1815–1818 mit dem Schiff Rurik eine Weltreise unternommen, den nach ihm benannten Sund an der Westküste von Alaska entdeckt und auf der Suche nach einer nordöstlichen Durchfahrt die Behringstraße befahren hatte und in die Südsee vorgedrungen war. 1821 erschien in Weimar sein Reisebericht in drei Bänden.

⟨*H[1] enthält drei von G. geschriebene Ansätze, die sich dem Haupttext nicht als Varianten zuordnen lassen:*⟩

⟨1⟩ Er steht allein er hat zu seiner Zeit
Allein die Kraft viel tausend zu versammlen

⟨2⟩ Daß *alles* nicht mehr am Ende befriedigt
Wo sonst das *eine* genugthat.

⟨3⟩ Denn wer allein so groß und würdig ist
Der muß sich vor dem Ende sichern ⟨?⟩.

VERMUTLICH GOETHE ZUZUSCHREIBEN

365 *Laß mich hören, laß mich fühlen* ⟨...⟩
Textgrundlage ist der *Erstdruck* nach der Abschrift Rudolf von Beyers in Rudolf Schade: Goethe und die Musik. Ein Goethe-Fund. In: Der Sammler. Unterhaltungs- und Literaturbeilage der München-Augsburger Abendzeitung Jg. 94, Nr. 139, 11. November 1925.
Entstehung: Weihnachten 1818.

Die Handschrift des Widmungsgedichts für den Berkaer Organisten Johann Heinrich Friedrich Schütz (1779–1829) ist verschollen. G. hatte sie in ein Notenheft mit Bachschen Chorälen geschrieben, auf »Weimar, Weihnachten 1818« datiert und signiert. Wie zuweilen bei Widmungsversen behielt er keine Abschrift zurück, und da das Choralheft nach Schütz' Tod verloren ging, gelangte das Gedicht bisher in keine Goethe-Ausgabe. Daß es dennoch erhalten blieb, ist einer Abschrift zu verdanken, die Rudolf von Beyer (1803–1851), ein im April 1820 in Berka a. d. Ilm zu Besuch weilender Zelter-Schüler aus Berlin, anfertigte, als er unter Schütz' Notenschätzen auf die Verse G.s stieß. Die Abschrift bewahrte Beyer mit mancherlei autobiographischen Notizen sein Leben lang auf, ohne sie zu publizieren. Erst 100 Jahre später veröffentlichte sein Enkel Rudolf Schade sie mit anderen aufgefundenen Papieren. Jedoch ging er dabei so unseriös vor, daß die ganze Überlieferung unglaubhaft erschien, da er die Notizen des Großvaters durch eigene Zutaten zu einem literarischen Mischmasch erweiterte und das Gedicht mit neun anderen, angeblich gleichfalls von G. stammenden Gedichten veröffentlichte, deren Unechtheit leicht zu erkennen war. Angesichts der zweifelhaften Überlieferung und der Unauffindbarkeit des Notenhefts mit den Originalversen galt es zu prüfen, ob aus dem Gedicht G.s unverwechselbare ›Stimme‹ erklingt, die allem eignet, was er geschrieben hat. Dabei ergab sich, daß die Verse Silbe für Silbe das unverkennbare Siegel der Sprachkunst des alten G. tragen, einschließlich der unnachahmlichen, überraschenden und typischen Lizenzen, die er sich in der *Divan*epoche gelegentlich erlaubte. Als zusätzliche Echtheitsbeweise zu den positiven Ergebnissen der sprachlichen Untersuchung traten mancherlei stützende Zeugnisse hinzu, die spezielle inhaltliche Aussagen des Gedichts bestätigen und sowohl von G.s Verhältnis zu Schütz im allgemeinen, als auch von dem den Versen zugrundeliegenden großen Erlebnisvorgang im besonderen Kunde geben.

Schon die Datierung auf Weihnachten 1818 läßt vermuten, daß das Widmungsgedicht ein Geschenk an Schütz war, nachdem G. drei Wochen lang dessen Gastfreundschaft in Anspruch genommen hatte, um den am 18. Dezember 1818 aufgeführten *Maskenzug* (S. 321–359) zu dichten. Briefliche und gesprächsweise Überlieferungen bezeugen, daß G. sich durch Schütz' stundenlanges Klavierspiel in die zum Dichten nötige Stimmung versetzen ließ. Daß die Verse ein Notengeschenk mit Bachschen Chorälen begleiten, ist gleichfalls plausibel, da G. sich, seit Schütz 1816 durch eine Brandkatastrophe seine Noten verloren hatte, um deren Wiederbeschaffung bemühte und im Brief an Zelter vom 4. Januar 1819 eigens erwähnt, er habe »das *wohltemperierte Klavier*, so wie die *Bachischen Chorale* gekauft« und Schütz »zum Weihnachten verehrt« (Bd. 20.1, S. 551). So bekräftigen die Verse die in Briefen und Gesprächen überlieferten Aussagen über G.s große Verehrung Bachs, die Schütz durch sein Musizieren in ihm geweckt hatte. In Übereinstimmung mit zahlreichen bestätigenden Lebenszeugnissen erscheinen die Widmungsverse als G.s Dank an den befreundeten Musiker und verehrungsvollen Bach-Jünger, dessen Musizieren und musikhistorisches Wissen ihm den Zugang zum Werk Johann Sebastian Bachs eröffnet hatte. Darüber hinaus gibt das Gedicht tiefe Einblicke in die besondere – gleichfalls durch Parallelen in anderen Werken gestützte – Bedeutung der Klangwelt für den Dichter in jener Lebensepoche.

Wie bei dem Dank- und Huldigungsgedicht für die polnische Pianistin Marie Szymanowska (»Die Leidenschaft bringt Leiden! 〈...〉«; Bd. 13.1, S. 140) legt G. hier ein Bekenntnis über die Wirkungen des Musizierens auf seinen Seelenzustand ab. Doch während jenes den beschwichtigenden Effekt der Musik auf das liebeskranke Gemüt preist, geht es hier um des Dichters Bach-Erlebnis und dessen Auswirkung. Das Gedicht spricht in leisen und doch präzisen Andeutungen von musikalischen, zugleich rezeptiven und schöpferischen, ans Mystische grenzenden Erfahrungen.

Strophe 1 enthält die inständige Bitte an den Freund, durch seine Kunst »Wärme« und »Licht« zu spenden, die der Dichter in der Kühle der Lebens- und Jahreszeit entbehrt. In Strophe 2 versichert er seine stete Aufnahmebereitschaft für »Neues, Großes«, das seinem Wesen nach über den Tadel der »Krittler« erhaben ist. Strophe 3 bekundet von der »aus Tiefen« emporsteigenden Klangkunst, daß sie sich zu dem »Geisterchor« (Künstler, Weiser, Religionslehrer, genialer Erfinder?) »gesellt« und (wie diese) eine eigene »Welt« (in der Welt) »auferbauet«. Dieser wunderhafte geistige Vorgang findet, wie Strophe 4 versichert, unter der Bedingung statt, daß »der Jünger« mit aufgeschlossenem Sinn vor »den Meister« tritt und das in Reinheit Gebotene reinen Herzens aufnimmt. – In detaillierterer Betrachtung:

Strophe 1 setzt mit dem beschwörenden Anruf »Laß mich hören, laß mich fühlen« an den befreundeten Musiker ein. (Die Anapher erinnert an Lynceus' emphatisches »Laß mich knieen, laß mich schauen 〈...〉« in *Faust II*, V. 9218; Bd. 18.1, S. 256 und an die mit »Laßt mich weinen! 〈...〉« beginnenden Nachlaßverse zum *West-östlichen Divan*; S. 143). Das Hören geht sogleich in Fühlen über, da »der Klang« über das Ohr »zum Herzen spricht« (V. 2). G. antizipiert die grandiosen Wirkungen, welche die Musik auf ihn hat; die Reimworte »fühlen« und »kühlen«, »spricht« und »Licht« umspannen einen ganzen seelischen Kosmos. So machtvoll ist diese Musik, daß sie die für den düsteren Lebensabend bezeichnende Kühle (V. 3) und Dunkelheit überwindet als ersehnte Spenderin von »Wärme« und »Licht« (V. 4). Bei G.s gewissenhafter Wortwahl ist es aufschlußreich, daß er vom »Klang« behauptet, er spende »Licht«, eine Aussage, die noch dadurch hervorgehoben wird, daß die ganze Strophe mit emphatischer Steigerung in das Wort »Licht« einmündet, das etwas dem Dichter Heiliges bezeichnet. Er, der das Licht als Gleichnis des Göttlichen und als höchste denkbare unteilbare Energie im Physischen (*Maximen und Reflexionen*, Nr. 1299; Bd. 17, S. 936) verehrte, wußte zwar: »die Natur des Lichts wird wohl nie ein Sterblicher aussprechen« (an Carl Friedrich von Reinhard, 7. Oktober 1810); aber sobald er den Bachschen Klängen lauschte, scheint er ein lichthaft Numinoses empfunden zu haben, gewiß ein Hauptgrund, weswegen ihn diese Musik magnethaft anzog. »Der Leier Klang, der Töne süßes Licht«, heißt es auch in *Des Epimenides Erwachen*, V. 34 (Bd. 9, S. 197) – einem Werk, das 1814 in Berka unter den Klängen des Klavierspiels von Schütz entstanden war. Ein Nachhall des numinosen, von Bach-Musik ausgehenden Licht-Erlebnisses erklingt noch aus *Faust II*, V. 4666 ff., wo die nur den »Geistes-Ohren« vernehmlichen Klänge beim »Herannahen der Sonne« erschallen: »Welch Getöse bringt das Licht! / Es trommetet, es posaunet« (Bd. 18.1, S. 107). Wie die Wörter »Wärme, Licht« in V. 4 nebeneinander stehen, so daß »Licht« in der Endstellung des Verses als wunderbare Steigerung wirkt, ist ein besonders ausdrucksvoller Schönheitszug dieser ersten Gedichtstrophe.

In *Strophe 2* umspannen die Reimworte »empfänglich« – »unvergänglich« gemeinsam mit »Großes beut« und »Tadel scheut« den Kosmos des fast sentenzartigen Vierzeilers. (Die uns fremd gewordene Form ›beut‹ für 3. Sg. Präs. belegt das GWb im Artikel ›bieten‹: »verschiedentlich, überwiegend im dichterischen Werk«. Dort auch Hinweis auf Adelung, wonach in der Goethezeit »diese

›oberdeutschen‹ Formen in der gehobenen Sprache bevorzugt« wurden.) Empfänglichkeit für »Neues, Großes« war für den alten G. nicht minder charakteristisch wie für den jungen. Daß er Bachs Musik als »Neues, Großes« entdeckte, hing mit dessen Vergessenheit in der zweiten Hälfte des 18. Jahrhunderts zusammen. Vor März 1814 taucht der Name Bach im Briefwechsel mit Zelter nie auf; und im Brief vom 9. März bis 2. April 1814 gesteht Zelter, anfangs sei ihm Bach »fast unverständlich« vorgekommen, nur »ein dunkles Gefühl des Echten« habe ihn zu ihm hingezogen (Bd. 20.1, S. 338). Den eigentlichen Durchbruch brachte erst im März 1829 die Aufführung der Matthäuspassion durch Felix Mendelssohn. So war es in der Tat »Neues, Großes«, was G. 1818 an der Bachschen Musik pries. In V. 7 bezeichnen die Worte »ureigen« und »unvergänglich« das Wesen dieses Großen. (Bachs Originalität wird auch im Briefwechsel mit Zelter wiederholt betont: »ganz neu und original« nennt ihn der zitierte Brief Zelters vom 9. März bis 2. April 1814.) Das Kompositum »ureigen« für ›absolut original‹ findet sich nirgends sonst im gesamten goetheschen Werk außer hier mit Bezug auf Bachs Musik! Zu dem schönen Hapaxlegomenon wurde der Dichter wohl auch durch den Zwang des Metrums motiviert, der ihn dem Lieblingswort ›eigen‹ noch die Silbe ›ur‹ hinzufügen ließ, für die er gleichfalls eine Vorliebe hatte (vgl. »Urworte«, »Urquell«, »urkräftig«, »uralters« etc.). V. 8 bekundet, daß die unberufenen, tadelsüchtigen Kritiker dem Unvergänglichen, Großen nichts anzuhaben vermögen. (Den von ihm in die Schriftsprache eingeführten Ausdruck »Krittler« brauchte G. auch für seine eigenen Kritiker; s. S. 135 »Troz Krittler und Verhöhner«, V. 19 von »Ein Spiegel er ist mir geworden 〈...〉«, und das *Krittler* – Bd. 9, S. 27 – betitelte Gedicht.)

Strophe 3 setzt die Aussage über »Neues, Großes« mit emphatischem Schwung in der sich über weitere vier Verse erstreckenden langen Satzperiode fort, deren Aussagen – trotz der Lebensnähe signalisierenden Reimwörter »lebendig« und »selbständig«, »gesellt« und »Welt« – etwas geheimnisvoll Esoterisches haben. Diese Musik dringt »aus Tiefen« hervor, um sich »lebendig« (V. 9) dem »Geisterchor« zuzugesellen und »uns«, d. h. diejenigen, deren Sinn »empfänglich« (s. V. 5) ist, »zwanglos und selbständig« eine »Welt« aufzuerbauen (V. 10–12). G.s präzise Wortwahl lenkt die Aufmerksamkeit auf den Unterschied zwischen dem Musikerlebnis und dem Erlebnis von Sprachkunstwerken oder von bildender Kunst. Diese üben durch ihren Sinngehalt Zwang auf die Phantasie aus und fordern geistige Anstrengungen. Demgegenüber läßt die Musik die Phantasie der Hörer frei, legt sie nicht fest. Mit einer Eigenart der Bachschen Musik, für die G. ein feines Ohr hatte, hängt es auch zusammen, daß sich hier die innere »Welt« ganz besonders »zwanglos und selbständig« aufbaut: Bach überwältigt nicht wie Händel oder Beethoven, er verführt auch nicht mit Sirenenklängen wie Mozart oder die romantische Musik, denn »Bachs Urelement ist die Einsamkeit«; darum wolle er »belauscht sein« (Zelter an Goethe, 8./9. Juni 1827; Bd. 20.1, S. 1003), man müsse seine Musik »nicht merken lassen, daß man zuhöre, da sie für sich selbst musiziere« (Herwig, Bd. II, Nr. 3963). Sich beim Hören von Musik rein der Stimmung hingeben und unabgelenkt seiner eigenen Phantasie freien Lauf lassen zu können, hat G. gerade als ihre höchste Wohltat empfunden. Oft bezeugt ist seine visuelle Art Musik zu erleben und auch, daß er am liebsten wie der Oheim in den *Lehrjahren* mit geschlossenen Augen den Klängen lauschte, weil es ihm nur so gelang, »sein ganzes Dasein auf den einzigen, reinen Genuß des Ohrs zu konzentrieren« (Bd. 5, S. 544). So ist auch G.s Ausspruch zu verstehen, an den Zelter sich in seinem Brief vom 8./9. Juni 1827 erinnert: »ich lege mich ins Bett und lasse mir von unserm Bürgermeisterorganisten in Berka Sebastiana spielen« (Bd. 20.1, S. 1003). Unversehens baute sich so durch Schütz' Musizieren vor G.s inneren Sinnen wie von selber, »selbständig«, eine reine Gegenwelt zur disharmonischen Außenwelt auf, an der er sich wiederum ›auferbauen‹ konnte. Die ans Mystische grenzende Vorstellung vom »Geisterchor« erinnert an *Eins und Alles*, V. 10–12: »Und es sind nur die guten Geister, / Gelinde leitend, unsre Meister / Zu Dem der alles schafft und schuf« (Bd. 13.1, S. 62), zumal die 4. Strophe den Reim »Geister« – »Meister« wiederholt. Was V. 9 mit »aus Tiefen« ausdrückt, empfand Zelter ähnlich, als er am 5. bis 14. April 1827 an G. schrieb, Bach habe »einen Geist aufgehn lassen der eine tiefe Wurzel haben muß« (Bd. 20.1, S. 993). Welche Art »Welt« (V. 12) sich unter den Klängen der Bachschen Musik in G.s Innern ›auferbaute‹, deutet ein ›cassiertes Mundum‹ an, das ursprünglich seinen Brief an Zelter vom 21. Juni 1827 fortsetzen sollte und zu dem er sich durch Zelters enthusiastische Äußerungen über Bach veranlaßt fühlte, weil sie ihm seine eigenen Berkaer Bach-Erlebnisse ins Gedächtnis riefen: »Wohl erinnerte ich mich bei dieser Gelegenheit an den guten Organisten von Berka, denn dort war mir zuerst, bei vollkommener Gemütsruhe und ohne äußere Zerstreuung, ein Begriff von eurem Großmeister (Seb. Bach) geworden. Ich sprach mir's aus: als wenn die ewige Harmonie sich mit sich selbst unterhielte, wie sichs etwa in Gottes Busen, kurz vor der Weltschöpfung möchte zugetragen haben; so bewegte sich's auch in meinem Innern und es war mir als wenn ich weder Ohren, am wenigsten Augen und weiter keine übrigen Sinne besäße noch brauchte« (Bd. 20.3, Nr. 561a). Dieses Zeugnis, das von der Bachschen Musik wie von einer göttlichen Offenbarung spricht, kommt dem Aussagegehalt des Gedichts sehr nahe. Aus beiden Texten erfahren wir etwas von dem metaphysischen Charakter der goetheschen Visionen und ihrem numinosen Gehalt beim Hören der Bachschen Musik in jenen Berkaer Wochen.

In *Strophe 4* mag das Bild von dem vor den »Meister« tretenden »Jünger« zunächst überraschen, doch ist es vermutlich die gedankliche Keimzelle des ganzen Gedichts. Hier in der Schlußstrophe zieht G. nicht nur das Fazit der vorangegangenen Strophen, sondern auch von Schütz' geistiger Existenz. In diesem Musiker war ihm ein Jünger Johann Sebastian Bachs begegnet, der durch sein meisterhaftes Musizieren die Bach-Tradition lebendig erhielt. Als Schüler des letzten direkten Bach-Schülers und eng vertrauten Jüngers zu dessen Lebzeiten, Kittel in Erfurt, war Schütz selber zum Jünger geworden, während er als ausübender Musiker meisterliche Qualitäten entwickelte. Seine Jüngerhaltung gegenüber dem ›Großmeister‹ Bach beseelte sein ganzes Musizieren; sie befeuerte sein Klavierspiel so, daß der Funke auch auf den Dichter übersprang und dieser selbst in ein Jüngerverhältnis zu dem großen Komponisten trat. (Auch in höheren Jahren war G. noch stets bereit, die Meisterschaft anderer anzuerkennen und sich von ihnen belehren zu lassen; so apostrophiert er im *Divan* Hafis und Silvestre de Sacy als »Meister« in »Was alle wollen weißt du schon 〈...〉« und »Unserm Meister, geh! verpfände 〈...〉«; Bd. 11.1.2, S. 27 und 281). Gleichzeitig erlebte er an Zelter, wie dieser mehr und mehr in eine Jüngerhaltung gegenüber Bach hineinwuchs, die zur Wiedererweckung vergessener Werke führte. Solche lobenswürdigen Folgen mag G. beim Gedanken an die selbst erlebten Meister-Jünger-Beziehungen im Sinn gehabt haben, wenn er hier generell in der Wunschform sagt, sie mögen »zu löblichem Gewinn« sein. Daß Reinheit der Gesinnung, »die Nähe reiner Geister«, die wichtigste Voraussetzung für ein fruchtbares Meister-Jünger-Verhältnis war, deutet bereits das Gedicht *Die Belohnung* an (Bd. 4.1, S. 770). In einer von äußerer Zerstreuung vollkommen reinen Atmosphäre war G. selber der »Sinn« durch die Musik des Meisters ›aufgeschlossen‹ worden. Der »aufgeschlossene Sinn« (V. 16) ist sicher nicht nach gegenwärtigem Sprachgebrauch zu verstehen, sondern im ganz prägnanten Sinn von ›erschlossen‹, ›geöffnet‹ für das Neue, Große, für die im Geiste, ohne Zwang, wie von selbst auferbaute Welt. Mit der sonst nirgends vorkommenden Form »geistigt« in V. 16 gelang G. beim Gedanken an den Empfänger des Gedichts eine Wortschöpfung, die gewissermaßen die Summe von dessen Existenz zog, da Schütz ja vor seinen Augen durch seine jüngerhafte Haltung gegenüber Bach wie auch gegenüber G. immer mehr zu einer ›geistigen Person‹ geworden war. Wie stets bei seinen Neuprägungen knüpft G. auch hier an die Sprache selber an. Indem er im Geiste der Sprache denkt und durch seine Sprachherrschaft die Sprache selbst erschließt, hat das Hapaxlegomenon nichts Angestrengtes, Gewolltes, Künstliches. (Vgl. ähnlich auch in der Marienbader *Elegie*, V. 65: »Wenn Liebe je den Liebenden begeistet«; Bd. 13.1, S. 137.)

Überblickt man das Lob- und Dankgedicht insgesamt, so zeigt sich, daß alles, was darin sprachlich geschieht, seinen genauen Sinn hat, was doch stets das Kennzeichen guter Dichtung ist. Durch seinen architektonischen Bau und die einfache, klare Musikalität seines Klanges nähert es sich dem Gegenstand seines Preises. Die besonders bedeutungsvollen Reimworte bilden gleichsam die Pfeiler, von denen aus sich die Bögen erheben, die jeden der Vierzeiler wie Kreuzgewölbe überspannen. In stetem Wechsel kommt in den vier Strophen intensiv Gefühltes und rational Erkanntes zum Ausdruck. Dieser Eindruck von Ausgewogenheit wird noch verstärkt durch auffallende Parallelismen bei der Wortstellung, paarweise Zuordnungen wie: »hören« – »fühlen«, »Wärme« – «Licht«, »Neues« – »Großes«, »ureigen« – »unvergänglich«, »zwanglos« – »selbständig«, »Jünger« – »Meister«. Aus den vier Strophen mit ihren jeweils vier Versen in abwechselnd weiblich und männlich kreuzweis gereimten Vierhebern schimmert die magische Vierzahl hervor. Sie sorgt insgeheim für eine fast mathematische Struktur des Gedichts, das bei aller Belebtheit, ja Dynamik, den Eindruck höherer Ordnung und Beharrlichkeit im Wechsel erzeugt. Die Verse erinnern daran, daß G. Bachsche Fugen »mit illuminierten mathematischen Aufgaben verglich, deren Themata so einfach wären und doch so großartige poetische Resultate hervorbrächten« (Herwig, Bd. II, Nr. 3930). Auch im Falle des Widmungsgedichts erweist sich am Geheimnis der Form das für G.s Alterslyrik so bezeichnende Zugleich von Einfachheit und Meisterschaft. – Vgl. eingehender Katharina Mommsen: Ein Gedicht Goethes zu Ehren von Johann Sebastian Bach? Plädoyer für seine Echtheit. In: GJb 113 (1996), S. 161–178.

VON GOETHE BENUTZTE ORIENTALISCHE UND ORIENTALISTISCHE LITERATUR (AUSWAHL)

Zu den hier verwendeten Abkürzungen Keudell, Bulling und Ruppert s. das Abkürzungsverzeichnis S. 416 ff.

Andersen, Jürgen und Volquard Iversen: Orientalische Reise-Beschreibung ⟨…⟩. Sind beyde respective durch Ost-Indien / Sina, Tartarien / Persien / Türckeyen / Arabien und Palestinam gezogen ⟨…⟩. In: Olearius: Colligirte Reise Beschreibungen ⟨s. u.⟩

Asiatick Researches; or transactions of the society instituted in Bengal, for inquiring into the history and antiquities ⟨…⟩. 12 Bde. London 1806–1818

Augusti, Johann Christian Wilhelm: Memorabilien des Orients. Jena 1802. (Keudell 952)

⟨Awesta⟩ Anquetil Du Perron, ⟨Abraham Hyacinthe⟩: Zend-Avesta, Ouvrage de Zoroastre, Contenant les Idées Théologiques, Physiques & Morales de ce Législateur, les Cérémonies du Culte Religieux qu'il a établi, & plusieurs traits importans relatifs à l'ancienne Histoire des Perses: Traduit en François sur l'Original Zend ⟨…⟩ Par Anquetil Du Perron. 2 Bde. Paris 1771

⟨Awesta⟩ Kleuker, Johann Friedrich: Zend-Avesta, Zoroasters Lebendiges Wort, worin die Lehren und Meinungen dieses Gesetzgebers von Gott, Welt, Natur, Menschen; ingleichen die Ceremonien des heiligen Dienstes der Parsen u. s. f. aufbehalten sind. 3 Bde. Riga 1776–1777

Biblia, das ist: Die ganze Heilige Schrift Alten und Neuen Testamentes, Nach der Deutschen Uebersetzung D. Martin Luthers ⟨…⟩. Basel 1772. (Ruppert 2604)

Bidpai: ⟨Kalīla wa-Dimna⟩ Indianische Geschichte und Fabeln des Bidpai und Lockmann. Aus dem Türkischen des Ali Tschelebi-Bensaleh ins Französische übersetzt ⟨…⟩ Nunmehro ins Teutsche gebracht. Frankfurt und Leipzig 1745. (Keudell 1160)

Bidpai / Mouton: ⟨Kalīla wa-Dimna⟩ Les Fables politiques et morales des Pilpai, philosophe indien ⟨…⟩. Revue, corr. & augm. par Charles Mouton. Hamburg 1750. (Keudell 1161)

Bopp, Franz: Über das Conjugationssystem der Sanskritsprache in Vergleichung mit jenem der griechischen, lateinischen, persischen und germanischen Sprache. Nebst Episoden d. Ramajan u. Mahabharat in genauen metr. Uebersetzungen ⟨…⟩. Hg. u. mit Vorerinnerungen begleitet v. K⟨arl⟩ J⟨oseph Hieronymus⟩ Windischmann. Frankfurt a. M. 1816. (Ruppert 654)

Boulainvilliers, Henri Cte de: Das Leben Des Mahomeds. Mit historischen Anmerkungen über die Mahomedanische Religion und die Gewohnheiten der Muselmänner ⟨...⟩. Nebst Einer Stamm-Tafel des Mahomeds und vollkommenem Abriß des Tempels zu Mecca. Von einer Geübten Feder aus dem Französischen ins Deutsche übersetzet. Lemgo 1747. (Keudell 971)

Bouterwek, Friedrich: Referat über J. v. Hammers Geschichte der schönen Redekünste Persiens. In: Göttingische Anzeigen von gelehrten Sachen 149 (17. September 1814), S. 1481–1485

Brissonius, Barnabas: De Regio Persarum principatu libri tres ⟨...⟩. Paris 1595. (Keudell 1149)

Buch des Kabus: s. Kaīkā'us

Buch des Oghuz. In: Heinrich Friedrich von Diez: Denkwürdigkeiten von Asien ⟨...⟩. T. 1. Berlin 1811, S. 157–205.

Buchanan, Claudius: Neueste Untersuchungen über den gegenwärtigen Zustand des Christentums und der biblischen Litteratur in Asien. Aus dem Englischen übersetzt von Christian Gottlieb Blumhardt. Stuttgart 1813. (Keudell 1031)

Calmet, Augustin: Dictionarium historicum, criticum, chronologicum, geographicum et literale sacrae scripturae, cum figuris antiquitates Judaicas repraesentantibus ⟨...⟩ authore ⟨...⟩ Augustino Calmet ⟨...⟩ e Gallico in Latinum translatum ⟨...⟩ ab Joann. Dominico Mansi ⟨...⟩. 2 Tle. Augustae Vindel. & Graecii 1729. (Ruppert 2614)

Chabert, Thomas: Latifi oder Biographische Nachrichten von vorzüglichen türkischen Dichtern, nebst einer Blumenlese aus ihren Werken. Aus dem Türkischen des Monla Abdul Latifi und des Aschik Hassan Tschelebi, übersezt von Thomas Chabert. Zürich 1800

⟨Chabert, Thomas und Joseph v. Hammer-Purgstall (Rez.)⟩: H. F. v. Diez: Denkwürdigkeiten von Asien ⟨...⟩. In: Jenaische Allgemeine Literatur-Zeitung, Januar 1813, Sp. 49–62

⟨Chabert, Thomas und Joseph v. Hammer-Purgstall (Rez.)⟩: H. F. v. Diez: Über Inhalt und Vortrag, Entstehung und Schicksale des königlichen Buchs ⟨...⟩. In: Jenaische Allgmeine Literatur-Zeitung, Januar 1813, Sp. 62–72

Chardin, Jean Chevalier de: Voyages du Chevalier Chardin, en Perse, et autres Lieux de l'Orient ⟨...⟩. Nouvelle édition, Augmentée du Couronnement de Soliman III. & d'un grand nombre de Passages tirés du Manuscrit de l'Auteur, qui ne se trouvent point dans les Editions précédentes. 4 Bde. Amsterdam 1735. (Keudell 961 und 1028)

Collin, Matthäus von ⟨Rez.⟩: Joseph von Hammer⟨-Purgstall⟩: Geschichte der schönen Redekünste Persiens. In: Jahrbücher der Literatur 1 (Wien 1818), S. 1–25

Daniell, Thomas and William: A picturesque voyage to India by the way of China. London 1810. (Keudell 1141)

Dapper, Olfert: Umständliche und eigentliche Beschreibung von Asia: in sich haltend die Landschafften Mesopotamien ⟨...⟩ Anatolien ⟨...⟩ nebenst e. vollkommnen Vorstellung ⟨...⟩ Arabiens ⟨...⟩ Aus ⟨...⟩ alten u. neuen Land- u. Reise-Beschreibungen anfangs in Niederländ. Sprache zusammengebracht durch O. Dapper ⟨...⟩ ins Hochteutsche ⟨...⟩ übers. v. Johann Christoff Beern. Nürnberg 1681. (Ruppert 4084)

Dede Korkud / Diez, Heinrich Friedrich von: ⟨Depe Göz⟩ Der neuentdeckte oghuzische Cyklop verglichen mit dem Homerischen. Halle u. Berlin 1815 ⟨Separatdruck aus Diez: Denkwürdigkeiten von Asien, T. 2⟩. (Ruppert 1767)

Diez, Heinrich Friedrich von: Über Inhalt und Vortrag, Entstehung und Schicksale des königlichen Buchs, eines Werks von der Regierungskunst, als Ankündigung einer Uebersetzung nebst Probe aus dem Türkisch-Persisch-Arabischen des Waassi Aly Dschelebi von Heinrich Friedrich von Diez ⟨...⟩ Berlin 1811. (Ruppert 756)

Diez, Heinrich Friedrich von: Denkwürdigkeiten von Asien in Künsten und Wissenschaften, Sitten, Gebräuchen und Alterthümern, Religion und Regierungsverfassung, aus Handschriften und eigenen Erfahrungen gesammelt von Heinrich Friedrich von Diez ⟨...⟩. T. 1: Berlin 1811. T. 2: Berlin und Halle 1815. (T. 1: Keudell 953; T. 1 u. 2: Ruppert 1762)

Diez: Buch des Kabus: s. Kaikā'ūs

Diez: Der neuentdeckte oghuzische Cyklop: s. Dede Korkud

Diez: Vom Tulpen- und Narcissenbau: s. Lalézari

Dschāmī / Chézy: Medjnoun et Leila. Poème traduit du Persan de Djamy par Antoine Leonard Chézy. Paris 1807

Dschāmī / Chézy / Hartmann, Anton Theodor: Medschun und Leila. Ein persischer Roman von Dschami. Nach der französischen Übersetzung Chézys in's Deutsche übersetzt von A. Th. Hartmann. 2 Bde. Amsterdam 1808

⟨Ehrmann, Theophilius Friedrich⟩: Beiträge, Neueste, zur Kunde von Indien. Aus dem Englischen und Italienischen. Hg. v. T. F. Ehrmann. 3 Bde. Weimar 1806. (Keudell 987)

Eichhorn, Johann Gottfried (Hg.): Repertorium für Biblische und Morgenländische Literatur. 4 Tle. Leipzig 1777–1779. (Keudell 977)

Eichhorn, Johann Gottfried: Einleitung ins Alte Testament. 3 Bde. Leipzig 1780–1783 (= Kritische Schriften Bd. 1–3). 2. verb. Aufl. Leipzig 1787. (Keudell 75)

Eichhorn, Johann Gottfried: Geschichte der Litteratur von ihrem Anfang bis auf die neuesten Zeiten. 6 Bde. Göttingen 1805–1812. (Keudell 1184 und 1282)

Eichhorn, Johann Gottfried: Die hebräischen Propheten. 3 Bde. Göttingen 1816–1819. (Ruppert 2616)

Elphinstone, Mountstuart: An account of the kingdom of Caubul and its dependencies in Persia, Tartary and India ⟨…⟩. London 1815. (Keudell 1164)

Forster: Sakuntala: s. Kālidāsa

Freytag: Carmen arabicum: s. Taabata Scharran

Fundgruben des Orients. Bearbeitet durch eine Gesellschaft von Liebhabern. Auf Veranstaltung des Herrn Grafen Wenceslaus Rzewusky. ⟨Hg. von Joseph Frh. Hammer v. Purgstall⟩. 6 Bde. Wien 1809–1818. (Keudell 962, 999, 1147, 1177, 1193, 1206, 1243, 1271)

Galland: Les Mille et une nuit: s. Tausendundeine Nacht

Golius, Jacob: Lexicon Arabico-Latinum ⟨…⟩. Leiden 1653. (Keudell 1179, 1209; Bulling 36)

Guignes, Chrétien Louis Joseph de: Voyages à Peking, Manille et l'Isle des France ⟨…⟩ 1784 à 1801. Paris 1808

Hafis / Hammer⟨-Purgstall⟩, Joseph von: Der Diwan von Mohammed Schemsed-din-Hafis. Aus dem Persischen zum erstenmal ganz übersetzt von Joseph v. Hammer. 2 Bde. Stuttgart und Tübingen 1812/1813 ⟨1814⟩. Reprint Hildesheim und New York 1973. (Ruppert 1771)

Hammer⟨-Purgstall⟩, Joseph v.: Encyklopädische Übersicht der Wissenschaften des Orients aus sieben arabischen, persischen und türkischen Werken übers. 2 Tle. Leipzig 1804. (Keudell 1023)

Hammer⟨-Purgstall⟩, Joseph v.: Über die Blumen- und Früchtesprache der Hareme. In: Morgenblatt für gebildete Stände 260 (30. Oktober 1807), S. 1037 f.

Hammer⟨-Purgstall⟩, Joseph v.: Schirin, ein persisches romantisches Gedicht nach morgenländischen Quellen. 2 Tle. Leipzig 1809

Hammer⟨-Purgstall⟩, Joseph von: Rosenöl. Erstes/Zweytes Fläschchen, oder Sagen und Kunden des Morgenlandes aus arabischen, persischen und türkischen Quellen gesammelt. 2 Bde. Stuttgart und Tübingen 1813

Hammer⟨-Purgstall⟩, Joseph von: Sagen und Kunden des Morgenlandes. Salomon. In: Morgenblatt für gebildete Stände 99 (26. April 1815), S. 393–395

Hammer⟨-Purgstall⟩, Joseph von: Des osmanischen Reichs Staatsverfassung und Staatsverwaltung, dargestellt aus den Quellen seiner Grundgesetze. 2 Bde. Wien 1815. (Keudell 1022)

Hammer⟨-Purgstall⟩, Joseph von: Fug und Wahrheit in der morgenländischen Literatur, nebst einigen wenigen Proben von der feinen Gelehrsamkeit des Herrn von Diez zu Berlin, in Sprachen und Wissenschaften. Wien 1816. (Ruppert 758)

Hammer⟨-Purgstall⟩, Joseph von: Geschichte der schönen Redekünste Persiens, mit einer Blüthenlese aus 200 persischen Dichtern. Wien 1818. (Ruppert 759)

Hammer⟨-Purgstall⟩, Joseph v.: Morgenlaendisches Kleeblatt, bestehend aus parsischen Hymnen, arabischen Elegien, türkischen Eklogen. Aufgelesen durch Joseph v. Hammer. Wien 1819. (Ruppert 1764)

Hammer⟨-Purgstall⟩: s. auch Hafis

Hartmann, Anton Theodor: Aufklärungen über Asien für Bibelforscher, Freunde der Culturgeschichte und Verehrer der morgenländischen Literatur von Dr. Anton Theod⟨or⟩ Hartmann. 2 Bde. Oldenburg 1806/1807

Hartmann: Die hellstrahlenden Plejaden am arabischen poetischen Himmel ⟨...⟩: s. Mu'allakāt

Hartmann: Medschnun und Leila (nach Chézy): s. Dschāmī

Haug: Der Regentropfen: s. Saadi

Herbelot, Barthélemy d': Bibliothèque orientale, ou Dictionaire universel contenant generalement Tout ce qui regarde la connoissance des Peuples de l'Orient ⟨...⟩. Par Monsieur d'Herbelot ⟨de Molainville⟩. Paris 1697. (Keudell 945, 946, 1162). Nouvelle édition reduite et augmentée. 6 Bde. Paris 1783. (Keudell 1075)

Herbelot, Barthélemy d': Orientalische Bibliothek oder Universalwörterbuch, welches alles enthält, was zur Kenntniß des Orients nothwendig ist. Verfaßt von Bartholem. D'Herbelot. Halle 1785–1790. (Keudell 1162)

Herbert, Sir Thomas: A Description of the Persian Monarchy. London 1634

Herder, Johann Gottfried: Vom Geiste der Ebraischen Litteratur. 2 Bde. Leipzig 1787. (Ruppert 751)

Hyde, Thomas: Historia Religionis Veterum Persarum, eorumque Magorum ⟨...⟩. Oxford 1700. (Bulling 35)

Iversen: Orientalische Reise-Beschreibung: s. Andersen

Jahn, Johann: Arabische Sprachlehre. Wien 1796. (Keudell 978)

Jajadeva / Dalberg: Gita-govinda oder die Gesänge Jajadeva's, eines altindischen Dichters. Aus dem Sanskrit ⟨...⟩ übers. v. Friedrich Heinrich von Dalberg. Erfurt 1802. (Ruppert 1786)

Jajadeva / Jones / Majer: Gita-Govinda, ein Indisches Singspiel. Aus der Ursprache ins Engl. v. W⟨illiam⟩ Jones u. aus diesem ins Teutsche übers. ⟨...⟩ v. Friedrich Majer. Weimar 1802. (Ruppert 1786)

Jones, William: Poëseos Asiaticae commentariorum libri sex cum appendice. Auctore Guilielmo Jones. ⟨...⟩ ⟨London 1774⟩. Recudi curavit Io. Gottfried Eichhorn. Leipzig 1777. (Keudell 944; Ruppert 766)

Jones: Moallakāt: s. Mu'allakāt

Kālidāsa / (Jones) / Forster, Georg: Sakontala oder der entscheidende Ring, ein indisches Schauspiel von Kalidas. Aus den Ursprachen Sanskrit und Prakit ins Englische und aus diesem ins Deutsche übersetzt mit Erl. v. Georg Forster. Mainz u. Leipzig 1791. (Ruppert 1788). Von J. G. Herder besorgte Ausg. Frankfurt a. M. 1803. (Keudell 1247)

Kālidāsa / Wilson, Horace Hayman: The Mégha Dúta or Cloud messenger. A poem, in the Sanscrit language. Transl. into Engl. verse ⟨...⟩ by Horace Hayman Wilson. Calcutta 1814. (Keudell 1126, 1130, 1400)

Kaab ibn Suhair / Warner / Lette: Caabus ben Zoheir. Carmen panegyricum in laudem Muhammedis. Item Amralkusi Moallakah ⟨...⟩. Ex vers. Levini Warneri ⟨...⟩ vertit ⟨...⟩ Gerardus Johannes Lette ⟨...⟩. Leiden 1748. (Keudell 968)

Kaīkā'us / Diez, Heinrich Friedrich von: ⟨Kābūs-Nāmeh⟩ Buch des Kabus oder Lehren des persischen Königs Kjekjawus für seinen Sohn Ghilan Schach. Ein Werk für alle Zeitalter aus dem Türkisch-Persisch-Arabischen übersetzt und durch Abhandlungen und Anmerkungen erläutert von Heinrich Friedrich von Diez ⟨...⟩. Berlin 1811. (Keudell 954; Ruppert 1772)

Klaproth, Julius: ⟨Darin u.a.: Beschreibung der Alterthümer des Gebirges Bi-sutun in der Nähe von Kirmanschah⟩. Asiatisches Magazin. Verfaßt von einer Gesellschaft Gelehrten und herausgegeben von Julius Klaproth. 2 Bde. Weimar 1802. (Keudell 956; Ruppert 762)

Kleuker: Zend-Avesta: s. Awesta

⟨Koran⟩ Marracci, Ludovico: Alcorani textus universus ex correctioribus Arabum exemplaribus ⟨...⟩ descriptus ⟨...⟩ in latinum translatus; Appositis unicuique capiti notes, atque refutatione: His omnibus praemissus est Prodromus ⟨...⟩ auctore Ludovico Maraccio. Padua 1698

⟨Koran⟩ Megerlin, M. David Friedrich: Die türkische Bibel oder des Korans allererste teutsche Uebersetzung aus der Arabischen Urschrift selbst verfertiget. Frankfurt a. M. 1772

⟨Koran⟩ Ruyer, André du: L'Alcoran de Mahomet. Translaté d'Arabe en François ⟨...⟩. Paris 1672. (Keudell 1187)

⟨Koran⟩ Sale, George / Arnold, Theodor: Der Koran, Oder insgemein so genannte Alcoran des Mohammeds, Unmittelbahr aus dem Arabischen Original in das Englische übersetzt, und mit beygefügten, aus den bewährtesten Commentatoribus genommenen Erklärungs-Noten, Wie auch einer Vorläuffigen Einleitung versehen Von George Sale, Gent. Aufs treulichste wieder ins Teutsche verdollmetschet von Theodor Arnold. Lemgo 1746. (Keudell 1165)

Kosegarten, Hans Gottfried Ludwig: Carminum orientalium Triga. Arabicum Mohammedis ebn seid-ennâs Zaametae. Persicum Nisâmi Kendschewi. Turicum Emri ⟨...⟩ Ed., Lat. vertit ⟨...⟩ H. G. L. Kosegarten. Stralsund 1815. (Keudell 1024)

Kotzebue, Moritz von: Reise nach Persien mit der Russisch-Kaiserlichen Gesandtschaft im Jahre 1817. Weimar 1819. (Keudell 1186 und 2224)

Lalézari / Diez, Heinrich Friedrich von: Vom Tulpen- und Narcissen-Bau in der Türckey aus dem Türkischen des Scheich Muhammed Lalézari. Übersetzt von ⟨Heinrich Friedrich⟩ von Diez. Halle und Berlin 1815. (Ruppert 1773)

Latifi: s. Chabert

Lorsbach, Georg Wilhelm: Perlen arabischer Dichtkunst. 1785

Lorsbach, Georg Wilhelm: Archiv für die ⟨ab Bd. 2: Biblische und⟩ Morgenländische Literatur. 2 Bde. Marburg 1791–1794

Lorsbach, Georg Wilhelm: Neue Beiträge zu den Apokryphen des Neuen Testaments. Marburg 1807

Lowth, Robert: De Sacra Poesi Hebraeorum ⟨...⟩. Notas et epimetra adiecit Ioannes David Michaelis. 2 Bde. Göttingen 1758

Malcolm, Sir John: The History of Persia from the most early period to the present time. 2 Bde. London 1815. (Keudell 1157. 1231, 1241)

Mandelslo, Johann Albrecht von: Morgenländische Reise-Beschreibung: Worinnen zugleich die Gelegenheit und heutiger Zustandt etlicher fürnehmen Indianischen Länder / Provincien / Städte und Insulen / sampt deren Einwohner Leben / Sitten / Glauben und Handthierung; wie auch die Beschaffenheit der Seefarth über das Oceanische Meer / zu sehen und anmuthig beschrieben worden. Herauß gegeben durch Adam Olearius ⟨...⟩. In: Olearius: Colligirte Reise-Beschreibungen (s. u.)

Marracci: Alcorani textus: s. Koran

Megerlin: Die türkische Bibel: s. Koran

Meninski, Franciscus a Mesgnien: Lexicon Arabico-Persico-Turcicum ⟨...⟩ secundis curis recogn. et auctum. 4 Bde. Wien 1780. (Keudell 1122)

Michaelis, Johann David: Erpenii Arabische Grammatik, abgekürzt, vollständiger und leichter gemacht, v. Johann David Michaelis, nebst dem Anfang einer Arabischen Chrestomathie aus Schultens Anhang zur Erpenischen Grammatik. Göttingen 1771

Michaelis, Johann David: Arabische Grammatik, nebst einer arabischen Chrestomathie. 2. Aufl. Göttingen 1781

⟨Montevilla (Mandeville), Johannes von⟩: Reyßbuch des heyligen Lands, Das ist Ein gründliche beschreibung aller und jeder Meer und Pilgerfahrten zum heyligen Lande. 2 Tle. Frankfurt a. M. 1609. (Keudell 1229)

Morier, Jacques: Voyages en Perse, en Arménie, en Asie-mineure et à Constantinople, fait dans les années 1808 et 1809, traduit de l'anglais par M. E., suivi ⟨...⟩ d'un Voyage de l'Inde à Chyraz; traduit de l'anglais de M. Scott-Waring par M. M. ⟨...⟩. 3 Bde. Paris 1813

⟨Mu'allakāt⟩ Jones, William: The Moallakāt or seven Arabian poems which were suspended on the temple at Mecca. With a translation & augm. by William Jones. London 1783. (Keudell 967)

⟨Mu'allakāt⟩ Hartmann, Anton Theodor: Die hellstrahlenden Plejaden am arabischen poetischen Himmel, oder die sieben am Tempel zu Mekka aufgehangenen arabischen Gedichte. Übersetzt, erläutert und mit einer Einleitung versehen von Anton Theodor Hartmann ⟨...⟩. Münster 1802. (Keudell 969)

Mu'allakāt / Warner / Lette: s. Kaab ibn Suhair

Mutanabbi / Reiske, Johann Jacob: Proben der arabischen Dichtkunst in verliebten und traurigen Gedichten, aus dem Motanabbi, Arabisch und Deutsch ⟨Übers. u. Hg.: Johann Jacob Reiske⟩. Leipzig 1765. (Keudell 1159)

Niebuhr: Carsten: Beschreibung von Arabien. Aus eigenen Beobachtungen und im Lande selbst gesammleten Nachrichten abgefasset. Kopenhagen 1772. (Keudell 195 und 1026)

Niebuhr: Carsten: Reisebeschreibung nach Arabien und andern umliegenden Ländern. Kopenhagen 1774–1778. (Keudell 194 und 1027)

Nolin, Jean Baptiste: Terre sainte, dressée pour l'Étude de l'Ecriture Sainte. Paris 1752

Oehlenschläger, Adam: Aladdin oder Die Wunderlampe. Ein dramatisches Gedicht in 2 Theilen. Amsterdam 1808

Oelsner, Karl Ernst: Mohamed. Darstellung des Einflusses seiner Glaubenslehre auf die Völker des Mittelalters. Eine Preisschrift, welche von dem französischen National-Institut der Wissenschaften am 7. July 1809 gekrönt wurde. Von K. E. Oelsner ⟨...⟩. Aus dem Französischen übersetzt und mit Zusätzen des Verfassers vermehrt von E. D. M⟨ieg⟩. Frankfurt a. M. 1810. (Keudell 970)

Olearius, Adam: Vermehrte Newe Beschreibung Der Muscowitischen und Persischen Reyse ⟨...⟩ (3. Aufl.) Schleswig 1661. (Keudell 1230)

Olearius, Adam: Des Welt-berühmten Adami Olearii colligirte und viel vermehrte Reise-Beschreibungen Bestehend in der nach Mußkau und Persien ⟨Appendix dazu: Sanson, Guillaume: Betreffend des itzigen Persischen Hofs Staats- und Regierungs-Beschreibung⟩ / Wie auch Johann Albrechts von Mandelslo Morgenländischen / und Jürg⟨en⟩ Andersens und Volq⟨ard⟩ Yversens Orientalischen Reise: Mit angehängter Chinesischen Revolution ⟨...⟩. Nebenst beygefügtem Persianischen Rosen-Thal und Baum-Garten ⟨...⟩. Hamburg 1696. (Keudell 974 und 1230)

Olearius: Persianischer Rosenthal: s. Saadi

Ouseley, William: The Oriental collections, consisting of original essays and dissertations ⟨...⟩ illustrating the history and antiquities, the arts, sciences and literature of Asia. 3 Bde. London 1797–1799. (Keudell 957)

Ouseley, William: Epitome of the ancient history of Persia. Extracted & translated from the Jehan Ara, a Persian manuscript. London 1799. (Keudell 1151)

Paulus, Heinrich Eberhard Gottlob, Hg.: Neues Repertorium für biblische und morgenländische Litteratur. Jena 1790/1791

Polo, Marco:, angeb. an Ramusio, G. B.: Navigatione et Viaggi, racc. ⟨...⟩ da Giov⟨anni⟩ Battista Ramusio ⟨...⟩. Vol. 2: L'Historia delle cose de Tartari ⟨...⟩ descr. da Marco Paolo. Venedig 1674. (Keudell 1226)

Polo, Marco: Reise in den Orient während der Jahre 1272 bis 1295 ⟨...⟩ verdeutscht ⟨...⟩ von Felix Peregrin. Ronneburg und Leipzig 1802. (Keudell 867 und 1225)

Rehbinder, Johann v.: Abul' Casem Mohammed, ein Beitrag zur politischen Menschengeschichte ⟨...⟩. Kopenhagen 1799. (Keudell 972)

Reiske, Johann Jacob: Sammlung einiger arabischer Sprüchwörter die von den Stecken oder Stäben hergenommen sind. Leipzig 1758. (Bulling 22)

Reiske: Proben der arabischen Dichtkunst: s. Mutanabbi

Reland, Adrian: Hn. Adrian Relands Welt-berühmten Professoris der orientalischen Sprachen in Utrecht, Zwey Bücher von der Türckischen oder Mohammedanischen Religion ⟨...⟩ getreulich übers. und zum anderen Mahl herausgegeben. Hannover 1717. (Keudell 1158)

Ryer, André du: L'Alcoran: s. Koran

Saadi / Olearius, Adam: ⟨Gulistān⟩ Persianischer Rosenthal. Jn welchem viel lustige Historien / scharffsinnige Reden und nützliche Regeln. Vor 400. Jahren von einem Sinnreichen Poeten Schich Saadi in Persischer Sprach beschrieben. Jetzo aber von Adamo Oleario, Mit zuziehung eines alten Persianers Namens

Hakwirdi übersetzet / in Hochdeutscher Sprache heraus gegeben / und mit vielen Kupfferstücken gezieret. Hamburg 1654 ⟨zitierte Ausgabe; inhaltlich übereinstimmend mit dem in Olearius: Colligirte Reise-Beschreibungen eingebundenen Text⟩. (Keudell 950 und 1167)

Saadi / ⟨Havart⟩: ⟨Būstān⟩ Der Persianische Baum-Garten / Mit außerlesenen Propffreisern vieler Geschichte / Seltsamen Begebenheiten / Lehr-reichen Historien und merckwürdigen Sprüchen bepflantzt: In Persianischer Sprache beschrieben Durch Schich Musladie Saadi von Schiras; Und Umb seiner Vortrefflichkeit willen aus der Persianischen in die Niederländische ⟨durch D. Havart⟩ / und aus derselben in die Hochteutsche Sprache gebracht. in: Olearius: Colligirte Reise-Beschreibungen (s.o.)

Saadi / Haug: Der Regentropfen (Aus den Observations on the oriental Apologue, by James Ross) ⟨nach Saadi: Baumgarten⟩. In: Morgenblatt für gebildete Stände 102 (29. April 1815)

Sacy, Antoine Isaac Silvestre de: Chrestomatie arabe, ou Exraits de divers écrivains tant en prose qu'en vers. Paris 1806

Sacy, Antoine Isaac Silvestre de: Grammaire Arabe, à l'usage des élèves de l'école spéciale des langues orientales vivantes; avec figures par A. J. Silvestre de Sacy. 2 Tle. Paris 1810

Sale / Arnold: Der Koran: s. Koran

Sanson, Guillaume: ⟨Appendix in Olearius: Colligirte und viel vermehrte Reise-Beschreibungen⟩: Betreffend Des itzigen Persischen Hofs Staats- und Regierungs-Beschreibung: So als derselbe in seinem so wohl Geist- als auch weltlichen Stande vom höchsten biß zum niedrigsten Grad von dem Frantzösis. berühmten Missionario Hn. Sanson bey seiner 10 jährigen Gegenwart daselbst ist observiret und beschrieben worden. in: Olearius: Colligirte Reise-Beschreibungen (s. o.)

Sanson, Nicolas: Geographia Sacra. Paris 1652

Sonnerat, Pierre: Reise nach Ostindien und China, auf Befehl des Königs unternommen vom Jahre 1774 bis 1781 ⟨...⟩. 2 Bde. Zürich 1783. A. d. Frz. ⟨von Joh. Pezzl⟩. (Keudell 652 und 1413)

Taabbata Scharran / Freytag, Georg Wilhelm Friedrich: Carmen arabicum (auctori Tabbata Sjerran tributum) perpetuo commentario et versione iambica Germanica ill. Göttingen 1814 (Diss. Königsberg). (Keudell 1032; Ruppert 1780)

⟨Tausendundeine Nacht⟩ Galland, Antoine: Les mille et une nuit. Contes arabes. Trad. en franç. par ⟨Antoine⟩ Galland. Nouv. édition revue et corrigée. Leiden 1786. ⟨Inhaltlich übereinstimmend mit der Ausgabe Paris 1747⟩. (Keudell 487, 530, 832, 1519)

Tavernier, Jean Baptiste: Les six voyages ⟨...⟩ en Turquie, en Perse et aux Indes. 2 Tle. Utrecht 1712. (Keudell 996)

Toderini, Giambattista Abbé: Litteratur der Türken. Aus dem Italiänischen des Herrn Abbé Toderini. Mit Zusäzen und Anmerkungen von Philipp Wilhelm Gottlieb Hausleutner ⟨…⟩. 2 Tle. Königsberg 1790

Tograi, Abu Ismail / Knebel: ⟨Lāmījat al-Adscham⟩ Eine arabische Elegie. Das Gedicht Abu-Ismails-Tograi. ⟨A. d. Lat. übers. von Knebel⟩. In: Der Neue Teutsche Merkur 1 (Januar 1800), S. 8–18

Turpin, François Henri: Histoire de la vie de Mahomet, legislateur de l'Arabie. 2. Tle. Paris 1773. (Keudell 973)

Valle, Pietro della: Petri della Valle, Eines vornehmen Römischen Patritii Reiß-Beschreibung in unterschiedliche Theile der Welt / Nemlich In Türckey / Egypten / Palestina / Persien / Ost-Indien / und andere weit entlegene Landschafften ⟨…⟩ auß dem Original in die Hoch-Teutsche Sprache übersetzet ⟨…⟩. Genf 1674. (Keudell 980, 1224)

Volney ⟨Constantin François de Chassebœuf⟩: C. F. Volney's Reise nach Syrien und Aegypten in den Jahren 1783, 1784, 1785 aus d. Franz. übers. ⟨…⟩ v. ⟨Heinrich Eberhard Gottlob⟩ Paulus. Jena 1800. (Ruppert 4094)

Walpole, Robert: Memoirs relating to European an Asiatic Turkey an other countries of the east ⟨…⟩. 2nd edition. London 1818. (Keudell 1139)

Waring, Edward Scott: Reise nach Sheeraz auf dem Wege nach Kazroon und Feerozabad, nebst mannichfaltigen Bemerkungen über die Lebensart, Sitten, Gewohnheiten, Gesetze, Sprache und Literatur der Perser ⟨…⟩. Aus dem Engl. 2. Tle. Rudolstadt 1808/1809. (Keudell 947)

Wells, Edward: Historische Geographie des Alten und Neuen Testaments in 4 Teilen ⟨…⟩. Aus d. Engl. übers. von Georg Wolfgang Panzer. Mit den dazu gehörigen Landkarten ⟨…⟩. 2 Bde. Nürnberg 1765. (Keudell 76)

Williamson, Thomas: Oriental fieldsports being a ⟨…⟩ description of the wild sports of the East ⟨…⟩. London 1807

Wilson: Megha-Dhuta: s. Kālidāsa

Zend-Avesta: s. Awesta

REGISTER DER GEDICHTANFÄNGE UND -ÜBERSCHRIFTEN

Titel bzw. Titelfassungen, die im vorliegenden Band nicht bzw. nicht in dieser Form erscheinen, sind mit einem Sternchen gekennzeichnet. Eine Konkordanz zu den Bezeichnungen von Divan-Gedichten im ›Wiesbadener Register‹ findet sich im Kommentar, S. 435–440.

VERZEICHNIS DER ABBILDUNGEN

Die Mehrzahl der Abbildungen ist im Stellenkommentar erläutert.

INHALTSVERZEICHNIS

Gedichte und Stammbucheintragungen 7

Drama und Theater 253

ANHANG 367

EDITORISCHE NOTIZ

Herausgeber und Mitwirkende sind wie folgt an den Arbeiten für diesen Band beteiligt:

Einführung und Kommentar zu den Gedichten: Karl Richter.

Textkritik und Editionsberichte zu den Gedichten: Sabine Müller.

Textkritik, Editionsberichte und Kommentar zu Drama und Theater, Abbildungen: Christoph Michel.

Vermutlich Goethe zuzuschreiben (Text und Kommentar): Katharina Mommsen.

Festlegung der Umschrift und Bemerkungen dazu: Daniela Beissel.

Verzeichnis der von Goethe benutzten orientalischen und orientalistischen Literatur: Elisabeth Puin.

Besonderer Dank gebührt Peter Ludwig, Christoph Michel und Herbert Wender für vielfältige Hilfe bei der Erarbeitung des Lyrik-Kommentars; Sabine Müller für die engagierte Erarbeitung der Gedichttexte; Katharina Mommsen, Anke Bosse, Daniela Beissel, Elisabeth Puin und Robert Peter für hilfreiche Unterstützung; Gabriele Didier für die gewissenhafte Betreuung des Manuskripts. Die an dem Band Beteiligten danken Martin Ehrenzeller für die stets wertvolle Kooperation, für wichtige Hinweise auch Sabine Schäfer und Hans Grüters.

Der Fritz Thyssen Stiftung sei gedankt, daß sie wichtige Arbeiten an diesem Band finanziell unterstützt hat.